O PORTADOR DA ESPADA

O PORTADOR DA ESPADA

Cassandra Clare

Tradução
Karine Ribeiro

1ª edição

Galera

RIO DE JANEIRO
2023

PREPARAÇÃO
Ana Clara Werneck

REVISÃO
Renato Carvalho

DIAGRAMAÇÃO
Abreu's System

TÍTULO ORIGINAL
Sword Catcher

CIP-BRASIL. CATALOGAÇÃO NA PUBLICAÇÃO
SINDICATO NACIONAL DOS EDITORES DE LIVROS, RJ

C541p

Clare, Cassandra, 1973-
    O portador da espada / Cassandra Clare ; tradução Karine Ribeiro. – 1. ed. – Rio de Janeiro : Galera Record, 2023.

    Tradução de: *Sword Catcher*
    ISBN 978-65-5981-369-8

    1. Ficção americana. I. Ribeiro, Karine. II. Título.

23-85751
    CDD: 813
    CDU: 82-3(73)

Meri Gleice Rodrigues de Souza – Bibliotecária – CRB-7/6439

Copyright © 2023 by Cassandra Clare, LLC
Publicado mediante acordo com a autora, por intermédio de Baror International, INC., Armonk, New York, U.S.A.

Todos os direitos reservados.
Proibida a reprodução, no todo ou em parte, através de quaisquer meios.
Os direitos morais da autora foram assegurados.

Texto revisado segundo o Acordo Ortográfico da Língua Portuguesa de 1990.

Direitos exclusivos de publicação em língua portuguesa somente para o Brasil adquiridos pela
EDITORA GALERA RECORD LTDA.
Rua Argentina, 120 – Rio de Janeiro, RJ – 20921-380 – Tel.: (21) 2585-2000, que se reserva a propriedade literária desta tradução.

Impresso no Brasil

ISBN 978-65-5981-369-8

Seja um leitor preferencial Record.
Cadastre-se e receba informações sobre nossos lançamentos e nossas promoções.

Atendimento e venda direta ao leitor:
sac@record.com.br

Para Josh

Aquele que governa Castellane, governa o mundo todo.

— Provérbio

PRÓLOGO

Começou com um crime. Com o roubo de um garoto.

Não foi declarado como um crime. De fato, o homem responsável pela empreitada era um soldado, Capitão do Esquadrão da Flecha, cuja função era proteger o rei de Castellane e garantir que as leis que ele criou fossem respeitadas.

Ele tinha um extremo ódio contra criminosos.

Seu nome era Aristide Jolivet, e enquanto erguia a mão para bater com força na porta do Orfelinat, a grande ametista quadrada em sua mão esquerda brilhou à luz da lua. Gravada nela havia um leão, o símbolo da cidade. Parecia rugir.

Silêncio. Jolivet franziu a testa. Ele não gostava de esperar, nem costumavam deixá-lo esperando. Olhou para trás, onde o caminho estreito escavado na lateral do desfiladeiro levava ao mar. Ele sempre achou que aquele era um local estranho para um Orfelinat. Os penhascos que se erguiam da baía de Castellane eram irregulares, cheios de cicatrizes como o rosto de um sobrevivente de catapora, e salpicados com uma camada fina de seixo solto. Era fácil se desequilibrar ali, e isso acontecia a mais ou menos uma dúzia de pessoas por ano, que tropeçavam dos penhascos diretamente para o mar verde. Ninguém conseguia chegar à costa — pois mesmo que sobrevivesse à queda, os crocodilos submersos na água sabiam o significado de um grito e de um corpo caindo no mar.

Mesmo assim, de alguma forma o Lar dos Órfãos de Aigon conseguia impedir que a maioria, senão todos, dos seus protegidos fossem devorados. Considerando o destino costumeiro das crianças órfãs nas ruas da cidade, esse era um bom resultado. Uma vaga no Orfelinat era cobiçada.

Jolivet franziu a testa e tornou a bater. O som ecoou, como se as pedras badalassem. A fachada de granito do Lar era uma protuberância no penhasco, cercada por um único muro cinza-esverdeado. O Orfelinat não ficava no topo dos penhascos; em vez disso, fazia parte deles. Um dia fora um tipo de fortaleza, na época do antigo império. De fato, a porta na qual Jolivet agora batia era gravada com as palavras desgastadas na antiga língua de Magna Callatis. Elas nada significavam para ele. Jolivet nunca vira motivo para aprender uma língua que ninguém mais falava.

A porta se abriu. A mulher do outro lado, usando o azul e o branco de uma Irmã de Aigon, olhou para Jolivet em um reconhecimento cauteloso.

— Peço desculpas pela demora, Legado — disse ela. — Não sabia que você retornaria hoje.

Jolivet inclinou a cabeça educadamente.

— Irmã Bonafilia — cumprimentou ele. — Posso entrar?

Ela hesitou, embora Jolivet não soubesse o motivo. A pergunta era apenas uma formalidade. Se ele quisesse entrar no Orfelinat, não havia nada que ela ou as Irmãs pudessem fazer para impedi-lo.

— Pensei — disse ela — que, quando você veio antes e então partiu, significava que não havia encontrado o que queria aqui.

Ele a observou mais de perto. Irmã Bonafilia era uma mulher pequena e elegante, com corpo ossudo e mãos ásperas. As roupas dela eram simples, lavadas e reutilizadas várias vezes.

— Vim antes para ver o que havia — explicou ele. — Relatei minhas descobertas ao Palácio. Voltei por ordens deles. Por ordem do *rei*.

Ela hesitou por mais um instante, as mãos no batente da porta. O sol já começara a se pôr: afinal de contas era inverno, a estação seca. As nuvens aglomeradas no horizonte já haviam começado a exibir com tons de rosas e ouro. Jolivet franziu a testa mais uma vez; sua expectativa era de completar essa tarefa antes do anoitecer.

Irmã Bonafilia inclinou a cabeça.

— Muito bem.

Deu um passo para trás para permitir que Jolivet passasse pela porta. Lá dentro, um corredor de granito escavado, o teto decorado com ladrilhos desbotados de verde e dourado, as cores do antigo império, derrubado havia mil anos. Irmãs Sagradas trajando vestidos de linho rondavam perto das paredes, encarando-o. O chão de pedra fora desgastado pela passagem dos anos; agora, afundava e ondulava como a superfície do oceano. Degraus de pedra levavam para cima, sem dúvida até os dormitórios das crianças.

Muitas crianças — meninas entre onze e doze anos — desceram a escada. Elas pararam, de olhos arregalados, vendo Jolivet em seu uniforme brilhante vermelho e dourado, com a espada cerimonial ao lado do corpo.

As meninas saíram correndo escada acima, silenciosas como ratinhas sob o olhar fixo de um gato. Pela primeira vez a compostura da Irmã Bonafilia começou a falhar.

— Por favor — soltou ela. — Vir aqui assim... vai assustar as crianças.

Jolivet deu um sorrisinho.

— Não preciso ficar por muito tempo, se você cooperar com as ordens do rei.

— E que ordens são essas?

Kel e Cas estavam brincando de batalha de piratas na lama. Haviam inventado o jogo e precisavam de poucos itens para brincar além de galhos e várias cobiçadas bolinhas de gude, que Kel havia ganho de alguns dos garotos mais velhos em jogos de carta. Kel estava trapaceando, como costumava fazer, mas Cas nunca parecia se importar. Ele se concentrava totalmente no jogo de qualquer maneira, cachos de seu cabelo loiro-escuro caindo em seu rosto sardento enquanto fazia caretas e planejava o próximo movimento de seu navio.

Apenas alguns minutos antes, Irmã Jenofa os havia enxotado, junto com a maioria dos outros garotos no dormitório deles, para o jardim. Ela não disse o motivo, apenas disse para se divertirem. Kel não questionava nada. Geralmente nesse horário ele estaria na pia, lavando o rosto e as mãos com sabão áspero, se preparando para o jantar.

— Uma alma limpa em um corpo limpo. — A Irmã Bonafilia gostava de dizer. — Saúde é riqueza, e quero que todos vocês sejam ricos.

Kel afastou o cabelo do rosto. Estava ficando comprido; em breve, a Irmã Bonafilia perceberia, pegaria-o e cortaria as madeixas com a tesoura da cozinha, murmurando consigo mesma. Kel não se importava. Sabia que ela tinha uma afeição especial por ele, pois costumava se esforçar para pegar às escondidas tortas da cozinha para ele, e só gritou com ele um pouquinho quando Kel foi pego escalando as rochas mais perigosas, aquelas que ficavam acima do mar.

— Está escurecendo — comentou Cas, semicerrando os olhos para o céu, agora em um tom arroxeado. Kel queria poder ver o oceano dali. Olhar para o mar era algo que nunca o entediava. Ele tentara explicar para Cas — como o oceano sempre mudava, como era de uma cor diferente todo dia, a luz um tanto diferente —, mas este apenas dera de ombros, bem-humorado. Ele não precisava entender por que Kel fazia as coisas como fazia. Kel era amigo dele, então tudo bem. — E para que você acha que elas querem a gente aqui fora?

Antes que Kel pudesse responder, duas figuras emergiram sob o arco que conectava o jardim murado à fortaleza principal. (Kel sempre a chamava de fortaleza, não de Orfelinat. Era muito mais interessante morar em uma fortaleza do que em um lugar onde iam parar porque ninguém os queria.)

Uma das figuras era Irmã Bonafilia. A outra era familiar para a maioria dos habitantes de Castellane. Um homem alto, usando um casaco de botões de latão estampado no peito com o selo de duas flechas apontadas para direções opostas. As botas e avambraços dele eram cobertos com espinhos. Ele liderava o Esquadrão da Flecha — os soldados mais bem treinados do rei — enquanto marchava pela cidade em dias de festa ou em celebrações. O povo da cidade o chamava de Águia da Noite, e de fato ele lembrava um tipo de ave de rapina. Ele era alto e esguio, o rosto ossudo marcado com várias cicatrizes que se destacavam em branco em sua pele marrom-clara.

Ele era o Legado Aristide Jolivet, e essa era a segunda vez que Kel o via no Orfelinat. O que era estranho. Até onde ele sabia, líderes militares não visitavam Orfelinats. Mas menos de um mês antes, os garotos brincavam no jardim, como estavam agora, quando Kel olhara para a fortaleza e vira um vislumbre de vermelho e dourado.

Ele sempre fora fascinado por Jolivet, que por vezes representava o vilão nos jogos com Cas — um pirata e um caçador de ladrões que, quando prendiam um inocente, o levavam à prisão de Tully e o torturavam por informações. Não que Kel ou Cas fossem dedos-duros, é óbvio; um delator era a pior coisa que se podia ser.

De qualquer modo, Kel reconhecera Jolivet de imediato e se pusera de pé. Quando chegara correndo à fortaleza, Jolivet partiu, e quando ele perguntou à Irmã Bonafilia se o Legado estivera lá, ela dissera para Kel deixar de ser ridículo e imaginar coisas.

Agora, o silêncio recaía sobre os meninos no jardim enquanto Jolivet, em posição de sentido, observava a cena com olhos pálidos, o olhar observando um garoto (Jacme, ocupado em puxar fibras da casca do eucalipto), depois outro (Bertran, o mais velho do grupo de dez). Passou por Cas e parou em Kel.

Depois de um momento longo e inquietante, ele sorriu.

— Ali — anunciou ele. — É aquele.

Kel e Cas trocaram um olhar confuso. *Qual?*, Cas sussurrou, mas não havia tempo para especular. Em vez disso, uma mão segurou o braço de Kel, puxando-o para ficar de pé.

— Você precisa vir. — Era Bonafilia, apertando o toque. — Não arrume confusão, Kel, por favor.

Kel estava irritado. Ele não era encrenqueiro. Bem, houvera aquela situação com o pó explosivo e a torre norte, e aquela vez que ele fizera Bertran andar pela prancha apoiada no muro do jardim e o idiota quebrara um osso do pé. Mas não era nada que não pudesse acontecer com qualquer outra pessoa.

Mesmo assim, Irmã Bonafilia tinha uma expressão preocupantemente fechada. Com um suspiro, Kel entregou sua bolinha de gude para Cas.

— Cuide disso até eu voltar.

Cas assentiu e colocou a bola de vidro em um bolso do colete de um jeito teatral. Era óbvio que ele pensava que Kel ficaria longe por apenas alguns minutos. Kel também achava isso — embora começasse a se perguntar se era mesmo. A forma como Irmã Bonafilia o conduziria às pressas pelo jardim não parecia normal. Nem a forma como o Legado o examinou quando eles se aproximaram, abaixando-se para estudar Kel como se estivesse em busca da resposta para um mistério. Ele até pegou o queixo de Kel e inclinou sua cabeça para cima para examiná-lo mais de perto, desde o cabelo preto e cacheado, passando por seus olhos azuis, até chegar ao queixo obstinado.

Ele franziu a testa.

— O garoto está imundo.

— Ele esteve brincando na lama — justificou Irmã Bonafilia. Kel se perguntou por que adultos pareciam gostar de comentar sobre coisas que eram óbvias. — Ele costuma brincar assim. Gosta de ficar cheio de lama.

Kel sentiu os primeiros sinais de preocupação. Ele não estava mais sujo que qualquer outro dos garotos; por que Irmã Bonafilia estava olhando e falando de forma tão estranha? Mas ele manteve a boca fechada enquanto eles saíam do jardim, com o Legado marchando à frente, Bonafilia conduzindo Kel pela antiga fortaleza a passos rápidos. Ela murmurava baixinho. *Aigon, vós que rodeais a terra com águas, que dominais os navios velozes, garanti à sua filha a segurança da tarefa dela.*

Ela estava rezando, Kel se deu conta, sentindo a preocupação de novo, mais intensa dessa vez.

Enquanto se aproximavam do saguão da entrada ele viu, surpreso, que as portas da frente estavam abertas. Atrás delas, como se estivesse em uma moldura quadrada, ele viu o sol mergulhando rapidamente no oceano. O céu lançava um brilho quente na água azul. No horizonte, ele viu as torres que afundavam Tyndaris, tingidas da cor de vinho.

A cena o distraiu, e Kel perdeu um pouco de tempo, como às vezes acontecia quando ele olhava para coisas bonitas. Quando voltou a si, percebeu que estava perto das rochas do lado de fora do Orfelinat, flanqueado por Irmã Bonafilia de um lado e Jolivet do outro, o uniforme vermelho e dourado dele brilhando como o sol que terminava de se pôr.

Também havia um cavalo. Kel o encarou, horrorizado. Ele já tinha visto cavalos a distância antes, óbvio, mas nunca tão de perto. Parecia gigantesco, subindo até o céu, a boca se abrindo para mostrar dentes brancos e fortes. Era preto como a noite, com olhos escuros agitados.

— Isso mesmo — disse o Legado, achando que o silêncio de Kel fosse admiração. — Nunca andou a cavalo antes, imagino. Você vai gostar.

Kel não achou que ia gostar. Descobriu que não se importava enquanto Irmã Bonafilia o puxava para ficar ao lado dela, como se ele fosse uma criança. (Kel não achava que era uma criança. Crianças eram livres e bobas, não se pareciam nem um pouco com órfãos.)

— Você precisa me dizer que ele vai ser bem tratado — pediu a Irmã Bonafilia em uma voz que raramente usava, aquela que fazia os órfãos chorarem. — Ele é muito jovem para ser levado ao Palácio para trabalhar... — Ela endireitou a postura. — Ele é um filho de Aigon, e está sob a proteção de Deus, Legado. Lembre-se.

Jolivet mostrou os dentes em um sorriso.

— Ele será tratado como família, Irmã — disse ele, e estendeu a mão para o garoto.

Kel respirou fundo. Ele sabia como lutar, arranhar e chutar. Já tinha levantado o pé para dar um chute vigoroso na canela do Legado quando viu a expressão da Irmã Bonafilia. Ele não podia acreditar no que viu nos olhos dela, mas lá estava, nítido como o contorno da caravela no horizonte.

Não relute nem grite. Deixe que ele leve você.

Kel deixou o corpo relaxar quando Jolivet o ergueu. Um peso morto. No entanto isso não pareceu perturbar o Legado, que ergueu Kel até o lombo monstruoso do cavalo. O estômago de Kel revirou enquanto o mundo ficava de ponta-cabeça; quando voltou a se endireitar, estava sentado justo na sela da fera, mantido no lugar por braços esguios.

— Segure firme — disse Jolivet. — Vamos ao Palácio ver o rei.

Possivelmente Jolivet queria que aquilo soasse como uma aventura alegre, mas Kel não sabia nem se importava. Já tinha dobrado o corpo na lateral do cavalo e vomitado no chão inteiro.

Depois disso, a partida deles do Orfelinat foi abrupta. Jolivet murmurou, de um jeito sombrio — parte do vômito sujara as botas dele —, mas Kel se sentia infeliz e doente demais para se importar. Balançava muito, e Kel tinha certeza de que toda vez que o cavalo mexia a cabeça, planejava mordê-lo. Ele permaneceu nesse estado de alerta enquanto desciam os penhascos até a Chave, a estrada que corria pelo cais, contra o qual batiam as águas escuras do porto.

Kel estava convencido de que jamais, em momento algum, desenvolveria afeição pelo cavalo no qual montava. Ainda assim, a visão de cima do lombo dele era impressionante enquanto avançavam pela cidade. Ele passara tempo suficiente olhando para *cima*, para as multidões que se amontoavam pelas ruas da cidade, mas pela primeira vez ele agora olhava para *baixo* para vê-las. Todos — filhos de mercadores ricos usando vestes cafonas, donos de estalagem e trabalhadores do cais se arrastando no caminho de volta para casa, marinheiros de Hanse e

Zipangu, mercadores de Marakand e Geumjoseon — abriram caminho para Jolivet passar.

De fato era um tanto emocionante. Kel começou a se endireitar enquanto eles viravam no caminho amplo da Ruta Magna, que percorria da entrada do porto até a Passagem Estreita, cortando as montanhas que separavam Castellane do reino vizinho, Sarthe. Ele quase se esqueceu de ter se sentido mal, e sua animação aumentou conforme se aproximavam da Grande Colina que se assomava sobre a cidade.

Penhascos e colinas cercavam a cidade portuária, e Castellane se encolhia aos pés do vale como um porco-espinho hesitando em tirar seu focinho da segurança de sua toca. Mas não era uma cidade se escondendo. Ela se espalhava — e como se espalhava — dos mares ocidentais até a Passagem Estreita, cada pedacinho dela cheio, barulhento, sujo, gritante e repleto de vida.

Como a maioria dos cidadãos de Castellane, Kel passara a vida na sombra da Grande Colina, mas jamais sonhara em pôr os pés nela, muito menos subir até seu topo, onde o Palácio de Marivent ficava. A Colina — que, na verdade, era uma cadeia de picos baixos de calcário coberta com um emaranhado de pinhas e lavanda — era onde a nobreza vivia, suas vastas propriedades espalhadas pelas encostas. *Os ricos vivem no alto, e os pobres vivem no baixo*, Kel uma vez ouvira a Irmã Bonafilia dizer. Não era uma metáfora. Quanto mais rico se era, maior e mais próxima do Palácio ficava a casa, que ocupava o ponto mais alto da cidade.

Os nobres gostavam de seus prazeres, e às vezes os sons de seus festejos chegavam até a cidade à noite. As pessoas trocavam piscadelas nas ruas e diziam coisas como "Parece que Lorde Montfaucon está bebendo de novo" ou "Então Lady Alleyne se livrou de seu terceiro marido, não é?". Todos sabiam da vida dos ricos e se divertiam com ela, por mais que não os conhecessem de verdade.

Eles saíram da Ruta Magna e cavalgaram pelas ruas escuras da cidade até chegarem aos pés da Colina. Castelguardas em uniformes vermelhos permeavam no caminho ali; o trabalho deles era impedir que pessoas indesejáveis acessassem a Colina. Jolivet segurou Kel de maneira firme na sela enquanto eles cavalgavam pela barreira, as tochas dos guardas queimando enquanto encaravam o garoto com curiosidade. Eles deviam estar imaginando se o Esquadrão das Flechas havia capturado um pequeno criminoso e, se fosse o caso, por que estavam se dando ao trabalho de levá-lo para Marivent. A maioria dos criminosos, independentemente da idade, estavam destinados ao curto caminho até as forcas do Tully.

Um dos guardas fez uma breve reverência zombeteira.

— O rei o aguarda.

Jolivet apenas grunhiu. Kel estava ficando com a impressão de que ele não falava muito.

O caminho até o Palácio serpenteava pela encosta atravessando um campo de lavanda, sálvia e erva-doce que fazia a montanha ficar de um tom de verde-escuro no verão. Enquanto se aproximavam do topo da montanha, o gigantesco cavalo arfando, Kel olhou para baixo e viu a cidade de Castellane espalhada diante deles — o porto, os navios iluminados na enseada como pontas de fósforos espalhadas. Os canais do Distrito do Templo. As linhas perfeitas das Ruas de Prata. O domo branco do Tully, o brilho do relógio no topo da Torre do Vento, que se erguia sobre a maior praça da cidade. A área murada do Sault, onde os Ashkar moravam. A Ruta Magna cortando a cidade como uma cicatriz de batalha.

Ele devia estar encarando, porque o soldado o sacudiu. Eles passavam pelo Portão Norte do Palácio, por onde os convidados entravam. As flâmulas presas no topo dos portões indicavam quais dignatários estrangeiros estavam visitando, se é que havia algum. Agora, a bandeira azul de Sarthe, com sua águia branca, tremulava ao vento salgado.

De perto, Kel viu que a textura dos muros brancos era áspera, não lisa, e que eles brilhavam com pedacinhos de cristal. Um garoto poderia escalar um muro daqueles, se fosse ágil e determinado. Pedra áspera significava pontos para apoiar as mãos e os pés. Kel sempre havia sido bom em escalar as pedras no porto. Ele sonhava em se juntar aos Rastejantes um dia: os larápios do Warren que, dizia-se, conseguiam se pendurar em qualquer muro, por mais liso que fosse.

Jolivet o chacoalhou de novo.

— Endireite a postura, Kellian Saren — disse ele. — Você vai conhecer a família real.

— A *o quê?*

Jolivet deu uma risadinha.

— Isso mesmo. O rei e a rainha de Castellane o esperam.

Kel não tinha certeza do que Jolivet esperava. Empolgação, talvez? Em vez disso, Kel imediatamente se encolheu como um tatu-bolinha. Jolivet o puxou para que endireitasse a postura enquanto eles entravam em um pátio quadrado gigantesco.

Kel teve uma leve impressão de ver paliçadas arqueadas, com a sombra do Palácio se assomando atrás delas. Os castelguardas estavam por toda parte, incumbidos de proteger o Palácio, em fardas vermelhas e douradas, segurando tochas de madeira perfumada que soltavam fumaça e fagulhas brilhantes no céu. Criados, usando túnicas com o brasão do leão da família real, corriam de um lado para o outro com bandejas de vinho, frutas e chocolates; outras tinham flores e arranjos de penas de pavão amarradas por um cordão dourado.

Kel ouviu risadas e um burburinho de dentro do Palácio. Duas grandes portas de bronze tinham sido abertas para o pátio e para o ar suave da noite. Um homem alto, sem farda, estava de pé sob o arco da entrada observando Kel e seu captor com olhos semicerrados.

Jolivet puxou Kel da sela como um ambulante jogando um saco de cebolas para fora da carroça. Ele colocou Kel de pé e pôs suas mãos enormes nos ombros do garoto. Havia uma certa perplexidade em sua expressão quando olhou para baixo.

— Entende o que está acontecendo, moleque? Você está aqui a serviço do rei de Castellane.

Kel tossiu. Sua garganta ainda doía por causa do vômito.

— Não — retrucou ele.

— Como assim, não?

O rei era quase uma figura mítica em Castellane. Diferentemente da rainha, ele quase não saía do Palácio, e, quando o fazia, era para eventos cerimoniais: o Casamento com o Mar, o Discurso da Independência na Praça Valeriana que acontecia todo ano. Ele fazia Kel pensar no leão na bandeira de Castellane: dourado e elevado. Ele certamente não parecia alguém que falaria com pirralhos órfãos sem qualquer influência a mencionar.

— Não, obrigado — insistiu Kel, lembrando-se das boas maneiras que Irmã Bonafilia tentara lhe ensinar. — Prefiro não falar com o rei. Prefiro ir para casa.

Jolivet olhou para cima.

— Deuses do céu. O garoto é um tolo.

— Aristide?

Uma voz suave. Vozes suaves eram como mãos suaves: pertenciam aos nobres, do tipo que não precisava gritar para ser ouvido. Kel olhou para cima e viu o homem da entrada: alto, magro e barbado, com um espesso cabelo grisalho e feições aquilinas. Maçãs do rosto acentuadamente salientes sombreavam as bochechas encovadas.

Kel percebeu de repente por que o homem não usava farda. Vestia uma capa simples e túnica cinza, a vestimenta costumeira do Ashkar. No pescoço havia um medalhão prateado em uma corrente, finamente entalhado com um padrão de números e letras.

Kel não tinha certeza do que ser Ashkar queria dizer, mas sabia que eles não eram como as outras pessoas. Eles conseguiam fazer pequenos tipos de magia — ainda que a maior parte dela tivesse desaparecido do mundo depois da Ruptura —, e eram famosos por sua capacidade de cura.

Como não reconheciam Aigon nem os outros Deuses, por lei eles precisavam viver dentro dos muros do Sault. Não tinham permissão para andar livremente em Castellane depois do pôr do sol — o que devia significar que aquele homem era a única exceção à regra: o conselheiro do rei. Kel ouvira falar dele apenas vagamente — uma figura meio sombria que aconselhava a corte. Conselheiros sempre eram Ashkar, embora Kel não soubesse o motivo. Irmã Jenova dissera que a razão era porque os Ashkar eram astutos por natureza. Mas ela também dissera outras coisas, menos gentis: que eram perigosos, desonestos, diferentes. Mesmo assim, quando Cas teve febre escaldante, Irmã Jenova correra direto ao Sault e despertara um curandeiro Ashkar — esquecendo-se, aparentemente, de todas as vezes que dissera que não se podia confiar neles.

O homem falou, curto e grosso:

— Levarei o garoto. Deixe-nos, Aristide.

Jolivet ergueu a sobrancelha.

— Boa sorte, Bensimon.

Enquanto Jolivet se afastava, o Ashkar — Bensimon — chamou Kel com o dedo.

— Venha.

E conduziu o garoto pelo Palácio.

A primeira impressão de Kel foi que tudo em Marivent era enorme. Os corredores do Palácio eram amplos como salas, as escadarias maiores que caravelas. Os corredores se espalhavam em mil direções diferentes, como tentáculos de coral.

Kel imaginara que tudo lá dentro seria branco, como era do lado de fora, mas as paredes eram pintadas nas cores impressionantes de azul e ocre, verde-mar e lavanda. Os móveis eram delicados e pareciam joias, como se besouros brilhantes tivessem sido espalhados pelos cômodos. Até mesmo as persianas, esculpidas e pintadas com imagens de jardins floridos, eram finamente tecidas. Kel nunca pensara que o interior de uma construção, não importando quão majestosa fosse, pudesse ser tão bonito quanto o pôr do sol. Isso, de alguma forma, acalmou seu coração acelerado. Decerto coisas terríveis não podiam acontecer em um local tão adorável.

Infelizmente, ele teve pouca oportunidade de observar. Bensimon parecia não perceber que conduzia uma criança e não desacelerou o passo para ficar no mesmo ritmo de Kel. Em vez disso, o garoto teve que correr para acompanhá-lo. Parecia irônico, considerando que não era ele quem queria estar aonde quer que estivessem indo.

A luz queimava nas tochas presas na parede, todas mais altas do que Kel poderia alcançar. Por fim, chegaram a uma gigantesca porta dupla coberta por painéis de ouro esculpidos com cenas da história de Castellane: a derrota da frota dos navios de defesa do império, o afundamento de Tyndaris, o rei apresentando as primeiras Concessões ao Conselho, a construção do Relógio da Torre do Vento, os incêndios da Praga Vermelha.

Ali, Bensimon enfim parou.

— Estamos entrando na Galeria Brilhante — anunciou ele. — Não é exatamente a sala do trono, mas é um local cerimonial. Seja respeitoso.

A primeira impressão de Kel ao entrar na Galeria Brilhante foi de uma brancura ofuscante. Ele nunca vira a neve, mas ouvira falar das caravanas comerciais presas nos montes grossos da coisa quando tentaram cruzar os picos congelados do norte de Hind. Branco, disseram eles, brancura por todos os lados e um frio que podia quebrar ossos.

Na Galeria, as paredes eram brancas, o piso era branco e o teto era branco. Tudo era feito da mesma pedra branca que as paredes do Palácio.

No canto mais distante da sala, que parecia grande como uma caverna, havia uma plataforma elevada na qual uma longa mesa de madeira esculpida e dourada gemia sob o peso de taças de cristal, pratos de alabastros e delicadas xícaras de porcelana.

Kel percebeu que estava com fome. *Droga.*

Bensimon fechou as portas atrás deles e se virou para encarar Kel.

— Em uma hora — continuou ele —, esta sala estará cheia com as famílias nobres de Castellane. — Ele pausou. — Suponho que você sabe do Conselho dos Doze? Das Casas da Concessão?

Kel hesitou, apesar de sua raiva por ser chamado de ignorante. Talvez seria melhor deixar Bensimon pensar que ele era ignorante. Talvez o enviassem de volta para casa. Mas Bensimon provavelmente pensaria que ele estava fingindo. Todos em Castellane sabiam dos nobres da Colina, e em especial das Famílias da Concessão. Os nomes e posições deles eram de conhecimento geral tanto quanto os nomes das ruas da cidade.

— Cazalet — disse Kel. — Roverge. Alleyne. Não consigo nomear cada um, mas todos os conhecem. Eles moram na Colina. E têm Concessões — ele se lembrou das lições de Irmã Bonafilia, olhando para cima enquanto buscava as palavras —, que são, há, permissões especiais do rei para controlar o comércio nas Estradas de Ouro. — Ele não acrescentou que Bonafilia havia descrito isso como "um plano podre para tornar os ricos mais ricos, sem benefício para os mercadores comuns de Castellane".

— E no exterior, sim — disse Bensimon. — Lembre-se, cada Casa tem sua própria Concessão. A Casa Raspail gerencia o comércio de madeira, a Alleyne, de seda. Uma Concessão é algo valioso, garantido pelo rei, ou revogado quando ele quiser. — Ele suspirou, passando as mãos pelo cabelo cortado. — Mas não temos tempo para uma aula. Entendo que você não quer estar aqui. Isso é uma pena. Você é um cidadão de Castellane, certo? Mas é de descendência marakandesa, talvez, ou hindesa?

Kel deu de ombros. Por vezes ele se perguntava a mesma coisa, considerando que sua pele marrom-clara era um tom mais escura que o tom marrom comum em Castellane, mas, diferentemente de algumas das outras crianças no Orfelinat, que sabiam de suas origens, ele não tinha resposta.

— Nasci aqui. Não sei dos meus pais. Nunca os conheci.

— Se nasceu aqui, então deve lealdade ao rei e à cidade — enfatizou Bensimon. — Você tem — ele franziu a testa — dez anos, certo? Deve estar ciente da existência do Príncipe Herdeiro.

De algum lugar da sua mente, Kel desenterrou um nome.

— Conor — disse ele.

Bensimon ergueu as sobrancelhas até a raiz de grossos cachos grisalhos.

— *Príncipe* Conor — corrigiu ele. — Esta noite, uma delegação de Sarthe visitará Marivent. Como talvez você saiba, houve um conflito entre os reinos por bastante tempo.

Sarthe e Castellane eram vizinhos e costumavam se desentender a respeito de impostos, mercadorias e acesso às Estradas de Ouro. A maioria dos marinheiros no cais se referia aos sarthianos como "aqueles desgraçados na fronteira".

Kel supunha que conflito significava isso.

— Como sempre, o rei, sempre pensando no bem dos cidadãos de Castellane, está em busca de paz com nossos vizinhos. Entre os, ah, *tesouros* políticos de nossa cidade está o Príncipe Herdeiro Conor. É **possível que** em algum momento no futuro o rei queira formar uma aliança entre seu filho e uma das famílias reais de Sarthe. Por esse motivo, é importante que, mesmo ainda tão jovem, o Príncipe Conor participe do banquete desta noite. Infelizmente, ele está indisposto. — Bensimon observou Kel com cuidado. — Está me entendendo?

— O príncipe está doente, então não pode ir à festa — disse Kel. — Mas o que isso tem a ver comigo?

— O príncipe não pode estar ausente do evento desta noite. Portanto, você tomará seu lugar.

A sala pareceu virar de ponta-cabeça.

— Tomarei *o quê*?

— Você ficará no lugar dele. Não esperam que ele fale muito. Você tem mais ou menos a altura, idade, o tom de pele dele; a mãe dele é a rainha de Marakand, como você certamente sabe. Nós limparemos e vestiremos você como um príncipe deve estar vestido. Você ficará em silêncio durante o jantar. Não falará nem atrairá atenção para si. Pode comer o quanto quiser, desde que não passe mal. — Bensimon cruzou **os braços**. — No fim da noite, se tiver se saído bem, receberá um saco de coroas de ouro para levar para as Irmãs de Aigon. Se não, ganhará apenas um sermão. Entendeu o combinado?

Kel entendia de combinados. Ele entendia o que era receber uma moeda ou duas para entregar mensagens para as Irmãs, ou uma maçã ou um doce como recompensa por coletar um pacote de uma caravela e entregá-lo na casa de um mercador. Mas o conceito de uma coroa de ouro estava além de sua compreensão, quanto mais um saco delas.

— As pessoas sabem da aparência de Con... do Príncipe Conor — argumentou Kel. — Elas vão saber.

Bensimon tirou algo do bolso. Era um oblongo de prata martelada em uma corrente, não muito diferente do que o conselheiro usava no pescoço. Um delicado padrão de números e letras havia sido gravado no material, sendo realçado pela chama do fogo. Era magia Ashkar. Apenas os Ashkar sabiam como manipular e combinar letras e números de maneira a extrair encantamento de um objeto; apenas os Ashkar, de fato, podiam fazer qualquer tipo de magia. Tinha sido assim desde a Ruptura.

Com pouca cerimônia, Bensimon deixou a corrente cair na cabeça de Kel, de modo que o objeto deslizou por entre o colarinho da túnica rasgada dele.

— Isto me fará parecer com o príncipe? — questionou Kel, tentando espiar sua própria camisa.

— Não exatamente. Fará com que aqueles que olharem para você, e que já veem um garoto que lembra o Príncipe Herdeiro na aparência e no tamanho, fiquem mais inclinados a *considerá-lo* o Príncipe Conor. A ouvir a voz dele quando você falar. Seus olhos não estão iguais — acrescentou ele, mais para si —, mas isso não importa; as pessoas verão o que esperam ver, e esperam ver o príncipe. Não mudará fisicamente sua aparência, entende? Apenas mudará a visão daqueles que olharem para você. Ninguém que realmente o conheça será enganado, mas os outros, sim.

De certa forma, Kel entendia. Havia contos sobre a forma como a magia fora um dia antes da Ruptura, quando um encanto podia explodir uma montanha ou transformar um homem em dragão. A magia agora — magia Ashkar, talismãs, feitiços e poções, à venda na Praça do Mercado da Carne — era a ínfima sombra do que fora um dia. Podia influenciar, convencer e direcionar, mas não podia mudar a substância das coisas.

— Eu sugeriria — incitou Bensimon — que, nesta conjuntura, você fale.

Kel cutucou desajeitadamente a corrente ao redor de seu pescoço.

— Não quero fazer — revelou ele. — Mas nem tenho escolha, tenho?

Bensimon deu um sorrisinho.

— Não tem. E não diga *nem*. Faz você soar como um pirralho do cais de Warren.

— *Sou* um pirralho do cais de Warren — observou Kel.

— Não esta noite — disse Bensimon.

Kel foi levado ao tepidário: uma câmara gigantesca com duas piscinas de pedra mergulhadas no meio de um piso de mármore. Uma roságea mostrava o brilho da noite de Castellane. Kel tentou manter os olhos no horizonte enquanto era cutucado, espetado e esfregado com minúcia cruel. A água escorria marrom-escura para o ralo.

Kel ponderou se confiava nesse tal de Bensimon e decidiu que não. Bensimon dissera que o príncipe estava doente — indisposto —, mas Jolivet fora ao Orfelinat um mês antes. Na época, ele não poderia saber que o Príncipe Herdeiro estaria doente naquela noite e precisaria de um substituto.

A ideia de que seria enviado para casa no fim da noite com um saco de moedas de ouro também não fazia muito sentido. Havia uma história bem conhecida no Labirinto sobre o Rei dos Ladrões, o criminoso mais famoso de Castellane. Diziam que uma vez ele convidara três malfeitores rivais para a sua mansão e dera-lhes um banquete esplêndido, oferecendo-lhes uma parceria em seu império ilegal. Mas nenhum deles conseguira chegar a um acordo, e no fim da noite o Rei dos Ladrões havia lamentavelmente envenenado seus convidados, alegando que sabiam demais sobre seus negócios. (No entanto, ele teria pago por funerais magníficos para os três.)

Kel não conseguia afastar a sensação de que já tinham lhe dito coisas demais, informações que não deveria saber, e estava prestes a saber ainda mais. Ele tentou pensar no que faria se estivesse representando um papel no jogo com Cas, mas não podia pensar em estratégia melhor além de manter a cabeça baixa.

Depois do banho, ele foi espanado, perfumado, calçado e vestido em uma casaca de cetim de um tom azul como o aço, com argolas de prata nos punhos e no colarinho. Recebeu calças de veludo tão macias quanto o pelo de um camundongo. O cabelo foi cortado, e os cílios, curvados.

Quando enfim ele se observou no espelho que cobria toda a parede oeste, pensou, desencorajado, que se aparecesse nas ruas do Labirinto assim seria espancado pelos Rastejantes e escorraçado até o mastro fora do Tully.

— Pare de se mexer — ordenou Bensimon, que passara a última hora observando os preparativos de um canto escuro da sala, como um falcão planejando atacar uma família de coelhos. — Venha aqui.

Kel se aproximou do conselheiro enquanto o restante dos criados do Palácio desaparecia como névoa. Em um instante, ele estava sozinho na sala com Bensimon, que agarrou seu queixo, ergueu a cabeça de Kel e o observou sem cerimônias.

— Conte outra vez o que fará esta noite.

— Serei Co... o Príncipe Conor. Sentado à mesa do banquete. Sem falar muito.

Aparentemente satisfeito, Bensimon soltou Kel.

— O rei e a rainha sabem quem você realmente é, óbvio; não se preocupe com eles. Eles estão acostumados a representar.

De alguma forma, a imaginação de Kel não tinha chegado tão longe.

— O rei vai fingir que sou filho dele?

Bensimon riu.

— Eu não ficaria tão animado — replicou ele. — Pouquíssimo disso se trata de você.

Kel ficou aliviado. Se todas as pessoas importantes o ignorassem, talvez ele conseguisse sobreviver à noite.

Bensimon conduziu Kel de volta ao labirinto de corredores que pareciam formar o interior do Palácio. Eles desceram um lance da escada de serviço em direção a uma sala pequena, mas elegante, e cheia de livros; nos fundos da sala havia uma alta porta dourada, através da qual Kel **podia** ouvir música e risadas.

Pela primeira vez, o coração de Kel disparou com anseio verdadeiro. *Livros.* O único material de leitura que ele já tivera foram alguns romances caindo aos pedaços, doados ao Orfelinat por patronos de caridade, contos interessantes de piratas e fênices, feiticeiros e marinheiros, mas óbvio que não *pertenciam* a ele. Os livros de estudo — histórias da queda de impérios, da construção das Estradas de Ouro — eram mantidos trancados pelas Irmãs e levados para leitura durante as aulas. Uma vez, como recompensa por entregar uma mensagem, ele recebera um velho livro de contos de um contramestre, mas Irmã Jenova o confiscara. De acordo com ela, marinheiros só liam duas coisas: histórias de assassinato e pornografia.

Esses livros eram tão lindos quanto o sol se pondo atrás de Tyndaris. Kel conseguia sentir o cheiro do couro que os envolvia, a tinta nas páginas, o amargor do moinho de estampagem onde o papel era feito.

Bensimon o observava com olhos semicerrados, da forma como um apostador profissional olhava para uma marca nas cartas.

— Então você sabe ler. E gosta?

Kel não precisou responder. Duas pessoas haviam entrado na sala, cercadas por castelguardas, e ele ficou sem palavras.

O primeiro pensamento de Kel foi de que aquelas eram as pessoas mais bonitas que já vira. Então se perguntou se era apenas porque elas eram tão cuidadosamente arrumadas e suas roupas eram tão lindas. Ele ainda não conhecia as palavras para seda, cetim e tecido de ouro, mas sabia quando as coisas pareciam ricas e macias, e brilhavam à luz do fogo.

O rei era familiar: o que era pouco surpreendente, já que o rosto dele estava em todas as moedas em Castellane. Nas moedas ele estava de perfil, olhando para a direita — em direção à indomada Sarthe, era o que diziam. Mas as moedas não mostravam a real dimensão dele, seu peito amplo ou seus braços de lutador. Ele fez Kel temer com seu tamanho e presença. Seus olhos eram claros, altivos, e a barba e o cabelo, uma mistura de loiro-claro e um grisalho precoce.

A rainha tinha cabelo escuro e fluido que era como o Rio do Medo ao entardecer, e uma pele macia e marrom. Ela era alta e magra, as mãos pesadas de anéis, cada um incrustado com uma pedra diferente e brilhante. Cordões de ouro circulavam seu pescoço e seus pulsos, e o cabelo estava decorado com grampos em forma de lírios dourados. Ela tinha sido uma princesa de Marakand, lembrou-se Kel, e o ouro era um símbolo de boa sorte naquele país.

A rainha observou Kel com os olhos escuros que tinham sido o tema de mil poemas e baladas. Os cidadãos de Castellane eram competitivos quanto à beleza de sua rainha, e queriam que todos soubessem que ela era mais bonita que as rainhas de Sarthe ou Hind. A rainha de Hanse, Kel ficara sabendo, parecia um pato constipado em comparação à Rainha Lilibet de Castellane.

— Esse é o garoto? — indagou ela. Sua voz era intensa, doce como água de rosas com açúcar.

— Exatamente — confirmou Bensimon. Ele parecia gostar mesmo dessa palavra. — Está pronta, Majestade?

A rainha assentiu. O rei deu de ombros. E os castelguardas abriram as portas douradas enquanto a música na Galeria se tornava uma melodia de procissão. O rei passou devagar, a rainha logo em seguida. Nenhum deles olhou para trás.

Kel hesitou. Sentiu o cabelo se mexer; Bensimon havia colocado algo em sua cabeça: um diadema dourado. Ele sentiu as mãos do conselheiro se demorarem sobre sua cabeça, quase como uma bênção.

Bensimon resmungou, e então lhe deu um empurrão.

— Vá *atrás* deles — ordenou, e Kel cambaleou pela porta dourada, entrando na luz ofuscante.

Ele percebeu duas coisas ao mesmo tempo. Primeiro, Bensimon tinha razão: a Galeria estava agora cheia de nobres. Kel nunca vira tantos em um único local. Estava acostumado a ver de relance uma carruagem decorada passando pelas ruas de paralelepípedos, talvez uma mão enluvada apoiada languidamente em uma janela aberta. Às vezes, um nobre usando veludo e joias era encontrado em uma caravela, discutindo com o capitão sobre vender ou não cotas na próxima viagem do navio. Mas isso era raro de se ver, era como avistar uma salamandra. Ele nunca imaginara estar cercado por eles — nobres *ou* salamandras.

A segunda coisa era a sala em si. Ele agora entendia por que parecera tão alva. Era obviamente mantida em branco, uma tela intocada esperando pelo pincel do pintor. As paredes, que estiveram nuas, estavam agora decoradas com afrescos em tons que compunham joias, expondo as glórias de Castellane. Kel não sabia como isso era possível. (Mais tarde, ele descobriria que se tratava de telas transparentes colocadas nas paredes, e não feitas com tinta.) *Olhe só*, diziam elas, *quão majestosa e grande é nossa cidade.*

O piso fora coberto com grossos tapetes marakandeses, e na parede oeste as cortinas tinham sido afastadas para revelar uma arcada com colunas. Entre as colunas havia árvores em vasos pintadas de ouro, as folhas douradas, maçãs e frutas vermelhas de vidro colorido penduradas nos galhos. Acima da arcada, músicos tocavam trajando o vermelho e dourado do Palácio. A grande lareira era a mesma, mas agora uma chama queimava nela, grande o suficiente para assar uma dúzia de vacas.

Os habitantes da Colina formavam um tipo de caminho brilhante até a mesa principal, sorrindo e inclinando a cabeça enquanto a família real passava pela sala. No tepidário, Bensimon dissera a Kel para manter a cabeça erguida e não olhar para um lado nem para o outro, mas Kel não conseguia parar de observar tudo.

Os homens usavam paletós brocados e botas de cano alto de couro gravado; as mulheres eram nuvens flutuantes de sedas e cetins, laços e renda, o cabelo penteado para cima e preso com ornamentos de todos os formatos: rosas douradas, lírios prateados, estrelas laminadas, espadas de bronze. Tal refinamento era a parte da representação da sociedade que era possível comprar dos artistas na Praça do Mercado da Carne, onde filhas e filhos de mercadores iam para ficar sabendo dos escândalos das Casas nobres, fantasiando se casar e entrar em uma.

Bensimon caminhava ao lado de Kel, a multidão de nobres diminuindo conforme se aproximavam da mesa principal. Parecia estar como antes, embora mais decoração tivesse sido acrescentada. Penas de pavão mergulhadas em tinta dourada caíam das laterais de *epergnes* dourados, e uma faixa de lírios amarrada com correntes douradas serpenteava pelo centro da mesa. O cheiro delas — ceroso, doce demais — enchia a sala.

Maravilhado, Kel se permitiu ser guiado por Bensimon em direção a uma das três cadeiras altas dispostas no meio da mesa. A rainha estava à esquerda de Kel; à direita dele, uma garota bonita mais ou menos de sua idade, usando seda amarelo-clara, seu cabelo loiro-escuro preso em cachos.

Kel lançou um olhar para Bensimon, quase de pânico: por que o colocaram sentado ao lado de outra criança? Um adulto poderia ignorá-lo, mas a garota loira já o olhava com uma curiosidade animada que indicava que ela conhecia o Príncipe Conor muito bem.

Bensimon ergueu uma sobrancelha e partiu, posicionando-se atrás da cadeira do rei. A garota loira se inclinou por cima de seu prato para sussurrar para Kel.

— Fiquei sabendo que você estava doente — disse ela. — Não esperava que viesse.

Era a salvação. Kel se agarrou a ela.

— O rei insistiu — mentiu ele em voz baixa. Com sorte, era assim que o príncipe se referia ao pai? Kel sabia que Bensimon dissera que o talismã o faria soar e se parecer com o príncipe, mas certamente não mudava as palavras que ele dizia. Kel as escolheu com cuidado, pensando nas vezes que fizera isso quando ele e Cas brincaram de ser aventureiros bem-nascidos, em como eles adequavam seu discurso ao dos nobres sobre os quais leram nos livros. — Não houve escolha.

A garota loira jogou os cachos para trás.

— Você *está* doente — insistiu ela. — Geralmente você teria feito um escândalo por ter que vir, ou pelo menos faria piada com o assunto.

Kel guardou a informação. O príncipe não tinha problemas em ser teimoso e gostava de fazer piadas. Então eles tinham isso em comum. Era uma informação útil.

— Antonetta. — A mulher sentada diante deles chamou baixinho, olhando para a garota loira. — Endireite a postura.

Antonetta. Então esse era o nome da garota, e a mulher devia ser a mãe dela. Ela era muito bonita, com cachos de um cabelo claro, e grande parte dos seios pálidos se avolumando para fora do corpete de um vestido de seda da mesma cor do da filha. Mas a atenção dela ficou em Antonetta por apenas um momento antes que ela se ocupasse com a conversa com um homem de barba preta e sobrancelhas espertas.

— Quem é ele? — murmurou Kel para Antonetta, que estava agora com a postura ereta e rígida. — Está flertando com sua mãe?

Era uma coisa meio ousada de se dizer, mas Antonetta sorriu — como se esperasse esse tipo de comentário de Conor Aurelian.

— Você não o reconheceu? — respondeu ela, incrédula. Estava dobrando o guardanapo sobre o colo; Kel imitou seus movimentos. — Este é Senex Petro d'Ustini, um dos embaixadores de Sarthe. Ao lado dele está Sena Anessa Toderino.

Óbvio. Kel devia tê-los reconhecido de imediato: um homem e uma mulher, usando o azul-escuro sarthiano. O brinco de safira de Senex Petro brilhava em sua pele marrom-clara, enquanto Sena Anessa tinha muito cabelo amontoado em nós sobre a cabeça e um nariz longo e aristocrático.

Mais além na mesa estava outro garoto mais ou menos da idade de Kel. Ele parecia shenzana, com cabelo preto e liso e um rosto travesso. Ele lançou uma piscadela para Kel, que gostou dele de imediato, embora soubesse que a piscadela não fora para si, mas sim para o Príncipe Conor.

— Estou vendo que Joss está tentando chamar sua atenção — comentou Antonetta, fazendo uma careta para o garoto. Não era uma careta de desagrado, mas do tipo provocadora. — Ele provavelmente está triste por ter que se sentar ao lado de Artal Gremont.

Antonetta devia estar falando do homem robusto e de pescoço grosso à esquerda de Joss. O cabelo dele era curto, como se fosse um soldado, e ele usava uma braçadeira de gladiador, que parecia um pouco ridícula por cima da seda cor de damasco de sua túnica. Kel já ouvira o nome antes. Embora ele fosse um nobre, gostava de lutar contra alguns dos guerreiros mais famosos de Castellane na Arena. Todos — menos Gremont, talvez, que estava na linha de sucessão para herdar a Concessão do café e do chá — sabiam que os jogos eram manipulados em favor dele.

— Lady Alleyne — disse Senex d'Ustini para a mãe de Antonetta. — Seu vestido é mesmo magnífico, e o bordado nos punhos não é *sontoso sarthiano*? Você é, de fato, um endosso ambulante das glórias do comércio de seda.

Lady Alleyne? A Casa Alleyne tinha a Concessão da seda. O que significava que Antonetta, que no momento brincava com o garfo, herdaria a mais rica das Concessões. Kel sentiu o estômago embrulhar um pouquinho.

— A seda tem outros usos além da moda — interrompeu Antonetta. — Os Ashkar usam em gazes e linhas. É possível usar para fazer velas de navio, e em Shenzhou a seda é usada com a mesma função do papel.

Sena Anessa deu uma risadinha.

— Muito esperta, Demoselle Antonetta...

— Esperta demais — espetou Artal Gremont. — Ninguém gosta de uma espertinha. Não é, Montfaucon?

Ao que parecia, Montfaucon era o homem sentado diante de Artal. Ele estava espetacularmente vestido em veludo rosa e galão prata, sua pele de um marrom escuro e intenso.

— Gremont — começou ele, soando irritado, mas não terminou a frase porque a comida chegou.

E que comida! Não as papas e caldos que serviam no Orfelinat, mas assados de frango com repolho branco, patos recheados com ameixas ao curry, ervas e tortinhas de queijo, peixes inteiros assados e temperados com azeite e limão, e pratos sarthianos como porco regado com água de rosas sobre uma cama de macarrão.

Pode comer o quanto quiser, desde que não passe mal, dissera Bensimon. Kel iniciou os trabalhos. Estava sempre meio com fome, e agora estava morto de fome, já que esvaziara o estômago nas botas de Jolivet. Ele tentou imitar como os outros manuseavam os talheres, mas mãos eram mais rápidas que facas e garfos. Quando enfiou os dedos em uma fatia de queijo e tortinha de sálvia, viu Bensimon olhando feio para ele.

Antonetta, ele percebeu, não estava comendo, mas encarava a comida com uma expressão furiosa. O glamoroso Montfaucon piscou para ela.

— O ideal é quando beleza e sabedoria se unem, mas na situação atual os Deuses dão um ou outro atributo. Acredito que nossa Antonetta pode ser uma das sortudas exceções.

— Não se pode ter tudo, ou os Deuses invejariam os mortais — contrapôs outro homem, este com olhos frios. Ele tinha feições estreitas e pele marrom-clara, e fez Kel lembrar de ilustrações em seus livros escolares dos nobres castellanos de centenas de anos antes. — Não foi o que aconteceu com os callatianos? Eles construíram torres muito próximas aos céus, desafiaram os Deuses com suas conquistas, e por isso o império deles foi destruído?

— Uma visão sombria, Roverge — comentou um homem mais velho de aparência gentil. Ele era pálido, como alguém que passava tempo demais dentro de casa. — Os impérios tendem na direção da entropia. É difícil dominar tanto poder. Ou pelo menos foi o que me ensinaram na escola faz muito tempo. — Ele sorriu para Kel. — Não ensinaram isso a você, príncipe?

Todos se viraram para olhar de maneira agradável para Kel, que quase engasgou com a boca cheia de tortinha. Desesperado, ele imaginou o que aconteceria no momento em que se dessem conta de que ele não era o Príncipe Herdeiro. Ele seria cercado por castelguardas. Eles o arrastariam pelo Palácio e o arremessariam por cima dos muros, e ele rolaria montanha abaixo até cair no oceano e ser devorado por um crocodilo.

— Mas, Sieur Cazalet — interveio Antonetta —, você não é o mestre de toda a fortuna em Castellane? E fortuna não é poder também?

Cazalet. Kel conhecia o nome: a Concessão Cazalet era um banco, e as moedas de coroas de ouro eram às vezes chamadas nas ruas de cazaletes.

— Viu? — apontou Artal Gremont. — Esperta demais.

Kel estampou um sorriso no rosto. Não conseguia fazer a boca se esticar muito, o que provavelmente era bom; daria a ele o aspecto de sorrir despreocupadamente, em vez de com entusiasmo. Como ele descobriria mais tarde, entusiasmo era considerado suspeito em um príncipe.

— Ainda estou aprendendo, Sieur Cazalet — disse ele. — Mas os sábios dizem que quem deseja tudo, tudo perde.

A boca de Bensimon tremeu, e uma expressão de genuína surpresa tomou conta do rosto da rainha, sendo disfarçada rapidamente. Antonetta sorriu, o que Kel percebeu que o agradava.

O rei não teve reação alguma a essa declaração dada por seu filho de mentira, mas o representante de cabelo castanho-avermelhado de Sarthe deu uma risadinha.

— É bom ver que seu filho é bem versado, Markus.

— Obrigada, Sena Anessa — disse a rainha. O rei nada disse. Observava Kel com uma expressão sagaz por cima de seu cálice de prata.

— Ótima observação — sussurrou Antonetta para Kel. Os olhos dela brilhavam, tornando-a ainda mais bonita. O estômago de Kel revirou de novo, de uma maneira estranha e desta vez não desagradável. — Talvez no fim das contas você não esteja tão doente assim.

— Ah, não — disse Kel enfaticamente. — Estou muito doente. Posso esquecer algo a qualquer momento.

Os adultos haviam voltado para sua própria conversa. Kel mal conseguia acompanhar — nomes demais que ele não conhecia, tanto de pessoas quanto de coisas, como tratados e acordos de comércio. Isto é, até Senex Petro se virar para o rei com um sorriso suave e dizer:

— Falando de demandas absurdas, Majestade, alguma notícia do Rei dos Ladrões?

Kel arregalou os olhos. Ele conhecia o nome do Rei dos Ladrões; todo mundo na cidade de Castellane o conhecia, mas ele não teria pensado que os nobres soubessem de sua existência. O Rei dos Ladrões pertencia às ruas da cidade, às sombras aonde os Vigilantes não ousavam ir, aos inferninhos de apostas e albergues do Labirinto.

Uma vez, Kel perguntara à Irmã Bonafilia a idade do Rei dos Ladrões. Ela respondera que ele sempre existira, desde que ela se entendia por gente, e de fato havia algo atemporal sobre a figura que ele construíra em Castellane, passando pelas sombras trajado de preto, com um exército de larápios e ladrões sob seu comando. Ele não temia o Esquadrão da Flecha nem a vigilância da cidade. Ele não temia nada.

— Ele é um criminoso — respondeu o rei, sua voz rouca sem qualquer emoção. — Sempre haverá criminosos.

— Mas ele se chama de rei — observou Petro, ainda com o mesmo sorriso fácil. — Isso não parece um desafio a você?

Sena Anessa parecia ansiosa. Kel pensou que era quase como alguém dando um soco em uma sala de aula. Os outros observavam para ver se o soco seria revidado ou ignorado. Amigos do atacante se inquietavam. Atacar era sempre um risco.

Mas Markus apenas sorriu.

— Ele não é páreo para mim — disse. — Crianças brincam do jogo de castelos, mas isso não é um desafio para Marivent. Agora, devemos discutir as questões que levantei mais cedo, quanto à Passagem Estreita?

Sena Anessa pareceu aliviada.

— Uma excelente ideia — comentou ela, e vozes pela mesa começaram a soar em comentários sobre o comércio e a Grande Estrada Sudoeste. Poderiam muito bem estar falando em sarthiano, pois Kel pouco entendeu.

Antonetta cutucou o pulso de Kel com a ponta não amolada de sua faca.

— Vão trazer sobremesa — disse ela, gesticulando para que Kel pegasse seu talher. — Você estava certo. Você *é* esquecido.

Kel estava quase cheio mesmo, ou foi o que pensou até que os doces apareceram. Ameixas e pêssegos mergulhados em água de rosas e mel, pétalas de flores cristalizadas em açúcar, taças de sorvete doce e azedo, canecas de chocolate adoçado e creme, ambrosia cheia de sementes de romã, e pratos de bolos de marzipan decorados com cobertura colorida em tons pastel.

Os músicos tocavam uma canção suave quando a última bandeja de prata foi trazida, carregando um bolo magnífico em forma de fênix, generosamente coberto de ouro e bronze, cada asa brilhante perfeita até a última pena. Enquanto colocavam o bolo sobre a mesa, ele pegou fogo, provocando um coro impressionado.

Kel não entendia o que havia de impressionante em atear fogo a um bolo perfeitamente bom, mas sabia que devia parecer impressionado quando um pedaço da sobremesa de fênix foi colocado diante dele, brilhando em um prato de ouro. Era um pão de ló com cobertura dura e brilhante, como a carapaça de um besouro.

Ele quase não queria comê-lo. Para ele, sempre parecera uma das maiores tragédias o fato de que, durante a Ruptura, o mundo perdera não apenas quase toda a magia, mas também criaturas como fênices e dragões, manticoras e basiliscos, que desapareceram da noite para o dia.

Mesmo assim ele pegou um pouquinho da cobertura do bolo diante de si e a colocou na boca. Pareceu explodir em sabores mais fortes do que qualquer coisa que ele já tinha experimentado, mil vezes a doçura das maçãs, misturado com especiarias e o perfume das flores. Ele pressionou a língua contra a parte de trás dos dentes, meio atordoado com o sabor.

Ele desejou poder fechar os olhos. Tudo parecia estar desaparecendo e ficando nítido demais ao mesmo tempo. Ele conseguia ouvir as batidas do próprio coração, e acima disso as vozes dos nobres conversando e rindo, com um som parecido com facas cortando seda. Ele sabia que, por baixo de toda a risada, eles estavam duelando com as palavras, insultando, desafiando e elogiando uns aos outros em uma linguagem que ele conhecia, mas não compreendia.

Por entre seus cílios, Kel viu o rei olhar para o bolo em forma de fênix. Havia um tipo de ódio exausto na expressão dele que surpreendeu Kel. Certamente um monarca não odiaria tanto uma sobremesa; o rei devia estar pensando em outra coisa.

Kel ficou mais sonolento conforme a noite passava; aparentemente, o medo podia mantê-lo acordado apenas por certo tempo. Em um momento, ele pôs a faca no colo. Toda vez que se flagrava adormecendo, fechava a mão ao redor dela e a dor o fazia despertar.

Em vez de terminar, o banquete pareceu se dissipar. Um grupo partiu primeiro, e então outro. Joss Falconet acenou para ele enquanto partia sozinho. Antonetta o beijou na bochecha, o que fez seu coração disparar e o fez corar tanto que ele pôde apenas torcer para que ninguém reparasse.

A música se esvaneceu até dar lugar ao silêncio. As penas de pavão, pesadas com a tinta dourada, se penduravam como as cabeças de crianças adormecidas. O fogo havia queimado até se transformar em brasas cor de cereja quando enfim todos haviam partido, exceto a família real e o conselheiro do rei.

E Kel.

— Ora, acho que tudo foi bastante bem, querido — observou a rainha. Ela ainda estava sentada à mesa, delicadamente descascando uma verde laranja doce com seus dedos longos. — Considerando como os sarthianos gostam de ser difíceis com cada detalhezinho.

O rei não respondeu. Em vez disso, se levantou olhando para Kel. Era como ser observado por um gigante.

— O garoto é peculiarmente letrado — comentou ele. Sua voz era séria, profunda como uma cidade submersa. — Pensei que ele teria pouco conhecimento, exceto o que aprendera nas ruas.

— Ele é de um dos Orfelinats de Vossa Majestade — explicou Bensimon. — Eles têm livros, ensino. Generosidade real a todo vapor.

— Ele comeu como um morto de fome — destacou a rainha, separando o gomo coral da laranja de seu centro branco. A voz dela era feita de lixa e mel. — Foi inapropriado.

— Ele se recuperou do erro — disse Bensimon. — Isso é importante. E ele se saiu bem com Antonetta Alleyne. Ela é amiga de Conor. Se ela não percebeu a diferença, quem perceberia?

Kel pigarreou. Era estranho que falassem dele como se não estivesse ali.

— Eu gostaria de voltar agora.

A rainha ergueu os olhos de sua fruta. O rei e Bensimon olhavam para Kel em silêncio. Ele tentou se imaginar se levantando, estendendo a mão e dizendo: *Obrigado, mas vou embora agora*. Talvez ele pudesse fazer uma reverência educada. Um dia, esta seria uma história que ele contaria — sua única noite vendo de perto a aparência do poder. Percebeu que a sensação era como veludo na pele em um momento, e a ponta de uma lâmina no seguinte.

Mas ele sabia que não devia fazer isso. Esta jamais fora uma história que ele poderia contar.

— Voltar? — ecoou a rainha. — Voltar para seu Orfelinat sujo, é isso? Não é muito grato. — Ela lambeu o polegar. — Bensimon, você disse que ele seria grato.

— Ele ainda não sabe o verdadeiro propósito da visita — justificou Bensimon. — Se o acharem aceitável, explicarei a ele. Então, de fato, ele será muito grato, espero.

A rainha franziu a testa.

— Não acho...

— Ele é aceitável — afirmou o rei. — Desde que Conor concorde. — Ele estalou os dedos. — Explique-se, Mayesh. Estarei na Torre da Estrela. É uma noite sem nuvens.

Com isso, ele partiu. A rainha, com um olhar sombrio e irritado, partiu ladeada por castelguardas sem olhar novamente para Kel.

Estava como antes, sem ninguém na sala além de Kel e o conselheiro do rei. Embora, agora, as sobras da comida estivessem espalhadas pela mesa. Os músicos haviam partido, e o fogo se tornara cinzas.

Kel abriu e fechou a mão por baixo da mesa. Estava pegajosa de sangue. Ele olhou para Bensimon.

— Você disse... que eu ia voltar.

— Eu não sabia se o rei o acharia aceitável ou não — disse Bensimon. — Parece que ele achou. Levante-se. Nós ainda não terminamos.

Kel odiava quando adultos diziam *nós* quando queriam dizer *você*. Ele franziu a testa enquanto seguia Bensimon outra vez pelos corredores serpenteantes do Palácio. Muitas das tochas foram apagadas; não era mais possível ver o que tinha dentro dos cômodos e ele tropeçou enquanto seguiam por uma escadaria gigante, que parecia se curvar como a espiral de uma concha.

Mais algumas esquinas viradas e Bensimon o conduziu por um salão de mármore até uma grande sala. Pelo menos estava iluminada e decorada em tons suaves de castanho e azul. Uma cama coberta de veludo em um canto, e, ao lado dela, uma cama menor, o que deixou Kel confuso. Era uma cama para uma mãe ou um pai, e a outra, para um filho? Mesmo assim, não havia outros sinais de uma criança: os móveis eram de mogno polido com detalhes de marfim; as pinturas nas paredes mostravam Lotan, o Pai dos Deuses, com seus três filhos:

Ascalon, Aníbal e Aigon. Guerra, morte e mar. Uma escada de ferro em espiral subia por uma abertura no teto.

Espalhada em uma mesa próxima, uma bagunça de diferentes armas. Kel nada sabia sobre armas e não poderia ter identificado a maioria delas, embora tenha chutado que algumas fossem adagas, e outras, espadas curtas. Elas tinham cabos esculpidos de marfim e jade, de um jeito delicado, cravejados com pedras de diferentes cores.

Houve uma breve comoção na porta. Kel olhou para o redemoinho de castelguardas lá fora, como uma invasão de chamas. No meio deles, um garoto, que passou pela porta e a fechou com firmeza atrás de si.

Bensimon endireitou a postura; ele não parecia surpreso.

— Príncipe Conor.

Kel sentiu o estômago revirar. Ali estava o garoto que ele estivera representando. Um garoto que, obviamente, jamais estivera doente. Ele se deu conta, então, de que tudo tinha sido um teste — e aquela era, de alguma forma, a parte final.

O Príncipe Herdeiro vestia um tom azul como o aço dos pés à cabeça, assim como Kel. Ele não usava um diadema, mas mesmo assim Kel o teria reconhecido como príncipe. Ele era alto para a idade, tinha as feições delicadas da mãe, e uma espécie de chama saltitava atrás de seus olhos e uma expressão risonha em seu rosto que fez Kel querer sorrir para ele, o que era surpreendente o suficiente por si só. Ele sabia que o garoto tinha que ser aterrorizante — ele era da realeza —, e era, mas apesar disso Kel queria sorrir para o príncipe.

Embora ele tivesse a mesma idade que Kel, Conor parecia eras mais velho quando cruzou o quarto com um caminhar leve e perguntou:

— Então como foi? Ser eu?

Uma dor inesperada floresceu como uma flor dentro do peito de Kel. *Quero ser como ele,* pensou. *Quero caminhar pelo mundo como se ele fosse se reorganizar ao redor dos meus sonhos e desejos. Quero parecer poder tocar as estrelas de maneira delicada e as puxar para serem meus brinquedos.*

Era estranho querer algo que você jamais pensou querer.

Kel apenas assentiu, como se para dizer que fora tudo bem. Conor inclinou a cabeça de lado, como um tordo curioso. Ele se aproximou de Kel e, sem qualquer vergonha, pegou a mão dele e a virou.

Conor soltou um ruído assustado. Pela palma de Kel havia as marcas de vários cortes de faca.

— Eu estava tentando me manter acordado — justificou Kel. Ele olhava para a própria mão ao lado da de Conor. Sua pele era um tom mais escuro por conta da exposição ao sol, e as palmas de Conor eram macias e não tinham cicatrizes ou calos.

— Sim, eu vi — disse Conor. — Fiquei observando esta noite. Detrás de uma tela.

Ele soltou a mão de Kel.

— Essa é uma determinação bem impressionante, na verdade — observou Bensimon. — E resistência à dor.

O olhar de Conor era firme, intenso e cinzento. *Seus olhos estão errados*, dissera Bensimon.

— Deixe-nos, Mayesh — ordenou ele. — Eu gostaria de conversar sozinho com Kel.

Kel esperou que o conselheiro retrucasse. Em vez disso, Mayesh Bensimon pareceu esconder um sorriso.

— Como quiser — acatou ele, e saiu da sala com um giro em uma nuvem de capa cinza.

Quando ele partiu, Kel sentiu sua falta um pouco. Bensimon era a pessoa que ele mais conhecia no Palácio. Embora Kel tivesse passado a noite fingindo ser o Príncipe Conor, ele era um estranho. Kel observou enquanto Conor ia até a mesa e pegava uma das adagas, e então mais uma. Talvez esse seja o fim das coisas, pensou ele com certo desânimo. A viagem, o ritual peculiar do jantar, e agora o Príncipe Herdeiro o esfaquearia até a morte.

— Você gosta de armas? — perguntou Conor. — Eu poderia dar a você uma adaga, caso goste.

Kel se sentiu muito satisfeito por ter identificado corretamente a presença de adagas. Mesmo assim, a situação não parecia promissora.

— Para fazer o quê? — perguntou, desconfiado.

Conor deu um sorriso torto.

— Entenda, não sei do que você gosta — respondeu ele. — Estou pensando em como convencê-lo a ficar.

— Ficar? Aqui? No Palácio?

Conor se sentou na beira da cama menor.

— Meu pai foi criado no reino de Malgasi — disse ele. — Eles têm uma tradição lá. Quando um príncipe faz dez anos, ele recebe um tipo de... guarda-costas. *Királar*, é como o chamam. Portador da Espada. Ele deve ficar na frente do príncipe para... para protegê-lo do perigo. Ele aprende a andar e falar como o príncipe, a se vestir como ele. Fazem com que se pareça com o príncipe.

— Fazem com que se pareça com o príncipe? — repetiu Kel.

— Talismãs, feitiços. Gotas de flores para mudar a cor dos olhos. — Ele suspirou. — Não parece muito agradável, mas prometi a mim mesmo que seria sincero com você. Não há motivo para não ser. Você descobriria, cedo ou tarde.

— Você quer que eu — tentou articular Kel, devagar — seja seu Portador da Espada?

Conor assentiu.

— Meu pai poderia obrigá-lo, mas não quero uma pessoa relutante. Quero alguém que *queira* fazer isso. E não alguém que seja separado da família, também. É por isso que... Você é de um Orfelinat?

Kel assentiu. Estava atordoado demais para falar.

Conor relaxou imediatamente.

— Isso é bom. Jolivet não mentiu para mim, pelo menos. — Ele olhou para Kel. — O que você acha?

— Acho — disse Kel — que parece perigoso, e provavelmente difícil. Acho que se você está procurando alguém que *queira* fazer isso, também pode ser difícil.

Conor soltou um suspiro triste.

— Como quiser.

Ele parecia derrotado, o que tornou a peculiaridade da situação familiar. Kel não sabia o que esperar de um encontro com o Príncipe Herdeiro de Castellane, mas certamente não esperava que ele estivesse *deprimido*.

— Bem, você poderia *tentar* me convencer — acrescentou Kel. — Diga para mim, o que seria bom nessa situação?

Conor ergueu a cabeça, o olhar se iluminando.

— Sério? — Ele endireitou a postura. — Bem, você moraria no Palácio. Teria tudo o que quisesse, na maioria das vezes. Coisas razoáveis, mas quaisquer roupas ou livros ou... bem, realmente qualquer coisa.

Se você visse algo na vitrine de uma loja, eu providenciaria para você. A não ser que fosse um elefante de jade ou outra coisa enorme.

— Isso parece pouco prático — comentou Kel, sério, lutando contra um sorriso.

— Aprenderíamos juntos — continuou Conor. — Jolivet não é o homem mais razoável que existe, mas é o melhor instrutor de espadas que temos. Você se tornaria um guerreiro especialista. E meus tutores estão me ensinando tudo o que há para saber; eles ensinariam a você também. Você falaria uma dúzia de idiomas, conheceria a história de toda Dannemore, as estrelas, todas as Grandes Equações.

Apesar de tudo, algo se acendeu dentro de Kel. Era pequeno e brilhante, um sinalizador distante, como aqueles de fogo. Ficou assustado. Ele não esperava se sentir realmente tentado.

— Você jamais ficaria com fome — acrescentou Conor baixinho. — E jamais ficaria solitário. Dormiria aqui, ao meu lado, e sempre estaríamos juntos. E sua vida seria extraordinária.

Kel se recostou na mesa. *Extraordinária*. Ele conhecia a palavra — das aulas, na maioria das vezes.

Conor se inclinou para a frente, animado.

— Você conheceria a realeza de todo o mundo, descendentes de heróis famosos. Você veria grandes dançarinos se apresentando, ouviria os melhores músicos. Você veria coisas que as pessoas quase não veem. Você viajaria o mundo inteiro.

Kel pensou no *Pedra Branca* perto do Orfelinat; esse era o navio no qual ele navegara com Cas por oceanos imaginários. Ele pensou nas bolinhas de gude que usavam para prender o mapa no jogo infinito de aonde-você-quer-ir. Eles sempre souberam que jamais conheceriam aquelas terras distantes.

— Conhecer o mundo — disse ele. — Com... você?

Conor assentiu, entusiasmado.

— Na maior parte do tempo você não estaria fingindo ser eu. Você receberia outra identidade. O nome de um nobre. E quando eu me tornar rei, você deixará de ser o Portador da Espada. Depois disso você será como Jolivet, o líder dos melhores guerreiros de Castellane. O Esquadrão da Flecha. E, um dia, você pode se aposentar com honra e fortuna.

Honra soava chato; fortuna, um pouco menos.

— Mas talvez você queira fazer outra coisa. Tornar-se um mercador ou mestre de guilda, por exemplo? — cogitou Conor, incerto. Ele parecia cansado. Kel não pensara que garotos ricos poderiam parecer exaustos desta maneira. — Não o manterei aqui contra sua vontade. Falei isso ao meu pai.

Falei isso ao meu pai. Ele se referir ao rei era estranho o suficiente, mas mais estranho ainda foi que Kel viu que as mãos de Conor, pressionadas juntas como estavam, tremiam. Ele realmente precisava do garoto, Kel pensou, em choque. Nunca antes precisaram dele. Cas era seu amigo, mas não *precisava* dele, nem Irmã Bonafilia ou os outros. Pais precisam de seus filhos, mas ele nunca teve pais. Ele não sabia o que era ser necessário para outra pessoa: que despertava uma vontade de proteger essa pessoa. Para sua própria surpresa, ele queria proteger esse garoto, o príncipe de Castellane. Queria ficar entre ele e uma floresta de *fléchettes* em disparada. Queria olhar para baixo e acabar com qualquer inimigo que desejasse o mal de Conor Aurelian.

Era a primeira coisa que ele *quisera* fazer desde que passara pelos portões do Palácio. Bem, além de comer.

Mas talvez você queira fazer outra coisa. Tornar-se um mercador ou mestre de guilda, por exemplo? Quando Kel fizesse dezesseis anos, o Orfelinat o jogaria, sem um centavo, no mundo. O lugar existia para ajudar crianças — e apenas crianças. Sem treinamento, em grande parte sem educação, nas ruas de Castellane, não haveria nada para ele. Ele poderia sobreviver como acendedor de lampiões ou como marinheiro, se tivesse sorte, e seria pobre. Ou poderia ser um criminoso — roubar como os Rastejantes, o mais alto que ele já ousara sonhar — e acabar pendurado na forca do Tully.

Ele inspirou fundo.

— Você disse extraordinária?

E Conor começou a abrir um sorriso.

UM

— Não vejo motivos para ter que me casar *agora* — reclamou Conor Darash Aurelian, o Príncipe Herdeiro de Castellane, Duque de Marakand (um título honorário que herdara da mãe), e Potentado de Sarema (uma pequena ilha deserta perto de Taprobana que fora reivindicada por Castellane algumas décadas antes, quando um navio mercante plantou a bandeira do leão nos poucos metros de sua costa; pelo que sabiam, a bandeira ainda estava lá, deixando a reivindicação de Castellane na protuberância pedregosa sem contestação).

Kel apenas sorriu. Conor parecia estar dramaticamente aflito, o que não significava que ele estava mesmo se sentindo dramaticamente aflito. Kel conhecia as expressões do príncipe melhor do que as suas próprias. Conor poderia estar irritado com a pressão de ter que se casar, ou poderia estar irritado com o discurso que a rainha ordenara que ele fizesse na Praça Valeriana naquele dia (o motivo de ele e Conor estarem no momento enfiados em uma carruagem com janelas escuras, passando calor e apertados entre almofadas de veludo, com Jolivet e Mayesh os encarando nos assentos diante deles). Ou ele poderia não estar nem um pouco irritado, e simplesmente usando seu estilo para ser dramático.

De qualquer forma, não era problema de Kel. Não era ele quem estava tentando convencer Conor a aceitar um casamento politicamente vantajoso. Na verdade, ele era contra a ideia toda. Estava bastante confortável com o jeito que as coisas estavam, e, caso Conor se casasse, o equilíbrio seria prejudicado.

— Então não se case — grunhiu Jolivet. Estava austero como sempre, apesar de estar usando o uniforme completo (quilômetros de galão dourado, túnica e calças vermelhas, e um capacete tão cerimonial que, enquanto ele o carregava no colo, as plumas roçavam seu queixo). Mayesh Bensimon, ao lado dele, parecia um maltrapilho corvo cinza em comparação: usava as vestes simples de conselheiro, o cabelo branco e cacheado caindo por cima do colarinho. Mas também, como um Ashkar, ele só tinha permissão de usar azul ou cinza em público, o que limitava muito o potencial por esplendor nas vestes. — Aquele seu primo em Detmarch pode ser o rei de Castellane, e você pode ir para o exército. Dar ao general Archambault um descanso na fronteira.

Kel segurou uma risada. Era verdade que quando uma família real castellana tinha mais que um herdeiro, o segundo geralmente era treinado para se tornar o líder do exército. Se Conor tivesse um irmão, poderia trocar de lugar com ele, embora Kel não pudesse imaginar Conor fazendo uma coisa dessas, nem como suposição. Ele odiava insetos e lama, e o exército, pelo que Kel entendia, envolvia bastante das duas coisas. Além disso, ele era jovem — tinha apenas vinte e três anos — e tinha tempo para se casar e gerar um herdeiro. Mayesh e Jolivet estavam apenas ansiosos, como galinhas velhas cacarejantes.

Conor ergueu a sobrancelha.

— Besteira — desconsiderou ele. — Sou bonito demais para arriscar arruinar minha aparência na batalha.

— Cicatrizes podem ser charmosas — observou Kel. — Veja o Montfaucon. Sempre cercado de cortesãos que o adoram.

— Se houvesse garantia, alguém poderia ir lutar e voltar com apenas um corte na bochecha — disse Conor. — O resultado mais provável, uma lança no rosto, é menos atraente. Enfim, nem mesmo estamos em guerra agora.

Conor sempre movia as mãos de jeito expressivo quando falava, um hábito que Kel passara anos aprendendo e copiando. Um pouco de luz na carruagem brilhou nos anéis de Conor enquanto gesticulava. Ele estava ricamente vestido, tão adequado quanto um príncipe prestes a falar com seu povo. A terceira melhor coroa — um diadema de ouro com asas entalhadas —, finas calças de lã e gibão de couro trabalhado, o couro cortado em pequenas formas de diamante para mostrar a seda e o fio metálico da camisa por baixo. Estava muito calor, o que Kel sabia porque usava a mesma roupa.

— Não há guerra no momento — reforçou Mayesh. — E consolidar alianças com outros países com conexões matrimoniais é uma forma de garantir que permaneça assim. — Ele abriu um caderno de couro em cima do colo. Dentro, havia dezenas de retratos e rascunhos feitos em vários tipos de papel, todos enviados por cortes e nobres esperançosos por toda Dannemore e além. — Princesa Aimada d'Eon de Sarthe. Vinte anos, fala seis línguas, a mãe foi uma famosa beldade, dócil...

— Dócil quer dizer tediosa — interrompeu Conor. Ele tinha tirado um dos anéis e o jogava de uma mão para a outra. Brilhava na pouca luz da carruagem enquanto ele disparava, como um vaga-lume colorido. — E que me importa a aparência da mãe dela?

— Talvez estejam oferecendo duas pelo preço de uma — sugeriu Kel, e viu Conor sorrir. Vários aspectos do trabalho de ser o Portador da Espada iam além de Kel apenas se colocar entre o Príncipe Herdeiro e o possível perigo. Conor costumava estar cercado de pessoas dizendo a ele o que fazer de uma maneira temerosamente séria; Kel se via na missão de oferecer algum equilíbrio.

Mayesh não achou graça.

— Acredito — retrucou — que a sugestão é que a filha, assim como a mãe, a rainha, será um dia uma grande beldade.

— Ela não é agora? — Conor pegou o papel das mãos de Mayesh. — Ruiva — observou ele. — Odeio cabelo ruivo. E ainda é de Sarthe.

Jolivet riu. Antes que Castellane ganhasse sua independência, tinha sido a cidade portuária de Magna Callatis, um vasto império agora dividido nos três reinos separados de Sarthe, Valderan e Castellane. Valderan tinha sido seu sul verdejante, e mesmo agora continha a maioria das fazendas que abastecia Castellane de alimentos. Castellane tinha sido o estaleiro e o porto. E Sarthe tinha sido a capital, onde se situava a antiga cidade imperial de Aquila. Era de conhecimento geral que Sarthe desejava reconstruir o antigo império. Eles queriam especialmente o porto de Castellane, pois estavam presos em terra firme, forçados a pagar taxas altas a Valderan para acessar a costa.

— Ele tem razão — concordou Jolivet. — Por que dar vantagem a Sarthe?

— Sim, por quê? — Mayesh pegou outra folha de papel. — Aqui temos a Princesa Elsabet Belmany, de Malgasi.

— Malgasi — repetiu Jolivet, pensativo. — Um aliado útil. Principalmente porque seu pai foi criado na corte deles.

— Eles negociam ricamente especiarias, peles e sedas, têm reservas de terras aráveis, o que significaria não dependermos mais do comércio com Valderan para colheitas — observou Mayesh, embora houvesse uma curiosa falta de entusiasmo em sua voz.

— Terra arável — disse Conor. — Jamais foram ditas palavras mais românticas. Tantas baladas escritas sobre mulheres lindas com vastos campos de terra arável.

— É assim que chamam agora — brincou Kel, e Conor sorriu antes de pegar o pergaminho das mãos de Mayesh.

— Você não precisa falar de terra como se não fosse nada — resmungou Jolivet. — No comércio, de fato temos um grande poderio. Mas no quesito terra somos apenas alguns quilômetros quadrados de cidade e pântano.

— E que quilômetros quadrados! — soltou Kel, com leveza, e Mayesh sorriu. Conor ergueu o pergaminho para mostrar a Kel o retrato de uma jovem de aparência intensa, pele clara e cabelo preto, um diadema de ouro na testa, encimado por uma fênix de rubi. Elsabet Belmany.

Kel franziu a testa.

— Acho que ouvi o nome dela recentemente...

Conor estalou os dedos.

— Sim. Algum tipo de escândalo. A Casa Belmany é bastante odiada pelo povo de Malgasi; parece uma situação desagradável na qual se envolver.

Jolivet fez um som exasperado.

— Também há antimonarquistas em Castellane, Conor...

Kel raspou uma mancha de tinta preta na janela da carruagem enquanto Conor e Mayesh discutiam se a Casa Aurelian era ou não amada por todos. Através do ponto limpo no vidro, Kel viu que estavam na Ruta Magna. Última parte da Grande Estrada Sudoeste que passava de Shenzhou a Castellane, a Ruta Magna cortava as montanhas da Passagem Estreita, cruzava a cidade e terminava no porto. Por vezes Kel se perguntava como era o outro lado da Grande Estrada. Ele sabia que terminava na capital de Shenzhou, mas se tornava a principal via daquela cidade, como era em Castellane, ou simplesmente desaparecia na confusão de ruas, como um rio sangrando em uma planície aluvial?

Conor sempre dissera que Kel era estranho por se perguntar sobre coisas assim. Mas Kel costumava sonhar com os cantos afastados do mundo. Pela janela deles em Marivent, ele podia ver o porto e os grandes navios retornando de Sayan e Taprobana, de Kutani e Nyenschantz. Um dia, ele disse a si mesmo. Um dia, ele se veria a bordo de uma daquelas caravelas, velejando pelo oceano de seda azul estendida. Com sorte, Conor estaria com ele, embora a promessa do príncipe de que um dia viajariam pelo mundo ainda precisava se materializar. Não era culpa de Conor, Kel sabia; de maneira incomum, a Casa Aurelian havia mantido seu príncipe por perto.

— Ah, muito bem — disse Mayesh de repente. Ele raramente demonstrava irritação; Kel se virou meio surpreso para ver que o conselheiro segurava um novo papel. — Se Malgasi não agrada, aqui temos o Príncipe Floris de Gelstaadt. Jovem, bonito, um dia controlará o maior império bancário do mundo.

A preferência geral de Conor era por mulheres, mas de forma alguma era regra. Se Conor se casasse com outro homem, uma mulher de boa estirpe seria escolhida para ser a Lady Mãe que carregaria o filho de Conor, cuidaria dele e o entregaria para os dois reis criarem. Fora essa a situação com os avós de Conor — um príncipe de Castellane e um lorde de Hanse — e não era tão incomum em Dannemore. Casamentos entre rainhas eram mais raros, mas também existiam.

— Império bancário? — Conor estendeu a mão. — Deixe-me ver.

Kel espiou o esboço por cima do ombro do príncipe. O rapaz nele, retratado se recostando em um amieiro, era bonito, com cabelo cor de linho e os olhos azuis comuns a Gelstaadt — um pequenino país cujas leis bancárias liberais o tornaram um dos mais ricos em Dannemore.

Conor ergueu o olhar.

— O que você acha, Kel?

A atmosfera dentro da carruagem mudara sutilmente. Kel, que passara a última década se ajustando às nuanças das interações sociais, sentiu. Ele era o Portador da Espada, o criado do príncipe. Não era a função dele dar opiniões, pelo menos não na visão de Jolivet e Mayesh. (Era, talvez, uma das poucas coisas nas quais eles concordavam.)

Kel não tinha certeza de por que devia se importar. Todos que trabalhavam no Palácio eram leais ao Sangue Real, mas ele era leal, acima de todas as outras coisas, a Conor. Era a escolha que ele fizera muito tempo antes, como um garoto pequeno e imundo em roupas emprestadas, encarando o príncipe de Castellane. Que lhe oferecera uma vida extraordinária, e dera a ele isso e algo mais — uma amizade extraordinária.

— Acho — respondeu Kel — que ou alguém desenhou essa árvore menor do que é, ou Floris de Gelstaadt é um gigante.

— Bem observado — disse Conor. — Não quero me casar com alguém mais alto que eu. Qual a altura dele, Mayesh?

Mayesh suspirou.

— Dois metros e treze.

Conor estremeceu.

— Mayesh, está tentando me atormentar? Uma princesa pouco popular, um gigante e uma ruiva? É essa a sua ideia de piada? Está gastando anos da minha vida. Isso pode ser considerado traição.

Mayesh estendeu outro pergaminho.

— Princesa Anjelica de Kutani.

Conor se endireitou, enfim interessado. Kel não podia culpá-lo. A pintura era de uma garota de pele escura com uma nuvem de cabelo preto e luminosos olhos cor de âmbar. Um chapéu de trama dourada com diamantes em forma de estrela era sua coroa, e mais ouro brilhava em seus pulsos. Ela era bonita, de um jeito luminoso.

— Kutani? — ecoou Jolivet, soando desconfiado. — Castellane poderia pagar o dote que eles certamente exigiriam?

Kutani era uma ilha, um centro de comércio de especiarias — cardamomo, pimenta, açafrão, gengibre e alho: tudo cultivado ou vendido lá, tornando o reino espetacularmente rico. De acordo com Joss Falconet, cuja Casa recebera a concessão das especiarias, o ar da ilha tinha cheiro de cardamomo, e os ventos do comércio sopravam nas areias das praias macias como pó.

— Verdade — concordou Mayesh, deixando o papel de lado. — Provavelmente, não.

Os olhos de Conor brilharam.

— Somos ricos o suficiente — contrapôs. — Devolva-me isso.

Eles haviam saído da Ruta Magna e entrado em uma rua estreita atrás da praça central da cidade, onde outra praça era formada por quatro dos mais antigos prédios da cidade. Todos cobertos de mármore branco, com veias de quartzo que brilhavam ao sol; os prédios ostentavam degraus largos, colunas e pórticos em arco no estilo do antigo império callatiano.

A Praça Valeriana fora um dia a Cuadra Magna, o centro principal da cidade portuária imperial. Em cada ponto cardeal havia uma estrutura gigantesca datada do tempo do império. Ao norte, o Tully; seus degraus ladeados por leões de mármore, as bocas escancaradas como se para pegar criminosos com as presas. A oeste ficava o Convocat; ao sul, a Justicia. A leste, a Porta Áurea, o arco triunfal erguido por Valerian, o primeiro rei de Castellane; os cidadãos a apelidaram de Portão Para Lugar Nenhum.

Castellane tinha uma relação confusa com seu passado. Aquele dia marcava o aniversário da independência de Castellane de Magna Callatis. Os castellanos tinham um orgulho feroz por sua cidade-Estado, sentindo que ela era o melhor local mais Dannemore. Porém, também se orgulhavam por serem descendentes dos callatianos, e pelo que mantiveram do tempo do império: todas as coisas, desde os hipocaustos que aqueciam os banhos públicos às cortes e ao Conselho dos Doze. Independente, mas também ligada às glórias de um domínio que não existia havia muito tempo; às vezes Kel pensava que era o único a perceber a contradição.

Kel e os outros se aproximaram por trás do Convocat, onde uma entrada escondida permitiria que eles acessassem o prédio às escondidas. A rua tinha sido bloqueada dos dois lados para todos, exceto para o tráfego da realeza. Enquanto Kel descia da carruagem, ele viu um grupo de criancinhas espiar das sombras, de olhos arregalados. Eram maltrapilhas — de pés descalços e imundas, queimadas de sol. Ele lembrou de dois meninos debaixo de um eucalipto, brincando de batalhas de piratas, e jogou uma moeda de cobre na direção delas.

— Levem meus cumprimentos ao Rei dos Ladrões! — gritou ele.

O menor dos meninos arfou, assustado.

— Dizem que ele está aqui hoje — revelou o garoto. — Em algum lugar da multidão.

— Como se você soubesse qual é a cara dele — zombou uma menina usando um avental esfarrapado. — Você nunca viu ele.

O menino menor bufou, irritado.

— Sei, sim — protestou o garoto. — Ele anda por aí todo de preto, como o Cavalheiro Morte vindo buscar sua alma, e as rodas da carruagem dele são manchadas de sangue.

Revirando os olhos, a menina mais velha puxou a orelha do menino com força. Ele deu um grito, e as crianças desapareceram nas sombras, gargalhando.

Kel deu uma risadinha. Quando criança, ele pensava no Rei dos Ladrões como o Deus trapaceiro dos ladrões. Mais tarde, ele começou a entender que, por mais misterioso que fosse, o Rei dos Ladrões era real, não uma figura mitológica. Ele comandava operações de contrabando sofisticadas e gigantescas, tinha inferninhos de aposta nos confins de Warren, e estendia seus domínios do comércio do porto até a Grande Estrada. O Palácio não podia fazer nada para livrar a cidade da presença dele. O Rei dos Ladrões era poderoso demais; além disso, Mayesh dissera, era melhor não tirar o comandante do topo de qualquer organização. Afinal, a ordem ilegal era melhor do que o caos legal.

Jolivet estalou os dedos.

— Venha, Kellian — chamou ele, e os quatro cruzaram a rua deserta e entraram no Convocat. Estava escuro e fresco lá dentro, o mármore protegendo o lugar do calor. Kel se viu caminhando ao lado de Mayesh enquanto Jolivet seguia ao lado de Conor, conversando atenciosamente com o príncipe.

— Foi muito esperto, na carruagem — admitiu Kel. — Mostrar a ele três candidatos com os quais ele não vai querer se casar, e então mostrar uma que ele vai querer e dizer que ele não pode tê-la.

— É tarefa sua e minha — replicou Mayesh — conhecer o príncipe melhor do que ele mesmo.

— Com a exceção de que você tem outras tarefas, e eu apenas tenho uma. Você também deve conhecer o rei e a rainha.

Mayesh fez um gesto que parecia indicar concordância indiferente.

— Apenas ofereço aconselhamento a eles. Sempre foi assim.

Isso era falso, óbvio, mas Kel não estava com vontade de retrucar. Era melhor não se envolver demais em qualquer discussão sobre o rei e a rainha, principalmente quando se tratava do rei. Conor faria o discurso da independência anual naquele dia porque a rainha não apareceria — ela odiava falar em público — e o rei não podia comparecer.

Markus Aurelian, o grande estudioso, o rei-filósofo. A sabedoria dele era motivo de orgulho em Castellane. Diziam que ele não costumava aparecer em público porque estava ocupado com seu aprendizado, suas grandes descobertas nos campos da astronomia e da filosofia. Kel sabia que isso não era verdade, mas era apenas um entre muitos segredos que ele mantinha para a Casa Aurelian.

Eles chegaram à câmara central do Convocat, onde amplos pilares de mármore sustentavam um teto abobadado. O piso em mosaico, que retratava o mapa de Dannemore antes da queda do império, um dia fora colorido. Agora, estava desgastado pela passagem do tempo e de inúmeros pés, a ponto de ser então apenas uma sombra fraca.

Um dia, houve assentos ali; um dia, o rei se sentara em uma sessão com as famílias das concessões, discutindo lei, comércio e política. Kel podia se lembrar vagamente quando ainda era assim, antes que o rei tivesse se recolhido para a Torre Norte com telescópios e astrolábios, mapas das estrelas, sextantes e esferas. Antes que o rei voltasse sua atenção para o céu e esquecesse do mundo abaixo dele.

Mas não havia motivo para pensar nisso agora. Vários membros do Esquadrão das Flechas se aproximavam. Eles brilhavam em vermelho e dourado, como Jolivet, embora carregassem consideravelmente menos borlas e franjas. O líder, um homem de cabelo grisalho chamado Benaset, disse, com tristeza:

— Legado. Senhor, houve um incidente.

Benaset explicou: um trabalhador da doca, encontrado na multidão com uma besta presa às costas. Provavelmente não era nada, óbvio; o mais provável era que ele desconhecia a lei que proibia ir armado a uma aparição de um membro do Sangue Real. O Tully descobriria a verdade, com certeza. Enquanto isso...

— Precisaremos do Portador da Espada — declarou Benaset. — Ele está preparado?

Kel assentiu. A tensão se espalhou por seus ombros, contraindo os músculos. Assumir o lugar de Conor não era raro. Era sempre uma questão de sorte, enquanto os guardas ficavam mais cuidadosos. Ele sequer se importava com o perigo, pensou, enquanto tirava o talismã do bolso e o colocava ao redor do pescoço. (Ficou frio em contato com a pele; por motivos que ele não sabia, o metal nunca doía onde o tocava.) Mas ele havia relaxado naquele dia. Estavam quase na praça; podia ouvir a multidão. Ele se permitira imaginar que não seria necessário.

Estava errado. O mais rápido possível ele começou a repassar o discurso mentalmente. *Eu os cumprimento, meu povo de Castellane, em nome dos Deuses. Hoje...*

Kel franziu a testa. Hoje alguma coisa. *Hoje Castellane nasceu.* Não. Não era isso.

— Não acho que será necessário — disse Conor, interrompendo o devaneio de Kel. — Um idiota bêbado vagando por aí com uma arma mal significa uma tentativa de assassinato...

— É necessário, Monsenhor. — Kel conhecia aquela falta de emoção na voz de Jolivet, e sabia o que significava. O Legado tinha poder de restringir o príncipe fisicamente, poder esse concedido a ele pelo rei, se tal ação fosse necessária. — É por isso que você tem um Portador da Espada.

Conor ergueu as mãos para o alto com revolta enquanto Kel se aproximava dele. Eles se encararam; Kel deu de ombros rapidamente, como se dissesse: *Não tem problema.* Com um suspiro, Conor tirou a coroa da cabeça e a entregou para Kel.

— Tente parecer bonito — aconselhou ele. — Não decepcione o povo.

— Farei o meu melhor. — Kel colocou a coroa na cabeça. Seus anéis eram joias de mentira, mas a coroa, aquilo era real. Pertencia à Casa Aurelian. Parecia carregar um peso além daquele físico do lingote. Ele olhou para cima, piscando: o Esquadrão das Flechas escancarara as portas, inundando o interior do Convocat com intensa luz do sol.

Kel podia ouvir o rugido da multidão, como o quebrar das ondas do mar.

Conor estendeu a mão. Kel a segurou, e Conor o puxou para perto. Isso fazia parte do ritual, memória muscular. Kel já havia feito isso incontáveis vezes, embora ainda sentisse um breve arrepio nas costas ao olhar para Conor. Ao sentir o diadema de ouro na testa.

— Sou o escudo do príncipe — proferiu ele. — Sou a armadura inquebrável dele. Sangro para que ele não tenha que sangrar. Sofro para que ele jamais sofra. Morro para que ele possa viver para sempre.

— Mas você não vai morrer — disse Conor, soltando a mão de Kel. Era o que ele sempre dizia; não fazia parte do ritual, mas um hábito mesmo assim.

— A não ser que Lady Alleyne ponha as mãos em mim — brincou Kel. Lady Alleyne tinha várias ambições, a maioria delas focadas em sua única filha. — Ela ainda está tentando fazer você casar com Antonetta.

Jolivet bufou.

— Chega — interrompeu ele. — Mayesh, você fica com o príncipe.

Era mais uma pergunta que uma ordem; Mayesh indicou que ficaria, e Kel se juntou a Jolivet na longa caminhada até as portas. O barulho da multidão ficou cada vez mais alto enquanto Kel passava pela entrada até a arcada coberta adiante, todos os seus arcos brilhantes de mármore branco. Ele ouviu a multidão respirar fundo enquanto se aproximava para se alojar no topo da escadaria que levava até a praça, como se todos o tivessem visto ao mesmo tempo, como se todos tivessem respirado ao mesmo tempo.

Kel ficou no topo das Escadas de Luto e olhou para a praça enquanto eles entoavam o nome de Conor. A multidão abrangia pessoas de várias origens, classe e ocupação: de trabalhadores da doca usando cambraia áspera, os filhos empoleirados em seus ombros para ter uma visão melhor, até donos de lojas e taberneiros. Mercadores ricos haviam conduzido suas carruagens brilhantes para a praça e se reuniam em grupos, vestindo cores intensas. Nos degraus do Alto Templo havia o Hierofante, o sumo sacerdote de Castellane, carregando um cajado com uma ponta de uma orbe leitosa de Vidro Estilhaçado. Kel olhou para o homem mais velho de esguelha — era raro ver o Hierofante longe do Templo, exceto por grandes ocasiões como funerais de chefes de Estado ou o Casamento com o Mar, quando o rei e a rainha de Castellane embarcavam em um navio coberto de flores e lançavam um anel de ouro no mar, para selar o **vínculo** entre **Aigon e a Casa de Aurelian**.

Mais perto dos degraus estavam sentadas as Famílias da Concessão, em cima de uma plataforma que fora erguida diante dos leões do Tully, cada família debaixo de uma flâmula com o signo de sua Casa: um navio para a Casa Roverge, uma coroa de flores para Esteve, uma bicho-da-seda para Alleyne.

Kel deu uma última olhada na multidão, avistando uma carruagem preta com rodas vermelhas. Nela estava apoiada uma figura magra, de pernas longas e toda vestida de preto. *Ele anda por aí todo de preto, como o Cavalheiro Morte vindo buscar sua alma, e as rodas da carruagem dele são manchadas de sangue.* Poderia ser o Rei dos Ladrões, para ver o príncipe discursar? Kel supôs que ele poderia ver, se quisesse. Quando criança, perguntara a Conor por que o Palácio simplesmente não prendia o Rei dos Ladrões.

— Porque — respondera Conor, parecendo pensativo — ele tem dinheiro demais.

Chega. Kel estava deixando seu nervosismo guiar a imaginação. *Concentre-se,* pensou ele. *Você é o príncipe de Castellane.*

Ele fechou os olhos. Na escuridão, viu um mar azul, um navio com velas brancas. Ouviu o som das ondas e o chamado das gaivotas. Ali, onde as estrelas do oeste se afogavam com a volta do mundo, ele estava sozinho no silêncio, com o horizonte o atraindo. O navio se balançava embaixo dele, o mastro às suas costas. Ninguém sabia disso além dele. Nem mesmo Conor.

Ele abriu os olhos. Estendeu as mãos para a multidão, o veludo grosso de suas mangas caindo para trás, os anéis brilhando nos dedos. A coroa era pesada, uma barra de ferro de um lado ao outro de sua testa. Ele disse:

— Eu vos cumprimento, meu povo de Castellane, em nome dos Deuses — a voz amplificada pelo talismã em seu pescoço, ecoando pela praça.

Meu povo... Muitos na multidão brandiam a bandeira vermelha e dourada de Castellane — o navio e o leão. O mar e as Estradas de Ouro. Havia um tapete no formato do território de Dannemore na biblioteca do Palácio. Às vezes Conor caminhava descalço sobre ele: em Hind, seguindo pelas Estradas de Ouro, depois retornando a Castellane. Assim era o mundo para um príncipe.

— Hoje — continuou Kel, e as palavras surgiram, espontâneas, mas lembradas — é o dia de nossa liberdade, o nascimento de nossa cidade--Estado. Aqui, nessas ruas, o povo de Castellane deu a vida para que jamais tivesse que se ajoelhar outra vez para um imperador nem se curvar aos pés de um poder estrangeiro. Aqui nos tornamos o que somos... um farol brilhante para todo o mundo, a maior cidade de Dannemore, de todo o mundo...

A multidão rugiu. O som era como um trovão, como uma tempestade se aproximando cada vez mais até parecer estremecer o céu e parti-lo. Nesse momento, não importava que Kel não fosse o verdadeiro príncipe. Os aplausos e assobios o elevaram enquanto ele caminhava pelas estradas do céu como Elemi atingida por um raio.

A empolgação de Kel pareceu chegar nos ossos dele como se seu tutano estivesse cheio de pólvora. Ele sentiu um fogo subir, se tornando um incêndio em seu sangue. Era esmagador ser amado assim — mesmo que o amor não fosse realmente direcionado a ele. Mesmo que fosse uma ilusão.

— Muito bem — elogiou Conor quando Kel voltou para o Convocat. A multidão estava em frenesi, ainda rugindo lá fora, em parte pela aparição do Príncipe Herdeiro, mas também, era preciso admitir, pelo álcool gratuito distribuído pelo Palácio. Barracas com estandartes em vermelho e dourado distribuía canecas enquanto as famílias nobres pegavam seus pertences e corriam de volta para a Colina. Logo, a multidão patriota se tornaria uma turba estridente e comemorativa. — Gostei da parte sobre o coração e a alma de Castellane serem... o que foi mesmo? Ah, sim. Os cidadãos. Improvisou?

— Pensei que tivéssemos ensaiado. — Kel se recostou em um pilar, sentindo o mármore fresco nas costas e no pescoço. De repente estava com muito calor, embora não tenha sentido o sol quando ficou no topo das Escadas de Luto. — As pessoas gostam de elogios.

— Você está bem? — Conor, que estivera sentado encostado em um pilar, se pôs de pé. Jolivet e Mayesh estavam entretidos em uma conversa; o Esquadrão da Flecha andava de um lado a outro na sala, como os guardas silenciosos sempre faziam. Conor costumava se esquecer de que eles estavam ali. — Você parece...

Kel ergueu a cabeça. Ele e Conor tinham a mesma altura; Kel tinha certeza de que de alguma forma Mayesh tinha feito isso, como fez com que os olhos de Kel ficassem da cor de prata enferrujada, ao longo dos anos.

— Sim?

— Nada. Insolação, talvez. Fará bem para você ficar no escuro. — Conor pôs a mão no ombro de Kel. — Hoje é um dia de celebração.

Então vamos celebrar. Vá e troque de roupa na carruagem, e iremos para o Caravela.

— Certo. — Kel suspirou. Depois que costumava fazer aparições públicas como Conor, sentia uma exaustão dentro dos ossos, como se tivesse ficado em uma posição desconfortável por horas. Tudo que ele desejava era voltar ao Palácio e cair na cama. — A festa de Joss Falconet.

— Por que a relutância? — O canto da boca de Conor se curvou para cima. — Faz tempo que não vamos ao Distrito do Templo.

O Distrito do Templo era uma vizinhança de casas do prazer; tinha ganho esse nome porque a maioria dos bordéis mantinha um santuário para Turan, o Deus do desejo. Kel meio que desejava que pudessem ir lá em outra noite, mas estava óbvio que Conor ansiava pela festa — além disso, o próprio Kel tinha alguns interesses no Caravela bem diferentes do comum, e aquela noite seria tão boa quanto qualquer outra para lidar com eles.

— Nada — desconversou Kel. — Só que os eventos de Falconet podem ser... excessivos.

Conor tocou levemente embaixo do queixo de Kel.

— Excessivamente agradáveis. Já pedi a Benaset para trazer os cavalos. Você pode montar em Asti.

Por baixo do tom descontraído, Conor soava ansioso. Ele sabia que Kel não queria ir; oferecer o cavalo favorito de Kel era suborno. Por um breve instante, Kel se perguntou o que aconteceria caso recusasse, dissesse que voltaria ao Palácio com Bensimon e Jolivet. Caso passasse a noite em um quarto escuro com vinho azul frio e um mapa das estrelas do oeste.

A resposta era: nada de mais. Mas Conor ficaria decepcionado, e ele ainda precisaria de alguém para acompanhá-lo ao Caravela. Conor não podia sair pelo mundo sozinho, desprotegido; ele sempre devia ser defendido. Se Kel voltasse ao Palácio, um guarda do Esquadrão da Flecha seria designado para vigiá-lo, e Conor também ficaria infeliz. E se ele ficasse infeliz, Kel ficaria infeliz. Não porque Conor descontaria nele; ele não faria isso. Mas a ideia de decepcionar Conor o devoraria por dentro.

Kel tirou a coroa da cabeça. Estendeu-a para Conor, o diadema de ouro pendurado em seus dedos.

— Está certo — disse ele —, mas não esqueça sua coroa, Monsenhor, ou o tratarão com desrespeito no Caravela. A não ser — acrescentou ele — que você esteja pagando para ser tratado com desrespeito esta noite. Está?

Conor riu, a ansiedade desaparecendo de seus olhos.

— Excelente. Teremos uma noite memorável, eu acho. — Ele se virou para gesticular de um jeito despreocupado com a coroa para Bensimon e Jolivet, que olhavam para os dois jovens com a mesma expressão de séria desaprovação. — Desejamos uma boa tarde a vocês, cavalheiros — cumprimentou ele. — Caso queiram nos encontrar, estaremos no Distrito do Templo, oferecendo as orações apropriadas.

Sempre houve magia.

É uma força da natureza, como fogo, água e ar. A humanidade não nasceu sabendo como usar a magia, assim como não nasceu sabendo como criar o fogo. Dizem que os segredos da magia são sussurrados no ar mais alto, onde aqueles que têm a habilidade aprendem os encantamentos que, nas mãos certas, se tornam feitiços.

Não sabemos quem codificou os primeiros feitiços ou os registrou por escrito. Tal conhecimento se perdeu. Mas sabemos que todo feitiço ou conjuração sempre incluiu a Única Palavra, o nome inefável do Poder, sem o qual um feitiço é apenas discurso vazio. Sem a Palavra, não há magia.

— *Contos dos feiticeiros-reis,* Laocantus Aurus Iovit III

DOIS

— Sinto muito — disse, sem parecer sentir nem um pouco, Dom Lafont, um homenzinho nervoso com óculos de armação preta equilibrado em um nariz verruguento, balançando a cabeça. — É impossível.

Lin Caster colocou as mãos abertas no balcão de madeira que os separava. A Livraria Lafont no Distrito Estudantil era um lugarzinho empoeirado, as paredes enfeitadas com impressões antigas e rascunhos de Castellane e de figuras históricas famosas. Atrás do balcão, prateleiras de livros se estendiam: alguns novos e brilhantes, com belas capas de couro coloridas, alguns manuscritos simples amarrados com barbante, confeccionados pela Academie para ajudar estudantes em seus trabalhos.

Era um desses — um tratado sobre doenças hereditárias escrito por Ibn Sena, um professor de medicina — que Lin estava se coçando para pegar. Ela esticou o pescoço, tentando descobrir exatamente qual dos manuscritos amarrados nas prateleiras era, mas a loja estava um pouco escura.

— Dom Lafont — insistiu Lin —, tenho sido uma boa cliente. Uma cliente *frequente*. Não é verdade? — Ela se virou para sua amiga Mariam Duhary, que acompanhava a conversa com olhos preocupados. — Mariam, diga a ele. Não há um bom motivo para não me vender o livro.

— Sei disso, Domna Caster — protestou Lafont. — Mas existem *regras*. — Ele torceu o nariz tal qual um coelho. — O que você está pedindo é um livro para os estudantes de medicina da Academie. Você não estuda na Academie. Se tivesse uma carta da Justicia, talvez...

Lin queria socar o balcão. O homem estava sendo ridículo. Os Ashkar, como ele sabia muito bem, não podiam frequentar a Academie como estudantes, nem recorrer à Justicia. Eram leis — leis ruins, que faziam o estômago dela revirar, o sangue esquentar nas veias. Mas as coisas eram assim desde a fundação de Castellane.

— Para estudantes — retrucou ela, se esforçando para ficar calma — esses manuscritos são de graça. Estou oferecendo pagamento. Diga seu preço, Dom Lafont.

O homem abriu bem as mãos.

— Não se trata de dinheiro. Trata-se de *regras*.

— Lin é médica — interveio Mariam. Ela era uma jovem pequena, delicada como um pássaro, mas seu olhar era firme e intenso. — Como você bem sabe. Ela curou você de gota no outono passado, não foi?

— Ainda volta de vez em quando — replicou ele em um tom amargo. — Toda vez que como faisão.

O que eu disse a você para não fazer, pensou Lin.

— Ela apenas busca a sabedoria que permitirá que ela cure mais doentes e alivie o sofrimento deles — pontuou Mariam. — Certamente você não pode se opor a isso.

Lafont grunhiu.

— Sei que até o seu povo acha que você não deve praticar a medicina — disse ele para Lin. — Sei que você não deve pôr as mãos em conhecimento que não é para o seu tipo. — Ele se inclinou sobre o balcão. — Sugiro que você fique com o que sabe, seus amuletozinhos e berloques mágicos. Vocês, Ashkar, já não têm *sabedoria* suficiente?

Naquele momento, Lin viu a si mesma nos olhos do lojista. Alguém impotente, alguém obviamente diferente, quase desconhecido. E sim, ela usava, como exigiam as leis de Castellane, as cores tradicionais dos Ashkar: um vestido cinza, um casaco azul. E, no pescoço, o símbolo tradicional do povo dela: um círculo dourado e vazado que pendia de uma corrente. O de Lin um dia pertencera à sua mãe.

No entanto, mais que isso a marcava. Estava em seu sangue, na forma como ela andava e falava, em algo invisível que ela sentia às vezes pairar ao seu redor como névoa. Ela era conhecida por ser Ashkar, e isso era evidente — estranha de uma forma que os marinheiros que apinhavam o porto de Castellane simplesmente não eram. Os viajantes tinham um papel e um lugar obviamente definidos. Os Ashkar, não.

Vocês, Ashkar, já não têm o suficiente? De certa forma, era o que toda a Castellane sentia. A Ruptura havia destruído toda a magia, eliminando-a do mundo. De tudo, exceto dos pequenos feitiços e talismãs de *gematria*, a magia ancestral dos Ashkar. Por causa disso, o povo de Lin era odiado e invejado na mesma medida. Por causa disso, leis especiais se aplicavam a eles. Por causa disso, eles não tinham permissão para sair do Sault, a comunidade murada na qual era obrigatório que morassem, assim que o sol se pusesse. Como se não fosse possível confiar neles nas sombras.

Lafont balançou a cabeça, virando-se.

— Há um motivo para livros assim não serem feitos para mãos como as suas. Volte se quiser comprar outra coisa. Minha porta estará aberta.

O mundo pareceu escurecer diante dos olhos de Lin. Ela inspirou fundo, as mãos pequenas se fechando em punho...

Um momento depois, ela se viu do lado de fora da livraria, sendo conduzida pela rua por Mariam.

— Mariam, o que...

— Você ia bater nele — explicou Mariam, sem fôlego. Ela havia parado entre uma pensão para estudantes e uma loja que vendia penas e tinta. — E então ele teria chamado os Vigilantes, e você seria multada, no mínimo. Sabe que eles não têm empatia com os Ashkar.

Lin sabia que Mariam estava certa. Mas mesmo assim...

— É *inacreditável* — bufou ela. — Aquele preconceituoso! Ele não tinha nada contra o meu conhecimento quando queria que eu o tratasse de graça, tinha? E agora é *Mantenha suas mãos imundas longe dos nossos livros*. Como se o conhecimento pertencesse a um tipo de pessoa...

— Lin! — Mariam interrompeu em um sussurro. — Estão nos encarando.

Lin olhou ao redor. Do outro lado da rua havia uma casa de chá, já cheia de estudantes aproveitando o dia de folga. Um grupo havia se reunido a uma mesa de madeira envelhecida para beber *karak* — um chá cheio de especiarias e creme — e jogar cartas; vários *olhavam* para ela, parecendo se divertir. Um estudante bonito com uma cabeleira ruiva, usando uma coroa de papel, piscou para ela.

E se eu pedisse a um deles para comprar o livro para mim?, pensou Lin. Mas não, não funcionaria. *Malbushim* tendiam a suspeitar dos Ashkar, e mesmo Dom Lafont não seria enganado por um truque logo após a tentativa dela. Lin respondeu à piscadela do jovem com uma encarada firme. Ele pôs a mão sobre o coração como mostrando que ela o magoara, e se virou para os companheiros.

— Precisamos voltar para casa — comentou Mariam, um tanto ansiosa. — As ruas ficarão uma algazarra daqui a uma hora ou duas.

Era verdade. Naquele dia celebravam a independência de Castellane, com discursos, músicas e desfiles noite adentro. Visitas a templos para agradecer ocorriam durante as manhãs; no fim de tarde, o Palácio começaria a distribuir cerveja para a população e as celebrações ficariam muito mais tumultuadas. Pela lei, todos os Ashkar precisavam estar trancados dentro do Sault ao cair da noite; ser pega nas ruas lotadas não daria certo.

— Você está certa. — Lin suspirou. — É melhor evitarmos a Grande Estrada. Estará cheia. Se pegarmos um atalho, chegaremos à Praça Valeriana.

Mariam sorriu. Ela ainda tinha covinhas, embora tivesse emagrecido tanto que até suas roupas ajustadas pareciam largas.

— Vá na frente.

Lin pegou a mão de Mariam. Parecia um monte de galhinhos. Xingando Lafont em silêncio ela começou a caminhar, conduzindo a amiga pelos caminhos de paralelepípedos íngremes e inclinados do Distrito estudantil, a parte mais antiga da cidade. Ali, as ruas estreitas nomeadas em homenagem aos filósofos e cientistas imperiais serpenteavam ao redor do domo imponente da universidade. Feito de granito cinza, o domo com colunas da Academie se erguia como uma nuvem de tempestade acima dos telhados escarpados das lojas e pensões frequentadas por estudantes e tutores.

Em um dia comum, estudantes de uniforme preto desbotado estariam correndo de uma aula a outra, com bolsas de couro cheias de livros penduradas nas costas. Lin já se perguntara como seria estudar na Academie, mas suas portas estavam fechadas para os Ashkar, e ela havia desistido desse sonho.

Mesmo assim, o Distrito Estudantil capturava a imaginação dela. Lojas coloridas vendiam itens para os alunos: penas e papéis, tinta e ferramentas de medição, comida e vinho barato. Os prédios antigos pareciam se aconchegar como crianças cansadas, trocando segredos.

Em sua mente, Lin imaginava como devia ser morar em uma república com outros estudantes — ficando acordada até tarde para ler à luz de uma vela de sebo, mesas de pernas bambas manchadas de tinta, janelas estreitas com grades estilo diamante e vista para a Colina dos Poetas e a Grande Biblioteca. Correndo para as aulas matinais com um lampião aceso na mão, em meio a uma multidão de alunos ansiosos.

Ela sabia que era improvável ser tão romântico assim na vida real, mas de toda maneira ela gostava de imaginar a atmosfera de livros empoeirados e estudo coletivo. Lin havia aprendido muito na Casa dos Médicos no Sault, com uma série de professores homens sérios e carrancudos, mas não era possível descrever aquilo como uma prática social.

Olhando ao redor neste momento, era possível sentir a atmosfera festiva. Janelas foram abertas e alunos se amontoavam nas varandas e até nos telhados, conversando animados enquanto tomavam vinho barato. Lampiões vermelhos e dourados, as cores de Castellane, foram pendurados com fitas que passavam em cada uma das varandas das janelas. Placas de loja pintadas com cores intensas balançavam à brisa; o ar ali tinha cheiro de papel e tinta, poeira e cera de vela.

— Você ainda está com raiva — observou Mariam enquanto elas cruzavam o Caminho dos Historiadores. Ela e Lin tinham saído da frente de um grupo de estudantes obviamente embriagados para que passassem. — Você está toda vermelha. Só fica assim quando está furiosa. — Ela bateu o ombro no de Lin. — Era um livro muito importante? Sei que Lafont disse que era um livro de estudos, mas não consigo imaginar nada que a Academie possa ensinar que você já não saiba.

Mariam era leal. Lin queria apertar a mão dela. Queria dizer: *Preciso dele por causa de você. Porque você tem ficado mais magra e mais pálida o ano todo; porque nenhum dos meus remédios fez você melhorar nem um pouquinho. Porque você não pode subir uma escada ou caminhar pela rua sem perder o fôlego. Porque nenhum dos meus livros pode me dizer o que há de errado com você, muito menos como tratá-la. Porque metade do conhecimento que tínhamos antes da Ruptura foi perdida, mas não posso perder a esperança sem tentar de tudo, Mariam. Você me ensinou isso.*

Em vez disso, Lin balançou a cabeça.

— É o que ele disse, nem meu próprio povo quer que eu seja médica.

Mariam parecia empática. Ela sabia melhor que quase qualquer pessoa o quanto Lin havia se esforçado para convencer os anciões do Sault que ela, uma mulher, devia ter permissão para aprender medicina. Eles enfim haviam permitido, sem acreditar que ela passaria nos testes de admissão dos médicos. Ela ainda tinha prazer em se lembrar que suas notas tinham sido mais altas que a de qualquer estudante homem.

— Não foi o Sault inteiro, Lin. Muitos queriam que você conseguisse. E pense como será mais fácil para a próxima garota que queira ser médica. Você pavimentou o caminho. Não dê ouvidos àqueles que duvidam.

Lin gostou da ideia. Seria muito bom ter mais médicas no Sault. Pessoas com quem ela poderia trocar conhecimento, discutir tratamentos e sobre pacientes. Os *asyar* homens a ignoravam. Lin esperara que eles a aceitariam quando ela passasse nos testes, e de novo depois de seu primeiro ano de prática, mas a postura deles não mudara. Uma mulher não tinha espaço como médica, fosse ela boa nisso ou não.

— Farei o meu melhor para não dar ouvidos a eles, então — disse ela. — *Sou* muito teimosa.

— Ah, é mesmo. Você é tão teimosa quanto seu avô.

Lin geralmente reclamaria de ser comparada a Mayesh, mas elas haviam acabado de chegar à Biblioteca Corviniana, a Grande, e um monte de vozes explodiu ao redor dela.

A Biblioteca fora construída duzentos anos atrás, pelo Rei Estien IV, e portanto era um prédio relativamente novo no distrito. Suas portas de pedra estavam fechadas, mas um amplo pátio de mármore se abria à sua frente, cheio de pessoas. Estien era um patrono dos filósofos e havia ordenado que tablados de mármore fossem erguidos fora da Biblioteca para serem usados em debates. Qualquer cidadão de Castellane tinha permissão para subir em um deles e falar sobre qualquer assunto que escolhesse, livre de acusações de perturbar a paz — desde que não saísse de onde estava.

Não havia, é óbvio, uma regra dizendo que alguém tinha que *ouvir*, e assim vários palestrantes tendiam a vociferar suas opiniões o mais alto possível. Uma jovem alta usando o manto forrado de verde dos estudantes de ciências gritava a respeito da injustiça da Academie, que esperava que estudantes estrangeiros pagassem por sua moradia quando os castellanos eram abrigados de forma gratuita. Isso atraiu vaias amistosas de um grupo de estudantes bêbados que cantava uma versão indecente do hino de Castellane.

Ali perto, um jovem loiro usando uma túnica preta justa e abotoada estava denunciando a monarquia em voz alta. Isso atraiu mais interesse, pois criticar a família real era perigoso. A maioria dos estudantes da Academie eram os filhos dos mercadores e mestres de guilda, lojistas e comerciantes. Os nobres contratavam tutores particulares em vez de enviar seus filhos à universidade pública. Contudo, a lealdade à Coroa e às Famílias da Concessão era profunda.

— Ei! Você aí! — Alguém gritou, e o jovem loiro ergueu uma sobrancelha questionadora. — Acabei de ver os Vigilantes dobrando a esquina. É melhor você se esconder se não quiser acabar na barriga de um crocodilo.

O jovem fez uma reverência em agradecimento e desceu do tablado de mármore. Um momento depois, havia desaparecido na multidão.

Mariam franziu a testa.

— Acho que não tinha ninguém vindo, não.

Lin olhou ao redor, mas não havia como saber quem gritara para o antimonarquista. Mas as sombras estavam se alongando, a Grande Biblioteca lançando reflexos de pilares pelo pátio. Elas não podiam mais demorar.

Viraram na avenida Vespasiana, que era ladeada pelas moradias da universidade. Através das portas abertas, Lin via alunos em mantos pretos subindo e descendo a escadaria íngreme, rindo e chamando uns aos outros. Alguém em uma varanda acima tocava uma *vielle*; a melodia de seu lamento pairava no ar, subindo e descendo como uma gaivota sobre a água do porto.

Que ela tenha a coragem
de ter a mim uma noite lá
onde se despe
e me fazer um colar com seus braços.
Senão, morrerei.

— Os músicos fazem parecer que é horrível se apaixonar — comentou Lin. — Um monte de lamentação sem fim, todos solitários porque ninguém os aguenta.

Mariam riu baixinho.

— Como você pode ser tão cética?

— Isso para não dizer que aparentemente o amor te deixa pobre, doente — acrescentou Lin, erguendo os dedos para listar — e bastante passível de morrer cedo, em uma salinha bem pequena e mal iluminada.

— Se fosse tão ruim assim, ninguém se apaixonaria.

— Fiquei sabendo que não é uma escolha — retrucou Lin enquanto dobravam na Estrada Yulan, onde o distrito estudantil terminava em uma via larga ladeada por casas shenzana, com terraços e cercadas por muros baixos com portões de ferro. Comerciantes e marinheiros de Shenzhou se estabeleceram ali na época do império, suas tradições se misturando ao longo do tempo com as de Castellane. — O amor só acontece, quer você queira ou não; do contrário, não haveria tantas canções. Além disso, as pessoas fazem um monte de coisas ruins para elas. Você deve saber.

As casas da rua haviam cedido espaço para lojas vendendo de tudo, desde esculturas feitas de jade e bijuterias baratas a fogos de artifício e lanternas de papel pintadas com símbolos representando independência, sorte e *Daqin* — o nome shenzano para Castellane. Um vapor delicioso escapava pelas portas pintadas de branco dos restaurantes de massa, onde marinheiros e estudantes shenzanos apaixonados por comida maravilhosa e barata se aglomeravam nas longas mesas de jacarandá.

O estômago de Lin rugiu. Era hora de ir para casa; ela tinha certeza de que havia um bolo de mel inteiro na despensa. Quase inteiro, pelo menos.

Ela se esgueirou para um beco com um arco de pedra, tão estreito que ela e Mariam caminharam em fila. Podia ver por cima de alguns muros altos os jardins das casas da rua, onde crisântemos e papoulas floresciam. Ouviu risadinhas acima dela: famílias já estavam sentadas nos telhados de casa, de onde poderiam ver os fogos de artifício em vermelho e dourado que mais tarde explodiriam como estrelas cadentes no porto.

Quando enfim saíram do beco, Lin praguejou baixinho. Devia ter virado no lugar errado. Queria ir até a Praça Valeriana, atrás da Justicia.

Em vez disso, elas saíram nas ruas laterais no meio de uma multidão que aplaudia diante do Convocat.

Pela Deusa, pensou ela, sentindo um peso no coração. *Não.*

Ela se virou para ver Mariam olhando ao redor, espantada. A praça estava tão lotada quanto a caravana de um comerciante.

— Mas pensei que...

— Íamos evitar a praça. Eu sei — completou Lin, séria. Ali perto, várias carruagens se reuniram. As portas estavam escancaradas, e garotas em roupas da moda, filhas de mercadores, com as botas de cores intensas aparecendo por baixo das barras de renda dos vestidos, se inclinavam para fora, rindo e chamando umas às outras. Lin ouviu algo sobre uma princesa e um reino, e dois nomes que reconheceu: Conor Aurelian e conselheiro Bensimon.

Fora do Sault, não havia Ashkar algum com tanto poder quanto o avô dela, Mayesh Bensimon. Dentro dos muros, o poder dele era equiparável apenas ao do Maharam, mas ali, entre os *malbushim*, o único Ashkar cujo nome eles conheciam era Mayesh, que ficava ao lado do rei, ao lado do príncipe. Ele aconselhava, advertia, ouvia os medos, desejos e sonhos deles. Ele mapeava um caminho para que o seguissem. Ninguém ficava assim tão perto do trono, exceto talvez o Legado Jolivet, o líder do exército real.

Durante toda a primavera, houve rumores de que o Príncipe Conor se casaria em breve. Lin sabia que seu avô estaria no centro da decisão de que aliança o príncipe faria, que vantagem daria a Castellane. Parecia que aquelas garotas também sabiam. Todo mundo sabia.

Segurando a manga de Mariam, Lin começou a abrir caminho pela multidão, passando por comerciantes com cheiro de vinho e mestres de guilda que cantavam alto. Algo a atingiu levemente no ombro; era uma flor que alguém havia jogado. Uma áster amarela, o símbolo da Casa Aurelian. Mais flores amassadas estavam espalhadas pela praça, as pétalas douradas pisoteadas até formar um pó fino.

Lin mudou de direção para evitar uma gigantesca plataforma erguida na qual estavam as Famílias da Concessão com suas flâmulas, e recebeu vários olhares feios daqueles que pareciam acreditar que ela estava tentando se aproximar do Convocat. Ela podia ouvir Mariam reclamando que queria parar, *olhar*, mas o coração de Lin batia forte demais. Ela estava ansiosa para chegar do outro lado da multidão antes que...

A multidão arfou. Mariam parou de uma vez e puxou a mão de Lin. Resignada, Lin se virou para ver que as escadas do Convocat não estavam mais vazias. O Príncipe Conor Aurelian havia aparecido no topo da escadaria e olhava para a multidão.

Muito tempo antes, o avô de Lin a havia levado a um discurso do rei na praça. Ele a colocara na plataforma, entre as Famílias da Concessão, enquanto o Rei Markus falava. Lin não entendera nada do discurso sobre impostos e comércio, mas havia amado o espetáculo: a multidão que aplaudia, as roupas, a Rainha Lilibet toda de verde, o pescoço com esmeraldas tão grandes quanto os olhos de um crocodilo. O jovem príncipe estava ao lado dela, os cachos pretos e grossos dele iguais aos da mãe, a boca repuxada em uma careta.

Mayesh colocara Lin sentada ao lado de uma garota de cabelo claro com cachos cheios e lábios finos. Antonetta era seu nome. Ela nada dissera a Lin, que não se importou. Lin estava gostando demais de olhar para tudo.

Isto é, até perceber os olhos pousados *nela*. E não apenas os dos nobres — que a olhavam de esguelha, discretamente —, mas também os da multidão: mercadores, comerciantes e gente comum de Castellane. Todos encaravam a garota Ashkar, lá na plataforma, junto aos nobres, como se fosse um deles. Como se ela fosse *superior*.

Fora a primeira vez que ela se lembrava de ver tais olhares — que diziam que ela era peculiar, deslocada, uma curiosidade. Diferente dos outros. Ela era uma criança, mas a encaravam com suspeita explícita. Não devido a quem era, mas devido ao *que* era.

Tudo isso passou pela mente de Lin agora enquanto Príncipe Conor, o cabelo preto e cacheado preso por um diadema dourado com asas, subiu ao topo dos degraus para encarar a multidão. Lin não o via desde aquela época, quando ele era criança, como ela. Ele ainda tinha a mesma inclinação arrogante no queixo, a mesma boca rígida. O franzir da testa dele era estreito como uma lâmina.

Mariam suspirou.

— Ele *é* muito bonito.

Lin sabia que, de uma perspectiva objetiva, isso era verdade. As garotas suspiravam pelos retratos dos filhos da nobreza que eram vendidos toda semana no mercado da praça da Torre do Vento. E o Príncipe

Conor, ela sabia, era o mais popular de todos. Desenhos dele com seu cabelo preto como o de um corvo e suas maçãs do rosto bem delineadas vendiam mais que imagens semelhantes do gracioso Joss Falconet ou do zombeteiro Charlon Roverge. Era mais do que a aparência, Lin pensou, cética; Falconet era bonito, mas Conor estava mais perto do trono, do poder.

Mas ela não podia se forçar a concordar com Mariam. Alguma coisa na dureza da aparência do príncipe não a atraía. Ele não havia falado ainda, mas olhava para a multidão com uma atenção intensa. Lin pensou sentir o olhar dele na sua pele, embora soubesse que era apenas imaginação. Ela sabia que não fazia quase nenhum sentido odiar Conor Aurelian. Ela era como uma formiga para ele. Conor poderia pisar nela e sequer perceber.

Mas ela pensou em seu avô e o odiou assim mesmo.

— Não posso gostar dele, Mariam — disse ela. — Meu... Mayesh escolheu ele, escolheu todos os Aurelian, acima da própria família. Acima de Josit e de mim.

— Ah, não acho que isso seja verdade. — Mariam parecia perturbada. E, à luz do sol, mais pálida do que nunca. Lin se afligiu em silêncio. — Você sabe que não era tão simples assim.

Mas era. Lin ainda se lembrava de se sentar com o irmão no quartinho deles, ouvindo Mayesh discutir com Chana Dorin na cozinha. *Chana, você precisa entender. Não posso levar eles. Meu dever é com o Palácio.*

— E as roupas dele são ridículas — acrescentou Lin. — Do príncipe, quero dizer. — Ela esperava que isso distraísse Mariam, que amava moda mais que tudo. Lin e Mariam tinham ido para a escola juntas quando crianças, Mariam fora considerada frágil demais fisicamente para continuar a estudar. Sem relutar muito, Mariam havia se afastado dos estudos intensivos, transformando sua considerável habilidade com agulhas em ofício.

Em pouco tempo, ela havia aprendido tudo o que havia para saber sobre costura e tecidos, sobre as diferenças entre *altabasso* e *soprariccio*, entre seda crua e *mockado*. Ela montou uma banca na praça do mercado, e rapidamente mulheres (e homens) com dinheiro de toda a cidade arrulhavam em cima dos *chemises* com fino bordado preto nos decotes e punhos; em cima dos corpetes de veludo e seda adamascada, e vestes de seda tão finas e delicadas quanto redes de pescar. Ela fez visitas à Colina para vestir Demoselle Antonetta Alleyne, cujos vestidos volumosos e cobertos de renda levaram semanas para ficar prontos. O tear e a agulha de Mariam raramente ficavam parados, e por vezes ela lamentava que Lin costumava estar em seu uniforme de médica e quase não tinha ocasião para usar vestidos elegantes.

Mariam olhou para o príncipe, pensativa.

— Eu não diria *ridículo* — discordou ela. — Eles têm um certo estilo. É chamado de *sontoso* em sarthiano. Significa muita riqueza.

Riqueza, de fato. Os dedos do príncipe reluziam com uma dúzia de anéis com joias, brilhando quando ele se mexia. As botas e o justilho dele eram de um rico couro gravado, a camisa de seda carmesim, intensa como o sangue. A espada real, Libélula, estava presa à cintura dele com uma tira de brocado em dourado e marfim.

— Significa... — Mariam inspirou fundo e balançou a cabeça, como se para desanuviar a mente. — Significa que tudo deve ser do mais fino trabalho. Veja o casaco dele. É de veludo cor de romã de Sarthe, tecido com linha de ouro tão fina e refinada que faz todo o tecido brilhar como metal. O trabalho é tão delicado que foi criada uma lei o proibindo, pois costumava deixar os costureiros cegos ou desequilibrados.

— Se é ilegal, como ele tem um casaco todo feito com esse tecido? — Lin quis saber.

Mariam deu um sorriso fraco.

— Ele *é* o príncipe — argumentou ela, bem quando Conor Aurelian estendeu a mão para a multidão e começou a falar.

— Eu os cumprimento, meu povo, em nome dos Deuses — disse ele, e, embora Lin soubesse a verdade, embora o odiasse, quando ele falou parecia que o sol brilhava com um pouco mais de intensidade. A voz dele era forte, profunda e suave como o veludo cor de romã que ele usava.

A multidão começou a avançar à frente, pressionando Lin e Mariam em direção aos degraus do Convocat. A adoração brilhava nos rostos deles.

Isso é poder, pensou Lin. *O amor do povo. Ele os tem nas mãos, e eles o amam por isso.* Era quase estranho, embora ela tivesse crescido na sombra de Marivent e da Casa Aurelian. Mas não havia nada similar a um rei ou rainha no Sault. O controle do Sault era dividido entre o próprio Mayesh — que agia como ponte entre os Ashkar e o mundo exterior, protegendo os que estavam dentro dos muros das forças fora deles — e Davit Benezar, o Maharam. Meio sacerdote, meio legislador, o Maharam governava a comunidade do Sault, estando presente em cada nascimento e morte, cada casamento e cada punição.

Nenhuma posição era herdada: o Maharam era indicado pelo Exilado, a coisa mais próxima que os Ashkar tinham da realeza. O Exilado, que viajava pelas Estradas de Ouro, por todos os Saults, traçava sua descendência em uma linha direta do Judá Makabi, que fora escolhido pela própria Deusa para conduzir o povo dela: o *Livro de Makabi* era um dos textos mais sagrados deles.

O poder de Mayesh era bem mais secular. Era tradição da corte ter um conselheiro Ashkar, que era escolhido pelo Palácio, e assim tinha sido desde o império.

O Príncipe Conor ainda falava, suas palavras subindo e descendo, dedilhando os acordes da independência, da liberdade, de Castellane. A multidão avançava como uma onda com a intenção de quebrar nos degraus do Convocat; alguns olhavam de olhos marejados para o príncipe. *Ele poderia mudar a lei com uma palavra*, pensou Lin. *Ele tem poder para decidir o que é e o que não é proibido. E em algum lugar, nas sombras do Convocat, está meu avô. Se ele fosse outro homem, poderia levar minha causa ao Palácio.*

Mariam resmungou baixinho, tropeçando enquanto a multidão as empurrava.

— Lin! Algo está errado...

Lin se lançou em direção à amiga, alarmada. Mariam pressionava o pescoço com as próprias mãos, os olhos arregalados e assustados. As bochechas estavam vermelhas, e o sangue no canto da sua boca era tão vermelho quanto a seda do príncipe.

— *Mariam* — arfou Lin; correndo para alcançar a amiga, chegou bem a tempo de apoiá-la pela cintura. — Segure-se em mim — disse ela enquanto Mariam caía sobre ela. — Segure-se em mim, Mari...

Mas Mariam tinha se tornado um peso morto; ela puxou Lin para o chão consigo, e Lin se agachou por cima dela, aterrorizada, enquanto a multidão ao redor murmurava e se afastava.

Lin arrancou o lenço do cabelo e o dobrou, deslizando-o por baixo da cabeça de Mariam, que respirava com dificuldade, os lábios levemente tingidos de azul. O peito de Lin se apertou de pânico; ela não estava com a bolsa de curandeira, nem as ferramentas. Estava cercada de *malbushim* — alguns as encaravam, mas a maioria ignorava as duas. Eles achariam que não era seu dever ajudar Ashkar. Os Ashkar deviam ajudar uns aos outros, mas Lin não fazia ideia de como levaria Mari de volta ao Sault dessa maneira…

A multidão abriu espaço. Lin ouviu gritos e o raspar das rodas de uma carruagem na pedra. Ela viu, envolta em uma nuvem de intensa luz do sol, uma carruagem da cor das chamas, vermelha e dourada. O brasão de Castellane, o leão dourado, rugia de onde estava pintado na porta.

Uma carruagem do Palácio.

Lin piscou para o veículo, atordoada. Sentiu a mão de Mari em seu pulso, ouviu-a murmurar uma pergunta, e então o condutor desceu de seu assento empoleirado na frente da carruagem. Ele tinha cabelo grisalho e usava o uniforme do Esquadrão da Flecha; ele se abaixou para erguer Mari, que gritou sem força.

Lin se pôs de pé.

— Você está machucando ela…

— Ordens de Mayesh Bensimon — justificou o homem bruscamente. — Para levar vocês duas de volta ao Sault. Ou você prefere caminhar?

Mayesh. Lin sabia que não devia ficar surpresa — quem mais enviaria uma carruagem do Palácio para ela? Ficou em silêncio enquanto o homem levava Mari para dentro da carruagem, deitando-a em cima de um assento estofado em veludo.

Ela olhou de relance para o topo das Escadas de Luto. Meio que esperava ver Mayesh lá, se esgueirando nas sombras atrás do príncipe, mas não havia nada: apenas Conor Aurelian, as mãos estendidas na direção da multidão. Lin pensou ter visto ele a olhando por um instante enquanto subia na carruagem depois de Mariam, mas havia distância demais entre eles. Certamente estava imaginando coisas.

O homem fechou a porta com força enquanto Lin se sentava e colocava a cabeça de Mari em seu colo. Os olhos da amiga estavam fechados, o sangue seco nos cantos de sua boca. Lin acariciou o cabelo dela enquanto a carruagem começava a se mexer, e só então percebeu que havia esquecido algo na praça.

Olhando pela janela, viu seu lenço manchado de sangue, tremulando no pavimento como a asa quebrada de um pássaro. Algo na cena pareceu um mau augúrio. Ela estremeceu e desviou o olhar.

Muitos perguntam se houve um tempo em que todos usavam magia, mas a resposta é que esse tempo não existiu. É verdade que ninguém controlava a magia, nenhuma grande autoridade dizia como as pessoas deviam usá-la. Mas isso não significa que todos nasceram com talento para tal.

O grande estudioso Jibar disse que é melhor pensar na magia como música. Alguns têm aptidão para ela, enquanto outros têm a habilidade de aprendê-la nota a nota. Os maiores usuários de magia, aqueles que se tornam feiticeiros, têm ambos.

— *Contos dos feiticeiros-reis,* Laocantus Aurus Iovit III

TRÊS

As ruas estavam cheias de foliões, lotando as passagens.

Filhas de comerciantes que costumavam ser respeitáveis dançavam nas estradas, seu cabelo chicoteando como fitas; as portas das tavernas estavam escancaradas, despejando fanfarrões nas calçadas de paralelepípedos. Música pairava das varandas de metal forjado acima, junto a punhados de papel colorido cortado em formato de fênix, espada, navio e outros símbolos. Uma coroa de papel amarelo havia se emaranhado nas rédeas de Asti; uma garota de vestido branco jogou corações vermelhos de papel de uma janela aberta. Conor pegou um no ar e o enfiou no bolso da camisa. Ele usava um manto preto comum, seu disfarce favorito para vagar pelas ruas da cidade sem ser reconhecido; o capuz estava erguido, cobrindo o rosto dele. Kel se perguntou o que a garota pensaria se soubesse que dera seu coração de papel para o príncipe.

Os jovens entraram na cidade, irreconhecíveis e sem guardas. Ou era o que Conor acreditava; Kel suspeitava que guardas os observavam das sombras. O Esquadrão da Flecha de Jolivet, pronto para intervir em caso de perigo. Mas era apenas uma suspeita, e Kel não a manifestou. Era muito importante que Conor acreditasse que estava livre, mesmo que apenas por algumas horas.

Era o tipo de noite que costumava encher Kel de energia intensa, deixar suas veias zumbindo com a contemplação da possibilidade. Ele se perguntava se era a mesma energia que tomava os marinheiros quando se aproximavam do horizonte e do que houvesse além dele: ilhas não exploradas, ouro enterrado, ruínas do tempo anterior à Ruptura.

Eles entraram no Distrito do Templo e viraram na rua da Ampulheta, onde muitos encontravam sua própria ruína dourada na noite. Ali, um dia houvera uma planície aluvial, aterrada antes da queda do império e coberta com uma camada de tijolos grudados com gipsita e cal. A área era cortada por canais; a água neles, alimentada por correntes subterrâneas, corria num tom verde-escuro lodoso por baixo das pontes arqueadas de metal.

Placas foram penduradas na frente das "lojas" com frontões que ladeavam a rua da Ampulheta. Cada uma tinha uma pintura indicando que tipo de distração era possível encontrar lá dentro. A maioria era formada simplesmente por corpos entrelaçados em algum tipo de cena erótica. Algumas outras, era necessário decifrar: uma figura feminina espiando por uma porta, um homem com uma corda ao redor do pescoço, uma jovem carregando uma vinha florida enquanto outra mulher se ajoelhava aos seus pés.

Kel se lembrava da primeira vez que estivera ali com Conor. Eles tinham quinze anos, talvez. Os dois estavam nervosos, e Conor se esforçava para disfarçar. Ele dissera: *Escolha qual quiser.*

Kel percebera que Conor também não sabia que lugar escolher nem o que pedir. Ele deixara essa responsabilidade para Kel, porque não importava se este parecia inexperiente ou pouco à vontade. Então Kel escolhera o Caravela, porque gostara da placa: uma caravela com velas brancas, um livro aberto embaixo, as páginas formando as ondas nas quais o navio seguia seu curso. Ele apresentara a si mesmo e a Conor à madame, Domna Alys Asper, que ficara mais que satisfeita em dar-lhes as boas-vindas. Conseguir se gabar do patronato do Príncipe Herdeiro certamente traria outros clientes à sua porta. Ela dera a cada um deles uma ampulheta dourada, cujo brasão era um navio. Ela havia explicado que essas eram deles, para usar toda vez que visitassem o lugar.

No Distrito do Templo o custo do prazer era medido em viradas de ampulheta. Era possível ter quantas horas quisesse com um cortesão ou cortesã, aproveitando sua companhia e habilidade, desde que se pudesse pagar por cada hora. Assim a rua da Ampulheta ganhara seu nome, e naquela noite Kel perdera a virgindade, durante duas viradas, com uma cortesã ruiva chamada Silla.

Domna Alys estivera certa sobre Conor também. Desde então, o Caravela havia se tornado o local favorito dos membros das famílias nobres da Colina. Aonde Conor ia, ia também o gosto para tudo, de roupas a diversão. Não importava que tenha sido Kel a escolher o Caravela; ninguém mais precisava saber disso. Além do mais, Kel passara a gostar bastante de Domna Alys ao longo dos anos. Por que ela não deveria lucrar?

Ela estava lá naquela noite, correndo até os rapazes enquanto eles deixavam Asti e o irmão Matix aos cuidados dos lacaios discretos do Caravela. Lampiões vermelhos e dourados se penduravam de finos fios de metal acima da porta da frente; bordéis também podiam ser patriotas. Alys gesticulou, sorrindo, para que eles passassem da entrada estreita.

— Monsenhor! — Ela sorria de prazer ao ver Conor. — E meu jovem lorde. — Ela fez uma reverência para Kel. — Que prazer inesperado. Seus amigos já chegaram, eu acho.

Falconet, então, e fosse lá quem tivesse levado consigo. Por dentro, Kel suspirou.

— Uma visita bem-vinda, Domna — disse Conor. — Depois de um dia exaustivo, qual outro lugar para descansar é melhor que aqui? — Ele pegou o coração de papel vermelho de dentro do casaco e o ofereceu a Alys. Ela sorriu e o colocou dentro do corpete.

Domna Alys era o tipo de mulher cuja beleza não indicava a idade. A pele dela era lisa, as bochechas, tingidas de rosa-pastel, os grandes olhos azuis eram destacados com uma aplicação profissional de kajal e sombra. Cachos de cabelo preto estavam presos alto na nuca, e o vestido dela caía em pregas elegantes nos tornozelos, deixando à mostra calçados bordados que expunham os calcanhares. Ela era, Kel pensou, só um pouco arrumada *demais* para ser esposa de comerciante, e não exatamente vestida ricamente o bastante para ser nobre. Ela sabia muito sobre tudo o que acontecia na cidade, da Colina ao Labirinto, e mantinha segredo. Uma madame que fofocava sobre seus clientes não ficaria no ramo por muito tempo.

Ela os conduziu pelo salão principal, onde candeeiros foram acesos e flores frescas balançavam em longos vasos de vidro. A mobília era de laca preta incrustada com pedra verde de Shenzhou, e telas esculpidas de Geumjoseon mostravam imagens de dragões, manticoras e outras criaturas extintas. O quarto tinha um cheiro forte de jasmim e incenso — um aroma intenso que Kel sabia que permaneceria em suas roupas por horas.

Joss Falconet já estava deitado em um sofá de veludo verde e acenou para eles de maneira casual. Ele era o mais novo dos membros do Conselho, e ganhara o assento da Concessão das especiarias quando seu pai morrera, dois anos antes. Ele era bonito, com maçãs do rosto salientes e o cabelo preto e macio de sua mãe shenzana. Dois cortesãos já compartilhavam o sofá com ele: um jovem de pele preta brincando com os punhos de seda do casaco de veludo vermelho de Falconet, e uma mulher loira que se apoiava em seu ombro. No pescoço dele uma corrente de rubis brilhava lapidados, de maneira grosseira, em engastes de prata. Quando ficava satisfeito com um cortesão, ele pegava um dos rubis e lhe dava de presente. Isso o tornou bem popular.

— Ótimo — Falconet falou, com a voz arrastada. — Enfim alguém com quem brincar.

Kel afundou em uma cadeira de jade esculpida. Não era o item mais confortável da sala, mas ele não tinha intenção de relaxar ainda.

— Você parece ter o suficiente para se divertir, Joss.

Falconet sorriu e indicou a mesa de jacarandá diante de si. Nela, um jogo de Castelos estava parcialmente montado; havia um baralho ali também. Falconet era um apostador inveterado e costumava conseguir convencer Conor a jogar. Se não havia jogo ao alcance, era possível encontrá-los apostando qual nobre adormeceria primeiro em um banquete, ou quando choveria de novo.

— Não quis dizer esse tipo de divertimento, Kel Anjuman. Estou em busca de um desafio, e cortesãos não são um desafio, sem querer ofender, meus queridos, porque eles tendem a me deixar ganhar. Quer jogar Castelos, príncipe?

Conor se deixou afundar em uma poltrona preta.

— Óbvio. — Ele estava com os olhos semicerrados, como se estivesse cansado ou suspeitasse de algo. Atrás de um mural pendurado retratando cenas de uma celebração orgiástica; o cenário parecia ser os degraus de um templo, nos quais uma multidão de jovens adoradores participava do ato da cópula. Uma mulher de cabelo dourado espalhado enlaçava as pernas ao redor de um homem inclinado sobre ela, o rosto uma máscara de êxtase; um homem colado ao outro apoiado em uma coluna, a mão de um entre as pernas do outro; uma mulher, o cabelo preso com lenço, ajoelhada para dar prazer à sua acompanhante.

Alys olhou da pintura para Conor, e abriu um sorriso largo.

— Petiscos, Monsenhor?

Conor assentiu, já de olho no tabuleiro de Castelos. Tocaram um sino de prata, e alguns momentos depois as portas se abriram. A sala começou a se encher de cortesãos. Alguns carregavam bandejas de prata e as colocavam em cima das mesas baixas de jacarandá. Ostras, brilhantes como brincos de pérola, cintilavam sobre gelo; cerejas grandes estavam ao lado de romãs repletas com sementes. Xícaras de um saboroso chocolate quente polvilhado com ouro e açafrão. Kel percebeu o olhar divertido e rápido de Conor: todas as comidas eram obviamente afrodisíacas, feitas para provocar o apetite sexual.

Ele sequer podia culpar Alys; afinal de contas, ela não fazia dinheiro com os jogos de carta em seu salão. Enquanto a mulher deixava a sala, ela pousou a mão no ombro de Kel. Ele sentiu o cheiro de mirra no perfume de Alys enquanto ela dizia baixinho:

— Aquele encontro que você queria que eu organizasse... agora é um bom momento?

Kel assentiu.

Alys deu um tapinha na bochecha dele.

— Ao meu sinal, vá à biblioteca — instruiu ela, e saiu da sala em um redemoinho de sua saia.

Kel se virou para ver se alguém havia percebido a interação com Alys, mas pareceu que não; todos estavam concentrados em Conor. Cortesãos começaram a se empoleirar na cadeira do príncipe como pássaros nos galhos de uma árvore açoitada pelo vento. Outros circulavam pela sala, conversando. O Caravela havia se tornado a mais cara casa de prazeres no Distrito do Templo desde que a Casa Aurelian começou a patrociná-la, e seus cortesãos refletiam o gosto dos clientes. Eram todos bonitos de uma forma ou de outra, todos habilidosos e pacientes. Tanto homens quanto mulheres se vestiam de maneira simples, de branco, como os sacrifícios do templo nos velhos tempos. As roupas brancas em contraste com a laca preta formavam uma visão e tanto, dicromática como a face do Relógio da Torre do Vento.

Uma garota de cabelo ruivo levou uma xícara de chocolate para Kel; ele a olhou rapidamente, mas ela não era Silla, de quem ele ainda gostava. Da última vez que foram ao Caravela, Silla contou a ele que havia economizado dinheiro suficiente para montar sua própria casa, na rua do Caravela. Será que ela já tinha feito isso?

Conor capturou uma das peças de Falconet e deu uma risadinha. Kel percebeu o ato das profundezas de sua mente, onde residia sua consciência sobre Conor. Ele se perguntou se as mães eram assim com os filhos — sempre cientes de onde estavam, se estavam feridos ou satisfeitos. Ele não sabia; tinha pouca experiência com mães.

Sem se abalar com a perda, Falconet se esticou para trás para beijar a garota loira apoiada em seu ombro esquerdo. Ela se inclinou para ele, o cabelo caindo como um véu por cima da penugem de veludo do casaco dele. A essa altura, vários outros patronos ricos haviam chegado. Kel reconheceu apenas um deles: Sieur Lupin Montfaucon, que tinha a Concessão dos tecidos. Esteta e *bon-vivant*, seu apetite voraz por comida, vinho, sexo e dinheiro era conhecido por todos na Colina. Ele era elegante e tinha a pele preta, com cicatrizes de duelos: uma na bochecha, outra na base do pescoço. Quando mais jovem, ele definira a moda para todos os rapazes da corte, tendo começado a febre por tudo, de calças de pelo de lince a chapéus de papel. Ele agora tinha trinta e tantos e Kel suspeitava que estava mais que um pouco amargurado por ter que ceder sua posição de influenciador para Conor.

Ele fez uma careta e deixou os dentes à mostra diante do tabuleiro inacabado de Castelos.

— O que está em jogo? Ouro seria chato para você, Falconet.

— Dinheiro nunca é chato — replicou Conor, sem tirar os olhos do tabuleiro. — E nem todo dinheiro é ouro. Agora estamos jogando pelas cotas na última frota de corante.

— Isso vai irritar Roverge — observou Montfaucon, falando com certa satisfação sobre a família que tinha a Concessão dos corantes. A **maioria** das **Famílias da** Concessão, embora forçadas a trabalhar juntas **no Conselho**, não gostavam umas das outras, como gatos selvagens defendendo seu território.

— Jogarei com o vencedor — acrescentou Montfaucon, lançando seu casaco dourado de *broccato* nas costas de uma cadeira. — Apesar de preferir cartas.

— Você poderia jogar com Kellian — sugeriu Conor, sem erguer o olhar.

Montfaucon olhou para Kel. Enquanto Joss parecia gostar dele o bastante, sempre fora nítido que Montfaucon não gostava. Talvez sua inveja de Conor se manifestasse ao não gostar da constante companhia dele. Afinal de contas, *não gostar* do Sangue Real era traição. Mas Kel, mesmo quando posava de primo do príncipe, não era da família real. Sua única reivindicação de linhagem era por Marakand, não Castellane.

Kel sorriu, agradável.

— Não acho que eu seria páreo para Sieur Montfaucon.

No começo, Kel levara anos para aprender todos os honoríficos da corte: *Monsenhor* para um príncipe, *Vossa Alteza* para um rei ou rainha, *Sieur* para um nobre, *Chatelaine* para uma mulher casada da nobreza, e *Demoselle* para aquela que ainda se casaria. A maioria dos nobres, sabendo que ele viera de Marakand fazia pouco tempo, tinham sido pacientes com ele. Apenas Montfaucon o estapeara uma vez, por ter se esquecido do *Sieur*; agora que Kel era adulto, ele continuava a usar o pronome de tratamento deliberadamente. Sabia que era uma chateação contra a qual Montfaucon nada podia fazer.

— Além disso, imagino, você não tem nenhuma parte nas frotas, Amirzah Anjuman — soltou Montfaucon. Ele usou o termo marakandês para nobre para se referir a Kel; era provável que a intenção fosse irritá--lo, embora não tenha funcionado. Apenas divertiu Kel imaginar o que Montfaucon pensaria se um dia descobrisse que estava atribuindo o título de nobre a um pirralho da sarjeta. Um que poderia não ser marakandês também. Com o passar dos anos, Kel se acostumara a ser tratado como se sua origem fosse a mesma que a de Conor. Não que importasse. Sendo quem era, ele não tinha história para desfazer.

— Não tenho. É uma pena — retrucou Kel. — Mas vejo que outros estão chegando; talvez um deles esteja interessado em uma partida de vermelho e preto.

De fato, a sala estava aos poucos se enchendo de jovens nobres da Colina e de alguns mercadores ricos. Falconet se levantou para cumprimentá-los, cedendo sua posição no tabuleiro de Castelos a Montfaucon. Kel manteve uma atenção discreta em Conor enquanto o grupo de recém-chegados circulava um cortesão jovem e hindês, que tinha diante de si uma pilha de cartas de tarô. Estava lendo o futuro dos nobres e dos cortesãos.

Certa vez, anos antes, uma vidente fora ao Palácio, levada por Lilibet para animar uma festividade ou outra. Conor havia argumentado que ela devia ler o futuro de Kel também. Ela tinha pegado as mãos dele e olhado em seus olhos: naquele momento, ele sentiu que a vidente podia ver através dele, como se ele fosse feito de Vidro Estilhaçado.

— Você viverá uma vida de estranheza brilhante — professara ela, e então lágrimas escorreram por suas bochechas. Ele se afastara rapidamente, mas sempre se lembrava: das palavras, das lágrimas.

Estranheza brilhante.

Kel sempre se perguntara o que a vidente dissera a Conor; ele jamais revelara.

Um movimento na porta chamou a atenção de Kel. Era Charlon Roverge — a túnica elegante dele apertada nos ombros largos — acompanhando Antonetta Alleyne e duas outras jovens nobres: Mirela Gasquet e Sancia Vasey, cuja família não tinha uma Concessão, mas construíra fortuna com posse de terras em Valderan.

Surpreso, Kel olhou diretamente para Antonetta. Era algo que ele não costumava fazer. Por sorte, ela pareceu não notar: estava olhando ao redor, um rubor colorindo suas bochechas. Usava um vestido de renda rosa com elegantes mangas bufantes, um pingente de ouro em forma de coração no pescoço.

Não era incomum as damas da Colina visitarem o Distrito do Templo. Era uma dança delicada na qual elas ficavam bem nos fundos e riam dos acontecimentos escandalosos enquanto jamais participavam dos prazeres lascivos oferecidos. Mesmo assim, até aquela noite, Antonetta — sem dúvida devido à mãe protetora que tinha — jamais havia sido uma delas.

Falconet lançou a Kel um olhar divertido.

— Eu convidei Antonetta — revelou ele, baixinho —, mas não achei que ela *viria.*

— Acho que Charlon a convenceu — disse Kel. — Pelo que me lembro, ela sempre fazia algo se a desafiássemos.

Isso era verdade. Quando crianças, eles todos tinham sido amigos — Joss e Charlon, Conor, Kel e Antonetta. Tinham invadido as cozinhas do Palácio e brincado na lama juntos. Na época, Antonetta tinha sido extremamente independente, furiosa com a mínima sugestão de que não podia fazer o mesmo que os meninos. Ela sempre ansiava se desafiar, escalar a árvore mais alta, montar no cavalo mais veloz, ser aquela que invadia as cozinhas para afanar guloseimas, arriscando ser pega na infame fúria de Dom Valon.

Quando tinham quinze anos, ela desaparecera do grupinho deles. Conor dissera para Kel: *Já era hora*. Kel ficou infeliz, Joss, indiferente, e Charlon, com raiva, isso até algum tempo depois, quando Antonetta debutou em um baile como uma das jovens solteiras da Colina. O cabelo dela estivera cacheado como estava agora, corpete apertado restringindo seus movimentos, seus pés antes descalços e sujos estavam presos em sapatinhos de cetim.

Kel se lembrou disso enquanto observava Antonetta sorrir para Charlon. Ela havia magoado Kel bastante naquela noite. Mais tarde, Montfaucon a havia substituído no grupo deles e começado a introduzir os outros três aos prazeres da cidade. Brincar e escalar árvores eram definitivamente coisa do passado.

Se Antonetta sabia que era o assunto da conversa agora, Kel não sabia dizer. Ela estava sentada em uma cadeira de veludo, a mão junto ao peito, a boca aberta enquanto observava a sala. Um retrato da inocência de olhos arregalados. De olhos semicerrados, Roverge se apoiou nas costas da cadeira dela, observando um grupo de cortesãos dançar abaixo do mural pintado, os movimentos lentos e sensuais. Ele parecia estar tentando mostrar as atividades para Antonetta, mas ela observava Conor.

Conor parecia nem reparar; estava ocupado conversando com Audeta, uma garota sardenta de Valderan, empoleirada no braço da cadeira dele. As pálpebras dela estavam pintadas com tiras de ouro e escarlate que apareciam quando ela piscava.

— Se Lady Alleyne ficar sabendo que Charlon trouxe a preciosa filha dela para o Distrito do Templo, arrancará as costelas dele e com elas fará um instrumento musical — zombou Falconet, soando como se a ideia o divertisse.

— Falarei com Charlon — disse Kel, e avançou pela sala antes que Falconet pudesse interrompê-lo. Conforme se aproximava de Charlon,

viu que o herdeiro de Roverge brincava com uma mecha do cabelo loiro-
-escuro de Antonetta. Dez anos antes, ela teria se virado e o beliscado
com força; agora, estava calmamente sentada, ignorando-o. Olhando
para Conor.

— Charlon. — Kel deu um tapinha nas costas do amigo. Não que
Charlon fosse uma amizade que ele teria selecionado para si, mas
Conor o conhecia desde que se conhecia por gente e Charlon estava
plantado com firmeza na vida de Kel. — Bom ver você. — Ele apontou
na direção de Antonetta com a cabeça. — E Demoselle Alleyne. Que
surpresa. Achei que sua natureza delicada e reputação impecável a
teriam mantido longe de um lugar como este.

Alguma coisa atravessou a expressão de Antonetta — uma irritação
momentânea. Kel apreciou aquilo. Era um simples vislumbre por trás
da máscara de atriz, a verdade escondida por um artifício. Um instante
depois desapareceu, e Antonetta sorria de um jeito que o fez ranger
os dentes.

— Você é *tão* adorável por se preocupar comigo — disse ela, animada.
— Mas minha reputação está segura. Charlon cuidará de mim, não é?

— Exatamente — confirmou Charlon, em um tom que fez Kel sentir
como se espadas perfurassem sua coluna. — A virtude dela está segura
sob minha vigília.

Antonetta. Ele quase quis dizer algo, avisá-la — mas ela já se levantava, alisando o vestido.

— Ah, um vidente! — exclamou ela, como se tivesse acabado de
perceber. — *Adoro* que leiam meu futuro.

Ela se apressou para se juntar à multidão que cercava o jovem com
as cartas.

— Você não vai levá-la para a cama, Charlon — alertou Kel. — Sabe
que a mãe dela quer que ela se case com Conor. E ela parece querer
também.

— Conor não a terá — afirmou Charlon, com um sorriso torto. Ele
tinha cabelo castanho-claro e o rosto pálido, um lembrete de que sua
mãe era de Detmarch. — Ele precisa fazer uma aliança estrangeira.
Quando os sonhos de Antonetta forem destruídos, eu estarei lá para
enxugar as lágrimas dela.

Kel olhou para Conor, que tinha puxado Audeta para o colo. Eles compartilhavam uma cereja, passando da boca do príncipe para a dela. As coisas poderiam ter avançado a partir daí se Alys não tivesse aparecido, se desculpando, tocando Conor no ombro. Depois de um momento de conversa, ele se levantou e a seguiu, deixando que Audeta distraísse Falconet.

Enquanto ela deixava a sala, Alys assentiu quase de maneira imperceptível na direção de Kel. *Espere pelo meu sinal*, dissera ela, e Kel se perguntou se ela distraíra Conor em benefício dele. Certamente não; ela não faria negócios com o príncipe se realmente não tivesse algum.

Com uma última olhada para Antonetta — a cabeça dela inclinada para as cartas do vidente enquanto Sancia dava gritinhos ao seu lado —, Kel se levantou e saiu do salão silenciosamente, indo para a escada dos fundos. No patamar, dois jovens rapazes estavam apoiados na parede, se beijando; nenhum deles notou Kel enquanto ele passava. Ele seguiu em frente, subindo sem parar, até alcançar o último patamar e uma porta familiar e comum.

Na primeira vez que Kel vira a biblioteca do Caravela, ficara surpreso. Ele esperara chicotes e vendas penduradas nas paredes, mas encontrara uma sala de madeira cheia de livros, pequenas mesas e cadeiras, o cheiro de tinta e sebo. Janelinhas com vidraças em formato de diamante ficavam escondidas embaixo das empenas; candeeiros pendurados em ganchos de metal ao lado delas, lançando uma luz cor de açafrão. Após um arco de madeira havia uma segunda sala, onde eram guardados os livros mais raros.

— Temos a maior coleção de livros dedicados às artes do prazer em toda Dannemore — dissera Alys, com certo orgulho. — Nossos clientes podem folheá-los e escolher qualquer cenário ou ato de que gostarem. Nenhuma outra casa oferece isso.

Kel vagava entre as pilhas agora, deslizando um dedo pelas capas de couro. *Uma breve história do prazer.* (Ele se perguntou por que isso seria melhor que qualquer história longa sobre o assunto, o que certamente seria mais adequado.) Muitos eram de outras terras, e o olhar de Kel passou pelas lombadas, traduzindo: *O espelho do amor, O jardim perfumado, As instruções secretas do quarto de Jade.*

— Você veio — disse uma voz atrás dele. — Alys afirmou que você viria, mas fiquei em dúvida.

Kel se levantou, virando-se, e viu um jovem de mais ou menos a mesma idade que a sua se apoiando na arcada, a expressão curiosa. Era mais jovem do que Kel esperara, e bonito como uma garota, com cabelo louro-claro e olhos azul-escuros. Por um momento, Kel se perguntou se ele tinha sangue nortista — o que significaria que Alys também tinha, embora fosse menos evidente nela.

— Você é Merren Asper? — perguntou Kel. — Irmão de Alys?

Merren assentiu, agradável.

— E você é Kel Anjuman, o primo do príncipe. Agora que nos identificamos por nossos parentes, venha conversar — chamou ele, entrando na sala e puxando uma das cadeiras que ladeavam uma longa mesa. Indicou para que Kel também se sentasse.

Kel obedeceu, observando Merren, que usava o uniforme não oficial de um aluno da Academie, a universidade de Castellane: um casaco preto desbotado, um plastrom branco no pescoço, sapatos velhos e desgastados e cabelo longo demais. De perto, Kel viu a semelhança com Alys nos olhos azuis e nas feições delicadas de Merren. Um cheiro fraco de rosas nas roupas dele, nada desagradável: algo distinto e verde, como os caules recém-cortados de plantas.

— Sua irmã me disse que você é o melhor químico em toda Castellane — comentou Kel.

Merren pareceu satisfeito.

— Disse, é? — Ele se abaixou embaixo da mesa e reapareceu com uma garrafa de vinho. Removeu o tampo de cera da garrafa antes de descartá-la na mesa. Marcado na cera estava um padrão de vinhas: o símbolo da Casa Uzec. Era impossível se afastar das Famílias da Concessão, pensou Kel. — Quer uma taça?

— Acho que não — respondeu Kel. — Sua irmã também disse que você é o melhor envenenador em toda a Castellane.

Merren pareceu ofendido. Deu um gole da garrafa, tossiu e retrucou:

— Sou um *estudante* de venenos. No fim das contas, todos são compostos químicos. Não significa que saio por aí ensandecido e envenenando pessoas; principalmente não os clientes da minha irmã. Ela me mataria.

Isso pareceu verdade. Alys protegia os negócios dela como uma mãe protegeria um filho. Além disso, Merren tinha bebido da garrafa. Kel estendeu a mão.

— Está bem.

O vinho era fresco como uma maçã e espalhou um calor agradável pelo peito de Kel.

Muito bem escolhido, Uzec.

— Eu não sabia que a Academie tinha cursos sobre venenos.

— Não tem. Tecnicamente, sou um estudante de química e botânica. Quando se trata de venenos, sou autodidata. — Merren abriu um sorriso largo como se falasse do estudo de poesia ou dança. — Como um estudioso disse uma vez, a única diferença entre um veneno e um remédio é a dose. O veneno mais mortal não é fatal em uma pequena quantidade, e leite e água podem ser letais se você consumir demais.

Kel sorriu um pouco.

— Mesmo assim, estou certo de que aqueles que o buscam não estão tentando comprar leite nem água.

— Eles querem coisas diferentes. Compostos para tinturas, sabonetes, até construção naval. Qualquer coisa, na verdade. — Merren parecia pensativo. — Faço venenos porque acho os componentes interessantes, não porque acho a morte interessante.

— O que há de interessante no veneno?

Merren olhou para o gargalo da garrafa e disse:

— Antes da Ruptura, magos podiam matar com um toque, um olhar. O veneno é o que temos mais próximo de tal poder. Um envenenador de verdade pode produzir um veneno que leva anos para funcionar, ou colocar uma toxina nas páginas de um livro para que o leitor se envenene a cada página virada. Posso envenenar um espelho, as luvas, o cabo de uma espada. E o veneno nos torna iguais. Um trabalhador do cais, um nobre, um rei, a mesma dose mata qualquer um. — Ele inclinou a cabeça para o lado. — Quem *você* quer envenenar?

Sob a luz cor de açafrão, o cabelo de Merren tinha o mesmo tom do brocado do casaco de Montfaucon. Em outro momento, em outra vida, Kel poderia ter sido um estudante colega de alguém como Merren. Poderia ter sido amigo dele. Mas uma parede de vidro existia entre Kel e todos aqueles fora do pequeno círculo de pessoas que sabiam quem ele realmente era. Ele não conseguia atravessá-la. E ele estava ali para tratar de assuntos do Palácio, lembrou-se, quer o Palácio soubesse ou não.

— Ninguém — respondeu Kel. — A química oferece mais que apenas venenos, não é? Oferece remédios e curas. E antídotos. — Ele se recostou na cadeira. — Um dos castelguardas, Dom Guion, foi envenenado semana passada. Por uma amante, dizem, uma nobre de Sarthe. Agora, não estou tão preocupado assim com os casos ignorados dos castelguardas, mas com a iminência de um novo veneno, um que está sendo usado pelos nobres de Sarthe, um país que não gosta do nosso. É um veneno que pode ser usado contra príncipes; *isso* me preocupa.

— Você está preocupado com seu primo?

Kel inclinou a cabeça. Preocupar-se com Conor era seu trabalho. Não, manter Conor *vivo* era seu trabalho, e isso significava mais que ficar perante multidões e passar-se por ele ao mesmo tempo que espera receber uma flechada no peito. Significava pensar em quem poderia querer ferir Conor, e como o faria.

Nesse sentido, o trabalho dele se misturava ao de Jolivet. Mas o único comentário de Jolivet sobre a morte do castelguarda fora que era necessário evitar se envolver com mulheres sarthianas. Enquanto isso, Kel fora consumido pela ansiedade. A ideia de que havia um novo tipo de ameaça à solta o incomodava.

— Bem — disse Merren —, não era um veneno novo. Era, na verdade, um bastante antigo, que costumava ser usado na época do império. *Cantarella* é como o chamam. Muitos acreditaram que a fórmula havia se perdido, mas... — Ele gesticulou amplamente — não foi o meu caso, é óbvio.

— Então você conhece o veneno. Existe antídoto? Eu gostaria de comprá-lo de você, caso exista.

Merren parecia satisfeito consigo mesmo tal qual uma mamãe gata com uma ninhada de filhotes.

— Existe. Mas preciso perguntar... você mora no Palácio, não é? Presumo que os cirurgiões lá podem conseguir o que quiserem. Venenos, antídotos, remédios...

— Há um médico, o cirurgião real — explicou Kel. — Ele é um filho menor da Família da Concessão Gasquet. Também é um idiota. — Kel nunca havia conseguido descobrir de onde Gasquet viera com o conhecimento médico que tinha. Os habitantes do Palácio costumavam evitar o tratamento dele, a não ser que fosse inevitável; Gasquet era um grande fã da sangria, e mantinha uma colônia detestável de sanguessugas em seus aposentos privados. — Não apenas é um médico péssimo, mas não sabe nada do que você chama de remédios. Diz que a melhor cura para o veneno é a prevenção, e que Conor deve apenas evitar comer qualquer coisa, a não ser que alguém prove antes.

— E o príncipe não quer fazer isso?

Kel pensou em Conor, no andar de baixo, os lábios manchados de vinho e cerejas.

— Não é uma solução prática.

— Suponho que não — disse Merren. — Além disso, muitos venenos mostram seus efeitos ao longo do tempo. Um provador só é útil se o veneno for feito para funcionar na hora.

— Talvez quando você sair da Academie possa substituir Gasquet. Ele certamente precisa ser substituído.

Merren balançou a cabeça.

— Sou contra a monarquia — comentou ele, alegre. — Mas monarquias no geral — acrescentou, apressado —, não a Casa Aurelian em específico. E é apenas uma filosofia. O único rei de quem gosto é o Rei dos Ladrões.

Kel não conseguiu segurar o sorriso.

— Você é contra reis, mas a favor de criminosos, então?

— Ele é um tipo bom de criminoso — defendeu Merren, sério como uma criança perguntando se era verdade que os Deuses viviam nas nuvens. — Não como o Prosper Beck.

Kel tinha ouvido falar de Prosper Beck. A região logo atrás do cais era chamada de Labirinto: um emaranhado de espeluncas, lojas de penhores, barraquinhas de comida barata e galpões caindo aos pedaços que, à noite, tornavam-se espaços para torneios ilegais de boxe, duelos (também ilegais) e compra e venda de contrabandos variados. Era um lugar aonde os próprios Vigilantes se recusavam a ir depois do anoitecer. Kel sempre presumira que os frequentadores do Labirinto respondiam ao Rei dos Ladrões, mas nos últimos meses ele tinha ouvido o nome

Prosper Beck sussurrado por aí; os rumores diziam que alguém novo estava controlando o Labirinto.

Lá fora, o Relógio da Torre do Vento badalou onze horas e Merren franziu a testa. Quando ele se virou para olhar pela janela, Kel não pôde deixar de reparar nos rasgos cuidadosamente remendados de seu casaco. Diziam que Montfaucon nunca repetia a mesma peça de roupa.

— Está ficando tarde — comentou Merren. — O antídoto da *cantarella*... posso preparar até o Dia do Mar. Dez coroas por quatro doses, duas de veneno, duas de antídoto.

Ele disse *dez coroas* como se fosse um valor exorbitante, e Kel se lembrou que, para a maioria das pessoas, era.

— Justo — disse ele. — Precisamos de um lugar para nos encontrar. Suponho que você tem um quarto no Distrito Estudantil. Qual o endereço?

— Rua Chancellor, em frente à Livraria Lafont — disse Merren, e parou de falar no mesmo instante, como se não tivesse a intenção de deixar escapulir aquela informação. — Mas não vamos nos encontrar lá. Conheço uma casa de chá...

Uma batida soou na porta. A parceira de Domna Alys, Hadja, enfiou a cabeça dentro da biblioteca. Uma faixa de seda colorida prendia a nuvem de cabelo cacheado e escuro dela.

— Sieur Anjuman — cumprimentou ela, inclinando a cabeça na direção de Kel —, o príncipe o espera lá fora.

Kel se pôs de pé. Isso definitivamente não fazia parte do plano; pelos seus cálculos, Conor deveria ter se distraído por pelo menos mais algumas horas.

— Aconteceu algo? Por que ele está indo embora?

Hadja balançou a cabeça, fazendo seus brincos de ouro balançarem junto a sua pele marrom.

— Não faço ideia. Não falei com ele. Uma das garotas hindesas me transmitiu a mensagem.

Kel tateou o bolso em busca do saquinho de moedas e jogou cinco coroas para Merren.

— Metade agora, metade quando eu pegar as doses. Até mais.

— Espere... — começou Merren, mas Kel já havia saído.

Ele andou a passos largos até lá embaixo, cortando a sala principal do Caravela, onde as tapeçarias penduradas foram afastadas para deixar à mostra a plataforma elevada de um palco. Acessórios de cena estavam sendo trazidos; parecia que logo haveria uma apresentação. Era estranho Conor ter decidido perdê-la.

Ainda confuso, Kel saiu em direção ao frio da noite. Olhou para cima e para baixo na rua da Ampulheta. A luz se derramava em quadrados dançantes nos paralelepípedos, e grupos risonhos passeavam à beira do canal. Ao longe, uma carruagem preta se chacoalhava em direção ao Caravela; alguém lá dentro cantava uma canção com uma voz alta e bêbada. Um vento leve fazia com que os papéis descartados girassem em pequenos torvelinhos.

Não havia sinal de Conor, nem dos cavalos. Kel franziu a testa. Talvez Conor tivesse se cansado de esperar por ele; não seria estranho. Kel havia começado a se virar para entrar de novo no Caravela quando ouviu o guinchar de rodas. Ele se virou. Quem quer que estivesse cantando dentro da carruagem preta havia parado. A carruagem se lançava em sua direção, as rodas quicando nos paralelepípedos.

Eram pintadas de vermelho-sangue.

A carruagem deslizou de lado, bloqueando o caminho de Kel. Cortinas pretas ocultavam a visão das janelas; ele não conseguia ver quem estava lá dentro. Kel se virou, pronto para se lançar por cima do muro de pedra baixo ao longo do canal — ele poderia se arriscar na água —, mas o vinho o deixou lento. Uma mão agarrou as costas do casaco dele. Kel foi puxado para trás, meio arremessado pela porta aberta da carruagem até o assento.

Kel se endireitou enquanto a porta era trancada atrás de si. Ele não estava sozinho. Havia mais alguém na carruagem — duas pessoas — e um brilho de algo prateado. Com a visão ainda se adaptando ao escuro, Kel viu o metal brilhar, e sentiu a ponta de uma faca pressionada em seu pescoço. Fechou os olhos.

Naquele momento só houve silêncio, escuridão, a respiração dele e a faca em seu pescoço. Então o condutor, de seu assento, gritou com rispidez; um instante depois, a carruagem deu um tranco para a frente, voando pelos paralelepípedos noite adentro.

X X X

— Nos tempos antigos, a fúria dos feiticeiros-reis chamuscou a terra — leu Lin —, pois eles haviam pegado para si um poder que homens não devem ter, e sim apenas os Deuses. A fúria deles ferveu mares e derrubou montanhas. A terra estava marcada com Vidro Estilhaçado onde a magia a havia chamuscado. Todo mundo na terra corria deles, aterrorizados, exceto Adassa, a rainha de Aram. Sozinha, ela se revoltou contra eles. Sabendo que não podia destruí-los, ela extinguiu a magia, deixando-os sem poder. Toda a magia foi extirpada da terra, com exceção daquela que Adassa reservara apenas para o uso de seu povo: a magia da *gematria*. E Adassa foi para o reino das sombras, onde se tornou uma Deusa, a luz dos Ashkar, o povo Escolhido por ela.

Lin fechou o livro. Mariam, uma figura pequena meio enterrada sob uma pilha gigantesca de lençóis, abriu um sorriso fraco.

— Sempre gostei das partes nas quais Adassa é a melhor amiga das mulheres — disse ela. — Antes que ela se tornasse a Deusa. Ela tinha seus momentos de fraqueza e medo, como nós.

Lin pôs as costas da mão na testa de Mariam. Estava fria agora, para alívio dela. Mariam estivera gritando, febril e delirante, quando voltaram da Praça Valeriana naquela tarde. Os guardas nos portões do Sault mostraram certa preocupação com a aparição de uma carruagem do Palácio, mas eles ajudaram Lin a carregar Mariam para dentro. Ela levara a amiga direto para sua própria casa e a colocara na cama do quarto de Josit; afinal de contas, o irmão dela estava nas Estradas de Ouro, e ela sabia que ele não teria problemas com isso.

Havia sido necessário discutir um pouco com Chana Dorin, que pensava que Mariam seria mais bem tratada em Etse Kebeth, a Casa das Mulheres. Mas Lin estava acostumada a discutir com Chana, e ressaltou que era médica, que ninguém conhecia a habilidade dela melhor que Chana, e que ali, na casinha toda branca de Lin, Mariam teria paz, silêncio e cuidado constante.

Mariam interrompera a discussão; ela se virara na cama e, entre ataques de tosse, anunciara:

— Sinceramente, vocês duas ainda vão continuar brigando quando eu estiver morta e enterrada. Chana, me deixe ficar aqui com a Lin. É o que desejo.

Então Chana cedera. Ela ajudara Lin a vestir Mariam com uma camisola limpa, e a enrolar as mãos e a testa dela em tecidos molhados para baixar a febre. Lin havia fervido prímula e feito cataplasmas para colocar sobre o peito de Mariam para amenizar inflamações; preparou tisanas de canela e açafrão para fazê-la tossir; de ginseng, limão, água salgada e mel para abrir seus pulmões; e de espicanardo para acalmá-la. Quando, apesar dos panos, a temperatura de Mariam aumentou, Chana foi ao jardim de ervas buscar casca de salgueiro para baixar a febre.

A febre de Mariam passara depois da meia-noite, como costumava acontecer com as febres. O fim costumava acontecer nas vigílias tarde da noite, mas a cura também: a morte e a vida atacavam nas horas sombrias. Quando Mariam acordara, inquieta e com dor, Lin havia decidido ler para ela um livro de velhos contos que encontrara no peitoril da janela. Quando crianças, ela e Mariam amavam as histórias: aventuras de Adassa, da bravura em defender os feiticeiros-reis dos tempos antigos, da esperteza em manter uma pequena parte da magia que fora destruída pela Ruptura e guardá-la para seu povo. Era graças a ela que os Ashkar ainda conseguiam fazer magias menores; sem a Deusa, eles estariam tão desamparados quanto os demais.

— Você se lembra de quando éramos crianças? — perguntou Mariam. — Tínhamos certeza de que éramos a Deusa Renascida. Usávamos mantos azuis e tentávamos lançar feitiços. Passei tardes inteiras tentando mover galhos e papel com minha magia.

Faz muito tempo, pensou Lin. Não era exatamente a memória mais antiga dela. Muito, muito antes, ela conseguia se lembrar de sua mãe e seu pai; ambos comerciantes nas Estradas de Ouro, eles tinham cheiro de canela, lavanda e lugares distantes. Ela se lembrava de ser balançada entre os dois enquanto ria; lembrava-se da mãe cozinhando, do pai segurando o bebê Josit no ar, as mãos gordinhas dele tentando alcançar as nuvens.

Ela não se lembrava de como descobrira que estavam mortos. Sabia que devia ter acontecido, que alguém teria contado para eles. Ela sabia que tinha chorado, porque havia entendido o que acontecera, e que

Josit chorara porque não tinha entendido. Bandidos haviam tomado a caravana dos pais dela perto de Jiqal, o deserto que sobrara do que um dia fora Aram. O comboio deles fora tomado, suas gargantas cortadas, os corpos jogados na estrada para serem devorados por abutres. Apesar de ninguém ter contado a ela *isso*; mesmo assim, Lin ouvira os sussurros: Que coisa horrível, as pessoas disseram. Que azar. E quem ficará com as crianças?

As crianças eram preciosas para os Ashkar. Elas representavam a sobrevivência de um povo que não tinha lar, e portanto estivera em perigo de extinção desde a Ruptura. Acreditaram que o único parente vivo de Lin e Josit, o avô materno deles, os aceitaria. Lin havia até ouvido sussurros invejosos. Mayesh Bensimon, o conselheiro do rei. Excluindo o Maharam, ele era o homem mais influente no Sault. Ele tinha uma casa grandiosa perto de Shulamat. Teriam uma vida de sorte com ele, certamente.

Só que ele não os queria.

Lin se lembrava de estar sentada em seu quarto com Josit no colo, ouvindo Davit Benezar, o Maharam, discutindo com Mayesh no corredor. *Não posso*, Mayesh dissera. Apesar das palavras que ele dizia, o som de sua voz era, por um instante, reconfortante para Lin. A menina associava a voz dele aos seus pais, com noites festivas em que toda a família se reunia e Mayesh lia o *Livro de Makabi* em voz alta, enquanto as velas queimavam. Ele perguntava a Lin sobre Judá Makabi, a peregrinação dos Ashkar e sobre a Deusa, e, quando ela acertava, ele a recompensava com *loukoum*, um doce de água de rosas e amêndoa.

Mas:

— Não, não, não — dissera ele para Benezar. — Meus deveres não me permitem criar crianças. Não tenho o tempo nem a atenção para isso. Preciso estar no Palácio todos os dias, na hora em que me chamarem.

— Então deixe o cargo — irritara-se o Maharam. — Deixe outra pessoa aconselhar o rei de Castellane. Essas crianças são sua carne e seu sangue.

Mas Mayesh tinha sido curto e grosso. As crianças ficariam melhor na comunidade. Lin iria para Etse Kebeth, e Josit, para Dāsu Kebeth, a Casa dos Homens. Mayesh os visitava de tempos em tempos, como avô deles. E esse foi o fim da história.

Lin ainda se lembrava da dor de ser separada de Josit. Ele havia sido arrancado aos prantos dos braços dela e levado para Dāsu Kebeth, e embora estivesse a apenas uma rua de distância dela, Lin sentia a ausência dele como uma ferida. Como a Deusa, ela pensou, tinha sido ferida três vezes, cada nome uma cicatriz de fogo em seu coração: mãe, pai, irmão.

Chana liderava a Casa das Mulheres com sua esposa, Irit, e tentara consolar Lin e deixá-la confortável, mas a raiva da menina não permitia. Ela era como algo selvagem, escalando árvores até o topo onde não poderia ser buscada, gritando e esmagando pratos e copos, rasgando a própria pele com as unhas.

— Faça-o vir — chorara Lin, quando Chana, com os nervos à flor da pele, havia pego o único sapato da menina para impedir que ela saísse correndo. Mas no dia seguinte, quando Mayesh foi vê-la no jardim das plantas medicinais, trazendo um caro colar de ouro do Palácio como presente, ela apenas o abraçara e correra de volta para dentro da Casa das Mulheres.

Naquela noite, enquanto Lin estava deitada na cama tremendo, alguém entrara em seu quarto. Uma menininha com tranças escuras lisas enroladas ao redor da cabeça, pele clara e cílios curtos e desordenados. Lin sabia quem ela era. Mariam Duhary, uma refugiada órfã de Favár, a capital de Malgasi. Assim como Lin e muitas outras, ela morava na Casa das Mulheres. Diferentemente de Lin, ela não parecia se importar.

Ela subira na cama e ficara quietinha enquanto Lin esperneava, batia no travesseiro e chutava as paredes. Por fim, todo o chilique diante de tanta parcimônia se tornou inútil. Lin havia ficado em silêncio, olhando para Mariam por trás de seu cabelo emaranhado.

— Sei como você se sente — começara Mariam. Lin se preparara para retrucar; *ninguém* sabia como ela se sentia, mesmo que todos dissessem que sim. — Meus pais também morreram. Quando Malgasi se voltou contra os Ashkar, eles enviaram os *vamberj*, os soldados de máscara de lobo, para nos caçar. Eles gritavam nas ruas: *Ettyaszti, moszegyellem nas.* Apareçam, onde quer que estejam. Eles pegaram minha mãe quando ela estava a caminho do mercado. Ela foi enforcada na praça principal de Favár, pelo crime de ser Ashkar. Meu pai e eu fugimos, ou os malgasianos teriam nos matado também. Viajamos pelas Estradas de Ouro até ficarmos muito doentes. Chegamos aqui, viajando durante a noite. Meu pai disse que as coisas seriam melhores para nós em Castellane. Mas quando chegamos de manhã, ele estava morto nos fundos da carroça. — A voz dela era tão direta enquanto contava esses horrores, tanto que Lin perdera as palavras. — Todo mundo quer falar a você que não é tão ruim assim, mas *é*. Você ficará muito triste e sentirá que vai morrer. Mas você não morrerá. E, a cada dia que se passar, você recuperará um pedacinho de si.

Lin piscara. Ninguém tinha falado com ela assim desde a morte de seus pais. Havia algo de extraordinário nisso.

— Além do mais — acrescentara Mariam —, você tem sorte.

Lin se sentara, irritada, chutando os cobertores.

— Como assim, tenho sorte?

— Você tem um irmão, não tem? — perguntara Mariam. Na escuridão, o círculo de ouro pendurado em uma corrente no pescoço dela brilhava sombriamente. As palavras da Oração da Senhora pareciam arranhões. — Não tenho ninguém além de mim mesma. Sou a única Duhary em Castellane. Talvez a única no mundo.

Lin havia percebido que Mariam não mencionara Mayesh. Ficara satisfeita. Percebera naquele momento como tinha sido tola, exigindo que Mayesh a visitasse. Mayesh estava à disposição para o prazer do rei, não do choramingar de seus netos. Ele não pertencia a Lin. Pertencia ao Palácio.

Mariam removera o xale de seus ombros magros e o entregara a Lin. Era uma coisa bonita, de fina cambraia e renda.

— Pegue isto — oferecera ela. — Faz um som muito satisfatório ao ser rasgado. Quando você sentir que tudo é terrível e injusto, arranque um pedaço.

E ela partira o xale em dois. Pela primeira vez em semanas, Lin sorrira.

Depois disso, as garotas se tornaram inseparáveis. Mariam era irmã e melhor amiga em uma só. Elas estudavam e brincavam juntas e se ajudavam com tarefas como limpar a cozinha e semear o jardim das plantas medicinais, onde todas as ervas e flores curativas do Sault eram cultivadas. Lin pensava em Mariam, com certa inveja, como graciosa e delicada em sua sensibilidade; ela jamais parecia querer cavar a terra, brincar de lutinha com as outras crianças ou escalar as castanheiras com Lin e Josit. Lin invejava o decoro dela, mas sabia muito bem que não poderia mudar a própria natureza. Ela mesma estava sempre suja e com o joelho ralado de tanto brincar; amava escalar os muros do Sault e ficar bem na ponta, assim como Shomrim fazia, os dedos do pé escapando para fora, o porto e as ruas cheias da cidade oscilando abaixo.

Quando Lin fizera treze anos, percebera que Mariam não era simplesmente desinteressada em fazer bagunça, como havia pensado antes. Começara a perceber, com um olhar mais maduro, que Mariam não era delicada, mas sim frágil. Frágil e adoentada. A pele clara dela ficava machucada com facilidade; uma curta caminhada a deixava sem fôlego. Ela tinha febres que iam e vinham, e por vezes ficava acordada a noite inteira, tossindo, enquanto Chana Dorin se sentava com ela, para dar-lhe chá de gengibre.

— Tem algo estranho — comentara Lin com Chana Dorin um dia, enquanto a mulher mais velha arrancava folhas de uma matricária no jardim das plantas medicinais. — Mariam. Ela está doente.

— Então você percebeu — fora tudo o que Chana dissera.

— Não tem algo que você possa dar a ela? — Lin exigira. — Algum tipo de remédio.

Chana havia se agachado, a saia de retalhos se espalhando ao seu redor na terra.

— Você não acha que já tentei de tudo? — gritara ela. — Se os médicos pudessem ajudá-la, Lin, ajudariam.

Algo no tom dela fizera Lin perceber que Chana estava com raiva porque também se sentia impotente, incapaz de ajudar a garota sob seus cuidados. Ao que parecia, o quer que tivesse matado o pai de Mariam também ia matá-la, a não ser que alguém fizesse alguma coisa a respeito.

Lin decidira que esse alguém teria que ser ela mesma. Tinha ido até Chana e dito a ela que queria estudar a cura. Os garotos da idade dela que planejavam ser médicos já tinham começado o treinamento. Ela precisaria se esforçar se quisesse aprender tudo sobre medicina e curar Mariam.

— Por favor — Mariam dizia agora, arrancando-a do devaneio. — Você parece uma morta-viva de tanto cansaço. Vá dormir. Ficarei bem, Linnet.

Quase ninguém chamava Lin pelo nome completo. Mas quando Mariam chamava, soava como família nos ouvidos de Lin. A seriedade de uma mãe, a exasperação de uma irmã. Ela tocou a bochecha magra de Mariam.

— Não estou cansada.

— Bem, eu estou — retrucou Mariam. — Mas não consigo dormir. Um pouco de leite quente e mel...

— Sim. Vou pegar. — Lin deixou o velho livro na mesinha e foi para a cozinha. Já estava pensando no que mais poderia colocar no leite que pudesse ser mascarado pelo sabor do mel. A mente dela repassou os remédios para inflamação. *Casca de pinheiro, olíbano, unha-de-gato...*

— Como ela está? — A voz de Chana tirou Lin do devaneio. A mulher mais velha estava sentada à mesa lisa de pinheiro de Lin com uma caneca de *karak*. Seu cabelo acinzentado como ferro ultrapassava os ombros; os olhos escuros, cercados por rugas finas que se espalhavam, eram afiados como ponta de agulha.

No fogão atrás delas alguma coisa fervia nas panelas. Como a maioria das casas no Sault, Lin tinha um único cômodo principal que combinava as funções de sala de estar, sala de jantar e cozinha. Todas as casas no Sault eram pequenas — caixas quadradas pintadas de branco, uma função do espaço limitado entre as paredes.

Lá dentro, Lin fizera o possível para tornar o espaço dela, usando itens que Josit trouxera das Estradas de Ouro em suas poucas visitas. Um espelho pintado de Hanse, brinquedos de madeira de Detmarch, um pedaço de mármore mesclado de Sarthe, um cavalo verde-jade de Geumjoseon. As cortinas eram de tecido hindês, um linho fino com borda multicolorida. Lin não gostava de pensar que o irmão estava nas Estradas, mas o desejo por viajar estivera no sangue dele desde que nascera. Ela havia aprendido a aceitar a ausência e o jeito nômade dele da forma como aceitamos coisas sobre as quais não temos controle.

Agora, ela se virava para olhar para o quarto de Josit. Não ficou surpresa ao ver Mariam já adormecida, o braço jogado por cima do rosto. Ela fechou a porta com cuidado e foi se sentar com Chana à mesa.

— Ela está morrendo — afirmou Lin. As palavras eram tão amargas quanto o fracasso. — Não está sendo rápido, mas ela está morrendo.

Chana se levantou da mesa e foi para a cozinha. Lin ficou olhando para a frente enquanto Chana mexia no bule.

— Tentei de tudo — continuou Lin. — Todo talismã, toda tisana, todo remédio em cada livro que consegui encontrar. Ela ficou bem por um tempo. Por um bom tempo. Mas agora nada está funcionando.

Chana voltou à mesa com uma caneca amassada de chá fumegante. Ela a empurrou pela madeira lisa em direção a Lin antes de juntar as mãos — mãos grandes e capazes, que pareciam fortes, com os nós dos dedos duros. Mas Lin sabia que aquelas mãos eram capazes de fazer trabalho de *gematria* incrivelmente delicado; Chana Dorin fazia os melhores talismãs no Sault.

— Você se lembra? — questionou Chana, observando enquanto Lin tomava um gole do líquido quente. Abriu um caminho caroroso para o estômago que a fez lembrar quanto tempo fazia desde que havia se **alimentado** pela última vez. — Quando eu a levei para Maharam e disse a ele que devia permitir que você estudasse medicina?

Lin assentiu. Tinha sido a primeira vez que ela estivera dentro do Shulamat. Cada Sault tinha um coração: o Kathot, sua praça principal, e, no Kathot, o Shulamat. Uma combinação de templo, biblioteca e tribunal, o **Shulamat era** onde o Maharam presidia cerimônias religiosas e ouvia os pequenos casos que levavam a ele: uma desavença entre vizinhos, talvez, ou uma discussão entre estudantes a respeito da interpretação de uma passagem do *Livro de Makabi*.

Ela sempre achara que o Shulamat era, de longe, o prédio mais lindo do Sault, com um teto abobadado coberto de *tessarae* azul brilhante e paredes de mármore cor de creme. Era possível ver o telhado mesmo do lado de fora dos portões, como um pedaço do céu que caiu na terra.

Lin conseguia lembrar como se sentira pequena subindo as escadas para o Shulamat. Como havia apertado a mão de Chana Dorin com força enquanto entravam, e como seu coração disparara quando ficaram na sala principal, sob a tigela invertida do domo dourado. Ali, o trabalho no mosaico impressionava por sua beleza. O piso era ladrilhado em padrões de trepadeiras verdes e grandes romãs vermelhas; as paredes eram de um azul profundo, nas quais um padrão de estrelas se destacava no *tessarae* dourado — as constelações como eram vistas de Aram, ela descobrira anos depois. Um grande baú de prata abrigava os pergaminhos escritos à mão do *Livro de Makabi*; um grosso pano de ouro cobria o Almenor, o grande altar. As palavras da primeira Grande

Questão estavam entrelaçadas no tecido, as mesmas palavras gravadas no amuleto no pescoço de Lin:

Como cantaremos a canção de nossa Senhora em uma terra estranha?

Em uma plataforma sob o domo ficava o Maharam. Ele era mais jovem na época, embora para Lin sempre parecera idoso. O cabelo e a barba dele eram completamente brancos, as mãos pálidas, inchadas nas juntas. Os ombros estavam curvados por baixo de seu *sillon* azul-escuro, o manto cerimonial dos Ashkar. No pescoço, brilhava um pingente grande e circular que tinha a Oração da Senhora. O *Livro de Makabi* instruía que todos os Ashkar tivessem alguma versão da Oração aonde quer que fossem; alguns a bordavam nas roupas, enquanto muitos outros preferiam usar as palavras como um berloque: um bracelete ou pingente. Algo que sempre as mantivesse próximas da pele.

O Maharam cumprimentara Chana Dorin com uma expressão de simpatia pela morte recente da esposa dela, Irit, o que Chana dispensara com sua costumeira recusa teimosa a escutar qualquer coisa que deixasse as pessoas com pena dela. Parecera óbvio que o Maharam soubera que Chana estava chegando e mesmo o que ela perguntaria, embora ele a tenha ouvido com paciência suficiente. As orelhas de Lin queimaram enquanto ela contava a ele como a garota era inteligente, de raciocínio rápido, e que ela seria uma estudante de medicina muito disposta. Fazia anos que ela não era tão elogiada.

Quando Chana havia terminado, o Maharam suspirara:

— Não acho que essa seja uma boa ideia, Chana.

A mulher erguera o queixo.

— Não vejo por que não. A Deusa era uma mulher antes de ascender. Também era curandeira.

— Isso foi em um tempo antes da Ruptura — justificara o Maharam. — Tínhamos magia na época, e Aram, e também liberdade. Agora não temos casa, somos hóspedes na cidade de Castellane. E nem sempre hóspedes bem-vindos. — Ele olhara para Lin. — Se você fosse médica, minha garota, teria que atravessar esta cidade sozinha, muitas vezes à noite. E os homens do *malbushim* não são como os homens do Sault. Eles não vão respeitá-la.

— Posso me proteger — garantira Lin. — Todos os garotos no Dāsu Kebeth têm medo de mim.

Chana soltara uma risada, mas o Maharam não achara graça.

— Imagino que seu avô a incentivou a vir até aqui — dissera ele para Lin.

— Davit, não — protestara Chana. — Mayesh é contra a ideia, na verdade.

Davit. Então o Maharam tinha nome. Ele respondera com um dar de ombros.

— Pensarei no assunto, Chana.

Lin ficara devastada; era óbvio que elas tinham sido dispensadas. Mas Chana, vivaz como sempre, dissera a ela para não se lamentar. No dia seguinte, um mensageiro viera do Shulamat, trazendo notícias de que Maharam consentira. Lin poderia estudar para ser médica, desde que passasse em todas as provas. Nenhum erro seria permitido, e não haveria uma segunda chance.

Agora, lembrando-se do entusiasmo daquele dia, da forma como ela e Mariam haviam dançado pelo jardim das plantas medicinais, Lin conseguiu sorrir.

— Eu me lembro.

— Sempre considerei uma grande vitória — comentou Chana.

— Nunca entendi por que Maharam permitiu — disse Lin. — Ele deve gostar mais de você do que deixa transparecer.

Chana balançou a cabeça, fazendo as contas coloridas de seu colar balançarem.

— Nem um pouco. Ele permitiu para irritar seu avô, só isso. Ele e seu avô não se suportam.

— Então suponho que devo ser grata por Mayesh ter sido contra minha vontade de me tornar médica — observou Lin. — É a cara dele. Pode escolher ser conselheiro, mas a Deusa me livre de ter as rédeas de meu próprio destino.

— Ele é tão ruim assim? — Chana deixou a caneca de lado. — Eu tinha esperança, Lin, de que quando você se tornasse adulta, encontrasse alguma paz com seu avô. Ele enviou aquela carruagem para você e Mariam hoje, não foi?

Lin deu de ombros, desconfortável.

— Não era para ser uma gentileza. Ele estava apenas demonstrando poder. — *E dizendo que tomou a decisão certa*, pensou ela, *ao escolher o Palácio e as oportunidades de lá em vez de mim e Josit.*

Chana não respondeu. Estava examinando os livros jogados pela mesa — o *Livro dos Remédios*, o *Dezessete Regras*, o *Sefer Refuot*, o *Materia Medica*. Bem, não exatamente os examinando, pensou Lin. Chana os encarava como se pudesse abrir um buraco nas páginas com o olhar.

— Linnet — disse ela —, preciso contar algo a você.

Lin se inclinou à frente.

— O que é, Chana? Você está me assustando.

— Seu avô nunca foi contra você se tornar médica. Quando o consultei, ele apenas disse que era sua decisão, e que não cabia a ele ajudar ou atrapalhar. Falei o contrário para Maharam porque sabia que era a única maneira de fazê-lo concordar.

— Mayesh disse que era *minha* decisão?

— Sim — confirmou Chana. — Eu devia ter contado antes. Não sabia que você ainda se lembrava do que falei naquele dia, muito menos que você ainda estava com raiva de Mayesh por conta disso. Ele fez muitas coisas que a deixaram com raiva, Lin, mas essa ele não fez.

— Por que... — começou Lin, devagar. — Por que Maharam o odeia tanto?

Chana tomou um gole de *karak* frio e fez uma careta.

— Você conhece o filho do Maharam?

— Sim. Asher. — Lin lembrou. Não recordava do garoto, mas as histórias sobre ele persistiam. — Ele foi exilado, não foi?

Exílio. A pior punição que o Sault e o conselho de anciões poderiam dar. Ser exilado era ter a identidade arrancada. A pessoa não era mais Ashkar, não tinha permissão para falar ou ver a família, os amigos, o cônjuge. Excluída de tudo o que sempre conhecera, ela seria levada para fora dos portões para se defender sozinha no mundo dos *malbushim*, sem família, sem dinheiro nem lugar no mundo.

— Ele foi — disse Chana, pesarosa. — Você devia ter uns cinco anos quando aconteceu. Ele mexeu no que é proibido. — Ela olhou para o fogo, mergulhado em brasas cor de açafrão. — Ele acreditava que a magia que existia antes da Ruptura não tinha sido perdida para sempre. Que podia despertá-la, acessá-la, aprender a praticá-la.

O coração de Lin acelerou de um jeito estranho.

— Ele foi exilado por apenas tentar aprender sobre magia? Era só um rapaz, ele não tinha... quinze ou dezesseis anos? Parece um erro, não um crime.

— Ele fez mais que apenas aprender — revelou Chana. — Ele tentou usar. Você sabe o que é conjurar ossos?

Lin balançou a cabeça.

— A mãe dele havia morrido mais ou menos um ano antes — explicou Chana. — Ele tentava trazê-la de volta. Mesmo antes da Ruptura essas coisas eram proibidas. — Ela cruzou os braços sobre o peito largo. — Seu avô foi o único dos anciões a ser contra o exílio dele. Disse ao Maharam que ele ia se arrepender para sempre se banisse do Sault seu único filho, a única família que lhe restava. O Maharam jamais o perdoou por isso.

— Você acha que ele se arrepende? O Maharam?

Chana suspirou.

— Acho que ele não teve escolha a não ser fazer o que fez. Ele adorava Asher, mas o garoto não podia ter feito algo pior aos olhos do pai. Aos olhos de todos nós. O mundo quase foi destruído uma vez por conta de magia perigosa como essa. Mayesh devia saber que não podia dizer tal coisa.

Lin ficou em silêncio. O que, ela se perguntava, Asher Benezar fizera exatamente? Lera livros? Tentara fazer feitiços? Como todas as pessoas em Dannemore, Lin sabia dos feiticeiros-reis cujas batalhas haviam queimado a terra, deixando cicatrizes de Vidro Estilhaçado para trás — um lembrete constante dos perigos e males da magia. Mas ela não sabia como eles fizeram isso. Como a magia era feita? O conhecimento havia sido perdido, pensou ela, junto com o poder.

— Lin — disse Chana. — O que você está pensando?

Lin se levantou, cruzando a sala até a janela. Podia ver a sinuosa rua de paralelepípedos, lá fora; acima dos telhados das casas mais próximas, o domo de Shulamat se erguia, brilhando sob o luar. E ao redor, é óbvio, os muros, se erguendo para atrapalhar a vista de Castellane. Apenas a Colina era visível, alta e distante, e o brilho branco de Marivent — o Palácio —, como uma segunda lua.

— Estou pensando — respondeu Lin — que se eu tivesse uma chance de curar Mariam usando magia, ficaria tão tentada quanto Asher ficou.

— Apenas nós, os Ashkar, *temos* magia. Temos a *gematria*. Temos talismãs. É o que temos permissão de usar, e eles nos ajudam muito. Lin, você sabe disso.

— Realmente sei disso. Mas também sei que nos dias antes da Ruptura, médicos misturavam magia e ciência e chegavam a resultados magníficos. Eles conseguiam colar ossos quebrados no mesmo instante, curar um crânio estilhaçado, interromper o crescimento de tumores...

— Chega — Chana a interrompeu, seu tom frio e proibitivo. — Tire essas ideias da cabeça, Lin. O Maharam exilou o próprio filho por buscar tal conhecimento. Não pense que ele seria mais gentil com você.

Mas o poder não pode permanecer livre para sempre. Enquanto o conhecimento da Única Palavra se espalhava por Dannemore, a magia se alterava, iniciando como uma força que qualquer um com talento e vontade poderia dominar, até se tornar um segredo guardado por ciúmes e acumulado nas mãos de alguns poderosos magos. Esses usuários de magia rapidamente alcançaram proeminência política. Eles se nomearam reis e rainhas, e começaram a estabelecer as fronteiras de seus territórios. Tribos se tornaram centros, centros se tornaram cidades, e terras se tornaram reinos. E assim a era dos feiticeiros-reis começou.

— *Contos dos feiticeiros-reis,* Laocantus Aurus Iovit III

QUATRO

Kel sabia que a maioria das pessoas ficaria em pânico com uma lâmina pressionada no pescoço. Ele mesmo não gostava muito, mas podia sentir que os anos de treinamento com Jolivet tinham valido a pena: todas as vezes que Jolivet o fizera repetir seus movimentos de novo e de novo, ensinando como ele devia ficar imóvel entre Conor e uma flecha, entre Conor e uma espada, entre Conor e a ponta de uma adaga. Ele aprendera a não se retrair com o toque do metal afiado, mesmo quando cortasse sua pele.

Então ele não se retraiu, apenas manteve os olhos fechados. Seu talismã estava guardado em segurança; certamente não pensavam que ele era Conor. Às vezes nobres eram sequestrados durante viagens por dinheiro, mas isso não acontecia dentro dos limites de Castellane. Não porque a nobreza fosse amada, mas porque a punição — encarceramento na Trapaça, a torre de prisão onde aqueles que cometiam qualquer traição esperavam para serem executados. A tortura durava semanas, e o que quer que sobrasse depois era usado para alimentar os crocodilos no porto — era temida, e por um bom motivo.

— Pensei que ele fosse se retorcer um pouco mais — zombou uma voz feminina e divertida. — Ele foi bem treinado.

— Coisa do Legado Jolivet, suponho — observou a segunda voz. Esta era masculina, baixa e estranhamente musical. — Tsc, tsc. — Algo bateu na mão de Kel quando ele tentou sentir a porta da carruagem. — Está trancada, e, mesmo que não estivesse, eu não recomendaria sair correndo. Uma queda, nesta velocidade, poderia ser fatal.

Kel se recostou. Pelo menos os assentos da carruagem eram confortáveis. Ele sentia o veludo e o couro com as mãos. Então disse:

— Se quiserem me roubar, vão em frente. Não vi seus rostos. Peguem o que quiserem e me deixem ir. Mas se quiserem me ferir, saibam que tenho amigos poderosos. Vocês vão se arrepender.

O homem deu uma risadinha, o som intenso e escuro como *karak*.

— Eu o capturei *porque* você tem amigos poderosos. Agora, abra os olhos. Você está desperdiçando meu tempo, e não serei gentil se persistir.

A ponta da adaga se fincou mais um pouco na base do pescoço, como um beijo doloroso. Ele abriu os olhos e, a princípio, viu apenas a escuridão dentro da carruagem. Uma luz começou a brilhar, e Kel percebeu que a fonte era um pingente de Vidro Estilhaçado em uma corrente pendurada no teto da carruagem. Kel o encarou: era um objeto raro, e poucos podiam pagar por algo assim.

Emitia uma luz suave, mas potente, por meio da qual Kel enfim enxergou com nitidez seus dois acompanhantes. A primeira era uma jovem choseana com longo cabelo preto, dividido em duas tranças. Ela usava túnica e calça de seda da cor de dedaleiras e braceletes de calcedônia violeta-leitosa nos pulsos. Segurava na mão direita uma longa adaga com um punho de jade branca, a ponta apoiada no pescoço de Kel.

Ao lado dela estava um homem muito alto e magro vestido de preto. Não o preto desbotado dos estudantes de Merren; as roupas desse homem pareciam finas e caras, de sua sobrecasaca de veludo até a bengala de abrunheiro na qual ele apoiava a mão esquerda. Um anel dourado com o símbolo de um pássaro — uma pega-rabuda, Kel notou — brilhava em seu dedo. Os olhos eram a única coisa nele que não eram brancos nem pretos. Eram de um verde bem escuro, e pareciam ter uma luz estranha. Ele disse:

— Você sabe quem sou?

Ele anda por aí todo de preto, como o Cavalheiro Morte vindo buscar sua alma, e as rodas da carruagem dele são manchadas de sangue.

— Sim — respondeu Kel. — Você é o Rei dos Ladrões. — Ele não comentou: *Pensei que você seria mais velho.* Imaginou que o homem diante dele tivesse cerca de trinta anos.

— E está se perguntando o que quero com você — disse o Rei dos Ladrões. — Portador da Espada.

A adrenalina disparou pelo corpo de Kel. Ele se forçou a permanecer parado, a ponta da adaga ainda em seu pescoço.

O Rei dos Ladrões apenas sorriu.

— Me deixe explicar, Kellian Saren. Você foi entregue a Conor Aurelian da Casa Aurelian na tenra idade de dez anos, seguindo o costume malgasiano do *Királar*, a Lâmina do Rei. É seu trabalho proteger o príncipe com sua própria vida. Em situações perigosas, você fica no lugar dele, com a ajuda de um talismã que você — ele semicerrou os olhos — não está usando agora. Se bem que eu não seria enganado de qualquer forma. Sei quem você realmente é. — Ele cruzou as mãos longas e pálidas sobre a bengala. — Gostaria de acrescentar mais alguma coisa?

— Não — retrucou Kel. Havia uma sensação estranha no fundo de sua garganta. Um tipo de pressão. Ele queria engolir com força, como se fosse tirar um gosto amargo, mas suspeitava que seus acompanhantes interpretariam aquilo como um sinal de nervosismo. — Mais nada.

A garota segurando a lâmina olhou para o Rei dos Ladrões de esguelha.

— Que besteira — soltou ela. — Talvez eu devesse...

— Ainda não, Ji-An. — O Rei dos Ladrões observou o rosto de Kel, que mantinha a expressão neutra. Luzes iam e vinham nas bordas das janelas de cortina preta. Kel imaginou que estivessem em algum ponto das Ruas de Prata, a vizinhança mercante da fronteira do Distrito do Templo. — Você está se perguntando, Portador da Espada, por que estou interessado em você. Seus negócios são os negócios do Palácio, e meu negócio é com as ruas de Castellane. Mesmo assim, às vezes, com mais frequência do que você pode imaginar, esses negócios se entrelaçam. Gostaria de saber algumas coisas. *Preciso* saber. E você poderia ajudar.

— Todos poderíamos ter ajuda com algo — disse Kel. — Não significa que vamos consegui-la.

— Você é extremamente rude — observou Ji-An, a mão firme no cabo da adaga. — Ele está oferecendo a você um trabalho, sabe?

— Tenho um trabalho. Estamos falando dele.

— E quero que você mantenha seu trabalho — acrescentou o Rei dos Ladrões, cruzando suas pernas longas demais. — Então pense no que estou lhe oferecendo como uma parceria. Você me ajuda e, em troca, eu ajudo você.

— Não sei como você poderia me ajudar — retrucou Kel, um pouco distraído com a sensação peculiar que permanecia no fundo de sua garganta, a meio caminho entre um arranhar e uma cócega. Não era dolorosa, mas estranhamente familiar. *Onde foi que senti isso antes?*

— É seu dever proteger o príncipe — asseverou o Rei dos Ladrões —, mas nem todas as ameaças vêm de poderes estrangeiros ou de nobres sedentos pelo poder. Algumas ameaças vêm da própria cidade. Antimonarquistas, criminosos, não aqueles do tipo cavalheiro como eu, é óbvio, ou ainda mercadores rebeldes. A informação que tenho pode ser valiosa para você.

Kel piscou. Nada disso era exatamente o que ele esperara — não que tivesse antecipado ser sequestrado naquela noite, para começo de conversa.

— Eu não serei espião da família real por você — disse ele. — E não sei por que você estaria interessado na fofoca da Colina.

O Rei dos Ladrões se inclinou à frente, as mãos cruzadas em cima da bengala.

— Você conhece o nome Prosper Beck?

Estranho que Prosper Beck fosse mencionado duas vezes em uma só noite.

— Sim. Seu rival, suponho?

Ji-An riu, mas o Rei dos Ladrões pareceu nem se abalar com o comentário. Então disse:

— Quero saber quem está financiando Prosper Beck. Posso dizer que não é apenas *inusitado* um criminoso tão rico e bem conectado simplesmente aparecer em Castellane, como um marinheiro descendo de um navio; é *impossível*. Leva anos para se construir como um negócio. Mesmo assim, Beck veio do nada e já está prestes a controlar o Labirinto.

— Decerto você é mais influente que ele. Se quer o Labirinto de volta, tome-o.

— Não é tão simples. Beck é difícil de encontrar. Ele opera por intermediários e move sua sede de um local a outro. Ele suborna os Vigilantes com quantias enormes. A maioria dos meus Rastejantes desertaram para trabalhar com ele. — Isso era interessante, pensou Kel. Os Rastejantes eram famosos em Castellane: escaladores habilidosos que podiam subir e descer muros com a velocidade de aranhas. Eles entravam pelas janelas altas dos ricos e roubavam tudo. — Alguém está ajudando, tenho certeza. Alguém com muito dinheiro. Você se mistura com a nobreza, passando-se de nobre. Deve ser fácil encontrar quem está financiando o empreendimento dele.

— Alguém da *nobreza*? Por que se daria ao trabalho de financiar um criminoso pequeno?

A carruagem passou por um trecho de estrada malcuidada, e Kel sentiu uma tontura. O Rei dos Ladrões o observava com uma espécie de curiosidade entediada, como se Kel fosse um inseto que ele vira muitas vezes antes e que agora exibia um comportamento incomum.

— Me deixe **fazer uma** pergunta, Kellian — disse ele. — Você *gosta* deles? Da Casa Aurelian, quero dizer. Do rei, da rainha. Do príncipe e do conselheiro dele. Do Legado.

Por um longo momento houve apenas silêncio, exceto pelo som das rodas da carruagem chacoalhando em contato com as pedras. Então palavras jorraram da boca de Kel, não planejadas, impensadas.

— Não se pergunta se alguém *gosta* do Sangue Real. Eles simplesmente são — soltou ele. Como o porto ou a Passagem Estreita, como os canais escuros como jade do Distrito do Templo, como o próprio Marivent. — É como perguntar se alguém *gosta* dos Deuses.

O Rei dos Ladrões assentiu devagar.

— Que resposta sincera — elogiou ele. — Gostei.

Era coisa da cabeça de Kel, ou o Rei dos Ladrões pusera uma ênfase especial na palavra *sincera*? A pressão estranha ainda estava lá — no peito de Kel, na garganta, na boca. Ele se lembrava agora da última vez que a sentira, e uma raiva cresceu como uma vinha se enrolando em suas veias e nervos, incendiando-os.

— No espírito da sinceridade — prosseguiu o Cavalheiro Morte —, e o Rei Markus? É verdade que as ausências dele não são devidas aos seus estudos, mas sim à doença? O rei está morrendo?

— Não se trata de doença — negou Kel, e pensou no Fogo no Mar, o barco em chamas coberto de flores, e foi então que teve certeza. Sem falar mais nada, ergueu a mão esquerda, um movimento delicado e rápido, e segurou a lâmina da adaga de Ji-An.

Ela fez exatamente o que ele previu que faria, e puxou a adaga para si. A dor disparou pela mão dele enquanto a lâmina rasgava sua pele. Ele deu boas-vindas à dor, apertando a mão para convidá-la a penetrar mais fundo. Podia sentir o sangue molhando a mão enquanto a mente desanuviava.

— *Ssibal* — sibilou Ji-An. Kel sabia o suficiente da língua de Geumjoseon para reconhecer essa profanidade. Ele sorriu enquanto o sangue se empoçava em gotas grossas por entre seus dedos e caía no brocado da carruagem. Ji-An se virou para o Rei dos Ladrões. — Esse bastardo tolo...

Kel começou a assobiar. Era uma canção comum das ruas de Castellane, chamada "A Virgem Encrenqueira". A letra era extremamente indecente.

— Ele não é tolo — discordou o Rei dos Ladrões, soando como se não pudesse decidir entre estar irritado ou se divertindo. — Aqui, Portador da Espada. Pegue isto.

E estendeu um lenço de fina seda preta. Kel o pegou, enrolando-o na mão ferida. O corte não era profundo, mas era longo, um talho feio na palma.

— Como você adivinhou? — quis saber o Rei dos Ladrões.

— Que você me drogou? — disse Kel. — Já tomei *scopolia* antes. Jolivet a chama de Bafo do Diabo. Faz a pessoa contar a verdade. — Ele terminou de amarrar o lenço. — A dor é o antídoto. E certos tipos de pensamento. Jolivet me ensinou o que fazer.

Ji-An parecia curiosa.

— Quero aprender isso.

— Deve ter sido o vinho que Asper me deu — observou Kel. — Ele trabalha para você, então?

— Não culpe Merren — disse o Rei dos Ladrões. — Eu o convenci. Subornei-o, na verdade. Ele ainda dará a você o antídoto, se quiser. Ele não gosta de enganar as pessoas.

Mas drogá-las é aceitável, ao que parecia, pensou Kel. Não que fizesse sentido argumentar sobre moralidade com o maior criminoso de Castellane.

— Nossa conversa terminou, então? Não vou dizer o que você quer saber.

— Ah, não achei que você fosse dizer. — Os olhos do Rei dos Ladrões reluziram. — Admito que o estava testando. E você passou. Excelente. Eu sabia que o Portador da Espada poderia ser uma ótima contribuição para minha equipe. E não apenas graças ao seu acesso à Colina.

— Não vou — insistiu Kel — fazer parte da sua equipe.

Ji-An voltou a apontar a lâmina para ele.

— Ele não vai cooperar — disse ela para o Rei dos Ladrões. — É melhor você permitir que eu o mate. Ele tem um rosto bom de matar.

Kel tentou não olhar para a porta da carruagem. O Rei dos Ladrões dissera que estava trancada, mas ele se perguntava: caso se jogasse contra ela, abriria? A queda de uma carruagem em movimento poderia matá-lo, mas Ji-An também poderia.

— Não vamos matá-lo — retrucou o Rei dos Ladrões. — Acho que ele vai mudar de ideia. Sou otimista. — Ele olhou para Kel com os olhos verdes da cor das escamas de um crocodilo ou da água do canal. — Direi só mais uma coisa. Como Portador da Espada, você deve ir aonde o príncipe vai, fazer o que ele faz. Mesmo que consiga mais ou menos uma hora para si no dia, você não é livre. Suas escolhas não são suas, nem seus sonhos. Decerto isso não pode ser o que você esperou para sua vida. Todo mundo foi criança um dia, e toda criança tem sonhos.

— *Sonhos* — repetiu Kel, amargamente. — Sonhos são um luxo. Quando eu era criança no Orfelinat, sonhava com coisas como um jantar. Um pedaço a mais de pão. Cobertores quentes. Sonhava em crescer e me tornar um ladrão, um larápio, um Rastejante. Que talvez, se tivesse sorte, trabalharia para alguém como você. — O tom dele era zombeteiro. — Marcado aos dezessete, enforcado aos vinte. Eu não conhecia outras escolhas. E aqui está você, me oferecendo uma chance de trair aqueles que me ofereceram sonhos melhores. Perdoe-me se não estou tentado.

— Ah. — O Rei dos Ladrões tamborilou os dedos no topo da bengala. Eram muito longos e brancos, salpicados com pequenas cicatrizes, como queimaduras. — Então você confia neles? No Palácio, nos nobres?

— Confio em Conor. — Kel escolheu as palavras com cuidado. — E o Palácio é familiar para mim. Por anos aprendi as regras dele, as maneiras, as mentiras e as verdades. Conheço o caminho de seus labirintos. É *você* que não conheço nem um pouco.

O sorriso desdenhoso deixara o rosto anguloso do Rei dos Ladrões. Ele afastou a cortina da janela e tocou o vidro com delicadeza.

— Você conhecerá.

A carruagem diminuiu a velocidade, e Kel ficou tenso. O Rei dos Ladrões não parecia o tipo que ficava bem ao ser dispensado. Ele se imaginou sendo jogado na ravina, do penhasco até o mar. Mas então a porta da carruagem abriu, e ele se viu olhando para a porta da frente do Caravela, os lampiões acesos brilhando acima da entrada. Ele ouvia a água do canal batendo nas pedras, o cheiro de fumaça e salmoura no ar da noite.

Ji-An o olhou por cima da lâmina.

— Acho mesmo que devemos matá-lo — insistiu ela. — Ainda há tempo.

— Ji-An, querida — interveio o Rei dos Ladrões. — Você é especialista em matar pessoas. É por isso que trabalha para mim. Mas sou especialista em conhecer pessoas. E este aí vai voltar.

Ji-An abaixou a adaga.

— Então pelo menos faça ele jurar segredo.

— Kel é livre para contar ao Legado Jolivet que ouviu minhas propostas criminosas. Será bem pior para ele do que para mim. — O Rei dos Ladrões fez um breve gesto com seus dedos cicatrizados na direção de Kel. — Vá. Saia. Ou acreditarei que você gosta da minha companhia.

Kel começou a sair da carruagem. Suas pernas estavam dormentes, a mão doía. Ele não havia percebido, até aquele momento, quão certo estivera de que terminaria a noite lutando pela própria vida.

— Mais uma coisa — acrescentou o Rei dos Ladrões enquanto Kel pulava para o pavimento. — Quando você mudar de ideia, e sei que vai mudar, vá direto para a Mansão Preta. A senha *Morettus* permitirá sua entrada. Lembre-se. E não conte a ninguém.

O Rei dos Ladrões estendeu a mão para bater a porta da carruagem. Enquanto ele fazia isso, Ji-An olhou para Kel e pousou um dedo sobre os lábios, como se dissesse *"Nem um pio"*. Se aquilo se referia a manter segredo sobre a senha ou sobre o encontro com o Rei dos Ladrões, Kel não sabia, nem tinha certeza se isso importava. Mas também não tinha a intenção de contar a ninguém.

x x x

Kel voltou para dentro do Caravela para encontrar o salão principal com a metade das pessoas de antes. Muitos dos convidados provavelmente já haviam escolhido um parceiro para a noite e subido. Alguém havia derrubado o tabuleiro do jogo de Castelos, e copos meio cheios estavam espalhados por todos os cantos. As pegadas de botas e sapatinhos esmagaram chocolate e cerejas no tapete. O vidente partira, assim como Sancia e Mirela, mas Antonetta Alleyne continuava ali, empoleirada em um divã de seda. Ela conversava com uma cortesã de cachos lilases, que parecia extasiada com o que quer que ela dissesse. Kel se perguntou sobre o que diabos as duas poderiam estar conversando.

Montfaucon e Roverge ainda estavam no salão, mas Falconet partira, assim como Conor. Ninguém viu Kel entrar; todos olhavam para o outro lado da sala, de onde as tapeçarias penduradas haviam sido retiradas. Elas revelaram um palco, no qual acontecia uma performance silenciosa.

Kel se apoiou na parede, na penumbra, e tentou organizar seus pensamentos. Ele conhecia o palco e os tipos de "peças" que o Caravela montava. A maioria mostrava uma versão indecente da história de Castellane. Aqueles que continuavam no salão estavam espalhados em espreguiçadeiras brocadas, observando enquanto um homem nu, usando uma máscara de caveira branca, puxava uma mulher — usando a fantasia rígida e de babados de dois séculos atrás — por uma cama de dossel preta no centro do palco.

Alys, pensou Kel. Alys sabia, quando arranjou o encontro dele com seu irmão, que Merren trabalhava para o Rei dos Ladrões? Sabia que ele planejava drogar Kel para torná-lo mais propenso a revelar segredos durante o sequestro? O pensamento era inquietante. Fazia tempos que Kel confiava em Alys. Mas parecia improvável. Alys valorizava Conor como cliente e dificilmente faria qualquer coisa que afastasse o Príncipe Herdeiro e sua comitiva de nobres de seu estabelecimento.

No palco, a Morte tirou as roupas de sua parceira, deixando-a apenas com uma anágua transparente. Ele começou a amarrar os pulsos dela na cama preta com longas fitas de seda escarlate. Kel sabia que o observavam. Afinal de contas, fora treinado para reconhecer isso. Antonetta Alleyne o olhava, a expressão ilegível, uma das mãos brincando com o medalhão em seu pescoço.

— É para ser a Praga Vermelha, eu acho — disse uma voz perto do ombro de Kel. — A Morte seduz uma amante enquanto corpos estão caídos nas ruas. As fitas vermelhas são a enfermidade. A mulher faz amor com a Morte e morre doente.

Surpreso, Kel se virou ao encontrar Silla de pé ao seu lado. Ela era uma garota alta, quase do tamanho dele, de cintura fina e ombros magros, e um corpete de veludo verde amarrado realçava ao máximo seus seios pequenos. Usava uma saia aberta, mostrando suas longas pernas. Ela tinha sardas, olhos azuis e um sorriso generoso e largo que inicialmente o atraiu. Alguém que sorria assim, Kel pensara, seria gentil, ignoraria sua inexperiência, riria com ele enquanto ele aprendia o que fazer e como fazer.

E estivera certo, e era por isso que ainda gostava dela. Kel sorriu para Silla agora, afastando as dúvidas para o fundo de sua mente.

— As pessoas pegam Praga Vermelha ao fazer amor com a Morte? — perguntou. — Não me lembro dessa parte nas minhas aulas sobre esse período específico da história. Os problemas da tutelagem do Palácio. Eles focam demais nas coisas erradas.

— Eu diria que sim. — Silla enlaçou a cintura dele. No palco, o homem havia retirado a anágua de sua parceira. Ela estava nua, exceto pelas fitas nos pulsos e nos tornozelos e seu longo cabelo preto solto. A Morte retirou a máscara e se esgueirou pelo veludo preto para se deitar sobre ela, o pálido corpo dela se arqueando até o dele. Alguém na plateia bateu palmas, como se assistisse a uma partida de esporte na Grande Arena.

— Tenho que encontrar Conor — murmurou Kel, embora não fosse o que queria fazer. Silla era macia e cálida ao seu lado, e Kel não podia deixar de pensar como ela o faria esquecer; esquecer o que o Rei dos Ladrões dissera, esquecer a própria tolice por ter sido dopado por Merren Asper, esquecer as suspeitas sobre Alys. Sobre Hadja, que levara a ele a falsa mensagem que o atraíra para fora. Ela sabia que era um truque?

— O príncipe subiu com Audeta — contou Silla. — Ele está se divertindo. Você não precisa se preocupar. — Ela enlaçou os dedos nos de Kel, os olhos escurecendo. — Venha comigo.

Silla sabia que ele não participaria do prazer na frente dos nobres da Colina ou das Famílias da Concessão, pelo mesmo motivo que o levava a não beber em excesso ou se entregar a gotas de papoula na companhia deles. Perder-se no prazer era baixar a guarda. Mesmo sozinho com Silla ou outra cortesã, ele não conseguia se soltar por completo. Sempre havia alguma parte dele se segurando.

E, mesmo assim, ele percebeu que Antonetta ainda o observava e não conseguiu se impedir. Puxou Silla para si, a mão dobrando sob o queixo dela, erguendo seu rosto. Beijou a boca vermelha, provando o sal do batom, saboreando o momento em que ela abriu os lábios para os dele, convidando-o a entrar. Enquanto segurava o rosto dela nas mãos, podia sentir o olhar de Antonetta sobre si, sabia que ela o olhava. Ele pensou que se incomodaria, mas apenas fez um calor mais intenso crepitar em suas veias. *Você veio aqui para se escandalizar, Antonetta,* pensou. *Então fique escandalizada.*

Foi Silla quem finalmente interrompeu o beijo. Ela gemeu baixinho, rindo perto da boca dele, mesmo enquanto Kel notava que Antonetta não estava mais olhando para eles. Ela encarava fixamente o palco.

— Você está ávido esta noite — murmurou Silla. — Venha.

Pegando a mão dele, ela o conduziu para fora da sala. Enquanto a seguia, ele parou para olhar para o salão enquanto Silla o conduzia para além de um pequeno arco no final da sala. Viu Montfaucon, que encarava o palco, com a mão na nuca do jovem que se ajoelhava diante dele e cuja cabeça se movia em um ritmo constante sobre o quadril de Montfaucon. *Era aquele que estivera lendo o futuro,* pensou Kel. E Montfaucon não era o único nobre recebendo esse serviço: a sala estava cheia de sombras em movimento, vislumbres de pele aqui e ali, o som de gemidos. Tudo aquilo parecia vazio e triste, e ele se sentiu um pouco tolo por ter tentado escandalizar Antonetta com um beijo. Coisas muito mais escandalosas estavam acontecendo ao redor enquanto Kel seguia Silla para as sombras.

Através do arco havia várias alcovas com cortinas. Silla o conduziu a uma delas, com paredes forradas de veludo rosa, antes de fechar a cortina atrás deles. Velas escarlates queimavam acima deles em suportes de bronze. Silla o chamou para que se aproximasse, erguendo o rosto para ser beijada.

Eles haviam feito aquilo com frequência suficiente para que seus corpos conhecessem a dança. Ela arqueou o corpo para o de Kel enquanto a boca dele explorava a dela, mas ele queria mais do que beijá-la. Kel não poderia se entregar por inteiro ao esquecimento, mas aceitaria o que pudesse, mesmo que por pouco tempo. Ele deslizou as mãos por baixo do corpete dela, os seios em suas palmas. Se ela sentiu a bandagem na mão direita dele, não deu nenhum sinal. Ela gemeu baixinho, traçando os dedos pelo peito dele, encontrando o cós de sua calça.

— Tão lindo — sussurrou Silla. Esfregou os quadris nele. Kel já estava duro, e os movimentos dela enviavam pequenos choques de prazer por ele; cada choque como um gole de conhaque, contendo seus pensamentos acelerados, apagando a voz do Rei dos Ladrões. — Alguns nobres se permitem ficar moles, como uma massa de pão sem volume. — Ela deslizou as mãos por baixo da camisa dele. — Você, não.

Kel supôs que tinha que agradecer a Jolivet isso. Nobres *podiam* se deixar ficar moles; eles não precisavam lutar, defenderem-se ou defender outra pessoa. *Mas eu sou o escudo do príncipe. E um escudo deve ser de ferro.*

Os dedos de Silla estavam na calça dele, mexendo nos botões. Kel semicerrou os olhos. Sabia que seu corpo estava sentindo prazer. Era tão familiar e inconfundível quanto a dor. Tentou se concentrar nisso, trazer sua mente para o momento. Para Silla, sua pele pintada de rosa-claro pela luz da alcova, seu cabelo macio e grosso, perfumado com lavanda. Ela passou o dedo por dentro do cós da calça dele e riu.

— Forrada de veludo?

Kel lambeu o lábio inferior.

— É do Conor.

Silla inclinou a cabeça.

— Então é melhor eu não rasgá-la. — Ela deslizou a mão para baixo, acariciou-o, a palma quente na pele dele. — Ele deixa você pegar outras coisas emprestadas? — sussurrou, e Kel percebeu que ela ainda se referia a Conor. — A coroa dele, por exemplo? Acho que você ficaria muito lindo de coroa.

Eu usei a coroa Aurelian hoje mais cedo. Mas ele jamais poderia contar isso para ela. Lembrou que se o Rei dos Ladrões e Ji-An sabiam que ele era o Portador da Espada; será que Merren também sabia? E quanto a Alys? E Hadja? Quem *mais* sabia?

Inferno cinzento, pare com isso, pensou ele. *Esteja aqui agora.* Silla não se importaria se ele levantasse a saia dela, tomasse-a contra a parede ali. Segurá-la era muito fácil. Tinham feito isso antes. Ele precisava estar dentro dela, dentro do prazer sufocante do ato. Kel segurou os quadris dela quando a cortina se abriu, revelando Antonetta Alleyne, emoldurada pelo arco.

A mão de Antonetta cobriu a boca.

— Ah — exclamou ela. — Ah, *céus*.

— Que *diabos*, Antonetta! — Kel levantou a calça e começou a abotoá-la às pressas. — O que foi? Precisa que alguém a leve para casa?

Antonetta ainda estava corada.

— Eu não fazia ideia...

— O que você pensou que estávamos fazendo aqui, querida? Recitando poesia um para o outro? — zombou Silla, a voz arrastada. Seu corpete estava desamarrado, mas ela não se moveu para arrumá-lo. — Ou você esperava se juntar a nós? — Deu um pequeno sorriso. — Seria decisão de Kellian.

— Não fale assim com ela — disse Kel; foi um reflexo, mas os olhos de Silla se semicerraram de surpresa. A resposta o deixou com ainda mais raiva de Antonetta. Ele se voltou para ela. — Se está desesperada para ir para casa, Domna Alys teria arranjado uma carruagem para você...

— Não é isso — disse Antonetta. — Eu estava a caminho da biblioteca e vi Falconet. Ele estava em pânico. Enviou-me para buscar você. — Ela franziu a testa. — É o Conor. Ele precisa de você. Tem alguma coisa errada.

O sangue de Kel gelou; ele ouviu Silla arfar, surpresa.

— Como assim tem alguma coisa errada? — Mas Silla já colocava o paletó na mão dele; Kel nem se lembrava de tê-lo retirado. Ele beijou a testa dela, vestiu a peça; um momento depois, seguia Antonetta pela sala principal e subia a escada. — O que aconteceu? — exigiu saber em voz baixa. — Silla disse que Conor está com Audeta...

— Não sei — respondeu Antonetta, sem olhá-lo. — Joss não me contou. Disse apenas para buscar você.

As palavras dispararam os alarmes de Kel. Falconet estar desesperado o suficiente para enviar Antonetta atrás dele não era um bom sinal.

— Eu não esperava que você fosse o tipo que contrata cortesãos — provocou Antonetta enquanto alcançavam o patamar. — Não sei por quê. Tolice minha, imagino.

— É tolice — retrucou Kel, um tanto amargo. — Não tenho pretendentes entre os filhos e filhas da Colina; sua mãe deixou isso bem óbvio.

Ele pensou ter visto Antonetta se retrair. Mas devia ter imaginado. Ela já estava olhando para o corredor. Caminhavam pelo terceiro andar, onde ficavam os quartos dos cortesãos, e no meio do corredor uma porta estava aberta — o quarto de Audeta, ao que parecia. Sentado no chão ao lado dela estava Conor. Respingos vermelhos manchavam o piso ao seu redor. Sua cabeça tombara para trás contra a parede; seu braço esquerdo parecia que ter uma luva escarlate levantada até o cotovelo. Falconet estava ajoelhado ao lado dele, olhando a cena — o que não era comum para Joss —, mas sem saber o que fazer.

— Conor... — Antonetta se adiantou para a frente, mas Kel viu Falconet balançar a cabeça. Ele a pegou pelo cotovelo, puxando-a para trás.

— Melhor não — disse ele. — Espere por nós lá embaixo. — Ele hesitou. — E lembre-se, Domna Alys pode resolver qualquer coisa que você precisar. — *Ou cuidar de você, caso esteja tensa.* Mas ele não disse nada. Antonetta era adulta. Ela fazia as próprias escolhas, pelo menos tanto quanto sua mãe permitia. Kel havia sido o protetor dela um dia, mas Antonetta deixara bem evidente na noite de sua apresentação à sociedade que não o queria mais nessa função.

Ela mordeu o lábio inferior — um hábito seu — e olhou com preocupação para Conor.

— Cuide dele — pediu a Kel, e desapareceu descendo a escada.

Óbvio que vou. É meu dever. Mas era mais que dever, decerto; a ansiedade corria pelo sangue de Kel como fogo conforme ele caminhava até Conor e se ajoelhava ao lado de Falconet. Conor estava parado, o que era estranho, usando sua coroa, as asas douradas enfiadas nos cachos pretos. Ele deu um sobressalto quando Kel colocou a mão em seu ombro. Devagar, seus olhos cinzentos focaram.

— Você — reconheceu ele, a voz arrastada. Estava muito bêbado; muito mais bêbado que Kel teria esperado. — Onde você estava?

— Eu estava com Silla.

O esboço de um sorriso surgiu no rosto de Conor.

— Você gosta dela — comentou ele. A voz estava estranha e desconectada, Kel sentiu a barriga ficar tensa. O que mais Conor poderia dizer, nesse estado, sem notar que Falconet estava próximo o bastante para ouvir?

— Sim, o suficiente. — Kel ficou parado enquanto os dedos de Conor subiam por seu braço e se fechavam no colarinho da camisa dele. — Mas me diverti. Você não está bem. Vamos levá-lo para casa.

Conor abaixou o olhar. Seus longos cílios pretos tocavam as bochechas; a Rainha Lilibet sempre dissera que ele os perderia quando envelhecesse, mas ainda estavam ali, — uma marca adorável de inocência que não havia acompanhado o resto de seu rosto nada inocente.

— Para o Palácio, não. Não.

— *Conor.* — Kel estava muito consciente de que Falconet os observava. Ele encarou Joss, que se afastou e enfiou a cabeça pela porta aberta do quarto de Audeta. No instante seguinte, Audeta apareceu na soleira, enrolada em um cobertor. A tinta dourada e carmesim em suas pálpebras havia manchado em torno de seus olhos. Ela parecia chorosa e jovem.

Conor enrolou os dedos na camisa de Kel, que sentia o sangue em si, como cobre gelado. Audeta disse, em uma voz diminuta:

— Foi a janela. Ele atingiu a janela... — Ela estremeceu. — Quebrou com a mão.

Kel segurou a mão de Conor. Era um labirinto de pequenos cortes, e um mais profundo na lateral da mão era o mais preocupante. *Nós dois ferimos as mãos esta noite*, pensou ele, e não parecia estranho, mas de alguma forma lógico.

Ele desamarrou o lenço preto de sua mão e começou a amarrá-lo na de Conor. A ferida na palma dele havia parado de sangrar mesmo.

— Joss — chamou ele. — Vá lá embaixo. Leve Audeta com você. Finja que nada aconteceu.

Falconet disse algo baixinho para Audeta. Ela desapareceu dentro do quarto.

— Tem certeza? — indagou Falconet, olhando para Kel, pensativo.

— Sim — respondeu Kel. — E faça com que Antonetta vá para casa. Ela não deve ficar aqui.

Montfaucon ou Roverge teriam dito: *O que você tem a ver com Antonetta?* ou *Não recebo ordens suas.* Eles teriam tentado ficar por ali, esperando ouvir algo escandaloso. *Pelo menos tinha sido Falconet com Conor*, pensou Kel. Ele gostava de saber das coisas, como todos na Colina, mas não fofocava por prazer. E embora reconhecesse que Kel tinha pouco poder, ele sabia que Conor dava ouvidos a ele, e isso exercia uma espécie de poder por si só.

Assentindo, Falconet indicou que faria o que Kel pedira. Audeta saiu de seu quarto, usando um roupão de seda amarelo, com as pálpebras repintadas. Ela desceu as escadas com Falconet, olhando para trás, ansiosa, para Conor. Kel esperava que Falconet conseguisse convencê-la a manter segredo sobre o incidente. Se alguém podia fazer isso, era Falconet.

— Está bem, Con. — Kel deixou sua voz mais gentil. Tinha sido assim que falava com Conor anos antes, quando o príncipe acordava no meio da madrugada com pesadelos. — Por que você socou a janela? Ficou com raiva de Audeta? Ou de Falconet?

— Não. — Conor ainda segurava a camisa de Kel com a mão intacta. — Pensei que ia me esquecer, com eles. Mas não consegui.

Esquecer o quê? Kel lembrou de si mesmo minutos antes, com Silla, fazendo um esforço para esquecer, para *ficar presente no agora*, mas Conor...

— Isso se trata do seu casamento? — arriscou Kel. — Sabe, você não precisa se casar se não quiser.

A expressão perspicaz dos muito bêbados passou pelo rosto de Conor.

— Acho que eu quero — balbuciou ele. — Acho que talvez eu seja obrigado.

Kel ficou chocado.

— O quê? Eles não podem forçar você, Con.

Conor puxou as mangas de Kel.

— Não é isso — insistiu ele. — Cometi erros, Kel. Erros graves.

— Então vamos consertá-los. Tudo pode ser consertado. Vou ajudar você.

Conor balançou a cabeça.

— Fui treinado, sabe, para lutar num certo tipo de guerra. Estratégias táticas, mapas de batalha e tudo isso. — Ele olhava atentamente para Kel. — Não posso lutar contra o que não posso encontrar, ou ver.

— Conor...

— Esta cidade é minha — afirmou Conor, quase com melancolia. — É minha cidade, não é, Kel? Castellane pertence a mim.

Kel se perguntou se eles conseguiriam ir embora pela escada dos fundos. Evitar o salão e possíveis encontros com outras pessoas. Principalmente com Conor resmungando assim.

— Conor — disse Kel com delicadeza —, você está bêbado, é só isso. Você é o príncipe; Castellane é sua. As frotas e caravanas são suas. E o povo o ama. Você viu isso hoje.

— Não — retrucou Conor, devagar —, não... todo mundo.

Antes que Kel pudesse perguntar o que ele queria dizer, ouviu passos na escada; alguém se aproximava. Os passos eram de Alys. Ela apertou os lábios com preocupação ao ver Conor, mas não pareceu surpresa. Talvez Falconet tivesse contado a ela. Talvez ele estivesse assim quando ela o afastou, mais cedo. Antes dessa noite Kel teria perguntado, mas ele não podia confiar em Alys agora.

No entanto, ele deixou que ela os guiasse pelo acesso dos fundos, para onde os cavalos já foram trazidos pelos lacaios. Ela se desculpou — o príncipe não havia se divertido essa noite? Kel acabou tranquilizando-a, mesmo enquanto pensava em Merren e querendo exigir o que ela sabia.

Mas Conor estava lá. Ele podia estar bêbado, mas não desacordado. Kel guardou as perguntas que tinha, dando a Alys um adeus rígido enquanto Conor se jogava em cima de Matix, a mão ferida apertada contra o próprio peito.

Kel já havia levado Conor bêbado para casa muitas vezes, e não tinha dúvida de que conseguiria outra vez nessa noite. Conor sempre fora um cavaleiro habilidoso, e Asti e Matix conheciam o caminho para o Palácio. Ele e Conor iriam para casa, dormiriam e, pela manhã, curariam a ressaca com Dom Valon, em seguida iriam para o treinamento e a leve desaprovação com Jolivet, depois visitas dos nobres e toda a rotina de um dia comum.

Ele se perguntou se Conor se lembraria de como havia cortado a mão ou do que dissera a Kel, algo que nunca havia dito antes: *Cometi erros, Kel. Erros graves.*

Outra voz interrompeu a memória das palavras de Conor. *Suas escolhas não são suas, nem seus sonhos. Decerto isso não pode ser o que você*

esperou para sua vida. Todo mundo foi criança um dia, e toda criança tem sonhos.

Mas o Rei dos Ladrões era um mentiroso. Criminoso e mentiroso. Seria tolice dar ouvidos a ele. E Conor dizia todo tipo de coisa quando estava bêbado. Não fazia sentido dar muita importância às suas palavras.

Mais à frente, Conor gritou para ir mais rápido; estavam quase na rua do Palácio, onde o terreno começava a se inclinar na direção de Marivent. Kel olhou para baixo e viu a coroa de papel que estava emaranhada nas rédeas de Asti. Já estava se desfazendo; afinal, nunca fora feita para nada além de espetáculo.

A época dos feiticeiros-reis foi um tempo de grande prosperidade. Grandes cidades se ergueram e se cobriram de mármore e ouro. Os reis e rainhas construíram para si Palácios, edifícios e jardins suspensos, e havia grandes estruturas públicas: bibliotecas, hospitais, orfanatos e academias onde a magia era ensinada.

Mas apenas aqueles que frequentavam a academia, cuja frequência era controlada com severidade, tinham permissão de performar a Magia Maior, que requeria o uso da Única Palavra. A magia menor, que poderia ser feita sem usar a Palavra, surgia entre os plebeus, em especial entre os comerciantes, que viajavam de um reino a outro. A magia menor consistia em uma combinação de palavras e números entalhados em amuletos, e era tolerada pelos feiticeiros-reis apenas devido ao seu poder limitado.

— *Contos dos feiticeiros-reis,* Laocantus Aurus Iovit III

CINCO

Assim como Kel previra, o dia depois da visita ao Caravela foi tranquilo. Conor acordou com uma ressaca terrível. Kel foi para a cozinha a fim de buscar a famosa cura da manhã seguinte de Dom Valon: uma substância de aparência horrenda feita de ovos, pimentão vermelho, vinagre quente e um ingrediente secreto que o cozinheiro-chefe se recusava a revelar. Depois de tomá-la de uma só vez, Conor parou de reclamar da dor de cabeça e, em vez disso, começou a reclamar do gosto da mistura.

— Você se lembra de algo da noite passada? — perguntou Kel enquanto Conor se arrastava para fora da cama. — Lembra-se de me contar que cometeu um erro terrível?

— O erro terrível foi socar Charlon Roverge? — Conor havia arrancado o lenço preto da mão e fazia uma careta. — Porque se fiz isso, acho que quebrei minha mão no rosto dele.

Kel balançou a cabeça.

— Devo ter socado o vidro, então — disse Conor. — Não traga Gasquet; ele vai tornar tudo pior. Vou ferver meu corpo no tepidário até que a água vire sopa real.

Ele tirou as roupas e cruzou, nu, os aposentos até a porta que levava ao banho. Kel se perguntou se devia comentar que Conor ainda usava a coroa, e decidiu não falar nada. A água quente e o vapor não fariam mal algum.

Quando era mais novo, Kel presumira que um dia teria o próprio quarto — perto do de Conor, certamente, mas ainda separado. Isso não aconteceu. Jolivet insistiu que Kel continuasse a dormir onde Conor dormia, caso algo acontecesse durante a noite. E quando Kel questionara Conor sobre o assunto, dizendo que certamente Conor também queria privacidade, ele respondera que não queria ficar sozinho com seus pensamentos, a menos que Kel *quisesse* mesmo ter seu próprio quarto, e nesse caso Conor garantiria que ele o tivesse. Mas havia uma mágoa genuína em sua voz, e Kel deixou o assunto de lado.

Afinal, a Rainha Lilibet compartilhava os aposentos com suas damas de companhia, mantendo um sino de ouro ao lado da cama para chamá-las. Mestre Fausten dormia em uma cama do lado de fora do quarto do Rei Markus na Torre Estelar desde o Fogo no Mar. E os aposentos que Kel dividia com Conor eram amplos, abrangendo não apenas o quarto onde dormiam, mas a biblioteca no andar de cima, o telhado da Torre Oeste e o tepidário. Não era impossível ficar sozinho, então Kel decidiu que não era razoável pedir aquilo, para começo de conversa.

Kel, que já havia tomado banho, começou a se vestir, ignorando o ardor na mão direita. Havia três guarda-roupas nos aposentos: o maior, para as roupas de Conor. Um para os conjuntos de roupas necessários para aparições públicas e outros eventos nos quais Kel talvez ocupasse o lugar de Conor a qualquer momento, contendo duas peças de tudo, combinando: sobrecasacas, calças e até botas. E o terceiro para roupas que eram do próprio Kel, com o estilo de Marakand. Afinal, ele não era Amirzah Kel Anjuman, primo da rainha? Lilibet se divertiu um pouco ao garantir que o guarda-roupa dele estivesse no tema. Túnicas de seda em tons de joias com mangas largas, lenços coloridos e longos casacos estreitos de brocado de ouro ou bronze, as mangas cortadas para mostrar a seda verde por baixo. (Verde era a cor da bandeira marakandesa, e Lilibet a usava quase exclusivamente.)

Kel estava usando preto, com uma túnica verde de botão: as mangas soltas eram úteis, pois escondiam adagas presas aos pulsos com fivelas de couro. Pelo que ele sabia, Conor não tinha planos especiais naquele dia, mas era sempre bom estar preparado.

Eles tomaram o café da manhã no pátio do Castelo Mitat. Marivent não era de fato um castelo grande, mas uma junção de diferentes palacetes, ou castelos, espalhados entre **jardins** ornamentados com primor. A história era que isso tornava o Palácio mais fácil de defender — ainda que um exército passasse pelos muros, eles teriam que atacar várias fortalezas —, mas Kel não sabia se isso era verdade, ou se apenas refletia o fato de que os reis e rainhas durante séculos tinham achado mais fácil acrescentar novas construções a expandir o Castelo Antin, o mais antigo dos Palácios, onde ficava a sala do trono e a Galeria Brilhante.

O Castelo Mitat ficava bem no centro de Marivent; era um quadrado vazio, encimado pela robusta Torre Oeste, que dava para Castellane e o porto. Metade ao sol, metade à sombra lançada por trepadeiras, seu pátio brilhava como um porta-joias. Papoulas laranja e vermelhas e grandiflora pendiam de videiras como brincos de coral polido. No centro do pátio havia um relógio de sol com azulejos escarlates e verdes, representando o casamento de Lilibet e Markus. O verde de Marakand, o vermelho de Castellane.

De acordo com o relógio de sol, estava mais perto do meio-dia do que da manhã, mas, quanto a Conor, isso ainda significava café da manhã. Pão, mel, figos e queijo de cabra branco macio, acompanhados de fria torta de carne de caça. E vinho, óbvio. Conor serviu uma taça e ergueu-a para ver a luz do sol atravessar o líquido, transformando-a em um vitral.

— Talvez devêssemos voltar ao Caravela — sugeriu Kel. Estava cutucando um figo; percebeu que não tinha muito apetite. — Já que você se esqueceu de ontem de qualquer maneira.

— Não esqueci de *tudo* — ressaltou Conor. Ele havia retirado a coroa, ou a perdera no tepidário. Havia olheiras sob seus olhos cinzentos. Um dia eles tiveram olhos com cores diferentes, mas isso mudara havia muitos anos. — Me lembro de Falconet fazendo coisas de fato escandalosas com Audeta. Ela parecia gostar. Tenho que perguntar a ele como...

— Bem, então, se você se divertiu, mais um motivo para retornarmos. Com Falconet, se você quiser. — *O que vai me permitir procurar Merren e exigir respostas.*

— Prefiro não vestir a mesma coisa duas vezes seguidas ou fazer a mesma coisa duas noites seguidas. — Conor virou a taça na mão. — Se está sentindo falta de Silla, podemos mandá-la vir aqui.

Onde eu não tenho um quarto? Não, obrigado, pensou Kel. Mas isso não era justo. Conor exigia que ele estivesse por perto. Seria assim até Conor se casar. O que o fez lembrar...

— Então você estava mesmo pensando em se casar? Malgasi, Kutani, Hanse...

Conor apoiou a taça na mesa, fazendo um barulho.

— Deuses, não. O que deu em você?

Ele não se lembra mesmo, pensou Kel. Era ao mesmo tempo um alívio e um incômodo. Ele teria gostado de saber o que perturbara Conor tanto a ponto de fazê-lo socar a janela. Talvez o que quer que Falconet tenha feito com Audeta tinha sido muito, *muito* peculiar.

— Eu *estava* pensando — continuou Conor, os olhos brilhando. — Antes de me casar, quero ver mais do mundo. Sou o Príncipe Herdeiro de Castellane e nunca fui além de Valderan. E lá praticamente só tem cavalos.

— Cavalos excelentes — observou Kel. Asti e Matix tinham sido presentes do rei de Valderan. — E terra para cultivo.

Conor deu uma risadinha. Então disso ele se lembrava.

— Lembro que prometi viagens a você, muito tempo atrás — revelou ele. — Uma vida extraordinária.

Você veria coisas que as pessoas quase não veem. Você viajaria o mundo inteiro.

Algumas vezes eles haviam conversado sobre os lugares e coisas que gostariam de ver — os mercados flutuantes de Shenzhou, as torres de Aquila, as pontes de prata que conectavam as seis colinas a Favár, a capital malgasiana —, mas sempre falaram como uma ideia distante e hipotética. A pequena viagem que ele de fato fizera com Conor não tinha sido muito como seus sonhos de navios e água azul, com gaivotas voando. Viajar com a realeza era um pesadelo para organização de cavalos e caravanas, baús e soldados, cozinheiros e banheiras, e raramente conseguiam avançar mais que algumas horas por dia antes de terem que parar e montar acampamento.

— Minha vida já é bastante extraordinária — comentou Kel. — Mais do que a maioria das pessoas sabem.

Conor se inclinou à frente.

— Eu estava pensando — insistiu ele. — E se for Marakand?

— Marakand? Nas Estradas de Ouro?

Conor abaixou seu ombro esquerdo em um gesto elegante.

— Por que não? Marakand é metade da minha herança, não é?

Pensativo, Kel mordeu um damasco. Lilibet insistira que seu filho fosse consciente das raízes que o ligavam ao país natal dela. Ele — e Kel, óbvio —, foram ensinados na língua de Marakand até que ambos fossem fluentes. Eles conhecem a história da família real de Marakand e dos Tronos Gêmeos, agora ocupados pelos irmãos de Lilibet. Conheciam a história do lugar, os nomes das famílias mais importantes. Mas Conor nunca mostrara interesse em viajar para lá antes. Kel sempre suspeitara que a paixão de Lilibet pelo lugar deixara Conor dividido em relação a um país que, apesar de suas conexões, sempre o consideraria um príncipe estrangeiro.

— Querido! — A rainha entrou no pátio, vestida em um rico cetim cor de esmeralda, a cintura do vestido bem apertada, as longas saias varrendo o chão empoeirado. Com ela, duas de suas damas. O cabelo de ambas estava preso sob chapéus verde-samambaia, o olhar baixo. — Como você está? Como foi ontem?

Ela se dirigia a Conor, é óbvio. A rainha preferia fingir que Kel não existia, a não ser que fosse necessário. Era como ela tratava suas damas, que ficavam a uma distância educada, fingindo admirar o relógio de sol.

— Kel deu um ótimo discurso — elogiou Conor. — A população ficou impressionada, como era de esperar.

— Isso deve ter sido decepcionante para você, querido. Jolivet é cuidadoso em excesso. — Ela havia ido para trás do assento de Conor e passava a mão pelo cabelo dele enquanto falava, as esmeraldas em seus dedos brilhando entre os cachos pretos dele. — Tenho certeza de que ninguém deseja machucá-lo. Ninguém poderia.

Um músculo tremeu na bochecha de Conor. Kel sabia que ele estava se segurando; não havia motivos para corrigir Lilibet, ou contar a ela que era provável que nenhum membro de uma família real fosse universalmente amado. Lilibet preferia sua própria versão do mundo, e discordar apenas provocaria uma expressão triste ou raivosa.

— Do que você estava falando, meu querido? Você parecia bastante animado.

— Marakand — respondeu Conor. — Especificamente, do meu desejo de visitá-la. É ridículo eu nunca ter estado lá, considerando a conexão que tenho com o lugar. Você e meu pai representam a aliança entre Marakand e Castellane, mas sou eu que devo continuá-la. Eles devem conhecer meu rosto.

— Os sátrapas conhecem seu rosto. Eles nos visitam todo ano — disse Lilibet, um tanto distante. Os sátrapas eram os embaixadores marakandeses, e as visitas deles costumavam estar entre os destaques da agenda da rainha. Ela se reunia com eles para ouvir fofocas da distante corte em Jahan, e depois, por semanas, falava mais nada além de Marakand: como tudo era melhor lá, feito de maneira mais inteligente e linda. Mesmo assim, em todos aqueles anos desde o casamento, ela jamais havia retornado. Kel se perguntava se ela sabia que suas memórias eram mais uma fantasia idealizada do que realidade, e não queria que fossem estragadas. — Mas é uma ideia adorável.

— Que bom que você aprova — respondeu Conor. — Poderíamos ir na semana que vem.

Kel engasgou com o damasco. *Na semana que vem?* Organizar um comboio real — com tendas e camas, cavalos e mulas carregadas, presentes para a corte de Jahan e comida que não estragaria na estrada — levaria mais tempo que isso.

— Conor, não seja ridículo. Você não pode ir na semana que vem. Temos uma recepção para o embaixador malgasiano. E, depois disso, o Festival de Primavera, o Baile do Solstício...

A expressão de Conor se fechara tal qual uma porta.

— Sempre há uma festividade ou outra acontecendo, *Mehrabaan* — retrucou ele, deliberadamente usando a palavra marakandesa formal para "mãe". — Certamente eu teria a permissão de perder algumas delas na busca de um objetivo tão valioso.

Mas Lilibet franzira os lábios — um sinal de que não estava comprando a ideia. De fato sempre havia uma festividade à vista; a única coisa que Lilibet de fato parecia apreciar sobre ser rainha era planejar festas. Ela ficava obcecada por semanas ou meses com decorações, paleta de cores, danças e fogos de artifício, comida e música. Na noite em que Kel chegara a Marivent quando criança, ele pensara ter chegado a um mágico e raro banquete. Agora, sabia eles que aconteciam todos os meses, o que tirava parte do encanto da coisa.

— Conor — replicou Lilibet —, é admirável seu desejo de fortalecer os laços internacionais de Castellane, mas seu pai e eu gostaríamos que você cumprisse suas responsabilidades em casa primeiro.

— Meu pai disse o quê? — A voz de Conor era instável.

Lilibet ignorou a pergunta.

— Na verdade, eu gostaria que você supervisionasse a reunião da Câmara de Controle amanhã. Você já esteve em várias outras; deve saber como funcionam.

Interessante. A Câmara de Controle era a sala onde as Famílias da Concessão haviam se encontrado por gerações para discutir comércio, diplomacia e o estado atual das questões de Castellane, com o rei e a rainha sempre presentes para direcionar o curso da discussão, pois a palavra final ou qualquer decisão pertencia à Casa Aurelian. Nos últimos anos, Lilibet, com Mayesh Bensimon ao seu lado, havia representado o rei nas reuniões — sempre com uma expressão de tédio absoluto no rosto.

Agora, ela queria que Conor tomasse seu lugar e, a julgar por sua expressão, não parecia que discutir daria em algo.

— Se meu pai pudesse... — começou Conor.

Lilibet balançou a cabeça, mexendo os cachos ornamentados de seu cabelo brilhoso e preto. Kel sentiu que ela o olhava de esguelha — por mais que fingisse que ele não existia, tomava cuidado com o que dizia na frente dele.

— Você sabe que isso não é possível.

— Se eu mediar a reunião sozinho, especularão o motivo — argumentou Conor.

— Querido — tentou mais uma vez Lilibet, embora houvesse pouca calidez em sua voz —, a forma de lutar contra a fofoca entre os nobres é mostrar a eles que você tem firme controle do poder. É o que você deve fazer amanhã. Agarre o poder; não deixe que saia voando de suas mãos. Quando você mostrar que consegue fazer isso, poderemos discutir uma viagem a Marakand. Talvez você possa ir na sua lua de mel.

Com isso ela se afastou, a barra de sua saia verde abrindo um caminho na poeira, como a cauda de um pavão que se arrasta. As damas se apressaram atrás dela enquanto Conor se recostava na cadeira, a expressão contrariada.

— A reunião na Câmara de Controle será tranquila — Kel o tranquilizou. — Você já foi a centenas. Não é nada que você não possa fazer.

Conor assentiu vagamente. Ocorreu a Kel que isso poderia significar que ficaria sozinho na tarde do dia seguinte, talvez até durante a noite. Dependeria da duração da reunião, mas tudo o que ele precisava era encontrar Merren Asper, ameaçá-lo para arrancar a verdade dele, e retornar. Estava óbvio que Merren era um acadêmico, não um guerreiro; não demoraria muito.

— Você irá comigo — afirmou Conor. Não era um pedido, e Kel se perguntou se Conor realmente percebia a diferença entre pedir a ele para fazer coisas e ordenar. Mas também o que isso importava? Não era como se Kel pudesse negar, em qualquer circunstância. Ressentir-se era inútil. Era mais que inútil. Ressentimento era veneno.

— Com certeza — respondeu Kel, com um suspiro interno. Ele precisaria tentar se afastar em outro momento. Talvez naquela noite. Pelo que sabia, Conor não tinha nada planejado.

Conor não pareceu ouvi-lo. Olhava para a frente, sem focar em nada, as mãos esparramadas na mesa a sua frente. Só então Kel percebeu que embora Lilibet certamente tivesse percebido as feridas vermelhas na mão direita de Conor, ela nada dissera a respeito.

— Zofia, querida — disse Lin —, tome suas pílulas, está bem? Isso, boa garota.

A boa garota — um amontoado de cabelo branco desgrenhado, ossos frágeis e temperamento obstinado, de noventa e um anos — olhou para Lin com seu único olho saudável. O outro estava coberto com um tapa-olho; ela o havia perdido, informou, durante uma batalha naval na costa de Malgasi. A batalha tinha sido com a frota real. Zofia Kovati tinha sido uma pirata, tão temida em sua época quanto qualquer homem. Ainda tinha uma aparência muito feroz, com seu ninho de cabelo completamente branco projetando-se em todas as direções, uma boca cheia de dentes falsos e uma coleção de casacos militares com botões de latão que ela usava por cima de vestidos de saia rodada como nas décadas passadas.

Lin trocou de tática.

— Você sabe o que vai acontecer se não as tomar. Terei que enviar um médico castellano para cuidar de você, já que não confia em mim.

Zofia parecia taciturna.

— Ele colocará pílulas no meu traseiro.

Lin escondeu um sorriso. Isso era provável; os médicos do *malbushim* eram obcecados por supositórios por motivos desconhecidos. Ela suspeitava, em parte, que era porque ainda não haviam dominado injeções na veia, como os Ashkar, mas não conseguiria explicar o restante, não quando engolir pílulas era uma maneira perfeitamente boa de medicar.

— Ah, sim — disse Lin. — Ele vai.

Ela sorriu quando Zofia pegou as pílulas de sua mão e as engoliu com apenas uma careta rápida. A dedaleira trataria, embora não curasse, a insuficiência cardíaca de Zofia e o inchaço em suas pernas. Lin deixou para ela um frasco com mais comprimidos e instruções rígidas para quando e como tomá-los — instruções que ela dera antes, mas Zofia parecia gostar do ritual, e Lin não se importava. Ela teria ficado para o chá, como sempre fazia, se não estivesse atrasada para o próximo compromisso.

O dia estava quente e claro, perfeito para andar pela cidade. No início, quando começou a atender pacientes em Castellane, Lin se preocupou com criminosos, batedores de carteira e Rastejantes. Os Ashkar consideravam a cidade fora das muralhas do Sault um lugar perigoso e sem lei. Ela tinha certeza de que seria assaltada e roubada, mas andara quase sem empecilhos pelas ruas, raramente perturbada por algo mais do que olhares curiosos.

Certa vez, em Warren, depois de fazer um parto, ela voltara para casa tarde da noite, sob uma lua esverdeada de primavera. Um jovem magro, portando uma faca reluzente, saíra das sombras entre duas edificações e exigira a bolsa de médica que ela carregava; por instinto, Lin a havia puxado para longe dele — os itens que levava eram preciosos e caros — quando uma sombra escura saltara de uma sacada acima deles. Um Rastejante.

Para sua grande surpresa, o Rastejante havia tentado desarmar o jovem e mandado que ele fosse embora com um alerta severo e um chute ainda mais forte no tornozelo. O aspirante a ladrão fugira enquanto Lin piscava, surpresa.

O Rastejante, cujo capuz cobria o rosto, sorrira, e Lin enxergara rapidamente metal enquanto ele virava a cabeça. Seria uma máscara?

— Cumprimentos do Rei dos Ladrões — dissera ele, fazendo uma reverência zombeteira. — Ele admira os médicos.

Antes que Lin pudesse responder, o Rastejante desaparecera, escalando a parede mais próxima com os movimentos rápidos de aranha que deram origem ao seu nome. Lin se sentiu mais segura depois disso — era ingênuo, ela sabia, sentir-se mais segura por causa de um criminoso, mas o Rei dos Ladrões era uma presença constante em Castellane. Até os Ashkar sabiam que ele controlava as ruas. E, para a surpresa dela mesma, as consultas acabaram se tornando a parte favorita de ser médica.

Ao ser aprovada em sua última prova, Lin esperava começar a atender os pacientes imediatamente. Mas, além de Mariam, ninguém no Sault parecia interessado em se valer de seus serviços. Eles a evitavam, procurando em vez disso os médicos homens que haviam tirado notas mais baixas do que ela nas provas.

Assim, Lin passara a atender na cidade. Chana Dorin vendia talismãs no mercado da cidade todo Dia de Sol, e espalhava a informação de que havia uma jovem médica Ashkar disposta a tratar de sofrimentos por um baixo preço. Josit, e depois um dos Shomrim — os guardiões dos portões do Sault —, havia contado sobre a irmã a todo *malbesh* que buscava um médico: as habilidades, sabedoria e preços extremamente razoáveis dela.

Aos poucos, Lin construiu uma clientela de pacientes fora do Sault, de filhas ricas de mercadores buscando alguém para remover protuberâncias de seus narizes a cortesãos do Distrito do Templo cujo trabalho exigia que fossem examinados com frequência. Uma vez que estabelecera sua reputação, mais pessoas passaram a buscá-la: de grávidas ansiosas a velhos surrados cujos corpos tinham sido maltratados por anos de trabalho de construção de navios no Arsenal.

A doença igualava a todos, Lin percebera. Os *malbushim* eram iguaizinhos aos Ashkar quando se tratava da saúde: preocupavam-se com o próprio bem-estar, ficavam vulneráveis quando se tratava de doenças em suas famílias, agitados ou em silêncio perante a morte. Por vezes, enquanto Lin ficava quietinha e uma família rezava sobre o corpo de um ente querido que se fora, ela ouvia as palavras deles — *que ele passe livremente pela porta cinza, Senhores* — e falava as suas, em silêncio, não apenas para os mortos, mas para aqueles que ficaram. *Não fiquem sozinhos. Sejam confortados entre os enlutados de Aram.*

Por que não?, ela sempre pensava. Eles não precisavam acreditar na Deusa para que ela tocasse seus corações em seu maior momento de necessidade.

Chega. Não havia necessidade de mergulhar em pensamentos mórbidos. Além disso, ela tinha chegado ao seu destino: um edifício ocre de telhado vermelho em frente a uma praça empoeirada. Muito tempo antes, o Distrito da Fonte fora uma vizinhança de casas de ricos mercadores construídas ao redor de pátios, cada uma exibia uma das grandes fontes que nomeavam a região. Então, as casas tinham sido divididas em apartamentos baratos de alguns poucos cômodos. Os afrescos desbotaram em espirais cheias de lama, as fontes gloriosamente azulejadas racharam e secaram.

Lin gostava do ar de grandeza decadente que o lugar tinha. Os prédios antigos a lembravam de Zofia: um dia foram belezas maravilhosas, e seus ossos ainda revelavam a graça sob a pele enrugada e manchada.

Ela se apressou para cruzar a praça, seus passos levantando nuvens de poeira cor de açafrão, e entrou na casa ocre. O andar inferior era de pedra e azulejo, uma escada de madeira curva levando para o seguinte, cada um dos degraus era gasto e afundado no meio. A senhoria — uma mulher mal-humorada que morava no andar de cima — tinha mesmo que consertá-los, pensou Lin, enquanto chegava ao segundo patamar e de deparava com as portas já abertas.

— É você, *dotôra*? — A porta se abriu mais um pouco, revelando o rosto sorridente e enrugado de Anton Petrov, o paciente favorito de Lin. — Entre, entre. Tem chá.

— Óbvio que tem. — Lin o seguiu para a sala, largando a bolsa em uma mesa baixa. — Às vezes, acho que você sobrevive somente à base de chá e gim, Dom Petrov.

— O que há de errado com isso? — Petrov já mexia um samovar de bronze reluzente, o item mais elegante no pequeno apartamento, e a única coisa que ele trouxera consigo de Nyenschantz quando partira, quarenta anos antes, para se tornar mercador nas Estradas de Ouro. Ele sempre levava seu samovar consigo, contara a ela uma vez, pois acreditava que seria insuportável estar em uma região inóspita sem chá.

Diferentemente de Josit, Petrov parecia pouco interessado em expor muito seus suvenires dos anos de viagem. Seu apartamento era simples, quase monástico. Os móveis eram de bétula escovada, os livros organizados em prateleiras pelas paredes (apesar de Lin não conseguir ler Nyens nem decifrar a maioria dos títulos). As xícaras e pratos dele eram de latão simples, a lareira perfeitamente varrida, e a cozinha estava sempre organizada.

Depois de servir chá para ambos, Petrov gesticulou para que Lin se juntasse a ele à mesa perto da janela. Jarros de flores adornavam o batente, e um beija-flor arrulhava preguiçosamente entre os botões de valeriana vermelha.

Enquanto ela se sentava diante de Petrov, com a xícara de chá na mão, o olhar de Lin pousou de maneira automática no carpete no meio da sala. Era um item lindo — bem-feito e macio, tecido em um padrão de videiras e penas de um tom profundo de verde e azul. Mas não era o carpete que interessava a Lin, mas sim o que ele escondia.

— Você quer ver? — Petrov olhava para ela com sorriso travesso, que chegava a ser juvenil. Petrov tinha sessenta e poucos, porém, parecia mais velho, a pele fina, as mãos que tremiam de tempos em tempos. Ele era pálido, como a maioria dos nortistas, e Lin às vezes pensava que conseguia ver as veias dele através da pele. Embora seu cabelo fosse grisalho, o bigode e as sobrancelhas eram pretos (Lin suspeitava que ele os tingia) e cheios. — Se quiser...

Lin sentiu uma leve vibração sob o osso esterno. Com rapidez, tomou um gole de seu chá quente; tinha um gosto defumado, que Petrov afirmou ter vindo das fogueiras ao longo das Estradas de Ouro. Também era muito doce, mas ela não se importava. Petrov vivia sozinho, ela sabia, e o chá era uma chance de prolongar o encontro, conversar e visitá-lo. Lin acreditava que a solidão era letal; matava pessoas tanto quanto álcool ou sumo de papoula em excesso. Era difícil ficar sozinho no Sault, mas muito fácil desaparecer e ser esquecido no caos de Castellane.

— Tenho que examinar você primeiro — disse ela. Tinha deixado a bolsa ao lado da cadeira; revirou-a agora, e pegou um auscultador, um cilindro longo de madeira, oco e polido, e colocou uma ponta no peito de Petrov.

O velho ficou pacientemente sentado enquanto ela auscultava seu coração e pulmões. Petrov era um de seus pacientes mais misteriosos. Seus sintomas não correspondiam a nada nos estudos ou livros de Lin. Muitas vezes ela ouvia estalos quando ele respirava, o que deveria significar pneumonia, mas eles iam e vinham sem febre, deixando-a confusa. Erupções estranhas costumavam aparecer na pele — naquele dia manchas vermelhas surgiram em seus antebraços e pernas, como se os vasos sob a pele tivessem estourado por algum motivo.

Petrov afirmava que tudo isso — dos problemas respiratórios, da fadiga, das erupções cutâneas — era uma doença que ele havia contraído em suas viagens. Ele não sabia o nome, nem o que a causara. Lin tentara todo tratamento que conhecia: infusões, tinturas, mudanças de dieta, pós misturados na comida dele. Nada ajudava, exceto os amuletos e talismãs que dava a ele para diminuir as dores e os sintomas.

— Tome cuidado — instruiu ela, puxando para baixo a manga da camisa pelo braço fininho dele. — A melhor forma de não ter esses pontos vermelhos doloridos é evitar batidas e machucados. Mesmo coisas pequenas como mover uma cadeira...

— *Chega* — murmurou ele. — O quê, devo pedir a Domna Albertine? Ela me assusta mais que um machucado.

Domna Albertine era a senhoria dele. Ela tinha seios grandes e um temperamento ainda mais expansivo. Lin uma vez a vira perseguir com uma vassoura um ganso fugido pelo pátio, gritando que o espancaria até a morte e então encontraria e mataria cada um de seus filhotes.

Lin cruzou os braços.

— Está recusando meu conselho? Quer um médico diferente?

Ela deixou a voz estremecer. Havia tempos que tinha percebido que a melhor maneira de fazer Petrov cooperar era fazê-lo se sentir culpado, e usava essa informação sem piedade.

— Não, não. — Ele balançou a cabeça. — Se você não me ameaçasse, já não estaria morto agora?

— Tenho certeza de que há outros médicos que podem fazer o que eu faço — respondeu Lin, revirando sua bolsa. — Até em Nyenschantz.

— Em Nyenschantz, os médicos me aconselhariam a ir até a floresta e socar um urso — resmungou Petrov. — Isso faria eu me sentir melhor ou o urso me mataria, e em ambos os casos eu não estaria mais doente.

Lin deu uma risadinha. Pegou vários talismãs da bolsa e os colocou na mesa. Petrov estivera sorrindo, mas olhou para ela, pensativo.

— Aqueles estudos que você queria — começou ele. — Conseguiu pegá-los?

Lin suspirou por dentro. Não deveria ter contado a Petrov sobre sua missão para conseguir o manuscrito da Academie. Tinha sido um momento de fraqueza; ela sabia que não podia contar aquilo a ninguém no Sault.

— Não — respondeu. — Livraria nenhuma me permitirá sequer olhar para eles; não porque não sou estudante, mas porque sou Ashkar. Eles nos odeiam muito.

— Não é que eles odeiem você — ponderou Petrov, com gentileza. — É que têm inveja. A magia desapareceu do mundo com a Ruptura, e portanto muitos perigos, mas também muito do que era bonito e maravilhoso. Apenas o seu povo ainda possui esse fragmento de fascinação. Talvez não seja surpreendente que eles busquem guardar os pedaços da história que têm. A memória de um tempo em que eram iguais no poder.

— Eles são mais do que iguais no poder — destacou Lin. — Eles têm todo o poder, exceto esta única coisa. — Com delicadeza, ela tocou o colar em seu pescoço, o círculo oco com as palavras estranhas entalhadas nele: *Como cantaremos as canções de nossa Senhora em uma terra estranha?* O grito de um povo que não sabia ser quem era sem um lar ou um Deus. Eles haviam aprendido, durante os muitos anos que aprenderam; mesmo assim sua pertença ainda era imperfeita. Oca em partes, como o círculo em si.

Ela olhou atentamente para Petrov.

— Você não está dizendo que concorda com eles, está?

— De maneira alguma! — exclamou Petrov. — Viajei o mundo, você sabe...

— Eu sei — disse Lin, provocando-o. — Você me fala disso o tempo todo.

Ele a encarou.

— E eu sempre disse que você pode julgar um país de acordo com como ele trata os Ashkar. Foi um dos motivos pelos quais deixei Nyenschantz. Burrice, mente fechada, crueldade. Malgasi, também, é um dos piores. — Ele se interrompeu, gesticulando como se para afastar a ideia do mal. — Agora — prosseguiu ele. — Quer ver a pedra? Como recompensa por me curar?

Ajudei, mas não curei. Lin só podia desejar fazer mais por Petrov. Ela o observou de um jeito preocupado enquanto ele se levantava e cruzava a sala até seu novo carpete. Ele enrolou uma ponta, revelando um buraco quadrado no assoalho. Enfiou uma mão trêmula ali e tirou de uma pedra oval, cinza-claro como o ovo de um cisne.

Ele ficou parado por um momento, encarando a pedra, a ponta do dedo repousando levemente nela. Lin tentou se lembrar da primeira vez que a viu; ele a havia mostrado quando ela lhe contou que seu irmão estava viajando pelas Estradas de Ouro.

— Ele verá coisas fascinantes, muitas maravilhas — dissera Petrov, e erguera uma das tábuas do assoalho para pegar seu pequeno estoque de tesouros: um bule de porcelana com faixas de ouro; o cinto de uma dançarina *bandaresa*, seus fios entrelaçados com dúzias de moedas; e a pedra.

Levou-a até Lin, colocando-a em sua mão. Era perfeitamente lisa e não tinha nem mesmo um indício de uma faceta: era óbvio que se tratava de uma pedra muito polida, e não uma joia. Algo parecia tremeluzir em suas profundezas, um jogo de luz e sombra.

A sensação era quente e reconfortante de maneira inexplicável na mão de Lin. Ao girá-la, imagens pareciam surgir das profundezas esfumaçadas, chegando tentadoras à superfície da pedra e depois desaparecendo quando ela estava prestes a reconhecê-las.

— Adorável, não é? — comentou Petrov, olhando para Lin. Ele soava um pouco melancólico, o que pareceu peculiar para a moça, afinal de contas, a pedra era dele; supostamente ele podia olhar para ela quando quisesse.

— Você não vai mesmo me contar onde a conseguiu? — Ela sorriu para ele. Já havia perguntado antes, muitas vezes: ele apenas dizia que a conseguira nas Estradas de Ouro. Uma vez, dissera que havia lutado contra um príncipe pirata para consegui-la; em outro dia, a história envolvia uma rainha marakandesa e um duelo que dera errado.

— Eu devia só dá-la a você — soltou ele, rouco. — Você é uma boa menina e faria o bem com ela.

Lin o olhou, surpresa. Havia uma expressão diferente nos olhos dele, algo ao mesmo tempo determinado e distante. E ela se perguntou, o que ele queria dizer com *faria o bem com ela*? O que era possível fazer com um pedaço de pedra?

— Não — disse Lin, entregando a pedra a ele. Tinha que admitir que sentiu uma pontada de arrependimento enquanto falava. Era uma coisa tão bonita. — Fique com ela, Sieur Petrov...

Mas ele franzia a testa.

— Escute — pediu ele. Lin fez o que foi pedido, e ouviu um passo fraco na escada. Bem, não havia nada de errado com a audição de Petrov, pelo menos.

— Está esperando visita? — Lin estendeu a mão para a bolsa. — Talvez eu tenha ficado tempo demais.

Enquanto ela se levantava, podia ouvir a voz da senhoria de Petrov, reclamando indignada no andar de baixo.

Petrov semicerrou os olhos, a postura reta. Naquele momento, Lin pôde imaginá-lo como um viajante nas Estradas, semicerrando os olhos para um horizonte que só se alongava.

— Quase me esqueci — disse ele. — São alguns amigos; íamos jogar cartas. — Ele forçou um sorriso. — Eu verei você na nossa próxima consulta, Domna Caster.

Era uma dispensa, por fim. Confusa, Lin foi até a porta; Petrov correu para abri-la, esbarrando nela no processo. Também era estranho; ele não costumava fazer cerimônia. No caminho até o térreo, Lin passou por dois homens em roupas de marinheiro amarrotadas. Ela não conseguiria adivinhar a nacionalidade deles, exceto que pareciam do norte, com cabelo e olhos claros. Um deles olhou para ela e disse algo pouco educado para seu companheiro em uma língua que Lin não conhecia. Os dois riram e Lin saiu, inquieta. Petrov era uma velha alma gentil: Que assuntos teria a tratar com homens assim?

Mas afinal, ela pensou que não era da sua conta. Seu trabalho era cuidar da saúde física de Petrov. Não cabia a ela julgar suas escolhas.

Depois de terem praticado treino com a espada e do jantar, Kel e Conor voltaram ao Castelo Mitat para encontrar Roverge, Montfaucon e Falconet enfiados nos aposentos do príncipe durante a ausência deles. Eles já tinham aberto o *nocino* — um licor forte feito de nozes verdes — e receberam Conor e Kel com alegria.

— E temos uma surpresa para você — informou Charlon. — Uma visitante, lá em cima.

Conor semicerrou os olhos, interessado, mas declarou que ele e Kel deviam trocar as roupas brancas suadas de treino. Ele pediu que os amigos o esperassem lá em cima, na Torre Oeste.

Conor se apressou para se lavar e se vestir em silêncio. Ele parecia quase aliviado pela visita dos outros — exalava uma energia agitada, como se estivesse determinado a se divertir da forma como alguns homens são determinados a vencer um duelo ou uma corrida.

Do que ele estava correndo, Kel não tinha certeza. Depois de se lavar e se vestir em couro e brocado, Conor subiu a escada espiralada com o cabelo molhado, correndo. Em contraste, Kel se demorou ao se vestir, examinando as opções, antes de decidir que escapar sem que percebessem seria impossível. Resignado, ele foi até a torre.

Conor havia feito "melhorias" na torre nos últimos anos, demonstrando um talento para decoração que devia ter herdado de Lilibet. O topo quadrado da torre era cercado de parapeitos, oferecendo uma visão ameiada da cidade e do porto. Conor havia instalado divãs cobertos de dosséis, cheios de almofadas, e mesas de marchetaria em que tigelas de metal cheias de frutas e doces tinham acabado de ser servidas, assim como garrafas geladas de diversos licores e tortas de carne.

Os outros se esparraram pelos divãs segurando taças de vinho, e foi então que Kel viu a visitante que Charlon havia mencionado. Antonetta Alleyne, sentada em uma cadeira estofada verde-sálvia, com as pernas cruzadas na altura do tornozelo. Seu vestido amarelo era cheio de rendas e pérolas, e fitas enfeitavam seu cabelo, embora parecessem prestes a se soltar com o vento forte vindo do mar.

Kel sentiu uma onda de irritação — ele queria perguntar a Charlon qual era a intenção ao levar Antonetta ao Caravela. Agora não podia. Ele olhou para Conor, que estava encostado no ombro de Falconet enquanto Roverge, que havia puxado uma garrafa inteira de gim de raiz de lírio de algum bolso de seu casaco, reclamou em voz alta que seu pai, furioso, espancara a criada favorita de Charlon. A irritação parecia ter sido causada por algum tipo de briga com uma família que se recusava a pagar a parte legalmente exigida de suas vendas de tinta para os Roverge.

— Charlon, chega — pediu Montfaucon, pegando uma caixinha de rapé decorada com joias do bolso. — Que chatice! Vamos jogar alguma coisa, talvez.

— Castelos? — sugeriu Falconet. — Eu posso pegar o tabuleiro.

— Jogamos na noite passada. — Montfaucon pegou uma pitada de rapé, os olhos pairando com curiosidade em Antonetta, que nada disse desde a chegada de Kel. Montfaucon nunca fizera parte do grupinho deles quando crianças: ele jamais conhecera uma Antonetta diferente da que existia agora. — Vamos apostar algo. — Ele tamborilou a caixinha com uma unha pintada de verde e sugeriu: — Estaria interessada em uma aposta, Demoselle Alleyne?

— Não trouxe dinheiro, Sieur Montfaucon — justificou ela. — Tolice minha.

— Esperteza sua — replicou Conor. — Se não tem ouro, Montfaucon não pode tirá-lo de você.

Antonetta olhou para Conor por entre os cílios. Ela tremia, Kel se deu conta. O vestido de seda e chifon daria pouca proteção contra o frio da noite.

— Besteira — exclamou Falconet. — Montfaucon aceita notas promissórias, não é, Lupin?

Charlon havia se levantado e observava a comida, reflexivo.

— Tenho uma ideia — disse ele quando Conor se levantou do divã. Ele tirou o casaco brocado e o ofereceu a Antonetta.

A Antonetta de antigamente teria zombado da ideia de estar incomodada pelo frio, mas essa Antonetta pegou o casaco com um sorriso brilhante e o vestiu. Conor foi se juntar a Charlon no outro lado da torre, assim como Montfaucon e Falconet. Charlon estava rindo alto de alguma coisa.

Kel estava incomodado como se uma formiga passeasse em seu pescoço e decidiu que ninguém perceberia se não se juntasse a eles. Não era tão conhecido pelos jogos de azar mesmo, enquanto Conor e os outros apostariam qualquer coisa — que pássaro pousaria primeiro no galho da árvore, ou se choveria ou não no dia seguinte.

Ele não estava com vontade de participar. Virou-se e se afastou, até estar perto do parapeito oeste. De lá, podia ver o pôr do sol. Era glorioso, vermelho e dourado como a bandeira de Castellane tremulando no céu. Abaixo, lampiões acesos na cidade, dando vida às ruas com um brilho suave. Kel podia ver o círculo do Sault, o pináculo da Torre do Vento na Praça do Mercado da Carne e os pontos escuros de navios ancorados, subindo e descendo no mar da cor de ouro moldado.

Bem no fundo de sua mente, a voz do Rei dos Ladrões sussurrou, perguntando sobre a Casa Aurelian, sobre as Famílias da Concessão. *Você gosta deles? Você confia neles?*

— Kel? — Era Antonetta quem se aproximara dele, surpreendentemente silenciosa. Ou talvez ele apenas não estivesse prestando atenção. Uma péssima qualidade para um Portador da Espada.

Ele se virou para olhá-la. Era estranho, Kel pensou, a forma como a mãe dela queria desesperadamente que a filha se casasse, mas ao mesmo tempo insistia para que Antonetta se vestisse como se ainda fosse uma menininha. O vestido dela fora desenhado para alguém com um corpo de menina, e seus seios cheios pressionavam os botões citrinos do decote de uma maneira que não foram projetados para isso.

— Não está interessado no jogo? — perguntou ela. A luz do pôr do sol brilhava nos fios metálicos do casaco de Conor. — Mas eu não o culpo. Eles estão apostando quem pode arremessar uma torta de carne mais distante da torre.

— Você pensou que nossos momentos de diversão tinham se tornado mais sofisticados? — perguntou Kel. — Afinal de contas, faz quase uma década desde que você nos agraciou com sua presença aqui no Mitat.

— Oito anos. — Antonetta olhou para a cidade abaixo. O brilho sangrento do pôr do sol tingia as pontas do cabelo claro dela.

— Por que agora? — quis saber Kel. Ele se perguntou se alguém mais fizera a mesma pergunta. — Charlon pediu que você viesse?

— Bem, ele acha que foi ideia dele. É o que importa.

Ouviu-se um grito. Kel olhou para ver Charlon fazendo um gesto triunfante, supostamente depois de jogar a torta. Falconet bebia de uma garrafa de *rabarbaro* vermelho, um licor feito de ruibarbo shenzano. Kel achou que tinha gosto de remédio. Conor estava um pouco mais distante, observando os amigos com uma expressão ilegível.

— Fiquei preocupada com Conor — comentou Antonetta. — Depois de ontem.

Kel se apoiou no parapeito de pedra.

— Você precisa esquecer isso. Ele estava bêbado, foi só isso.

Agora Antonetta o encarava.

— Ouvi dizer que talvez ele se case. Talvez ele esteja triste com a ideia de se casar com alguma daquelas princesas estrangeiras.

Então é disso que se trata. Kel sentiu uma frustração irracional disparar por seu corpo. Disse a si mesmo que era porque ela parecia conhecer Conor tão pouco, apesar de fosse lá o que sentia por ele. Conor ficava irritado às vezes — furioso, frustrado, enciumado, decepcionado como um personagem de ópera —, mas não *triste*. Triste não parecia descrever nada que ele já sentira.

— Eu acho que não — retrucou Kel. — Ele não quer se casar, e duvido que a Casa Aurelian possa forçá-lo.

— Porque ele é o príncipe? — questionou Antonetta. — Você se surpreenderia. Todos podemos ser forçados a fazer coisas. Trata-se apenas de encontrar a forma certa de forçar.

Kel estava prestes a perguntar o que ela queria dizer quando Charlon a chamou. Ela pulou do muro baixo sem pensar duas vezes, seguindo até o telhado onde Falconet segurava uma torta. Ela a pegou, alargando o sorriso falso que fazia Kel lembrar das máscaras pintadas usadas todo ano no Dia do Solstício.

Ele se lembrava muito bem de quando ele e Antonetta ainda eram o tipo de amigos que escalavam árvores e perseguiam dragões imaginários juntos. Quando ele tinha quinze anos, dera a ela um anel — não um anel de verdade, mas latão que moldara em um círculo — e pedira que Antonetta fosse sua rainha bandida. Ele se surpreendera com o corar intenso nas bochechas dela, e mais tarde Conor o provocara.

— Charlon vai ficar furioso — dissera Conor. — Ele está olhando para ela com outros olhos; mas ela sempre gostou de você.

Kel não dormira naquela noite, pensando em Antonetta. Se ela gostara do anel. Se ela o olhava de maneira diferente da qual olhava para Conor, para Joss. Ele decidira que a observaria da próxima vez que a visse. Talvez pudesse ler os pensamentos dela; ela nunca se dera ao trabalho de esconder qualquer que fosse o sentimento.

Nunca aconteceu. Não fora Antonetta que ele viu depois, mas a mãe dela. Ela mal havia reparado em Kel antes, mas depois do jantar da corte, Lady Alleyne o puxara de lado e dissera em termos bem explícitos que ficasse longe de sua filha. Ela sabia que eles eram jovens, mas era assim que a confusão começava, com garotos tendo ideias maiores que eles mesmos. Ele poderia ser um nobre menor de Marakand, mas não tinha terra, fortuna nem nome relevante, e Antonetta estava destinada a coisas muito maiores.

Kel nunca se sentira tão humilhado. Ele dissera a si mesmo que não fora Kel, ele mesmo, quem fora humilhado, mas Kel Anjuman, o papel que ele interpretava. Ele dissera a si mesmo que Antonetta ficaria furiosa com a interferência da mãe. Em vez disso, Antonetta desaparecera do grupo deles, sumindo na Casa Alleyne por meses, como uma prisioneira desaparecendo na Trapaça.

Kel jamais contara a Conor o que Lady Alleyne lhe dissera, e Joss, Charlon e Conor pareciam sentir que o sumiço de Antonetta era esperado. Eles pareciam saber que garotas iam e faziam coisas misteriosas para se tornarem mulheres, que eram entidades fascinantes e estranhas.

Ele ouviu Antonetta dar uma risadinha, e então ela estava deslizando de novo pela torre. O sol havia se posto quase por completo, e as estrelas ainda não haviam aparecido. Ela era praticamente uma sombra quando se aproximou dele. Ele ficou surpreso por ela voltar, mas igualmente determinado a não demonstrar nada.

— Não tenho nada mais a dizer sobre Conor — declarou ele.

— E quanto a você? — Antonetta inclinou a cabeça de lado. — Casamento, propostas. Esse tipo de coisa. Você...

Casamento é impossível para mim. Sempre será impossível. Ele disse, firme:

— A Casa Aurelian me deu tanto. Eu gostaria de pagar minha dívida antes de pensar em casamento.

— Ah. — Ela colocou um cacho atrás da orelha. — Você não quer me contar.

— Seria estranho eu confidenciar algo a você, Antonetta — argumentou Kel. — Mal nos conhecemos agora. — Ela piscou; desviou o olhar. Ele continuou: — Lembro da garota que era minha amiga quando criança. Que era ousada, perspicaz e inteligente. Sinto falta dessa garota. O que aconteceu com ela?

— Você não sabe? — Ela ergueu o queixo. — Aquela garota não tinha futuro na Colina.

— Ela poderia ter construído um lugar para si — disse Kel —, se tivesse coragem suficiente.

Antonetta arfou.

— Talvez você esteja certo. Mas que sorte a minha que essa bravura, como a inteligência, não é muito apreciada em mulheres. Já que me faltam ambas.

— *Antonetta...*

Kel pensou por um instante que havia falado, dissera o nome dela. Mas era Conor a chamando, gesticulando para que ela se aproximasse. Dizendo que eles precisavam de um observador imparcial para julgar o vencedor da competição.

Pela segunda vez, Antonetta se afastou de Kel e voltou para o outro lado da torre. Charlon colocou um braço ao redor dos ombros dela quando ela se aproximou, o tipo de gesto que poderia ter sido amigável, não fosse Charlon a fazê-lo. Antonetta se afastou de Charlon e voltou a atenção a Conor, que sorria enquanto ela lhe falava. Aquele brilhante sorriso forçado que ninguém além de Kel parecia notar que era falso.

Ele se lembrou da primeira vez que viu aquele sorriso. No baile que a mãe de Antonetta dera para apresentá-la à sociedade da Colina. Ele fora com Conor, como Kel Anjuman, e a princípio procurara por Antonetta com avidez, mas não a vira na sala.

Fora Conor a tocá-lo no ombro, direcionando a atenção dele a uma jovem falando com Artal Gremont. Uma jovem usando um vestido de seda com estampa ornada, todo rendado, cujo cabelo loiro cacheado estava preso por dezenas de fitas. Finas correntes de ouro circulavam seus pulsos e tornozelos, e diamantes estavam pendurados em suas orelhas. Ela parecia brilhar como algo duro e intenso, metal ou vidro.

— É ela — dissera Conor. — Antonetta.

Kel sentira seu estômago embrulhar.

De alguma forma, ele imaginara que quando ela visse todos eles — e estavam todos lá: Conor, Kel e Joss —, ela voltaria a eles, voltaria ao grupo de amigos. Reclamaria da mãe. Mas embora os cumprimentasse com sorrisos, cílios piscantes e risadinhas sem ar, não havia nada da antiga camaradagem que haviam compartilhado.

Por fim ele encontrara um momento para conversar com ela a sós, atrás de uma estátua que segurava uma bandeja de sorvete de limão.

— Antonetta — dissera ele. Estava atordoado com a beleza dela. Era a primeira vez que havia de fato percebido a suavidade da pele de uma garota, a cor e o formato da boca de outra pessoa. Ela havia se tornado alguém novo: alguém excitante, alguém aterrorizante em sua distância, em sua diferença. — Sentimos sua falta.

Ela sorrira para ele. Aquele sorriso brilhante que mais tarde ele odiaria.

— Estou bem aqui.

— Você vai voltar? — perguntara ele. — Ao Mitat? Sua mãe vai deixar?

O sorriso dela não havia se alterado.

— Estou um pouco velha para aqueles jogos agora. Todos estamos. — Ela deu um tapinha no ombro dele. — Sei que minha mãe conversou com você. Ela estava certa. Não somos da mesma classe. Uma coisa é brincar na lama quando crianças, mas agora estamos velhos demais para ignorar a realidade. Além disso — ela jogara o cabelo —, outras coisas são importantes para mim agora.

Kel mal conseguira respirar.

— Que tipo de... coisas?

— Não é da sua conta — desconversara com sutileza. — Nós dois precisamos crescer. Você, principalmente, precisa fazer algo consigo mesmo, Kellian.

E ela havia partido. Ele a observara pelo resto da noite — dando risadinhas, flertando, sorrindo. Obviamente despreocupada. Assim como ela estava agora, enquanto colocava a mão no ombro de Falconet, rindo como se ele tivesse feito a melhor piada do mundo.

Talvez seja melhor ela ter mudado, pensou Kel. A antiga Antonetta podia magoá-lo. A pessoa que ela se tornara desde então não podia. Ela não podia ser uma fresta na armadura dele, um ponto de fraqueza. Era melhor assim. Ele sabia os limites do que estava disponível para si, pensou; tinha aprendido pela dor ao longo dos anos. Como ele poderia culpar Antonetta por saber o mesmo?

No sonho, um homem seguia por um longo caminho serpenteante feito ao lado dos penhascos acima de Castellane. Água escura quebrava no porto abaixo, explodindo na espuma pálida embranquecida pelo luar.

O homem usava longas vestes, descoloridas pela noite, e um vento forte chicoteava seu rosto. Lin conseguia sentir o gosto do sal, acre como sangue naquela boca. Podia sentir o ódio em seu coração — frio, amargo

e brutal. Um ódio que roubava cada inspiração, que parecia um torno agarrando-lhe o peito, esmagador e destrutivo.

O homem chegou ao ponto mais alto do caminho do penhasco. Olhou para a queda íngreme. Para o mar, coalescendo em um redemoinho aterrorizante, girando, vertiginoso. Se alguém caísse ali, seria sugado para a escuridão antes mesmo de conseguir gritar.

De um bolso da veste, o homem tirou um livro. Páginas esvoaçaram ao vento enquanto ele o erguia acima da cabeça e o atirava. Pairou no ar por um instante, branco como uma gaivota, antes de mergulhar. Atingiu o redemoinho, onde as águas giravam como um dançarino antes de afundá-lo cada vez mais...

O homem ficou observando, tremendo de fúria.

— Estejais para sempre amaldiçoado — sibilou ele por cima do barulho do mar. — Sejais odiado aos olhos do mais santo para sempre.

Lin acordou em um pulo, arfando, uma tempestade de fogo explodindo detrás de suas pálpebras fechadas. Abrindo os olhos, ela viu não um mar escuro agitado, mas seu quarto, mal-iluminado pelo brilho azul do amanhecer.

Ela se forçou a desacelerar a respiração. Fazia muitos anos que não tinha um sonho assim — tão vívido e desagradável. Desde a morte de seus pais, quando ela sonhava todas as noites com os corpos deles abandonados na Grande Estrada, atacados por corvos até que restassem apenas ossos.

Ela deslizou para sair de baixo da colcha, tomando cuidado para não derrubar nenhum papel no chão. Seu pescoço doía e o cabelo estava empapado de suor. Abrir a janela fez seu corpo esfriar, mas ela ainda podia ver o oceano gravado nas pálpebras, ainda sentia o cheiro do sal frio no ar.

A bolsa de médica estava pendurada em uma cadeira perto da porta. Ela a pegou e começou a vasculhar em busca de uma poção para dormir, algo que a acalmasse. Era estranho, pensou: o que vira em seu sonho não era exatamente horrível. A questão era que parecia real demais. E que ela não parecia ser ela mesma no sonho. Era outra pessoa, observando um homem consumido pelo ódio, frio e ácido. Um homem Ashkar, pois havia falado a língua deles, apesar de ter feito as palavras soarem feias. *O que alguém teria que fazer*, ela pensou, *para merecer tanto ódio?* E o que isso tinha a ver com o livro — era o dono do livro que o homem tanto odiava?

Pare de tentar entender. É só um sonho, disse a si mesma, e então seus dedos se fecharam em torno de algo frio e rígido. Seu coração disparou. Ela tirou a mão da bolsa e viu, rolando na palma da mão, uma esfera dura e cinza.

Ela se recostou na parede, encarando-a. A pedra de Petrov. Não poderia ser nada mais. A sensação dela e o peso na mão eram familiares; enquanto olhava, parecia ver a fumaça girando em suas profundezas. De vez em quando, surgiam formas que pareciam quase reconhecíveis, quase como palavras...

Mas como fora parar ali, na bolsa dela? Ela se lembrou de Petrov se jogando na frente dela ao abrir a porta da casa. Ele era esperto e cuidadoso. Poderia ter colocado a pedra na bolsa dela, mas por quê? Por conta dos homens que estavam subindo? Estava escondendo a pedra deles?

Ela se sentou e imaginou, olhando para a pedra, até que o *aubade*, o sino da manhã, soou do Relógio da Torre do Vento, sinalizando o começo do dia de trabalho e o fim das vigílias da noite.

A maior lição que nós, cidadãos do império, podemos absorver do tempo dos feiticeiros-reis é que aquele poder não deve ser ilimitado. É por essa razão que, quando um imperador é coroado, é sussurrado em seu ouvido por um sacerdote dos Deuses: *Lembre-se que você é mortal. Lembre-se que você vai morrer.* Pois quando morremos, encaramos Aníbal, o Deus Sombra, que julga nossas ações em vida, e qualquer abuso do poder mortal resultará em uma eternidade no Inferno.

Mas os feiticeiros-reis não tinham Deuses. E a Única Palavra concedia a eles enorme poder. Mesmo assim, aquele poder era limitado pela força mortal. A magia requeria energia, e um feitiço grande demais poderia exaurir o mago, provocando até a morte.

Foi então que o Feiticeiro-Rei Suleman inventou o Arkhe — a Pedra-Fonte, que permitia aos magos guardar energia fora de si. Tal energia vinha de muitas fontes: de uma gota de sangue alimentando a pedra todos os dias até meios mais violentos; o assassinato de um usuário de magia concedia um grande poder, que podia ser guardado dentro do Arkhe.

O mundo ficou sombrio. Os feiticeiros-reis cresceram em ambição assassina. Começaram a olhar além de suas fronteiras e cobiçar o que os vizinhos tinham. *Por que eu não deveria ser o maior?*, perguntavam-se. *Por que não o mais poderoso?*

Assim, o mundo foi quase destruído.

— *Contos dos feiticeiros-reis,* Laocantus Aurus Iovit III

SEIS

Era quase meio-dia. Kel estava olhando para Conor, que se encarava no espelho.

— Não gosto desta bandagem — disse ele. — Acaba com a integridade do meu conjunto.

Kel, sentado no braço do sofá, suspirou. Parecia que Lilibet percebera os ferimentos de Conor, no fim das contas. O Cirurgião Real, Gasquet, havia chegado pela manhã, acordado os dois e insistido em fazer o curativo de Conor antes da reunião na Câmara de Controle.

— Duvido que alguém vá perceber — comentou Kel.

Conor emitiu um som de desdém. Estava se olhando no espelho do aparador pendurado na parede leste. Ele geralmente se vestia de maneira exagerada para as reuniões na Câmara de Controle, como se tivesse certeza de que ia animar os procedimentos. Naquele dia, no entanto, tinha escolhido usar tons de preto e prateado: capa de veludo preto, calças de seda preta, túnica de brocado prateado. Até a coroa era um diadema simples de prata. Kel não tinha certeza se Conor pretendia levar a reunião na Câmara de Controle a sério, mas pelo menos suas roupas iriam.

— Veja bem — disse Conor —, minha roupa é preta. Esta atadura é branca. Atrapalha a simetria. — Ele olhou por sobre o ombro. — Não acredito que você não botou o Gasquet para correr. Você não deveria me proteger?

— Não contra seu próprio médico — observou Kel. — Enfim, você sabe muito bem o que teria acontecido. Gasquet teria ido até a rainha. E ela teria feito uma confusão. E você odeia confusão. Eu estava protegendo você da confusão.

Nitidamente escondendo um sorriso, Conor retrucou:

— E espero que você faça o mesmo na reunião. Ninguém faz confusão como as Famílias da Concessão. — Ele gesticulou com sua mão pesada de anéis. — Certo. Vamos para a toca dos leões.

Eles saíram juntos de Castelo Mitat, Conor cantarolando uma canção popular sobre amor não correspondido. Era um dia luminoso de ventania, o vento balançando a copa dos ciprestes e pinheiros que se espalhavam pela Colina, o céu claro o suficiente para ver as montanhas de Detmarch em uma formação afiada como lâmina no norte. A oeste, penhascos desciam até o oceano, o rugido audível mesmo à distância. E, a leste, a Torre da Estrela se erguia das muralhas que cercavam Marivent.

Conforme se aproximavam da torre, Kel fez uma conferência rápida: lâminas finas nos punhos, sob as mangas de sua túnica cinza simples. Uma adaga na cintura, o cabo preso no cinto, escondida pelo casaco. Ele havia se vestido de maneira despojada, em cinza-escuro e verde, com a intenção de ser ignorado.

Kel podia ouvir os sons das vozes enquanto passavam pelos portões da torre — guardada em ambos os lados por castelguardas — e entravam na Câmara de Controle, onde o som se ergueu até se tornar um estrépito.

A Câmara de Controle era uma sala circular de mármore cujo teto abobadado se erguia a um óculo central; reuniões costumavam acontecer ao meio-dia, quando a câmara era mais diretamente iluminada pelo sol. Quando chovia, um domo de vidro era colocado sobre o óculo, embora chuva em Castellane fosse algo raro.

O piso de mosaico tinha sido planejado — em tessela de azul, dourado, preto e carmesim — para lembrar um relógio de sol. Uma grande cadeira de pau-ferro fora colocada na localização de cada numeral azulejado representando a hora — Roverge às seis, Montfaucon às quatro, Aurelian às doze. As cadeiras em si pertenciam à Casa que representavam, e suas costas eram esculpidas de acordo: árvores adornavam a **cadeira** pertencente **à Casa Raspail**, que tinha a Concessão da madeira; um cacho de uvas para Uzec; uma mariposa da seda para Alleyne; o sol e seus raios para Aurelian.

Circulando o interior do domo, palavras em callatiano, a linguagem do império, foram colocadas em azulejos de ouro: TUDO O QUE É BOM VEM DOS DEUSES. TUDO O QUE É RUIM VEM DOS HOMENS.

Kel sempre sentia que esse comentário parecia ser uma alfinetada, considerando o que costumava acontecer na Câmara de Controle. Ele se perguntava se as Famílias da Concessão pensavam o mesmo, ou se sequer percebiam. Não eram o tipo de pessoa que passava muito tempo olhando para cima.

O burburinho das vozes diminuiu quando Conor entrou na sala, seguido por Kel. Rostos se viraram enquanto ele seguia até a Cadeira do Sol, como páginas de um livro sendo viradas; Kel tentou ler as expressões das pessoas. Conor havia ido a várias reuniões na Câmara de Controle, mas nunca presidira uma. Lady Alleyne estava resplandecente em seda rosa e parecia satisfeita, assim como Antonetta, sentada ao lado dela em um banquinho baixo; cada representante de Concessão tinha direito a levar um acompanhante para a reunião dos Doze. Joss Falconet lançou um olhar encorajador. Benedict Roverge, que trouxera Charlon consigo, estava carrancudo. Cazalet tinha a Concessão dos bancos, e seu rosto estava liso e impossível de ler. E Montfaucon, usando um brocado cor de framboesa com bordas de renda verde-clara, parecia se divertir com a coisa toda.

Enquanto Conor se sentava na Cadeira do Sol, ele assentiu para Mayesh Bensimon, que estava sentado no banquinho baixo ao lado dele. Isso ainda deixava suas cabeças no mesmo nível, pois Mayesh era extremamente alto. Se Kel havia esperado vê-lo se encolher com a idade, tinha se decepcionado. Pelo que podia ver, Mayesh não havia mudado desde que Kel chegara ao Palácio. Ele parecia velho para Kel na época, e ainda era velho, mas mesmo que seu cabelo cinza tivesse ficado branco, não havia rugas ou marcas de expressão novas em seu rosto. O medalhão em seu pescoço brilhava como uma estrela, e Mayesh se sentava com as costas eretas, olhando de maneira impassível para os representantes das Concessões por baixo das sobrancelhas grisalhas.

Não havia lugar para Kel se sentar, o que ele já esperara. Ele ficou ao lado da Cadeira do Sol enquanto Conor se esparramava nela, deliberadamente parecendo relaxado, como se dissesse: *Nada nesta reunião parece tão urgente assim.*

— Meus cumprimentos, Monseigneur — disse Lady Alleyne, sorrindo para Conor. Ela tinha sido linda quando jovem, e ainda era bonita, suas curvas voluptuosas preenchendo o vestido justo. O volume do alto de seus seios se derramava do decote quadrado do corpete, mal contidos por uma fina camada de tule branco. — Infelizmente já perdemos um membro. Gremont está dormindo.

Era verdade. Mathieu Gremont, representante da Concessão do chá e do café, tinha noventa e cinco anos, e já estava roncando baixinho em sua cadeira esculpida. Sorrindo para Lady Alleyne, Conor disse:

— Isso não é lá uma propaganda muito boa da eficácia de sua mercadoria.

Ouviu-se um som baixo de riso. Kel olhou para Falconet, que parecia cansado e um pouco amarrotado. Bem, ele *tinha* ficado acordado quase até o amanhecer, bebendo com Montfaucon e Roverge na Torre Oeste. Ele deu uma piscadela para Kel.

Ambrose Uzec, cuja Concessão era do vinho, olhou de um jeito sério para Gremont.

— É hora de Gremont passar a Concessão adiante, certamente. Ele tem um filho...

— O filho dele, Artal, está em Taprobana, encontrando-se com os donos dos estados do chá — interrompeu Lady Alleyne. Os sapatos dela, assim como o vestido, combinavam com os da filha: saltos brancos, com rosetas de seda rosa espalhadas. Kel se perguntou se incomodava Antonetta o fato de a mãe obviamente vê-la como uma versão em miniatura de si mesma. Ele sabia que Antonetta jamais demonstraria, se fosse o caso. — Trabalho importante, decerto.

Kel trocou um olhar com Conor. Artal Gremont fora mandado embora em meio a uma onda de escândalos quando eles tinham catorze anos. Nenhum deles conseguira descobrir o que ele fizera para ser exilado de maneira tão definitiva; nem Montfaucon parecia saber.

— Gremont tem seus próprios assuntos — observou Lorde Gasquet, parecendo irritado. Ele também não era jovem, e não mostrava sinais de que ia entregar a Concessão a um de seus muitos filhos, filhas ou netos. Representantes das Concessões sempre se achavam imortais, Mayesh dissera uma vez, e tendiam a morrer sem deixar cláusulas de quem poderia herdar suas posições no Conselho. Uma luta interna acontecia então, geralmente resolvida pela Casa Aurelian. Só o rei ou a rainha tinham poder para dar Concessões e retirá-las.

— Acredito — interveio Montfaucon, farfalhando os punhos de renda que escapuliam dos pulsos como espuma do mar verde-clara — que estávamos falando sobre os últimos problemas de Roverge, não estávamos?

— Não há motivo para fazer soar como se eu estivesse afligido por problemas, Lupin — grunhiu Roverge. Charlon, ao lado dele, assentiu sabiamente. Seus olhos estavam apenas semicerrados; era óbvio que ele sofria de uma dor de cabeça brutal graças ao gim que bebera na noite anterior. O pai dele se voltou para Conor. — É uma questão sobre o pagamento dos 10% exigidos, que procuro trazer diante de Monseigneur.

A mente de Kel começou a divagar enquanto Conor considerava se os mercadores que vendiam papel colorido deviam pagar o dízimo de uma porcentagem de seus lucros para a Casa Roverge ou para a Casa Raspail. O comércio era o sangue que corria nas veias de Castellane. Cada uma das Famílias da Concessão possuía caravanas nas estradas e navios nos mares, cheios de carga preciosa. O controle que tinham de mercadorias específicas era a fonte de sua fortuna e poder. A Casa Raspail, por exemplo, tinha a Concessão da madeira, então nem um pedacinho de madeira ou papel, nem a menor das flautas esculpidas, mudava de mãos sem que eles recebessem uma parte do lucro.

Isso não significava, no entanto, que o assunto fosse de fato interessante para os outros. Kel não conseguia evitar que sua mente voltasse ao Rei dos Ladrões. Em sua memória, a voz do Rei dos Ladrões era suave como dormir no veludo.

Conor estivera assentindo enquanto Roverge e Raspail discutiam, seus olhos cinza sonolentos por baixo do cabelo preto. Nesse momento, ele dizia:

— O dízimo sobre o papel colorido será dividido entre as duas Casas, meio a meio. Entendido? Ótimo. Qual é a próxima questão?

— Bandidos — adiantou-se Alonse Esteve, inclinando-se para a frente. Ele era estranho. A Concessão Esteve era de cavalos, e Alonse, embora tivesse cinquenta e poucos anos, não tinha esposa nem herdeiros para darem continuidade à sua Concessão. Ele parecia muito mais feliz com cavalos que com pessoas e geralmente estava em Valderan, onde os melhores cavalos eram criados. — Devemos discutir o problema na Passagem Estreita. Afeta a todos nós.

Foi como se ele tivesse arremessado um fósforo aceso em galhos secos. Uma briga a altos brados se iniciou quando os nobres começaram a discutir. Ao que parecia, várias caravanas haviam sido atacadas por grupos de bandidos bem coordenados enquanto se aproximavam da Passagem Estreita que ligava Sarthe a Castellane; era uma preocupação, pois não havia outra via terrestre para a cidade, mas ninguém chegou a um acordo sobre a solução.

— Se quiser saber — disse Polidor Sardou, cuja Concessão era de vidro —, a solução é o Esquadrão da Flecha marchar até Sarthe. Colocá-los em desvantagem. Precisamos demonstrar nossa força, mostrar a eles que não podem mexer conosco.

— Isso arrisca uma guerra com Sarthe — pontuou Falconet preguiçosamente. — A Guarda Sombria estaria em cima de nós como moscas.

— Ninguém quer guerra — ponderou Lady Alleyne, observando Conor de esguelha. — Uma forma burra e improdutiva de resolver disputas.

— Liorada, isso simplesmente não é verdade — replicou Montfaucon. — A guerra pode, de fato, ser muito lucrativa.

— Talvez — sugeriu Raspail — devêssemos considerar fortalecer nossa aliança com Sarthe. Este estado de calma desconfortável não ajuda a ninguém, na verdade.

— Ouvi falar — acrescentou Falconet — de uma possível aliança com Sarthe.

Todos os olhares se voltaram para Conor. Ele estava imóvel no veludo preto, os olhos brilhando como os anéis em seus dedos. A luz do óculo fazia sombras em seu rosto. Foi Mayesh quem falou.

— A questão do casamento do príncipe — disse ele — não progrediu a ponto de vocês se preocuparem com alianças, Falconet. Podemos todos concordar, eu acho, que esta é uma situação na qual nosso príncipe deve ter tempo para dar a devida consideração.

Kel sabia que isso não era a verdadeira opinião de Mayesh. Ele queria aconselhar Conor e que esse conselho fosse aceito — e quanto antes, melhor. Mas sua lealdade era para com a Casa Aurelian, não às Famílias da Concessão. Ele colocaria suas palavras entre eles e Conor, bem como Kel colocava seu corpo entre Conor e o perigo.

— Eu me lembro — disse Roverge — de que quando essa questão surgiu para o Rei Markus, ele a apresentou diante de nós para ouvir nossas opiniões. Não há pacto mais vinculativo que o casamento, e pactos entre Castellane e potências estrangeiras são problemas do Conselho.

— São? — murmurou Conor. — Vocês estão planejando se juntar a mim na noite de núpcias? Teremos que fazer uma lista de nomes, para que eu saiba quantas garrafas de vinho providenciar.

Roverge deu um sorriso seco.

— Você é jovem, querido príncipe. É parte do seu charme inegável. Mas quando alguém da realeza se casa, nações inteiras se reúnem no quarto.

— Que comentário mais escandaloso — soltou Falconet.

Cazalet disse:

— Quando Markus veio até nós na época, as questões com Marakand eram diferentes. Estávamos em desacordo. Agora, óbvio, há harmonia entre nós.

— Mas — retrucou Conor — nem todas as disputas podem ser resolvidas com o casamento. Só posso me casar uma vez, para começo de conversa.

Kel desejava poder colocar a mão no ombro de Conor. Ele viu que os dedos de Conor se fechavam, um hábito de quando ficava nervoso. Ele estava deixando o Conselho irritá-lo. Se ele explodisse, Lilibet declararia que ele havia falhado em mostrar ao Conselho que estava no controle.

— De fato — interveio Kel, forçando um tom leve. — Isto aqui não é Nyenschantz.

Ouviu-se uma onda de risadas; o rei de Nyenschantz fora pego prometendo a mão da filha em casamento a vários países ao mesmo tempo, e fora forçado a pagar múltiplos dotes quando a farsa fora descoberta.

— Conheço a princesa de Sarthe, Aimada — informou Falconet. — Ela é bonita, inteligente, bem-sucedida...

Lady Alleyne se endireitou.

— Besteira! — exclamou ela. — Não podemos tratar nosso príncipe assim! Casá-lo com uma mulher horrível de Sarthe? Certamente que não.

— Joss, sua irmã é casada com um duque sarthiano — observou Sardou, irritado. — Você não está sendo imparcial nesta questão. Uma aliança com Sarthe provavelmente beneficiaria sua família.

Joss sorriu, a personificação da inocência.

— Isso nem passou pela minha cabeça, Polidor. Eu estava pensando em Castellane. Nosso constante estado de desconforto com Sarthe drena os cofres da cidade, não é, Cazalet?

— E Valderan? — interrompeu Esteve. — Uma aliança com Valderan de fato pode ser valiosa.

— Pense nos cavalos — provocou Falconet, seco. — *Tantos* cavalos.

Esteve fez cara feia.

— Falconet pode não ser imparcial — opinou Roverge —, mas Sarthe *é* nossa vizinha mais próxima, e algo deve ser dito para resolver o problema dos bandidos. No mês passado perdi pó de índigo equivalente a uma caravana.

Rolant Cazalet pegou do bolso uma caixa de rapé feita de ouro.

— E quanto a Malgasi? — começou ele, pegando uma pitada de folhas e ervas em pó que guardava ali dentro. Era possível comprar esse rapé nas barraquinhas dos Ashkar no mercado da cidade. Era um pouco de magia — como gotas de buquê, que os jovens nobres pingavam nos olhos para mudar a forma de suas pupilas para estrelas, corações ou folhas.

— A fortuna deles ao nosso dispor poderia expandir nosso Tesouro, e a extensão do nosso comércio…

— Minhas fontes na corte malgasiana dizem que a Rainha Iren pode deixar o trono em breve — revelou Montfaucon.

— Estranho — observou Mayesh. — Ela consolidou seu poder somente na década passada. Geralmente, não deixam uma posição de poder assim de bom grado.

— Talvez ela esteja cansada de ser rainha — ponderou Antonetta. — Talvez queira ter um hobby.

Lady Alleyne parecia desconfortável.

— Antonetta, você não sabe nada sobre poder ou política. Mantenha a boca fechada e os ouvidos atentos, minha menina.

Kel lançou um olhar irritado para Antonetta; não conseguiu evitar. Por que ela se esforçava tanto para parecer ridícula em público? Ela tivera observações melhores e mais certeiras sobre política e comércio aos doze anos, e ele parecia o único a perceber que ela não poderia ter perdido toda a noção naquele espaço de tempo.

Ela simplesmente sorriu para ele, como tinha feito na noite anterior: um sorriso doce, encantador e um tanto aéreo. Kel sentiu um calor subindo pelo seu corpo — embora talvez fosse apenas a irritação se infiltrando em suas veias.

— Não é uma escolha de Iren deixar o trono. Dizem que ela está morrendo — explicou Montfaucon. — O que significa que a Princesa Elsabet é a próxima na linha de sucessão. Não teríamos que esperar muito para ter o ouro de Malgasi à disposição.

— Que engenhoso, Lupin — murmurou Lady Alleyne. — E como deixaria Lilibet satisfeita ter outra rainha aqui em Marivent. Você *pensou* em tudo.

— Fiquei sabendo que a corte deles é caótica e que o governo Belmany não é muito popular — disse Raspail. — Mayesh, o que suas conexões de Ashkar dizem? Alguma notícia de Favár?

— Não há Ashkar em Favár — retrucou Mayesh, sem emoção. — Não somos permitidos em Malgasi, podemos apenas passar pelas estradas.

Kel franziu a testa. Ele sabia disso? Percebeu pelas expressões dos outros membros do Conselho que eles não sabiam. Minimizando o tema, Raspail disse:

— E Kutani? Se é apenas uma questão de ouro, ninguém tem mais que eles. E a princesa...

— Anjelica — acrescentou Kel. Ainda conseguia vê-la, ou o retrato dela... o dourado claro de seus olhos, o cabelo escuro. — Anjelica Iruvai.

— Anjelica, isso — disse Raspail, estalando os dedos. — Dizem ser bonita. Obediente também.

— E há muitas árvores em Kutani? — perguntou-se Falconet em voz alta. — Mangues, acredito... — Ele deixou as palavras morrerem, arregalando os olhos.

Conor ficou tenso. A sala ficou em silêncio. Ao lado de Kel, Mayesh Bensimon se levantava lentamente. Os nobres o imitaram. Um por um: Esteve, Uzec, Roverge, Montfaucon, Alleyne... todos, exceto o ainda adormecido Gremont. Como ditava a tradição, eles se levantaram e fizeram uma reverência, pois o Rei Markus havia entrado na Câmara de Controle, e os observava com um olhar curioso.

O rei. Enquanto Kel costumava pensar que Mayesh não havia mudado nos últimos doze anos, o rei certamente mudara. Ele ainda era um homem grande, com os braços e o torso de um estivador descarregando mercadoria no cais, mas seu rosto havia caído. Ele estava com grandes olheiras escuras abaixo de seus olhos, e seu cabelo claro estava rajado de branco. Suas grandes mãos, enluvadas de preto, como sempre, estavam paradas inertes ao lado do corpo.

Ao lado dele estava mestre Fausten, sua companhia constante. Fausten fora o tutor do rei em Favár, anos antes, quando Markus fora adotado na corte malgasiana. Quando o rei se mudara para a Torre da Estrela, convocara Fausten para se juntar a ele em seus estudos.

Fausten era um homem pequeno, com membros retorcidos como uma árvore velha, resultado de uma doença na infância. Ele tinha o cabelo escuro e a pele clara comum de Malgasi, embora quase não tivesse cabelo no momento, e sua cabeça calva brilhasse com o esforço de se locomover no terreno irregular de Marivent.

Como o rei, ele era astrônomo, embora Kel tenha sempre se perguntado como alguém podia estudar as estrelas quando mal podia ver o padrão imperioso do céu, brilhando em prata e ouro. Ele gostava de insistir que o sol era uma estrela, mas Kel atribuía isso ao alto consumo de conhaque malgasiano — uma mistura de gosto ruim de áraque e uísque.

— Conor, querido filho — disse o rei. — E meu Conselho. — O olhar dele passou pelos nobres, com pouco foco, como se ele não tivesse certeza de que reconhecia cada um deles. — Eu estava com meus estudos quando pensei… o que foi que pensei, Fausten?

— Falou de destino, meu rei — lembrou-lhe Fausten. Estava suando, obviamente desconfortável nas pesadas vestes de veludo que insistia em usar. Eram azul-escuras como o céu à meia-noite, e nelas havia constelações feitas em contas de prata: a Cisne, a Coroa e a Espada de Aigon entre elas. — E de sina.

O rei assentiu.

— Reuniões como esta são tolice — disse ele, indicando a Câmara de Controle com um gesto de mão enluvada. — As estrelas devem ser consultadas quando surgem questões de importância, pois é assim que os Deuses falam conosco. Brigar não resolve nada, pois vemos apenas uma fração do caminho à frente.

— Nem todos temos suas habilidades, Alteza — replicou Mayesh —, em interpretar a vontade das estrelas.

Conor tinha ficado muito quieto. O rosto dele estava branco, as mãos fechadas nos braços da cadeira. Kel repousou a mão no ombro dele; estava rígido como aço sob seu toque.

— De fato — concordou Montfaucon. — Eu mesmo não as acho muito falantes.

O rei voltou seu olhar sem foco para Montfaucon.

— Então você tem sorte — disse ele. — Pois quando olho para as estrelas, vejo a ruína de Castellane. Marivent, nossa Senhora Branca, tombada na terra. A Ruta Magna tomada de sangue.

Ouviu-se um suave murmúrio de choque, como se Lady Alleyne tivesse retirado seu corpete, mas ninguém parecia particularmente alarmado.

O rei se virou para Mayesh.

— Tudo deve ser feito para evitar esse destino. As estrelas...

Entre dentes, Conor sibilou:

— *Fausten*.

O homenzinho se virou, aflito, para o rei.

— Meu soberano — interveio ele. — Não podemos ficar. O eclipse lunar é esta noite, lembra-se? Quando a luz da lua se apagar, muito será revelado. Devemos preparar os telescópios, para que quaisquer mensagens importantes não se percam.

O rei pareceu hesitar. Fausten abaixou o tom de voz, murmurando em malgasiano. Depois de alguns instantes, o rei assentiu e saiu da sala. Fausten pegou suas pesadas vestes e seguiu-o como um cão pastor no encalço de um integrante genioso do rebanho.

— Pronto — disse Conor, no silêncio que se seguiu. — Vou consultar as estrelas com relação ao meu futuro casamento, para que não haja necessidade de maiores debates sobre o assunto.

— Meu lorde — disse Kel. Ele raramente falava assim com Conor, mas o momento exigia. Ele havia retirado a mão do ombro de Conor, sabendo que era uma intimidade que o Conselho desaprovaria, mesmo vinda do primo do príncipe. — O Rei Markus estava obviamente brincando. Um pouco de humor para trazer leveza. Vocês não concordam?

A assembleia de nobres murmurou em concordância, reconhecendo a escapatória que Kel estava provendo, e aliviada o bastante para não se importar, por um momento, com a fonte disso.

— Óbvio — concordou Conor. — Uma piada. Meu pai estava falando absurdos de propósito.

— Cuidado — murmurou Mayesh, mas Conor girava a xícara de chá rapidamente na mão, encarando-a como se ela tivesse as respostas que o pai dele buscava nas estrelas.

— Não há outras questões a discutir, então? — perguntou Conor, sem erguer o rosto. Os nobres trocaram olhares, mas ninguém falou nada. — Antes que esta reunião seja encerrada.

— Bem — começou Lady Alleyne. — Há o Baile de Solstício...

Conor se levantou de uma vez, a xícara verde brilhando em sua mão. Kel sabia o que ele ia fazer, mas não conseguiria impedi-lo; ele se encolheu quando Conor atirou a xícara com toda a força. O objeto voou acima de Gremont, atingindo a parede atrás dele, se espatifando e lançando fragmentos cristalinos.

Antonetta deu um gritinho antes de cobrir a boca. Gremont se sentou, piscando.

— O quê? A reunião acabou?

Sem falar mais nada, Conor saiu da sala. Franzindo a testa, Lady Alleyne comentou:

— Aquela criança precisa aprender a controlar os nervos.

— Aquela criança — retrucou Kel — é seu príncipe, e um dia será seu rei.

Lady Alleyne revirou os olhos. Com frieza, Roverge zombou:

— O cão late em nome de seu mestre. Lata em outro lugar, cãozinho.

Kel não respondeu. As Famílias da Concessão já se levantavam, prontas para partir. E não era da alçada dele discutir com Roverge, nem com nenhum deles. Já havia falado demais; enxergou isso no olhar de Mayesh.

Kel seguiu Conor para fora da sala, parando apenas para fazer careta com os dentes à mostra para Roverge. Antonetta o observou ansiosamente enquanto ele partia; preocupada, sem dúvida, com Conor. Kel não conseguiu evitar se lembrar do que ela dissera na noite anterior: *Todos podemos ser forçados a fazer coisas. Trata-se apenas de encontrar a forma certa de forçar.*

Lin estava no jardim das plantas medicinais, ajoelhada na terra ao lado de uma dedaleira. Ela amava ficar ali — o ar era fresco e verde com o cheiro das plantas crescendo, e o sol iluminava os caminhos serpenteantes através das camas de ervas e flores. Ainda que fosse mantido pela Casa das Mulheres, o que se produzia no jardim era compartilhado com todo o Sault. Ali cresciam ervas medicinais que tinham sido usadas pelos médicos Ashkar por gerações. Espora, asfódelo e dedaleira competiam pelo espaço com acônito e laburno. Diversas jarras na Casa dos Médicos tinham aquilo que não podia ser cultivado no Sault: bétula e casca de salgueiro, ginseng e raiz de lótus.

— Achei que ia encontrar você aqui. — Lin ergueu o olhar, protegendo os olhos com uma das mãos, para ver Chana Dorin de pé ao seu lado. Ela usava o vestido cinza esfarrapado de sempre, um avental colorido amarrado ao redor da cintura. — Suponho que você precisa usar a cozinha.

Lin enfiou um punhado de folhas de dedaleira na bolsa e se levantou. A maioria dos médicos no Sault apenas fazia pedidos na Casa dos Médicos pelos compostos dos quais precisava. Lin havia descoberto rapidamente que seus pedidos eram, por vezes, vistos por último, ou totalmente ignorados, deixando-a sem remédios. Chana havia oferecido deixá-la usar a cozinha no Etse Kebeth, a maior do Sault, para preparar seus próprios remédios.

Embora ela tenha ficado com raiva no começo — a maioria dos médicos não precisava ser boticários —, Lin descobrira uma vantagem na situação. Permitia que ela experimentasse, que misturasse vários ingredientes enquanto tentava criar novos remédios para tratar Mariam. Ela costumava pensar em como seria ter seu próprio laboratório, como os estudantes da Academie tinham — mas isso era impossível. A cozinha teria que servir por enquanto.

— Preciso — confirmou Lin. — Encontrei uma referência para um antigo composto hindês para tratar inflamação pulmonar...

Chana ergueu a mão.

— Você não precisa se explicar. — Ela semicerrou os olhos para protegê-los do sol. — O Festival da Deusa é daqui a um mês.

Lin ergueu as sobrancelhas. Chana não fazia observações em vão.

— Sim?

— Eu esperava que você me ajudasse a fazer bolsinhas para as garotas.

— As bolsinhas eram saquinhos de ervas usados no pescoço das mulheres jovens o suficiente para serem consideradas possíveis recipientes para a Deusa. As ervas eram para amor e sorte. Tolice, na opinião de Lin.

— Chana, já estou *tão* ocupada...

Chana ergueu a mão.

— Lin, você sabe muito bem que todos no Sault devem ajudar na preparação para o Tevath.

— Não os médicos — retrucou Lin, embora soubesse que muitos deles ajudavam mesmo assim. O Festival da Deusa, chamado de Tevath, era o feriado mais importante do ano no Sault. Os Ashkar se reuniam no Kathot, onde o Maharam recitaria a história da Deusa e do Aram perdido. Como a Rainha Adassa arrancara a vida para seu povo das mandíbulas da derrota. Como ela havia guardado para eles a magia da *gematria*, para que eles pudessem fazer amuletos e talismãs. Como ela prometera que um dia retornaria na forma de uma garota Ashkar.

Quando mais nova, Lin amara o Festival, assim como Mariam. Era uma chance de se arrumarem, de serem vistas como especiais por um dia — pois qualquer menina, e *apenas* uma menina, podia ser a Deusa Renascida. Era uma oportunidade de dançar — a graciosa dança ensinada a toda garota Ashkar e apresentada somente no Festival. O Kathot seria aceso com lampiões, mágicos como uma floresta de um conto de um tecelão de histórias, e haveria risadas e vinho, música e *loukoum*, bolo de mel e flerte.

Nesse momento, no entanto, era um lembrete de que a maioria das pessoas no Sault a encarava como se ela fosse peculiar. "Mas *por que* você quer ser médica?" era a pergunta que ela mais ouvia dos parceiros de dança. E a pergunta nas entrelinhas: Ela ainda planejava formar uma família? Como ela poderia ser médica e também criar crianças? Óbvio que ela era estranha, eles murmuravam quando pensavam que ela não estava ouvindo. Horrível o que havia acontecido com os pais dela, mas devia haver um motivo para Mayesh Bensimon não querer acolher as crianças. Devia haver algo errado com elas, talvez; a garota pelo menos havia se tornado estranhamente peculiar.

Lin suspirou.

— Chana, eu não estava planejando ir.

— Eu *sabia*. — Chana fez um biquinho diante dessa informação, como um pombo tentando abocanhar um farelo de pão. — Lin, assim não vai dar. É o festival mais importante do ano, e a última vez que você e Mariam serão elegíveis. O Sault é o seu lar. Você não pode fugir do seu povo.

São eles que fogem de mim. Mas era mais que isso. Quando Lin era criança, ela sempre ficava tensa durante a parte do Festival em que o Maharam falava as palavras da Língua Antiga, palavras feitas para invocar a Deusa. *Se estiver entre nós, Adassa, revele-se.*

Ela não conseguia se lembrar do momento em que se deu conta de que ninguém de fato esperava que a Deusa retornasse. Que a agitação da expectativa existia apenas no coração dela. O Festival era na verdade um mercado de casamento, exibindo garotas em suas melhores roupas perante jovens rapazes solteiros na esperança de formar casais.

— Além disso — acrescentou Chana —, Mariam já começou a trabalhar no seu vestido.

Lin sentiu uma pontada de culpa. Ela havia esquecido de dizer a Mariam que não ia ao Festival — bem, para ser sincera, ela evitara a questão.

— Estou tentando curar Mariam — ressaltou ela —, o que é mais importante.

— Não tenho certeza de que Mariam concordaria com você — replicou Chana. — Ela supõe que você vai. Até me perguntou se acho que Josit estará de volta com as caravanas até lá.

Josit. Mariam fora vê-lo partir, meses antes, quando ele saíra com os Rhadanites para Hind. Lin se lembrava dele se inclinando na carroça, colocando um cacho do cabelo de Mariam atrás da orelha dela. Mariam sorrindo para ele. Dizendo a ele para trazer algodão da melhor qualidade em todos os tons de azul. A forma como o sorriso desaparecera do rosto dela assim que a caravana saíra pelos portões. Lin sabia no que Mariam estivera pensando: seria a última vez que veria Josit?

— Não tente fazer com que eu me sinta culpada com relação a Mariam, Chana — pediu Lin, devastada. — Estou trabalhando noite e dia para tentar encontrar uma cura para ela. Isso é mais importante que um vestido.

Chana apoiou os punhos fechados nos quadris.

— Esse é o seu problema, Lin. Você parou de ver Mariam como amiga, como irmã. Você a vê apenas como paciente. Se há uma coisa que aprendi ao perder Irit é que nossos entes queridos precisam mais de nós do que apenas cuidado. Existem outros médicos. Mariam precisa de uma amiga.

As palavras feriam, até porque Chana raramente falava de Irit. Por vezes Lin se perguntara se Chana buscaria o amor outra vez, mas não parecia ser o seu desejo.

— Ela disse isso a você?

— Sei que o Festival é importante para ela. Sei que ela esteve trabalhando sem parar em vestidos para uma dúzia de meninas, e um especial para você. Toda a energia e a mente dela estão nisso. Sei que Mariam se preocupa que esse seja o último festival que ela verá.

— Mas você não percebe? — gritou Lin. — Isso não quer dizer que eu deveria me esforçar mais por uma cura, por um tratamento?

— Não estou dizendo que você deve parar de tentar curá-la. — A voz de Chana ficou mais gentil. — Mas a mente e o espírito precisam de cuidado, assim como o corpo. É bom para Mariam ter algo pelo que esperar. Mas se você não for... — Chana balançou a cabeça. — Por uma noite, seja a amiga dela, não a curandeira. Ela ficará muito mais feliz se você estiver lá.

E com isso Chana deu meia-volta e saiu do jardim, sua postura tão régia quanto a de qualquer nobre. Lin se sentou à sombra da amoreira-anã, sentindo-se infeliz. Ela sabia o que tinha que fazer: tinha que *perguntar* a Mariam o que ela queria.

Mas estava com medo da resposta. E se Mariam quisesse que Lin parasse de buscar uma cura? E se ela quisesse ser deixada para morrer em seu próprio tempo? Lin não aguentaria uma coisa dessas. Ela fechou a mão em um punho ao lado do corpo; estremeceu, e percebeu que segurava a pedra de Petrov. Ela não se lembrava de tê-la tirado do bolso, mas lá estava, aninhada em sua palma, a forma e a sensação de uma calmaria estranha.

Ela virou a pedra na mão. Não conseguia evitar ficar fascinada por ela, pelo redemoinho de escuridão lá dentro, como fumaça subindo de um único ponto e se espalhando para fora a fim de cobrir o céu. Toda vez que ela a olhava, as formas lá dentro pareciam diferentes, pareciam atrair a compreensão dela.

Pare. Ela a enfiou de volta no bolso com um movimento brusco. *Chega*, ela pensou. A pedra ainda era de Petrov; ela precisava devolvê-la assim que pudesse. Antes que virasse um hábito usá-la para se confortar. Antes que não pudesse mais se obrigar a devolvê-la.

Kel encontrou Conor a certa distância da torre, no Jardim da Rainha. Tinha sido um presente de Markus para Lilibet quando ela chegou em Marivent, vinte e cinco anos antes. Um longo caminho branco de conchas trituradas levava a um espaço verde murado onde a rainha havia plantado plantas e flores de Marakand, combinando-as livremente com a flora local: flores de lavanda e áster misturadas com jacinto e estrelícia; rosas tomavam os muros do pátio enquanto tulipas da cor de ouro claro reluziam ao sol.

No centro do jardim havia uma piscina que refletia, azulejada com tessela esmeralda, como um olho verde observando o céu. Conor estava ao lado dela, encarando a água, desolado. Enquanto Kel se aproximava, ele disse, sem erguer o olhar:

— Eu não deveria ter feito aquilo.

— Feito o quê? Atirado a xícara? — quis saber Kel, se colocando ao lado de Conor. Viu os dois refletidos nas águas da piscina. Ondulações leves provocadas pelo vento os distinguiam, duas figuras esguias de cabelo escuro, essencialmente idênticas. — Você acordou Gremont, o que não é uma coisa ruim.

— Temo — disse Conor — que não será interpretado como se eu exercesse controle sobre o Conselho, será?

— Não posso prever o que a rainha pensará. Ouso dizer que ninguém pode.

— Talvez as estrelas possam — debochou Conor, sombrio. — Já que, ao que parece, elas sabem de tudo e não se importam com nada.

Ele deu uma pausa, e então:

— Ele está louco — comentou Conor, sem desviar o olhar da piscina. — Meu pai está louco e, se o que os cirurgiões dizem sobre a loucura for verdade, um dia eu enlouquecerei.

Kel não se mexeu. Ele ouvira Conor dizer isso antes; a primeira vez fora depois do Fogo no Mar. O que deveria ser uma celebração — o rei empurrando o barco coberto de flores para encenar o casamento cerimonial entre Castellane e o oceano que a sustentava — havia terminado em incêndio: o navio em chamas, a fumaça preta de carvão ficando mais densa, escondendo a figura do rei.

Apenas as pessoas nas Docas Reais tinham estado próximas o bastante para ver que o rei não fizera nada para se salvar. Jolivet e o Esquadrão da Flecha mergulharam na água e tiveram que puxar o soberano dos destroços em chamas. Fora entendido como acidente — alguns em Castellane acreditavam ser uma tentativa de assassinato —, mas Kel ouvira o rei gritando com seus guardas. *Vocês deviam ter me deixado queimar*, ele vociferara, ajoelhado nas Docas Reais enquanto a água descia por suas grossas vestes de veludo. Enquanto Gasquet corria para enrolar as mãos queimadas do rei, ele não parecia sentir dor. *Vocês deveriam ter deixado o fogo me consumir.*

Conor, com os punhos e a testa adornados com flores, e observara, pálido e silencioso. Desde aquele dia, ele não dissera quase nada sobre o incidente, exceto no meio da noite, quando acordava gritando sobre sonhos que se recusava a descrever. *Eu o perdi, ele enlouqueceu, e um dia eu enlouquecerei também, e me perderei.*

Ele não era o único: ninguém na Colina falava do assunto, embora as tochas da Torre da Estrela tenham sido substituídas por lampiões químicos, e o rei tenha passado a usar luvas pretas desde então, para esconder as queimaduras nas mãos.

— Os cirurgiões costumam estar errados — amenizou Kel. — Eu não colocaria muita fé no que eles falam.

Conor estava em silêncio. Ele não precisava dizer: *Não é apenas o que eles dizem, mas no que todos acreditam. A loucura é herdada pelo sangue corrompido. O filho de pais loucos também será louco, e transmitirá o veneno pelas próximas gerações. Caso se torne conhecido o fato de que meu pai é louco, não apenas distraído e sonhador, a Casa Aurelian poderá estar em perigo.*

— Além disso — acrescentou Kel —, eu prefiro que você não enlouqueça, do contrário eu também terei que aprender a imitar tudo o que você fizer.

Com isso, Conor riu — uma risada verdadeira, não a falsa que ele usara com Montfaucon e os outros. Seu comportamento cauteloso relaxara um pouco; e bem a tempo, Kel pensou, pois Mayesh aparecera no portão do jardim como um corvo cinza observador. Óbvio, depois de cada reunião na Câmara de Controle, Lilibet se encontrava com Jolivet e Bensimon na Galeria Brilhante para falar sobre como proceder em seguida.

Conor revirou os olhos.

— Sei que ele vai me dar um sermão a caminho da Galeria — disse ele. — Não há necessidade de você vir; será extremamente tedioso. Acredito que há uma reunião na residência de Falconet esta noite — acrescentou ele, virando-se para seguir Mayesh. — Fique bêbado. É melhor que um de nós aproveite a noite.

Quando os feiticeiros-reis exploraram o poder das pedras Arkhe, suas habilidades cresceram ainda mais. Com a nova força, eles puderam domar as grandes criaturas da magia, nascidas da Palavra: as mantícoras, os dragões e as fênices foram forçados sob o domínio deles. Enquanto as pessoas se acovardavam, os reis e as rainhas batalhavam, e rios se transformaram em fogo enquanto montanhas foram arremessadas pela terra. Mesmo assim a ambição deles cresceu, e os feiticeiros-reis roubaram a magia de seus próprios magos — bem como a vida deles — para absorver seus poderes dentro das pedras sedentas. O sofrimento do povo foi gigantesco, exceto por um reino: o reino de Aram.

— *Contos dos feiticeiros-reis,* Laocantus Aurus Iovit III

SETE

Lin seguiu pelas ruas empoeiradas do Distrito da Fonte, o capuz erguido para proteger o rosto do sol do fim de tarde. Era um daqueles dias em que os ventos quentes tinham se tornado escaldantes das montanhas Arradin até o sul, sufocando a cidade com uma borboleta presa por um vidro. Os pedestres seguiam devagar, de cabeça baixa; mulheres se aglomeravam embaixo de sombrinhas largas. Até os navios no porto pareciam balançar mais devagar, como se estivessem atolados em mel fervido.

Chegando à casa de Petrov, ela entrou no frescor bem-vindo da escadaria e subiu os degraus de dois em dois até o segundo andar. Bateu com força e esperou; eles não tinham combinado um encontro. Lin apenas esperava encontrá-lo em casa, já que ele quase não saía.

— Dom Petrov?

Silêncio.

Ela se agachou, tentando espiar pelo buraco da fechadura, mas não viu nada além da escuridão.

— Dom Petrov, é a Lin. Lin Caster. Preciso falar com você.

Lin estivera se apoiando na porta, que se moveu com o peso dela, abrindo uma fresta. Surpresa, Lin se endireitou. Decerto não era hábito de Petrov deixar a porta destrancada.

Ela mordiscou a unha do polegar, preocupada. E se ele estivesse doente? E se tivesse caído, fraco devido ao seu problema no sangue, e não pudesse se levantar para atender a porta? A ideia a fez se decidir. Ela empurrou o trinco e a porta se abriu.

Lin prendeu a respiração enquanto entrava. O pequeno apartamento estava totalmente vazio, não havia um móvel sequer. Lin se virou, fazendo um círculo lento. Não havia mais os livros, o samovar de bronze, até as plantas no batente. E no chão — o tapete macio desaparecera. No lugar dele, manchas marrom-escuras.

Sangue seco.

O horror fez o sangue de Lin borbulhar. De repente, ela ficou muito consciente da pedra em seu bolso, pesada. O assoalho que escondia os tesouros de Petrov tinha sido arrancado, deixando à mostra o espaço vazio e escuro.

— O que você está fazendo aqui?

Lin deu um pulo. Domna Albertine, a senhoria de Petrov, estava na porta. Ela fazia uma carranca, seus cachos cinza-escuros escapando por baixo de uma touca destoante de veludo rosa com babados. O vestido dela estava manchado, o tecido, gasto e amarelado embaixo do braço.

— E então? — exigiu ela, bradando sua vassoura fiel, o terror de todos os gansos. Ela semicerrou os olhos. — Espere, você é aquela médica, a garota Ashkar.

Lin se manteve firme.

— Onde ele está? Onde está Petrov?

— Que importa? Uns amigos vieram procurar por ele um dia desses. Pelo menos *disseram* que eram amigos dele. — Domna Albertine cuspiu para o lado. — Ouvi uns barulhos, mas gosto de deixar meus inquilinos em paz.

Lin sabia que isso não era verdade e fez cara feia.

— Vim outro dia para receber o aluguel; Petrov havia partido. Sangue por todo o chão. Eu limpei, mas como pode ver, manchou. — Ela balançou a cabeça. — Tive que vender os móveis dele para pagar a limpeza. E pegar o dinheiro do aluguel. *Filho da puta*.

Ignorando a obscenidade, Lin disse:

— Estou vendo que você arrancou o assoalho.

Albertine semicerrou os olhos.

— Estava assim quando subi. — Ela sorriu, mas era um sorriso desagradável, cheio de ódio frio. — Sei por que você está aqui, *feojh* — acrescentou ela. Era um epíteto ofensivo para Ashkar, e fez o sangue de Lin gelar nas veias. — Você quer os livros dele; livrinhos nojentos de magia, cheios de feitiços ilegais. Eu poderia ter entregado ele aos Vigilantes a qualquer momento, mas ele era um velho e tive pena. Mas *você*, andando para lá e para cá na cidade com seus talismãzinhos sujos. — A boca dela se mexia, e cuspe branco se acumulava nos cantos. — Eles precisam se livrar de todos vocês. Queimar o Sault, como fizeram em Malgasi. *Purificá-lo*.

Lin fechou as mãos em punho.

— Não fazemos mal — retrucou ela, a voz trêmula. — Você não sabe de nada...

— Sei o suficiente. — O tom da senhoria era venenoso. — A magia é uma maldição. Seu povo a carrega, como uma doença. Como uma praga.

Lin engoliu bile.

— Eu poderia fazer um talismã que faria cada osso do seu corpo doer — ameaçou em voz baixa. — Você jamais teria outra noite de paz.

Albertine se encolheu.

— Você não *ousaria*.

— Só me diga o que fez com os livros de Petrov — disse Lin — e irei embora.

A mão de Domna Albertine apertava o cabo da vassoura. Mas havia medo nos olhos dela, o tipo doentio de medo que era pior que raiva.

— Eu os vendi para um comerciante no Labirinto. Um desses que compra porcarias velhas. Agora saia daqui.

Lin agarrou sua bolsa e correu. Ouviu Domna Albertine gritando obscenidades enquanto corria pela escada e saía para o Distrito da Fonte.

Já estava distante quando desacelerou e começou a caminhar, a mente girando. O que acontecera com Petrov? Quem eram os homens que alegaram ser seus amigos, e o que haviam feito com ele? Ela sentia o corpo todo quente e enjoado, pensando no sangue no chão, na quantidade. Não era possível sobreviver depois de perder todo aquele sangue.

Petrov sabia que os homens estavam vindo. Talvez até soubesse que planejavam matá-lo. E mesmo assim seu primeiro pensamento não fora fugir. Seu primeiro pensamento fora preservar a pedra.

Ela caminhou em direção ao Sault, uma fúria amarga ainda pulsando em seu coração. Ela desejou ter voado em Domna Albertine, dado um soco no rosto dela. Mas a mulher teria apenas chamado os Vigilantes, e eles teriam ficado ao lado da mulher castellana, não da garota Ashkar.

Lin enfiou a mão no bolso, tocando a superfície fria da pedra. A calma fluiu para ela a partir do ponto de contato. Ela desejou pegá-la e observá-la, mas não ousava fazer isso na rua. Era dela então, e Lin sentiu a responsabilidade de protegê-la — por Petrov, mas também, de um jeito confuso, pela pedra em si.

Castellane ao pôr do sol. Kel caminhou pelas ruas; tinha pegado emprestada a capa preta de Conor, aquela que permitia que ele entrasse disfarçado na cidade. Com o capuz levantado, o talismã guardado em segurança no bolso. Era bom ser ninguém: sem nome, sem rosto, uma pessoa na multidão.

E *era* uma multidão. Ele tinha descido a Colina pelo Portão Leste, seguindo o caminho que levava a um labirinto emaranhado de ruas externas, e enfim até a Ruta Magna, a via principal da cidade.

Durante o dia, a Ruta Magna era uma elegante rua de lojas, onde os ricos compravam mercadorias: móveis de qualidade, rolos de seda, luvas bordadas de Hanse, tapetes de Hind e Marakand. À noite, as lojas trancavam as portas, escondendo as janelas de vidro por trás de painéis de madeira pintadas, e o Mercado Quebrado surgia.

O Mercado Quebrado circundava toda a Ruta Magna, por fim desaparecendo nas sombras do Labirinto. Enquanto o mercado semanal da Praça do Mercado da Carne era intensamente regulado pelo Conselho, o Mercado Quebrado era um evento sem lei. Tinha nascido como um lugar para descarregar peças quebradas ou imperfeitas. Xícaras lascadas de porcelana shenzana com bordas de ouro; pedaços de vidro quebrado com as bordas lixadas, transformados em pulseiras e pingentes; partes de relógios e maçanetas quebradas; luvas de renda rasgada e cortinas furadas cujo tecido ainda podia ser reaproveitado em vestidos e casacos.

Um local onde coisas jogadas fora encontram novos lares, pensou Kel, abaixando-se sob o toldo caído de uma barraca que vendia cadeiras de três pernas e mesas bambas. E, se alguém ficasse entediado com as compras, havia artistas — malabaristas e músicos, e os itinerantes teceIões de histórias que sempre podiam ser encontrados em uma esquina diferente, recontando a parte mais recente de seus contos. Os teceIões mais populares reuniam uma legião de adoradores, desesperados pela última atualização das histórias que às vezes duravam anos.

Depois de comprar um saquinho de *calison* doce, uma pasta de amêndoa açucarada amada pelos marinheiros castellanos, Kel seguiu pelo noroeste, em direção ao Distrito Estudantil. Ele passou pelos muros cinzentos do Sault; no topo de suas muralhas, ele viu em posição as fileiras de silenciosos guardas Ashkar, os Shomrim. Estavam imóveis como estátuas, encarando a multidão abaixo. Dois Shomrim guardavam os portões de metal, por onde os Ashkar saíam do Sault entre o nascer e o pôr do sol.

Kel conhecia aqueles portões a vida inteira. Neles, estavam gravadas palavras na língua dos Ashkar — uma língua que ele não entendia. Pelo que sabia, não era falada fora da comunidade Ashkar. Ao redor das palavras foram esculpidas folhas, frutas, flores e pequenos animais. Os portões eram belos, ainda que existissem para manter o mundo do lado de fora — e os Ashkar dentro.

Enquanto o mercado ficava para trás, a Colina dos Poetas se assomava, com a Academie e o Distrito Estudantil amontoados em sua base. A noite estava limpa, a lua brilhante como um farol. Fausten não dissera algo sobre um eclipse? Ou talvez tenha sido uma mentira política; talvez ele também estivesse ansioso para tirar o rei da Câmara de Controle.

Eu mesmo não as acho muito falantes.

Kel vira Conor se encolher, um movimento quase imperceptível, e quisera dar um chute em Montfaucon. A saída do rei da vida no Palácio havia acontecido de forma bastante gradual muito tempo antes, mas isso não significava que havia sido esquecida. Kel e Conor ainda eram meninos quando Markus começou a passar cada vez mais tempo na Torre da Estrela, com Fausten. Mais tempo falando das estrelas e dos segredos que elas guardavam, do significado do destino e da sina e se os Deuses falavam aos homens por meio do que estava escrito nos céus.

A princípio ninguém achou estranho. Um homem deve exercitar a mente assim como o braço que levanta a espada, era o que Jolivet costumava dizer, e ter um rei-filósofo poderia ser um ponto de honra para Castellane. O Rei Maël não havia projetado as forcas de Tully, um método muito mais humano de executar prisioneiros do que a prática anterior de jogá-los aos crocodilos? E o conhecimento de ciência do Rei Theodor não ajudara a acabar com a Praga Vermelha?

Os Deuses sorriam para os reis e os tornavam sábios, dissera Jolivet, enquanto Conor, com Kel ao lado, observava os instrumentos de estudo de Markus serem levados para a Torre da Estrela: o planetário de ouro, o enorme sextante de bronze, o telescópio de Hanse e suas caixas de lentes.

O que causava estranheza era que o rei havia ido com suas coisas até a torre e saído depois, mas isso raramente acontecia. O homem forte e autoritário que havia ensinado Conor a andar a cavalo e Kel a falar sarthiano havia desaparecido, e aquele retraído fantasma de olhos distantes, com Fausten sempre ao seu lado, havia tomado seu lugar.

As ruas serpenteantes do Distrito Estudantil engoliram Kel; as estrelas brilharam com suavidade, lavadas pelo luar. *As mesmas estrelas que o rei estuda de sua torre*, pensou Kel, virando no Caminho Jibariano, embora ele nunca tivesse conseguido ver qualquer forma nelas. Para ele, as estrelas sempre pareciam um punhado de areia brilhante, jogada no céu por uma mão afoita. Sem significado, sem forma, assim como não havia significado ou forma nos paralelepípedos rachados sob seus pés.

A rua se inclinava, subindo até a Academie. Usando o luar como vantagem, alunos se sentavam em varandas, alguns liam, outros bebiam em grupos, outros jogavam cartas ou fumavam *patoun*, uma mistura de ervas secas e folhas que preenchia o ar como um incenso doce. Lojas de chá e pubs estavam abertos e a todo vapor.

Kel chegara à rua do Chanceler. Ela fazia uma curva subindo, ao redor da base da Colina dos Poetas. A placa para a Livraria Lafont, em dourado pintado na madeira, balançava no alto. Do outro lado da rua havia um edifício alto e estreito, com a tinta descascando nas laterais. Nas varandas de ferro forjado tinha várias mesas e cadeiras desgastadas pelo tempo, enquanto plantas em vasos balançavam dos parapeitos como uma cascata verde que descia pela fachada do prédio. Uma placa na janela de cima mostrava uma pena estilizada, o símbolo da Academie. Devia ser uma república de estudantes.

Kel correu pela rua e tentou entrar pela porta da frente. Ela se abriu com um toque leve, e deu para uma pequenina entrada com degraus **perigosamente** inclinados, quase uma escada de madeira. O lugar cheirava **a cozido** e a alguma coisa que Kel reconheceu — um aroma verde e intenso, como aquele que pairava nas roupas de Merren no Caravela.

Kel subiu dois degraus por vez, passando por pequenos patamares, antes de chegar a uma porta assimétrica. Ali, o cheiro de plantas recém-cortadas era ainda mais forte.

Ele a abriu com o cotovelo. A tranca era fraca e quebrou de imediato, quase fazendo-o cair dentro do quarto. Era um espaço pequeno: apenas um cômodo dividido em várias áreas — um canto com uma bacia e uma banheira com os pés em forma de garra; outro com um pequeno forno de tijolos e azulejos e uma coleção de panelas penduradas na parede. Flores e folhas estavam espalhadas pela mesa cuja pintura tinha quase descascado por completo; ao lado delas estava um grande frasco de vidro, cuidadosamente tampado, cheio de um líquido azul-claro.

Depois das persianas de madeira havia uma varanda de ferro forjado, onde uma impressionante coleção de várias plantas crescia em potes de argila mal equilibrados na grade de metal. Um colchão no chão era a única cama, seu cobertor de veludo colorido, o único luxo ou conforto.

À primeira vista, Merren Asper não estava em lugar nenhum. Mas o cômodo estava aquecido, quase quente — Kel olhou para o forno, onde o fogo queimava sem parar. Uma panela de cobre que se equilibrava no fogão continha uma sopa de aparência terrível feita de vegetais cortados e água, exalando o vapor aromático que perfumava o lugar.

Arrá. Kel chutou a porta para que se fechasse atrás dele.

— Merren Asper! — chamou ele. — Sei que você está aí. Apareça, ou vou começar a jogar sua mobília pela janela.

Uma cabeça loira surgiu por entre uma estante. Merren Asper arregalou seus olhos azuis e disse:

— Hã, olá?

Kel avançou em direção a ele ameaçadoramente. E ele aprendera a ser ameaçador com Jolivet, que era um mestre nisso.

Merren se afastou, e Kel o seguiu. Não era muita distância. As costas de Merren se chocaram na parede dos fundos, e ele olhou ao redor como se buscasse uma forma de escapar. Não havia nenhuma, então tentou fingir despreocupação.

— Bem, enfim — disse Merren, gesticulando no ar. — Como você, é... me encontrou? Não que eu me *importe*...

A indiferença não impressionou Kel. Era o que Conor em geral fazia quando Jolivet ou Mayesh estavam com raiva dele, e costumava significar que ele sabia que estava errado.

Kel encarou.

— Você me contou onde morava, estúpido — respondeu ele. — Pensei em ir ao Caravela para perguntar à sua irmã como encontrá-lo, e então me lembrei que pedi seu endereço e você me deu, e era improvável que tivesse mentido, já que tomamos o mesmo soro da verdade. Você devia ter pensado nisso, não?

— Devia — concordou Merren, desanimado. Ele olhou para além de Kel, em direção ao frasco de líquido azul na mesa descascada. Desviou o olhar depressa, mas Kel já notara o gesto. — Pensei que você não fosse confiar no vinho se eu não bebesse também, mas acho que não considerei as consequências. Não sou bom nesse tipo de coisa. — Ele gesticulou outra vez, seus dedos marcados com antigas queimaduras químicas. — Você sabe, mentira. Enganação. — Ele olhou para Kel, sério. — Não foi nem um pouco pessoal. Andreyen, o Rei dos Ladrões, disse que não lhe faria nenhum mal. Que só queria oferecer a você um trabalho. E pensei que você gostaria de trabalhar com ele.

Andreyen. Kel nunca havia pensado que o Rei dos Ladrões tinha um nome.

— Então você estava me fazendo um favor?

— Sim! — Merren parecia aliviado. — Que bom que você entendeu.

— Dizem que eu sou muito compreensivo. — Kel pegou o recipiente de vidro da mesa. Ele o ergueu no ar, examinando o líquido azul como o céu. — Mas não por ninguém que me conheça bem.

Merren correu para pegar o recipiente.

— Não deixe isso cair. É muito importante...

— Ah, eu planejo deixá-lo cair — ameaçou Kel —, a não ser que você me conte o que quero saber. E recomendo que não minta. Como conversamos, sei onde você mora.

Merren parecia indignado.

— Não sei como ameaças são eticamente melhores que drogar alguém com soro da verdade.

— Talvez não sejam — ponderou Kel. — Mas não me importo muito em manter um alto padrão moral.

Ele foi até a varanda, segurando o frasco com a mão direita. Merren gritou como um cãozinho ferido enquanto Kel ameaçava deixá-lo cair na rua abaixo.

— Você *não pode* — choramingava Merren sem ar. Ele correra em direção à varanda e então parara, como se não tivesse certeza se sua proximidade faria ou não Kel derrubar o frasco. — É para um cliente. Ele já pagou pelos ingredientes. Minha reputação...

— A reputação de um envenenador — zombou Kel. — Uma grande preocupação para mim, com certeza. — Ele chacoalhou o frasco, e Merren grunhiu. — Só me diga; Alys sabia que era uma farsa quando organizou nosso encontro? Que você planejava me vender para o Rei dos Ladrões?

— Não! Óbvio que não. Ela jamais teria concordado com algo assim. Ela teria ficado muito chateada comigo se soubesse... — Merren mordeu o lábio. Era uma combinação estranha, pensou Kel. Sábio em seu campo de estudo, e desesperadamente inocente em todo o resto. — Foi só uma entrevista. Não tinha planos de machucá-lo, eu juro. Sou uma pessoa gentil. Eu nem como carne.

Kel o encarou.

— E quanto a Hadja? Ela disse que um dos cortesãos entregou a ela uma mensagem, mas foi mentira, não foi?

— Ela *achou* que era verdade — explicou Merren. — Ji-An passou a ela uma mensagem falsa. Hadja jamais manteria segredo de Alys, e Alys jamais mentiria para você. — Ele parecia infeliz. Uma pulsação fraca batia na base de seu pescoço, onde o colarinho frouxo de sua camisa revelava a clavícula. — Por favor, não peça aos seus amigos para pararem de ir ao Caravela. Minha irmã depende dos negócios. Partiria o coração dela.

Esvaziaria os cofres dela, você quer dizer, pensou Kel, mas não disse nada. Havia algo em Merren que tornava difícil ficar com raiva dele. Não havia malícia por trás daqueles olhos azuis-escuros. Eram da cor dos olhos de Antonetta, e, à sua maneira, Merren parecia apenas inocente. Mais que inocente, até. Antonetta havia crescido na Colina; ela aprendera a reconhecer tramoias e trapaças, mesmo que não participasse delas. Merren parecia ser do tipo que não reconheceria corrupção nem egoísmo mesmo que ficassem na frente dele e fizessem um show de marionetes.

Kel suspirou.

— Não direi nada a eles. Só... me dê o resto do antídoto *cantarella*. E um pouco de veneno também — acrescentou. — Suponho que você tenha.

Merren assentiu.

Kel abaixou o frasco até a lateral do corpo. Ele observou enquanto Merren ia à estante e se ajoelhava, empurrando alguns dos livros caindo aos pedaços para o lado. Quando ele voltou para Kel, segurava quatro frascos: dois contendo um pó cinza, e dois contendo um pó branco.

— O cinza é o veneno, o branco é o antídoto — explicou Merren.

— Ambos não têm gosto. Dê um frasco inteiro de antídoto para quem tiver ingerido *cantarella*; não importa quanto. — Ele entregou os frascos, que Kel enfiou dentro do casaco, e ficou onde estava, com a mão estendida. Kel levou um instante para perceber o que ele queria. Então entregou o frasco de líquido azul com um breve arrependimento; ele suspeitava que sempre se perguntaria o que era.

Kel meio que esperava que Merren pegasse o frasco e saísse correndo, mas ele não fez isso. Merren o pegou com gentileza. Colocou-o na estante ali perto, entre a caveira que tinha uma aparência assustadoramente humana e uma garrafa que parecia ter sido resgatada no cais, o rótulo esfarrapado e com as letras se apagando. Enquanto isso, Kel colocou uma moeda de cinco coroas na mesa entre eles. Viu Merren olhar para a moeda quando ele se virou, mas não pegou o dinheiro, apenas o deixou ali.

— O Rei dos Ladrões vai continuar a me incomodar — quis saber Kel — agora que eu o dispensei? Não acho que alguém se torna um notório senhor do crime ao aceitar não como resposta.

— Ele não vai incomodá-lo de novo — garantiu Merren. — Ele precisa de alguém que vigie os Aurelian e informe o que acontece na Colina, mas se não for você, ele encontrará outra pessoa. Embora ninguém mais tenha seu tipo de acesso.

Kel ergueu a sobrancelha.

— Por quê?

— Porque você é o Portador da Espada — justificou Merren, e Kel sentiu o estômago revirar. *Óbvio que ele sabe*, pensou com irritação. Era óbvio que Merren era de confiança do Rei dos Ladrões. Mas Kel passara mais da metade de sua vida guardando com cuidado o segredo de quem de fato era. Ele não podia evitar ter a sensação de que as coisas estavam saindo de controle, o mundo se inclinando de maneira doentia em seu eixo.

— Quantas pessoas sabem? — rosnou. — Quantos daqueles que trabalham com o Rei dos Ladrões? Sua irmã sabe que não existe nenhum Kel Anjuman?

Merren balançou a cabeça, o olhar preocupado.

— Não. Só eu, Andreyen e Ji-An. E permanecerá assim. Expor você não faria bem para Andreyen.

— Porque ele espera que eu ainda espione para ele.

— Você deveria — soltou Merren, com uma intensidade inesperada. — Ele tratará você de forma justa.

— Os Aurelian me tratam de forma justa.

— Não conheço você tão bem assim. Nem um pouco, na verdade. Mas sei que você merece mais do que eles — disse Merren. — Não importa o quanto se sinta seguro agora, os nobres e a família real darão as costas a você no final.

— Não é nenhuma novidade para mim que os nobres da Colina são pouco confiáveis.

— Mas você confia no príncipe...

— Óbvio que confio nele. — Kel podia ouvir um timbre perigoso em seu próprio tom, mas Merren pareceu não perceber. Ele prosseguiu.

— Meu pai era um mestre de guilda. Ele sempre foi leal à coroa. Às Famílias da Concessão. Mas quando precisou dos Aurelian, eles o abandonaram.

— Seu pai? — Kel estava confuso; a conversa havia tomado um rumo inesperado. — Quem era seu pai?

— Não importa — disse Merren, desconfortável. — Ele está morto agora.

Ele se afastou de Kel, em direção à mesa, e se apoiou nela com ambas as mãos. No fundo, Kel se perguntou se devia partir; o assunto deles estava concluído, afinal de contas. Ele tinha as respostas que queria e o antídoto que desejava.

Mesmo assim, não conseguiu sair. Algo o manteve onde estava — sem estender a mão para Merren, mas sem partir também. Ele olhou pelo apartamento de novo. Era verdade que o espaço era pequeno e abarrotado, mas também aconchegante. O ar suave da noite entrava pelas persianas da varanda. Kel conseguia se imaginar encolhido no colchão debaixo do beiral lendo um livro. Quando chovesse, o barulho soaria perto, como se alguém dormisse entre as nuvens de tempestade.

Nunca tive um quarto só meu, Kel pensou naquele momento. No Orfelinat, ele ficava em um dormitório. No Palácio, seus aposentos eram os de Conor. Naquele momento, o pequenino apartamento de Merren pareceu um sonho.

Ainda parecia um sonho quando ele atravessou o assoalho que rangia e colocou a mão no ombro de Merren, que se virou para olhá-lo, obviamente surpreso. O que quer que ele esperava de Kel, certamente não era gentileza.

— Não direi que o Rei dos Ladrões não mente — disse Merren, a voz baixa. — Mas se ele diz que fará algo, fará. É um tipo de honra que aqueles na Colina não têm.

Eu tenho, Kel queria dizer, mas era verdade? Ele mantinha suas promessas com Conor, mas quebraria uma promessa a qualquer outra pessoa pelo bem de Conor, no mesmo instante.

Merren ainda o olhava. O fogo da lareira tingia o cabelo dele de dourado, emoldurando as curvas de seus lábios, de sua clavícula. Naquele momento, Kel soube que poderia beijar Merren, e que o rapaz permitiria. Ele já havia beijado meninos e meninas, apesar de ter pago pelo contato todas as vezes. Ele ainda podia encontrar esquecimento nisso, pensou, e talvez até um novo tipo de esquecimento: pela primeira vez na vida, ele estaria beijando alguém sem que Conor soubesse, em um local aonde Conor não tinha ideia que ele fora.

Porém...

— Preciso ir — disse Kel de repente, e quase que correu para longe de Merren e em direção à porta. Ele ouviu Merren chamá-lo, mas já estava fora do apartamento, descendo a escada apressadamente para a escuridão da rua sem iluminação. Ele olhou para trás enquanto virava a esquina, mas não viu nada, apenas um quadrado de luz onde ficava a varanda de Merren.

Mas que diabos eu estava pensando?, Kel se perguntou. O encontro dele com Merren não tinha sido como planejara. Ele tinha a intenção de bombardeá-lo com sua justa indignação, mas em vez disso sentiu uma ânsia dolorosa — pelo apartamento de Merren, pela vida dele, pela surpreendente falta de malícia dele.

Talvez fosse porque havia passado a tarde na Câmara de Controle com um grupo de pessoas que tinham prazer em enganar umas às outras e ao mundo, que trocavam enormes somas de dinheiro que jamais poderiam gastar para polir sua autoimportância, que discutiam o futuro de Conor como se a única coisa importante fosse o impacto do futuro dele em si mesmos.

Nenhum deles, talvez com exceção de Falconet, jamais tratara Kel como se ele fosse uma pessoa em seu próprio direito. Nenhum deles pensara nele tanto quanto Merren Asper quando disse que Kel merecia coisa melhor.

Kel logo descobriu que vagara até perto do porto, onde o ar carregava o cheiro forte de fumaça, salmoura e madeira encharcada. Ele ficou na Chave, olhando para o movimento intenso do mar, preto-azulado e reluzente: a mesma vista que teve nos primeiros anos de vida, olhando do Orfelinat. O correr agitado das águas era uma canção de ninar, instintivamente reconfortante, como uma voz chamando o nome dele. Voz de quem, ele não sabia. Fazia muito tempo.

A maré estava baixa, deixando à mostra a ilha de Tyndaris, a meio caminho entre o porto e o início do mar. Um dia, tinha sido um pouquinho de terra na entrada do porto. Uma cidade crescera lá: Tyndaris, a irmã menor de Castellane. Depois, veio a Guerra da Ruptura, queimando terra e céu com raios fumegantes de magia. Um deles mergulhara no mar castellano, que rugiu como um leão e formara uma onda gigantesca. O povo poderia fugir para as colinas, mas não havia colinas nem montanhas em Tyndaris. Ela ficava no nível do mar, e então o mar a levara de volta. Destruída pelo tremor, afogada pelo oceano, a irmã de Castellane afundara entre as ondas. Nesse momento, apenas seus pontos mais altos estavam expostos na maré baixa: os topos irregulares das mais altas torres e a colina onde ficava o templo de Aigon, então chamado de a Igreja das Mil Portas.

O templo ainda era local de peregrinação, e barcos partiam do porto diariamente, transportando os devotos. À noite, quando os crocodilos caçavam mergulhados no brilho preto das ondas, a deserta Tyndaris parecia brilhar na superfície do oceano, em torres de Vidro Estilhaçado refletindo a luz da lua.

Uma cidade-fantasma, pensou Kel. Pois cidades podiam morrer. Nem Castellane duraria para sempre.

Chega de pensamentos mórbidos, pensou Kel. Ele estava cansado de tudo aquilo. Voltaria a Marivent e à vida à qual estava acostumado. Esqueceria o Rei dos Ladrões e tudo o que viera com ele.

Kel começou a seguir pela Chave, onde portas abertas de tavernas lançavam feixes de luz pela rua de paralelepípedos. Grupos de marinheiros bêbados andavam de braços dados, cantando. Enquanto ele passava por um depósito fechado, cujas janelas do primeiro andar foram pintadas de preto para bloquear a visão das mercadorias ali dentro, Kel sentiu uma onda de desconforto.

Ele olhou ao redor. Essa parte da Chave era mais vazia; ele estava cercado de depósitos e escritórios. Descendo um beco estreito entre uma fábrica de lona e uma de corda, ele viu um movimento. Retornou de imediato, mas já era tarde demais. Foi agarrado, uma mão tampando sua boca enquanto ele era arrastado para dentro do beco.

O treinamento de Jolivet entrou em ação. Kel se dobrou, girou o corpo e chutou. Ouviu um arfar e um xingamento. O toque nele se afrouxou. Ele puxou o próprio corpo para se libertar e correu em direção à entrada do beco, mas uma pessoa caiu de cima, bloqueando seu caminho — e então mais uma, e outra, como aranhas chacoalhadas de uma teia.

Kel olhou para cima. Pelo menos meia dúzia de figuras sombrias — todas de preto, exceto por estranhas luvas brancas — se seguravam à parede de tijolos do depósito. *Rastejantes*.

— Isso aí. — Alguém o agarrou pela frente da capa, girou-o e pressionou-o na parede. Kel encarou a pessoa diante de si: de estatura média, usando um desbotado casaco militar preto. Fazia pelo menos um século desde que os soldados castellanos usaram preto. Esse casaco tinha botões de bronze na frente e um capuz, puxado para esconder o rosto. A voz vinda de baixo do capuz era de um homem, rouca e com o sotaque do Labirinto. — Não adianta correr.

Kel logo entendeu a seriedade da situação. Mais Rastejantes o cercavam de ambos os lados; devia haver uma dúzia deles. Suas roupas eram escuras e rasgadas, e as mãos estavam cobertas de uma substância como giz, sem dúvida para facilitar escaladas. Havia graxa preta espalhada pelas bochechas, pelo nariz e queixo. A intenção era deixá-los menos visíveis ao luar. Também fazia os rostos deles parecerem com desenhos de caveira feitos por uma criança.

— O que você quer? — exigiu Kel.

— Ah, vamos lá. — O Rastejante que jogara Kel contra a parede balançou a cabeça. Um vislumbre de prata na escuridão; a parte superior esquerda do rosto dele era coberta por uma máscara de metal. Sua pele era clara, o cabelo castanho cortado curto. — Achou que não o reconheceríamos, Monseigneur? Você usa esta capa toda vez que vem à cidade, achando que está disfarçado. Um hábito pouco inteligente. — Ele indicou a ponta da capa de Conor com o dedo. — Sabemos exatamente quem você é.

Monseigneur.

Eles achavam que ele era Conor.

— Só porque estou sozinho — disse Kel, em seu tom mais desafiador — não significa que vocês podem pôr as mãos em mim. A não ser que queiram morrer na Trapaça.

Ouviu-se um murmúrio rápido e desconfortável, logo coberto por uma risada alta do Rastejante de máscara prateada.

— Prosper Beck nos enviou, Monseigneur. E acho que você sabe o motivo.

Prosper Beck? Kel ficou parado, escondendo qualquer reação, mas a mente girava. O que um criminoso menor como Beck queria com o Príncipe Herdeiro de Castellane?

— Você pertence a Beck agora, Aurelian — prosseguiu o Rastejante. — Ele enviou a você uma mensagem no Caravela, deu a você a chance de pagar sua dívida ontem à noite. Mas você se escondeu naquele Palácio na Colina, como se nada importasse...

A noite passada. Kel só conseguiu pensar em Conor, socando uma janela, o sangue. Mas não era o suficiente para resolver o quebra-cabeça; só o suficiente para ele saber que o plano estava começando a aparecer.

— Não sei do que você está falando — disse ele, quase rosnando. Não deixava de ser verdade.

— Ele está desrespeitando você, Jerrod — incitou um dos outros Rastejantes, uma garota com cabelo claro e uma máscara preta de pano. — Ele está fingindo que não sabe.

Era impossível ver a expressão de Jerrod. O beco estava muito escuro, e a máscara de metal era desconcertante demais. Mas a voz dele tinha um tom de arrogância.

— Ele sabe, Lola.

Um homem corpulento com um rosto todo marcado riu alto.

— Ninguém esquece que deve dez mil coroas ao Prosper Beck.

— *Dez mil coroas?* — As palavras saíram de Kel em um susto. Era um valor absurdo. Era possível comprar uma frota com esse montante.

Uma risada maldosa ecoou no grupo, mas Jerrod não riu. A máscara tornava difícil ler sua expressão, mas ele parecia estar olhando intensamente para Kel, uma compreensão tomando conta de seu olhar. Ele segurou o queixo de Kel, forçando-o a olhar para cima.

— Você não é ele — expirou ele. — Você não é o príncipe.

— O quê? — Algo prateado brilhou na mão de Lola; ela correu para a frente, o luar reluzindo em uma longa faca serrilhada. — Então quem é ele, pelo inferno cinzento?

— Solte-me. — Kel tentou se libertar do aperto de Jerrod, mas o outro homem era mais forte do que parecia. Ele podia dar uma rasteira em Jerrod, pensou, derrubá-lo e chutá-lo nas costelas, mas isso só faria o resto do grupo atacar Kel como uma onda. — Não sou quem você pensou que eu fosse, então solte-me.

— Não posso fazer isso — negou-se o homem com o rosto marcado. Ele havia tirado uma longa lâmina de seu bolso. Por toda parte, armas começaram a ser sacadas, como estrelas despontando no céu. Era um efeito estranhamente belo para algo tão perigoso.

— Kaspar está certo — disse Lola. — Não podemos libertá-lo. Mesmo que ele seja um rato anônimo, um rato ainda pode guinchar.

Ela avançou em direção a Kel, Kaspar e os outros logo atrás. Kel abriu e fechou os punhos, preparando-se para lutar. Jerrod ainda estava surpreso e não havia se mexido. Ele continuava segurando a parte da frente da capa de Kel.

— Para trás, Lola — ordenou ele. — E todos vocês. Escutem...

Kel ouviu um barulho alto, como um inseto zumbindo em seu ouvido. Lola gritou.

A cabeça de Jerrod foi empurrada para o lado, embora ele ainda segurasse Kel contra a parede. Lola, a Rastejante loira, estava esparramada no beco, uma flecha saindo pelo seu peito. O sangue já se acumulava sob ela, escorrendo pelos paralelepípedos da rua.

Kel encarou, totalmente atordoado. De onde aquilo viera? Jerrod empurrou Kel com ainda mais força contra a parede, os olhos semicerrados por trás da máscara.

— Mas que diabos é isso? — gritou ele. — Não havia ninguém seguindo você... nós teríamos visto...

— *Jerrod!* — Outro Rastejante, um jovem com brincos de ouro, deu passos para trás, uma flecha atravessada em sua garganta. Ele agarrou a flecha, caindo de joelhos, uma espuma vermelha saindo pelos lábios.

A boca de Jerrod se mexia em silêncio; nenhuma palavra saiu. Desta vez, Kel aproveitou. Ele avançou, batendo a cabeça na de Jerrod. A extremidade de metal da máscara cortou a testa dele, mas a dor foi atenuada pela adrenalina. Jerrod cambaleou e Kel se contorceu, livrando-se do aperto dele.

Kel correu para a entrada do beco. Apenas um tolo ficava para brigar estando em desvantagem; além disso, ele não tinha motivo para acreditar que o arqueiro anônimo o estava defendendo.

Rosnando, Kaspar bloqueou o caminho dele. Sem desacelerar, Kel o atingiu, um soco de direita que o lançou para trás, para uma pilha de caixas de madeira. Uma flecha passou voando e atingiu uma das caixas, fazendo a pilha tombar.

Os Rastejantes entraram em pânico, escalando os muros como formigas voadoras. Kaspar passou por Kel acotovelando-o, dando-lhe dois golpes fortes no torso. Kel deu passos para trás, o ar escapando de seus pulmões, enquanto Kaspar se lançava no muro e começava a escalar. Jerrod se ajoelhara ao lado do corpo de Lola, os ombros dele caídos.

Kel começou a ir em direção à entrada do beco, mas algo estava errado. Suas pernas não lhe obedeciam direito. Havia uma dor aguda e quente no peito. Ele o tocou. A mão voltou vermelha.

Kaspar não havia apenas acotovelado ele ao passar, pelo menos não de mãos vazias. Ele o esfaqueara. Kel pressionou as mãos na ferida, tentando impedir a perda de sangue. Se ele apenas conseguisse chegar à Chave, pensou, mas o beco parecia se alongar, esticando-se diante dele até o horizonte. Ele jamais conseguiria andar toda essa distância, e logo não importou mais. As pernas dele cederam.

Kel caiu no chão. Estava sujo e duro, cheirando a lixo e peixe. Ele gostaria muito de não estar deitado onde estava, mas seu corpo não cooperava.

Ele pressionou a mão contra o peito. A camisa estava tão molhada como se tivesse deixado cair água nela. A dor era como um parafuso, girando e apertando, prendendo-o à terra. Ele conseguia ouvir a própria respiração, áspera e rouca. Paredes de tijolo se ergueram acima dele, entre elas uma fina faixa de estrelas.

E então, saindo das estrelas por um momento, viu o brilho de uma máscara de metal. Jerrod se ajoelhou perto dele.

— Você pode não ser o príncipe — disse Jerrod, entre dentes. — Mas está vestindo a capa dele. Não me enganei quanto a isso. *Quem é você?*

Kel balançou a cabeça, ou tentou. *Não posso contar a você*, pensou ele, *mas era meu trabalho morrer por Conor, e suponho que isso esteja acontecendo agora. Eu só não pensei que seria de um jeito tão estúpido.*

— Peço desculpas — disse Jerrod. E soava como se falasse sério. — Não era para acontecer assim.

Kel quase riu. Era ridículo demais. Mas rir teria sido muito doloroso, e a visão dele estava começando a embaçar. As sombras se misturaram e Jerrod desapareceu. Kel só conseguia ver as estrelas. Ele se imaginou em seu barco outra vez, bem além do porto, onde o mar e o céu são da mesma cor. Ele podia sentir o cheiro de sal e ouvir o barulho das ondas. Se isso era a morte, talvez não fosse tão ruim assim.

Ele pensou em Jolivet, balançando a cabeça. Pensou em Antonetta, pálida com a dor do luto — ela sofreria se ele morresse, certo? —, confortando Conor, talvez, sua mão na dele. E por fim pensou em Conor, usando sua coroa de asas, no que ele diria quando soubesse que Kel estava morto. Algo perspicaz e memorável, sem dúvida. Ele pensou em Mayesh dizendo *Faremos o melhor para mantê-lo vivo*, e viu um borrão violeta, da cor das dedaleiras. Algo brilhou intensamente no canto da **visão dele**. Então ele pareceu afundar na superfície do ar como se fosse água, e a escuridão foi tudo o que enxergou.

Aram era um reino governado por uma jovem feiticeira-rainha, Adassa. O pai dela, Rei Avihal, tinha sido um esperto diplomata, negociando a paz com outros reis e rainhas feiticeiros para que sua terra pudesse ser poupada da destruição da batalha. Quando o Rei Avihal morreu, ele deu à filha a Pedra-Fonte que tinha sido dele, mas ela era uma alma gentil e não buscava poder. Mesmo seu povo temia que ela não tivesse a força necessária para o reinado. O único grande aliado de Adassa era o capitão de sua guarda, o leal Judá Makabi. Ele ficou ao seu lado, aconselhando-a, enquanto ela lutava para aprender a como governar. Ela será uma ótima rainha, Makabi garantiu ao povo. Apenas esperem. Ela nos levará à grandeza.

Houve outro que viu a ascensão da jovem rainha como uma oportunidade — o feiticeiro-rei Suleman.

— *Contos dos feiticeiros-reis,* Laocantus Aurus Iovit III

OITO

Sentada à mesa da cozinha, Lin virava a pedra de Petrov nas mãos. Livros e papéis estavam espalhados por todos os cantos, como sempre — de tomos amarrados e pesados a finas folhas de velino cobertas por delicadas ilustrações de anatomia do *Livro dos Remédios*. Quando Josit estava ali, ele a fazia guardá-los dizendo que lhe davam pesadelos, cheios de esfolamentos e olhos sem pestanas. (Lin sabia que isso era em parte sua culpa. Quando criança, ela gostava de aterrorizá-lo com contos de *shedim* sem pele que sequestravam garotinhos travessos.)

Com as persianas fechadas contra a noite escura e a lareira acesa, a casa se tornava uma cavernazinha aconchegante. Era o horário favorito de Lin para estudar, mas naquela noite ela não conseguiu se concentrar nos livros. Não conseguia esquecer o que Chana lhe dissera no jardim, que ela estava tratando Mariam como paciente, não como amiga. Que Mariam precisava esperar por algo além de uma vida feita de engolir diligentemente as tisanas e os pós que Lin preparava para ela.

As palavras gelaram o sangue de Lin. Ela havia tratado pacientes terminais o suficiente para saber que por vezes eles se seguravam à vida por pura força de vontade, apenas o suficiente para ver o rosto de uma pessoa amada pela última vez ou realizar um último desejo. *Era* bom para Mariam ter algo pelo qual esperar, mas e se, depois que o Festival terminasse, ela desistisse? Parasse de resistir? Ela resistiria por Lin ou seria injusto pedir isso? Ela esperaria por Josit, para vê-lo outra vez? Mas quem sabia *quando* Josit retornaria? Todo tipo de coisa poderia atrasar uma caravana: mau tempo, escassez de mercadorias ou problemas no caravançará, as estações pelas estradas.

Lin soltou um ruído exasperado. Então rolou a pedra de Petrov na mão. A luz da lareira refletia nela em ângulos estranhos, destacando as sombras dentro da pedra, como figuras indistintas escondidas por uma proteção.

Óbvio que ela havia cedido à pressão de Chana, concordando em ir ao Festival e ajudar com os preparativos. Isso que dava ser teimosa. Chana sabia como dobrar a vontade dela com facilidade.

Enquanto Lin virava e encarava a pedra, algo pareceu subir à superfície do objeto. Era quase como uma letra, ou número, algum tipo de forma legível...

Uma batida alta na porta da frente a fez se levantar de imediato. Era tarde; ela ouvira o Relógio da Torre do Vento badalar meia-noite fazia algum tempo. Uma pessoa só a perturbaria a tal hora se algum paciente estivesse precisando desesperadamente.

Mariam? De coração acelerado, ela abriu a porta da frente e viu seu vizinho Oren Kandel nos degraus da entrada.

— Precisam de você no portão — informou ele. — Há uma carruagem esperando.

Lin conteve um comentário sarcástico. Oren jamais a perdoara por recusar seu pedido de casamento. Ele se tornara um Shomrim, um guarda do portão. Ela costumava vê-lo quando entrava e saía do Sault, e sempre o cumprimentava com educação. Ele a olhava feio todas as vezes, com uma expressão que dizia que desejava poder pegar a bolsa médica dela e atirá-la por cima do muro.

Uma vez ele pedira a ela uma dança, no Festival da Deusa dois anos antes. Ela negara, alegando estar cansada. A verdade era que havia algo em Oren que a assustava. Uma centelha de ódio sempre ardendo no fundo de seus olhos castanho-escuros. Só havia se intensificado desde que ela o dispensara naquela noite.

— Uma carruagem? — repetiu ela. — É um dos meus pacientes da cidade?

Os dedos magros dele cutucaram a corrente de metal grossa em seu pescoço; tinha a Oração da Senhora em palavras gravadas de maneira extravagante.

— Não sei dizer. Pediram-me apenas para escoltá-la. E para você trazer sua bolsa.

— Ajudaria se eu soubesse qual é o problema...

Ele a encarou, irritado.

— Não sei.

Ele estava gostando de não dizer o que ela queria saber, isso estava nítido.

— Espere aqui — pediu Lin, e fechou a porta na cara dele. Ela entrou às pressas no quarto, pegou suas roupas de médica e vestiu com cuidado a túnica e a calça de linho azul, colocando a pedra de Petrov no bolso. Ela prendeu o cabelo em uma única trança, e colocou o colar da mãe no pescoço. O círculo dourado familiar pareceu reconfortante ao se encaixar no espaço entre a clavícula. Por fim, ela pegou a bolsa — sempre abastecida e pronta — de baixo da cama.

A lua estava alta no céu quando Lin se juntou a Oren do lado de fora. Ele cuspiu um fio fino de *patoun* marrom no chão quando a viu, antes de partir sem olhá-la. Seu passo era largo e rápido, sem levar em conta o passo mais curto dela; Lin ficou tentada a dizer a ele que não precisava de escolta e que poderia chegar aos portões sozinha. Mas ele reclamaria, o que só lhe custaria tempo para chegar ao paciente.

Quem quer que fosse. Lin pensou nas possibilidades — Zofia? A cortesã aposentada, Larissa, cuja hipocondria significava que ela pensava que cada espirro leve anunciava um caso de praga? — enquanto atravessava o Sault alguns metros atrás de Oren, fazendo a curva do muro oeste.

A noite no Sault era dividida em quatro vigílias. A primeira começava ao pôr do sol e a última terminava no amanhecer, quando o *aubade*, o sino da manhã, soava do Relógio da Torre do Vento, sinalizando o começo do dia de trabalho. Os Ashkar não tinham permissão de deixar o Sault durante a noite, exceto pelos médicos cujas habilidades eram necessárias para salvar uma vida. Mesmo dessa maneira, era exigido que usassem o azul ou o cinza Ashkar, e por vezes eles eram abordados por Vigilantes, exigindo saber o que estavam fazendo fora dos muros. *Salvando a vida de gente como você*, Lin sempre quis responder, mas até então havia conseguido segurar a língua.

E havia Mayesh. Uma exceção a todas as regras, como sempre, ele tinha permissão para ir e vir livremente durante a noite; o Palácio precisava dele, e isso desbancava todas as outras leis. Mas quando o assunto real estava concluído, não importava o quão tarde da noite, Mayesh não podia permanecer em Marivent nem usar um dos luxuosos quartos de visitas. Ele ainda era Ashkar. Mayesh era devolvido ao Sault como um pacote indesejado, para buscar a solidão de sua pequena casa no Kathot. Até um bom homem sentiria raiva disso, e Lin não achava que seu avô era um bom homem.

Ela e Oren haviam chegado aos portões da cidade, que tinham sido deixados abertos. Mez Gorin, o segundo guarda do portão, esperava ali, seu cajado de madeira polida nas mãos. (Cajados foram escolhidos como as armas dos Shomrim anos antes, já que pareciam inofensivos para os *malbushim*, mas eram mortais em mãos bem treinadas.) Sempre gentil, Mez tinha um emaranhado de cabelo castanho e sobrancelhas grossas como lagartas. Ele sorriu ao ver Lin e gesticulou para que ela passasse pelos portões.

Ela se aproximou, deixando Oren para trás de cara feia. Lin conseguia vislumbrar a agitação da Ruta Magna pelo arco de pedra, que estava entalhado com frases de uma oração em Ashkar: Dali Kol Tasi-Qeot Osloh Dayn Lesex Tsia. *Conceda-nos o perdão nesta hora, enquanto Teus portões são fechados nesta noite.* As frases se referiam aos portões de Haran, a grande cidade de Aram, mas portões, Lin supunha, eram portões, pelo mundo todo. Atrás desses portões em específico, Lin viu uma carruagem vermelha esperando na estrada, as portas com o brasão de leões dourados.

Uma carruagem do Palácio. Exatamente como aquela que buscara ela e Mariam na praça alguns dias antes, mas que diabos estava fazendo ali nesse momento? Ela encarou Mez, confusa e incrédula, mas ele apenas deu de ombros e assentiu, fazendo um gesto de "ande", como se dissesse: *Vá então, entre lá.*

À noite, quando a cidade estava escura, Marivent brilhava na colina como uma segunda lua. Sob essa luz, Lin foi até a carruagem — ela viu um motorista de libré vermelha sentado no assento da frente — e abriu a porta, entrando sem jeito. Ficou satisfeita por estar usando suas roupas confortáveis. Como as damas nobres lidavam com todas as camadas de saias e anáguas? Ela não fazia ideia.

O interior da carruagem era de veludo vermelho e dourado. Velas em suportes de bronze tinham sido presas nas paredes internas, mas apenas uma estava acesa. E sentado diante de Lin, de sobrancelhas franzidas e carrancudo, estava seu avô, Mayesh.

— *Zai?* — Lin praguejou em silêncio; não tivera a intenção de usar o antigo apelido. — Que diabos...?

A carruagem avançou, serpenteando no tráfego da Ruta Magna. O Mercado Quebrado estava a todo vapor, o brilho das tochas de nafta tornando as barraquinhas sombras imprecisas.

— Um paciente precisa de ajuda — anunciou Mayesh, tranquilo. — No Palácio.

— Então é por isso que tudo... isso era necessário? — Lin gesticulou como se para mencionar os últimos quinze minutos. — Por que enviou Oren, em vez de ir você mesmo até a minha porta? Você sabia que eu não ia querer tratar ninguém em Marivent?

— Não — disse ele. — Suponho que seu Juramento de Asaph significa algo para você. *Pois um Médico não deve se importar com posição, fortuna ou idade; nem deve questionar se um paciente é inimigo ou amigo, nativo ou estrangeiro, ou que Deuses cultua. Curar é como manda a Deusa.*

O tom dele a fez se encolher.

— Conheço as palavras — retrucou Lin. — Se você tivesse se dado ao trabalho de ir à minha cerimônia do Juramento...

Ela parou ao ouvir o ruído de um fósforo sendo riscado. Acendeu uma chamazinha, que Mayesh usou para acender outra vela dentro da carruagem. A nova luz o iluminou, e as manchas marrom-avermelhadas se espalhavam pelo peito e pelas mangas das vestes geralmente imaculadas.

Ele disse:

— Enviei Oren porque o sangue teria incitado comentários. Eu não queria isso.

Lin ficara tensa. Era muito sangue — uma quantidade perigosa.

— De quem é esse sangue?

Mayesh suspirou. Lin podia ver os dois instintos brigando dentro dele: o primeiro, de não contar nada, como ele sempre fizera. O segundo, de que não podia ocultar informações se esperava que ela tratasse esse paciente misterioso. Lin ficou imóvel, gostando do conflito.

— Sieur Kel Anjuman — revelou ele por fim. — Ele é primo do príncipe.

A surpresa a fez endireitar o corpo.

— O *primo* do príncipe? — repetiu. — Não há um cirurgião do Palácio para tratá-lo? Algum aluno da Academie com uma tigela cheia de sanguessugas e uma tira de couro para o paciente morder?

Mayesh sorriu sem humor.

— É um retrato desagradável, mas eu garanto que a realidade é pior. Se Gasquet o tratar, ele morrerá. Portanto...

— Portanto, eu — finalizou Lin.

— Sim. Portanto, você. O príncipe lhe dará as boas-vindas — acrescentou ele. — Ele gosta do primo.

O príncipe é um corrupto idiota, pensou ela, *e é provável que o primo seja igualzinho a ele.*

— E se eu não puder curá-lo? — perguntou Lin. Eles tinham deixado o Mercado Quebrado para trás e estavam passando pelas ruas perto da Praça Valeriana. Ali, os muros de estuque eram pintados com anúncios de eventos públicos, de aulas da Academie a lutas na Arena. As cores intensas se tornavam um borrão enquanto eles passavam, uma mistura de ouro e esmeralda, de açafrão e carmesim. — E se ele morrer?

— Lin...

— E quanto a Asaph? — interrompeu ela.

Toda Ashkar conhecia o conto de Asaph, o médico que dera nome ao Juramento. Ele tinha sido famoso, um curandeiro respeitado dentro e fora do Sault por sua sabedoria e habilidade. Nada disso o ajudara quando ele fizera o parto dos gêmeos da esposa do Rei Rolant, na época da Praga Vermelha. Tinha sido um parto difícil — os bebês estavam virados, e a rainha ficara em trabalho de parto por horas. Graças às habilidades de Asaph, um dos gêmeos nascera vivo. O segundo estava morto — morto no útero havia dias, bem antes de Asaph ter sido chamado. Não que importasse. Ele foi condenado a sofrer a morte dos traidores: atirado da Colina para o mar, onde foi destroçado em pedaços por crocodilos.

Não era uma história que teria pintado uma imagem positiva do Palácio para qualquer um — principalmente alguém já disposto a não gostar dos residentes de Marivent.

— Tenho influência no Palácio, Lin — disse Mayesh. — Não deixarei nada acontecer a você.

As palavras saíram antes que ela pudesse contê-las:

— Sou sangue do seu sangue — soltou ela. Lembrou-se das palavras do Maharam, tantos anos antes, da forma como o avô dera as costas a eles. *Elas são carne da sua carne, aquelas crianças, sangue do seu sangue.* —Mas quanto tempo faz desde que nos falamos, Mayesh? Meses? Um ano? Você sempre colocou a Casa Aurelian e as necessidades e desejos dela antes de mim, antes de Josit. Perdoe-me, então, se eu não tenho motivos para acreditar que você mudará isso agora.

Mayesh ergueu as sobrancelhas grisalhas. Apesar da idade, seus olhos eram lúcidos, penetrantes.

— Não sabia que você me achava um vilão.

— Não sabia que você pensava em mim. — A carruagem havia começado a subir a Colina íngreme, Castellane ficando para trás. — Suponho que você veio até mim porque acha que eu ficarei de boca fechada.

— Vim até você — replicou Mayesh — porque é a melhor médica no Sault.

Você nem queria que eu me tornasse médica, pensou Lin. *Eu nunca tive seu apoio.* No entanto, as palavras de Chana, ditas tão recentemente, soaram na mente dela. *Seu avô nunca foi contra você se tornar médica. Ele fez muitas coisas que a deixaram com raiva, Lin. Mas isso ele não fez.*

Talvez ele quisesse ter feito, pensou ela. *Talvez.*

Ela entrelaçou as mãos no colo.

— Muito bem — disse. — Me fale dos ferimentos desse Kel Anjuman.

Ficou sabendo da história enquanto a carruagem seguia devagar pela subida íngreme até os portões do Palácio. As Famílias da Concessão se reuniram naquele dia. Depois, esse primo do príncipe deixara Marivent e fora para a cidade. Ninguém sabia para onde ele havia ido exatamente. (*O Distrito do Templo,* pensou Lin. Para beber, ir ver as prostitutas, como seu primo. O que mais os nobres faziam?) Mayesh estava trabalhando até tarde da noite, algum problema com o Tesouro, quando vira uma comoção no portão da frente. Chegando lá, descobriu que o corpo inconsciente e ensanguentado de Anjuman havia sido jogado na entrada do Palácio. Os guardas não viram quem o havia deixado: ele aparecera de repente, juravam, como se fosse trazido por um fantasma. Mayesh fora forçado a meio carregar, meio arrastar o corpo flácido do jovem até os aposentos do príncipe, onde examinara a extensão de seus ferimentos. Logo depois Mayesh partira para o Sault.

Provavelmente esfaqueado por alguém que ele enganou no jogo, pensou Lin. *Ou uma cortesã que ele ofendera.* Mas ela lembrou a si mesma que não devia julgar esse Kel Anjuman. Ele era seu paciente e, além disso, não era responsável pelas injustiças de Mayesh em relação a ela. Não era um Aurelian.

A essa altura, eles haviam chegado ao Portão Norte de Marivent — a entrada que Mayesh mencionara, onde Anjuman fora largado. Decerto não parecia que atos de alta criminalidade e cenas dramáticas costumavam acontecer ali: era um arco de pedra bastante comum, com bandeiras de leão tremulando no topo abobadado. Tochas ardiam ao longo das muralhas das paredes brancas que cercavam o Palácio. Iluminavam a noite, apagando as estrelas.

Lin observou em silêncio enquanto Mayesh se inclinava pela janela da carruagem, falando com os castelguardas que estavam em seus postos como estátuas rígidas de madeira pintadas de vermelho e dourado. Lin tentou e falhou em imaginar seu avô ajoelhado ali no portão, em meio à grama verde, segurando o corpo do primo do príncipe. Manchando as vestes do conselheiro de sangue. Não parecia possível, a não ser que Mayesh estivesse escondendo parte da história.

E sem dúvida estava, pensou ela. Se ele não precisasse da ajuda dela, não teria contado nada; certamente estava revelando apenas o que achava que deveria.

A carruagem chacoalhou ao passar pelo arco. O portão ficou para trás; eles estavam no Palácio. Por mais que Lin não quisesse ficar animada, sentiu seu pulso disparar: ela estava ali. Dentro de Marivent, o coração pulsante de Castellane.

Muito tempo antes, Lin e Mariam haviam acompanhado o conto de um determinado tecelão de histórias na Ruta Magna, uma fábula intrigante intitulada O *domar do tirano*. Lin ainda se lembrava do momento em que a heroína da história entrava no Palácio pela primeira vez. De como um suspiro percorreu a multidão que escutava. A maioria das pessoas vivia a vida inteira em Castellane, com Marivent brilhando acima delas como uma estrela, sabendo que nunca passariam pelos portões. Sabendo que além daqueles portões havia uma espécie de magia, do tipo que não havia sido perdida na Ruptura. A magia do poder, do glamour e da riqueza, do luxo e da influência. Os destinos das nações dependiam dos caprichos da Casa Aurelian. Isso era em si uma espécie de feitiçaria.

Havia vários palacetes menores, brancos ao luar. Lin conhecia alguns de seus nomes, de histórias: a Torre da Estrela; o Palácio do Sol, em forma de esfera raiada; o Castelo Antin, onde ficava a sala do trono. A sudoeste, à beira das falésias, erguia-se a agulha preta da Trapaça. Muitos contos do tecelão de histórias envolviam uma fuga ousada da Trapaça, mas a verdade é que nunca ninguém conseguira fugir de lá.

Eles passaram por um segundo arco, feito de treliça envolta em trepadeiras, e por um pátio de três lados cercados por muros de pedra. Mayesh murmurou que aquele era o Castelo Mitat, onde o príncipe morava. A carruagem parou perto de uma fonte de azulejos e eles desembarcaram rapidamente.

Assim que saíram da carruagem, ela se afastou. Lin teve tempo apenas de reparar que os muros do castelo tinham janelas grandes e arqueadas , e eram decorados com amplas varandas, antes de Mayesh apressá-los para uma porta dupla encimada por um relógio do sol preso à parede.

Ali dentro havia uma íngreme escadaria de mármore antigo, o centro dos degraus desgastado com profundas marcas devido à passagem de pés ao longo dos anos. Poucos lampiões estavam acesos. Eles se apressaram pela escadaria na penumbra, seus passos ecoando. Quase vazio naquele horário, o lugar parecia estranhamente abandonado, o ar frio por causa do mármore.

Eles chegaram ao patamar final e viraram em um corredor de mais pedra branca. Tapetes de Marakand em profundos tons de joia cobriam toda a passagem. Janelas arqueadas mostravam o reflexo de Lin enquanto eles se aproximavam de um par de portas duplas feitas de madeira e metal. Um intricado padrão de coroas e chamas a decorava.

Mayesh pôs a mão na porta, hesitou e olhou para Lin.

— Aqui ficam os aposentos do príncipe — comunicou ele. — Ele os compartilha com o primo. Eles dormem no mesmo quarto, como irmãos, desde crianças.

Lin não falou nada. Pareceu estranho para ela que Conor Aurelian estivesse disposto a compartilhar seus aposentos — ou compartilhar qualquer coisa, na verdade —, mas supôs que ele gostava da companhia do primo, e os aposentos sem dúvida eram amplos. O príncipe provavelmente só percebia a presença do outro rapaz quando queria.

Mayesh bateu com força na porta antes de abri-la e fazer Lin entrar. Tensa como uma corda retesada, ela entrou nos aposentos do Príncipe Herdeiro.

Era um espaço grande, embora não tão amplo quanto ela havia imaginado. O chão era feito de quadrados alternados de mármore, como se fosse o tabuleiro de um jogo de Castelos: preto e branco, com um ou outro ponto de quartzo vermelho. Havia uma plataforma no canto da sala, e nela havia uma cama larga com cortinas de veludo pretas e brancas. Outra cama, menor, tinha sido colocada perto dos degraus da plataforma, e por toda a sala havia divãs gigantescos com almofadas cobertas por seda crua shenzana. Lampiões marakandeses de prata e vitrais derramavam uma luz quente pelo quarto, e, enquanto os olhos de Lin se ajustavam, ela viu um emaranhado de lençóis ensanguentados na cama menor, na qual a figura de um jovem estava deitada e imóvel. Ao lado da cama, outro jovem, usando preto e prata, andava de um lado a outro freneticamente, murmurando o que pareciam ser xingamentos.

— Conor — Mayesh chamou, e Lin sentiu uma breve surpresa por seu avô chamar o príncipe pelo primeiro nome. Ela gostou de não ouvir nenhum medo na voz dele. Sempre tinha se perguntado se ele era diferente no Palácio; se a proximidade com o Sangue Real e o poder o intimidava. Parecia que não. — Onde estão todos?

A cabeça do Príncipe Conor se ergueu de imediato. Ele estava bem diferente de sua aparência na Praça Valeriana. Um tom pálido tomava sua pele marrom-clara, e seu rosto estava com uma expressão aflita.

— Eu os mandei embora — respondeu Conor. — Não estavam ajudando, eles... — O príncipe semicerrou os olhos para Lin. — Esta é a médica?

— Sim — confirmou Lin. Ela não se apresentou, deixou que ele perguntasse se quisesse. Enquanto ele a olhava, Lin percebeu uma energia sombria nas próprias veias. O príncipe de Castellane a observava. Aquela era uma pessoa que segurava o poder nas mãos como se fosse um brinquedo. Havia uma tangibilidade em tal poder; ela a sentiu como a chegada de uma tempestade.

— Ela parece muito jovem, Mayesh — comentou ele, o tom desdenhoso. — Tem certeza...?

Ele não precisava dizer o resto. *Tem certeza de que ela é a melhor no Sault? É só uma menina. Certamente há um homem velho, sábio e barbado que você pode trazer e que fará um trabalho melhor.* Lin se perguntou qual seria a punição por chutar a canela de um príncipe. Parar na Trapaça, sem dúvida.

Ela estava ansiosa para se aproximar do jovem deitado na cama. Não gostava de como ele estava parado. Pelo menos o príncipe havia dispensado o cirurgião; um médico ruim era pior que nenhum médico.

— Lin tem vinte e três anos — argumentou Mayesh, a voz num tom equilibrado. — E ela *é* a melhor no Sault.

O príncipe esfregou os olhos, que estavam manchados de kajal preto. Era um estilo que Lin já vira nos nobres: homens e mulheres escureciam os olhos, usavam unhas pintadas e joias nos dedos. As mãos do príncipe brilhavam com anéis: esmeraldas e safiras, em círculos de ouro branco e rosado.

— Bem, então — disse ele, impacientemente. — Venha e dê uma olhada.

Lin se apressou pelo piso xadrez até a cama baixa, deixando a bolsa em uma mesa de madeira ali perto. Alguém deixara uma tigela de prata com água, e um pouco de sabão. Devia ser um pedido de Mayesh. Os médicos castellanos não lavavam as mãos antes de trabalhar, mas os Ashkar, sim.

Ela lavou e secou as mãos, e se voltou para o paciente. A cama estava bagunçada com lençóis emaranhados e ensanguentados; o jovem que o avô dela chamara de Kel estava inconsciente, embora suas mãos se movessem vez ou outra em tiques espasmódicos que eram um indicativo de ter sido medicado com *morphea* para a dor. Gasquet devia ter feito isso antes que Conor o dispensasse.

Anjuman estava sem a calça e a camisa de cambraia, que foram encharcadas de sangue. A maior parte dos ferimentos parecia estar no lado direito do abdômen, mas manchas escuras também despontavam de seu esterno.

Ela conseguia ver a semelhança entre seu paciente e o Príncipe Conor. A mesma pele marrom-clara e os traços finos, o mesmo cabelo cacheado escuro, embora o de Anjuman estivesse escurecido pelo suor e grudado no pescoço e nas têmporas. Anjuman respirava com dificuldade, os lábios de um azul arroxeado, e quando ela ergueu a mão dele rapidamente, viu que a base de suas unhas estava da mesma cor. Embora ele arfasse, o peito subindo e descendo, estava sufocando.

Tudo ficou quieto ao redor dela. Lin conhecia os sintomas: ele estava morrendo. Tinham pouco tempo.

— Saia do caminho — disse ela, e depois que o príncipe ergueu as sobrancelhas, ela não ficou para ver a reação dele. O cérebro dela estava acelerado como um relógio, organizando os próximos passos, decidindo o que o paciente precisava. Ela pegou a bolsa, jogando tudo na cama; pegou uma faca afiada de lâmina fina e se aproximou de Kel Anjuman.

— O que você está fazendo? — O tom do príncipe era severo. Lin ergueu o olhar e viu que ele a encarava, de braços cruzados. O cabelo preto feito fumaça estava uma bagunça, ela percebeu, como se ele tivesse passado os dedos pelos fios vezes demais.

— Cortando a camisa dele. Preciso ver a ferida — respondeu Lin.

— É uma camisa cara.

Que já foi arruinada pelo sangue. Lin hesitou, a ponta da lâmina pressionando a cambraia.

— Entre a camisa e seu primo, de qual você gosta mais?

A boca dele se comprimiu, mas gesticulou para que ela prosseguisse. Lin cortou a camisa de Anjuman, revelando um longo corte na lateral do corpo dele. Tinha sangrado bastante, embora não sangrasse mais: metade do peito e da barriga estavam cobertos de sangue que começava a secar. Lin soube assim que viu que a ferida era superficial o suficiente. A preocupação era a perfuração à esquerda do esterno, envolta por um tom violeta escurecido.

— Segure-o — pediu ela para o príncipe, enquanto pegava o que precisava. Seus movimentos eram automáticos, rápidos, mas sem pressa. Uma estranha calma tomava conta de um médico em momentos assim, quando uma ação rápida era necessária para salvar uma vida.

— *O quê?* — O príncipe parecia atordoado e então furioso enquanto ela pegava um bisturi da capa de couro e posicionava a ponta afiada entre duas costelas de Anjuman. — Pelo menos dê *morphea* a ele se vai cortá-lo...

— Ele já tomou *morphea*. E mais um pouco vai fazê-lo parar de respirar — explicou ela. — O sangue está pressionando o coração dele, esmagando os pulmões. Preciso drená-lo.

— Gasquet ia colocar sanguessugas nele...

— E ele teria morrido. — Lin manteve a mão firme; mesmo assim, estava relutante em fazer o corte sem alguém segurando o paciente. Provavelmente ele estava drogado demais para sentir a dor, mas se sentisse e fizesse um movimento brusco, a lâmina sairia do lugar, talvez até pegando uma artéria. — Vai me ajudar ou não?

Quando o príncipe não se mexeu, ela olhou para o avô, a alguns centímetros da beira da cama, seu rosto quase escondido pela escuridão. Estava de braços cruzados; parecia sério, implacável.

— Eu posso chamar Jolivet — ofereceu ele, em resposta a um olhar rápido do Príncipe Conor, mas aparentemente essa não era uma sugestão agradável. O príncipe praguejou, subiu na cama e apoiou as mãos nos ombros do primo, segurando-o firme contra as almofadas.

— Se você matá-lo... — começou ele, mas Lin não estava ouvindo. Os lábios de Anjuman assumiram um tom azul cianótico. Ela começou a abrir uma incisão curta e precisa, trabalhando a ponta do bisturi entre as costelas com uma precisão treinada. O sangue empoçou, deslizando rapidamente pelas laterais; o corpo dele se mexeu por reflexo, mas os braços do Príncipe Conor flexionaram, mantendo-o parado.

O príncipe era mais forte do que Lin teria imaginado.

Entre as ferramentas dela havia uma bolsa de bambus tratados, ocos e flexíveis. Lin mudou o bisturi de mão e pegou um deles. O príncipe olhava por sobre o ombro dela, os olhos cinza semicerrados. As mangas de renda da camisa dele estavam manchadas de sangue.

Lin começou a inserir o bambu, com cuidado, pela incisão. Ela sentiu que atingiu uma costela e o angulou para cima, para longe do osso, em direção à cavidade do peito. Ela conseguia sentir o olhar do príncipe como a pressão da ponta de uma faca, afiada e penetrante. A nuca de Lin formigou enquanto o bambu entrava mais...

Um sopro de ar saiu da ferida. Um momento depois, o sangue saía de dentro do bambu. Lin pegou uma tigela da bolsa, mas era tarde demais para suas roupas: o sangue empapou a túnica, molhando as mangas. Ela moveu a tigela para despejar o líquido nela, vagamente consciente de que o príncipe gritava algo sobre ela fazer Kel sangrar até a morte e que seria melhor se tivesse mantido Gasquet ali.

Ela o ignorou. Com o bisturi, cortou o bambu para que apenas mais ou menos um milímetro saísse da pele de Anjuman.

— Você pode soltá-lo agora — instruiu ela baixinho, e o príncipe lançou um olhar furioso, as mãos ainda nos ombros do primo.

— Você já fez isso antes? — questionou ele, em um tom que indicava que ele achava aquilo improvável. — Esse procedimento ridículo...

— Já — interrompeu-o Lin, e não acrescentou que um dos aspectos que ela achava mais satisfatório era a velocidade com que funcionava. Kel Anjuman respirou fundo e o príncipe se sentou, observando enquanto as pálpebras do primo tremiam. O rosto de Anjuman estava salpicado de sangue, mas ele parara de arfar. A respiração era profunda e regular, os lábios não estavam mais azuis.

Ele abriu os olhos, devagar, como se as pálpebras pesassem.

— Conor — chamou ele, cansado, como uma criança chamando a mãe. — Você está...? — Ele piscou. — É você?

O príncipe lançou a Lin um olhar rápido e preocupado.

— Ele ainda está em choque — explicou ela —, mas o sangue não está mais pressionando o coração ou os pulmões. Kel viverá.

Ela ouviu Mayesh fazer um movimento impaciente; ela sabia que ele desaprovava. Na medicina, nunca era uma boa ideia prometer vida. Tudo podia acontecer.

— Você ouviu? — perguntou o príncipe, pegando a mão do primo. As mãos deles eram muito similares, embora a do príncipe brilhasse com anéis e a de Anjuman estivesse nua. — Seu idiota. Você vai viver.

Anjuman sussurrou algo em resposta, mas Lin não estava ouvindo; o sangue parara de despejar na tigela. Ela a deixou de lado, sabendo que estava longe de terminar o trabalho. Anjuman não ia mais sufocar, e isso era um alívio, mas suas feridas ainda precisavam de tratamento. As perfurações tinham um risco grave de infecção, que podia se alojar dentro do tecido muscular. Feridas podiam inchar internamente, pressionando os pontos e deixando a pele necrosada e pútrida. A morte vinha logo depois.

Como havia tempo, ela começou a organizar as ferramentas, separando o que precisaria na mesa ao lado da cama: jarras de vidro de infusões, ampolas de remédios, bandagens de algodão macio costurado em juncos.

Depois de lavar as mãos de novo — tingindo a água da tigela de um rosa profundo —, ela voltou ao paciente. Com gentileza, pressionou as feridas, buscando ossos quebrados, contusões, enquanto o príncipe segurava a mão do primo em um aperto vigoroso.

— Kellian. Onde você estava? — exigiu ele. — Quem fez isso com você? Você estava usando o... seu colar?

Colar?, Lin se perguntou. Em voz alta, disse:

— Não o interrogue.

O príncipe lançou um olhar incrédulo para ela.

— Preciso saber quem fez isso com ele...

— Agora você não precisa. — Ela pegou uma toalha e começou a limpar o sangue seco do peito e da barriga de Anjuman. Enquanto isso, inspirou e ficou aliviada em saber que não tinha um fedor indicativo emanando das feridas; parecia que as vísceras não foram perfuradas. As coisas não eram tão ruins quanto ela temera. Porém, havia muito a ser feito.

— Você disse que ele ficaria bem...

— Não se você exaurir ele — devolveu Lin, de um jeito seco. Enquanto ela limpava o resto de sangue do peito de Anjuman, viu algo brilhando no pescoço dele. Era o colar que o príncipe mencionara?

— Ele é forte — insistiu o príncipe, sem olhar para ela. — Ele aguenta. Kel, me diga. O que aconteceu? Quem ousaria tocar a realeza assim?

— Rastejantes — arfou Anjuman. — Foram os Rastejantes. Eles me atacaram, vindos do telhado de um armazém. Sem chance de... — Ele se encolheu, o olhar em Lin. As pupilas dele estavam dilatadas de dor.

O príncipe corou.

— Mandarei Jolivet ir à cidade. Atear fogo nos Rastejantes para saírem do Labirinto...

— Não — disse Anjuman de repente. — Eles não faziam ideia de quem eu era. Esqueça isso, Conor.

A mão direita dele se moveu pelos lençóis, inquieta, como se buscasse algo. Quando ele a ergueu, Lin viu que era um talismã em uma corrente, retinindo, entre os dedos dele. Um talismã Ashkar. Mayesh devia ter entregado a ele, para curá-lo.

Ela se moveu suavemente para pegar o amuleto. Quando os dedos dela roçaram na prata, Lin sentiu uma dor aguda na lateral do corpo, como a picada de uma abelha. Ela afastou a mão e o talismã caiu nos lençóis. Droga. A dor devia ser uma cãibra, mas não conseguia dar atenção a isso nesse momento. Conseguia sentir a fúria emanando do Príncipe Conor, como o calor do fogo. E sabia que isso estava incomodando seu paciente. Anjuman podia estar sentindo dor, mas a tensão ao redor de seus olhos e da boca nada tinha a ver com desconforto físico.

— Monseigneur, preciso pedir que saia — disse ela, quase surpreendendo a si mesma.

O príncipe retesou a mandíbula.

— *O quê?*

Lin encarou o paciente. Depois que a área estava limpa, viu a expansão do peito dele. Parecia saudável, com a cor adequada, a pele retesada sob os músculos duros. Mas os cortes na lateral do corpo e no peito não eram as únicas feridas. Linhas brancas cruzavam a pele marrom-clara, algumas finas como uma corda pálida, outras grossas e enrugadas. Ela tinha visto cicatrizes assim antes, mas geralmente apenas naqueles que ganhavam a vida lutando na Arena.

— Este é um trabalho delicado e cuidadoso — justificou ela, olhando para o príncipe. — Tenho que me concentrar, e Sieur Anjuman precisa de descanso.

— Está tudo bem — reclamou Anjuman, mas a mão livre agarrava os lençóis.

— Silêncio — Lin disse a Kel. — Você deve permanecer calmo. E, Monseigneur, você terá que fazer perguntas a ele mais tarde. Por enquanto, deve me deixar a sós com meu paciente.

O príncipe parecia dividido entre o choque e a raiva. A boca se tornara uma linha fina. Lin estava consciente de Mayesh, observando-os com uma calma irritante. Ela estava ainda mais consciente do tempo, dos minutos que passavam — minutos durante os quais uma infecção poderia estar se espalhando pelo sangue do paciente.

O brocado rígido da camisa do príncipe farfalhou enquanto ele cruzou os braços.

— Se terei que ir embora, você precisa me prometer que salvará a vida dele. Que ele não morrerá. Nem agora, nem daqui a alguns dias.

A sensação era de engolir uma moeda gelada. Lin respondeu:

— Não posso prometer isso. Farei de tudo para prevenir uma infecção...

O príncipe balançou a cabeça, os cachos escuros caindo nos olhos.

— Exijo que prometa.

— Você não está fazendo exigências a mim, apesar de acreditar que sim — disse Lin. — Está tentando dar ordens à Vida e à Morte, e elas não ouvem ninguém, nem mesmo um Aurelian.

Enquanto o Príncipe Herdeiro olhava para Lin, sem falar nada, ela via no rosto dele a rigidez de uma criação desacostumada a recusas. Como o avô conseguia, pensou ela, passar todos os dias com pessoas que jamais ouviram a palavra *não* — ou, se ouviram, não foram obrigadas a aceitá-la?

— Conor — interveio Mayesh. Era um chamado gentil, não uma reprimenda. — Deixe ela trabalhar. Será melhor para Kel.

O Príncipe Conor tirou o olhar de Lin e olhou sem foco para o primo.

— Se ele morrer...

Ele não terminou; apenas deu meia-volta e saiu do quarto. Mayesh assentiu uma vez para Lin e o seguiu. A porta bateu atrás dele, mergulhando o quarto em um terrível silêncio.

Lin podia sentir o coração martelando em algum ponto da garganta. O que tinha feito? *Tinha acabado de insultar o Príncipe Herdeiro. Tinha ordenado que ele deixasse os próprios aposentos.* Ela sentiu um horror doentio: no que estivera pensando? Mas não podia desmoronar nesse momento. A concentração dela precisava estar no paciente, que se mexia inquieto na cama.

— Fique parado, Sieur Anjuman — instruiu ela, inclinada sobre ele. Como o Príncipe Conor, os olhos dele eram cinza, emoldurados por cílios pretos macios.

— É Kel. Nada de Sieur. Kel. E se você trouxer sanguessugas, morderei — soltou ele, com uma energia que a surpreendeu.

— Nada de sanguessugas. — Ela pegou a ampola e inclinou a cabeça de Kel com o dedo. A pele dele estava um pouco áspera com a barba por fazer. — Abra a boca e segure isto debaixo da língua.

Ele fez o que foi pedido, engolindo os grãos de *morphea* dissolvidos. Quase no mesmo instante, ela viu a expressão dele suavizar, a linha tensa de sua boca relaxando enquanto ele soltava o ar.

A *morphea* podia suprimir o fôlego, mas ele estava respirando com mais facilidade. O choque também podia matar. A dor fazia o paciente desistir da vida; alguns corriam em direção à morte só para escapar da agonia.

— Isso — disse ele — foi surpreendente.

— A *morphea*? — perguntou ela, jogando fora a ampola vazia.

— Não a *morphea*. Você fez Conor sair — respondeu ele. E, apesar de tudo, sorriu. Naquele momento parecia um garoto travesso, como Josit depois de conseguir pegar maçãs do pomar do Maharam. — Poucas pessoas conseguem fazer *isso*.

— Foi horrível. — Lin havia se aproximado da mesa. — Tenho certeza de que ele me odeia.

— Ele só odeia que lhe digam o que fazer — replicou Kel, observando enquanto ela voltava com uma pequena pinça de metal, uma ampola de nitrato de prata, quase 300 mililitros de água infusionada com *levona* e *mor*, uma agulha de metal e linha de seda. — Ai — grunhiu ele, desanimado. — Agulhas.

— Se doer, me avise. Posso dar mais *morphea* a você.

— Não. — Ele balançou a cabeça. — Chega. Não me importo com a dor, desde que esteja dentro de limites suportáveis.

Limites suportáveis. Isso era interessante — uma incoerência, como as cicatrizes dele. O que jovens nobres sabiam sobre dor, e que quantidade dela podiam ou não suportar?

— Você disse que estava sangrando na Chave. — Ela falava no mesmo tom de voz, calmo, apenas para distraí-lo. Depois de remover o pedaço de bambu que ainda estava na lateral com a pinça, ela passou a desinfectar as outras feridas com água de ervas. Sabia que doeria, apesar da *morphea*. — Mas você foi encontrado nos portões do Palácio. Foi largado lá...

Kel estremeceu, arqueando as costas, e murmurou algo que soou como *as flechas*, e então um nome, *Jeanne*. Ele estivera visitando uma garota na cidade? E tinha sido roubado na volta, talvez?

— Sim — confirmou ele. — Sei quem me deixou do lado de fora de Marivent. Não foi a pessoa que me esfaqueou.

Ela colocou o pano de lado e pegou o nitrato de prata. Faria o sangramento parar. Também doeria. Kel olhava para ela em silêncio. Uma aceitação surpreendente, pensou ela. Quanto mais rico o paciente, mais difícil era no geral, reclamando de todo e qualquer incômodo. Ele de fato não era o que ela esperara, esse primo do príncipe.

— Certo. Foram os Rastejantes — disse ela, passando o nitrato nas feridas. — Fiquei surpresa por você saber do que se trata. — Eles não pareciam o tipo de habitante da cidade que os nobres conheciam.

Ele sorriu, irônico.

— Todos moramos na mesma cidade, não?

O sangramento havia cessado; as feridas brilhavam com o nitrato, um efeito peculiarmente lindo.

— Moramos? — repetiu Lin. — Moro aqui minha vida toda; esta é a primeira vez que venho à Colina. A maioria das pessoas jamais virá aqui. Os nobres e as pessoas comuns de Castellane... podem morar no mesmo *lugar*, mas não é a mesma cidade.

Ele ficou em silêncio. Começara a suar, seu cabelo grudando na testa. O nitrato provocaria uma sensação de fogo na pele dele, Lin sabia; ela precisava fazer mais para aplacar a dor.

Me use.

Lin se sobressaltou. Por um instante, pensou que Kel havia falado em voz alta, mas era apenas um sussurro no fundo da mente dela. Aquela outra voz que todos os médicos pareciam ter, que os aconselhava em momentos de urgência.

Ela pegou depressa um unguento feito de matricária, salgueiro branco, cápsico e uma dúzia de outros ingredientes recolhidos dos cantos de Dannemore. Era coisa difícil de fazer, principalmente porque ela tinha somente a cozinha na Casa das Mulheres onde trabalhar, mas deixaria a pele dormente para fazer os pontos.

Ela começou a passar a mistura com cuidado nos cortes dele. Ouviu-o suspirar; ele a olhava com olhos semicerrados. Ela tampou o unguento e pegou a agulha e a linha de seda. Kel a observou, cauteloso — e então relaxou quando a agulha perfurou a pele e ela começou a costurar.

— Não sinto nada — observou ele, curioso. — De verdade, isso é mágica.

— É remédio. — Ela colocou uma mecha solta do cabelo atrás da orelha. *Um dia, já foram a mesma coisa. Hoje, não mais.*

— O povo comum de Castellane pode não vir até a Colina — ponderou Kel —, mas os nobres aqui estariam perdidos sem a cidade. Não apenas dá a eles suas fortunas, como também é onde se divertem. Eles morreriam de tédio confinados na Colina.

— Você fala como se não fosse um deles — observou Lin. Pegando algumas ervas da bolsa, ela as salpicou na ferida antes de dar mais pontos.

— Talvez eu preferisse não ser. — Kel baixou o olhar e ficou de um tom um tanto esverdeado. — Estou vendo que você está me temperando como um frango.

— As ervas prevenirão a infecção. E não olhe.

Ele bocejou. *A morphea e a perda de sangue estavam o exaurindo*, Lin pensou. Ela se concentrou no que fazia. Depois de alguns instantes, ele tornou a falar.

— Quando eu era mais novo, pensava que os Ashkar deviam ser muito perigosos, por isso eram mantidos dentro de muros.

— Quando eu era nova — devolveu Lin, pegando as bandagens —, eu pensava que os *malbushim* deviam ser muito perigosos, para termos que mantê-los longe com muros.

— Ah — disse ele, e bocejou de novo. — A perspectiva é tudo, não é?

Depois de guardar suas coisas, Lin pegou vários talismãs de prata da bolsa e os colocou entre as camadas dos curativos de Kel.

— Isto vai ajudá-lo a se restabelecer e dormir — explicou ela. — Você precisa de descanso, de deixar seu corpo se curar. Voltarei em três dias para ver como está.

— Espere — pediu Kel, quando ela se virava para partir. A voz dele se arrastava de cansaço. — Qual é seu nome, médica?

— Lin — disse ela, enquanto os olhos dele se fechavam. — Lin Caster.

Ele não respondeu; respirava de maneira profunda e estável. Quando estava prestes a partir, ela viu algo reluzir em meio ao emaranhado de lençóis. O talismã que ele segurara tão rapidamente antes. Ela o ergueu e ia colocá-lo na mesinha quando algo estranho atraiu sua atenção.

Lin ficou ali pelo que pareceu um longo tempo, encarando-o, antes de apoiá-lo com cuidado na palma de Kel. *Mayesh*, pensou ela. *Mayesh, o que você fez?*

X X X

Lin tinha a expectativa de encontrar o avô esperando por ela do outro lado da porta. Ele não estava lá e, para surpresa dela, nem os castelguardas. O corredor estava vazio, exceto pela presença do Príncipe Conor, sentado no vão de uma janela em arco, olhando com seriedade para a cidade de Castellane. A essa hora, era uma imagem de luzes tremeluzentes à distância.

Maldito Mayesh por ter se afastado. Não havia nada que Lin quisesse menos que estar sozinha com o príncipe. Mas não havia o que fazer. Ela se aproximou, extremamente consciente do sangue em sua túnica, e disse:

— Está feito, Monseigneur.

O príncipe olhou para Lin numa espécie de atordoamento, como se tivesse esquecido dela havia muito tempo e tivesse aparecido inesperadamente em um sonho. O cansaço esvanecera as linhas duras do seu rosto, e ele parecia gentil, embora Lin soubesse que não era.

— O quê?

— Eu disse — repetiu Lin — que está feito...

Ele desceu da janela, rápido e gracioso. Lin deu um passo involuntário para trás.

— O que isso significa? *Ele está vivo?*

— Óbvio que ele está vivo — devolveu ela. — Você acha que eu teria dado a informação assim se ele tivesse morrido? Kel precisa de descanso, e depois será necessário que troquem os curativos. Mas descanso primeiro, e roupas e lençóis secos. Ele não vai ficar bem dormindo no próprio sangue.

O príncipe olhou para ela, o cabelo preto eriçado como o pelo de um gato irritado.

Pelo nome da Deusa, pensou Lin. Ela tinha se irritado com o Príncipe Herdeiro. *De novo.*

Então ele sorriu. Não era um sorriso doce, nem arrogante, embora tivesse um toque de autoironia. O alívio nos olhos dele era real. Fazia-o parecer humano. Nas horas da madrugada, entre as vigílias da doença, entre a febre e a recuperação, talvez todos fossem um pouco parecidos.

— Uma médica tão descomedida — comentou ele, um tanto divertido. — Devo pensar que está me dando ordens outra vez?

— Bem — disse ela. — Não acho que *você* vá trocar as roupas de cama. Só pensei que... você gostaria de saber o que precisa ser feito.

Ele apenas sorriu.

— De fato. Parece que seu avô estava certo. Você *é* a melhor no Sault; talvez a melhor em Castellane.

O sorriso a desarmou. Mostrava dentes brancos e iluminava os olhos cinza dele, tornando-os prateados. Pela primeira vez naquela noite, Lin viu o Príncipe dos Corações nele, aquele por quem a cidade suspirava. Algo nisso a irritou, como se tivesse sido espetada por um alfinete. Talvez fosse porque ser o filho do rei representasse um tipo de poder, ser bonito era outro, e ser os dois era poder demais para uma pessoa só.

Além disso, Conor Aurelian se portava como alguém que sabia que era bonito. Nem mesmo estar desarrumado atrapalhava sua beleza. Suas finas roupas podiam estar amassadas, as mangas de seda marfim manchadas de sangue, mas sua beleza não era do tipo que precisava estar arrumada. Na verdade, sua beleza se beneficiava de estar um tanto desgrenhado, sendo do tipo que era acompanhada de forte contraste: preto e prateado, feições belas e cabelo preto bagunçado.

— Onde está meu avô? — perguntou ela, de repente querendo muito partir. — Preciso ir; pode ser que ele esteja esperando por mim.

O Príncipe Conor disse:

— Antes que vá, Bensimon disse que você não pediria por um pagamento, mas quero que fique com isto. — Ele deslizou um anel da mão direita e o entregou a ela, com o gesto de alguém dando um brinquedo caro a uma criança.

O anel era de ouro simples, com uma safira lisa. Gravado na safira estava o sol da Casa Aurelian. Um anel de sinete.

Por um momento, Lin tinha dez anos outra vez, jogando o colar que Mayesh lhe dera, com o selo Aurelian, aos pés dele. Ela ouvira Josit reclamar — *só aceite* — e vira o olhar duro no rosto do avô enquanto se afastava.

Ela não estendeu a mão para o anel.

— Não, obrigada. Não quero.

Ele pareceu chocado.

— Você não *quer*?

A rápida memória desaparecera, mas a raiva permanecera. Raiva por Mayesh, ela sabia, mas ali, em carne e osso, estava o motivo de Mayesh tê-la abandonado, oferecendo, com arrogância, o que para ela seria um ano de salário, mas que não significava nada para ele.

— O que farei com isto? — perguntou ela, a voz severa. — Vender em uma loja de penhores na Estrada Yulan? Eu seria presa. Usá-lo? Eu seria roubada por Rastejantes, como seu primo. Não tem valor para mim.

— É bonito — tentou ele. — Isso em si tem seu valor.

— Para aqueles ricos o suficiente para se sentar e contemplar um item que não podem comer nem vender — retrucou Lin, ácida. — Ou você acha que desejo mantê-lo em um porta-joias e me lembrar do tempo em que conheci o príncipe de Castellane e ele se dignou a me dizer que eu era uma médica mais ou menos?

Assim que as palavras saíram da boca, Lin se arrependeu. O rosto dele ficou sério. Ela de repente ficou ciente do tamanho dele — não apenas mais alto, como também mais largo nos ombros e maior no geral.

Ele se moveu na direção dela. Lin podia sentir a força que irradiava dele, por mais desarrumado que estivesse. Um príncipe desgrenhado ainda era um príncipe, ela supôs, com todo o poder instintivo que o sangue e o privilégio conferiam a ele. Era um poder ainda maior pelo fato de que ele jamais precisou considerar que o tinha, jamais precisou considerar se havia algum motivo para não usá-lo.

Ele poderia agarrá-la com uma mão, ela pensou, e jogá-la na parede. Quebrar o pescoço dela, se quisesse. E o poder dele não vinha do fato de que tinha a força física necessária para fazer isso, mas do fato de que não enfrentaria consequências pelo ato. Ninguém o questionaria.

Ele sequer questionaria a si mesmo.

O príncipe olhava para ela de uma altura desconfortável, seus olhos cinzentos fixos nela. Eram ao mesmo tempo similares e diferentes dos de Kel. Mas óbvio que eram assim.

— Como... — começou ele.

Uma voz severa o interrompeu.

— Lin!

Ela se virou. Jamais estivera tão feliz em ouvir seu avô se aproximando. Ele estava no canto mais distante do corredor; Lin correu em direção a ele, consciente do príncipe atrás de si, o olhar dele queimando um buraco entre as omoplatas dela. Lin podia *senti-lo* observando-a, mesmo enquanto explicava rapidamente a condição de Kel para Mayesh.

O avô dela assentiu, obviamente aliviado.

— Muito bem — disse ele. — Agora espere por mim na carruagem lá embaixo. Preciso falar com o príncipe.

Lin não ficou para saber do que se tratava. Ela inclinou a cabeça em direção ao Príncipe Conor e murmurou "Monseigneur" antes de fugir.

O príncipe não respondeu nem se despediu, embora Lin tenha percebido que ele ainda segurava o anel. Não o colocara de volta no dedo.

Do lado de fora, o céu relampejava a leste, na região da Passagem Estreita. Pouco antes do nascer do sol era o horário mais frio em Castellane. O orvalho brilhava na grama, molhando os pés de Lin conforme ela se aproximava da carruagem que a esperava. (O condutor, um castelguarda de cara azeda, deu uma única olhada nela enquanto Lin subia; talvez ele não gostasse de acordar tão cedo.)

Ela ficou grata ao ver que alguém colocara uma caixa de pequenos tijolos aquecidos, enrolados em linho macio, sob o assento. Ela pegou um, rolando-o nas mãos, deixando a pele absorver o calor. Perguntou-se se fora um pedido de Mayesh.

Lin pensou de novo no talismã nas mãos de Kel. *Mayesh, o que você fez?*

Ouviu uma batida na porta e Mayesh apareceu, entrando na carruagem. Com sua altura e membros compridos, ele a fez lembrar de um pássaro grande — uma garça, talvez, bicando a água rasa quando a maré estava excepcionalmente baixa.

Ele a encarou enquanto a carruagem começava a se mexer. Passavam sob o arco de treliça quando ele disse:

— Você quer ouvir primeiro as boas ou as más notícias?

Lin suspirou, apertando o objeto quente com mais força.

— As duas ao mesmo tempo.

— Hunf — murmurou ele. — Você fez maravilhas por Kel. Dei uma olhada dele. Isso devia ter amolecido o príncipe com relação a você. *Mas* — acrescentou ele, e Lin supôs que essa era a má notícia — parece que não. Ele a proibiu de voltar ao Palácio.

Ela deu um pulo.

— Mas *preciso*... devo examinar Kel outra vez, em no máximo três dias...

— Talvez você devesse ter pensado nisso. — Passaram pelo Portão Norte. Estavam saindo de Marivent. — Não posso deixar de perguntar: o que você fez para ofender tanto Conor? Ele disse, se bem me lembro, que você era uma garota peculiar e rude, e que ele não quer vê-la outra vez.

— Não fiz nada. — Quando o avô apenas ergueu as sobrancelhas em resposta, Lin disse: — Recusei a oferta dele de pagamento. Não quero nada da Casa Aurelian.

Ela se virou para encarar a janela. Tão rápido quanto chegara ao Palácio, ela partira. E, ao que parecia, não retornaria. A heroína de *O domar do tirano* teria ficado muito decepcionada com Lin, mas ela não foi obrigada a ter que lidar com nenhum Conor Aurelian.

— Todos em Castellane aceitam algo da Casa Aurelian, todos os dias — ponderou Mayesh. — Quem você acha que paga os Vigilantes? A Patrulha do Fogo? Até mesmo no Sault é o dinheiro do Tesouro que paga o salário dos Shomrim...

— Para nos proteger ou para protegê-los contra nós? — disse ela, lembrando-se das palavras de Kel: *Quando eu era mais novo, pensava que os Ashkar deviam ser muito perigosos, por isso eram mantidos dentro de muros.* — Enfim, não importa. Posso ter ofendido o príncipe ao me recusar a aceitar o anel, mas eu poderia ter feito coisa pior. — O tijolo tinha esfriado. Ela o deixou de lado e acrescentou: — Eu poderia ter dito que sabia perfeitamente bem que Kel Anjuman não é o primo do príncipe.

Mayesh semicerrou os olhos.

— O quê? Por que está dizendo isso?

Lin não conseguia mais ver o reflexo do avô e de si mesma na janela. Estava claro demais lá fora. O céu estava deixando de ser preto para se tornar um pálido azul, com nuvens cinzentas como penas. O porto estaria movimentado, os construtores de navios começando a passar pelas pedras até o Arsenal. As aves marinhas estariam circulando, preenchendo o ar com chamados que soavam como flautas.

Lin respondeu:

— Ele está coberto de cicatrizes. Não o tipo de cicatriz que os nobres podem ter por conta de um duelo ocasional, ou mesmo por cavalgar bêbados. Nunca vi nada assim, exceto nos corpos daqueles que costumavam lutar na Arena. E não tente me dizer que ele era um lutador da Arena aos doze anos. — (Fazia uma década desde que o Rei Markus havia proibido o combate de gladiadores, considerando-o desumano.)

— Ah — disse Mayesh —, acredite em mim, eu não diria isso a você. Mas vejo que ainda tem mais a falar... — O tom dele era questionador e polido. *Continue.*

Lin prosseguiu.

— Ele estava segurando um talismã. Um talismã *anokham*. Conheço *gematria* suficiente para saber o que isso faz.

— É magia rara. Poderosa — disse Mayesh. — O talismã é de antes da Ruptura.

— É magia de ilusão — continuou Lin. — Amarra Kel Anjuman, ou qualquer que seja o nome dele, a Conor Aurelian. Faz ele *parecer* com Conor Aurelian quando usa o talismã.

— Seu estudo de *gematria* foi mais abrangente do que eu imaginava — comentou Mayesh. Ele não parecia descontente. Apenas pensativo, e um pouco curioso. — Isso foi parte de sua missão para curar Mariam Duhary?

Como é que você sabe disso?, pensou Lin, mas não perguntou. Ela só tinha esta chance para questionar Mayesh sobre o que havia testemunhado; não ia desperdiçá-la.

— Foi parte dos meus estudos gerais — explicou ela. — Mayesh. — Ele a olhou firmemente por baixo de suas sobrancelhas grossas, mas não disse nada. — Não peguei o anel porque não quero pagamento da Casa Aurelian. Mas quero um pagamento de você. Quero que me diga quem é meu paciente.

— Era — corrigiu Mayesh.

Eles haviam chegado à Ruta Magna. O Mercado Quebrado tinha sido esvaziado como se nunca tivesse existido, e as lojas estavam começando a abrir. Eles passaram por um grupo de mercadores de Sarthe e uma garota choseana com dedaleiras presas em seu brilhoso cabelo preto; todos pararam para olhar, curiosos, a carruagem com o selo da Casa Aurelian na lateral.

— Ele não está *morto*...

— Não, mas **parece** que você não vai tratá-lo mais. Lin, jurei manter os segredos do Palácio. Você sabe disso.

— Eu poderia causar muitos problemas com o que já sei — devolveu ela, quase em um sussurro. — Ele é um tipo de garoto de açoite? Ele é punido no lugar de Conor? Ou ele é um guarda-costas? Eu *vou* descobrir, você sabe.

— Eu sei. Eu esperava que você aceitasse a história de que Kel é o primo de Conor, em nome da paz de todos nós. Mas *suspeitei* que você não aceitaria. — Mayesh apoiou os dedos debaixo do queixo. — Se eu te contar isso, você deve prometer que ficará entre nós dois.

— *Imrāde* — disse Lin. — Prometo.

— Na corte de Malgasi, por muitos anos, foi uma tradição — começou Mayesh. — Quando o rei só tinha um filho como herdeiro, um garoto da cidade era escolhido. Uma criança negligenciada, sem pais, sem família que poderia sentir falta dele ou reclamar. Eles chamavam o garoto de *Királar*, a Espada do Rei. Aqui — prosseguiu ele — chamamos ele de Portador da Espada. Kel foi trazido ao Palácio para servir ao príncipe aos dez anos. Vou contar a você o que ele faz.

O sol já nascera quando Lin voltara, sozinha, para sua pequena casa. A luz do sol entrava pelas cortinas. Tudo estava onde ela deixara na noite anterior: papéis, livros, xícara de chá, que ficara gelado.

Totalmente exausta, ela puxou as cortinas e começou a se despir para dormir. Pelo menos não precisava visitar pacientes naquele dia; era uma pequena vitória. As vigílias da noite haviam terminado; os Shomrim estariam voltando para casa para dormir seu sono diurno. Sonhos estranhos vinham para Lin quando ela ficava acordada à noite, sonhos nos quais era sempre noite, a escuridão emanando uma luz brilhante que não vinha das estrelas. Ela se perguntou se também era assim para os vigias. Ou para Mayesh, que também não dormira.

— Você fica se questionando? — perguntara ela ao avô, depois que ele explicara o que era um Portador da Espada; e quem Kel Saren era de verdade. Não o primo do príncipe, mas seu guarda-costas, seu dublê, seu escudo. Até os nobres não sabiam, dissera ele. Apenas a Casa Aurelian. E agora, ela. — Quem os pais dele são? Quem deu à luz esse menino, antes que parasse no Orfelinat?

Mayesh tinha rido alto.

— Não há motivos para tornar isso um mistério. Há centenas de crianças abandonadas em Castellane. É de imaginar que ele era indesejado por qualquer uma das razões comuns.

Indesejado. Ela também tinha sido indesejada, pensou Lin, desamarrando o cordão no cós da calça. Mas ela tivera o Sault, onde as crianças eram tesouros, mesmo as que não tinham família. Todo Ashkar que nascia consertava o erro do mundo e fazia com que o retorno da Deusa ficasse mais próximo.

Em Castellane era diferente. Crianças indesejadas eram rejeitados vulneráveis, presas para os inescrupulosos, invisíveis para os respeitáveis. Ela pensou em Kel Saren; a forma como ele sorria a fizera lembrar de Josit. Ela se perguntou se ele se importava de ser o Portador da Espada, ou talvez, como os soldados faziam, aceitara o perigo de sua vida de cabeça erguida.

Ela descobriria, pensou. Ele era seu paciente. Conor Aurelian não poderia impedi-la de cumprir seu dever para com Kel, não importava o que ele dissesse.

Lin começou a tirar a calça e fez uma careta. A dor na lateral do corpo que ela sentira no Palácio... O que *era*? Ela puxou a túnica para cima e viu, ali no quadril, uma marca vermelha como uma queimadura. O que poderia tê-la queimado? Uma vespa ficara presa em sua túnica? Ela a tirou e chacoalhou. Nenhum inseto caiu. Em vez disso, ela ouviu um baque suave.

Lógico. A pedra de Petrov. Ela enfiou a mão no bolso da túnica para puxá-lo para fora e percebeu três coisas de imediato: um, havia um buraco no bolso onde antes nada havia. Dois, que ao redor do buraco o tecido estava queimado, como se fosse resultado de uma chama. E terceiro, que o bolso com a pedra dentro ficava bem ao lado do quadril esquerdo dela.

Ela olhou para a pedra. Estava igual: lisa, redonda, pálida e leitosa. Fria ao toque. Mesmo assim, e de alguma forma, abrira a fogo um buraco no bolso da túnica e chamuscara a pele dela, no mesmo momento em que ela estivera tratando Kel Anjuman.

Ela ouviu outra vez o sussurro no fundo da mente, mais nítido então. *Me use.* Ela pensara que apenas lembrara de usar o bálsamo, mas nesse momento, segurando a pedra, a voz era mais alta, a memória, mais nítida. E havia aquela queimadura em sua pele...

Lin se sentiu como costumava se sentir antes de ter lido qualquer livro médico, quando quisera curar desesperadamente, mas não dispunha das ferramentas nem da linguagem. Ela roçou a pedra com as pontas dos dedos, sabendo que tateava no escuro. As respostas existiam, mas onde? Petrov poderia tê-las, mas ele se fora. Os livros e pertences dele desapareceram no Labirinto, um local aonde nenhuma mulher Ashkar ousaria ir sozinha.

Quando Lin enfim dormiu, não sonhou com a escuridão. Em vez disso, sabia que estava em um local elevado, e chamas a cercavam, se aproximando cada vez mais. O vento ululava ao redor dela, mas não fazia nada para aplacar o fogo. Quando acordou, no fim de tarde, seus músculos doíam, como se tivesse corrido durante a noite.

Suleman decidiu jogar seu chamar para a rainha. Não foi difícil para ele. Seu cabelo era preto como as asas de um corvo, o corpo rígido como se fosse esculpido em pedra. Nenhum outro feiticeiro-rei era tão admirado quanto ele. Ele chegou a Aram nas costas de um dragão e achou Adassa tão bonita quanto jovem e impressionável. Ele começou a tentar convencê-la a se aliar ao país dele. Falava do poder das Pedras-Fonte e da habilidade delas de tornar as terras férteis e curar feridas mortais. Adassa se apaixonou por Suleman, e por um tempo foram amantes. Ele mostrou para ela como trazer prosperidade a Aram usando sua Pedra-Fonte. Contudo, apesar de tudo isso, ela se recusava a se casar com Suleman, pois não queria abrir mão da independência de seu trono. Por fim, ele a persuadiu a visitá-lo em seu reino, para que pudesse ver tudo o que poderia ser dela caso concordasse com o casamento.

— *Contos dos feiticeiros-reis,* Laocantus Aurus Iovit III

NOVE

Profundamente imerso em *morphea*, Kel sonhou.

Ele sonhou que estava deitado em sua cama nos aposentos de Conor, e Mayesh veio, e o rei e a rainha, e os cirurgiões e eruditos de toda Dannemore. Fausten estava ali: ele trouxera tinta e penas, marcou o rosto de Kel, o pescoço dele, as pernas e os braços nus, enquanto Kel tentava falar, mexer-se, e descobriu que não conseguia.

Os especialistas examinaram as marcas e conversaram em vozes baixas e arrependidas sobre o que devia ser cortado para deixar uma tela perfeita em que pudessem trabalhar.

— Tudo aqui é falho — disse Fausten, seu olhar reumático fixo em um ponto distante. — Carne e sangue devem ser sacrificados. Aqui... — E ele colocou a mão no peito de Kel — ... está o diamante.

O Rei Markus deu um passo à frente. Na mão, a lâmina cerimonial Libélula. Esmalte prata e dourado adornava o cabo; rubis cravejavam a cruz como gotas de sangue.

— Meu filho — disse ele. — Esta é a sua tarefa.

E ele entregou a lâmina a Conor. Kel tentou sussurrar o nome de Conor, pedir a ele por clemência, mas o universo estava se inclinando para longe dele. Ele não conseguia se segurar em nada, nem para implorar por sua vida. Enquanto Conor erguia a lâmina acima do coração dele, Kel ouviu o grito de uma fênix e sentiu o mundo girar.

— Então você foi até o Palácio — disse Mariam, batendo o ombro no de Lin enquanto elas caminhavam pelo mercado. — E conheceu o príncipe. E o primo dele. Você viu os *aposentos* deles.

— Mariam, contei essa história *cinco vezes* — gemeu Lin. Era verdade; ela havia contado a história várias vezes nos últimos três dias, embora tenha mantido sua palavra a Mayesh. Nenhuma menção a Portadores de Espada ou talismãs *anokham* havia escapado de seus lábios, nem nada a respeito dos Rastejantes.

Mariam havia parado em uma barraca que vendia sedas e brocados. Ela fora ao mercado em busca de um material com o qual planejava fazer vestidos para, ao que parecia, metade das moças do Sault. Faltava pouco menos de um mês para o Festival da Deusa, e Mariam estava cheia de encomendas. Embora os Ashkar devessem se vestir com simplicidade fora do Sault, dentro de seus muros eles tinham a liberdade de usar o que quisessem, e o Festival era uma chance de desfilar suas melhores roupas diante de toda a comunidade.

Ela sorriu para Lin por entre um rolo de tecido verde da cor da vitória-régia.

— E mesmo assim quero ouvir de novo. É errado?

— Eu mesma estou curiosa — acrescentou a vendedora, uma mulher de aparência entediada, com cabelo branco e sobrancelhas pretas em forma de V invertido. — Você falou que foi ao *Palácio*?

Lin agarrou a manga de Mariam e a arrastou para longe, até ficar entre a banca de um joalheiro e a de um relojoeiro. Apoiou as mãos nos quadris e olhou séria para Mariam, embora não estivesse com raiva de verdade e suspeitasse que a amiga sabia disso. Como ficar com raiva quando a amiga parecia *melhor*? Era difícil dizer se eram as tisanas que Lin estava fazendo-a tomar todos os dias, a empolgação dela com o Festival ou seu deleite com a viagem de Lin a Marivent. O que importava era que, havia algum tempo, era a primeira vez que ela caminhava depressa e estava corada.

— O que o príncipe vestia? — quis saber Mariam, na maior cara de pau. — Conte das roupas dele.

Lin fez uma careta. Era um dia de sol com brisa, do tipo em que o céu parecia o teto alto de um templo, pintado em tons de lápis-lazúli e branco. O ar suave erguia levemente as mangas e a bainha do vestido de Lin, como um gatinho querendo atenção.

— Não reparei nas roupas dele — mentiu ela. — Talvez você queira saber mais sobre como tratei a ferida do meu paciente. Ou quer que eu fale das minhas preocupações com a infecção? Ah, e pus?

Mariam enfiou os dedos nos ouvidos.

— *Mariam.*

— Vou ouvir se você prometer me contar quão bonito o príncipe é de perto. Você desafiou-o com um olhar intenso? Ele disse a você que deveria colocá-la na Trapaça, mas jamais poderia prender alguém tão linda?

— Não — disse Lin, pacientemente —, porque isso, Mariam, é a história de O domar do tirano.

— Como você é sem graça — declarou Mariam. — Quero mais, Lin. Quero saber dos móveis do Palácio, e o que o príncipe vestia, e o tamanho...

— *Mariam...*

— ... da coroa dele — terminou Mariam, com um sorriso que iluminou seu rosto magro. — Sinceramente, Lin. Decerto o modelo do casaco do príncipe não é segredo de Estado. — Ela colocou uma mecha de cabelo soprado pela brisa atrás da orelha. — Enfim, você o verá de novo quando voltar para atender seu paciente, certo?

Lin suspirou. Não podia mentir para Mariam, que sabia que ela sempre, sempre voltava para ver como os pacientes reagiram ao tratamento.

— Não vou voltar — contou ela. — Mayesh me levou até lá porque estavam desesperados. Mas o Príncipe Conor deixou claro que não posso voltar.

— Porque você é Ashkar? — Mariam parecia ter levado um tapa. Lin se apressou para tranquilizá-la, odiando não poder ser mais sincera. Mas dizer a Mariam que o príncipe havia proibido Lin de entrar em Marivent porque *não gostara* dela acabaria com a fantasia que a amiga estava aproveitando tanto.

— Não, nada do tipo, Mari. Porque eles têm o próprio cirurgião, e eles não querem ofendê-lo.

— Ouvi uma das minhas senhoras da Colina falando dele — comentou Mariam, contrariada. — Ela disse que ele era terrível... — Mariam se interrompeu quando o relógio da cidade, que adornava o topo da Torre do Vento, badalou alto ao meio-dia. — Ah, céus. Estamos aqui faz uma hora e ainda não comprei nada.

— Porque você fica *me* perturbando — observou Lin. — Você não disse que precisava de seda rosa?

— Sim, para Galena Soussan. Não vai ficar bom, mas ela está decidida. E quer impressionar alguém no Festival, mas não sei quem...

Lin deu um leve puxão na trança esquerda de Mariam.

— Querida, podemos fofocar o quanto quisermos quando chegarmos em casa. Vá pegar o que você precisa.

Elas concordaram em se encontrar dentro de uma hora no sopé da Torre do Vento, a grande torre que lançava uma longa sombra na Praça do Mercado da Carne. (Era um dos poucos detalhes da arquitetura castellana, junto com Marivent e o telhado do Tully, que Lin podia ver de casa, erguendo-se acima dos muros do Sault. A forma sempre fez Lin pensar nas caixas de prata de especiarias que adornavam a maioria das mesas dos Ashkar.)

Assim que Mariam saiu correndo, Lin enfiou a mão no bolso de seu vestido azul e pegou a pedra de Petrov. Aproximando-se da barraca do joalheiro, ela perguntou ao homem de óculos que trabalhava ali se era possível, talvez, colocá-la em um anel ou pulseira, por um preço baixo.

Ele pegou a pedra dela, um lampejo do que parecia ser surpresa passando por seu rosto. Mas *Um belo item* foi tudo o que ele disse, primeiro erguendo a pedra para a luz para observá-la, depois medindo-a com um par de paquímetros entalhados. Ele declarou que era um tipo de quartzo, defeituoso com o que chamou de "inclusões", que Lin interpretou como as formas estranhas dentro da pedra. Não valia muito, disse ele, mas era bonita, e ele poderia colocá-la em prata lisa por uma coroa. Ele sugeriu um broche, que seria mais prático, e poderia fazer o trabalho nesse momento se ela estivesse disposta a retornar à barraca em meia hora para buscar o produto finalizado. Lin aceitou e saiu para vagar pela praça enquanto isso.

Lin adorava o mercado semanal. A grande torre com seu belo relógio se erguia acima da Praça do Mercado da Carne e, na sombra, barracas e tendas brotavam a cada domingo de manhã como cogumelos coloridos. Era possível encontrar praticamente de tudo ali: leques de marfim e túnicas de algodão de Hind; pimenta preta e penas coloridas de Sayan; ervas medicinais secas e esculturas em jacarandá de Shenzhou; repolho em conserva e vinho de arroz de Geumjoseon; pasta de frutas, *calison* e brinquedos de Sarthe.

Pensar em marzipã fez o estômago de Lin roncar — um problema facilmente resolvido no mercado. Os cheiros de comida enchiam o ar com aromas intensos e conflitantes, como uma dúzia de aristocratas muito perfumados lotando uma saleta: manteiga chiando, macarrão fritando no óleo, o tempero da pimenta e o sabor amargo do chocolate. O mais difícil era escolher *o que* comer — bolinhos de carne de porco e gengibre cristalizado de Shangan ou sopa de bolo de arroz de Geumjoseon? Panquecas de coco da Taprobana ou peixe defumado de Nyenschantz?

No fim das contas, ela decidiu por um copo de papel com doces de mel e gergelim, salpicados de passas. Ela os mordiscou enquanto vagava pela parte do mercado dedicada a pequenos animais que seriam de estimação. Gaiolas de prata empilhadas do lado de fora de uma tenda azul guardavam gatos de olhos sonolentos, as coleiras de metal entalhadas exibindo nomes como Matador de Ratos e Fim dos Ratos. Macacos-prego-de-cara-branca com coleiras bordadas entravam e saíam da multidão, às vezes puxando as roupas dos transeuntes e implorando com os olhos arregalados. (Lin entregou a um deles um doce de gergelim enquanto o vendedor de macacos estava distraído.) Pavões bamboleavam no cercado, abrindo seus leques. Lin fez uma pausa para visitar a morada de um rato branco de quem ela sempre gostou. Ele tinha olhos cor-de-rosa e uma cauda fina, e, quando libertado de sua gaiola, ele subia pelo braço dela e se aconchegava em seu cabelo.

— Se você o quer tanto assim, deve levá-lo — resmungou Do-Chi, o velho grisalho que era dono da barraca. A família dele chegara em Geumjoseon uma geração antes e, de acordo com ele, sempre adestraram pequenos animais, e um dia tiveram um circo de porcos-espinhos. — Três talentos.

— De jeito nenhum. Meu irmão me mataria quando voltar. Ele não suporta ratos. — Lin acariciou de um jeito pesaroso a cabeça do roedor por entre as barras da gaiola com um dedo antes de dar adeus a Do-Chi e seguir para sua parte favorita do mercado, as barracas de livros.

Ali havia todo o conhecimento do mundo — mapas das Estradas do Ouro, *Magna Callatis: O livro do Império Perdido*, *O livro das estradas e dos reinos*, *Um presente àqueles que contemplam os fascínios das cidades e as maravilhas de viajar*, *Uma jornada além dos três mares*, *O espelho*

dos países, *Um relato de viagem aos cinco reinos hindeses*, e *O registro de uma peregrinação a Shenzhou em busca da lei*.

Também havia o tipo de relatos de viagem escritos por nobres quando voltavam de um tempo no exterior a fim de se exibirem para a população. Lin parou para olhar, com certa diversão, as páginas de *As admiráveis aventuras e estranhas fortunas de Signeur Antoine Knivet, que acompanhou Dom August Renaudin em sua segunda viagem ao Mar Lakshad*. Prometia ser *Um conto de fadas do mar e da navegação*, mas Lin sabia que não tinha o tempo nem a atenção para dedicar a ele nesse momento. Ela conferiu, como sempre fazia, se havia quaisquer novos textos médicos que podiam ter surgido desde a última vez que fora até ali, mas encontrou apenas os livros de anatomia e de remédios que já conhecia.

A caminho da barraca do joalheiro, Lin deu a volta pelo lado mais distante do mercado para evitar a área onde bandeiras de listras vermelhas e brancas (vermelho para o sangue, branco para o osso) divulgavam cirurgiões castellanos oferecendo seus serviços. Armados com facas e alicates, eles arrancavam dentes com abscessos e cortavam fora dedos gangrenosos enquanto o sangue jorrava e observadores aplaudiam. Lin odiava; a medicina não era um circo.

O desvio a levou a passar perto dos tecelões de histórias, uma multidão cercando cada um. Um homem de barba grisalha mantinha um grupo hipnotizado com contos de pirataria em alto-mar, enquanto uma mulher de cabelo verde vestindo uma saia rosa mantinha um grupo ainda maior fascinado com a história de uma garota que se apaixonou por um soldado galante, apenas para descobrir que ele era o príncipe de um país rival. *São sempre príncipes*, pensou Lin, se aproximando. *Ninguém nunca parece ter um amor intenso e proibido por um fabricante de lâmpadas*.

— Ele deitou nas areias o corpo dela — declamou a mulher de rosa —, onde fizeram amor *a noite toda*.

A plateia irrompeu em aplausos e exigências por detalhes mais picantes. Com uma risadinha, Lin se livrou do copo de papel já vazio e se apressou para a barraca do joalheiro. Ele lhe mostrou a pedra, já presa em prata lisa com um alfinete na parte de trás. Ela disse para ele que estava encantada, pagou e partiu para a Torre do Vento para encontrar Mariam.

Lin examinou seu novo broche enquanto caminhava. Não tinha muita certeza do que a levara a mandar transformar a pedra em uma joia. Ainda via formas nela, apesar do novo design: parecia quase como se a fumaça estivesse enrolada dentro dela, esperando para subir.

Ao se aproximar da torre ela viu Mariam, esperando ao lado de uma carroça alugada na qual havia empilhado peças de tecido de todas as cores, do bronze ao azul-claro. Lin prendeu seu novo broche no ombro do vestido e seguia para a carroça quando uma mulher parou na frente dela, bloqueando-lhe o caminho.

Ela sentiu uma pontada de medo — irracional, mas instintivo. A maioria dos castellanos era indiferente aos Ashkar, mas alguns se esforçavam para incomodá-los: fazer piadinhas, com que tropeçassem ou derrubá-los na rua. *Pelo menos nunca passa além do nível de incômodo,* Chana Dorin disse a Lin uma vez. *Não é assim em todos os lugares.*

Mas a mulher diante de Lin a olhava sem hostilidade, e demonstrava uma leve curiosidade. Era jovem, talvez alguns anos mais velha que Lin, com cabelo preto e olhos igualmente escuros. Sua jaqueta de brocado acolchoado era da cor incomum das violetas. O cabelo estava preso com cuidado na parte de trás da cabeça com pentes esculpidos em pedras semipreciosas: jaspe vermelho, quartzo rosa leitoso, calcedônia preta.

— Você é Lin Caster — reconheceu ela. — A médica. — A voz dela se elevou um pouco, dando à afirmação um tom de pergunta.

— Sim — respondeu Lin —, mas não estou trabalhando agora. — Por reflexo, ela olhou em direção às bandeiras vermelhas e brancas do mercado, se perguntando se devia espantar a estranha, mas a garota apenas fez uma careta.

— Argh — exclamou ela. — Bárbaros. Ririam deles em Geumseong, ou os decapitariam por profanar a arte da medicina.

Geumseong era a capital de Geumjoseon. De fato, Lin conseguia imaginar que o showzinho de sangue espirrando praticado no mercado horrorizaria alguém acostumado com a medicina de Geumjoseon, onde o cuidado e a limpeza eram valorizados.

— Sinto muito — disse Lin. — Se for uma emergência...

— Não é exatamente uma emergência — a garota interrompeu Lin. Um pingente dourado brilhou no pescoço dela enquanto se virava para

Mariam, que gesticulava para Lin. — Mas algo do seu interesse. É relativo a um amigo em comum, Kel Saren.

Lin tentou esconder sua surpresa. Mayesh havia contado o verdadeiro nome de Kel ao falar da real ocupação dele. Mesmo assim ela tinha a impressão de que poucas pessoas sabiam, mesmo aquelas que trabalhavam no Palácio.

— Ele foi atacado uma noite dessas, por Rastejantes — prosseguiu a garota. — A forma como você o curou foi impressionante. O rei deseja falar com você.

Lin ficou atordoada.

— O *rei*?

— Sim — repetiu a garota, agradavelmente. — O rei.

— Não quero ofendê-la, mas você não parece trabalhar para o Palácio.

A garota apenas sorriu.

— Nem todos que servem ao rei usam seu manto. Alguns preferem uma abordagem mais sutil. — Ela gesticulou em direção a uma carruagem preta a certa distância. O condutor estava empoleirado no assento externo, usando vermelho e parecendo entediado. — Venha, agora. O rei a espera.

— Mas — disse Lin — o príncipe me proibiu de voltar a Marivent.

O sorriso da garota se abriu mais um pouco.

— Os desejos do rei se sobrepõem aos do Príncipe Conor.

Lin hesitou mais um instante. A ideia de que o pouco visto Rei Markus queria vê-la a deixava mais nervosa que animada. Ela não conseguia imaginar o que ele queria. Mas por trás do nervosismo ela tinha certeza de que sua volta ao Palácio irritaria o príncipe, e *não haveria nada que ele pudesse fazer a respeito*.

Ela pensou na forma arrogante com que Conor mostrara seu anel a ela, como se esperasse que Lin beijasse a pedra em sinal de gratidão.

— Está bem — disse ela. — Só me deixe me despedir da minha amiga.

A garota semicerrou os olhos.

— Você não pode contar a ela aonde vai. Essas convocações devem ser mantidas em segredo.

Lin assentiu antes de correr para contar a Mariam sobre sua mudança de planos. Um paciente doente, explicou ela, na região da rua da Cotovia. Mariam foi compreensiva, como sempre; enquanto a carruagem preta se afastava da praça com Lin e sua companhia, ela olhou para Mariam conversando alegremente com o condutor de sua carroça.

A carruagem abriu caminho pela praça lotada, um tubarão deslizando por entre um cardume de peixes. A companhia de Lin estava em silêncio. Ela olhava pela janela, o rosto sem expressão.

Quando viraram na Ruta Magna, Lin não conseguiu mais aguentar o silêncio.

— Pode me dizer seu nome? — perguntou ela. — Você sabe o meu. Sinto-me em desvantagem.

— Ji-An — disse a garota. Embora Lin tenha esperado, ela não acrescentou o sobrenome.

— Você é do Esquadrão da Flecha? — perguntou Lin.

— Não sou soldada. Sirvo diretamente ao rei. — Ji-An tocou o pingente em seu pescoço. Tinha a forma de uma chave de ouro. — Anos atrás, o rei salvou a minha vida. Minha lealdade a ele é absoluta.

Anos atrás? Ji-An não podia ser tão velha assim — talvez vinte e cinco anos? E o Rei Markus estava em reclusão havia pelo menos dez anos. Ele salvara a vida dela quando Ji-An tinha doze anos?

— O Rei Markus salvou sua vida?

— Eu não disse isso — afirmou Ji-An calmamente.

O coração de Lin acelerou. A carruagem havia saído da Grande Estrada e entrado em uma rua menor. Estavam a caminho de Warren, o maior bairro de Castellane, onde comerciantes, mercadores e mestres de guilda se misturavam com barbeiros, vendedores e taberneiros. Era um distrito antigo; de vez em quando, um grande prédio branco aparecia entre seus vizinhos de madeira e tijolo, uma lembrança dos dias do império. Um caldário elegantemente azulejado ficava entre um restaurante especializado em massa e um afiador de facas, enquanto um templo com um pórtico, dedicado a Turan, o Deus do amor, espremia-se perto de uma estalagem pequena chamada A Cama da Rainha.

— De jeito nenhum este é o caminho para o Palácio — percebeu Lin.

— Ah — disse Ji-An, seu tom descontraído —, você achou que eu falava do rei na Colina? Esse não é o rei a quem sirvo. Quis dizer o rei na Cidade. O Rei dos Ladrões.

O Rei dos Ladrões? Lin ficou boquiaberta.

— Você mentiu para mim. — Lin tocou a porta da carruagem. — Deixe-me sair.

— Deixarei — replicou Ji-An —, se você quiser. Mas o que eu disse é verdade. O Rei dos Ladrões *quer* falar com você sobre Kel Saren. Ele ouviu dizer que você o curou e ficou impressionado ao saber de sua habilidade.

— Talvez não tenha sido um ferimento grave.

— Foi — afirmou Ji-An. — Eu mesma vi os ferimentos. Não achei que ele fosse sobreviver.

— Você viu os ferimentos?

— Sim. Fui eu que o levei aos portões do Palácio. Conheço alguém que foi ferido assim, uma vez. Ela... a pessoa sofreu por muitos dias antes de morrer. Mas Kel Saren viverá.

Lin ficou paralisada, a mão na porta da carruagem. Ela se lembrou de Kel dizendo: *Sei quem me deixou do lado de fora de Marivent. Não foi a pessoa que me esfaqueou.*

Ela afastou a mão da porta.

— Mas por quê? — perguntou. *Por que um Portador da Espada do príncipe conheceria um criminoso comum, alguém que trabalha para o Rei dos Ladrões?* — Por que você o salvou?

— Ah, *olhe só* — exclamou Ji-An. — Chegamos.

E haviam chegado mesmo. Elas haviam alcançado a Praça Escarlate, o centro de Warren, e a Mansão Preta estava diante delas, seu domo preto, todo feito de um mármore estranho que não refletia nada, se erguendo como uma sombra acima dos telhados da cidade.

Era estranho sonhar com uma fênix gritando quando sequer existia fênix em Dannemore. Kel sabia que elas existiram um dia, e tinham sido a companhia dos feiticeiros-reis, assim como os dragões e basiliscos, sereias e manticoras. Tinham sido criaturas realmente mágicas, criadas da então desaparecida Palavra, e haviam sumido quando a Ruptura extirpou a magia do mundo.

Porém, em seus sonhos elas gritavam, e seus gritos soavam como os de crianças.

Mais tarde, no sonho, ele estava jogando uma partida de Castelos com Anjelica Iruvai, princesa de Kutani. Ela estava vestida como no retrato que Kel vira, o que talvez não fosse surpreendente. Os cachos do cabelo escuro dela estavam presos em uma cortina de prata, ornados com estrelas de cristal. Os lábios eram vermelhos, os olhos, suaves, da cor de hidromel. Ela disse:

— Não é incomum sonhar com o fogo quando se está com febre.

Ele viu Merren em seus sonhos, cercado de seus alambiques venenosos, de pernas cruzadas em um círculo de cicuta e beladona mortais. Com uma jaqueta puída e seus cachos loiros desgrenhados, ele parecia um espírito da floresta, algo não totalmente domado. Ele disse:

— Todos têm segredos, não importa quão inocentes pareçam.

Kel viu o Rei dos Ladrões, todo de preto como o Cavalheiro Morte, e ele disse:

— *Suas escolhas não são suas, nem seus sonhos.*

Por fim, Kel viu os degraus do Convocat, e se aproximou, usando os trajes de Conor e a coroa de Castellane com suas asas afiadas dos dois lados. Ele olhou para além da multidão alegre que lotava a praça e viu flechas voando em sua direção, rápidas demais para que se afastasse; perfuraram o coração de Kel e ele caiu. Enquanto o sangue dele espirrava nos degraus brancos, Conor assentiu para ele das sombras, como se aprovasse.

Kel se sentou de repente na cama com o coração acelerado, a mão contra o peito. Sentira a dor durante o sono, e ainda a sentia — uma dor aguda e profunda no lado esquerdo do osso esterno. Sabia que tinha sido um sonho, as flechas haviam sido resultado de uma névoa de *morphea* e sonolência, mas a dor era real e intensa.

Ele se lembrou, em uma confusão de imagens, de estar deitado ali, entre lençóis molhados e ensanguentados. Entrando e saindo do despertar e do sono; vendo Conor, mas não conseguindo falar com ele. A expressão no rosto de Conor. *Eu deveria ter morrido no beco,* pensou Kel, *não aqui, onde ele pode me ver.*

Ele deslizou uma das mãos pela gola de sua roupa de dormir, descobrindo a textura das ataduras que envolviam seu peito, amarradas no ombro direito, como uma tipoia. Uma parte mais grossa delas estava logo abaixo do coração. Ele cutucou o local e teve um sobressalto quando uma pontada de dor o atravessou.

Com a dor veio uma lembrança. Um beco estreito e escuro, Rastejantes nas paredes acima dele. O brilho de uma máscara prateada. Uma agulha quente na lateral de seu corpo. Um vislumbre de violeta...

— Sieur Kel! Pare com isso!

Kel viu Domna Delfina balançando a cabeça até que seus cachos grisalhos se aproximaram rapidamente quando levantou-se da poltrona ao lado da cama. A velha camareira segurava um par de agulhas de crochê, e abandonou na pressa o projeto no qual estivera trabalhando.

— Você não deve tocar nos curativos. O Sieur Gasquet disse...

Irritado com o efeito da *morphea*, que estava passando, Kel cutucou com força na parte mais inchada do curativo, com o dedo indicador. Doeu. *Gênio*, pensou ele. *Óbvio que dói.*

— Gasquet não fez isso. Ele é péssimo com curativos. — A voz de Kel raspava sua garganta, seca pelo desuso. Estava adormecido fazia quanto tempo?

Delfina revirou os olhos.

— Se você não se comportar, eu mesma vou chamá-lo.

Kel não tinha vontade nenhuma de ver Gasquet ainda.

— Delfina...

Mas ela já havia recolhido seu crochê. Estava trabalhando em algo bastante longo e estreito, com muito verde e roxo. Era um cachecol para um gigante? Um traje formal para uma cobra enorme? Ela murmurou algo desdenhoso em valderano e saiu, deixando Kel esfregando os olhos e procurando por fragmentos de memória.

Ele sabia que devia estar de cama havia dias. Seus músculos pareciam flácidos, debilitados; imaginou que, caso se levantasse, as pernas tremeriam. Por outro lado, sua memória estava começando a voltar. Ele se lembrou da flecha, dos Rastejantes em fuga, de Jerrod. Pensou que conseguia se lembrar de uma névoa vermelha de dor, embora ela fosse difícil de lembrar por completo. A pessoa sabia que havia sentido dor, mas a experiência não podia ser verdadeiramente recriada na memória. Devia ser melhor assim.

Então, de alguma forma, ele foi da Chave ao Palácio. Tinha uma forte suspeita sobre como retornara, mas planejava manter isso em segredo por enquanto. Depois disso... Ele achou se lembrar de Mayesh, falando em Ashkar. E, mais tarde, de uma garota de cabelo ruivo e rosto sério. As mãos dela foram gentis, a dor desaparecendo na memória. *De verdade, isso é mágica.*

É remédio, dissera Lin. Lin Caster — esse era o nome dela. Neta de Mayesh. Ela o havia curado. Depois disso, sua memória era formada apenas de flashes de luz entre os sonhos. Uma mão segurando sua cabeça erguida, alguém colocando um caldo salgado por entre seus dentes. Grãos de *morphea* sendo sacudidos de uma ampola, depositados em sua língua para dissolver como açúcar.

Ouviu-se um burburinho no corredor — Kel escutou a voz de Delfina, então a porta foi aberta e Conor entrou no quarto. Era óbvio que viera dos estábulos: estava com seu casaco de cavalgada e não usava coroa, o cabelo despenteado pelo vento. O rosto estava afogueado. Ele parecia a saúde em pessoa, o que só fez Kel se sentir mais como uma galinha recém-depenada.

Ele sorriu ao ver Kel se sentando, aquele sorriso vagaroso que dava a entender que estava mesmo satisfeito.

— Ótimo — exclamou ele. — Você está vivo.

— Não me sinto vivo. — Kel esfregou o rosto. Até a textura de sua pele parecia estranha; fazia dias que ele não se barbeava, e a barba por fazer estava áspera contra a palma. Ele não se lembrava da última vez que aquilo havia acontecido. Conor se mantinha bem barbeado, portanto Kel também.

— Delfina pareceu preocupada por você arrancar os curativos feito um desequilibrado — brincou Conor, atirando-se na cadeira ao lado de Kel.

— Estão coçando — disse Kel. Ele se sentia um pouco estranho, e não gostava disso. Não estava acostumado a se sentir estranho perto de Conor. Mas suas memórias do beco atrás da Chave estavam voltando, cada vez mais e mais nítidas. Ele conseguia ouvir a voz de Jerrod no fundo da mente. *Você pertence a Beck agora, Aurelian.*

Ele estremeceu. De imediato, Conor se inclinou à frente, colocando a mão sob o queixo de Kel, erguendo o rosto dele para observá-lo.

— Como você se sente? Devo chamar Gasquet?

— Não precisa — respondeu Kel. — Preciso de um banho e um pouco de comida, não necessariamente nessa ordem. E então Gasquet pode me examinar. — Ele franziu a testa. — A médica que me curou... ela era a neta de Mayesh?

— Ela ainda é, pelo que eu saiba. — Aparentemente satisfeito por Kel não estar diante de perigo iminente, Conor se recostou. O tom dele era leve, mas Kel sentia algo; uma camada de sentimento ou dúvida logo abaixo da superfície que Conor escolheu mostrar ao mundo. Poucos viam algo por baixo daquela armadura; até mesmo Kel só podia tentar adivinhar. — Uma médica Ashkar. Mayesh manteve isso em segredo.

— Ele nunca fala muito do Sault. — A memória de Lin ficou mais nítida, firmando-se por completo. Ela era pequena, com mãos rápidas e um cabelo da cor do fogo. Uma voz séria, como a de Mayesh. *Tenho que me concentrar. Você está me interrompendo. Por favor, deve me deixar a sós com meu paciente.*

Ninguém falava com Conor daquele jeito. Interessante... Kel dispensou a lembrança.

— Kellian... o que aconteceu com você? — exigiu Conor. Era óbvio que ele estivera esperando para perguntar. — Eu falei para você ir se embebedar com Roverge, e de repente fico sabendo que você foi largado nos portões do Palácio como um saco de batatas ferido. Quem deixou você lá?

— Não faço ideia. — Kel abaixou o olhar para as mãos para esconder a mentira em seus olhos. Várias unhas estavam quebradas. Ele se lembrou de arranhar as pedras no beco, mofo molhado e preto sob as unhas. O cheiro daquilo era como o de um rato morto na parede. A memória fez o estômago dele revirar. — Eu estava em um beco — contou ele, devagar. — Pensei que morreria lá. Depois me lembro de acordar em um quarto.

— O que você estava fazendo na cidade? — exigiu Conor. Kel supôs que não era uma *exigência*, exatamente; Conor apenas esperava saber onde Kel havia estado porque não conseguia imaginar uma situação em que Kel tinha segredos dos quais ele não sabia. Era por isso que Kel tinha ficado com tanta raiva do Rei dos Ladrões; e talvez o motivo de ele ter se sentido tão estranho no apartamento de Merren. *Agora tenho segredos que devem ser guardados.*

Conor inclinou a cabeça de lado. Ele havia se agarrado à hesitação de Kel como um cão de caça ao cheiro de sangue. Ele continuou:

— Agora, o que você achou que precisava escapulir para fazer? Um duelo, talvez? Por uma garota? Ou um garoto? Você engravidou alguma filha de mestre de guilda?

Kel ergueu a mão para interromper o fluxo de perguntas meio jocosas. Ele não conseguia imaginar como tentar explicar para Conor sobre o Rei dos Ladrões. Além disso, tinha amarrado a ponta solta com Merren; não adiantava falar disso nesse momento. Mas não podia mentir sobre o que acontecera no beco.

— Nada de romance — respondeu ele. — Nem duelo. Fui ao Caravela para ver Silla.

Conor se recostou contra um balaústre.

— Isso aconteceu no Caravela?

— Nunca cheguei lá. Fui atacado por Rastejantes. — *Bem, pelo menos isso é verdade*. Ele inspirou fundo, provocando uma pontada de dor profunda no peito, como uma flecha voltando para casa. — Rastejantes que acharam que eu era você.

Conor paralisou.

— *O quê?*

— Eles devem ter me seguido, esperado até eu estar sozinho. Eu estava usando sua capa...

— Sim — disse Conor. Ele girou um anel na mão esquerda; um sinete azul que piscava como um olho. — Eu me lembro; jogamos ela fora. Estava arruinada. Mas isso não era suficiente para eles presumirem que você era eu. A não ser que... seu talismã?

— Eu não estava usando. Mas eles me chamaram de Monseigneur, e ficou bem óbvio quem eles achavam que eu era.

— Isso é impossível. — Conor falava no mesmo tom. Mas suas mãos entregavam a real tensão: suas mãos se fecharam em punhos. — Rastejantes não vão atrás de príncipes para roubar e matar. Eles são criminosos. Larápios. Não assassinos.

— Eles não queriam matá-lo — ressaltou Kel. Ele se perguntou se deveria mencionar as flechas, mas decidiu não fazê-lo. Iria apenas complicar as coisas. — Eles só tentaram me machucar quando perceberam que eu *não* era você. Eles queriam dinheiro.

— Dinheiro?

— Eles trabalham para Prosper Beck — revelou Kel, e viu Conor empalidecer. — Há quanto tempo você sabe que deve a ele dez mil coroas?

Conor deu um pulo — um gesto curiosamente pouco gracioso, como um boneco de ventríloquo puxado pelas cordas. Sua jaqueta de couro girou consigo quando ele cruzou a sala até o armário de jacarandá que havia encomendado pessoalmente de Sayan. As portas eram pintadas com imagens de pássaros coloridos e deuses desconhecidos, seus olhos envoltos em ouro.

Dentro havia decantadores e garrafas de todas as bebidas que existiam. *Nocino*, feito de nozes amargas de Sarthan e licor de *sanguinaria* de Hanse, escuro e espesso como se extraído de veias humanas. Gim com aroma de zimbro de Nyenschantz. Vinho branco pegajoso de arroz e mel de Shenzhou e *vaklav* de semente de damasco das montanhas altas de Malgasi. Os criados foram instruídos a manter o armário abastecido com tudo o que Conor apreciava e, quando se tratava de álcool, o gosto dele era variado. O armário tinha até um fundo falso, onde as gotas de papoula e os estranhos pós de que Charlon gostava eram mantidos escondidos.

De costas para Kel, Conor escolheu uma garrafa de *pastisson*, a bebida barata de anis verde consumida por todos os estudantes da cidade. Uma etiqueta dourada na garrafa trazia a imagem de uma borboleta viridente. Ele voltou para a cama, sentou-se na cadeira e torceu a rolha da garrafa.

O cheiro de alcaçuz subiu, revirando o estômago de Kel. Ele já se sentia um pouco enjoado. Não conseguia deixar de sentir que isso estava longe do dever de um Portador da Espada; não queria contar a Conor coisas desagradáveis que deveriam ser consideradas. Esse era o trabalho de Mayesh, ou de Lilibet. Até o de Jolivet. Não dele.

— Não estou falando isso a você para responsabilizá-lo — explicitou Kel, enquanto Conor dava um gole da garrafa. — Estou falando porque se eu não disser, da próxima vez eles *vão* seguir e ameaçar você, não a mim.

— Eu sei. — Conor olhou para Kel com olhos cinzentos fixos. — Eu deveria ter contado a você.

— Mais alguém sabe? Mayesh?

Conor balançou a cabeça. O álcool estava devolvendo um pouco da cor ao rosto dele.

— Eu deveria ter contado a *você* — repetiu ele —, mas eu mesmo acabei de descobrir. Você se lembra daquela noite no Caravela? Quando Alys quis falar comigo em particular? — Conor lambeu uma gota de bebida do dedo. — Ao que parece, aquele maldito, Beck, tem comprado minhas dívidas por toda Castellane. Dívidas com fabricantes de botas, alfaiates, mercadores de vinhos, até a dívida por aquele falcão que peguei emprestado e perdi.

— Você o perdeu no *céu* — observou Kel. — Ele saiu voando.

Conor deu de ombros.

— A Colina funciona no crédito — ponderou ele. — Todos funcionamos com contas, pela cidade inteira. E pagamos cedo ou tarde. É assim que o sistema funciona. Quando Beck abordou Alys, ele tentou comprar minha dívida com o Caravela. Ela se recusou a vender. Ela tem um coração leal.

E um cérebro inteligente, pensou Kel. Ao ser a primeira a alertar Conor sobre a situação, Alys Asper conquistou a lealdade do príncipe. Ela havia apostado na Casa Aurelian contra Prosper Beck, o que fazia sentido para Kel. O que não fazia sentido era quantos comerciantes, ao que parecia, haviam apostado no contrário.

Pois Conor estava correto: a força vital de Castellane era o crédito. O comércio funcionava com base nisso. Os nobres acumulavam contas quando suas frotas estavam no mar, suas caravanas nas Estradas do Ouro, e as pagavam quando as mercadorias chegavam. Apostar contra Conor era apostar contra um sistema que vigorava havia centenas de anos.

— Alys — disse Conor — foi uma das poucas que se recusou. Ao que parece, o restante de minha dívida equivale a dez mil coroas. — Kel supôs que fazia sentido; era improvável que os mercadores lembrassem intencionalmente ao Príncipe Herdeiro o que ele devia. As dez mil coroas podem representar anos de gastos. — E Beck quer o valor todo. Agora. Em ouro.

— Isso é possível?

— Não. Eu tenho uma *mesada*, você sabe disso. — Era verdade: Conor recebia mensalmente do Tesouro, por Cazalet, que mantinha controle sobre os gastos do Palácio.

— Esta pode ser um assunto para Jolivet — disse Kel. — Faça ele enviar o Esquadrão da Flecha para o Labirinto. Descobrir onde Beck está se escondendo. Levá-lo para a Trapaça.

O sorriso de Conor era amargo.

— O que Beck está fazendo é legal — explicou ele. — É legal comprar dívida, de qualquer um. É legal exigir o pagamento por quase todos os meios. Todas as leis que as Casas nobres aprovaram... inclusive a Casa Aurelian. — Ele passou o dedo pelo gargalo da garrafa de *partisson*. — Você sabe com o que Beck me ameaçou, caso eu não pague a quantia toda imediatamente? Não com violência. Ele ameaçou me levar diante da Justicia, de forçar o ressarcimento através do Tesouro. E ele poderia. Você consegue imaginar o escândalo que seria.

Kel imaginava. Ele pensou no que o Rei dos Ladrões dissera, que Prosper Beck provavelmente estava sendo financiado por alguém na Colina. Será que alguma das Casas nobres tramara tudo aquilo, só para humilhar Conor? Ou era apenas uma tentativa exagerada de um bandido ambicioso novo em Castellane, que ainda não entendia como a cidade funcionava?

— O Tesouro teria que pagar minha dívida — concluiu Conor devagar — e você sabe que o dinheiro do Tesouro pertence à cidade. A Câmara de Controle ficaria furiosa. Minha adequação para ser rei seria questionada. Isso nunca teria fim.

Kel sentiu como se estivesse sem ar, e a dor estava piorando. Devia fazer horas desde que ele ingerira *morphea*.

— Você tentou negociar com Beck? Ele pediu algo mais a você?

Conor deixou a garrafa de *pastisson* de lado com um baque.

— Não importa — soltou ele. Seu rosto mudou; era como se uma mão tivesse alisado a areia, nivelando-a, apagando quaisquer marcas que estiveram visíveis antes. Ele sorriu: aquele sorriso rápido demais que não parecia verdadeiro. Conor estava escondendo algo dele. — Eu já deveria ter pago Beck. Fui teimoso. Não queria que ele pensasse que podia me ameaçar para conseguir dinheiro. Talvez em outra época, mas... — Ele balançou a cabeça. — Não gosto, mas aí está. Ele será pago e poderemos esquecer isso.

— Pagá-lo como, Con? — perguntou Kel, baixinho. — Você acabou de dizer que não tem o ouro.

— Eu disse que não seria fácil consegui-lo, não que não conseguiria.
— Conor gesticulou de um jeito leve com a mão; a luz vinda da janela refletiu na safira do anel de sinete e a fez reluzir. — Agora pare de se preocupar com isso. Fará você se curar mais devagar, e não aceito isso. Preciso do meu Portador da Espada de volta. Você esteve muito entediante nos últimos três dias.

— Tenho certeza de que não estive — disse Kel. A mente dele girava. Sentiu como se tivesse começado uma longa jornada apenas para ser informado de que havia terminado antes de chegar à Passagem Estreita. Ele sabia que não havia imaginado a expressão no rosto de Conor, a amargura na voz dele. Mas a dor irradiava por seu corpo, e era difícil pensar.

— Kellian, posso afirmar com certeza que, nas últimas setenta e **duas** horas, você tem feito uma excelente imitação de uma truta fora **da água**. Fiquei tão entediado que tive que inventar um novo jogo com **Falconet**. Eu o chamo de "arco e flecha dentro de casa". Você vai gostar.

— Não parece algo que me agradaria. Gosto de casa e de **arco e flecha**, mas não acho que a combinação seria aconselhável.

— Sabe o que não tem graça nenhuma? Sensatez — observou Conor.
— Com que frequência você foi convidado para uma **noite escandalosa** de sensatez? Falando em diversão escandalosa, quer **uma bebida antes** que eu chame o bom doutor para dar uma olhada **em você?** — perguntou Conor, erguendo a garrafa de *pastisson*. — Embora eu deva alertá-lo, Gasquet não aconselha misturar *morphea* e álcool.

— Então certamente misturarei — disse Kel, e observou, meio perdido em pensamentos, enquanto Conor servia-lhe um copo de nebuloso licor verde com uma mão que tremia tão imperceptivelmente que Kel achou que ninguém mais teria notado.

Aram era diferente de qualquer outro lugar. Em outras terras, usar magia significava ser caçado pelos feiticeiros-reis, buscando ainda mais poder para alimentar suas Pedras-Fonte. Mas em Aram, o povo era livre para usar *gematria* para melhorias. A rainha não desejava se apropriar daquela magia, e usava seu próprio poder apenas para enriquecer a terra. Todo dia de mercado, o povo de Aram podia se apresentar diante do Palácio, e a rainha saía, e usando feitiços e *gematria* curava muitos dos doentes. Não demorou para o povo de Aram passar a amar sua rainha como uma governante gentil e justa.

— *Contos dos feiticeiros-reis,* Laocantus Aurus Iovit III

DEZ

Quinhentos anos antes, houvera um surto de praga vermelha em Castellane; quase um terço da população morrera. Como médica, Lin tivera que aprender a respeito. Os corpos foram queimados, como era o costume, e resultara em uma fumaça sufocante que adoecera outros, e os cidadãos colapsavam nas ruas.

O rei da época, Valis Aurelian, havia ordenado o fim da queima de cadáveres. Em vez disso, fossos de praga foram cavados, e os corpos, enterrados e cobertos com cal. Pouco tempo depois, a praga passara — embora Lin se perguntasse se ela não havia simplesmente se esgotado, como costuma acontecer com as epidemias. Independentemente disso, Valis ficou com o crédito — e seu rosto estampou de maneira permanente a moeda de dez coroas — e a cidade ficou com vários espaços nos quais era proibido construir, já que a lei proibia a construção sobre túmulos. A terra cobria os corpos, flores e árvores foram plantadas ali, e as casas que davam para esses espaços verdes tornavam-se residências cobiçadas.

E então havia a Mansão Preta.

Estava ali desde que alguém conseguia se lembrar, erguendo-se no extremo norte da Praça Escarlate (que, apesar do nome, não era vermelha, mas bastante verde) — uma grande casa construída de pedra preta lisa, um telhado abobadado, duas grandes varandas de cada lado e janelas verticais estreitas. Parecia absorver a luz em vez de refleti-la. Todos em Castellane conheciam a mansão, com sua porta vermelha como uma gota de sangue, e sabiam quem morava ali — quem sempre morara ali, ao que parecia.

O Rei dos Ladrões.

O pulso de Lin acelerou quando ela e Ji-An desceram da carruagem e se aproximaram da escura casa de pedra. Ela havia desistido de qualquer ideia de fugir ou mesmo de reclamar. Ela não gostava de ser enganada, mas estava muito curiosa. Ela suspeitava que todos em Castellane tinham curiosidade sobre o que havia por trás das paredes da Mansão Preta, assim como tinham curiosidade sobre o interior de Marivent. Que estranho ver o interior de ambas as estruturas dentro de apenas três dias. Ela tocou levemente o broche em seu ombro. Como a vida tinha sido estranha naqueles últimos tempos, em todos os sentidos.

Dois guardas vestidos de preto cercavam a grande porta da frente da mansão. Eles acenaram para Ji-An enquanto ela subia, com Lin a seu lado. Uma aldrava de bronze em forma de pássaro enfeitava a porta, mas Ji-An não a usou. Erguendo o colar por cima da cabeça, ela usou o pingente como chave e guiou as duas para dentro.

No interior, a mansão estava menos escura do que Lin esperava. As paredes eram de madeira polida, iluminadas por lâmpadas penduradas umas ao lado das outras. Um longo corredor se estendia diante delas, como um túnel que levava ao coração de uma montanha. Era revestido com tapetes grossos em cores intensas, abafando o som dos passos enquanto elas seguiam.

— O que você sabe sobre o Rei dos Ladrões? — perguntou Ji-An enquanto elas seguiam o corredor sinuoso. Havia portas de ambos os lados, todas fechadas. Lin não conseguia deixar de imaginar o que tinha por trás delas.

— O que todos sabem, eu acho. Que ele é um gênio criminoso.

Ji-An franziu a testa.

— Ele não gosta dessa palavra, então não a diga perto dele.

— Qual? *Criminoso?* — Lin se perguntou de que outra maneira ele se descreveria. Um mestre de guilda de bandidos? Um magnata do crime?

— Ah, não, com *essa* ele não se importa nem um pouco. Mas não gosta de ser chamado de gênio. Ele acha que parece pretensioso.

Elas haviam chegado a uma sala gigantesca, com claraboias de vidro construídas no teto inclinado. O piso era de mármore preto, e um amplo canal, com água corrente, tinha sido construído no centro. Não havia como passar, exceto por uma ponte de madeira que se arqueava por cima do rio artificial. Ji-An liderou o caminho, segurando a bainha das vestes.

— Se conseguir evitar — aconselhou ela —, não olhe para baixo.

Lin não conseguiu. Enquanto cruzava a ponte, ouviu um barulho — um som úmido de sucção, como se algo deslizasse pela água — e olhou para baixo.

O mármore preto circundante dava ao rio um efeito opaco, mas enquanto Lin observava, viu que a água não estava parada. Movia-se, sem os redemoinhos ou correntes de uma maré. Sombras mais escuras que a escuridão deslizavam silenciosamente sob a superfície. Uma delas deslizou perto da ponte e Lin deu um pulo quando uma casca irregular, com um único olho amarelo, surgiu na superfície.

Crocodilo.

Estremecendo, ela tinha esperança de que Ji-An não tivesse percebido. Ficou feliz por chegar ao outro lado da ponte e descer na margem de mármore. Olhando para trás enquanto se afastavam, viu apenas água preta e plácida, movendo aqui e ali por correntes estranhas.

Distraída, Lin mal percebeu quando elas entraram em um solário: um emaranhado de flores em uma estufa envidraçada. Isso existia no Palácio; Mayesh havia falado delas. Em um lugar assim, era possível fazer florescer as delicadas plantas que não cresciam na terra salgada de Castellane. Muito tempo antes, o império descobrira que não era possível criar animais para pastar na planície aluvial que cercava seu precioso porto; colheitas como trigo e aveia não cresciam dentro da área circular cercada pelas montanhas. Então Castellane se tornou um lugar frutífero para comércio. Já que não podiam cultivá-las, eles juntariam o dinheiro para comprá-las. Trocaram estradas por trigo, navios por cevada e painço; suas maçãs eram as margens dos rios; seus pêssegos, elmos de ouro.

No entanto, aqui, o Rei dos Ladrões havia recriado um clima mais temperado, impregnado de flores brancas. Caminhos de pedra britada serpenteavam pelo jardim, com seu telhado de vidro; assentos foram colocados aqui e ali. Lin tentou imaginar a forma esguia e vestida de preto do Rei dos Ladrões, relaxando em um banco, desfrutando de sua estufa tão bem cuidada.

Não conseguiu.

— Espere aqui — pediu Ji-An. — Tenho um serviço; voltarei para levar você quando Andr... quando *ele* estiver pronto para vê-la.

— Eu não... — começou Lin, mas Ji-An já partira, sumindo em silêncio em meio ao verde.

Bem, sério?, pensou Lin. Uma coisa era ser arrancada do mercado sob falsas circunstâncias e outra era ter que esperar. O Rei dos Ladrões podia pelo menos se comportar como se sequestrá-la fosse uma *prioridade*.

Irritada, ela vagou por entre as flores por um tempo, nomeando as que conhecia dos guias botânicos. Camélias de Zipangu cresciam ladeando as passagens, brotos brancos balançavam como um grupo de idosos em um ritmo constante. Havia flores azuis de maracujá de Marakand e papoulas hindesas, cuja seiva podia ser extraída para criar *morphea*.

Depois do que pareceu uma hora, Lin perdeu a paciência. Ela não poderia ficar ali para sempre. Tinha pacientes para atender à tarde, e Mariam ficaria preocupada se ela demorasse horas para voltar.

Ela saiu do solário. Tentou seguir na direção de onde viera, mas logo se viu em um cômodo diferente. Era grande, com uma enorme lareira e vários móveis surrados, mas de aparência confortável — sofás afundados e poltronas cujo brocado se desfiava nos braços, nada que ela teria esperado encontrar na casa do Rei dos Ladrões. O teto desaparecia em sombras — era a famosa cúpula da Mansão Preta? Uma lâmpada estava pendurada em uma longa corrente de metal, balançando suavemente.

Prateleiras nas paredes apoiavam miudezas e antiguidades: um pote turquesa de mel feito de bronze, provavelmente de origem marakandesa. Um mapa escrito em malgasiano. Uma estátua de jade de Lavara, a Deusa dos ladrões, apostadores e do submundo. E — ela viu com certa surpresa — uma tigela prateada de encantamento de origem Ashkar. Ela a pegou, curiosa: de fato, entalhadas na borda estavam palavras em Ashkar. Zowasat mugha tseat in-benjudahu pawwu hi'wati. *Designada está esta tigela para a proteção da casa de Benjudá.*

No Sault, tigelas e tabuletas entalhadas costumavam ser enterradas na soleira de um lar, para proteger a família da má sorte e dos maus espíritos. Ver tal tigela ali, um item sagrado espalhado entre uma coleção de bugigangas, fez Lin se arrepiar. Benjudá não era um nome Ashkar comum. Apenas uma família o tinha — a família do Exilado, o príncipe dos Ashkar.

— Duas toneladas de pólvora. — A voz de um homem, rouca, irritada e muito próxima, interrompeu os pensamentos de Lin. — Tem certeza que aguenta?

— Acalme-se, Ciprian. — A segunda voz era macia, baixa, peculiarmente desprovida de um sotaque identificável. — Óbvio que você aguenta. Embora eu esteja tentado a perguntar por que você precisa de tantos explosivos.

Lin deixou às pressas a tigela na prateleira, as mãos tremendo um pouco. Tinha certeza de que era uma conversa que não deveria estar ouvindo. Duas toneladas de pólvora poderiam explodir uma cidade inteira. Ela só ouvira falar de pólvora sendo usada para abrir buracos em pedras ou destruir navios. Durante batalhas no mar, sacos flamejantes eram catapultados no convés inimigo, estilhaçando os cascos quando explodiam. Ela tratara marinheiros que tinham antigas queimaduras da substância. Seria para um exército naval que estava sendo abastecido? Ou, mais provavelmente, um grupo de piratas?

— Porque preciso explodir algo e fazer os destroços voarem bem alto. Pra que mais?

— Desde que não seja explodir alguém.

— Não é. Uma frota de navios... na verdade, quantos navios há em uma frota? Digamos que são *vários* navios — respondeu por fim quando os dois homens entraram na sala onde Lin estava.

Ela reconheceu o Rei dos Ladrões de imediato. Alto e magro, e pernas como os raios longos das rodas das carruagens. Ele usava o preto de sempre, roupas simples, mas de corte elegante, que decerto intrigariam Mariam.

Um jovem de cabelo ruivo escuro o acompanhava. (Lin sempre ficava feliz em ver outro ruivo, embora a pele do jovem fosse do tom marrom-claro da maioria dos castellanos, não branca como a dela.) As roupas dele eram de um tecido fino e simples, os olhos, semicerrados e pretos. Ele ainda falava, uma intensidade sombria subjacente a suas palavras.

— Falei que ninguém será ferido — reiterou ele. — Planejei com bastante cuidado...

Lin não se mexeu. Ela ficou bem parada, as mãos juntas, perto das prateleiras de objetos peculiares. Talvez ela devesse ter se encolhido detrás de um sofá, mas com certeza era tarde demais. O Rei dos Ladrões a vira. As sobrancelhas pretas dele estavam erguidas, assim como os cantos de sua boca.

— Ciprian — interrompeu ele —, temos companhia.

O homem ruivo parou no meio de um gesto. Por um momento, os dois encararam Lin.

Ela pigarreou.

— Ji-An me trouxe — explicou ela. Em grande parte, era verdade. Ji-An a levara à Mansão Preta, só não para aquele cômodo em particular. — Mas ela tinha um serviço a fazer.

— Provavelmente teve que ir matar alguém — comentou Ciprian, e deu de ombros quando o Rei dos Ladrões o encarou com um olhar severo. — O que foi? Ela é muito boa nisso.

Lin pensou nos olhos tranquilos e movimentos graciosos de Ji-An e não se surpreendeu. Alguém como Ji-An certamente faria mais que apenas buscar médicas teimosas para o Rei dos Ladrões.

— Então você é a médica — disse o Rei dos Ladrões.

— Não está se sentindo bem, Andreyen? — perguntou Ciprian.

— Um pouco de gota — justificou o Rei dos Ladrões, sem olhar para Ciprian, mas sim para Lin, o mesmo divertimento ainda em sua boca. Então ele tinha um nome, Andreyen, mas Lin não conseguia pensar nele dessa forma. De perto, ele parecia mais um personagem de conto de fadas infantil que um homem de verdade. Uma figura que alguém poderia seguir por uma estrada escura, apenas para descobrir que ela desaparecera quando virasse a esquina. Um golem feito de argila e sombras, com olhos intensos que queimavam.

— Ciprian, avisarei quando seu carregamento chegar. E a propósito, posso adivinhar a quem aqueles vários navios pertencem.

Ciprian sorriu de um jeito selvagem.

— Tenho certeza de que você pode. — Enquanto ele deixava a sala, passou por Lin, o ombro quase esbarrando no dela. Ele hesitou por um momento. Tinha aquele tipo de olhar que parecia pesar muito, Lin pensou, como uma mão com intimidade excessiva no ombro.

— Você é muito linda para ser médica — disse ele. — Ou para ser Ashkar, para começo de conversa. Que desperdício, todas aquelas garotas trancadas no Sault...

— *Ciprian*. — Havia uma advertência severa na voz do Rei dos Ladrões, e o divertimento desaparecera do rosto dele. — Vá.

— Só uma brincadeirinha. — Ciprian deu de ombros, dispensando Lin tão facilmente quanto a vira. Ela esperou até não ouvir mais o som dos passos dele antes de se virar para o Rei dos Ladrões.

— Você tem mesmo gota?

— Não. — Ele se jogou em uma cadeira desgastada. Lin se perguntou a idade dele. Chutaria trinta, embora ele tivesse o tipo de rosto que parecia não ter idade. — E não a chamei porque preciso de uma médica, Lin Caster, embora esteja satisfeito em ver que você veio. Eu não tinha certeza de que Ji-An poderia convencê-la.

— Porque você é um criminoso? — indagou Lin. Ji-An dissera que ele não se importava com a palavra, então por que não ser sincera?

— Não, porque me disseram que ela tem um comportamento desagradável, embora eu não tenha reparado.

— Ji-An me disse que você salvou a vida dela — disse Lin. — Talvez ela seja mais gentil com você.

— Ela não é, e eu não gostaria se fosse — respondeu ele. — Então você é a médica que curou Kel Saren?

— Como você sabe disso?

Ele abriu bem as mãos. Eram longas e pálidas, como as pernas de uma aranha branca.

— Saber o que acontece em Castellane é parte significativa da minha ocupação. Ji-An me disse que não achava que Kel ia sobreviver, que os ferimentos dele eram graves demais. O que quero saber é... você usou *isso* para curá-lo?

— Usei o quê? — indagou Lin, embora uma parte dela se perguntasse o que ele responderia.

— O broche. — Ele apontou languidamente para o ombro dela. — Ou, para ser mais específico, a pedra dentro dele.

A mão de Lin se ergueu depressa para o ombro.

— É só uma pedra de quartzo.

— Não. — Ele equilibrou a cadeira para trás até que as pernas dianteiras saíssem do chão. — Isso é o que o joalheiro do mercado disse a você. Mas não é verdade.

— Como você sabe...

— Ele trabalha para mim — revelou Andreyen. — E identificou a pedra assim que você a levou para ele, e enviou um mensageiro para a Mansão Preta. Ji-An foi buscá-la.

Lin sentiu as bochechas começando a esquentar. Não havia nada que ela odiava mais do que perceber que fora manipulada.

— Tenho pessoas no Palácio — prosseguiu ele. — Sabia que você havia curado Kel; que você *também* tinha uma Pedra-Fonte eu não sabia. Supus que você soubesse o que era. Que a usava em seus tratamentos. Apesar de que… — Ele deixou a cadeira voltar para a frente com um baque alto. — Você também é Ashkar. Esse tipo de magia é proibido para você. Não é *gematria*; mas o oposto exato dela. Pedras-Fonte foram inventadas pelo Rei Suleman, o inimigo da Deusa.

— Você sabe muito das nossas crenças — observou Lin com firmeza.

— Acho-as interessantes — argumentou ele. — É por conta de sua Deusa, a lady Adassa, que não existe mais magia no mundo; exceto a magia menor que seu povo pratica. Sempre achei que se encontrássemos a Magia Maior, seria por meio da *gematria*. Alguma chave nela abrirá a porta. Mas o que você tem aí, a Arkhe, a pedra, é remanescente da Magia Maior. Tem um pedaço do mundo de antes da Ruptura. — Ele semicerrou seus olhos verdes cor de jade. — Então como uma garota Ashkar conseguiu tal objeto, tão inestimável quanto proibido?

Lin cruzou os braços. Estava começando a se sentir da forma quando o Maharam a questionara — um certo instinto rebelde de gritar, de revidar em vez de responder. Mas aquele era o Rei dos Ladrões, ela se lembrou. Por mais casual que sua postura fosse, isso não significava que ele não era perigoso.

Ela vira um ataque de crocodilo no porto uma vez; a água estivera calma e lisa como vidro até o momento em que se transformou de repente em uma espuma borbulhante de agitação e sangue. Ela não achava que seria sábio mentir para ele. Não dava para se tornar o Rei dos Ladrões sem um excelente instinto de quando os outros estavam mentindo.

— Anton Petrov — revelou ela, e contou a história rapidamente: que ele fora seu paciente, que colocara a pedra dentro da bolsa dela, que temia que ele estivesse morto. Que Lin havia suspeitado que Petrov antecipara a própria morte.

— Anton Petrov — ecoou ele, um tanto divertido. — Eu quase acreditaria que você está zombando de mim com uma historinha, mas reconheço um mentiroso de longe. — Ele pareceu perceber o olhar confuso dela, e sorriu. — *Petrov* — prosseguiu ele —, na linguagem de Nyenschantz, significa "pedra".

— Acho — disse Lin, devagar — que ele acreditava de alguma forma que era o guardião da pedra. — Ela balançou a cabeça. — Não sei por que você me disse tudo isso. Você quer a pedra. Eu a teria dado a você assim que pedisse. Eu a darei a você agora.

— Você faria isso? — Os olhos do Rei dos Ladrões eram alfinetes de gelo verde, prendendo-a no lugar. — Tão facilmente?

— Não sou tola.

Então algo mudou no rosto dele; antes que ela pudesse dizer qualquer outra coisa, ele estava de pé.

— Fique com o broche. E venha comigo — disse ele, saindo da sala.

Lin se apressou para seguir os passos largos dele. Seguiram por uma série de corredores, esses com azulejos azuis, pretos e prateados, que lembravam uma noite estrelada. Ela ficou aliviada por eles não passarem outra vez pela grande câmara com o escuro rio.

Eles alcançaram uma porta entreaberta por entre a qual uma fumaça pálida saía. Havia um cheiro pungente nela, como folhas queimando. O Rei dos Ladrões abriu a porta com força e gesticulou para que Lin entrasse primeiro.

Dentro, para surpresa de Lin, tinha um laboratório. Não era grande, mas estava atulhado. Uma grande mesa de trabalho de madeira polida estava coberta com instrumentos científicos: frascos com líquidos multicoloridos, alambiques de bronze (Lin já havia visto coisas assim no mercado, onde os perfumistas exibiam a destilação de pétalas de rosa até se tornar o óleo aromático), emaranhados de cobre e tubos de vidro, e um almofariz e pilão, ainda cheios de folhas secas meio amassadas. Um atanor fumegava no canto, emanando um calor agradável.

Vários bancos altos de madeira cercavam a mesa central. Sentado em um deles, com longas pernas que balançavam, estava um jovem de cabelo loiro encaracolado, com roupas escuras como as de um estudante. Ele rabiscava apressadamente em um caderno apoiado no colo.

Lin sentiu uma pontada de anseio. Em comparação, seu espaço na cozinha da Casa das Mulheres parecia improvisado e ineficaz. O que ela poderia fazer com este equipamento, os compostos e cataplasmas que estariam ao seu alcance...

Sem erguer os olhos, o jovem apontou para uma retorta que destilava um líquido verde-claro em um grande recipiente de vidro.

— Consegui diluir a *Atropa belladonna* — anunciou ele —, mas persiste o problema de que, para que a solução funcione, o ingrediente principal deve estar presente numa quantidade que certamente seria fatal.

— Belladonna — repetiu Lin. — Isso não é uma erva mortal?

O jovem ergueu o olhar. Ele era bonito até demais, com feições delicadas e olhos azul-escuros. Ele piscou por um momento para Lin antes de sorrir de maneira agradável, como se ela fosse alguém cuja visita ele esperava.

— É, sim — responde ele. — Acho que estou mais acostumado a usar o nome científico. A Academie insiste. — Ele colocou o caderno na mesa. — Sou Merren. Merren Asper.

Asper, pensou Lin. Como Alys Asper, que era dona do Caravela? Lin havia feito exames médicos para vários cortesãos lá; Alys garantia que permanecessem saudáveis.

— Esta é Lin Caster, uma médica Ashkar — o Rei dos Ladrões a apresentou. Ele estava atrás de Merren, seus membros longos em movimento, como uma sombra ao meio-dia. Ele abrira uma gaveta e a revirava.

Merren sorriu.

— Os Ashkar são mestres herboristas — comentou ele. — Você deve ter um laboratório assim no Sault... — ele gesticulou ao redor — ou mais de um, eu suponho.

— Há um — replicou Lin. — Embora eu não tenha permissão para usá-lo.

— Por que não?

— Porque sou mulher — respondeu Lin, e viu que o Rei dos Ladrões lançou um breve olhar para ela.

— Você é uma boa médica? — perguntou Merren, olhando para ela com atenção.

Você é a melhor no Sault. Ela afastou o pensamento intrusivo da fala do príncipe e disse:

— Sim.

— Então isso é besteira. — Merren pegou o caderno. Ele não parecia curioso, percebeu Lin, para saber por que Andreyen a levara para dentro do que obviamente era o laboratório dele; nem parecia se perguntar por que o Rei dos Ladrões estava murmurando consigo mesmo enquanto remexia uma gaveta de papéis amassados. Parecendo enfim localizar o que procurava, Andreyen gesticulou para Lin se juntar a ele enquanto abria o papel, desamassando-o em uma parte desocupada da mesa.

— Veja isto — pediu quando Lin se juntou a ele. — Você reconhece algo familiar nesses desenhos?

Lin se inclinou para mais perto, embora não na direção do Rei dos Ladrões. Ele ainda a assustava, mesmo nesse cenário esquisito. No papel, havia uma série de diagramas, palavras escritas em callatiano, a língua do império. O conhecimento dela da língua era limitado a termos médicos, mas não importava: os desenhos se destacaram. Eram rabiscos de uma pedra quase idêntica àquela que Petrov lhe dera — até mesmo o redemoinho de fumaça dentro dela formando sugestões de palavras e números de *gematria*.

Ela tocou o papel com delicadeza.

— Isto é da Ruptura?

— É uma cópia de algumas páginas de um livro muito velho. Os trabalhos da acadêmica Qasmuna.

Lin balançou a cabeça; não reconhecia o nome.

— Ela os fez depois das grandes guerras — explicou o Rei dos Ladrões. — Qasmuna tinha visto a magia deixar o mundo e buscava uma forma de trazê-la de volta. Acreditava que se esses recipientes de poder pudessem ser despertos novamente, poderia fazer magia outra vez.

— E isso seria bom? A magia ser feita de novo? — perguntou Lin em voz baixa.

— Você não precisa temer a volta dos feiticeiros-reis — disse Andreyen. — É apenas uma Pedra-Fonte. A Palavra ainda foi perdida para o mundo, o nome desconhecido do Poder. Sem ela, a magia permanecerá limitada.

— Limitada a você?

Ele apenas sorriu.

— Você tem mais páginas? — Lin indicou os papéis.

— Em teoria, sim. A maioria das cópias do livro foi destruída no expurgo depois da Ruptura. Qasmuna foi sentenciada à morte. Estou procurando por uma edição há anos. — O olhar ávido dele a analisou. — Assim como estive procurando por uma Pedra-Fonte.

— Então por que não quer a minha?

— Porque eu não quero aprender a magia — explicou o Rei dos Ladrões. — Não tenho aptidão. É óbvio que você tem. Acredito que a pedra a ajudou a curar Kel Saren.

Lin viu Merren olhar para ela, um vislumbre de azul curioso.

— Eu disse a você que não a usei.

— Acredito que é isso o que você pensa — ponderou Andreyen. — Mas uma Pedra-Fonte busca alguém que a use.

Lin pensou na pontada de dor que sentira ao curar Kel. A queimadura em sua pele — ainda ali, mesmo nesse momento — quando voltara para casa. Ela não tinha consciência de ter usado a pedra, nenhuma consciência de um estranho poder concedido. E ainda assim...

— E eu — continuou o Rei dos Ladrões — busco alguém que use a pedra.

— Alguém que a use — disse Lin devagar. — Está dizendo... quer que eu aprenda magia e talvez a use, a seu serviço?

O Rei dos Ladrões flexionou as longas mãos brancas.

— Sim.

— Ah. — Lin estivera se preparando para este momento, aquele em que enfim o Rei dos Ladrões dizia o que queria dela; mas, quando ele chegou, Lin se viu hesitando. — Eu não... eu preferia não ser sua funcionária. Não é nada pessoal — acrescentou. — Mas... você é quem é.

Merren ergueu o olhar.

— Isso foi bastante diplomático — observou ele. — Todos somos quem somos, afinal de contas. Ji-An é uma assassina, eu sou um envenenador e Andreyen faz um pouco de tudo, desde que seja ilegal.

— Você é mais que um envenenador, Merren, você é um cientista — acrescentou o Rei dos Ladrões. — Quanto a você, Lin Caster, não estou pedindo que me faça um favor sem recompensa. Posso oferecer a você o uso deste laboratório, já que você não pode usar o equipamento do Sault...

— E quanto a mim? — perguntou Merren, parecendo alarmado. — Pensei que este fosse o meu laboratório.

— Você teria que compartilhar, Merren. Será bom para você.

— Não... Sieur Asper, está tudo bem. — O arrependimento pesava como uma pedra no peito de Lin, mas ela sabia que aceitar a oferta seria tolice. Aquele não era seu mundo nem seu povo. Seu lugar não era a Mansão Preta, e sim dentro dos muros do Sault ou ao lado da cama de seus pacientes. — Temo que não devo.

— *Não deve* — repetiu o Rei dos Ladrões, como se fosse algo ruim. — É sua escolha, óbvio. Sinto que você poderia fazer um bom trabalho aqui. Qasmuna não era apenas uma acadêmica, sabe? Ela era médica. Queria devolver a magia ao mundo para que fosse usada para curar os doentes.

Ah. Lin não disse nada, mas tinha certeza de que o Rei dos Ladrões tinha visto sua expressão se alterar. Um tipo de fome esbravejou dentro dela, por algo mais que apenas o laboratório nesse momento. Por uma chance, mesmo que pequena...

— Não estou falando que será fácil — acrescentou o Rei dos Ladrões. — Levei anos para ao menos encontrar essas cópias do trabalho de Qasmuna. Mas há um local ao qual nunca tive acesso em minha busca, a biblioteca do Shulamat. No seu Sault. — Ele esticou as mãos. — Você pode procurar lá.

Procurar? Lin quase disse a ele: *Isso será impossível, livros sobre magia são restritos, proibidos, a não ser que sejam lições de* gematria. *E mesmo esses só podem ser estudados no próprio Shulamat, não podem sair do prédio, ou passar dos muros do Sault.*

Em vez disso, ela disse:

— Acho que posso tentar.

O Rei dos Ladrões juntou as mãos.

— Excelente — disse ele, e naquele momento Lin soube: ele nunca tivera dúvidas de que ela concordaria.

No fim, o Rei dos Ladrões invocou Ji-An para levar Lin para fora da **Mansão Preta,** garantindo que logo ela **aprenderia** o mapa do local. Os corredores labirínticos eram assim para confundir qualquer intruso que conseguisse entrar.

Ji-An lançou um olhar azedo a Lin antes de levá-la rapidamente até a porta da frente.

— Falei para você esperar no solário — reclamou ela, irritada, enquanto abria a porta. — Espero que você não cause problemas.

— Não é o que pretendo. — Lin já passara pela porta. Do lado de fora, a luz da tarde era de um dourado escuro; pássaros cantavam nas copas das árvores que ladeavam a Praça Escarlate. Ela sentiu como se tivesse entrado no submundo e voltado a uma cidade inalterada.

A meio caminho nos degraus, ela se virou, olhando para Ji-An, que estava parada na porta da mansão, emoldurada por escarlate.

— Ele é um bom homem? — perguntou Lin. — Ou é mau?

Ji-An franziu a testa.

— Quem? Andreyen? Ele faz o que diz que fará. Se disser que vai matá-la, ele irá. Se disser que vai protegê-la, fará isso. — Ela deu de ombros. — Para mim, isso é ser um bom homem. Outros podem ter uma opinião diferente.

Em Aram, Suleman foi copioso com os elogios, dizendo a Adassa que jamais vira terra tão rica, ou uma curandeira e rainha tão sábia quanto ela. Mesmo enquanto dizia palavras doces, ele insistiu para que Adassa o visitasse em seu próprio reino de Darat, para que ela pudesse ver o que também lhe pertenceria caso se casasse com ele.

De início, ela relutou em ir. O povo dela estava aflito com a ideia de vê-la partir, pois ainda que Aram estivesse em paz, era cercada por terras tomadas de conflitos. Foi Judá Makabi que convenceu Adassa, dizendo: "Não ignore os desígnios dos outros, para não ser derrotada."

Diante da insistência dele, ela usou no pescoço um talismã de *gematria*, que devia protegê-la de más intenções.

Quando estava em Darat, Adassa viu muitas maravilhas que foram alcançadas pelo uso da magia. Grandes castelos de mármore mais altos que a Torre de Balal, que era o orgulho de Aram. Deslumbrantes rios de fogo que queimavam noite e dia, iluminando o céu. Fênices perambulavam pelos terrenos do castelo, faiscando como vaga-lumes.

Mesmo assim, por vezes Adassa reparava no olhar duro de Suleman sobre ela. Embora ele afirmasse que a observava com olhos amorosos, ela suspeitava. À noite, quando se recolheu em seus aposentos, ela viu que uma garrafa de água tinha sido colocada ao lado da cama; quando deu um pouco da água para um dos gatos do Palácio, a criatura ficou inconsciente de imediato. Percebendo que Suleman queria drogá-la, Adassa deu algumas desculpas no dia seguinte e voltou ao seu reino. Com o coração pesado, ela foi para Makabi e pediu a ele que fosse até Darat e espionasse Suleman para determinar quais eram os planos dele, e deu a Makabi o disfarce de um corvo para que ele pudesse viajar sem ser visto.

— *Contos dos feiticeiros-reis,* Laocantus Aurus Iovit III

ONZE

Kel já fora ferido antes, óbvio. Em seu tipo de trabalho, seria estranho se fosse diferente. Mas ele nunca estivera tão perto da morte antes, nem passara tanto tempo na cama, drogado com *morphea* e tendo os sonhos esquisitos que a droga lhe proporcionava. Da primeira vez em que se sentiu forte o suficiente para se levantar da cama e cruzar os aposentos, ficou horrorizado. As pernas pareciam moles como papel molhado. Ele caiu no mesmo instante, machucando os joelhos no chão de pedra.

Conor viera rapidamente ajudá-lo enquanto Delfina, que tinha chegado para trocar os lençóis da cama, gritava e saía correndo do quarto. Ela voltou — para a irritação de Kel — com o Legado Jolivet e com uma séria Rainha Lilibet. A rainha estivera furiosa por Kel ter sido atacado: os criminosos de Castellane não sabiam que não deviam emboscar a nobreza da Colina? O que estava acontecendo, e quanto tempo levaria para o Portador da Espada ser inútil para eles? Conor deveria cancelar suas próximas aparições públicas? Quando o Portador da Espada ficaria bem de novo, se é que ficaria?

Graças aos Deuses, Jolivet estava ali. Ele explicou que o Portador da Espada estava em excelente forma física (boa notícia para Kel, que não se sentia dessa maneira) e que não havia motivo para pensar que ele não se recuperaria depressa e por completo. Kel devia evitar continuar deitado na cama, e fazer exercícios moderados, aumentando seus esforços todos os dias até se sentir bem o bastante para voltar a treinar como sempre. Ele também devia ingerir uma dieta saudável de **carne e pão**, poucos vegetais e nenhum álcool.

Kel, que estava de pé a essa altura e conseguia cambalear até o tepidário e voltar, esperava que Conor protestasse — principalmente quanto à proibição do álcool. Mas Conor assentiu, pensativo, e disse que tinha certeza de que Jolivet sabia do que falava: algo que Kel tinha certeza de que Conor jamais dissera na vida. Até Jolivet pareceu surpreso.

Mas talvez ele não devesse ficar muito surpreso, pensou Kel mais tarde, enquanto se vestia devagar, as mãos trêmulas enquanto tentava fechar os botões. Conor estava distraído desde que Kel lhe contara sobre as exigências de Prosper Beck. Estaria ocupado bajulando o Tesouro por dinheiro? Pegando emprestado de Falconet? Ou, o que era mais provável, pegando emprestado um pouco aqui e ali para evitar enfrentar Cazalet? Qualquer que fosse seu plano, ele se ausentava do Castelo Mitat por longas horas durante o dia, e Kel — pela primeira vez em anos — ficou sozinho.

Fortaleça-se, instruiu-o Jolivet, então Kel começou a andar. Ele estava um tanto envergonhado pela lentidão com que seguia pelos caminhos de mosaico dos jardins do Palácio, passando por videiras floridas de madressilva, sob árvores pesadas com limões e figos. Seu peito doía — uma dor profunda que aparecia quando ele respirava ou se movia muito rápido.

Ele parou de tomar a *morphea*. O corpo sentiu falta na primeira noite, quando ele se revirou inquieto na cama, sem conseguir dormir. Mas a cada dia o desejo diminuía, e ele conseguia andar cada vez mais longe, mais depressa.

Ele cambaleava pelo Jardim Noturno, em meio aos botões verdes bem enrolados das plantas que desabrochavam somente após o pôr do sol. Deu a volta no Carcel — o santuário de pedra fortificado sem janelas onde a família real era escondida em caso de um ataque ao Palácio. Pelo que Kel sabia, não era usado havia pelo menos um século, e a hera crescia pela porta de ferro trancada.

Como não havia prisioneiros na Trapaça, os castelguardas permitiram que ele subisse a escada em espiral até chegar ao topo, onde um corredor estreito dividia duas fileiras de celas vazias, com as portas de Vidro Estilhaçado abertas. Ele superou a dor, subindo as escadas uma, duas, cinco vezes, até sentir o gosto de sangue na boca.

Kel vagou pelos caminhos do penhasco, onde a própria Colina descia para o oceano, o mar cinza e agitado como o dorso de uma baleia. Os caminhos do penhasco eram cravejados de ornamentos — estruturas sofisticadas de gesso branco feitas para lembrar versões em miniatura de templos e torres, casas de fazenda e castelos. Eles continham bancos almofadados e foram feitos para oferecer descanso e abrigo às almas delicadas que consideraram o caminho do penhasco uma caminhada cansativa.

Às vezes, em suas andanças, Kel ouvia fofocas quando criados ou guardas passavam, sem prestar atenção nele. A maioria falava de envolvimentos românticos entre aqueles que serviam às grandes Casas da Colina; alguns tinham a ver com o Palácio, ou mesmo com Conor. No entanto, não ouvia fofocas sobre dívidas, Rastejantes ou primo do príncipe que poderia ter sido ferido recentemente. Se alguém comentara sobre as idas e vindas de Kel, ele não ficara sabendo.

Ele nunca viu o rei, embora às vezes visse fumaça das altas janelas da Torre da Estrela. Vez ou outra, ele avistava a rainha, geralmente dando ordens aos criados ou aos jardineiros. Uma vez, enquanto descia as escadas da Torre da Estrela, ele a ouviu falando com Bensimon e Jolivet.

— O velho Gremont não durará muito mais — dizia Lilibet —, e a esposa dele não está interessada em administrar uma Concessão. Aquele filho dele deve ser trazido de Taprobana antes que assumir a cadeira da família se torne uma luta mortal.

— Artal Gremont é um monstro — grunhiu Bensimon, e então Jolivet interrompeu, e a discussão tomou outra direção. Kel seguiu pelas escadarias, guardando a informação para relatá-la a Conor mais tarde, como uma fofoca um tanto interessante. O quer que Gremont houvesse feito, era ruim o suficiente para que Bensimon não gostasse da ideia da volta dele, mesmo uma década depois.

Na tarde seguinte, por impulso, Kel passou pelo Jardim da Rainha a caminho do estábulo, desejando visitar Asti. Passava pela piscina que refletia quando ouviu vozes, abafadas pelas altas cercas vivas que rodeavam o jardim. Uma voz era feminina; a outra era de Conor. Ele falava em sarthiano.

— *Sti acordi dovarìan 'ndar ben* — Kel o ouviu dizer. *Esses preparativos devem servir.*

Um momento depois, a voz dele sumiu. Kel se perguntou que preparativos Conor descrevia, mas era assunto do príncipe, e fazia horas que

Kel estivera andando. A vida no Palácio era um tipo de roda, pensou ele, enquanto virava em direção ao Castelo Mitat; seguia sempre pelas mesmas rotações, abrindo os mesmos caminhos de hábito e memória na terra. O fato de que ele havia quase morrido não era nem uma pedra na estrada. Importava apenas para ele; não mudava ninguém além dele. Nisso ele estava sozinho.

Lin estava sonhando.

No sonho, ela sabia que estava dormindo, e que o que via não era real. Ela estava em uma alta torre de pedra, cujo topo era uma extensão vazia de pedra. Montanhas se erguiam como sombras a distância; o céu era da cor do carvão e do sangue, o olho ferido da destruição.

Dentro de minutos, o mundo deixaria de ser.

Um homem apareceu na beirada do telhado da torre. Lin sabia que ele não havia subido as laterais íngremes para encontrá-la. A magia o carregara pelo ar: pois ele era o Feiticeiro-Rei Suleman, e até aquele dia não houvera poder maior que o dele em todo o mundo.

Enquanto caminhava até ela, os passos dele eram leves como os de um gato, chamas soltavam faíscas em meio às dobras de sua capa. O vento que soprava das montanhas em chamas erguia o cabelo preto dele. Óbvio que Lin sabia de Suleman. O amante de Adassa. O traidor dela. Ela nunca entendeu por que a Deusa o amara; para Lin, ele sempre pareceu ser temível em seu poder, terrível em sua fúria. E mesmo assim ele era lindo — tão lindo quanto o fogo e as coisas destrutivas são. Era um tipo de beleza cruel, mas provocava um desejo profundo dentro dela. Ela se levantou e se virou para ele, estendeu as mãos...

Lin se sentou na cama de repente, o coração martelando, a pele pegajosa de suor. Ela cruzou os braços, um pouco incrédula. Tinha acordado a si mesma de um sonho? Talvez tivesse, pois sabia como a história terminava. Ela estivera sonhando com os últimos momentos antes da Ruptura. Os últimos momentos antes da morte de Adassa.

Dentro de minutos, o mundo deixaria de ser.

Lin puxou o cabelo suado para trás, saindo da cama para ir até a sala, onde deixara sua capa sobre o espaldar de uma cadeira. Ela tateou o tecido até encontrar a forma dura do broche. Soltou-o, correndo os dedos pela pedra. Na pouca luz do luar, era da cor do leite. Sua superfície lisa e fria acalmou as batidas do coração dela.

Você me faz ter sonhos estranhos, pensou ela, olhando para a pedra. *Sonhos do passado. Do passado dela.*

Adassa tinha sido uma rainha entre os feiticeiros-reis. Ela também teria tido uma Pedra-Fonte.

E se...?

Uma batida baixa na porta da frente arrancou Lin do devaneio. Duas batidas, seguidas por uma pausa, e então mais uma batida.

Mariam.

Lin se apressou para a porta. Era tarde para Mariam estar acordada — ela costumava se recolher antes da Primeira Vigília. E se ela tivesse se sentido mal naquela noite? Mas então, decerto, seria Chana à porta, exigindo a presença de Lin na Casa das Mulheres. Mas quando Lin abriu a porta, era apenas Mariam ali.

Sob o luar, o rosto da amiga era palidez e sombra, as cavidades sob as maçãs do rosto feito machucados. Mas ela sorria, os olhos iluminados.

— Ah, céus, eu a acordei — lamentou ela, soando pouco arrependida. — Quis vir mais cedo, mas tive que esperar Chana adormecer, ou ela teria me dado um sermão infinito por sair à noite. "*Você precisa descansar, Mariam*" — disse ela, em uma imitação boa dos comandos de Chana.

— Bem, você *precisa* — reiterou Lin, mas não conseguiu evitar um sorriso. — Está bem? O que foi? Fofoca? Galena fugiu com um dos *malbushim*?

— *Muito* mais importante que isso — respondeu Mariam, com um ar de indignação. — Você ainda quer ver seu paciente, o primo do príncipe, outra vez, não é?

Lin apertou o broche que segurava.

— Sim, óbvio, mas...

— E se eu dissesse que tenho uma solução para o seu problema? — questionou Mariam. — Alguém disposto a ajudá-la a entrar no Palácio? Alguém que sabe quando o príncipe estará ocupado?

— Mariam, como você poderia...

— Venha comigo aos portões amanhã de manhã — interrompeu-a Mariam. — Uma carruagem estará à espera. Você vai ver. — Ela sorria, enquanto puxava o xale sobre os ombros. — Você confia em mim, não é?

Olhando para o oceano, Kel via o calor sobre a água como um véu transparente. A cidade estaria quente como um forno. Ali na Colina estava mais fresco, embora as flores estivessem murchas em suas videiras e os pavões deitassem na grama, arfando.

Era sua segunda semana da recuperação, e Kel passara a manhã explorando os jardins, subindo e descendo escadas. Ele se lembrou de sua infância, quando cada canto de Marivent parecia um local de potencial aventura com Conor. Eles tinham sido bandidos naqueles pátios e feiticeiros-reis nas torres; haviam duelado no topo da Torre da Estrela, de onde era possível ver o sol nascer e a Passagem Estreita logo abaixo.

Ele estava saindo da Torre da Estrela, a túnica molhada de suor, o peito doendo, quando encontrou a Rainha Lilibet esperando por ele no Jardim da Rainha. Naquele dia ela usava um pálido verde-jade — uma cor que fazia Kel pensar em uma única gota de veneno se dissolvendo em leite. Braceletes de safira verde se enrolavam em seus pulsos, e uma faixa de prata em sua cabeça mantinha uma única esmeralda entre os olhos dela.

— Portador da Espada — chamou ela, cruzando a grama. Então ela não ia fingir que não estivera esperando que ele saísse da torre. Ela devia saber, como Kel sabia, que Conor estava em uma reunião na propriedade Alleyne, e achou uma hora perfeita para abordar Kel sozinho. — Uma palavrinha.

Como se ele tivesse escolha... Kel se aproximou da rainha, inclinando a cabeça.

— Mayesh me disse — começou, sem rodeios — que você foi atacado em uma parte ruim da cidade, depois de visitar uma cortesã.

— Sim — disse Kel, mantendo o tom educado. — É verdade.

— Não sou tola — retrucou a rainha. — Não ignoro o tipo de divertimento que meu filho prefere. Mas você deve acompanhá-lo quando ele for nestes lugares. Não buscá-los você mesmo.

— O príncipe me dispensara naquela noite...

— Não importa o que ele diz — interrompeu-o Lilibet, severa. — Você não pode ser descuidado consigo mesmo, Kel Saren. Você é propriedade do Palácio. Não é seu propósito morrer quando não estiver defendendo meu filho. — Ela virou a cabeça para olhar para o Castelo Mitat. O cabelo dela era de um preto fosco, mais escuro que o de Conor, resultado de uma habilidosa aplicação de tinta. — Ele não pode sobreviver sem você.

Kel sentiu uma pontada de surpresa.

— Mas ele terá que sobreviver — disse Kel — se eu morrer por ele.

— Então pelo menos ele saberá que seu último pensamento foi sobre ele.

Kel não via como isso importava.

— Quando ele se tornar rei...

— Então ele pegará o Anel do Leão e o atirará no mar — continuou Lilibet. — Depois disso, Aigon o protegerá. Quando um Deus assumir por você, Kel Saren, você poderá largar seu dever. Entendeu?

Kel não tinha certeza se havia entendido.

— Serei mais cuidadoso — garantiu. — Meu primeiro pensamento é sempre Conor. Vossa Alteza.

A rainha deu a ele um olhar duro antes de se afastar — um que, Kel sentiu, indicava que ela suspeitava que ele não estava contando alguma coisa. O que era verdade.

Fora uma conversa estranha. Kel estava inquieto enquanto voltava devagar para o Castelo Mitat. A que Lilibet se referira quando disse que Conor não poderia sobreviver sem Kel? Ela não sabia que o perigo para Conor vinha de Prosper Beck. Era *outro* perigo que ela temia, algo que Kel desconhecia?

Os pensamentos de Kel foram interrompidos por Delfina, apressando-se atrás dele pelo gramado do Palácio. Ela estava muito corada, e parecia tê-lo procurado por toda parte. Jolivet esperava nos aposentos do príncipe, comunicou ela; ele queria ver Kel imediatamente. Além disso, acrescentou ela de maneira acusatória, o calor agravara o problema de pele dela, e Delfina ia encontrar Gasquet.

— Ele colocará sanguessugas em você — avisou Kel enquanto ela se afastava, mas Delfina o ignorou. Ele seguiu até o Castelo Mitat sozinho, passando por dois velhos cães de caça do rei, adormecidos e roncando na grama. — Vocês estão certos — disse a eles. — Continuem assim.

Ele não pôde deixar de se perguntar sobre o que Jolivet queria falar. Normalmente, se Jolivet o procurava, era sobre os treinos de espada, mas Kel não estava em condições disso. Talvez Jolivet ou seu esquadrão descobrira algo sobre o ataque no beco, e então Kel só podia esperar que o Legado não tivesse descoberto muito.

Quando chegou aos aposentos que dividia com Conor, ele se preparou para encontrar Jolivet, o rosto comprido encarando-o por baixo do capacete do Esquadrão da Flecha. Mas quando abriu a porta, não era Jolivet.

Em vez disso, sentada em um divã de seda cor de ameixa, estava Antonetta Alleyne.

Ao lado dela, uma garota esguia com um vestido amarelo solto, e por cima usava uma pequena capa de veludo cor de açafrão. O capuz da capa estava levantado, escondendo seu rosto. Uma das criadas de Antonetta, supôs Kel.

A própria Antonetta usava um vestido azul-claro com mangas bufantes, amarradas com fitas brancas. Pó azul fora passado em seus cachos, deixando o cabelo de uma cor mais escura que seus olhos. Quando ela o viu entrar, ergueu o olhar e por um momento o alívio tomou conta de seu rosto.

E desapareceu um instante depois, deixando Kel imaginando se tinha o visto, de fato.

— Ah, que bom — exclamou ela, juntando as mãos como se estivesse no teatro. — Você veio. Entre e feche a porta.

— Como você convenceu Delfina a me dizer que Jolivet estava aqui? — questionou Kel, fechando a porta, mas não a trancando. — Talvez ela seja mais confiável do que pensei.

— Não. Só é suscetível a suborno. Como a maioria das pessoas é.

Antonetta sorriu, e Kel só podia pensar no que passara diante de seus olhos enquanto estava caído e sangrando na Chave. A visão de Antonetta, em lágrimas. Mas ali estava ela, com o sorriso artificial que o tirava do sério. Ele disse entre dentes:

— Mas por que se dar ao trabalho de subornar Delfina? Suponho que você está aqui para ver Conor. Ele saiu...

— Não estou procurando por ele — Antonetta o interrompeu. — Na verdade, ele está com minha mãe, então eu sabia que ele *não estaria*

aqui. — Ela deu uma piscadela para Kel. — Eu trouxe alguém para ver *você*. — Ela sacudiu sua companhia, que estivera em silêncio total desde a chegada de Kel. — Ande, agora!

Kel pensou ter ouvido um suspiro cansado. A jovem ao lado de Antonetta ergueu as mãos e abaixou o capuz amarelo. O cabelo ruivo escuro familiar desceu pelas costas dela enquanto olhava com ironia para Kel.

Lin Caster.

Ela parecia mais jovem do que ele se lembrava. Kel se recordava de mãos cuidadosas, de uma voz séria e doce, estranhamente calma em sua firmeza. Pela primeira vez, ele percebeu que Lin tinha um rosto curioso, inquisitivos olhos verdes e sobrancelhas determinadas. Ele supôs que ela sempre fora assim, e que a febre o fizera pensar que era mais velha, mais autoritária. Bem, a febre e o fato de que ela expulsara Conor do quarto.

— Antonetta — disse ele. — O que é isto?

Lin ergueu o olhar.

— Peço desculpas por surpreendê-lo — disse ela, naquela voz intensa que parecia estranha com sua postura delicada. — Mas você foi meu paciente e eu queria ver se estava curado. Demoselle Alleyne me trouxe por gentileza ao Palácio...

— *Contrabandeei* você para o Palácio — corrigiu-a Antonetta, soando satisfeita consigo. — Assim que soube que você foi ferido e que sua médica não voltaria porque estava com medo de Conor, tive que fazer *algo*...

Lin se levantou. Era estranho vê-la usando veludo amarelo. Kel sabia que ela era Ashkar — era neta de Mayesh, usava o tradicional círculo vazio em uma corrente no pescoço —, e, mesmo assim, fora das tradicionais roupas cinza, ela parecia uma criada de Castellane ou filha de mercador. Não era de espantar que o vestido estivesse tão grande nela, pensou Kel. Não era dela.

— Não estou com *medo* do príncipe — negou Lin. — Ele me pediu para não voltar. — Ela soava calma, como se não fizesse ideia do perigo de ignorar um pedido da realeza.

Antonetta riu da expressão de Kel.

— É uma peça *maravilhosa* que pregamos em Conor — disse ela. — Lin me contou que ele pediu que Lin não voltasse a Marivent, mas falei para ela não se preocupar com o temperamento do príncipe. Ele adora ser dramático.

Kel esfregou as têmporas com os dedos. Começou a sentir dor de cabeça.

— Mas vocês duas, como se conheceram?

— Por meio da minha costureira — explicou Antonetta.

— Sua *costureira*? — repetiu Kel. — Como, pelo inferno cinzento...

— Você não deve praguejar — disse Antonetta, reprovadora. — Minha costureira Mariam...

— É minha amiga. Ela é Ashkar — disse Lin. — Contei a ela que curei o primo do príncipe, Kel Anjuman, depois que ele sofreu uma queda feia do cavalo. Espero que isso seja aceitável.

O olhar dela era firme. Então Lin não dissera nada à amiga sobre os Rastejantes; isso era um alívio.

Antonetta ficou de pé e se aproximou de Kel, seus sapatinhos de cetim produzindo um som que parecia um sussurro no chão de mármore.

— Você foi ferido?

Kel gesticulou vagamente para o torso.

— Aqui. Caí em uma cerca.

Para a surpresa de Kel, Antonetta estendeu a mão e roçou a frente da camisa dele com as pontas dos dedos. Apesar de todo o seu artifício, o calor de seu toque, mesmo através da camisa dele, era quase real demais.

Antonetta olhou para o rosto de Kel. Seus olhos azuis estavam arregalados, as bochechas rosadas, os lábios entreabertos. Ela era tão bonita que doía. Mas era tudo artificial, pensou Kel. Ela *está praticando um olhar de preocupação afetuosa para quando for útil. Para Conor.* Isso o incomodava, e ele não queria se irritar com Antonetta. Ainda assim, a sensação era de uma irritabilidade quente.

— Demoselle Alleyne — disse Lin. Ela havia pegado a bolsa, que estivera escondida atrás das amplas saias de Antonetta. — Devo pedir que parta, para que eu possa examinar meu paciente.

— Ah, eu não me importo de ficar — comentou Antonetta, animada.

— Terei que pedir que ele se dispa, sabe? — insistiu Lin.

— *Estive* praticando desenho de modelos vivos — argumentou Antonetta —, e um conhecimento de anatomia é útil para todos... — Ela se interrompeu quando Kel lançou-lhe um olhar sombrio. — Ah, está *bem*. Mas será muito entediante no corredor.

Kel cedeu um pouco.

— Talvez você possa servir de guarda. Avise-nos se alguém estiver vindo.

O olhar de Kel encontrou o de Antonetta, e por aquele breve instante ele soube que a garota estava se lembrando, assim como ele, das muitas vezes que estivera de guarda nas brincadeiras deles, tantos anos antes. Ele não saberia dizer como tinha certeza dos pensamentos de Antonetta, apenas tinha, e então ela saiu, fechando a porta atrás de si.

Quando ela partiu, Lin indicou que Kel deveria se sentar na cama e tirar o casaco e a camisa. Então ela não havia apenas dado uma desculpa para se livrar de Antonetta, pensou ele, divertido, fazendo o que fora pedido.

Ele tirou o casaco e desabotoou a túnica de seda. Enquanto a removia, Lin o olhava com algo parecido com surpresa.

— Sieur Anjuman — disse ela. — Você está muito melhor desde a última vez que o vi.

— Espero que sim — respondeu Kel. — Acredito que no dia eu estava babando sangue, e sem dúvida balbuciando algo incompreensível.

— Não foi tão ruim assim. Você tem alguma objeção a ser examinado para garantir que está se curando da maneira certa?

— Nenhuma, eu acho.

Ela se aproximou dele e com cuidado removeu os leves curativos que ainda havia. Kel se sentiu estranhamente exposto por um momento, mas estava óbvio que Lin não estava nem um pouco afetada por ver um peitoral masculino nu. Na verdade, ela o observou com uma impassibilidade tranquila que o fez pensar em Lilibet examinando um novo conjunto de cortinas.

— Você se curou bem — observou ela, passando os dedos sobre as cicatrizes na lateral do corpo dele ante de tocar a ferida protuberante perto do coração. — Muito bem. A maioria das pessoas ainda estaria de cama. Você sentiu muita dor?

Ele contou que havia largado a *morphea* havia pouco tempo. Ela ficou horrorizada em saber que Gasquet o fizera tomar a dose por tanto tempo — *Jamais permito que meus pacientes a tomem por mais que*

três dias! — e abriu um pote de bálsamo que tirara da bolsa. O quarto se encheu com um cheiro leve e apimentado, como capim-de-cheiro.

Ela mordiscou o lábio enquanto espalhava o bálsamo deliberadamente nas novas feridas dele e também nas antigas.

— Tantos ferimentos — comentou ela, mais para si mesma.

— Sou muito desajeitado — disse Kel. O bálsamo formigava, provocando arrepios na pele.

— Não — disse ela. — Você é um Portador da Espada.

A mão dele disparou, agarrando o punho dela. Lin o olhou, surpresa, ainda segurando o bálsamo, mas paralisada no meio da ação.

— *O que você disse?* — sibilou ele.

Ela inspirou fundo.

— Desculpe-me. Pensei que Mayesh poderia ter dito a você que eu sabia.

Ele soltou o ar devagar.

— Não.

— Reconheci seu talismã *anokham*. — Lin parecia estranhamente calma, apesar da situação. — É um trabalho Ashkar muito antigo, o tipo de coisa que não é mais feita. Não contarei a ninguém — acrescentou ela. — Considere-me obrigada a manter segredos, assim como meu avô. Se eu contasse a alguém, colocaria-o em perigo.

Kel soltou o punho dela. Deveria estar furioso, pensou ele, ou em pânico. E mesmo assim... talvez fosse o conhecimento de que o Rei dos Ladrões sabia de sua verdadeira identidade, assim como Merren e Ji--An. Na verdade, Lin saber quem ele era não o prejudicava mais do que já estava prejudicado. Talvez parte dele confiasse nela. Ela salvara sua vida; era um instinto, um tipo de reconhecimento.

— Diga-me uma coisa — pediu Lin, fechando o bálsamo. — Você se lembra como conseguiu todas essas cicatrizes?

Kel estava prestes a pegar a camisa, mas parou. Ele tocou uma cicatriz no ombro esquerdo, uma forma triangular como um afundamento na pele.

— Esta veio de um assassino na corte de Valderan, armado com arco e flecha. E esta aqui — ele indicou um ponto abaixo da caixa torácica —, um mercenário com um chicote; ele invadira o aniversário de dezoito anos de Antonetta, procurando Conor. Nesta aqui — ele se esticou para tocar as costas — um antimonarquista com um machado conseguiu se infiltrar na inspeção anual da cavalaria.

— E esta? — Ela tocou um pedaço de pele protuberante acima do quadril direito dele. Sentiu o cheiro fraco de limão.

— Sopa quente — respondeu Kel, sério. — Nem toda história é heroica.

— Nunca se sabe — respondeu Lin, igualmente séria. Ela terminou de refazer os curativos e deu um tapinha leve no ombro dele. — A sopa poderia estar envenenada.

— Eu não havia pensado nisso — comentou Kel, e pegou a túnica com uma risada; era a primeira vez que ele ria em dias, e pareceu que um peso saiu de seus ombros.

— Agora — disse Lin, olhando-o enquanto ele abotoava a túnica e esperava que ela desse um conselho médico, que o instruísse a usar o bálsamo todo dia, talvez. — Não vim aqui apenas para ver se você estava se curando. — Ela colocou uma trança atrás da orelha. — Naquela noite, quando você se feriu, disse algo sobre flechas, e depois um nome. *Jeanne*.

Kel a observou em silêncio.

— Mas você não estava dizendo *Jeanne*, estava? Era *Ji-An*. Foi ela quem o salvou naquela noite. Ela trouxe você até aqui...

— Ela atirou flechas nos Rastejantes — contou ele, vestindo o casaco. — Matou vários. Suponho que eles não gostam disso. Lin, *como você sabe de tudo isso?*

— Nós dois o conhecemos — disse ela, baixinho. — O Rei dos Ladrões. Nós o conhecemos, e não deveríamos conhecê-lo. Então pensei que podíamos manter o segredo um do outro. — Ela estendeu um pedaço dobrado de papel. — Não vim aqui porque ele me pediu — destacou ela, com firmeza. — Nem sei como ele descobriu que eu planejava vir ao Palácio. Mas quando eu estava saindo do Sault, um garotinho correu até mim e enfiou isso na minha mão. — *Saudações do Rei dos Ladrões*.

Kel olhou para o papel com cuidado, como se estivesse coberto de pólvora.

— O que diz?

— Não sei — disse ela. — Está endereçado a você...

Uma agitação explodiu no corredor. Kel ouviu a voz de Antonetta, alta e agitada:

— Ah, *não* entre aí, Conor, por favor, não...

E a de Conor. Familiar, e irritada.

— É o *meu quarto*, Ana. — E então Lin se levantou, a porta foi aberta, e Conor e Antonetta entraram.

Estava óbvio que Conor voltara da propriedade Alleyne no lombo de Asti; usava as roupas de cavalgada, incluindo um casaco de couro trabalhado em um tom verde caçador. O colarinho e os punhos brilhavam com botões de bronze. Ele não usava coroa, e o vento transformara seu cabelo em um emaranhado escuro.

Depressa, Kel pegou o papel, enfiando-o na manga do casaco. Não foi exatamente feito com maestria, mas Conor não o olhava. Encarava Lin, e por um momento uma expressão cruzou seu rosto — pura surpresa e raiva — e assustou Kel. Era raro Conor demonstrar de verdade o que sentia, a não ser que fosse de prazer.

A expressão passou tão rápido quanto aparecera. Com calma, Conor retirou a luva de montaria e disse:

— Pensei que havia deixado explícitos os meus desejos da última vez que você esteve aqui, Domna Caster.

Antonetta bateu com o pé no chão.

— Conor, não fique com raiva. *Fui eu* que trouxe ela. Pensei que era importante para Kel...

— Eu julgarei o que é importante. — Conor jogou a luva de montaria na cama ao lado de Kel, que ergueu uma sobrancelha para ele. Conor ignorou. Também ignorou Lin, que estava de pé com a postura ereta, as mãos entrelaçadas na frente do corpo. As bochechas dela estavam pegando fogo, se era de raiva ou constrangimento, Kel não sabia dizer, mas fora isso, ela não reagiu nem um pouco a Conor.

— Conor. — Antonetta puxou a manga do casaco do príncipe. — Fiquei sabendo que você disse a ela para não voltar, mas pensei que estivesse brincando. Você é sempre tão engraçado. — Ela fez biquinho para ele. — Não achei que você fosse se importar com uma garotinha Ashkar. Não *de verdade*.

Conor retirou a segunda luva ainda mais devagar que a primeira, parecendo absorto na tarefa. E Kel percebeu, com um pouco de surpresa, o que a demonstração calculada de inocência de Antonetta conseguia fazer. Ela desarmara Conor com habilidade de uma forma que discutir com ele jamais conseguiria fazer. Mesmo que ele pensasse que o comportamento dela era meio fingido, havia pouco que poderia fazer nesse momento para demonstrar sua raiva sem parecer um tolo, ou parecer que estava realmente preocupado com a presença de Lin.

Conor atirou a segunda luva no canto do quarto.

— Verdade, Antonetta — disse ele, sem demonstrar emoção. — Você tem um coração tão generoso. Tamanha tolerância pelos outros, independentemente do comportamento deles. — Ele se voltou para Lin. — Terminou de examinar Kel? E determinou que cuidado competente foi direcionado a ele? Ou ele está morrendo como resultado da negligência do Palácio?

Lin havia pegado a bolsa.

— Ele está se recuperando bem — respondeu ela. — Mas você sabia disso.

— Sim — confirmou Conor, sorrindo com frieza. — Eu sabia.

Kel nunca se sentira tanto como uma alga, puxada pelas correntes. Conor não o culparia por nada daquilo, ele sabia — Kel nem imaginava que Lin fora banida de Marivent —, mas mesmo assim não conseguia pensar em nada para amenizar a situação. Uma estranha energia pareceu emanar de Lin e Conor, como a corrente que o âmbar emitia quando esfregado com pano. Era apenas o fato de que Lin parecia não compreender a forma como deveria falar com Conor? Que ninguém demonstrava indiferença a um príncipe? Ou algo acontecera na noite em que Lin o curara, algo mais do que um pedido para que Conor deixasse o quarto?

Conor se voltou para Antonetta, que observava Lin e ele com um olhar pensativo. Não pela primeira nem pela última vez, Kel se perguntou no que ela estava realmente pensando.

— Tenho certeza de que você tem coisas mais elegantes e interessantes para fazer, Ana — disse o príncipe. — Vá para casa.

Antonetta ficou surpresa, mas permaneceu onde estava.

— Eu devo levar Lin de volta para a cidade...

— Garantirei que Domna Caster chegue em casa em segurança — retrucou Conor. A maioria das pessoas, sabiamente, teria dado meia-volta diante desse tom; Antonetta olhou para Lin, que assentiu, como se dissesse: *Está tudo bem, vá em frente.*

Na porta, Antonetta hesitou. Ela olhou por cima do ombro — não para Conor, Kel pensou, surpreso, mas para ele. Havia algo no olhar dela, um tipo de diversão contida, que dizia: *Consegui, e nós dois sabemos.*

Mas não tinha nada que ele pudesse dizer em voz alta. Ela partiu, a porta se fechando atrás de si, e alguma parte de Kel se perguntou: era assim que seria a partir de então? Antonetta Alleyne, aparecendo e desaparecendo da vida dele sem aviso? Ele não gostou da ideia. Preferia ser capaz de se preparar para vê-la. Jolivet ensinara a ele por anos sobre os perigos de ser pego de guarda baixa.

— Então — retomou Kel, voltando-se para Conor. — Suponho que sua reunião com Lady Alleyne foi curta?

Mas Conor não respondeu. Ele observava Lin, que pendurara a bolsa no ombro.

— Devo ir — disse ela. — Tenho outros pacientes para ver esta tarde. — Ela assentiu desajeitadamente para Conor e garantiu: — Não precisa se preocupar, não voltarei. Kel não requer mais nada de mim.

— *Kel?* — repetiu Conor. — Que maneira íntima de um cidadão se referir a um nobre.

O olhar de Lin brilhou.

— Deve ser minha terrível ignorância falando. Mais um motivo para eu deixá-los aproveitar a tarde.

Conor passou uma das mãos por seu cabelo encharcado de suor.

— Eu a levarei até o Portão Norte então.

— Isso não é necessário...

— É — grunhiu Conor. — Você é Ashkar, mas está usando as roupas de uma castellana. Acredito que essa cor, esse tecido, são proibidos para você. Provavelmente ninguém vai perceber ou adivinhar, mas ainda é um perigo.

— *Conor...* — começou Kel.

— Posso não concordar com essas leis — disse Conor —, mas são leis. — Ele a olhou de cima a baixo. — Você decerto se arriscou muito por nosso amigo Kel aqui. De fato uma médica dedicada.

O rosto de Lin estava composto, mas seus olhos queimavam de raiva.

— Tenho minhas próprias roupas na bolsa. Se eu puder usar seu tepidário, me trocarei...

— E então andará por aqui como uma Ashkar, o que trará mais perguntas. Sugiro que se troque na carruagem. Antes que chegue à cidade, óbvio, ou dará aos transeuntes uma visão inesperada.

Lin abriu a boca... e tornou a fechá-la, parecendo perceber que não havia motivo para discutir. Ela seguiu Conor para o corredor, parando apenas para lançar um olhar de desculpas para Kel por cima do ombro. Ele se perguntou por que Lin estava se desculpando. Por conspirar com Antonetta? Por deixar uma mensagem do Rei dos Ladrões no colo dele e partir sem explicações? No entanto, qualquer um disposto a desafiar Conor tinha coragem, e ele admirava isso. Balançando a cabeça com um meio sorriso, ele pegou o bilhete que ela lhe entregara e leu as poucas linhas rabiscadas no papel em uma letra surpreendentemente pouco elegante.

Sei da dívida e dos Rastejantes. Venha me encontrar se deseja proteger seu príncipe.

O príncipe ficou em silêncio enquanto Lin seguia o ritmo dele: descendo o longo corredor de mármore e as escadarias sinuosas até o lado de fora, sob o sol brilhante. Na noite em que fora a Marivent pela primeira vez estivera escuro, quase sem lua, deixando o jardim do pátio do Castelo Mitat sem cores. Nesse momento, ela via que era lindo: rosas desciam por treliças penduradas em muros de pedra como amantes dando as mãos, papoulas douradas cascateavam pelas bordas de vasos de pedra, sálvia roxa com espinhos emoldurava os caminhos curvos que serpenteavam pela grama. Uma pequena fonte desaguava debaixo de um relógio de sol azulejado; entalhada na face do relógio havia uma frase de uma antiga canção de amor castellana: AI, LAS TAN CUIDAVA SABER D'AMOR, E TAN PETIT EM SAI. *Ai de mim, quanto pensei que sabia do amor, e mesmo assim quão pouco sei.*

— Agora é a hora de você me contar — disse o príncipe — que Bensimon esqueceu de dizer que eu a proibi de retornar ao Palácio.

Lin estivera consciente dele, é óbvio, mesmo enquanto admirava o jardim. Ele estava inclinado sobre um muro do Castelo, um pé encostado na parede. Seu cabelo era um emaranhado de cachos, os olhos prateados à luz do sol. Da cor de agulhas e lâminas.

Ela respondeu:

— Ele me disse.

O canto da boca do príncipe tremeu — de raiva ou divertimento, Lin não soube dizer.

— Eu lhe ofereci uma saída — replicou ele —, e você não a aceitou. E agora estou me perguntando: qual é o seu problema exatamente?

— Só que sou médica — respondeu Lin. — E como tal, eu queria...

— Não importa o que você queria — ele a cortou. — Quando eu ordeno que faça algo, não é uma ordem vã. Pensei que seu avô teria pelo menos lhe informado isso.

— Ele me informou. Mas Kel é o meu paciente. Eu precisava ver se ele estava se curando da maneira adequada.

— Não somos completamente incompetentes aqui em Marivent — disse o príncipe. — De alguma forma, conseguimos nos virar todos esses anos sem você, e nem todos estão mortos. — Ele puxou o botão de uma flor de maracujá de um caramanchão que cascateava e o girou entre seus dedos. Sorriu para ela, mas os olhos permaneceram sérios. — Quando eu digo *não volte ao Palácio*, isso não significa *a não ser que esteja a fim*. Pessoas foram jogadas na Trapaça por muito menos.

Dali, Lin conseguia ver a Trapaça: uma construção em formato de uma longa, estreita e preta lança perfurando o céu. Uma onda de raiva a atravessou. Não havia julgamentos para aqueles enviados para *La Trecherie*, nada de Justicia. Apenas o estalar de dedos da realeza, a vontade de um rei ou rainha. *Aqui está um homem*, pensou ela, *que jamais trabalhou pelo poder que tem. Ele acredita que pode exigir qualquer coisa, ordenar qualquer coisa, pois jamais lhe disseram não. É rico, sortudo e bonito, e acha que o mundo e tudo nele pertencem a ele.*

— Vá em frente, então — disse ela.

— O quê?

— Me jogue na Trapaça. Chame os castelguardas. Me jogue em uma cela. — Ela estendeu as mãos, punhos cruzados, como se pronta para as algemas. — Prenda-me. Se é o que deseja.

Ele olhou dos pulsos para o rosto dela, o olhar recaindo em seus lábios por um instante antes de desviá-lo. Ele estava corado, o que a surpreendeu. Não achou que seria possível chocá-lo.

— Pare com isso — pediu Conor, ainda sem olhá-la.

Ela abaixou as mãos.

— Sei que você não faria de verdade.

Ele tinha brincos na orelha esquerda, ela percebeu, pequenos círculos de ouro que brilhavam sombriamente em contraste com a pele marrom-clara.

— Você perdeu a cabeça ao cortejar com tanta estupidez tamanho perigo — disse ele. — Pergunto-me por que Mayesh escolheu uma médica desequilibrada para cuidar de meu primo, sendo ela sua neta ou não.

Lin não conseguiu se impedir.

— Ele não é seu primo.

Conor a encarava com um olhar firme.

— O que Mayesh lhe disse?

— Nada. Vi o talismã dele. Pode não significar nada para a maioria dos castellanos, mas sou Ashkar. Posso ler *gematria*. Kel é o *Királar*. Seu Portador da Espada.

O príncipe não se mexeu. Ficou bem parado, mas essa impassibilidade guardava uma energia perigosa. Lembrou a Lin das serpentes que ela vira enjauladas na praça do mercado, imóveis por um segundo antes do ataque.

— Entendo — disse ele. — Você acredita que sabe de algo que pode me ferir. Ferir o Palácio. Acha que isso dá poder a você. — Ele se empertigou. — O que você quer então? Dinheiro?

— *Dinheiro?* — Lin sentiu seu corpo tremer de raiva. — Eu não aceitei seu anel quando você o ofereceu. Por que acha que eu ia querer dinheiro agora?

— Mayesh sabe que você sabe — considerou ele, um tanto para si mesmo. — Ele deve achar que o segredo está seguro com você, então.

— Está. Não pretendo contar a ninguém. Pelo bem de Kel e do meu avô. Não pelo seu bem. O Palácio não significa nada para mim.

Ela começou a ir em direção ao arco, aquele que levava para fora do pátio. Ouviu passos rápidos atrás de si; e então o príncipe bloqueou seu caminho. Ela poderia ter dado a volta por ele, pensou, mas pareceria tolice, como se brincassem de pega-pega.

— Você me odeia — exclamou ele. Parecia quase confuso. — Você não me conhece nem um pouco, e me odeia mesmo assim. Por quê?

Lin ergueu o olhar. Conor era alto, tanto que ela tinha que inclinar a cabeça para trás para olhá-lo. Ela achava que nunca estivera tão perto assim dele. Enxergou cada um de seus cílios escuros, sentiu nele o cheiro de couro e luz do sol.

— Kel está coberto de cicatrizes — observou ela. — E por mais que as feridas recentes não tenham nada a ver com o Palácio, as antigas têm. Ele foi dado a você como se fosse uma *coisa*, como uma caixa entalhada ou um chapéu de brinquedo...

— Você acha que eu uso muitos chapéus de brinquedo? — perguntou o príncipe.

— Ele só tinha *dez anos* — continuou ela.

— Mayesh parece ter contado muito a você.

— Contou tudo — revelou ela. — Kel era só uma criança...

O rosto dele mudou, como se uma tela tivesse sido retirada, e nesse momento ela visse o que havia atrás. Uma raiva verdadeira — distante do fingimento, do disfarce. Era uma raiva pura, queimando em brasa.

— E eu também — sibilou ele. — Eu também era criança. O que você acha que eu poderia ter feito a respeito?

— Você poderia deixá-lo livre. Deixá-lo viver a própria vida.

— Ele não serve a mim. Ele serve à Casa Aurelian, assim como eu. Eu não poderia libertar Kel, assim como não poderia me libertar.

— Você está brincando com as palavras — soltou Lin. — Você tem o poder...

— Deixe-me contar a você uma coisa sobre poder — disse o príncipe de Castellane. — Sempre há alguém que tem mais do que você. Eu tenho poder; o rei tem mais. A Casa Aurelian tem mais. O Conselho dos Doze tem mais. — Ele passou uma das mãos pelo cabelo. Não estava de coroa; ela o modificava sutilmente. Fazia-o parecer mais jovem, diferente. Mais como Kel. — Você sequer — prosseguiu ele — *perguntou* a Kel? Se ele deseja ser diferente do que é? Se deseja que Jolivet jamais o tivesse encontrado?

— Não — admitiu Lin. — Mas certamente, considerando a escolha...

Ele deu uma risada incrédula.

— Chega, então — finalizou ele. Desviou o olhar; quando tornou a olhá-la, a tela estava de volta no lugar. A raiva desaparecera, substituída apenas por uma leve incredulidade, como se não conseguisse acreditar que estava ali, tendo aquela conversa, justamente com Lin. Ela sentiu o desprezo dele, tão tangível quanto o toque de sua mão. — Chega dessa conversa inútil. Não respondo a *você*. Vá embora, e saiba que quando eu digo para ir embora, significa *vá embora e fique longe*, não *vá embora e volte quando quiser*. Está entendendo?

Lin fez um mínimo aceno de cabeça. Mal era um movimento, mas pareceu satisfazê-lo. Ele deu meia-volta e entrou em Castelo Mitat, o casaco verde balançando ao seu redor como a bandeira de Marakand.

Lin estava a meio caminho do Portão Norte, ainda furiosa, quando uma carruagem parou ao lado dela. De laca vermelha, com um leão dourado preso na porta, era nitidamente uma carruagem da realeza; um castelguarda com uma cicatriz no rosto segurava as rédeas de um par de cavalos. — Lin Caster? — perguntou ele, olhando para ela de seu assento. — O Príncipe Conor me enviou. Devo levá-la à cidade, para onde desejar ir.

De alguma forma, Lin teve certeza, era um gesto significativo. Ela contraiu a mandíbula.

— Não é necessário.

— É sim, na verdade — insistiu o guarda. — O príncipe diz que devo garantir que você saia de Marivent. — O tom dele era de desculpas. — Por favor, Domna. Caso se recuse, posso perder meu trabalho.

Em nome da Deusa, pensou Lin. Que pirralho o príncipe era; óbvio que não amadurecera desde a infância.

— Muito bem — cedeu ela. — Mas diga a ele que não estou nem um pouquinho grata.

O guarda assentiu enquanto Lin entrava irritada na carruagem estofada de veludo. Ele pareceu mais que um pouco preocupado, mas não disse nada. Era evidente que ele decidira que, o que quer que estivesse acontecendo, não queria fazer parte daquilo.

Disfarçado de corvo, Judá Makabi voou por noites e dias até a terra de Darat, onde se escondeu no jardim de Suleman. Ele viu como tudo era paz e beleza no Palácio, enquanto fora dos muros as chamas da guerra queimavam a terra com Vidro Estilhaçado.

Exausto e com as asas pesadas de pó, o corvo Makabi ouviu enquanto os feiticeiros-reis e as feiticeiras-rainhas de Dannemore se reuniam sob os galhos de um plátano e conversavam sobre a avareza e ganância por poder que tinham. Eles diziam que se juntariam para atacar Aram, pois sua rainha era jovem e sem instrução, e não conseguia suportar as forças combinadas deles.

— Pensei que sua intenção era seduzi-la e dominá-la — disse uma das feiticeiras-rainhas a Suleman.

— Cansei de esperar — respondeu Suleman, e a Pedra-Fonte em seu cinto reluziu como um olho. — Talvez, se ela aprender a ser obediente, será a rainha de Darat um dia. Mas parece improvável.

Makabi voou de volta a Aram com o coração pesado.

— *Contos dos feiticeiros-reis,* Laocantus Aurus Iovit III

DOZE

No dia seguinte à visita de Lin a Marivent, Kel foi à Mansão Preta, com o bilhete em mãos. Estranhamente, Conor perguntara aonde ele ia e, às pressas, Kel tivera que inventar que um novo estilo de combate estava sendo ensinado na Arena.

— Algo que um Portador da Espada deve aprender — comentara ele, e Conor concordara. Kel esperava que Conor não exigisse uma demonstração da técnica mais tarde.

Às vezes, do alto da Torre Oeste, Kel olhava para a Mansão Preta; ela se destacava entre as outras construções do Warren como um bolo de tinta preta respingada em uma tela ocre. Ninguém sabia quem havia construído o lugar; existia desde que havia um Rei dos Ladrões para ocupá-la, o que era mais tempo do que qualquer pessoa viva poderia ter lembrado.

Ele subiu a escadaria preta e encontrou a famosa porta escarlate guardada por um homem de bigode, tão musculoso que seu tronco parecia pesado, como uma pirâmide invertida. Ele usava um uniforme elaborado em vermelho e preto, com tranças descendo pelos ombros como se fosse um membro do Esquadrão da Flecha.

— Morettus — disse Kel, sentindo-se um tanto tolo, como se estivesse em um conto de um tecelão de histórias sobre espiões e senhas.

— Está bem — disse o guarda. Ele não se mexeu.

— ... E agora? — perguntou Kel, depois de uma longa pausa.

— Está bem. — O guarda assentiu.

— Certo — disse Kel. — Vou abrir a porta. E entrar.

— Está bem — disse o guarda.

Kel desistiu. Ele estava com a mão na maçaneta da porta quando ela de repente se abriu por dentro. Ji-An estava na soleira, um sorrisinho no rosto. Usava um casaco roxo, o cabelo preso com grampos de jade.

— Isso foi horrível de assistir — zombou ela, gesticulando para que ele adentrasse a mansão. — Você vai ter que aprender a ser mais assertivo.

— Ele diz algo mais do que *está bem*? — perguntou Kel assim que a porta se fechou atrás dele.

— Não. — Eles seguiam pelo corredor de madeira que parecia serpentear pelo interior da Mansão Preta como um veio de ouro em uma mina. Pinturas de paisagens de Castellane estavam penduradas nas paredes entre as portas fechadas. — Mas ele uma vez despachou um assassino com carretel de linha e uma faca de manteiga, então Andreyen o mantém por perto. Nunca se sabe.

— E você? — perguntou Kel.

Ji-An olhava diretamente para a frente.

— O que tem eu?

— Você salvou minha vida — respondeu Kel. — Por quê? Não achei que gostasse de mim.

— Por favor, não fique animadinho. Eu estava por perto porque Andreyen me pediu para segui-lo.

— Pediu, é? — murmurou Kel baixinho.

— Não se dê ao trabalho de se ofender. Foi muito chato seguir você. Mal sai de Marivent. E quando enfim saiu, entre todos os lugares possíveis, você foi até o apartamento de Merren. Foi quando percebi que não era a única seguindo você.

— Os Rastejantes — destacou Kel, e Ji-An assentiu. — Mas você poderia ter me deixado sangrando na rua.

— Andreyen não teria gostado disso — comentou Ji-An enquanto o corredor se abria para um tipo de grande sala, como as que nobres costumavam ter em suas casas de veraneio. Meia dúzia de poltronas e sofás baixos estavam espalhados em um círculo aleatório sob um teto que se parecia com uma tigela invertida. Os móveis não combinavam; um armário de laca preta aqui, uma mesa valderana azulejada acolá. Merren estava esparramado em uma das cadeiras, lendo. Apesar do calor do dia lá fora, um fogo queimava na enorme lareira que tomava boa parte de uma parede. — Há um motivo específico para você ter vindo conversar com Andreyen? É melhor eu saber antes de buscá-lo, caso seja algo que ele não ache interessante.

Então o Rei dos Ladrões não havia contado à sua leal assassina sobre a mensagem que enviara a Kel. Interessante... Talvez ele quisesse manter em segredo, embora Kel não fizesse ideia do motivo.

Ele pensou nos últimos dias, nas fofocas que ouvira enquanto vagava por Marivent.

— Diga a ele que tenho perguntas sobre Artal Gremont.

O livro caiu da mão de Merren e atingiu o chão com um baque. Uma expressão incrédula tomou conta do rosto de Ji-An. Kel olhou de um a outro, se perguntando o que havia dito de errado.

— Vou... buscar Andreyen — disse Ji-An, obviamente pega de guarda baixa. Ela olhou mais uma vez para Kel enquanto deixava a sala, seus olhos arregalados como se ele fosse um ouriço que de repente começara a declamar poemas em sarthiano.

Assim que ela partiu, Merren se levantou, pegando o livro caído. Ele estava igualzinho à última vez que Kel o vira — um tanto nervoso e gracioso ao mesmo tempo, o cabelo claro formava um halo de cachos, as roupas pretas rasgadas e remendadas nos cotovelos.

— Por que você mencionou Gremont? — quis saber ele.

Kel jogou as mãos para o alto.

— Um palpite — disse ele. — Ele é uma figura interessante na Colina. Foi enviado ao exílio faz quase quinze anos...

— Não foi *exílio* — rosnou Merren. — Ele *fugiu*. Era para ter sido enforcado na Praça Valeriana.

Kel semicerrou os olhos.

— Tem algo a ver com seu pai?

— Meu pai. Minha irmã. Minha família. — As mãos de Merren tremiam. — Você realmente... ninguém na Colina sabe o que Gremont fez?

— O que você quer dizer com o que ele fez? — começou Kel, mas Ji-An e o Rei dos Ladrões entraram na sala, encerrando a conversa deles.

Merren se sentou depressa, abrindo o livro outra vez, enquanto Andreyen se aconchegava em um sofá azul-escuro. Ele estava, como sempre, impecavelmente vestido de preto, suas longas mãos brancas cruzadas por cima da bengala de abrunheiro. Os olhos brilhavam em seu rosto fino.

Ele disse:

— Kellian, fiquei sabendo que você se recuperou bem, mas estou satisfeito de ver. Você veio porque eu pedi ou tem mesmo uma pergunta sobre aquele sapo, Artal Gremont?

— A primeira opção. Vim por causa da mensagem que você enviou para mim em Marivent — afirmou Kel. — Lin Caster trabalha para você também? Todo mundo em Castellane trabalha para você em segredo?

— Não — disse Andreyen. — Alguns deles trabalham para Prosper Beck.

Kel não conseguiu decidir se era ou não uma piada. O que sabia era que ele era o único de pé na sala — Ji-An havia se empoleirado em uma mesa lateral — e começava a se sentir um tolo. Kel se sentou em uma cadeira do lado oposto de Andreyen, que parecia satisfeito.

— A verdade é que — continuou o Rei dos Ladrões — acho que poucas pessoas se qualificam para trabalhar para mim. Ji-An e Merren, é claro, têm habilidades especiais. Lin e eu apenas temos interesses em comum. Você, por outro lado — e ele fixou o olhar verde-jade em Kel —, ainda quero que trabalhe para mim.

— Nada sobre isso mudou — disse Kel baixinho. — Se esta conversa é sobre eu concordar em trabalhar para você…

— Não é. Mas muito *mudou*. Você quase foi esfaqueado até a morte pelos Rastejantes de Beck. Se Ji-An não estivesse lá, você provavelmente estaria morto.

Kel cruzou as pernas. Estava muito quente na sala e ele queria tirar o casaco.

— Os Rastejantes me emboscaram porque acharam que eu era Conor — explicou ele. — Beck deve ter enlouquecido se está enviando Rastejantes para ameaçar a família real. — Ele franziu a testa. — O nome do líder era Jerrod, Jerrod alguma coisa…

— Jerrod Belmerci — revelou Ji-An. — Ele é o braço direito de Beck. Ele o protege completamente. As pessoas costumam achar que podem atingir Beck por meio dele, e acredite em mim, tentaram, mas ele é um muro de pedra.

— Parece que você teve experiência pessoal nisso — comentou Merren, sorrindo para Ji-An. A fúria dele em relação a Gremont parecia ter passado, uma sombra dissipada pela luz do sol.

Ji-An jogou uma almofada em Merren. Enquanto isso, Kel estava perdido em pensamentos — pensava em Jerrod, na máscara prateada dele e o que ela poderia esconder.

— Não que Beck não tenha perdido o juízo — acrescentou Ji-An. — *É* um movimento peculiar, e perigoso, extorquir a realeza.

— A maioria das pessoas não tentaria arrancar dinheiro da Casa Aurelian — ressaltou Merren. — Eles poderiam apenas mandar o Esquadrão da Flecha para atear fogo no Labirinto. Parece quase que...

Ele parou de falar. O Rei dos Ladrões olhou para Merren, questionador, mas paciente. Havia quase um *carinho* naquele olhar, Kel pensou surpreso. Como se Andreyen simplesmente gostasse de Merren, além de precisar de um envenenador em sua equipe.

— Bem — prosseguiu Merren —, quase como se fosse pessoal.

— Suponho que poderia ser, se Beck está sendo financiado por alguém na Colina — ponderou Ji-An, olhando para Kel.

Kel balançou a cabeça.

— Pensei nisso. Poderia ser qualquer uma das casas, na verdade. Todos são implacáveis, e ricos. E nenhum deles vai contar isso para mim. Eles sabem que sou próximo ao príncipe, então eu seria a última pessoa a quem contariam algo.

— Você poderia vasculhar as casas deles — sugeriu Ji-An, parecendo encantada com a possibilidade. — Poderíamos invadir...

— Antes de irmos longe assim — interveio Andreyen —, Kel, posso falar com você em particular?

Surpreso, Kel não conseguiu evitar olhar rapidamente para Merren e Ji-An, que pareciam ter sido dispensados de repente. Merren apenas deu de ombros e fechou o livro antes de deixar a sala; Ji-An, por outro lado, não conseguiu esconder a mágoa. Kel se sentiu um pouco culpado enquanto ela partia com as mãos enfiadas no bolso de seu casaco roxo.

Quando eles saíram, Andreyen se levantou. Kel se perguntou se o Rei dos Ladrões planejava levá-lo a algum lugar, mas não; parecia que Andreyen estava apenas andando de um lado a outro.

— Por que *Morettus*? — indagou Kel. — Como senha. Eles nos fazem estudar línguas antigas no Palácio, sabe? Sei que significa "sem nome" em callatiano.

— Porque todos os Reis dos Ladrões têm o mesmo sobrenome: nenhum. Sou Andreyen Morettus porque desisti do sobrenome que tinha antes. É um lembrete de que sempre serei um Rei dos Ladrões; é um empreendimento, não uma pessoa específica. — Ele olhou para Kel, pegando uma tigela de prata que estava em uma prateleira. Sem prestar atenção, ele a passou de uma mão à outra. — Agora. Vou contar a você algo que poucas pessoas sabem. Quantas pessoas? Um mês atrás, três pessoas em Castellane sabiam. Agora, só duas pessoas sabem, porque um de nós está morto.

— Morreu de velhice? — perguntou Kel, esperançoso.

— Não, assassinado. Envenenado, na verdade — acrescentou Andreyen, com um sorriso sombrio. — Não por Merren. — Ele correu o dedo pela borda da tigela de prata. — Mas antes que eu te diga mais alguma coisa, saiba que se repetir qualquer parte dessas informações para alguém, por exemplo, seu amigo príncipe, terei que caçá-lo e matá-lo.

Ele olhou para Kel e, naquele momento, o Portador da Espada viu além da aparência calma e tranquila do Rei dos Ladrões — aquele que olhava carinhosamente para Merren, e respondia a ameaças com divertimento —, o criminoso frio e impiedoso.

Sangue nas rodas da carruagem dele, pensou Kel. Em voz alta, ele disse:

— Você não está tornando o fato de saber esse segredo muito maravilhoso.

Andreyen deixou a tigela de lado.

— Se você não quer saber, não contarei. Mas pode ser a única coisa que ajudará o Príncipe Herdeiro.

Kel se recostou na cadeira.

— Eu me pergunto — ele falou. — Por que eu? Por que me oferecer a tarefa de espiar para você? Você parece ter informantes suficientes na Colina. Sabia que Lin Caster me tratou, sabe que estive vagando pelo Palácio; certamente sabia mais do que eu sobre as várias maquinações políticas das Famílias da Concessão. O que tenho a oferecer que outros não têm?

Andreyen olhou para ele em silêncio.

— É porque me arriscar por Conor é minha vocação? Porque se você insinuar que a vida dele está ameaçada, devo dizer sim a tudo o que pedir?

— Lealdade — respondeu o Rei dos Ladrões.

— Não a você.

— Não precisa ser leal a mim. — Andreyen enfiou a mão no casaco preto e tirou um envelope. — Há um Rei dos Ladrões em Castellane desde que há um rei na Colina — disse ele. — Eu herdei o título de outro, assim como seu príncipe herdará o dele de Markus. — Kel semicerrou os olhos, mas não conseguia ver o que estava escrito no envelope; apenas um quadrado branco o encarava. — Um rei inteligente sabe que sempre haverá crime — destacou Andreyen. — Desde que existam leis, as pessoas vão quebrá-las. Mas criminosos não são antimonarquistas por natureza. Muitos deles são bastante patriotas.

Kel riu, e Andreyen lançou a ele um olhar gelado antes de continuar.

— A maioria dos criminosos só deseja que seus empreendimentos prosperem, como qualquer mestre de guilda ou mercador. Um rei sábio entende que ele deve encorajar o tipo certo de crime e acabar com o tipo errado.

— Então você é um tipo de membro da Concessão — debochou Kel. — Mas sua Concessão é o crime.

Andreyen parecia se divertir.

— Você pode pensar assim. Minha Concessão é o crime. O tipo errado de criminoso não teme os Vigilantes nem o Esquadrão da Flecha, mas teme a mim.

— O que isso tem a ver com o rei na Colina, com o Rei Markus? — perguntou Kel. Ele sentiu que estavam se aproximando do segredo que Andreyen queria contar, embora ainda estivessem rondando-o como os corvos na Torre da Estrela.

— Quando o Rei Markus herdou o trono, ele herdou um antigo contrato, entre o rei na Colina e o Rei dos Ladrões. O acordo garante que minhas maiores operações não serão tocadas. Jamais serei levado perante a Justicia; jamais serei arrastado ao Tully. Em troca, garanto que o tipo de crime que não ameaça o rei ou a cidade tenha permissão de ser bem-sucedido, de uma forma controlada, e que o tipo de crime que é indesejado em Castellane não vingue. É um acordo que resistiu ao teste do tempo. Sempre permaneceu em segredo, como deve ser. Mas agora…

Andreyen virou o envelope e, com um sobressalto, Kel reconheceu o selo real: a cera pintada com o escarlate da realeza, o leão exuberante. Ele cruzou a sala até Kel, entregando a ele a carta.

É isso, pensou Kel. *O segredo que poderia custar minha vida.*

Mas era um pensamento tranquilo e imparcial. Ele não tinha escolha. Não pensara se, de alguma forma, aquilo podia ajudar Conor.

Quando ele pegou a carta, achou o papel pesado e duro — *papel, a Concessão Raspail* — e, no momento em que o abriu, reconheceu a letra no mesmo instante como sendo do rei.

A mensagem era curta, endereçada ao Rei dos Ladrões.

Poucos consideraram Castellane tão preciosa quanto eu e você. A cidade está em perigo, eu estou em perigo e meu filho está em perigo. Você e eu precisamos nos encontrar.

Kel leu as poucas linhas várias vezes, como se descobrisse mais de sua importância com a repetição. Por fim, ele olhou para Andreyen.

— O que isso quer dizer?

— Jamais descobri. Respondi a mensagem sugerindo o horário para o encontro, mas acredito que o rei sequer a recebeu. O mensageiro era um castelguarda. Naquela noite, ele foi encontrado morto em seus aposentos…

— Dom Guion — falou Kel, lembrando-se. O motivo de ele ter ido até Merren, para começo de conversa. Um castelguarda com o qual ele não conseguia se lembrar de ter falado, e mesmo assim por causa da morte dele… tudo aquilo. — Foi divulgado que ele foi assassinado por uma amante ciumenta, uma mulher de Sarthe…

— Guion não se interessava por mulheres — contrapôs o Rei dos Ladrões —, embora eu duvide que muitos soubessem disso. Ele era uma pessoa reservada. Tinha que ser. Ele era uma das três pessoas na cidade que sabia do meu contrato com Markus. Foi algo que aprendi assim que cheguei à Mansão Preta. Sempre há um mensageiro. — Ele se sentou na cadeira. — Mas não agora. Nenhum mensageiro veio no lugar de Guion; o Palácio nunca me respondeu. Acredito que Markus acha que eu nunca respondi.

Kel semicerrou os olhos.

— Está me pedindo para ser o novo mensageiro? Por que não um de seus espiões que já estão na Colina ou no Palácio? Por que eu?

— Como falei antes — disse o Rei dos Ladrões —, lealdade. Não a mim, mas à Casa Aurelian. Quando fiz minha oferta a você na carruagem, eu queria ver se você aceitaria ou permaneceria leal ao príncipe. Você passou no teste. Acredito que manterá o segredo, pelo bem dele. E...?

— E? — disse Kel entre dentes.

— E o príncipe é leal a você. Guion foi assassinado. A morte dele foi fácil de disfarçar, de ignorar. Se eu escolher outro dos meus espiões para contatar o rei, quem pode garantir que ele também não será morto antes de alcançar o objetivo? Quem fez isso é esperto; esperto o bastante para saber como você é importante para o príncipe. Uma coisa é tentar assassinar um guarda, outro é acabar com a vida do primo do príncipe, que praticamente não saiu do lado dele por mais de uma década. Eles devem saber que se machucarem você, o príncipe os caçará até os confins da terra. Ele jamais pararia de buscar vingança.

E Kel sabia que era verdade. Devagar, virou a carta nas mãos.

— O Rei Markus diz aqui que Conor está em perigo — disse ele. — E você acredita que Prosper Beck é o perigo?

— Prosper Beck já estava aumentando seu poder quando Markus enviou essa mensagem. Garantir que eu não tenha contato com o rei nem ele comigo é do interesse de Beck. Ele é exatamente o tipo de criminoso caótico inconsciente que ignora as regras normais de contrato, que o rei na Colina eliminaria comigo. O rei diz que o filho dele está em perigo, e agora Beck está disposto a ameaçar o príncipe. Criminoso algum que responde a mim tocaria em um membro da família real.

Kel falou:

— Se Prosper Beck deu um jeito para que seu mensageiro morresse, então ele deve saber desse contrato. Então não eram três pessoas que sabiam do acordo, ao que parecia. Eram quatro.

Andreyen inclinou a cabeça como se dissesse: *verdade*. Kel se perguntou de onde vinha a calma sobrenatural dele. Mayesh sempre dizia que graciosidade combinada com maldade era o domínio da nobreza, mas

Andreyen certamente não era um nobre. Mas, de novo, era impossível determinar a classe dele. Ele era diferente dessas coisas.

— É isso o que preciso que você descubra para mim — disse Andreyen. — Geralmente, com a ajuda do rei Aurelian, não seria tão difícil descobrir quem é Beck, e como ele sabe o que sabe. Mas sem isso... preciso entender o que o rei desejava me dizer naquela reunião. Se há um fio que pode acabar com o império crescente de Beck, preciso descobrir como encontrá-lo e puxá-lo. — Ele encarou Kel com um olhar desconcertante. — Então. Aceita?

Não gosto de muita coisa nisso, pensou Kel, mas Andreyen tinha razão. Se Kel não falasse com o rei, não haveria como descobrir se Conor corria um perigo maior. Se Beck queria mais que apenas dinheiro. Livrar-se dele era do interesse de Conor, e portanto de Kel, assim como era do Rei dos Ladrões.

— Está bem — cedeu Kel. — Falarei com o rei. Mas se eu for assassinado por isso, juro por Aigon que voltarei do inferno para assombrá-lo.

— Excelente — disse o Rei dos Ladrões. — Mal vejo a hora.

Uma vez por semana, o Maharam tinha sessões de atendimento no Shulamat. Ele se sentava na poltrona, usando seu *sillon*, vestes cerimoniais com franjas grossas nos punhos e na bainha feitas de fios azuis-escuros. Seu cajado de amendoeira ficava no colo — uma réplica daquele que Judá, o Leão, levara consigo para o deserto após a destruição de Aram.

Durante essas horas, o Maharam respondia a perguntas sobre questões jurídicas, oferecia bênçãos a noivos ou bebês recém-nascidos, e resolvia pequenas disputas que surgiam no Sault. Qualquer acusação de crime ou questão que envolvesse toda a comunidade seria guardada para a visita anual do Sinédrio. Foi durante uma dessas sessões que Chana Dorin levou Lin ao Maharam para exigir que ela pudesse estudar medicina.

Lin não tinha ficado diante dele outra vez desde... aquela vez. E ela também não queria estar diante dele nesse momento. Mas estava desesperada. Na noite anterior, tinha ido à Casa das Mulheres para ver Mariam, levando consigo não a bolsa de médica, mas o broche que mandara fazer com a pedra de Petrov.

Ela havia tentado de tudo para despertar a pedra na presença de Mariam. Só queria que a pedra se acendesse como no Palácio, mas estava fria e morta em sua palma como um olho de sapo esperando para ser dissecado. Pensar palavras não adiantara, concentrar-se também não, e infelizmente nem orar. Por fim, Mariam, percebendo sua angústia, implorara para que ela fosse dormir e se preocupasse em fazer a pedra funcionar como um objeto de cura outra hora.

— Afinal — dissera Mariam —, você ainda sabe tão pouco sobre a pedra.

O que era verdade, Lin teve que admitir, e ali estava sua chance de mudar isso. Então ela havia esperado durante a tarde, de maneira bastante deliberada, vagando na praça em frente ao Shulamat, até que todos os outros que tinham vindo ver o Maharam tivessem terminado.

As janelas com vidraças do Shulamat deixavam entrar uma pálida luz dourada, na qual partículas de poeira pairavam como mariposas sem asas. O silêncio era assustador enquanto Lin avançava pelo corredor, entre as fileiras de bancos, em direção ao Almenor, a plataforma central onde o Maharam estava sentado.

Ela se aproximou e fez o gesto de respeito, pousando as mãos juntas sobre o coração. O cabelo e barba prateados dele brilhavam como peltre enquanto ele inclinava a cabeça, reconhecendo a presença dela.

Lin ouviu um som fraco. Era Oren Kandel, percebeu ela, varrendo o chão. Uma sensação de irritação formigou a espinha dela; Lin desejou que Oren não estivesse ali, e não tão obviamente ouvindo a conversa deles.

Porém, não havia nada a fazer com relação a isso.

— Vim — começou Lin — para pedir acesso à biblioteca do Shulamat.

O Maharam franziu a testa.

— Impossível. O acesso à biblioteca é apenas para estudantes dos **textos** sagrados.

— Como médica — argumentou Lin com cuidado —, estou pedindo **que uma** exceção **seja feita**. Uma vida está em perigo; a vida de Mariam Duhary. E salvar uma vida não é um propósito mais sagrado que qualquer outro, até a obediência à lei?

O Maharam juntou os dedos sob o queixo.

— Você traz um questionamento interessante da lei — admitiu ele. — Deliberarei a esse respeito.

— Eu... — Lin se virou para encarar Oren, que se aproximava com a vassoura. — Espero que você não delibere por muito tempo. Mariam precisa de minha ajuda, da *nossa* ajuda, o quanto antes.

— Você é apaixonada por sua profissão — observou o Maharam. — Isso é admirável. Farei o meu melhor para ajudá-la. — Os dentes dele estavam amarelados quando ele sorriu. — Talvez você, em troca, possa me ajudar. Seu avô a levou ao Palácio naquela noite, não foi?

Lin não se preparara para isso. Mas é claro que o Maharam saberia; Oren estivera no portão naquela noite, e teria contado a ele.

— Eu tinha um paciente lá — contou ela.

— Há muitos outros médicos ótimos no Sault — disse Maharam. — Por que levar você? Você e seu avô não são próximos. Sempre achei uma pena. Talvez ele quisesse discutir com você a questão de quem o substituirá como conselheiro? Quem ele planeja recomendar ao Palácio? Ele não é jovem, afinal de contas, e deve estar se cansando de seus deveres árduos.

Oren havia desistido de fingir e nesse momento os encarava diretamente.

— Meu avô não conversa comigo, Maharam — afirmou Lin. — Como você observou, não somos próximos.

A decepção apareceu no rosto do Maharam, aprofundando a teia de rugas ao redor de seus olhos.

— Entendo — disse ele. — Bem, é uma questão complicada essa que você trouxe. Pode requerer a sabedoria do Sinédrio.

Lin arfou.

— Mas... pode levar meses até que eles voltem a Castellane — exclamou ela, esquecendo de ser diplomática. — Mariam poderia morrer até lá.

O olhar que costumava ser benevolente do Maharam endureceu.

— Mariam Duhary está morrendo da mesma doença que matou o pai dela, uma doença que os melhores médicos do Sault não conseguiram curar. Mesmo assim você acha que se sairá melhor. Por quê?

— Acho — respondeu Lin, tentando controlar seu temperamento — que para uma religião que finge adorar uma Deusa que um dia foi uma poderosa rainha, há homens demais tomando decisões sobre o que eu, uma mulher, posso ler e fazer.

Os olhos dele se tornaram sombrios.

— Aconselho que você prossiga com cuidado, Lin. Você é médica, não acadêmica. Sim, nós a adoramos, mas temos nossas Leis de Makabi, das quais ninguém é isento.

— Makabi não era um Deus — retrucou Lin. — Ele era um homem. Não acredito que é a vontade da Deusa que Mariam morra tão jovem. Não acredito que a Deusa seja tão cruel.

— Não é questão de crueldade ou bondade. É questão de destino e propósito. — O Maharam se recostou, como se estivesse cansado. — Você é jovem. Vai entender com o tempo.

Ele fechou os olhos como se dormisse. Lin entendeu aquilo como uma dispensa. Ela partiu, parando apenas para chutar a pilha de poeira que Oren havia juntado com cuidado no canto. Lin o ouviu gritar enquanto ela descia os degraus depressa, e sorriu. Que ele aprendesse a não ouvir a conversa dos outros.

Quando Kel voltou ao Palácio, achou Conor deitado em sua cama, lendo um livro. Isso não era incomum: Conor tendia a tratar a cama de Kel como uma extensão da dele, e por vezes se jogava nela para fazer drama.

Ele se sentou quando Kel entrou e disse:

— Você acha que estará pronto para praticar de novo em breve? Ou pretende continuar esse seu negócio de vagar pelo Palácio como uma alma penada?

Kel tirou o casaco e foi se juntar a Conor. Não tinha pensado nisso antes, mas seu novo hábito de vagar por Marivent lhe dava uma desculpa útil para qualquer ausência.

— Pensei em recomeçar amanhã...

— Há um jantar diplomático daqui a duas noites — disse Conor. — Fiquei preso com Mayesh a tarde toda, praticando meu malgasiano. Você precisa vir. Sena Anessa também estará lá, e ela gosta de você. Acho que ela sente que viu você crescer.

— Jantar com Malgasi *e* Sarthe — comentou Kel. — Dois países que se odeiam. Como eu poderia negar?

— Você ficará bem — disse Conor, e Kel sabia que, é óbvio, não havia como negar. Se Conor queria que ele fosse, ele iria; era o propósito, o dever dele. Pensou brevemente no Rei dos Ladrões e nas conversas sobre lealdade. Para o Rei dos Ladrões, a lealdade de Kel era o que o tornava útil, simples assim. Andreyen via aquela lealdade, mas não a entendia. Ele não vivia em um mundo de lealdade e votos. Ele vivia em um mundo de trapaça e extorsão, um mundo onde o poder era equilibrado na ponta de uma faca, pronta para tombar para um lado ou outro. Claro, alguém poderia dizer o mesmo da Colina, ou da diplomacia internacional. Mas isso, também, era parte do propósito de Kel: ser um escudo para Conor contra as flechas invisíveis, assim como para as visíveis.

Conor não pareceu reparar no silêncio de Kel; ele sorria.

— Veja só o que Falconet me deu — disse ele, e entregou a Kel o livro que estivera lendo. Era um tomo fino, feito de couro em relevo. Conor observou com diversão enquanto Kel o abria e espiava o conteúdo.

Por um momento, ele pensou que era a mesma coleção de retratos soltos que Mayesh havia mostrado a eles no outro dia, agora reunidos em um livro. Então seus olhos se ajustaram. Ali de fato estavam Floris de Gelstaadt, Aimada d'Eon de Sarthe, Elsabet de Malgasi e muitas mais, mas em vez de pintadas em sua elegância, tinham sido retratadas totalmente nuas. A Princesa Elsabet tinha sido desenhada em um sofá de brocado, comendo um caqui, o longo cabelo preto roçando o chão.

— Onde Falconet *conseguiu* isto? — questionou Kel, encarando-o.

— Ele mandou fazer, para me divertir — contou Conor. — Deixe que Falconet saiba exatamente a lista de pessoas da realeza que Mayesh considera elegíveis. As imagens dependem, é óbvio, da imaginação do artista, mas dizem que há espiões em toda corte.

Kel o encarou.

— *Toda* corte?

Conor pareceu pensativo.

— Está sugerindo que há espiões aqui em Marivent me desenhando nu?

— *Vi* alguns dos criados se escondendo entre os arbustos. Talvez planejando espiar pelas janelas...

— Bem, que eles aproveitem minha glória despida, então. Não tenho nada de que me envergonhar. — Conor virou a página, revelando uma ilustração da Princesa Aimada de Sarthe usando apenas algumas poucas penas de pavão posicionadas de maneira estratégica. — Nada mal.

— Ela tem olhos adoráveis — disse Kel, diplomático.

— Só você estaria olhando para os olhos dela. — Conor virou a página seguinte, e lá estava a Princesa Anjelica de Kutani. O artista a retratara com uma das mãos cobrindo parte de seus seios nus. Os olhos eram os mesmos do retrato de Mayesh: âmbar-dourado, incompreensíveis. Kel virou a página rapidamente.

— Devolva-me isso. — Conor pegou o livro da mão dele e sorriu. — Inferno cinzento, veja só Florin de Gelstaadt. A árvore não consegue competir com o absurdamente enorme...

— Patrimônio dele — completou Kel, sério.

— Decerto essas proporções *não podem* estar corretas — exasperou-se Conor. Ele encarou a pintura mais uma vez antes de jogar o livro na mesinha. — Falconet pode ser um pouco bizarro.

— As melhores pessoas são — disse Kel. — Ele conhece seu senso de humor, Con.

Mas Conor não sorria mais. Observava Kel com os olhos semicerrados; algo que fazia quando queria esconder a evidência de seus pensamentos. Ele disse:

— O que você diria se eu falasse que não preciso mais de um Portador da Espada? Que você está livre para ir aonde quiser e fazer o que desejar?

O estômago de Kel se revirou. Ele não sabia se era ansiedade ou alívio, leveza ou peso. Ele não tinha certeza de nada mais. Não tinha certeza de nada desde o primeiro encontro com o Rei dos Ladrões. Devagar, ele questionou:

— O que faz você perguntar isso?

— Algo que a neta de Mayesh disse. — Conor se deitou na cama e observou Kel por baixo do cabelo preto emaranhado. — Quando eu a levei para fora do Palácio.

— Você não precisava banir Lin Caster do Palácio, Con — ponderou Kel. — Ela não estava planejando um golpe. Ela é médica. Lin tem um senso de dever em relação a seus pacientes.

— Ela é irritante — exclamou Conor, agitado na cama. — Já conheci mulheres de língua afiada, mas a maioria sabe se conter. Ela fala como se...

— Como se você não fosse o príncipe? — tentou Kel. — Os Ashkar têm o próprio governante banido, você sabe. O Exilado.

— Acho que não me lembrava disso — murmurou Conor. — De qualquer forma...

— Ela é neta de Mayesh — ressaltou Kel, sem saber por que estava insistindo tanto nisso. Por vezes ele sentia que era seu dever não apenas proteger Conor quanto à parte física, mas reconhecer as maneiras pelas quais ele recebera princípios para seguir de maneira inconstante, como uma palavra de Jolivet aqui, um pouco de conselho de Mayesh ali, e negligenciado esses princípios para atendê-los da melhor forma possível em uma atmosfera que não recompensava a virtude, a empatia ou o comedimento. Talvez fosse apenas porque ele sentia que não havia ninguém mais para definir a Deusa para Conor, embora ele mesmo não fosse nenhum especialista. — Você quer que ela o tema?

Conor tirou o cabelo da frente dos olhos e encarou Kel.

— Que me tema? Ela está longe de me temer, Kellian.

— E isso o incomoda?

— Quando eu a vejo, sinto como se tivesse ficado perto demais do fogo, e cinzas quentes mancharam minha pele com pequenas queimaduras. — Conor fez uma careta. — Tentei pagá-la na noite em que o curou. Ela se recusou a aceitar a recompensa que ofereci... — ele ergueu a mão, mostrando o sinete azul em seu dedo direito — e não posso deixar de sentir que se ela tivesse aceitado, minha irritação passaria. Detesto dever a ela.

— Pense nisso como dever a Mayesh — sugeriu Kel. — Todos estamos acostumados a isso.

Conor apenas aprofundou a careta, e Kel decidiu que era mais que hora de mudar de assunto.

— Então — desconversou ele — o que *você* diria se eu dissesse que não quero mais ser *Királar*? Que quero deixar Marivent.

— Eu o deixaria partir — disse Conor. — Você não é prisioneiro.

— Então aí está sua resposta — concluiu Kel. — Se eu quisesse partir, partiria. Se você não quer mais um Portador da Espada, a decisão é sua, mas não uma decisão que você deva tomar em meu benefício. — Conor ficou em silêncio. — Treinei para isso quase a minha vida toda — acrescentou Kel. — Tenho orgulho do que faço, Conor.

— Mesmo que pouquíssimas pessoas saibam disso? — indagou Conor, com um sorriso torto. — Mesmo que precise ser heroico em segredo?

Eu não diria pouquíssimas pessoas, pensou Kel sombriamente. Na sua opinião pessoas demais sabiam daquele segredo, mas isso não era algo que podia compartilhar com Conor.

— Não é *tanto* heroísmo assim — disse ele. — Em grande parte é ouvir você reclamar. *E* roncar.

— Isso é uma afirmação traidora. Eu não ronco — afirmou Conor, com grande dignidade.

— Pessoas que roncam nunca acham que roncam — insistiu Kel.

— Traição — repetiu Conor. — Sedição. — Ele se levantou e se espreguiçou, bocejando. — No fim das contas, mal me lembro de uma palavra em malgasiano. Por sorte, tenho uma nova capa de penas de cisne negro que deve distrair a embaixatriz.

— Parece caro — soltou Kel, e imediatamente se arrependeu.

Conor parou de se espreguiçar e olhou para Kel, severo. Depois de um instante, ele disse:

— Se ainda está preocupado com o assunto de Prosper Beck, não fique. Vou cuidar disso.

— Eu não estava nem um pouco preocupado — falou Kel, mas não era verdade, e ele suspeitava que Conor sabia disso.

Dessa vez, quando alguém bateu à porta tarde da noite, Lin soube de imediato que não era Mariam. Ela teria usado o código: duas batidas rápidas, uma pausa, depois uma terceira. Aquilo era o impacto de um punho na sua porta, e ela se levantou, de repente em pânico.

Ela passara grande parte da noite, depois de suas rondas pela cidade, estudando as poucas páginas que tinha do livro de Qasmuna e se amaldiçoando por nunca ter estudado callatiano. Ela tinha um dicionário da época em que era estudante e estava se esforçando com ele, indo do dicionário para o original. As folhas também não estavam em ordem, tendo sido arrancadas da encadernação, o que dificultava a construção de uma narrativa ou mesmo de uma série de instruções a partir das páginas.

Até então, Lin havia aprendido apenas algumas coisas muito decepcionantes. As Pedras-Fonte tinham mesmo existido e foram inventadas por Suleman, o Grande, senhor do que se transformara em Marakand.

Parecia haver três maneiras de preenchê-las com poder: era possível drenar sua própria energia mágica para elas, como encher um frasco com água. Era possível obter o poder de uma criatura mágica — um dragão, fênix ou hipogrifo, algo formado a partir do poder da própria Palavra. Ou podia-se matar outro usuário de magia e drenar sua energia na forma de sangue.

Infelizmente, as criaturas mágicas não existiam mais. Lin não sabia como alguém poderia administrar o método de salvar seu próprio potencial de magia, e o juramento de médica dela a proibia de matar, caso ela conhecesse um usuário de magia, para começo de conversa.

Frustrada, ela pegara sua pedra — estava começando a pensar nela como sua, e não de Petrov — e a encarara. *Como posso usar você?*, pensara ela. *Como você pode me ajudar a curar Mariam?*

Por um momento, Lin tinha acreditado ter visto as formas estranhas da pedra se reorganizarem, fluindo como as letras e os números da *gematria*. Ela pensara que podia ler a antiga palavra Ashkar para "cura", enterrada bem fundo, uma brasa brilhando através da fumaça...

E então a batida soara na porta. Ela se levantou, deslizando as páginas do livro de Qasmuna — e suas anotações — com cuidado para baixo das almofadas no assento ao lado da janela. E então abriu a porta.

Para sua surpresa, de pé na varanda e parecendo tímido, estava Mayesh. Ele parecia ter acabado de chegar do Palácio, pois usava suas vestes de conselheiro e o medalhão de prata de sua posição brilhava ao redor do pescoço.

— *Barazpe kebu-qekha?* — perguntou ele. Posso entrar na sua casa? Era um pedido formal, não do tipo que costumava ser feito pela família.

Sem nada dizer, Lin recuou e o deixou entrar na sala. Ele se sentou à mesa da cozinha, tomando cuidado para não bagunçar os livros e papéis que restaram.

Lin trancou a porta e sentou-se à mesa diante dele. Ela sabia que deveria pelo menos oferecer-lhe chá, mas Mayesh parecia distraído. Ela podia senti-lo observando o cômodo, desde os vários itens que Josit trouxera de suas viagens até as almofadas que a mãe deles havia costurado com cuidado. Ela achava que Mayesh não tinha estado naquela casa desde que os pais dela morreram, e não podia deixar de se perguntar se isso o fazia pensar, com pesar, em Sorah. Ele sentia dor quando pensava em sua filha perdida? Para Lin, sempre pareceu uma ferida a mais o fato de que, ao se retirar de sua vida, Mayesh tirou dela a última pessoa no Sault, além dela e de Josit, que realmente se lembrava e amava sua mãe.

— Ouvi dizer que você conseguiu entrar no Palácio — disse Mayesh, as palavras dele arrancando-a do devaneio. — Apesar do pedido de Conor.

Lin deu de ombros.

— Você tem sorte que foi apenas um pedido — prosseguiu Mayesh — e não uma ordem da realeza.

— Qual a diferença?

Os olhos de Mayesh estavam avermelhados. Ele parecia cansado, mas a verdade era que sempre parecia cansado. Lin não conseguia se lembrar de um momento em que o vira e ele não tinha o peso do mundo nos ombros.

— Uma ordem da realeza é uma exigência formal feita pelo Sangue Real. A punição por desobedecê-la é a morte.

Lin manteve a expressão calma, ainda que o coração tenha falhado uma batida.

— Ninguém deveria ter esse tipo de poder sobre outro ser humano — retrucou ela.

Mayesh a observou.

— Poder é ilusão — disse ele. Isso surpreendeu Lin; ela sempre presumira que ele era obcecado por poder, seus dilemas e possibilidades. — O poder existe porque acreditamos que existe. Reis e rainhas, e sim, príncipes, têm poder porque nós o concedemos a eles.

— Mas nós *concedemos* isso a eles. E a morte não é uma ilusão.

— Você sabe por que o rei sempre tem um conselheiro Ashkar? — indagou Mayesh de repente. — Na época do Imperador Macrinus, o império estava prestes a entrar em guerra. Foi o bom juízo do Conselheiro do Imperador, um homem chamado Lucius, que a impediu. Quando Lucius estava à beira da morte, o imperador ficou perturbado: Como encontraria outro para aconselhá-lo tão bem? Foi então que Lucius lhe disse: Todos os bons conselhos que já lhe dei me foram ditos pela primeira vez por meu amigo, um homem do povo Ashkar chamado Samuel Naghid. Contra o conselho de sua corte, o imperador confiou em Naghid e o nomeou seu próximo conselheiro. E, por trinta anos, Naghid guiou o império, servindo primeiro a Macrinus e depois a seu filho, e o império preservou seus territórios e se manteve em paz. Depois disso, foi considerado sábio e auspicioso ter um conselheiro Ashkar no trono, e os reis de Castellane mantêm essa tradição.

— Entendi — disse Lin. — Qual o significado disso para você? Porque para mim soa como se a sabedoria de um Ashkar fosse confiável apenas quando as pessoas acreditam que ela veio de um *malbesh*.

— Essa não é a lição que tiro disso. O *malbesh* abriu a porta, mas Naghid provou seu valor, e porque ele provou seu valor permanece a crença de que um conselheiro Ashkar é indispensável, tanto sábio quanto imparcial, pois não toma parte nas disputas do povo. Eles têm o poder de quem está de fora.

— Um poder que é usado para servir ao trono? — perguntou Lin, baixinho. Ela meio que esperava que Mayesh se enfurecesse. Em vez disso, ele observou:

— Como sempre há um Ashkar próximo ao trono, o rei é forçado a olhar para nós e se lembrar de que somos seres humanos. O serviço que faço protege a todos nós. Não apenas falo por nosso povo, mas sou um espelho. Reflito a humanidade de todos nós para o posto mais alto de Castellane.

Lin ergueu o queixo.

— E você está dizendo isso porque quer que eu entenda por que você escolheu o Palácio em vez de mim e de Josit?

Mayesh se encolheu quase de maneira imperceptível.

— Não escolhi o Palácio. Escolhi todos do Sault.

Um ponto de dor, pressagiando uma dor de cabeça, começou a se formar entre os olhos de Lin. Ela o esfregou e insistiu:

— Por que está me contando isso?

— Fiquei impressionado com a forma como você entrou no Palácio — respondeu ele. — Indicou para mim uma compreensão dos usos do poder. Você não podia entrar sozinha, então encontrou alguém que poderia, e a convenceu.

Foi ideia de Mariam, Lin queria dizer. Mas isso não iria ajudar Mariam, e na verdade poderia lhe causar problemas.

— Mas o príncipe ficou furioso — ressaltou ela.

— E também ficou impressionado — ponderou Mayesh. — Eu o conheço bem. Ele reclamou que você era esperta demais. Vindo de Conor isso é um elogio. Ele estava furioso...

— Furioso é ruim.

— Acredite em mim — disse Mayesh. — É bom para Conor. — Ele se levantou. — Também fiquei impressionado por você não ter ido até mim — acrescentou. — Conor indicou que você parecia preocupada em proteger minha posição. Quando disse que não contaria a mais ninguém que sabe que Kel é o Portador da Espada, ele pareceu acreditar em você.

Lin soltou o ar. Ela se perguntara se Mayesh sabia que ela havia revelado essa informação. Parece que sim, mas se ele estava preocupado com isso, não deu indícios.

— Sou sua neta — disse Lin. — Não devo ser considerada confiável por ser da família?

Mayesh apenas deu de ombros.

— Veremos — disse ele, e saiu porta afora.

Depois que Mayesh partira, Lin fora recuperar as páginas que escondera sob as almofadas perto da janela. Que estranho, pensou ela, receber o avô em casa — ela havia imaginado esse momento muitas vezes antes. Imaginara-se repreendendo-o, a cabeça dele baixa de vergonha. Certamente não tinha sido nem um pouco assim. Mas ela descobriu que não lamentava por ter sido diferente.

Enquanto pegava os papéis, a dor de cabeça a fez estremecer. Derrubou os que segurava. Ela se ajoelhou para pegá-los, meio distraída, a atenção no chá de cúrcuma que precisava fazer para evitar que sua dor de cabeça piorasse.

Lin hesitou. As páginas caíram de tal forma que a fez perceber algo que não tinha visto antes. Estava nítido que duas das páginas rasgadas deviam ser examinadas lado a lado. O que pareciam ser coisas separadas e incompletas eram na verdade um só desenho — o mesmo desenho, parecido com um sol de dez raios, que ela lembrava de ter visto nas capas de mais de um livro no apartamento de Petrov.

Paralisada, ela encarou as páginas. Petrov fora obcecado pela pedra. E se ele também tivesse o livro de Qasmuna, ou algum parecido?

Você quer os livros dele; livrinhos nojentos de magia, cheios de feitiços ilegais, dissera a senhoria. *Eu os vendi para um comerciante no Labirinto.*

O Labirinto. Do outro lado das muralhas de Sault, de forma alguma um local aonde uma mulher Ashkar desacompanhada poderia ir em segurança. Nem os Vigilantes nem o Rei dos Ladrões poderiam protegê-la naquele lugar.

Foi a voz de Mayesh que ela escutou então, em sua mente. *Você não podia entrar sozinha, então encontrou alguém que poderia, e a convenceu.*

Ainda ajoelhada no chão, e apesar da dor de cabeça, Lin sorriu.

Muito tempo antes, Kel havia se acostumado a acordar de madrugada para treinar com Conor e Jolivet. Agora que Conor tinha idade suficiente para se recusar a levantar-se ao amanhecer para praticar esgrima, essa habilidade não era mais utilizada, mas Kel ficou satisfeito ao descobrir que seu relógio interno ainda funcionava. Ele acordou quando o sol nasceu sobre a Passagem Estreita, abrindo os olhos de repente.

Uma luz cinza-clara fluía por uma fresta nas cortinas. Conor estava dormindo em sua própria cama, ali perto. A luz que entrava pelas cortinas ao redor do leito criava um padrão de linhas irregulares em suas costas nuas.

Kel se vestiu em silêncio: botas macias, roupas cinza que se misturavam com o amanhecer. Conor não se mexeu enquanto ele deixava o quarto.

Poucos estavam de pé em Marivent naquele horário. A relva do Grande Gramado estava salpicada de orvalho e, ao longe, os navios no porto balançavam na água que parecia lata moldada a martelada.

Os criados corriam de um lado para o outro como sombras esvoaçantes, preparando o Palácio para o dia. Ao ver Kel, ignoravam-no. *Ainda bem*, pensou Kel, enquanto se aproximava da Torre da Estrela, onde ele próprio marchara pelos terrenos do Palácio naqueles dias. Ninguém questionaria sua presença em qualquer lugar; estavam acostumados com suas caminhadas.

Ainda assim, quando entrou na torre, sentiu um incômodo. Havia anos que ele não fazia aquilo, e o ar na torre parecia diferente: fresco e seco, o que não era surpreendente, mas também empoeirado, como se estivesse fechado havia tempos. Como o ar de uma tumba — embora isso fosse tolice; Fausten entrava e saía dali todos os dias, assim como Jolivet e alguns dos criados mais velhos.

Como era o caso na maioria das outras torres, a parte superior e habitada da Torre da Estrela era acessada por uma estreita escada em espiral. As botas macias de Kel permitiam que ele subisse sem fazer barulho. Ele tentou parecer focado na simples atividade de caminhar.

A escada terminava em um patamar que tinha duas portas: uma de madeira lisa, a outra de metal, decorada com um padrão de estrelas e constelações. A luz se espalhava pelas bordas da porta de metal, dando a estranha ilusão de que flutuava no espaço.

Anos antes, lembrou Kel, ele e Conor brincavam nos degraus, e o rei surgira de trás da porta de metal, benevolente, mas severo. Ele estivera estudando as estrelas, dissera a eles; precisavam deixá-lo em paz.

Agora Kel colocou a mão na porta de metal. Era possível, pensou ele, que esse fosse apenas o escritório do rei e que ele dormisse no quarto do outro lado da escada. Mas assim que ele tocou a porta ela se abriu, e Kel se viu em uma câmara iluminada por duas esferas de Vidro Estilhaçado, dentro das quais brilhava uma luz azul. A sala era circular, o teto alto feito de um vidro transparente que ficava prateado pela luz do amanhecer. As paredes eram de madeira, brilhando em um marrom quente; a mobília era simples, mas boa, esculpida em castanheira valderana.

Um planetário de ouro e prata, exibindo a posição elíptica dos planetas, estava em cima de uma mesa; as paredes eram cobertas por livros sobre astronomia, posições e histórias das estrelas. Em um armário, um sextante e telescópios de tamanhos variados, alguns feitos de marfim ou cravejados de pedras preciosas. Gráficos redondos e mapas desenhados com capricho, mostrando a posição das estrelas e as trajetórias dos planetas, ficavam pendurados nas paredes. Havia papéis por todo canto cheios de anotações feitas com caligrafia pequena, escura e rabiscada.

Conforme os olhos de Kel se ajustavam à luz ele se assustou, percebendo que a cadeira que parecia vazia perto da janela estava, na verdade, ocupada. Só que o homem sentado nela estava parado como um móvel. Ele não parecia estar se mexendo, nem uma contração muscular ou uma respiração. Apesar da forte luz do quarto, ele estava na penumbra.

— Vossa Alteza — cumprimentou Kel. O Rei Markus não olhou para ele. Olhava na direção da janela, mas para o nada, os olhos avermelhados. Usava suas vestes de astrônomo, embora Kel visse que estavam esfarrapadas nos punhos.

Com cuidado, Kel se aproximou da cadeira — era difícil não pensar nela como um trono. O espaldar era liso, mas alto, os braços esculpidos com arabescos desgastados. Enquanto se aproximava, ele se ajoelhou por instinto.

— Vossa Alteza — repetiu ele. — O Rei da Cidade me enviou.

O rei olhou para ele. Seus olhos cinza, como os de Conor, estavam turvos de dúvida.

— Você não é Guion — afirmou ele.

Kel enfiou a mão dentro do casaco. Antes de deixar a Mansão Preta, Andreyen havia pressionado nas mãos de Kel um pequeno pássaro de peltre. O rei o reconheceria, dissera ele, ainda que Kel estivesse confuso. Parecia uma bugiganga barata para ele, embora a pequena pega-rabuda parecesse ser o símbolo não oficial do Rei dos Ladrões. O pássaro ladrão.

— O Rei dos Ladrões disse que você me reconheceria por isto — revelou Kel. — Que vim por ele.

O olhar do rei estava grudado no pássaro.

— Mas... você é o Portador da Espada.

— Sim — disse Kel. — Mas também sou um mensageiro. O Rei da Cidade está preocupado por não ter tido notícias de Vossa Alteza.

— Eu que não tive notícias dele. Enviei uma mensagem requerendo um encontro. — O rei tirou o olhar da bugiganga e olhou outra vez pela janela. — Eu não deveria ter feito isso. As estrelas profetizaram que não nos encontraríamos. As estrelas não mentem.

— Talvez — disse Kel. Suor descia por suas costas; estava amanhecendo. Ele não podia ficar ali por muito tempo. E seus joelhos doíam apoiados no chão de pedra. — Talvez fosse a intenção das estrelas que o senhor me contasse que perigos a Casa Aurelian enfrentam, e eu levarei a mensagem ao Rei dos Ladrões.

O rei se inquietou em sua cadeira.

— Fausten me disse que esse é o destino escrito nas estrelas. Mas sei que é o meu pecado, meu mal, que nos trouxe a este lugar.

— Que lugar?

— O lugar da dívida — explicou o rei, e Kel sentiu como se um atiçador de fogo fosse enfiado entre suas costelas. Será que o rei sabia do dinheiro que Conor devia a Prosper Beck? Decerto esse não poderia ser o perigo de que falava. Se o rei quisesse pagar a dívida, seria simples para ele. O Tesouro era dele.

— Não é culpa sua — Kel o tranquilizou, escolhendo cada palavra com cuidado. — Vossa Alteza. É culpa de Prosper Beck.

O rei o olhou sem emoção.

— Quem é Beck? — sussurrou Kel. — O que ele quer? Certamente a dívida pode ser paga, dez mil coroas...

Com a voz áspera, o rei cerrou as mandíbulas.

— Não é uma dívida a ser paga em ouro, garoto. É uma dívida de sangue e carne. É uma dívida que me prende como as barras de uma gaiola, mas mesmo assim não consigo escapar.

Kel se sentou sobre os calcanhares.

— Eu não...

A porta de metal se abriu com um estrondo. Uma figura atarracada avançou em Kel. Ele se viu sendo puxado por ninguém menos que Fausten. O homenzinho estava pálido, a cabeça careca molhada transpirava. Ele fedia a suor azedo e bebida velha.

— Vossa Alteza — arfou Fausten. — Minhas desculpas. Vossa Alteza não devia ser perturbado por este... este intruso.

O rei olhou para Kel — não, não para Kel. Para o que ele tinha em mãos. Mas Kel já havia fechado a mão em volta da pega-rabuda. Ele se afastou de Fausten, mas não havia nada a dizer. Não podia apelar para Markus, que os observava com olhos assombrados. Fausten não sabia sobre o contrato entre os dois reis de Castellane, e manter esse segredo era muito mais importante do que Kel reclamar que ele tinha o direito de estar onde estava.

Ele deixou Fausten conduzi-lo até o patamar. Não questionar o incomodava, mas ele sabia que não teria conseguido nada, e Fausten decerto poderia criar problemas para Kel, se quisesse.

Fausten respirava com dificuldade.

— Como você ousa...

— Ouvi um barulho enquanto passava por aqui — mentiu Kel com a voz tranquila. — Vim garantir que Sua Alteza estava bem. Foi um erro presumir...

— De fato foi um erro — retrucou Fausten. Quando estava com raiva, seu sotaque malgasiano ficava mais forte. — O bem-estar de Sua Alteza não é preocupação sua, *Királar*. O principezinho é sua responsabilidade. Não o pai dele.

— A segurança de toda a Casa Aurelian é preocupação minha — replicou Kel, apertando a pega-rabuda. As asinhas afiadas cortaram a palma dele.

Fausten balançou a cabeça devagar. Nunca antes Kel havia reparado em como os olhos dele eram pequenos, como brilhavam e eram pretos.

— Sua Alteza — sibilou Fausten — faz o que eu aconselho. Interpreto para ele a vontade das estrelas, em cujos desígnios ele acredita por completo. Se as estrelas dissessem a ele para prender você na Trapaça, ele o faria. Você não seria o primeiro *Királar* a ser preso por traição.

— Não fiz nada para merecer isso.

— Então continue a não fazer nada. — Fausten deu um pequeno empurrão em Kel; ele não era forte, mas Kel, impressionado pelo que acabara de ouvir, deu um passo para trás. — *He szekuti!*

Dê o fora daqui. Não volte.

Com isso, Fausten deu meia-volta e entrou no escritório do rei. Kel podia ouvi-lo murmurando com a voz aguda e preocupada, garantindo ao rei que tudo estava bem.

— Vossa Alteza, está agitado. Tome um pouco do seu remédio.

A bile subiu à garganta de Kel. Ele desceu a escada, perplexo e furioso, e saiu pela porta da torre, para o ar puro da manhã. O céu estava azul e claro, o ar sem poeira.

Sua mão doía. Ele a abriu e a olhou. Tinha apertado a bugiganga do Rei dos Ladrões com tanta força que a esmagou até deixá-la irreconhecível.

Quando Judá Makabi voltou para Aram, a Rainha Adassa lhe devolveu sua forma humana e ordenou que ele falasse sobre o que tinha visto.

— Notícias sombrias, minha rainha — ele disse a ela. — Você foi traída. O Rei Suleman reuniu um grande exército contra você, e eles atacarão Aram dentro de três dias.

Adassa nada disse, mas trancou-se na grande Torre de Balal. Quando ela o fez, a inquietação surgiu em Aram, pois o povo temia que sua rainha os tivesse abandonado. Mas Makabi saiu do Palácio e disse a eles:

— Não temam, pois nossa rainha nos salvará. Tenham fé. Ela é nossa.

Na manhã do segundo dia, Adassa emergiu de sua torre muito diferente. Ela tinha sido uma garota bonita e gentil, mas tudo isso parecia ter desaparecido, e foi uma mulher brilhante e afiada como uma lâmina que saiu do Palácio e olhou para seu povo, que se reuniu para ouvi-la falar.

— Meu povo de Aram — disse ela. — Preciso de sua ajuda.

— *Contos dos feiticeiros-reis,* Laocantus Aurus Iovit III

TREZE

Kel subiu a Estrada Yulan, a cabeça baixa sob o sol forte de Castellane. Era quase meio-dia, e ele estava começando a ficar com calor debaixo de seu casaco de veludo verde, mas havia sacrifícios a serem feitos para agradar a rainha da Casa Aurelian.

Merren Asper caminhava ao lado dele, uma figura magra em preto desbotado, parecendo perdido em pensamentos. *Aqui estou*, pensou Kel, *lado a lado com um envenenador, indo encontrar o único homem em Castellane que pode, em teoria, me aproximar de Prosper Beck. Como foi que cheguei aqui mesmo?*

Não que fosse uma pergunta difícil de responder. O Rei dos Ladrões. Kel tinha dado a desculpa de sempre de ir treinar na Arena, e seguira para a Mansão Preta. Ele encontrara Andreyen no solário, admirando as plantas.

— Você falou com Markus — dissera Andreyen assim que vira a expressão de Kel. — Vejo que não foi bem.

Enquanto contava a história, Merren e Ji-An haviam se juntado a eles, curiosos. Andreyen lançara a Kel um olhar de aviso, mas ele já passara da parte da história em que Markus reconhecera uma conexão com o Rei dos Ladrões. Ele repetira outras coisas que Markus havia dito: que era o pecado e o mal dele que os levaram àquele lugar. Que a dívida de Conor só poderia ser paga com sangue. E o que ele não dissera: nada sobre Prosper Beck.

Kel também contou a eles sobre Fausten — das ameaças e da posição defensiva dele.

— Talvez ele *seja* Prosper Beck — sugerira Merren. — Ou esteja financiando ele.

O Rei dos Ladrões logo descartou essa ideia.

— Fausten não tem dinheiro — observara ele. — A influência que ele tem sobre o rei é seu único poder. Prosper Beck é uma força desestabilizadora. Fausten gosta das coisas como são. — Ele dera de ombros. — Você terá que tentar falar com o rei quando Fausten não estiver lá.

Mas Kel ficara firme. Talvez Fausten estivesse blefando quando o ameaçara com a Trapaça, mas Kel duvidara. Não houve nenhum sinal do costumeiro tremor hesitante dele. Ele parecia ter certeza, e o horror do que a Trapaça representava era mais forte do que ele achava que Andreyen compreenderia.

— O rei entende que há perigo, de algum tipo — dissera Kel —, mas não acho que ele tenha noção do que é. A fé dele nas estrelas e no que elas pressagiam é quase religiosa. Ele acredita em profecia, não na realidade. — Ele hesitara. — Devo falar com Beck em vez disso. Ele sabe dos próprios planos; ninguém mais parece saber. — Ele estendera a mão para tocar a pétala amarela de um girassol. — Preciso encontrar Jerrod Belmerci.

Aquilo desencadeou uma grande discussão. Jerrod não poderia ser encontrado; ele jamais deixaria Kel chegar perto de Beck; apenas alertaria Beck de que Kel o procurava. Mas Kel fora irredutível, e por fim Ji-An, contrariada, revelara a informação de que Jerrod poderia ser encontrado entre o meio-dia e o pôr do sol tomando sopa na Estrada Yulan, onde gerenciava negócios em nome de Beck.

— Se está determinado a ir, leve Merren com você — pedira Andreyen, sombrio.

— Merren? — repetira Kel. — Não Ji-An?

O Rei dos Ladrões sorrira, divertido.

— Não seja grosseiro com Merren.

— Não acho que é grosseria — dissera Merren. — Acho que é uma boa pergunta.

Kel meio que esperara que Ji-An se ofendesse, mas em vez disso ela apenas trocara um olhar com o Rei dos Ladrões. Um que informou a Kel que ela entendia os motivos de Andreyen.

— Pobre Merren — lamentara ela. — Ele odeia conflito.

— É verdade — concordara Merren, parecendo chateado, mas resignado. — Eu odeio conflito.

Mas ali estavam eles, marchando pela Estrada Yulan enquanto o Relógio da Torre do Vento começava a badalar meio-dia, o som de seus sinos sendo carregado pela brisa do porto. A Estrada Yulan estava agitada com estudantes em busca de uma refeição barata em uma das muitas barraquinhas de bolinhos. Bandeiras douradas e brancas foram penduradas acima de portas de madeira entalhada, com os nomes de lojas em castellano e shenzano: uma joalheria, uma casa de chá. Lanternas escarlates de papel e arame, pintadas com caracteres de prosperidade e sorte, pendiam de ganchos nas paredes de gesso. Bairros com culturas que se assemelhavam a lugares que se estabeleceram em Castellane vindos de Geumjoseon, Marakand e Kutani se espalhavam pela cidade, embora fosse provável que a área ao redor da Estrada Yulan fosse a mais antiga. Afinal, o comércio de seda foi a primeira Concessão.

Kel fora à Mansão Preta com um plano, que ele não havia compartilhado por completo com Andreyen. Quanto mais perto ele chegava de Jerrod e da execução do plano, mais sentia a tensão crescer como um gosto amargo no fundo da garganta.

Ele afastou os pensamentos.

— Você é leal demais ao Rei dos Ladrões — disse ele enquanto Merren parava para examinar os produtos de uma barraquinha de ervas medicinais.

— Você é leal demais ao príncipe — devolveu Merren.

— Eu não sabia que você havia jurado proteger Andreyen — comentou Kel. — Ou que mantê-lo protegido era seu dever e vocação.

Merren ergueu o olhar, semicerrando os olhos para protegê-los do sol. O cabelo dele estava brilhoso como ouro recém-polido.

— Eu devo a ele.

Apesar de seu nervosismo, a curiosidade de Kel falou mais alto.

— Pelo quê? Tem algo a ver com Gremont?

— Artal Gremont é o motivo de eu ter me tornado um envenenador — afirmou Merren. — Para que eu pudesse matá-lo. Andreyen me ofereceu um local onde trabalhar. Para me esconder dos Vigilantes, se necessário. Um dia, Artal Gremont colocará os pés em Castellane outra vez, e estarei pronto. E Andreyen terá me ajudado.

— Inferno cinzento — praguejou Kel. — O que Artal Gremont fez com sua família?

Merren desviou o olhar. Abandonando a barraquinha e seus produtos, ele seguiu pela estrada com as mãos enfiadas nos bolsos. Kel foi atrás dele.

— Está tudo bem — Kel o tranquilizou. — Você não precisa falar disso...

— É aqui. — Merren apontou para o outro lado da rua, para uma loja baixa com fachada de madeira pintada de branco e janelas cobertas com papel de arroz. A placa acima da porta anunciava ser a Casa de Macarrão Yu-Shuang, lar de uma receita exclusiva de lámen com gengibre e carne de porco.

Kel sentiu o estômago revirar, mas não estava a fim de mostrar seu nervosismo para Merren nem de reconhecê-lo para si mesmo. Eles entraram. Uma cortina de seda estava pendurada na entrada; passando por ela, Kel se viu em um cômodo de madeira onde uma fileira de cozinheiros vestidos de vermelho cuidavam de panelas fumegantes de caldo e curry. O ar tinha cheiro de gengibre, cebolinha, caldo de carne de porco e alho. Um mapa em aquarela preso à parede, com as bordas soltando, mostrava o continente de Dannemore de uma perspectiva shenzana, com Castellane destacada como o Reino de *Daqin*. Os maiores detalhes eram reservados para Shenzhou e seus vizinhos, Jiqal e Geumjoseon. Kel pensou em algo que Bensimon costumava dizer: *Todos somos o centro de nossos mundos. Castellane pode acreditar ser o país mais importante de Dannemore, mas lembre-se que Sarthe, Malgasi e Hind pensam a mesma coisa de si.*

Kel já estivera em lojas assim. Elas costumavam ficar abertas até tarde da noite, o que as tornava atrativas para os amigos de Conor. Usando uma técnica que aprendera com Jolivet, Kel escaneou o ambiente sem deixar óbvio que o fazia. O lugar estava meio cheio, mas Jerrod de fato se encontrava lá — sozinho, sentado em uma cabine de madeira nos fundos da loja.

A metade superior das cabines era de arabescos abertos, com um padrão geométrico. Por entre quadrados de treliça, Kel viu que Jerrod vestia um casaco de linho preto por cima de uma túnica com capuz, sua máscara prateada brilhando na luz fraca que entrava pelas telas de papel de arroz.

Era como se alguém tivesse encostado uma vela acesa em sua pele. Kel se lembrou de repente do beco fedido atrás da Chave, a dor na lateral do corpo, em seu peito. Jerrod olhando para ele, apenas sua máscara visível, o rosto escondido na sombra.

A ansiedade de Kel se transformou em uma fúria gelada. Ele não sentiu nada enquanto caminhava até o longo balcão de jacarandá, fazendo seu pedido em shenzano. Os cozinheiros pareciam surpresos e até um pouco divertidos com seu domínio da língua; enquanto Merren parecia entediado, eles conversaram um pouco sobre as complexidades da receita e a maneira como Kel queria que sua comida fosse preparada. Ao estender a mão sobre o balcão, Kel imaginou se Jerrod estava observando; ele o ignorou com cuidado enquanto pedia chá de gengibre para Merren (todo o resto tinha carne, que Merren não comeria), pagava e ia até a mesa de Jerrod, com Merren logo atrás, resmungando.

Ninguém prestou atenção neles quando se aproximaram dos fundos da loja. Os proprietários deviam estar acostumados com Jerrod se encontrando com visitantes, se ele fazia negócios ali. Era de imaginar que o restaurante recebia uma parte dos lucros de todos os acordos que ele fechava.

Jerrod só ergueu o olhar quando eles chegaram à cabine. Se estava surpreso, não deixou transparecer: as sobrancelhas de Jerrod se arquearam, apesar de sua expressão estar escondida por sua máscara manchada. Era como se alguém tivesse colocado a palma da mão usando uma luva de prata sobre o lado esquerdo do rosto, cobrindo o olho e a parte superior da bochecha. Estava escondendo queimaduras ou cicatrizes? Marcas de identificação de algum tipo? Ou era apenas um detalhe feito para assustar?

— Não achei que o veria outra vez — disse ele com uma compostura impressionante. Ele olhou de Kel para Merren. — Merren Asper — acrescentou, a voz em um tom completamente diferente. — Sente-se.

Merren e Kel se sentaram diante de Jerrod. A mesa era de madeira retorcida, polida até ficar lisa, marcada aqui e ali com queimaduras e respingos velhos.

Sorrindo, Jerrod tomou um gole de chá. A máscara dificultava saber no que ele estava pensando, mas parecia estar olhando para Merren por cima da borda de seu copo. Algo curioso dançava em seus olhos — quase admiração.

Kel respondeu:

— Você não esperava me ver outra vez porque supôs que eu morri naquele beco?

— Rapidamente fiquei sabendo que você não tinha morrido — argumentou Jerrod. — Os boatos voam. Fico feliz em vê-lo melhor, Anjuman. Não era nada contra você.

— Então agora você sabe quem eu sou.

Jerrod inclinou a cabeça.

— Você é o primo do príncipe, que teve a má sorte de se parecer um pouco com ele e pegar emprestada a capa dele para sair à noite em Castellane. — Ele olhou para Merren. — Na verdade, seguimos você do apartamento de Asper até a Chave. Ficamos nos perguntando o que o príncipe de Castellane fazia visitando um prédio mofado no Distrito Estudantil.

— Não é mofado — defendeu Merren, indignado.

— Mas estou me perguntando o que o primo do príncipe fazia visitando um apartamento mofado no Distrito Estudantil. Você sabe que seu amigo aqui — ele gesticulou para Merren — foi visto entrando e saindo da Mansão Preta? Que ele, ao que parece, faz uns serviços para o Rei dos Ladrões?

— Vejo por que isso pode preocupá-lo — disse Kel, revirando os olhos. — A proximidade com o crime, quero dizer.

— Não sou um primo da Casa Aurelian — observou Jerrod. — Já você é, e mesmo assim parece preferir os lados mais... modestos de Castellane.

— Alguns de nós são atraídos pelo pecado — disse Kel sombriamente, e percebeu que Merren lhe lançou um olhar. — Alguns de nós são burros o bastante para tentar matar o Príncipe Herdeiro de Castellane em um beco.

Jerrod balançou a cabeça com tanta força que fez cair o capuz, revelando uma cabeça de cabelo castanho desgrenhado.

— Não estávamos tentando *matar* ninguém. Era apenas uma questão de dívida. E a dívida permanece, a propósito.

— Pensei que poderíamos discutir sobre isso — disse Kel, enquanto um garçom carregando uma bandeja se aproximava da mesa deles. — Olhe, eu pedi comida para você. Um sinal de boa-fé.

As sobrancelhas de Jerrod se ergueram assim que um garçom chegou à mesa trazendo a bandeja fumegante. Duas tigelas de cobre foram colocadas diante deles, e também pequenas colheres fundas esmaltadas com flores e dragões. A comida foi servida em uma grande tigela de macarrão e caldo, decorada com as tradicionais raspas de gengibre, alho e cebolinha, finalizada com um bolinho de arroz e um fio de azeite temperado.

Kel pegou a colher e comeu. Havia uma arte, em sua opinião, em consumir o prato: era preciso colocar a mistura certa de caldo, carne e guarnição em cada garfada. Ele olhou para Jerrod, que ainda não tinha começado a comer. Por fim, Jerrod deu de ombros, como se dissesse: *Bem, estamos comendo da mesma tigela, que mal há?* Ele pegou a colher.

— Eu gostaria de me encontrar com Beck — soltou Kel. — Conversar sobre isso com ele.

Jerrod engoliu a sopa e deu uma risadinha.

— Não preciso pedir, porque Beck jamais aceitaria. Ele não se encontra. Não com qualquer um. — Ele olhou de esguelha para Merren. — Bem. Talvez ele se encontre com você, se estiver interessado em trocar de lado. Trabalhar com Beck. Ele gosta de pessoas atraentes.

Merren ergueu as sobrancelhas.

— Beck está sendo terrivelmente imprudente — opinou Kel. — Tentando começar uma guerra com o Palácio. O que ele tem para apoiar suas ameaças além de um bando de criminosos do Labirinto?

— Ele tem mais que isso — contrapôs Jerrod, e franziu a testa, passando a mão no rosto. Estava começando a suar. Kel também sentia as primeiras ondas de calor.

— Bem, é melhor que ele tenha um exército e uma marinha, porque é o que Conor tem — debochou Kel.

Jerrod tamborilou a mão livre na mesa. Ele tinha mãos grandes e quadradas, com unhas roídas.

— Prosper Beck tem um bom motivo para fazer o que faz, e um conhecimento melhor de sua própria posição do que você tem.

— Quero falar com Beck — insistiu Kel, deixando a colher de lado. Sentia um leve zumbido em seus ouvidos. — Pessoalmente.

— Eu disse que você não pode. — Jerrod largou a colher. Ele parecia exasperado e… com dor? Merren olhou para ele, de repente confuso, e então percebeu, chocado. — Além disso, por que eu deveria fazer um favor a você?

— Porque eu o envenenei — revelou Kel. — A comida. Está envenenada.

A colher caiu da mão de Jerrod.

— Você *o quê*? Mas tomamos da mesma sopa...

— Eu sei — disse Kel. — Eu me envenenei também.

Merren e Jerrod pareciam igualmente atordoados.

— Você *o quê*? — exigiu Jerrod.

— Eu me envenenei também — repetiu Kel. — Falei para os chefs que era um tempero que eu trouxe de casa, e pedi que colocassem na comida. Não é culpa deles. Eles não sabiam. — O estômago dele revirou, lançando uma onda de dor pela barriga. — Merren também não sabia. Culpa minha e de mais ninguém.

— Kel. — A boca de Merren estava esbranquiçada. — É *cantarella*?

Kel assentiu. A boca seca como areia.

— Dez minutos. — A voz de Merren estava monocórdica de tanto medo. — Você tem mais ou menos dez minutos antes que seja tarde demais.

— Anjuman... — Jerrod agarrou a extremidade da mesa, seus dedos ficando brancos. Com esforço, ele disse: — Se você envenenou a si mesmo, existe um antídoto. Se existe um antídoto, você o trouxe consigo. — Ele começou a se levantar. — Me dê ou vou arrancar a porra da sua cabeça...

— Quanto mais você se mexer, mais rápido o veneno se espalhará pelo seu corpo — soltou Merren, quase automaticamente.

— Anjuman, seu desgraçado — arfou Jerrod, tornando a se sentar. O colarinho de sua camisa estava escuro de suor. Kel sentia o mesmo suor de febre pinicando as costas, a nuca. Sentia um gosto fraco e metálico na língua — Você é um tolo.

— Não posso discordar — resmungou Merren.

— O que — quis saber Jerrod, com esforço — você quer, Anjuman?

— Prometa que arranjará uma reunião com Prosper Beck para mim.

A veia no pescoço de Jerrod pulsava.

— Não posso prometer isso. Beck pode recusar.

— É seu trabalho convencê-lo a não recusar. Não, se quiser o antídoto.

Jerrod olhou para ele; mesmo enquanto falava, ele soou como se estivesse sendo estrangulado aos poucos.

— A cada minuto que passa, você arrisca a própria vida. Por que você não toma o antídoto? Por que *me* faz implorar por ele?

Kel não tinha vontade de sorrir, mas sorriu mesmo assim.

— Você precisa ver quão longe irei. — Suas mãos queimavam, a língua dormente. — Que morrerei por isso.

O rosto de Jerrod estava retesado por baixo da máscara. Ele disse:

— Morreria mesmo?

Merren se debruçou sobre a mesa, o rosto pálido.

— Ele está disposto a morrer — reforçou Merren. — Ele pode até mesmo querer isso. Pelo amor de Aigon, só *concorde*.

Jerrod olhou para Merren.

— Está bem — cedeu ele, de repente. — Arranjarei um encontro para você com Beck.

Com a mão tremendo, Kel tirou do bolso da camisa um dos dois frascos de antídoto que Merren lhe dera. Começou a girar a tampa. Sua garganta estava apertada. Em alguns instantes ele não seria capaz de engolir nada. Derrubou o frasco aberto de antídoto direto na garganta — doce, o gosto de alcaçuz e *pastisson* — e deslizou o segundo sobre a mesa para Jerrod.

Quase de imediato, o zumbido na cabeça de Kel e a dor entre as costelas começaram a diminuir. Ele observou com os olhos embaçados quando Jerrod, tendo enfiado a própria dose na boca, bateu o frasco vazio na mesa, com força o bastante para quebrar o vidro. Ele arfava como se tivesse corrido, o olhar fixo em Kel. Quando falou, saiu um rosnado baixo.

— Muitos diriam que uma promessa feita sob coação não é promessa alguma.

Merren gemeu baixinho, mas Kel sustentou o olhar de Jerrod.

— Sei que você trabalha nesta loja. — Ele apontou para o restaurante quase vazio, os chefs atrás do balcão os ignorando de propósito. — Sei como encontrar você. Tenho o poder do Palácio comigo. Eu poderia fazer Jolivet fechar o Labirinto. Poderia segui-lo para qualquer lugar que você for depois disso e fechar todos esses lugares também. Poderia segui-lo como a morte e *arruinar a droga da sua vida*, entendeu? — Ele segurava a borda da mesa, os dedos estavam brancos, o gosto metálico ainda amargo no fundo de sua garganta. — Entendeu?

Jerrod se levantou, erguendo o capuz para cobrir o cabelo. Ele olhou para Kel, inexpressivo. Kel viu seu próprio reflexo, distorcido, na máscara prateada de Jerrod.

— Você poderia ter dito só isso desde o começo — disse Jerrod.

— Mas teria tido graça?

Jerrod murmurou algo, provavelmente um xingamento, e saiu do restaurante. Depois de um longo momento de silêncio absoluto, Merren se levantou, passou por Kel e saiu pela porta atrás dele.

Kel o seguiu. Merren não foi muito longe; estava apenas alguns passos à frente, seguindo furioso pela estrada. Jerrod não estava à vista, o que não era nenhuma surpresa; ele sem dúvida havia desaparecido por uma das muitas ruas laterais que se ramificavam na Estrada Yulan como veias saindo de uma artéria.

Kel não se importou. Ele quase havia morrido, mas apenas quase; tudo estava mais intenso, duro e nítido do que antes de ingerir a *cantarella*. O mundo reluzia como o brilho da luz em um diamante.

Ele já havia sentido isso antes. Lembrou-se do assassino na corte em Valderan, de como havia quebrado o pescoço do bandido, dos ossinhos sendo esmagados sob seus dedos como caules de flores. Depois disso, ele não conseguira ficar parado, mas andava de um lado a outro no piso de ladrilhos do quarto de Conor, sem conseguir diminuir o ritmo por tempo suficiente para o cirurgião do Palácio enfaixar seu ombro. Mais tarde, quando tirara a camisa, descobrira que seu sangue havia secado na pele, formando um labirinto de teias de aranha.

Ele agarrou o braço de Merren, que olhou para ele, assustado, com os olhos azuis arregalados, enquanto Kel o puxava para uma esquina, para as sombras de um beco. Kel o empurrou contra a parede, não com força, mas com firmeza, as mãos se enrolando no casaco preto de Merren.

As bochechas de Merren estavam coradas, a boca virada para baixo, e Kel outra vez pensou o que pensara no apartamento de Merren: que poderia beijá-lo. Com frequência, quando se sentia assim, quando estava no auge da intensa agonia pela sobrevivência, o sexo (e suas atividades afins) podia trazê-lo de volta à consciência. Às vezes, era a única coisa capaz disso.

Então ele beijou Merren. E, por um breve momento, Merren retribuiu o beijo, com as mãos nos ombros de Kel, os dedos o apertando.

Kel sentiu o gosto do chá de gengibre, a suavidade da boca de Merren **na dele**. Seu coração batia forte, *esqueça, esqueça*, mas, mesmo assim, Merren afastou seu rosto do de Kel. Empurrou-o para trás com uma força surpreendente.

— Não — disse ele. — De jeito nenhum. Você tentou *se matar*. — Ele soava como se não pudesse acreditar. — Você tomou o veneno. De propósito.

— Eu não estava tentando me matar — protestou Kel. — Estava tentando atingir Jerrod. Eu tinha o antídoto...

— E apenas minha palavra de que funcionava! — Merren tentou desamarrotar seu casaco. — Foi absurdo. Absurdo e suicídio. E eu não...

— Foi preciso — argumentou Kel.

— Para quem? — exigiu Merren, arregalando os olhos um pouco. — Andreyen não pediu que você fizesse isso. Ele não pediria. Você fez por si mesmo? Pela Casa Aurelian? — Ele abaixou a voz. — Você ama seu príncipe, vejo que sim. Quando ouvi essa coisa de Portador de Espada pensei que fosse um tipo de piada. Quem faria isso? — Ele mordeu o lábio inferior com força. — Meu pai se matou — prosseguiu ele. — No Tully. Eles não iam enforcá-lo. Eles o libertariam em alguns anos. Mas ele escolheu morrer e deixar que minha irmã e eu lutássemos pela vida nas ruas.

— Sinto muito por isso — disse Kel, dividido entre a compaixão e ficar na defensiva. O que ele fez foi perigoso, sim, mas Ji-An atirar flechas nos Rastejantes também fora, e Merren não estava gritando com *ela*. — Mas estou acostumado a me colocar em perigo, Merren. Na verdade, vou precisar de mais antídoto de *cantarella*. Funcionou bem demais. — Vendo a expressão de Merren, ele acrescentou, apressado: — Não significa que farei isso de novo. Não *quero* morrer...

Merren jogou para cima suas mãos queimadas por produtos químicos.

— Você não valoriza sua vida. Isso é fato. Então por que eu deveria **fazer** isso?

Ele se afastou, as botas levantando nuvens secas de poeira enquanto saía do beco. Sem palavras, Kel o viu partir.

Kel voltou para Marivent pelo Caminho Oeste — uma trilha de calcário que subia pela encosta da Colina passando entre arbustos verdes baixos:

zimbro e sálvia selvagem, lavanda e alecrim. Os fortes aromas ajudaram a clarear a névoa em seu cérebro, o efeito prolongado da *cantarella*.

Ele suspeitava que devia desculpas a Merren Asper.

O vento havia ficado mais forte quando ele chegou ao Palácio. As bandeiras no topo das muralhas chicoteavam no ar fresco e rajadas brancas dançavam na superfície do mar. A distância, Kel via a meio afundada Tyndaris delineada perfeitamente contra o céu. Os barcos balançavam como navios de brinquedo no porto, o ritmo acompanhando o movimento das ondas que batiam no paredão. Ao longe, nuvens de chuva se acumulavam no horizonte.

Depois de cumprimentar os guardas, Kel entrou pelo Portão Oeste e foi procurar Conor. A Câmara de Controle se reunira naquela manhã; será que já tinha terminado? Eles precisavam conversar, embora Kel temesse esse momento.

Ele estava a meio caminho do Castelo Mitat quando passou por Delfina e parou para perguntar se ela tinha visto o príncipe. Ela revirou os olhos de uma forma que apenas uma criada vitalícia do Palácio poderia fazer.

— Ele está na Galeria Brilhante, jogando qualquer coisa — informou ela. — Arco e flecha dentro de casa.

De fato, as portas da Galeria Brilhante estavam abertas. Kel podia ouvir risadas, intercaladas com o que soava como vidro quebrando. Ele entrou e viu que Conor, Charlon Roverge, Lupin Montfaucon e Joss Falconet montaram um estande improvisado de arco e flecha dentro da elegante sala de pé-direito alto. Eles haviam colocado garrafas de vinho ao longo da mesa alta na plataforma e se revezavam atirando nelas com flechas, apostando com fosse lá quem não estava jogando.

Cacos de vidro se espalhavam por toda parte, em meio a poças de vinho multicolorido e destilados. Delfina estava aborrecida com razão.

— Aposto cem coroas que Montfaucon vai errar o próximo, Charlon — disse Conor, e Kel sentiu uma coisa rara, uma pontada de raiva de verdade, direcionada a Conor. *Você deve a Beck dez mil coroas, uma dívida que não pagou ainda. O que está fazendo apostando em algo tão inútil?*

Montfaucon atirou e errou. Enquanto Conor comemorava e Roverge praguejava, Falconet se virou e viu Kel na porta.

— Anjuman! — gritou ele, e Conor olhou para trás. — Você não estava na reunião da Câmara de Controle.

— Ele não precisa estar — disse Conor, e Kel percebeu que o príncipe, embora escondesse bem, estava muito bêbado. O sorriso dele estava torto, e a mão com a qual segurava o arco tremia.

Falconet deu uma piscadela.

— Onde você estava? No Caravela?

Kel deu de ombros. Emitiram um coro de assovios, e Montfaucon murmurou: *Sortudo desgraçado*. Kel se perguntou o que diriam se ele contasse que passara a tarde não no exercício do prazer sibarítico, mas sim se envenenando em um restaurante com dois criminosos.

Obviamente ele não disse nada. Em vez disso, sentou-se a uma das longas mesas — nas quais, quando era criança no Orfelinat, ele vira pela primeira vez a nobreza da Colina — e contou a eles que estivera na Arena, aprendendo novas técnicas de luta.

Como desejado, isso distraiu o grupo. Roverge, Falconet e Montfaucon o encheram de perguntas, para várias das quais ele teve de inventar respostas na hora. Todos estavam um pouco bêbados, ele percebeu, embora nenhum deles tanto quanto Conor. O cômodo inteiro fedia a uma mistura enjoativa de bebidas doces e gim.

— Do que estávamos falando antes de Anjuman chegar? Ah, sim, da adorável Antonetta Alleyne — lembrou-se Roverge. — Já que agora ela está considerando um pouco de exercício na cama com alguém, parece óbvio que ela não vai prender Conor em um casamento.

A raiva que fervia na garganta de Kel ameaçava engasgá-lo.

— Esse era o plano da mãe dela — destacou ele, sem emoção. — Não dela.

— Verdade — disse Falconet, pegando o arco de Roverge, que havia acabado de errar uma garrafa de *cedratine* amarelo por um milímetro e não parecia satisfeito. — Pena que Ana não tem cérebro. Ou seria um bom partido.

— Ela não precisa de cérebro — disse Montfaucon, se apoiando na grande lareira. Ele deixou o arco de lado por um momento. — Ela vale milhões, e é ornamental o suficiente.

Roverge deu uma risadinha e gesticulou para delinear uma voluptuosa forma feminina.

— Se eu me casar com ela, vou mantê-la deitada, parindo Rovergezinhos, toda enrolada em seda.

Kel conteve o súbito e quase irresistível desejo de dar um soco na cara de Roverge. *Você costumava brincar de pirata com ela*, ele queria dizer, *Uma vez, depois que você insultou a mãe dela, Antonetta o perseguiu com uma espada até que você começou a chorar.*

Kel percebeu então que sempre enquadrou o passado como o tempo em que Antonetta se transformara: mudara a maneira como ela se comportava, a maneira como ela o tratava. Mas nesse momento, ouvindo Roverge, Montfaucon e Falconet, pensou que foram *eles* que mudaram. Quando Antonetta ganhou *curvas* de repente, seu novo corpo todo seios e quadris, foi como se ela tivesse se tornado outra coisa para eles, algo estranho e insignificante, fácil de zombar. Eles tinham esquecido que ela era inteligente. Não, era mais do que isso. A inteligência dela ficou invisível para eles. Eles não conseguiam enxergá-la.

Em algum momento, sozinha, ela decidiu usar essa invisibilidade a seu favor. Ele pensou na maneira como ela havia desarmado Conor no quarto dele; aquilo tinha sido feito com habilidade, mas não era o tipo de habilidade que Charlon Roverge conseguia ver. Na verdade, Kel teve que admitir, até então ele mesmo não vira.

— Então faça a proposta para a Casa Alleyne — incitou Kel para Charlon entre dentes. — Com tudo o que você tem a oferecer, eles dificilmente negariam.

O lábio de Conor tremeu. No entanto, Roverge não percebeu o sarcasmo.

— Não posso — respondeu ele. — A droga do meu pai me prometeu no nascimento à filha de um mercador de Gelstaadt. Estamos só esperando que ela termine os estudos. Enquanto isso, estou livre para brincar. — Ele lançou um olhar lascivo.

— Falando em brincar — disse Montfaucon —, fiquei sabendo que Klothilde Sarany chegou na noite passada. Pensei que ela poderia apreciar uma reunião pequena e de bom gosto na Casa Montfaucon.

Roverge parecia confuso.

— Quem?

— A embaixatriz malgasiana — explicou Falconet. — Tente acompanhar, Charlon.

— Se você tem intenção de fazer uma conexão amorosa com ela, estou impressionado — disse Conor. — Ela é pavorosa.

Montfaucon sorriu.

— Gosto de um pouco de cicatrizes. — Ele soprou um anel de fumaça. — Você jantará com ela amanhã à noite, Conor. Poderia mencionar a festa...

— Não vou convidar Klothilde Sarany para uma festa cujos únicos convidados são você mesmo e ela — negou Conor. — Ela ficaria irritada, e com razão.

— É por isso que estou convidando vocês — disse Montfaucon, gesticulando com os braços abertos. — Venha um, venham todos. O vinho será servido, haverá lindos dançarinos e músicos muito habilidosos, mas menos atraentes...

Montfaucon *era* famoso por suas festas. Davam tanto errado quanto certo, contudo, sempre eram um espetáculo. Uma vez todos os convidados receberam de presente uma cesta de cobras (Antonetta desmaiara e caíra atrás de um dos sofás); outra vez Montfaucon planejara chegar ao topo de sua varanda em um balão de ar quente que acabara se enroscando nas árvores.

— Ela não está aqui para ir à sua festa, Montfaucon — ponderou Roverge, pouco gracioso. — Ela está aqui para tentar convencer Conor a se casar com a princesa, Elsabet...

Ouviu-se um estrondo. Falconet disparou uma flecha, quebrando uma garrafa de *samohan* de Nyenschantz. Todos se abaixaram enquanto o vidro voava em todas as direções. O chão estava cheio de cacos e algumas das tapeçarias tinham rasgos enormes. A Rainha Lilibet ficaria furiosa.

Joss ofereceu o arco a Conor; era a vez dele. Os olhos de Roverge brilhavam — ele apostara que Falconet não acertaria — e disse:

— Bem, Conor. Se essa história de casamento está chateando você, deve falar com meu pai. Ele dá os melhores e mais objetivos conselhos.

— Charlon — disse Kel quando a expressão de Conor ficou séria —, o que aconteceu com aqueles mercadores que estavam perturbando sua família? Os fabricantes de tintas?

Roverge fez cara feia.

— Levamos eles à corte. Eles tiveram a coragem de alegar diante da Justiça que tinta e corante são coisas bem diferentes.

— Não são? — disse Conor, mirando com o arco.

— Pelo contrário, é a mesma coisa! Os juízes ficaram do nosso lado, óbvio. — *Com um grande suborno,* pensou Kel. — Os Cabrol deixaram Castellane com o rabinho entre as pernas. Terão sorte se conseguirem ser lojistas em Durelo. — Ele cuspiu. — Não acho que vão perturbar mais ninguém. De nada.

Ele fez uma reverência no momento em que Conor disparou a flecha. Acertou a garrafa de gim, fazendo mais cacos de vidro voarem e enchendo a sala com o cheiro de zimbro. Sempre desatento ao humor de seus companheiros, Roverge deu um tapinha no ombro de Conor. Montfaucon foi pegar o arco enquanto Roverge continuava tagarelando sobre tinta e corante e a destruição da família Cabrol.

A mesa balançou; Falconet se sentou ao lado de Kel. Hoje usava veludo preto, a parte de seda realçada com um tecido prateado luminoso. Falconet não era como Conor ou Montfaucon — ele se vestia bem, mas claramente carecia do fascínio deles por roupas e moda. Kel costumava se perguntar o que interessava Falconet. Ele parecia considerar todas as atividades com a mesma diversão casual, mas sem nenhuma preferência verdadeira.

— Então — começou, olhando para o ombro de Kel. — Como você se machucou?

Kel olhou para ele de esguelha.

— O que faz você pensar que me machuquei?

— As pessoas falam. Mas… — Falconet abriu bem as mãos. — Não precisamos falar disso se você não quiser.

— Fiquei bêbado — mentiu Kel. — Caí do cavalo.

Falconet sorriu. Tudo nele era anguloso — as maçãs do rosto, os ombros, até o sorriso.

— Por que, pelo inferno cinzento, você faria tamanha tolice?

— Motivos pessoais — justificou Kel.

— Ah. — Falconet observava Montfaucon, que estava determinado a apostar com Roverge. — Como eu disse, não precisamos falar sobre isso. — Ele se apoiou nas mãos atrás do corpo. — Conor mencionou que estava pensando em ir para Marakand, mas parece ter desistido da ideia.

Ele só estava fugindo de Prosper Beck.

— Sim, desistiu.

— Pena — disse Falconet. — Eu costumo visitar a família da minha mãe em Shenzhou. — Isso era algo em comum para Conor e Joss: as mães deles não eram nascidas em Castellane. — Mas suponho que ele está levando mais a sério a ideia de se casar.

— Sério? Não tive essa impressão.

— Bem, faz sentido. O casamento certo traria muito ouro e glória a Castellane. Se eu puder contar uma coisa...

— Você vai contar, quer eu permita ou não — retrucou Kel, e Falconet sorriu. Joss estava entre aqueles raros nobres que tratavam Kel como uma pessoa separada de Conor. Kel sabia muito bem que isso não significava que Falconet tinha boas intenções, mas era interessante de qualquer forma.

— Se Conor está considerando o casamento, e acho que está — disse Falconet —, ele deve considerar a princesa de Kutani.

— Pensei que você apoiava Sarthe. Ou esse súbito entusiasmo por Kutani é relacionado a você ter a Concessão das especiarias? — A frota Falconet circulava o mundo, mergulhando até as profundezas de Sayan e Taprobana em busca de canela e pimenta. Mas Kutani era conhecida como a ilha das especiarias por um bom motivo. Suas margens eram perfumadas com cássia e cravo, açafrão e cardamomo, todos eles preciosos e caros.

Falconet deu de ombros.

— Só porque algo é bom para mim, não significa que não seja bom para a Casa Aurelian. As especiarias de Kutani são valiosas e servirão para enriquecer os cofres de Castellane. Mas tive o privilégio não apenas de visitar Kutani, mas também de conhecer Anjelica Iruvai. Ela está longe de ser uma cabeça de vento da realeza. Certa vez uma revolta de bandidos ameaçou o Palácio na Cidade das Especiarias enquanto o rei viajava; Anjelica conduziu sozinha o exército e reprimiu a ameaça enquanto os príncipes se acovardavam. O povo a adora. E... bem, você a viu.

— Sim — confirmou Kel, seco. — Ou vi o trabalho de uns artistas bem criativos, pelo menos. — Ele olhou para Conor, que ria enquanto Charlon Roverge arrumava uma torre de garrafas de *palit* para formar um novo alvo. Alguns criados haviam entrado na Galeria e nesse momento corriam, recolhendo os cacos de vidro espalhados pela sala. Montfaucon estava como sempre, os olhos escuros ilegíveis.

Kel olhou para Falconet.

— Posso perguntar uma coisa?

— Você sempre pode *perguntar* — disse Falconet. — Se vai ter resposta, já não posso garantir.

— É uma informação — disse Kel. — Ouvi a rainha se referir a Artal Gremont como um monstro. Você faz ideia do motivo, ou de por que ele foi exilado?

— Hmm. — Falconet parecia pensar se responderia ou não, e isso durou tanto tempo que Kel presumiu que ele tinha decidido *não* responder. Então Falconet soltou: — Ele nunca foi exatamente honesto, é o que sei. Mas parece que ele se apaixonou pela filha de um mestre de guilda na cidade. Ele não podia pedi-la em casamento, óbvio. Mas propôs torná-la sua amante oficial, por um valor decente. — Falconet examinou as meias-luas brilhantes de suas unhas. — Infelizmente, o pai dela era do tipo respeitoso. Queria que a filha se casasse, e não tinha interesse em netos bastardos. Gremont jogou o pai dela no Tully com uma acusação forjada, e aproveitou a oportunidade para… *usar* a filha.

Kel sentiu o estômago revirar.

— Ele a estuprou.

— Sim. E o pai dela se matou no Tully. Mas ele tinha amigos entre as guildas. Havia burburinhos de que iriam para a Justicia. Então Artal foi mandado embora e o escândalo foi esquecido. Um valor foi dado para a filha, pelas dores dela. — Falconet parecia enojado pela coisa toda, o que, Kel pensou, ajudava na imagem do nobre.

— A filha — disse Kel. — Era Alys Asper?

Falconet se virou para olhá-lo.

— Você *sabe* mais do que aparenta — observou ele. — Não é?

Antes que Kel pudesse responder, sentiu uma batidinha em seu ombro. Era Delfina.

— Peço desculpas, Sieur. Gasquet quer falar com você.

Kel levantou-se de imediato.

— Você entende — disse ele para Falconet. — O cirurgião exige minha presença.

— Sim. — Falconet inclinou a cabeça. — Seus ferimentos, o triste resultado de cair do cavalo por motivos pessoais, devem ser cuidados.

Kel seguiu Delfina até o pátio. Não estava mais garoando, embora o pátio ainda tivesse o cheiro — a variedade de flores brancas, o cheiro de terra úmida e calcário, o casamento agridoce do mar e da chuva.

Ela se virou para encará-lo enquanto passavam por um arco que gotejava.

— Tenho um bilhete para você, Sieur.

Ela entregou um pedaço de papel dobrado. Kel leu as linhas rapidamente antes de olhar para Delfina, que o observava impassível.

— Então Gasquet *não* quer me ver.

Delfina balançou a cabeça.

— Quem deu este bilhete a você, Delfina? — Kel perguntou.

Ela sorriu, o rosto branco como papel.

— Não sei dizer. Tanta coisa acontece neste Palácio, não dá para acompanhar. — Ela saiu em direção à cozinha.

Kel olhou para o bilhete, a tinta já começando a manchar com a chuva.

Encontre-me nos portões do Sault. Você me deve uma.

— Lin.

O povo de Aram se reuniu para ouvir as palavras de sua rainha em seu momento de maior necessidade e medo. Os exércitos dos feiticeiros-reis já se concentravam nas planícies além de Aram.

Com Makabi ao seu lado, a Rainha Adassa ficou diante do povo Ashkar e falou com eles.

— Por muitos anos, nossa terra esteve em paz, enquanto aqueles ao nosso redor estavam em guerra — disse ela. — Mas esse tempo chegou ao fim. Os perversos e sedentos por poder estão trazendo a guerra até nós, e Aram deve responder.

E o povo gritou, pois temia por suas famílias e vidas, e disse:

— Mas, rainha, Aram é um país tão pequeno. Com tanto poder contra nós, como poderemos triunfar?

E Adassa respondeu:

— Feiticeiros-reis como Suleman sabem apenas como tomar o poder pela força. Eles não entendem o que é dado de bom grado. — Ela estendeu as mãos. — Não posso ordenar que compartilhem sua força comigo, para que eu possa usá-la contra nosso inimigo. Só posso pedir isso a vocês.

Embora suas palavras fossem ousadas, em seu coração ela estava com medo. Talvez ninguém do povo desejasse compartilhar sua força. Talvez ela ficasse sozinha diante dos exércitos nas planícies.

Mas Makabi disse:

— Tenha coragem.

E então a rainha abriu as portas do Palácio e, enquanto ela se sentava em seu trono, um por um, todo o seu povo passou diante dela. Ninguém ficou para trás: nem os muito jovens, nem os muito velhos, nem os doentes, nem os moribundos. Todos se aproximaram e ofereceram uma palavra para aumentar o poder de sua Pedra-Fonte — uma palavra da qual eles desistiram de maneira voluntária, uma palavra que, depois de oferecida, eles nunca mais poderiam falar.

E esse foi o presente do povo de Aram.

— *Contos dos feiticeiros-reis,* Laocantus Aurus Iovit III

CATORZE

Lin esperava do lado de fora dos portões do Sault havia mais de uma hora quando Kel chegou. Ela estava irritada; uma garoa ia e vinha. Na primeira hora, pelo menos, ela tivera a companhia de Mariam; elas se empoleiraram na beira de uma cisterna de pedra, e Mariam observava atenta a qualquer sinal de uma carruagem de Marivent. Ela estava animada com a possibilidade de ver o primo do príncipe.

— Ele é meio marakandês, não é? — perguntou Mariam. Ela tinha um saco de biscoitos de especiarias de Gelstaadt, os *speculaas,* aberto no colo, e mastigava alegremente. O açúcar fora proibido aos Ashkar em Malgasi, e Mariam tinha um gosto insaciável por doces.

— Sim — respondera Lin devagar; ela não tinha certeza. O príncipe tinha sangue marakandês do lado da mãe; Kel parecia muito com ele, então ela supôs que era possível, até mesmo provável. Entretanto, ela odiava mentir para Mariam, mesmo nas coisas pequenas, e tinha sido forçada a fazer isso repetidas vezes nos últimos dias.

— Eu me lembro de Marakand — disse Mariam, um tanto melancólica. — Tem tecidos tão lindos lá, sedas e cetins e brocados, todos feitos em lindos padrões. Lembro de ver uma procissão dos reis uma vez, em Kasavan. Todos os cortesãos estavam usando brocados verdes com detalhes em seda da cor do açafrão que pareciam chamas…

Os reis. Marakand tinha um trono duplo, atualmente ocupado por dois irmãos. A Rainha Lilibet era irmã deles. Se ela não tivesse ido a Castellane, Lin se perguntou, será que teria se sentado em um daqueles tronos? Ou as chances de ser rainha eram maiores ali do que em seu país natal?

Mariam arfou. Lin olhou para a amiga, assustada, e viu que ela tinha empalidecido. Ela encarava algo na Ruta Magna. Lin olhou, mas viu apenas o emaranhado do tráfego habitual, pedestres encharcados correndo para se abrigar sob os arcos de pedra e evitar a garoa. Entre eles havia uma gigantesca carruagem preta pintada de um profundo cinza-carvão, o teto de laca reluzindo na chuva. Conforme passava, Lin teve um vislumbre do brasão na lateral: um lobo preto e cinza, de dentes expostos, pronto para atacar.

— Mariam? — Ela colocou a mão no braço da amiga. Sentiu-a estremecer.

— O *vamberj* — sussurrou Mariam. Ela se pôs de pé, derrubando seus biscoitos em uma poça.

— Mariam! — chamou Lin, mas a amiga já saíra correndo para dentro do Sault, deixando a médica sem ação. Queria segui-la; não podia imaginar o susto de ver uma carruagem malgasiana, depois de todos esses anos, depois que conseguira escapar dos soldados *vamberj*, mas Lin não podia perder a chance de encontrar Kel. Ele não poderia entrar no Sault para encontrá-la, e se pensasse que ela o havia abandonado no portão, poderia não ajudá-la outra vez.

Mas a preocupação dela com Mariam não melhorou seu mau humor. Quando Kel chegou na carruagem de Marivent que Mariam tanto queria ver, Lin estava tão irritada quanto molhada de chuva. Ela subiu na carruagem, ignorando a mão de Kel, e se sentou diante dele, colocando as mechas de cabelo ensopadas atrás da orelha.

— Ah, sim — disse Kel, oferecendo a ela um tecido quentinho tirado de uma cesta aos pés deles. Ela levou um momento para perceber que era para secar o rosto. — Em vez de chamar uma médica para tê-la a meu lado, eu é que fui chamado para estar ao lado dela.

— Hunf — murmurou Lin, esfregando o cabelo com o tecido. Era bom estar seca. — Eu precisava de alguém para me levar ao Labirinto.

— Labirinto? — Kel pareceu surpreso, mas abriu a janela ao seu lado e passou a informação ao condutor. A carruagem começou a se mexer devagar pela fila de carroças e carrinhos de mão serpenteando pela Ruta Magna. — Por que eu?

— Você é o único *malbushim* que me deve um favor.

— Sério? — Kel se recostou em seu assento. — Sou o *único*? E Antonetta Alleyne?

— Demoselle Alleyne é uma jovem respeitável — disse Lin. — Ela ficaria horrorizada se eu pedisse a ela para me levar ao Labirinto. Mas tenho certeza de que você e os outros amigos do príncipe passam bastante tempo lá, fazendo todo tipo de atividade repugnante. Além disso... acho que já pedi demais para ela.

— Fiquei surpreso por você conseguir convencer ela a levar você ao Palácio — comentou Kel.

Mariam teria ficado decepcionada com as roupas dele, pensou Lin. Kel estava vestido de maneira comum, calça preta de tecido grosso e camisa branca, embora o bordado nas mangas e no colarinho devesse ter custado mais do que Lin recebia em um mês.

— Foi fácil — disse Lin. — Ela gosta de você.

Kel pareceu totalmente surpreso. *Homens*, pensou Lin.

— Ela só tem olhos para Conor — retrucou ele.

— Vi como ela olha para você — insistiu Lin.

— Ela jamais ousaria sequer pensar isso — disse Kel, e sua voz saiu com uma nova aspereza. — A mãe dela a renegaria.

Percebendo que havia tocado em um assunto sensível, Lin pensou que era melhor mudar de assunto.

— Talvez. — Ela descartou o pano, que ficara encharcado. — Mas como uma mulher Ashkar, seria ilegal para mim estar no Labirinto depois do pôr do sol.

— Tudo no Labirinto é ilegal — observou Kel.

— Também não seria seguro. A ilegalidade não me protege, mesmo de leis injustas. Os dois são ruins. Se eu fosse sozinha, também seria uma presa fácil para um criminoso no Labirinto. Se eu estiver com você, pensarão que sou como você. *Malbushim*.

— Você já disse essa palavra antes. O que significa?

Lin hesitou. A palavra fazia parte da Língua Antiga de Aram, e tão usada no vocabulário dela que Lin se esquecera de que Kel não saberia o que significava.

— Significa algo que não é Ashkar — respondeu ela. — Bem, literalmente, significa "roupas". Apenas roupas, como um casaco ou um vestido. Mas usamos para falar de roupas vazias, quando ninguém está usando. Ninguém por dentro.

— Vestes vazias — disse Kel. — Sem alma?

— Sim — confirmou ela, e corou um pouco. — Eu não acho que seja verdade, no entanto. Sobre as almas.

— Não *literalmente* — enfatizou ele, em um tom zombeteiro gentil. — Falando em respeito, o que você quer fazer no Labirinto?

— O Rei dos Ladrões me pediu para encontrar um livro lá — disse ela. — Em troca, ele me permitirá usar o equipamento na Mansão Preta para destilar remédios, como o que usei para tratar você.

— Você não pode fazer isso no Sault?

— A maior parte dos aparatos médicos do Sault é proibida para mulheres. Eles relutaram muito para deixarem me tornar médica.

— Que ridículo — exclamou Kel, com firmeza. — Está óbvio que você é uma médica excelente. E digo isso como um observador parcial, cuja vida não foi recém-salva pelas suas habilidades. Óbvio.

— Óbvio. — Lin sorriu. — Como *você*, Portador da Espada, conhece o Rei dos Ladrões?

— Ele me ofereceu um emprego — contou Kel. — Recusei, mas ele é muito insistente.

A carruagem parou de repente. Eles haviam chegado.

Um antigo arco de pedra, que um dia fora um monumento em homenagem a uma antiga batalha naval, marcava a entrada do Labirinto. Eles saíram da carruagem — Kel ofereceu a mão para Lin outra vez, para ajudá-la a descer, e dessa vez ela aceitou —, que os esperaria ali; as ruas do Labirinto eram estreitas demais para uma carruagem transitar.

Pela primeira vez Lin passou pelo arco, seguindo Kel, e entrou no Labirinto. Ainda conseguiria ver o brilho da Ruta Magna se olhasse por cima do ombro, mas não por muito tempo. As ruas estreitas e esfumaçadas a esconderam.

Os acendedores de lampiões da cidade não iam até ali, nem os Vigilantes. Em vez disso, tochas baratas — panos embebidos em nafta e bem enrolados em hastes de madeira — queimavam em suportes de metal presos a paredes esburacadas, a tinta corroída pelo ar salgado muito tempo antes. A sensação de estar sendo pressionado pela escuridão era intensa, com as paredes altas do armazém e a fumaça espessa que subia ocultando a lua e as estrelas.

O lugar tinha cheiro de peixe velho, lixo descartado e especiarias. As casas onde era óbvio que moravam muitas famílias estavam com as portas escancaradas; idosas se sentavam nos degraus, usando colheres compridas para mexer nas panelas de metal sobre a fogueira. Os marinheiros passavam carregando tigelas de metal penduradas no pescoço e as entregavam, junto com algumas moedas, por uma concha de ensopado de peixe.

As fogueiras se misturavam à fumaça das tochas, fazendo Lin torcer o nariz. Era difícil identificar algo entre a fumaça e a multidão. Rostos surgiam das sombras e tornavam a desaparecer, como se pertencessem a fantasmas vivos.

Para se proteger, Lin ficou ao lado de Kel. Caso contrário, duvidava que conseguiria voltar para a Ruta Magna sem se perder para sempre. Ele caminhava com confiança, então a provocação dela não tinha sido totalmente equivocada. Ele *conhecia* bem o Labirinto.

— Cuidado. — Kel apontou para uma poça de algo vermelho-escuro, e Lin deu a volta com cuidado. Ele sorriu de lado, e Lin estava começando a perceber que era um hábito aquele sorriso que parecia dizer *não leve nada a ferro e fogo* e Kel disse: — E aí? O Labirinto é o que você esperava?

Lin hesitou. Como dizer que era estanho para ela, porque não havia pobreza assim no Sault? Ela estivera em casas pobres como médica, mas isso parecia diferente. Era um local que havia sido deixado para se autoconsumir sem a interferência da caridade ou da lei. Ela podia ver, através das janelas escuras, famílias inteiras dormindo no chão de casas lotadas e estreitas. Viciados em seiva de papoula, as cabeças tombando enquanto sonhavam, sentados com as costas apoiadas em paredes, transeuntes tentando não pisar neles como se fossem cães adormecidos. Idosas ajoelhadas diante de portas balançavam copos de metal, implorando por moedas.

— É lotado, mas parece abandonado — disse ela.

Kel assentiu, como se observasse calmamente a verdade do que ela dissera. Ele costumava ser muito calmo, pensou ela. Supôs que fosse a natureza do trabalho dele, fingir tranquilidade em situações em que tinha que mentir e sorrir.

Lin se perguntou se ele estava mentindo para ela quando sorria.

— Suponho que seja lá qual livro Morettus quer, é algum que nenhuma livraria de respeito teria — disse ele.

— É um livro sobre magia. — Lin deu a volta em um marinheiro shenzano sentado na rua, a manga dele arregaçada até o cotovelo. Um homem magro usando uniforme de soldado de Hanse fazia cuidadosamente uma tatuagem no braço do marinheiro, usando uma bandeja de tinta e agulhas aquecidas. Era um crocodilo, a cauda dando a volta no braço do homem, as escamas feitas em verde e dourado brilhantes. — Não posso dizer mais nada.

— Um livro sobre magia — repetiu Kel, pensativo. — Coisa perigosa mesmo.

Lin o olhou de esguelha. Ondas de maresia sopravam, fazendo-a estremecer, misturando-se ao cheiro de especiarias e fumaça do Labirinto. Eles passaram por um vendedor anunciando garrafas de um líquido escuro que prometia limpar marcas de varíola e "melhorar a qualidade da paixão". Lin lançou-lhe um olhar de desaprovação. Ela conhecia homens assim; não havia nada além de água tingida na garrafa.

— Você sabe o que Morettus planeja fazer com o livro quando o encontrar? — perguntou Kel.

— Eu não acho que ele o quer para si, exatamente — supôs Lin. — Acho que quer que eu fique com ele. Para aprender como combinar melhor magia e medicina.

— Interessante — disse Kel. — Talvez ele esteja doente. Ou conheça alguém que esteja.

Lin estivera ocupada demais pensando em Mariam para considerar uma teoria assim. O Rei dos Ladrões parecia bem o suficiente para ela — magro demais, e talvez muito pálido, mas de uma maneira que sugeria intensidade e bastante trabalho, não doença.

Kel sorriu — o sorriso de alguém tendo uma lembrança.

— Tinha um jogo que eu costumava jogar quando criança, no Orfelinat. *Se você tivesse magia, o que faria com ela?* Eu e meu melhor amigo, Cas, costumávamos dizer que usaríamos magia para nos tornar os mais poderosos reis piratas de todos os tempos. Que o ouro voaria dos conveses de outros navios para os nossos cofres.

Lin não conseguiu segurar a risada.

— Seu sonho era se tornar um pirata preguiçoso?

Ela não pôde deixar de imaginá-lo como um garoto, antes de treinar aquela calma sobrenatural, aquele sorriso de lado. Um garotinho como Josit era, com joelhos esfolados e cabelo desgrenhado. Ela *gostava* dele, pensou. Era difícil não gostar dele: autodepreciativo, engraçado, inteligente. Dava para ver por que o Príncipe Conor estivera tão desesperado para que Kel sobrevivesse.

Tinham chegado à parte central da Estrada do Arsenal, a principal via do Labirinto. A venda de bebidas e drogas deu lugar ao sexo. Rapazes e moças semivestidos, seus lábios e bochechas avermelhados por tinta, estavam sentados nas portas abertas dos bordéis ou se amontoavam diante das janelas sem vidro, chamando os transeuntes. Um homem com uniforme de soldado azul parou em frente a uma janela. Depois de uma conversa animada com um grupo de garotas, ele apontou o dedo para uma delas: uma jovem esbelta, com cabelo escuro e sardas. Ela saiu da casa e sorriu para ele, estendendo-lhe a mão. Ele colocou moedas na palma da mão dela, sob a luz de uma tocha de nafta, antes de conduzi-la por um beco próximo.

Lin pensou que eles iriam desaparecer nas sombras, mas ainda estavam à vista quando ele parou e ergueu a garota contra a parede. Ele deslizou as mãos por baixo da saia dela, enterrando o rosto em seu pescoço. As pernas nuas dela balançaram ao redor dos quadris dele enquanto o soldado desabotoava as calças e investia nela com um desespero febril. Lin não conseguia ouvi-los, mas a garota parecia dar tapinhas no ombro do soldado enquanto ele se movia — quase um gesto maternal, como se dissesse *aí, aí*.

Lin sentiu as bochechas pegarem fogo. Era o que merecia, supôs ela, por ter parado e encarado o casal; Kel havia se afastado por um instante para colocar uma moeda no copo de um garotinho com um casaco rasgado e grande demais. Ele só se afastara por um instante, mas quando voltou deu uma olhada no rosto de Lin, espiou o beco e sorriu, ironicamente.

— Isso é o que chamam de "encontro por meia coroa" — explicou ele. — É mais barato que pagar por um quarto. E não — acrescentou ele —, não sei disso por experiência própria.

— É só... Bem, não é como o Distrito do Templo, é? Os cortesãos lá precisam ter a saúde avaliada por médicos regularmente. Para a proteção *deles mesmos* — disse ela, sabendo que devia ter soado pudica demais —, como deve ser.

— Trabalhar no Distrito do Templo é ser cortesão — disse Kel, soando estranhamente sério. — Trabalhar aqui no Labirinto é ser desesperado. — Ele pareceu largar a seriedade, como uma garça chacoalhando a água das penas. — Venha. Não estamos longe do mercado.

Eles voltaram a caminhar juntos, então Lin disse:

— Você falou que o Rei dos Ladrões fica oferecendo um trabalho. Que trabalho é esse?

— Espionar para ele, pelo que sei. Ele quer saber o que está acontecendo com as Famílias da Concessão. Ele tem olhos na Colina, mas não em todos os cantos.

— E espionar o Príncipe Herdeiro também, suponho. O que parece perigoso demais.

— Não importa. Eu jamais faria isso. — Kel soltou o ar e olhou para as estrelas, muito nítidas por trás do brilho das tochas. — Sinto que todos ficam me perguntando por que não traio Conor — disse ele, e Lin sentiu um sobressalto, como sempre acontecia quando o príncipe era tão casualmente referido. Ele era o príncipe Aurelian; decerto era estranho para ele ter algo tão simples quanto um primeiro nome. — Não foi ele quem me buscou no Orfelinat. Não foi ele que me tornou Portador da Espada. E se eu não tivesse me tornado um Portador da Espada, provavelmente teria parado lá. — Ele apontou para o Labirinto. — Quando eu tinha doze anos, caí do cavalo e quebrei a perna. Ficaram com medo de que meu caminhar jamais fosse ser igual ao de Conor outra vez. Estavam prontos para me jogar na rua. Conor disse que, se eu não pudesse andar como ele, quebraria a própria perna com um martelo. Na verdade, ele disse que faria isso também se me jogassem na rua.

Lin estava encarando Kel.

— Então o que aconteceu?

— Eu me curei completamente.

Então o príncipe jamais teve que cumprir a promessa, pensou Lin, mas não conseguiu falar em voz alta. Era uma história terrível, porém, Kel contara como se fosse uma boa lembrança. Um momento de graça em uma vida brutal e estranha.

— Eu não devia ter contado isso a você — lamentou ele, arrependido. — É provável que seja um segredo de Estado. Mas dane-se. Você já sabe de tudo mesmo.

Lin estava surpresa demais para responder, mas não importava. Eles haviam chegado ao destino. A Estrada do Arsenal se curvava para longe da cidade, entrando mais fundo nas sombras onde armazéns e lojas se amontoavam como brinquedos descartados. Ali se abria uma praça, um de seus lados dando para a Chave; Lin podia ver o brilho da luz na água por entre os espaços estreitos dos prédios, e ouvir as ondas quebrando.

Mesas ladeavam o centro da praça — algumas de madeira, outras de caixas empilhadas às pressas, um pano jogado por cima — sobre as quais vários objetos eram exibidos. Lin se apressou para investigar.

Ali havia coisas recolhidas do fundo do oceano, empurradas para a água pela força do fogo mágico durante a Guerra da Ruptura. Pela primeira vez, Lin viu a escrita mágica que não era *gematria*. Letras elegantes em pergaminhos, serpenteando pela caixa de madeira esculpida, estampadas no cabo de uma adaga enferrujada. Ela se aproximou para olhar enquanto uma vendedora usando *satika* hindesa pegava a adaga e a polia com esmero.

— Não é uma adaga comum — informou ela, em resposta ao olhar curioso de Lin —, pois não corta carne nem pele, mas sentimentos. Pode cortar o ódio ou a amargura e acabar com eles. Pode cortar o amor e esquecê-lo.

— Adorável — disse Kel, aparecendo do nada e usando uma voz *agradável, distraída e periférica de filho de mercador* —, mas não é do que precisamos. Venha, meu bem.

Lin revirou os olhos — *meu bem*, de fato —, mas o seguiu para outra mesa. Ali havia sacos de ervas amarrados com fitas e feitiços escritos à mão, que Lin sabia só de olhar que eram bobagens. Cartas para ler o futuro e todo tipo de objetos — armas, penduricalhos e até bússolas —, com pedacinhos de Vidro Estilhaçado.

O coração de Lin doeu. Sentiu-se uma tola por ter ido até ali. Não havia magia *de verdade* naquele mercado, nenhum conhecimento proibido. Apenas um fiapo de nada brilhante e inútil, como o conteúdo de um ninho de pega-rabuda. Ela queria quebrar uma janela, gritar.

Enquanto se virava, viu um livro familiar com uma capa vermelha de couro. Correu para ver de perto, e de fato era um dos de Petrov. Mas sentiu o coração pesar quando o virou, e então o próximo, e o seguinte. Não tinha qualquer sinal do sol na lombada do livro. Apenas uma coleção de livros de interpretação de sonhos e leitura de mãos, e alguns tomos sobre *gematria* — *O poder misterioso dos alfabetos*, era o título de um deles —, sem dúvida proibidos entre os *malbushim*, mas sem utilidade para ela.

— Estes livros parecem interessantes para você?

Lin ergueu o olhar e viu que o vendedor de bugigangas havia se aproximado. Era um homem alto com um casaco de botões de bronze, uma voz aguda e um punhado de cabelo ruivo ficando grisalho.

— Busco um livro em específico — respondeu ela. — O trabalho de Qasmuna.

— Uau — exclamou ele. — Uma especialista em grimórios, então. — Lin mordeu a língua. — Tinha um Qasmuna por aqui — acrescentou ele, gesticulando para os livros que restaram. — Temo que tenha sido comprado imediatamente por alguém atento.

— Quem? — perguntou Lin, sem ar. — Talvez ele queira vender para mim.

O vendedor sorriu. Tinha vários dentes faltando.

— Que pena — disse ele. — Meus clientes dependem da minha discrição. Talvez outra coisa...?

— Esses livros pertenciam a um amigo meu — explicou Lin, abandonando o fingimento. — A senhoria dele os vendeu quando ele morreu. Você não tem outra coisa que possa ter pertencido a ele?

Ela se sentiu tola de imediato. Não havia nada de confiável no vendedor; ele certamente pegaria seus piores e mais inúteis volumes e tentaria explorar o provável luto dela para vendê-los. Lin estava prestes a ir embora quando ele pegou algo de baixo da mesa e disse:

— Isto não pertencia ao seu amigo. No entanto, menciona Qasmuna. É um tipo diferente de livro; não de feitiços, mas de história.

Lin se virou para examiná-lo. Era um livro antigo, encadernado em couro de cor clara que ficara cinza com o tempo. CONTOS DOS FEITICEIROS-REIS estampava em dourado a capa, assim como o nome do autor: LAOCANTUS AURUS IOVIT.

— Uma tentativa de um historiador de explicar a Ruptura — prosseguiu o vendedor. — A maioria dos exemplares foi destruída com a queda do Império. Mas não todas. É um item raro... custa dez coroas de ouro.

— Não vale a pena — interveio Kel, que aparecera ao lado de Lin. — Já li. Um pouco de história, e então um monte de exaltação a vários imperadores por sua generosidade e sabedoria por matarem vários magos. Vamos.

O vendedor encarou as costas deles enquanto os dois partiam.

— Você não precisava insultar o livro dele — retrucou Lin.

Kel deu de ombros.

— Mandarei uma carta pedindo desculpas. Fui muito bem versado em etiqueta. — Ele olhou para Lin. — Sinto muito por ele não ter o que você queria. É muito importante?

— Sim, eu... — Ela quase falou sem pensar. — Tenho uma amiga que está morrendo. Eu faria qualquer coisa para curá-la. Talvez haja algo nesse livro que eu possa aprender e me ajude a curá-la. — Ela olhou para ele. — Suponho que esse é o meu segredo de Estado.

— Sinto muito — disse Kel, e de repente ela quis chorar. Mas não choraria diante dele, pensou, corajosa. Ela gostava dele, por mais estranho que parecesse, mas ele ainda era um *malbesh* e um estranho...

Algo chamou a atenção dela. Um gesto familiar, um rosto? Lin não tinha certeza, mas virou a cabeça e então viu Oren Kandel.

Ele estava se movendo entre as mesas de objetos, olhando de uma para a outra com indiferença. Não usava nada que o marcaria como Ashkar. As roupas dele eram de mercador, de linho e cinzentas. Seu cabelo escuro emaranhado quase escondia os olhos, mas a qualquer momento ele ergueria o olhar — e a veria, a reconheceria.

— Eu o conheço — sussurrou ela, alto o bastante apenas para Kel ouvir. — Ele é Ashkar.

— E ele conhece você?

— Todos os Ashkar se conhecem. — Lin se escorou em uma parede. — Ele vai me ver — sussurrou ela. — E contará ao Maharam.

Como se a tivesse ouvido, Oren ergueu a cabeça. Ele começou a se virar, e Lin se viu presa, o corpo escondido pelo de Kel. Os braços dele estavam ao redor de Lin. Ela ergueu o olhar, surpresa, e viu a lua refletida nos olhos do rapaz.

— Olhe para mim — disse ele, e a beijou.

Apesar de ser rápido e desconcertante, foi gentil. Os lábios dele alcançaram os dela com facilidade, e ele ergueu as mãos para segurar o rosto dela. Lin sabia que Kel a escondia, escondia seu rosto do homem que poderia reconhecê-la. Seu toque com a palma cheia de cicatrizes era áspero e suave ao mesmo tempo, como a língua de um gato.

Ela deixou a cabeça se aninhar nas mãos dele. Tinha sido beijada antes, no Festival da Deusa. Era a época do ano em que se podia beijar alguém sem que isso fosse uma promessa ou responsabilidade — ou vergonha, se fosse descoberto. Mas tinha sido um beijinho rápido nos lábios, nada como esse.

Ele beijava como um nobre, pensou ela. Como alguém que tinha feito isso muitas vezes antes porque tinha permissão; porque vivia em um mundo onde beijos não eram promessas, onde eram comuns e iluminados como a magia antes da Ruptura. Havia algo de especialista, senão controlado, na forma como ele explorou a boca de Lin, fazendo pequenas faíscas subirem por seu corpo, como brasas de um fogo atiçado espalhando pontos de luz. Um tipo de calor tomou conta de Lin; seus joelhos estremeceram e as mãos também, onde ela segurava a lapela do casaco dele.

Afastaram-se devido aos assovios e cantadas. Ela olhou ao redor, levemente atordoada; Oren desaparecera. Kel respondeu a atenção da multidão com um assentir imperioso que fez Lin lembrar do príncipe, com um tipo de arrepio sombrio. Beijar o príncipe seria de alguma forma parecido com beijar Kel?

Ela afastou o pensamento. Quando a multidão perdeu o interesse, Kel começou a conduzi-la até um canto, de volta à parte mais larga da Estrada do Arsenal.

— Você está bem? — murmurou ele. — Desculpe-me. Só consegui pensar em beijá-la.

— Sério? *Beijar* foi só no que você conseguiu pensar? — Lin levou a mão à boca. Seus lábios formigavam. Foi um tipo de beijo bem intenso.

— Foi, sim. — Ele parecia chateado. — Peço desculpas se foi terrível.

Ele parecia tão inocente quanto um filhote que fora pego mastigando um sapato. Lin não conseguiu evitar o sorriso.

— Não foi terrível. E obrigada. Se Oren tivesse me visto... — Ela estremeceu.

— Então — disse ele —, você quer tentar descobrir quem comprou esse livro que Andreyen busca? Você tem razão, pode ser possível comprá-lo de volta...

Lin paralisou. Tinha visto uma figura sair de perto de um grupo e se aproximar deles — um homem, o rosto escondido na pouca luz.

Ele tinha estatura média, usava um casaco com uma variedade de cintos espalhados na parte da frente. Quase todo o seu rosto estava escondido por trás de uma máscara de metal enferrujado. Pelo pouco que conseguia ver, Lin adivinhou que fosse jovem, e a cicatriz grossa que cercava seu olho sugeria que ele tinha se envolvido em várias brigas.

Kel suspirou.

— Jerrod — cumprimentou ele.

— Sinto muito por interromper seja lá o que for isso — disse Jerrod, indicando Lin com o que ela sentiu ser uma maneira insultante e desdenhosa —, mas aquele encontro que você queria? É agora.

Kel pareceu irritado.

— Suponho que você estava me seguindo.

— Óbvio — confirmou Jerrod, como se Kel fosse tolo por perguntar. Era nítido que havia uma rixa entre eles.

— Prosper Beck quer me ver agora — explicou Kel, olhando para Lin. — Beck é como o Rei dos Ladrões, mas pior.

— Que grosseria — reclamou Jerrod.

— Por que você quer falar com alguém que é pior que o Rei dos Ladrões? — perguntou Lin, confusa.

— Eu não quero — respondeu Kel. — Eu preciso. — Ele se voltou para Jerrod. — Posso levá-la comigo?

Jerrod balançou a cabeça.

— Não. Só você.

— Não posso deixar minha amiga aqui — disse Kel. — Deixe que eu a leve até a... nossa carruagem, e voltarei para encontrar você.

— Não — disse Jerrod. Lin teve a sensação de que ele gostava de recusar pedidos. — Venha comigo agora ou o acordo já era.

— E então voltamos aonde estávamos no restaurante — retrucou Kel. — Vou atormentar você até a morte, *et cetera, et cetera*.

— Inferno cinzento — murmurou Jerrod. — Eu devia ter matado você quando tive a chance. Espere aqui — disse ele, e despareceu de novo nas sombras.

— Ele parece legal — zombou Lin.

Aparentando estar perturbado, Kel deu um meio sorriso para ela.

— Não é fácil lidar com ele. Mas é minha forma de chegar até Beck.

— Ele é Rastejante? — perguntou Lin.

Kel pareceu surpreso.

— Como você sabe?

— Pó de giz nos dedos dele — respondeu Lin. — Tive um paciente que tinha sido Rastejante quando jovem. Ele me contou que o grupo usava pó de giz para melhorar a aderência. — Ela hesitou. — Jerrod foi um dos que...

— Que me atacaram no beco? — completou Kel. — Sim, mas estou me esforçando para não guardar mágoa. Além disso, foi um engano.

Jerrod voltou antes que Lin pudesse perguntar o que aquilo significava. Dessa vez, ele trazia uma carruagem — um veículo pequeno, de aparência quase impossivelmente leve, com as laterais abertas. Uma jovem com cabelo escuro bem curto estava no assento do condutor. Ela também tinha pó de giz nos dedos.

— Prosper Beck oferece a você uma carruagem e uma condutora para levar sua amiga para casa — disse Jerrod, em um tom que indicava que essa era a sugestão mais generosa já feita. — Aceite ou deixe o Labirinto.

Kel franziu as sobrancelhas. Ele começou a reclamar, mas Lin o interrompeu.

— Aceitaremos a oferta.

Ela subiu na carruagem — foi fácil; era baixa, leve como se tivesse sido projetada para correr — e se recostou no assento. Kel apareceu à porta.

— Tem certeza?

Ela assentiu. O livro de Qasmuna não estava ali. Ela se sentia vazia e cansada, e queria apenas ir para casa e refazer seus planos. Não desistiria, mas não conseguiria aguentar mais daquilo. Também sentia um fio de ansiedade quanto a Mariam em seu peito. Certamente seria melhor ir ver como ela estava.

Kel deu um passo para trás.

— Leve-a para os portões do Sault — informou à condutora. — Não saia da rota.

— De fato, não saia — disse Jerrod. — Ou ele vai envenená-la.

Isso fez a condutora ficar alarmada. Ela ergueu as rédeas, incitando os cavalos, enquanto Lin se perguntava que diabos *aquilo* significava. Ela se lembrou de Merren, o garoto bonito na Mansão Preta que se autoproclamara um envenenador. Decerto, pensou ela, enquanto a carruagem começava a se mover pela confusão da Estrada do Arsenal, não poderia ser coincidência, poderia? Era como se cada fio levasse de volta ao Rei dos Ladrões de alguma forma, como todos os fios de uma teia levavam à aranha, no centro. Lin era uma observadora da teia, pensou, ou uma mosca?

Quando a última pessoa do povo passou diante dela, e sua Pedra-Fonte não podia mais absorver qualquer poder, a Rainha Adassa desceu do topo da Torre de Balal, e ali o coração dela falhou uma batida, pois fora da cidade era possível ver os exércitos gigantescos dos feiticeiros-reis. Ela gritou por Makabi, dizendo:

— Minha mão direita, você deve me deixar agora. Deixe-me e salve nosso povo.

Makabi não queria deixar sua rainha, mas fez o que ela ordenou. Reuniu o povo de Aram e disse a eles que a rainha iria segurar os exércitos enquanto eles fugiam.

— A terra de Aram devemos abandonar — disse ele. — Ela será consumida pelo fogo da guerra. Mas o espírito de Aram é o espírito de seu povo, e deverá viver enquanto o carregarmos conosco.

Com grande tristeza, o povo Ashkar foi conduzido por Makabi até terras ocidentais desconhecidas.

— *Contos dos feiticeiros-reis*, Laocantus Aurus Iovit III

QUINZE

Kel seguiu Jerrod em silêncio pela Estrada do Arsenal. (Ele se sentiu um tanto tolo — devia ter simplesmente presumido que quando entrou no Labirinto, um dos Rastejantes de Jerrod teria informado sua presença. Afinal de contas, o Labirinto era território de Beck.)

Por fim, chegaram a um galpão cujas janelas tinham sido escurecidas com tinta. Jerrod o conduziu para dentro e por um longo corredor que parecia ter sido decorado com listras; Kel percebeu, observando mais de perto, que a tinta gasta, na verdade, estava descascando em longas faixas. Pedaços de tinta haviam sido espalhados pelo chão, sendo esmagados pelas botas deles como folhas secas. Do canto mais distante do corredor vinha um brilho de luzes em movimento e o som de vozes.

O corredor acabava de repente, dando lugar a uma sala enorme. Ali, Kel parou por um instante para observar. Lampiões de vidro pendurados do teto desapareciam na escuridão, mal iluminando dezenas de mesas espalhadas pelo piso áspero de madeira do que evidentemente era uma fábrica de construção de navios abandonada, da época em que tal atividade fora tirada da cidade e transferida para o Arsenal. Ganchos enferrujados, onde decerto velas foram estendidas para secar, penduravam-se do teto. A sombra grande de um navio semiconstruído estava voltada para um ninho de corvo revirado, no qual seis ou sete homens jogavam *lansquenet* com fichas reluzentes de madrepérola, que provavelmente seriam trocadas por dinheiro no fim da noite.

Nem todos ali estavam jogando. Homens e mulheres em veludo azul-escuro transitavam pela multidão, pegando dinheiro e distribuindo fichas de jogo e garrafas de vinho recém-abertas — funcionários de Beck, óbvio. Alguns jovens saltavam entre dingas cheias de almofadas, bebendo *pastisson* com uma estranha cor verde-escuro, o tipo que os deixaria como mortos-vivos. Um dormia apoiado em uma âncora enferrujada, a garrafa apertada junto ao peito, um sorriso alegre e infantil no rosto. Eles eram mais bem-vestidos que os habitantes-padrão do Labirinto, usando tecido de ouro e seda, joias brilhando no pescoço e dedo. Como Kel não os reconheceu, presumiu que eram ricos mercadores e mestres de guilda, não habitantes da Colina.

Embora, ele se perguntou, o que manteria Montfaucon ou Falconet longe de tal lugar? Ou Roverge, ou mesmo Conor? Ainda que Conor alegasse que jamais tivesse conhecido Prosper Beck, isso não significava que Prosper Beck não tivesse observado *ele*.

Cabines de navios arrancadas estavam empilhadas perto de uma das paredes. Cortinas transparentes as escondiam parcialmente do andar principal; enquanto passavam, Kel viu movimento por trás das cortinas. Figuras se contorciam em pequenos compartimentos — suspiros abafados e tecido farfalhando, o ocasional brilho de luz na pele nua ou no veludo escuro.

— Os prostitutos aqui trabalham para Beck — disse Jerrod enquanto cruzavam a sala. — Paga bem, e nós, Rastejantes, protegemos eles. Desde que você continue gastando dinheiro nas mesas, os serviços deles são gratuitos.

A ponta de uma cortina transparente foi levantada. Kel viu uma garota: cachos lilases, uma máscara de veludo índigo. Um braço a enlaçando por trás, uma mão descendo por seu corpete. Ela fechou os olhos enquanto a cortina voltava para o lugar.

Kel pensou em Silla, em Merren. E em Lin. Ele estivera beijando pessoas demais nos últimos tempos, avaliou. Corria o risco de se tornar algum tipo de bandido romântico de um conto de um tecelão de histórias, do tipo *ele a beijou, e então desapareceu misteriosamente na noite*.

Ele tinha gostado de todos os beijos — beijar Lin tinha sido agradável de um jeito surpreendente —, mas sabia o suficiente sobre si mesmo para perceber que estava buscando algo que não encontrara ainda.

De qualquer forma nada nas cabines o provocava. Havia algo um tanto desesperado em devassidão pública. Enquanto ele e Jerrod iam em direção a uma cortina de veludo no canto mais distante da sala, quase esbarraram com um jovem marinheiro malgasiano que cambaleava por ali, desenrolando a manga de seu casaco cor de cobre. Mas não antes que Kel visse as marcas de furos em seu antebraço, parecendo recentes. O garoto olhou para Kel por um instante; as pupilas dele estavam muito dilatadas, como esferas pretas. Era assim que começava, Kel pensou; logo o rapaz seria um dos viciados abandonados cambaleando pelo Labirinto.

— Então aqui é o quartel-general de Beck? — perguntou ele enquanto passavam por uma cortina e estavam diante de uma escadaria. Degraus bambos levavam para cima. Lampiões balançavam em ganchos nas paredes. Havia caixas empilhadas com etiquetas de verde intenso nas quais estava escrito Vinho do Macaco Cantor. Um nome peculiar para uma safra.

Jerrod conduziu o caminho.

— Um de muitos — respondeu ele. — Beck não é como o seu Rei dos Ladrões, com sua Mansão Preta e seu jeito de fingir ser um *cavalheiro*. Ele tem vários prédios, cada um com um negócio diferente, e vai em cada um deles. Uma fábrica em um dia, um antigo templo em outro. É bem esperto, na verdade.

— E como é que você acabou trabalhando para Beck? — perguntou Kel. Chegaram a um pequeno patamar.

No entanto, Jerrod parecia ter perdido a paciência para papo furado.

— Não é da sua conta — disse ele, abrindo com o ombro uma porta cujas dobradiças eram barulhentas como pios de coruja.

Outro corredor curto diante de Jerrod conduziu Kel a uma sala que parecia um dia ter sido um escritório. Ela transmitia uma sensação náutica, as paredes eram pintadas de azul-marinho e cheias de mapas empoeirados de portos distantes. Uma mesa de nogueira esculpida ocupava grande parte do espaço.

Em um lado da mesa tinha uma cadeira de madeira vazia; do outro, sentava-se um homem que olhou rapidamente de Kel para Jerrod e assentiu.

— Ótimo — disse ele, em voz gutural. — Você trouxe ele.

Então aquele era Prosper Beck.

Era um homem grande — bem maior do que Kel havia imaginado. Barrigudo e de ombros largos, ele tinha um nariz grosso que parecia ter sido quebrado mais de uma vez. Uma barba por fazer escura fazia sombra em uma mandíbula bem-marcada. Ele usava um casaco elaborado de brocado escarlate e prata que parecia de alguma forma não combinar com um pescoço do tamanho de um tronco de árvore e punhos do diâmetro de pratos. Na verdade, Beck no geral era o oposto do que Kel imaginara.

Bem, era o que ele merecia por fazer suposições.

Kel o observou, pensando no que dizer. Muito tempo antes, quando começara a estudar etiqueta em Marivent, ele havia reclamado com Mayesh que não entendia por que tinha que memorizar centenas de maneiras diferentes de cumprimentar a nobreza estrangeira, a maneira correta de se esquivar de perguntas sem ofender, as diferentes reverências apropriadas para cada ocasião.

— A política é um jogo — dissera Mayesh. — Bons modos dão a você as ferramentas para jogá-lo. E é um jogo tão mortal quanto qualquer duelo de espadas. Pense na etiqueta como um tipo de armadura.

E então Kel, em sua mente, vestira uma armadura de bons modos. As grevas e manoplas de sorrisos educados, os avambraços de respostas cuidadosas que não revelavam nada, o elmo e a viseira de expressões ilegíveis.

— Posso me sentar? — perguntou ele.

Beck indicou o assento diante de si.

— Sente-se.

Kel se acomodou na cadeira de madeira; era desconfortável. Ele estava ciente da presença de Jerrod, apoiado na parede, de braços cruzados. Não era tolo o bastante para achar que Jerrod era o único observador ali, o único pronto para defender Beck caso Kel se mostrasse problemático. Embora Beck aparentasse ser apto a se defender.

— Você é o primo do príncipe — murmurou ele. — Anjuman de Marakand. Que mensagem o Palácio tem para mim?

— Não venho em nome da Casa Aurelian — disse Kel. — Apenas em nome do Príncipe Conor. E ele não sabe que estou aqui. Ninguém sabe.

Pronto, pensou Kel. Havia mostrado uma vulnerabilidade, como uma carta na mesa. Não tinha apoio do Palácio. Estava sozinho.

— Ah — disse Beck. — Eles sabem da dívida de Conor? Dez mil coroas?

— Só eu sei — respondeu Kel. — Quando o rei souber, a situação sairá do meu controle. Não é possível prever o que ele fará. Mas o rei tem um exército à disposição, para não falar do Esquadrão da Flecha.

Prosper Beck abriu um pequeno sorriso.

— Está me ameaçando, mas não diretamente — observou ele. — Divertido. Agora me permita perguntar: Por que você está fazendo tudo isso por Conor Aurelian?

— Porque — respondeu Kel, com cuidado — ele é a minha família.

— *Decerto criminosos entendem de família.*

— Você e o príncipe são próximos, então? Ele confia em você?

— Sim.

— Então você ficaria surpreso em saber que ele pagou de volta a dívida esta manhã? — revelou Beck, com um brilho no olhar. — Inteira.

Kel perdeu o ar. Pensou em sua armadura. *Lembre-se de seu visor, da máscara que você deve usar.* Ele manteve a expressão neutra enquanto dizia:

— As dez mil coroas?

Beck parecia presunçoso.

— Então está surpreso.

— Estou surpreso — devolveu Kel — que, depois de ser pago por Conor — ele se recusava a dizer *pago de volta* —, você tenha concordado em se encontrar comigo.

Beck se recostou e olhou Kel de cima a baixo. Os olhos dele eram escuros, opacos como metal.

— Você envenenou Jerrod. Achei... interessante. Isso fez com que me interessasse por você.

Jerrod pigarreou.

— Ainda que a dívida do príncipe possa não mais ser uma questão — ressaltou Beck —, admiro uma pessoa corajosa, o que você parece ser. E tenho certeza de que você quer saber de onde vem o dinheiro que usei para montar meus negócios. Em especial, quem na Colina me deu o dinheiro. Uma pessoa que quer muito, digamos, desestabilizar a monarquia. Foi ideia dela — ele deu um sorriso fraco — que eu comprasse todas as dívidas de Conor Aurelian. E me deu dinheiro para fazer isso.

O coração de Kel martelou forte dentro do peito.

— Por que eu acreditaria — disse ele — que você se voltaria contra seu patrono?

Beck riu.

— Por que não? Se ele acabar na Trapaça, fico com as dez mil coroas, não só com uma parte delas.

— Você está oferecendo me contar quem na Colina está traindo a Casa Aurelian — disse Kel. — Mas não disse o que quer em troca.

— Antonetta Alleyne — soltou Beck.

No silêncio que se seguiu seria possível ouvir uma pena cair no chão. Kel pensou em sua armadura imaginária, mas isso não ajudou. A fúria corria por suas veias como fios por um boneco de ventríloquo. Ele olhou para Jerrod — como se o homem, de todas as pessoas, fosse ajudá-lo —, mas Jerrod estava à porta, conversando em voz baixa com um garoto de vestes de veludo azul.

— Em específico — continuou Beck, enquanto o garoto saía da sala —, um colar que pertence a Antonetta Alleyne. Um medalhão de ouro em forma de coração.

— Não deve valer tanto assim — protestou Kel, sem conseguir se conter. — Por que...?

— Quero o que está dentro — respondeu Beck. — Uma informação.

— Informação que poderia prejudicá-la? — quis saber Kel.

— Ela é rica e protegida demais para ser prejudicada — disse Beck, dispensando o assunto. — E a informação que tenho poderia salvar seu precioso príncipe, até mesmo a Casa Aurelian. — Ele se recostou na cadeira. — Traga-me o colar. E então conversaremos.

— E se eu não trouxer?

— Não conversaremos. E você terá vindo aqui à toa. — Beck mexeu seus grandes ombros. — Não tenho mais nada a dizer. Tchau, primo do príncipe.

Kel se levantou. Beck o observava, encarando-o de um jeito estranho e com olhos que pareciam metálicos. *Mas que diabos,* pensou Kel. Era melhor perguntar. De repente, esperando pegar Beck de guarda baixa, Kel indagou:

— Onde Conor conseguiu o dinheiro para pagar você?

Beck ergueu as mãos, as palmas estendidas.

— Não sei — respondeu. — Não me importo. Uma coisa estranha... ele me pagou com *lira* sarthiana. — Ele deu uma risadinha. — Não que importe. Ouro é ouro.

— Precisamos descer — Jerrod anunciou para Beck. — Tem uma briga saindo de controle no *lansquenet*. Está ficando violenta.

Beck se levantou e, sem mais uma palavra, seguiu Jerrod para fora da sala. Kel o observou partir. *Tinha* algo estranho em Beck, algo que não parecia combinar, mas ele não sabia dizer o quê, e Jerrod e Beck não deram indícios de que iam voltar. Depois de um tempo sozinho na sala, Kel deu de ombros.

— Bem, então está bem — disse ele. — Eu vou até a saída sozinho.

Quando Lin voltou ao Sault, ela sentiu como se tivesse ido para ainda mais distante que o Labirinto. Estava muito satisfeita em voltar para casa, e se perguntou se era assim que Josit se sentia ao voltar das Estradas de Ouro. (Ela suspeitava que não; ele sempre ficava feliz em ver Lin e Mariam, porém mantinha o ar de melancolia reservada, a sensação de que seu corpo podia estar no Sault, mas que sua mente ainda viajava.)

Lin foi imediatamente ao Etse Kebeth, a Casa das Mulheres, e encontrou Chana na cozinha, que balançou a cabeça ao vê-la.

— Mari está dormindo — disse a mulher. — Ela está mal. Tive que dar chá de passiflora para que se acalmasse. — Ela semicerrou os olhos. — O que você fez com ela?

— Nada — protestou Lin. — Ela viu uma carruagem real malgasiana na Ruta Magna. Ficou em choque.

— Ah. — Chana brincou com a franja de contas em sua manga. — Pensei que pudesse ter algo a ver com Tevath. O Festival da Deusa. — Ela balançou a cabeça. — Não pensei em algo tão doloroso. Mariam levou tanto tempo para se sentir segura em Castellane. Ver uma carruagem malgasiana aqui...

— Ela disse algo sobre o *vamberj* — lembrou Lin.

— Eram os guardas da rainha em Favár — explicou Chana. — Cobriam o rosto com máscaras prateadas de lobo e caçavam os Ashkar nas ruas como os lobos caçam coelhos. — Estremeceu e gesticulou para que Lin se aproximasse. — Querida garota — prosseguiu ela, abraçando Lin pela cintura —, você tem estado muito na cidade esses dias. Tome cuidado.

Se ela soubesse, pensou Lin. Deu um beijo na testa enrugada de Chana e voltou para a noite. Enquanto cruzava o Sault indo em direção à sua casa, viu o brilho de lampiões e percebeu, com uma pontada de dor, que aquele tinha sido o dia do casamento de Mez e Rahel.

Ela se apressou para o Kathot, que ainda estava iluminado. Lampiões redondos de vidro foram pendurados como luas dos galhos das figueiras e amendoeiras. As pedras molhadas do pavimento estavam salpicadas de pétalas de rosas vermelhas e brancas, assim como os degraus do Shulamat.

Mesas compridas forradas com fino linho branco exibiam os restos da festa de casamento: taças de vinho quase vazias; migalhas de pão doce e bolo. Lin fechou os olhos e imaginou tudo: Mez e Rahel em suas melhores roupas, abraçados; o Maharam e seus funcionários, agradecendo as bênçãos da Deusa — *alegria e felicidade, casais amorosos, júbilo e música, comunidades próximas, paz e companheirismo.* Deram presentes: taças de prata para bênçãos feitas em Hind; tigelas de ouro de encantamento de Hanse. De Marakand, livros de orações de couro cravejados de pedras semipreciosas. Era tradicional que os presentes de casamento viessem de lugares distantes, como um lembrete de que o mundo estava cheio de Ashkar, suas irmãs e irmãos. Eles não estavam sozinhos ali em Castellane.

De repente, Lin se sentiu solitária. Pensara em ir talvez à Casa das Mulheres quando voltasse do Labirinto para ver Mariam, mas era tarde; ela não queria acordar a amiga. Em vez disso, ao sair do Kathot, seus pés seguiram para uma direção muito diferente.

Como sempre acontecia nas raras noites em que Mayesh ficava no Sault, ele estava sentado na varanda de sua casa pequena e branca, envolto em uma nuvem de fumaça lilás de cachimbo. A pesada cadeira de balanço de pau-rosa tinha sido presente de um emissário shenzano; quando Lin era pequena, ela gostava de passar as mãos nos entalhes intricados de pássaros, flores e dragões.

À luz da lua, ela subiu os degraus da varanda. O avô a observava sob suas grossas sobrancelhas, parecendo nem um pouco surpreso em vê-la.

— Estava no casamento? — perguntou ela, se empoleirando no corrimão da varanda. — De Mez e Rahel?

Mayesh balançou a cabeça.

— Eu estava no Palácio. O imperador de Malgasi exigiu um cumprimento.

Um tempo atrás, Lin teria ficado com raiva. Óbvio que ele não estivera lá, pensaria ela. Aquele era Mayesh, mais dedicado àqueles fora do Sault do que àqueles dentro. Mas não conseguiu invocar essa raiva no momento. Ela mesma se esquecera do casamento de Mez; ela mesma estava entre os restos do banquete, a fantasmagórica lembrança de dançarinos felizes, percebendo que o rio da vida do Sault seguia e ela estava à margem, observando de longe.

— Fiquei sabendo que você está causando confusão de novo — disse Mayesh. — Perturbando o Maharam para conseguir acesso ao Shulamat, é isso?

— Então Chana contou a você.

— Sou diplomático demais — respondeu Mayesh calmamente — para revelar minhas fontes de informação.

Lin levou um momento para perceber que ele estava brincando. Um avô que fazia piadas. *Está bem.*

— Achei que você nem gostasse do Maharam.

— Não é nosso trabalho gostar um do outro — comentou Mayesh. — Nosso trabalho é servir ao Sault, embora de maneiras diferentes. — Ele largou o cachimbo. — Você se parece muito com sua mãe — acrescentou ele, e Lin ficou tensa. — Você nunca para de insistir, se recusando a aceitar as coisas como são. Você está sempre *lutando*. Por outra coisa, por algo melhor.

— Isso é ruim?

— Não necessariamente — disse Mayesh. — O Sault é um bom mundo, embora pequeno. É por isso que me tornei conselheiro.

— O Sault é pequeno demais para você? — Lin queria soar desdenhosa, mas a pergunta saiu com um tom de curiosidade.

— Tive uma ideia — disse ele — de quão pequenos somos e, devido a isso, de quão vulneráveis somos. Cumprimos nossos papéis como Ashkar, permanecendo no Sault, fornecendo pequenos feitiços para o povo de Castellane, mas nunca sendo um deles. Ficamos felizes em dar conselhos a outros sobre leis que não se aplicam a nós, direitos que não são nossos. Apenas uma voz fala pelos Ashkar fora dos muros, apenas uma é erguida para defender nosso povo nos lugares do poder.

— Sua voz — concluiu Lin.

— A voz do conselheiro — corrigiu Mayesh. — Não precisa ser a minha. Nem sempre foi a minha. Não serei conselheiro por muito mais tempo, Lin. Em algum momento, precisarei treinar um substituo. Talvez alguém esperto o suficiente para entrar em Marivent contra a vontade do príncipe. Talvez alguém que também ache o Sault um pouco pequeno.

Lin piscou. Decerto estava entendendo mal. Ele estava olhando diretamente para ela, o reflexo da lua como um ponto de luz em cada uma de suas pupilas.

— Você quer dizer...

Mayesh se levantou com um grunhido, apoiando as mãos nas costas.

— Está tarde, é hora de um velho ir para a cama. Descanse bem, Lin.

Era uma dispensa.

— Descanse bem — devolveu ela, e o deixou partir. A caminho de casa, ela passou pelo Kathot e viu rapidamente um pequeno rato cinza mordiscando um pedaço de bolo de mel. Ele ergueu o olhar quando ela se aproximou, seus olhinhos cheios de medo.

Não se preocupe, ratinho, pensou ela. *Nenhum de nós tem a certeza de que é bem-vindo aqui.*

Kel tinha a intenção de parar a caminho do Palácio e deixar uma mensagem para o Rei dos Ladrões. Ele disse a si mesmo, enquanto virava em direção à Colina em vez de ir para Warren, que contataria Andreyen em breve; ele precisava entender o que descobrira no Labirinto primeiro, e, antes de mais nada, precisava entender como Antonetta Alleyne podia estar envolvida naquilo.

Ao retornar a Marivent, Kel encontrou o Palácio escuro, com apenas alguns lampiões acesos nas janelas do topo dos edifícios. A única janela da Torre da Estrela estava iluminada, como um olho semicerrado vigiando Castellane. Kel imaginou o rei em sua torre, observando as estrelas, vigiado por Fausten. Ele havia subestimado o homenzinho, pensou, lembrando-se de que Jolivet uma vez lhe dissera que as menores serpentes eram as mais venenosas.

Kel seguiu pela relva molhada do Grande Gramado, confuso e cansado até os ossos. Prosper Beck não era nada do que ele havia imaginado. Aquela sensação de que estava errado, de que havia algo estranho com o homem, o incomodava. Também se perguntou se Conor estava pensando aonde ele fora ou se estava bêbado o suficiente para não perceber sua ausência. Esperava que Falconet tivesse levado a sério quando Kel lhe dissera: *Mantenha-o distraído.*

Perdido em pensamentos, Kel quase esbarrou em uma carruagem que fora estacionada no pátio do Castelo Mitat. Era enorme e dramática, de laca escura reluzente, as laterais em forma de grandes asas escuras. Parecia estar agachada ao luar, curvada e esperando, como uma fera preta da noite. Nas portas havia o brasão prateado de um lobo rosnando.

Malgasi, pensou Kel. Então a embaixatriz havia chegado. Ele pensou no que Charlon dissera: *Ela está aqui para tentar convencer Conor a se casar com aquela garota, a princesa.* E ele estava certo, mesmo à sua maneira desajeitada. Em breve estariam enxameando ali: Malgasi, depois Kutani, Sarthe, Hanse e o restante. Todos eles, pensou, com um sorriso cansado, subestimando o quão teimoso Conor poderia ser.

Kel subiu as escadas do Castelo Mitat até os aposentos que dividia com Conor. Castelguardas protegiam a porta, como sempre; Kel assentiu para eles e entrou, fechando a porta silenciosamente atrás de si.

Conor estava adormecido na cama, um raio de luar entrava e o iluminava. Vestia camisa e calça e, por algum motivo, um sapato. De certo modo Kel queria sacudir Conor para acordá-lo, exigir saber como ele de alguma forma conseguira pagar a dívida. Mas curvado um pouco de lado, com o braço por cima da cabeça, Conor parecia mais jovem e relaxado durante o sono, e vulnerável. *Pulsos, olhos, pescoço*: Kel estava plenamente consciente, como às vezes ficava, de todos os lugares onde Conor poderia ser ferido.

Quando eram mais jovens, Kel sentia cada hematoma na pele de Conor como um peso de culpa, uma falha sua em protegê-lo, em ser o escudo do príncipe, sua armadura inquebrável. Essa fora a época em que ele pensava que Conor não guardava segredos dele. Mas ele já sabia a verdade.

Conor rolou de costas com um suspiro, mas não acordou. Kel deitou-se em sua cama, encarando a escuridão. Tinha sido bom para ele descobrir o segredo de Conor — a dívida, a ligação com Prosper Beck? Conor devolveu o dinheiro sem a ajuda de Kel, que não conseguira informação alguma com Beck.

Ainda não, pelo menos. E se quisesse mais alguma coisa, teria que trair Antonetta. Mas esse caminho era sombrio. Não fazia parte de seu dever para com Conor trair Antonetta — pegar o colar se isso significasse que ele poderia saber mais sobre como proteger a Casa Aurelian? Não era esse o seu dever, mesmo que ele não gostasse?

Ele ficou acordado até tarde da noite, os pensamentos girando em círculos. De uma coisa ele tinha certeza: pela primeira vez, o que ele sabia que era seu dever entrava em conflito com seu próprio senso do que era certo. O curioso era: ele não tinha percebido que Kel Saren ainda tinha seu próprio senso de justiça, enterrado debaixo de tudo o que aprendera desde que chegara a Marivent.

Os feiticeiros-reis olharam para a pequena figura de Adassa em cima da torre e riram. Ela era apenas uma, disseram, e eles eram um exército; ela era jovem, eles tinham experiência. Não demorariam muito para destruí-la.

Mas o fogo que a Pedra-Fonte de Adassa continha era maior do que eles haviam imaginado, porque seu poder vinha de um sacrifício dado de boa vontade. Enquanto os exércitos dos feiticeiros se lançavam contra os muros de Aram, eles descobriram que a própria terra se voltava contra eles: fossos de fogo se abriram aos seus pés, e os muros de roseira-brava subiram do solo para bloquear o caminho. Colunas giratórias de areia e fogo queimaram o deserto e dispersaram seus soldados.

Por dois dias e duas noites a batalha continuou, sem desacelerar. Adassa permaneceu na Torre de Balal, e pareceu que jamais se cansaria. Os feiticeiros foram até Suleman e disseram:

— Esta batalha não pode ser vencida apenas com magia. Ela é mulher, e o ama. Vá até a cidade, suba na torre e a golpeie com sua espada. Assim conquistaremos Aram.

— *Contos dos feiticeiros-reis,* Laocantus Aurus Iovit III

DEZESSEIS

Kel passou grande parte do dia seguinte sentindo que havia perdido o juízo aos poucos. Por algum motivo, ele pensou que tão logo Conor tivesse a oportunidade estaria ansioso para contar-lhe que pagara a dívida com Prosper Beck.

Mas esse não parecia ser o caso. Para ser justo com Conor, ele tivera pouca oportunidade. Quando Kel despertou, no meio da manhã, Conor estava sentado à pequena mesa de pórfiro, as mãos estendidas enquanto uma das criadas pintava suas unhas em tons alternados de prata e escarlate. Ele também estava no meio de uma discussão sobre algo com Mayesh, que andava de um lado a outro.

— Diminuir as tensões com Malgasi seria o ideal — dizia Mayesh. — Mas não queremos nos ver presos demais a eles. A forma como eles fazem as coisas é antiético com Castellane.

— Pensei que apenas queríamos garantir a promessa de que podemos continuar a usar as estradas de comércio que passam pelo país deles — retrucou Conor, dobrando os dedos enquanto a criada guardava os frascos de tinta. — Além disso... — Ele deu uma piscadela ao ver que Kel despertara e estava se sentando. — Bom dia — disse ele. — Ainda é cedo e você já está me devendo; impedi que Mayesh o acordasse uma hora atrás.

Ele decerto *parecia* tranquilo, pensou Kel, como alguém que tinha pago uma grande dívida. Mas Conor era especialista em projetar um ar de tranquilidade, quer sentisse isso de verdade ou não. Algumas semanas antes, Kel teria dito que conseguia enxergar além do fingimento de Conor. Não tinha mais tanta certeza.

Mayesh parecia austero.

— Estão esquecendo — ressaltou ele — como demora a preparação para esses jantares de Estado. Kel, levante-se; os alfaiates virão a qualquer momento tirar as medidas de vocês para as roupas da noite.

Kel bocejou e começou a sair da cama.

— Preferia que todos se esquecessem que eu concordei em ir, para começo de conversa.

— Não há como — disse Mayesh. — Caso tenha se esquecido, Sena Anessa, a embaixatriz de Sarthe, estará presente. E como ela gosta de Kel Anjuman, você estará encarregado de distraí-la enquanto o assunto principal do evento, que é suavizar as relações entre Castellane e Malgasi, corre sem problemas.

Ela gosta de Kel Anjuman. Não dissera *Ela gosta de você.* Mas Mayesh estava certo, pensou, enquanto os costureiros chegavam e Conor se levantava com preguiça. Kel Anjuman não era Kel em si. Sena Anessa não o conhecia de verdade, mas sim um personagem, e era disso que gostava.

— Falei que você não ia conseguir escapar — disse Conor. Ele sorriu da mesma forma como sorrira quando ele e Kel eram jovens e tinham sido flagrados furtando tortas das cozinhas de Dom Valon, divertimento misturado com pouco arrependimento.

Mayesh saiu do quarto e os alfaiates começaram a trabalhar, rodeando Kel e Conor como pombas ansiosas. As roupas também eram políticas no mundo do Palácio. Conor precisava estar adequado com uma roupa que demonstrasse respeito a Malgasi enquanto ainda mantinha a honra de Castellane. Ele não podia usar o prata e o roxo de Malgasi, óbvio, mas também não podia usar vermelho. Decidiram por um vinho profundo: uma camisa de seda, bem-ajustada, colete de veludo cor de vinho bordado a ouro, calças de linho e brocado e punhos de rubis vermelhos. Não o incentivaram a usar seu manto de penas de cisne e ele não gostou nem um pouco disso.

Kel recebeu cores mais neutras para vestir: cinza-claro e linhos de tons pastel, o cinza misturado ao creme. Eram cores que diziam: *Ignore-me; não me veja.*

Ele afivelou as braçadeiras de couro, com lâminas habilmente escondidas sob as mangas do casaco cinza, apesar das reclamações dos alfaiates de que isso arruinaria o linho de suas roupas.

— É um jantar de Estado, Sieur Anjuman; decerto você não precisa destas armas!

Kel apenas lançou um olhar frio a eles.

— Prefiro levá-las.

Mesmo depois que os alfaiates saíram, apressados para fazer as últimas alterações nas roupas antes do anoitecer, não teve chance de falar a sós com Conor. Kel foi até o tepidário enquanto Conor era cercado por todos os lados: o cabelo aparado, os olhos esfumados com kajal (o que agradaria a Lilibet), as joias e a coroa escolhidas e uma série de estrelinhas pintadas em prata nas maçãs do rosto. Kel ficou aliviado por escapar de tudo isso; Conor tinha uma reputação a manter, mas ninguém se importava muito com a aparência de Kel Anjuman, desde que estivesse limpo e vestido de maneira respeitável.

Quando os alfaiates voltaram com as versões finalizadas de suas roupas, Domna Talyn, a Senhora da Etiqueta do Palácio, os acompanhou, lembrando a ambos as frases em malgasiano que precisariam saber naquela noite — como cumprimentar a embaixatriz, como enviar cumprimentos à Rainha Iren Belmany, como perguntar sobre a saúde da Princesa Elsabet.

— Aprendi uma frase com um cavalheiro malgasiano uma noite dessas — mencionou Conor, ajustando a coroa brilhante entre as ondas escuras de seu cabelo. — *Keli polla, börzul.*

Domna Talyn arfou.

— Isso é *obsceno*, Monseigneur.

— Mas acredito que demonstra um domínio da língua — defendeu Conor, parecendo inocente. — Você não acha?

A essa altura, Kel desistiu. Ele não ia ter oportunidade de conversar com Conor sobre assuntos sérios naquela noite, e de qualquer forma Conor não estava com o humor sério. Ele esperaria até o dia seguinte e então tentaria arrancar a verdade de Conor (sem expor o que sabia), e enquanto isso, consideraria essa noite perdida.

Ele não se arrependia dessa decisão quando estava na Galeria. Apesar da graciosidade de Lilibet, do seu empenho na decoração e dos esforços da cozinha de Dom Valon para agradar o paladar dos visitantes, a tensão pairava como uma nuvem e parecia estar apenas aumentando. Não era hora de pensar em Beck, dívidas e no Rei dos Ladrões; a atenção de Kel era necessária ali.

O jantar começara bem. Lilibet se superou na ornamentação, preenchendo o espaço com as cores de Malgasi, e a Embaixatriz Sarany ficou encantada. (O fato de todos os indícios do jogo de arco e flecha de Conor terem sido removidos ajudou; até mesmo os rasgos nas tapeçarias foram consertados em uma velocidade impressionante.)

A mesa alta fora retirada da plataforma onde costumava ficar e colocada no centro da sala. Cortinas transparentes de seda pura balançavam contra as paredes, suavizando a aparência da pedra. Cada tom da cor malgasiana estava representado em algum lugar, desde as cadeiras estofadas em veludo bordô até os pratos de porcelana decorados com ameixas suculentas. Os vasos de jade lilás transbordavam com heliotrópio e lavanda, e as taças cor de vinho foram fornecidas a Lilibet diretamente pela Casa Sardou, adquiridas em seus armazéns na Chave. No cabo das facas e dos garfos, serpentes feitas de ametista se enrolavam, cujos olhos de diamante brilhavam.

Os assentos ao redor da mesa também foram definidos com cuidado. Kel estava ao lado de Sena Anessa, que parecia se divertir mais com a decoração do que se ofender pela presença de Sarthe ter sido ignorada. Conor se sentava diante da Embaixatriz Sarany, perto da cabeceira da mesa, onde uma cadeira fora reservada para o Rei Markus.

Ao longo da parede atrás da cadeira do rei estavam vários membros do Esquadrão da Flecha — incluindo, para surpresa de Kel, o Legado Jolivet, que costumava preferir permanecer onde o rei estava, mas se fazia presente ali naquela noite, de onde poderia olhar para a embaixatriz malgasiana com uma expressão rígida.

As coisas começaram a desandar quando Lilibet explicara que o Rei Markus estava concentrado demais em seus estudos para comparecer.

— Algum novo sistema estelar — comentara Lilibet, parecendo distraída, as esmeraldas em seu pescoço refletindo a luz quando ela se mexia. — Uma questão de enorme importância para os acadêmicos, é óbvio, embora talvez menos para aqueles de nós que precisam viver na terra.

Sarany parecera furiosa. Kel entendia então por que Conor a achava assustadora. Ela era alta e muito magra, talvez na casa dos quarenta anos, com um rosto estreito e de aspecto predatório. O cabelo escuro dela estava puxado com força para trás, preso por vários grampos brilhantes. Os olhos eram de um preto profundo, quase cavernosos em seu rosto branco e ossudo. Mesmo assim, apesar da moderação extrema dela, seu olhar era faminto, como se desejasse devorar o mundo.

— Decerto você está brincando.

A rainha apenas ergueu uma sobrancelha feita e arqueada. Conor tamborilou os dedos distraidamente no braço da cadeira, e Kel percebeu que fazia muito tempo desde que alguém respondia à ausência do rei em eventos oficiais com surpresa. Todos sabiam que o governante de Castellane *era* assim; apenas aceitavam e pronto.

— E quanto a Matyas Fausten? — indagou Sarany. Ela tinha um leve sotaque. Um diplomata bem-sucedido costumava falar nove ou dez línguas fluentemente. Conor falava oito; Kel, sete. — Ele virá?

— O astronomozinho? — Lilibet soava confusa.

— Ele é malgasiano. Eu o conheço como tutor na corte de Favár — explicou Sarany. — Gostaria de reencontrá-lo.

— Decerto podemos organizar isso — disse Lilibet, logo recuperando seu equilíbrio. — Sei que ele era professor em sua grande universidade...

— O Jagellon — completou Conor, e sorriu sem emoção para Sarany. Ela o encarou com seus olhos famintos.

— Em Malgasi, a educação é estimada — disse ela. — Educação gratuita é fornecida para nossos cidadãos no Jagellon. Entre nossa linhagem contamos com muitos polímatas. Você verá que a Princesa Elsabet é uma boa combinação para sua mente inteligente.

Era uma coisa peculiar de dizer. Peculiar o suficiente para Kel se perguntar se ela tinha pronunciado errado a palavra *combinação*; diplomatas costumavam ser bem mais sutis que isso ao sugerir um casamento político. Elsabet Balmany *fora* incluída na lista de potenciais alianças reais de Mayesh, mas mesmo assim era estranho uma embaixatriz tocar no assunto com tamanha... convicção pouco cuidadosa.

Sarany continuou a enumerar as muitas qualidades da princesa de Malgasi para um Conor que parecia confuso: ela sabia caçar, cavalgar, pintar e cantar; sabia onze línguas e havia viajado por toda Dannemore, e Conor não achava que viajar era a melhor forma de expandir a mente?

Enquanto isso, Sena Anessa começara uma conversa com Kel sobre cavalos, e perguntou se era mesmo verdade que os melhores vinham de Valderan, ou os cavalos de Marakand que eram mal avaliados?

Enquanto tentava acompanhar ambas as conversas, Kel começou a sentir dor de cabeça; por sorte, uma das portas habilmente escondidas nas paredes, que costumava estar oculta por uma tapeçaria, abriu-se e de lá saiu uma fila de criados carregando jarras de vinho gelado, sorvete e travessas de prata com marmelo, queijo e salgados.

O vinho gelado era cor-de-rosa e tinha um leve sabor de cereja. A conversa à cabeceira da mesa parecia enfim ter voltado para a abertura de uma estrada direta entre Favár e Castellane. Facilitaria o comércio, defendeu Conor, e naturalmente também passaria por Sarthe. Lilibet sugeriu que os três países dividissem os custos de construção da estrada. Sena Anessa parecia interessada. A Embaixatriz Sarany seguiu encarando Conor. De vez em quando, bebia rapidamente da taça, tomando um golinho de vinho.

— Em Sarthe, nós também acreditamos que viagens aumentam a sabedoria — disse Sena Anessa, sorrindo de um jeito bondoso. — Acabei de viajar com nossa Princesa Aimada à corte de Geumjoseon em Daeseong. Um lugar tão charmoso. Os costumes deles são muito diferentes dos nossos, mas muito fascinantes.

— Eles não estão se preparando para um casamento real neste momento? — perguntou Lilibet. — Acho que ouvi falar.

— De fato — confirmou Anessa. — O Príncipe Herdeiro Han, segundo filho do rei, logo se casará.

Sarany franziu a testa.

— É o herdeiro deles?

— Por enquanto, sim — respondeu Conor. — Se bem me lembro, a sucessão em Geumjoseon não é determinada pela idade. O rei seleciona o filho favorito e o nomeia herdeiro.

— Causa muita *confusão* — disse Anessa. — Mas é bem emocionante. Han está se casando com a nobreza da família Kang, o que pode não agradar o pai dele. São muito ricos, mas escandalosos.

— Ah, sim — disse Lilibet. Seus olhos escuros brilhavam. Ela sempre gostava de fofoca. — A filha da família Kang não massacrou mais ou menos uma dúzia de outra casa nobre? Os Nam, não é?

— É tudo meio fantasioso — disse Anessa. — Dizem que a família Nam já estava reunida para um funeral quando a garota dos Kang escalou o muro do jardim e assassinou todos eles. Depois disso, ela desapareceu em uma carruagem preta; alguns dizem que foi conduzida por duas dúzias de cisnes negros que voavam. Tenho certeza de que *parte* da história é verdadeira, mas óbvio que não tudo. Enfim, o Príncipe Ham parece não se importar.

— O que é um banhozinho de sangue entre amigos? — zombou Conor. Ele estava brincando com a haste de cristal de seu cálice, mas, pelo que Kel percebera, não estivera bebendo muito. — Eu mesmo aplaudo a bravura do jovem príncipe de Geumjoseon. Eu teria medo de me casar e entrar em uma família de assassinos, temendo ser o próximo.

A Embaixatriz Sarany sorriu, embora fosse menos um sorriso e mais um esticar de lábios.

— Casar-se é sempre um ato de bravura e fé. Principalmente quando representa fundir dois grandes poderes.

Sena Anessa pigarreou, obviamente irritada.

— Minha querida Rainha Lilibet — disse ela —, onde está Mayesh Bensimon? Sempre gosto dos conselhos sábios dele.

Antes que Lilibet pudesse falar, Sarany bateu o garfo com força no prato.

— Quase me esqueci — disse ela — que você tem um conselheiro Ashkar, não é?

— De fato — respondeu Conor —, na tradição de Macrinus.

Sarany franziu os lábios.

— Percebi que você tem um Sault bem ativo. Há *muitos* Ashkar nas ruas aqui. Não acha que eles espalham criminalidade e doenças?

Fez-se um silêncio atordoado; até Lilibet, que costumava ser contida, pareceu impressionada.

Os olhos de Conor começaram a brilhar perigosamente.

— Pelo contrário — respondeu ele. — Os Ashkar são curandeiros habilidosos que salvaram muitas vidas castellanas, e eles estão entre os nossos súditos mais cumpridores da lei. Das poucas centenas de criminosos no Tully, nenhum deles é Ashkar.

— Você é jovem e inocente, *Ur-Körul* Aurelian — disse Sarany, com frieza. (Mesmo com seu malgasiano limitado, Kel entendeu a palavra para "príncipe".) — Você gosta de Bensimon; ou acha que gosta, pelo menos. Os Ashkar exercem um tipo de atração, um poder que atrai você. É parte da maldade deles.

— Maldade? — A palavra escapou de Kel; ele sabia que não devia falar em voz alta, mas não conseguiu se conter. — Parece um termo pesado. Eles são, afinal de contas, apenas pessoas que rezam a um tipo de Deus diferente.

— E praticam *gematria*. — O olhar de Sarany passou por Kel e o desconsiderou. — Em Malgasi, acreditamos que toda magia é pecado. Tornamos nossa terra *Aszkarivan*, sem Ashkar. Ao fazer isso, entramos em uma nova fase de prosperidade para o nosso povo.

— Isso foi porque eles enriqueceram com o ouro roubado dos Ashkar que fugiram? — perguntou Conor, o olhar brilhando de maneira realmente perigosa.

Kel não conseguiu deixar de lembrar da reunião da Câmara de Controle, onde Mayesh havia calmamente dito que não havia Ashkar em Malgasi. Ninguém perguntara ao conselheiro o motivo, percebeu ele. Ninguém pensara no assunto; ninguém vira isso como algo importante.

Sarany olhava para Conor de narinas infladas. Kel sentiu a energia da sala mudar. Havia saído da tensão e chegado à raiva. Ele se perguntou se devia se levantar e ir até Conor, mas naquele momento, para sua surpresa, o Rei Markus entrou na Galeria Brilhante.

Fausten o acompanhava. Nenhum deles estava vestido para o jantar, embora o rei usasse uma pesada capa de veludo por cima de suas costumeiras túnicas e calças simples. Estava presa no pescoço com uma grossa corrente de ouro com um pingente de rubi esculpido. Fausten estava um passo atrás do rei, usando a capa de astrônomo de seda e vidro. Kel não conseguia parar de encarar o homenzinho; olhar para Fausten o enchia de fúria. E o fato de que ele ignorava Kel completamente, o olhar passando por ele como se não estivesse ali, não ajudava.

Markus estava sério, afável e calmo ao se aproximar da mesa e se sentar à cabeceira. Lilibet o olhava, os lábios entreabertos de surpresa; Conor estava inexpressivo, mas a mão segurava com força a haste da taça de vinho.

Quando Fausten se posicionou atrás da cadeira do rei, Kel notou que havia algo muito diferente em seu comportamento. Ele costumava ficar encolhido e bajulador, mas nesse momento parecia agitado, e seus olhos brilhavam, indo de um lado a outro. Ele parecia vibrar de excitação ao se curvar na direção da Embaixatriz Sarany, cumprimentando-a em malgasiano:

— *Gyönora, pi fendak hi líta.*

Era uma quebra na etiqueta Fausten falar antes do rei; Sena Anessa pareceu surpresa, mas Sarany apenas deu um sorrisinho e se virou para o rei.

— Estou tão feliz, *Körol* Markus — disse ela — por termos a honra de sua presença.

Markus? Kel lançou um olhar para Conor, que apenas deu de ombros. O rei inclinou a cabeça.

— Conheço o meu dever — respondeu ele, com o tom de um homem que se preparava para a sua própria execução e sabia disso, e estava ciente de que não podia vacilar no caminho para a forca.

Muito estranho.

A Embaixatriz Sarany não respondeu, mas olhou diretamente para o rei com uma expressão muito peculiar. Havia algo ali, como uma fome — e algo mais também. Uma espécie de ânsia, quase desesperada. Lilibet olhava para ela por cima da taça de vinho, sua expressão era uma mistura de irritação e descrença.

— Que gentileza de Vossa Alteza — murmurou Anessa no silêncio tenso — fazer um esforço especial para nos ver.

O rei olhou todos que estavam na mesa, o rosto sem expressão. Apesar de sua rica capa, a camisa que usava por baixo tinha um rasgo na manga, o que devia estar dando a Lilibet a agonia do constrangimento.

— Faz anos que não ouço palavras em malgasiano — disse ele —, nem vejo um brasão de lobo. Traz... memórias.

Kel viu os olhos de Conor escurecerem. Mesmo antes de se trancar na Torre da Estrela, o rei jamais falava de seu tempo na corte de Favár.

Como se pressentisse a mudança no humor dele, Sarany se voltou para Conor.

— Talvez seu pai tenha contado a você sobre as belezas de Favár — começou ela. — O Rio Erzaly, o Palácio *Laina Kastel*... mas ouvir falar de algo nunca é o mesmo que ver com os próprios olhos, não é? — Ela juntou as mãos com um prazer fingido, como se tivesse tido uma ideia.

— Talvez, Príncipe Conor, em vez de nossa *Milek* Elsabet viajar até Castellane, você possa ir até nós? Elsabet poderá ser sua guia pela cidade. Ninguém conhece melhor Favár e sua história. E você precisa passear pelo porto à noite. O povo da cidade joga lampiões acesos na superfície água; é uma visão e tanto.

Conor bebeu de uma só vez o resto do seu vinho cor-de-rosa. Quase não havia comida em seu prato. *Maldita Sarany*, pensou Kel. *Ela precisa ficar insistindo nesse assunto de Elsabet, como um dedo em uma ferida.*

— Fico enjoado no mar — argumentou Conor.

— O que ele quer dizer — interveio Lilibet — é que seus deveres o mantêm aqui. É uma pena. Tenho certeza de que ele amaria ver sua cidade.

Sarany ignorou isso.

— Você também precisa visitar nossa *Kuten Sila*, a Ponte das Flores. É um monumento em homenagem ao casamento de Andras Belmany e Simena Calderon, e é conhecida como a Ponte da Paz, pois a união levou ao fim de muitos anos de derramamento de sangue. Um casamento pode curar muitas feridas, mesmo as mais antigas.

Kel não conseguia mais aguentar.

— Nosso próprio Rei Valerian jamais se casou — soltou ele — e ele era conhecido por ser um grande defensor da paz.

Pela primeira vez naquela noite, a Embaixatriz Sarany olhou para Kel. O olhar dela dizia *Você é presa, mas pequena demais para me interessar.*

— E houve uma sangrenta guerra civil quando ele morreu — disse ela.

— Pode-se dizer — argumentou Conor — que isso teria acontecido de qualquer forma.

Sarany olhou diretamente para Conor. Algo despontou de seu olhar — um vislumbre de raiva, mas aquela fome permanecia ali também. Ela disse, com a voz mais sombria e doce do que mel de castanha:

— Meu querido *Ur-Körol* Aurelian. Posso dar a você um conselho?

— Sou péssimo com conselhos — disse Conor. — É tão raro para mim aceitá-los. Um pecado recorrente meu.

O tom dele era descontraído, mas sua mão estava prestes a quebrar a haste da taça. Sena Anessa havia abandonado todo o fingimento de falar com Kel e encarava o rei e Conor, o olhar indo de um para o outro.

Sarany continuou:

— Em minhas viagens conheci muitos jovens lordes e príncipes. Amantes da diversão, da aventura e da vida boa. — Ela fez uma careta que indicava não conhecer nenhuma dessas coisas. — Aqueles que os Deuses abençoaram com títulos reais herdam muito de seus antepassados. Nobreza e poder, decerto, mas também responsabilidade. E também *dívidas*.

O rei olhou para Sarany como se, no rosto dela, enxergasse a forca.

— Não tenho dívidas com Malgasi — disse Conor, e Kel viu um sorriso maldoso no rosto de Fausten. Sentiu vontade de se levantar e dar um soco no astrônomo até que ele contasse o que sabia.

— Ah, mas você tem — retrucou Sarany. — Seu pai pode não ter contado a você, mas há muito tempo você foi prometido a Elsabet Belmany. Antes mesmo de vocês nascerem. Foi uma união escrita nas estrelas. — E ela olhou para Fausten com os olhos cerrados e predatórios, cuja força o fez se retrair um pouco.

Conor havia empalidecido.

— Prometido? Que besteira é essa?

— Markus. — A voz de Lilibet estava calma. — Diga que não é verdade.

— Um rei cumpre seu dever — respondeu o Rei Markus. — O dever de Conor é se casar com Elsabet Belmany. Unir o sangue Belmany ao Aurelian. As estrelas previram. É como deve ser.

Conor derrubou sua taça de vinho, espalhando líquido rosado pela toalha de mesa. Os criados na porta trocaram olhares e então desapareceram cozinha adentro.

— Por *meses* — rosnou Conor — estivemos discutindo a natureza de como deveria ser meu casamento: que países, quais nobres, quais alianças. E você não disse *nada*. Suponho que Bensimon não saiba, nem minha mãe, nem Jolivet. Você mentiu para todos nós...

— Não foi mentira — sibilou o rei. — Que o Conselho dos Doze fale o que quiser. Veja onde estão as alianças deles. Não importa o que eles digam ou façam. O que está escrito nas estrelas não pode ser desfeito.

— Não, meu lorde — disse Fausten, a voz melodiosa. — Ah, não, não pode. Jamais.

— Chega! — Era, de todas as pessoas, Sena Anessa. Ela estava de pé, o cabelo branco balançando de indignação e fúria. — Chega dessa discussão ridícula. É tarde demais para *estrelas*. — Ela falou as palavras com ódio. — *Príncipe* Conor, em nome do acordo que existe entre nós, coloque um fim neste... neste... *desentendimento*, antes que a embaixatriz de Malgasi fique mais constrangida.

— *Constrangida?* — repetiu Sarany, erguendo a voz. — O que significa isto? Exijo saber.

Fez-se um terrível momento de silêncio. Conor olhou para a mesa — não para Anessa, mas para Kel. Havia um tipo de pedido de desculpas em seu olhar. Enviou um arrepio de medo pela coluna de Kel.

— Conor, *jun* — disse Lilibet, usando um apelido carinhoso que ela quase nunca usava. — Do que se trata isso?

Conor jogou seu guardanapo no prato. Olhou ao redor da mesa com uma expressão desafiadora.

— É muito simples — disse ele. — Já estou noivo. Da Princesa Aimada de Sarthe.

A Embaixatriz Sarany ficou boquiaberta. Lilibet parecia atordoada, Sena Anessa, vingada. Kel sentiu a mente ficar em branco por um instante. Como Conor podia ter feito isso? Ou, melhor ainda, como Conor podia ter feito isso *sem que Kel soubesse*?

— Pronto — disse Anessa. — O contrato já foi assinado.

— *Conor* — chamou Lilibet, com urgência. — *Isso é uma piada?*

— Não — respondeu Conor. — Não é piada.

Lilibet se voltou para Anessa.

— Isso pode não contar como um compromisso — disse ela —, já que nem eu nem o rei estávamos cientes.

O sorriso de Anessa azedou. Estava na cara que ela não sabia que Conor havia se comprometido em segredo, sem o conhecimento do rei ou da rainha, embora Kel imaginasse que ela negaria se perguntassem.

— Minha querida Rainha Lilibet — disse ela. — O Príncipe Conor não é criança. Ele pode fazer os próprios acordos. Temos a assinatura e o selo dele, e já entregamos o pagamento do dote.

As palavras brilharam como raios diante dos olhos de Kel. O que Beck dissera? Sobre ser pago em ouro **sarthiano**?

— Dez mil coroas — revelou ele, franzindo os lábios; não era para ter contado.

Mas Anessa se gabava.

— Viu? — disse ela. — Até o primo dele sabe.

— Fausten — sibilou Sarany, seus lábios pintados de vermelho sangue se contorcendo em uma careta. — Seu *traidor* de uma figa.

O rei olhou de Fausten para a embaixatriz malgasiana, suas feições ficando sombrias. Mas o Legado Jolivet... Jolivet olhava diretamente para Kel e, por um momento, Kel sentiu o peso da sua desaprovação. Aos olhos de Jolivet, Kel não devia apenas saber dos planos de Conor, como também devia poder interrompê-los.

Fausten começou a tremer.

— Eu não sabia...

— Você jurou — gritou Sarany. — Você disse que estava tudo ajeitado, que Markus concordava, e que o casamento aconteceria.

Fausten olhou para Conor com ódio genuíno.

— Ninguém sabia que o príncipe faria isso. Ninguém poderia ter previsto. *Cza va diú hama...*

Não foi culpa minha.

Markus virou a cabeça devagar. Era como observar a cabeça de uma estátua girar em um círculo vagaroso e impossível, soltando pó de granito.

— Você disse que nada é inesperado, Fausten. Você disse que tudo estava nas estrelas para quem sabia lê-las. Você me disse que tinha certeza.

Certeza de quê, Kel se perguntou. *Do casamento, de mais do que isso?*

Fausten parecia ter se encolhido, como um besouro assustado.

— Não é justo — choramingou ele. — Eu não tinha como saber. Fiz tudo o que você pediu...

— Você — sibilou Sarany, enojada. — Seu tutorzinho barato que pensou que podia ficar rico ao se meter na política. Você vai pagar. — Ela olhou para Conor. Os olhos dela estavam tão mortos quanto os olhos de joia do anel de aranha dela. — Você não quebrará seu acordo com Sarthe?

— Não — respondeu Conor. — Dei minha palavra.

Sarany franziu os lábios. Ela se levantou da cadeira, encarando o rei.

— Seu filho o traiu — vociferou ela. — E traiu o próprio caráter. Ele não merece se juntar à grande Casa Belmany. — Ela varreu a sala com um olhar de desprezo. — Oferecemos essa aliança por conta da profunda conexão que pensamos ter forjado com a Casa Aurelian quando Markus foi criado em nossa corte. Agora vejo que nossa confiança não recebeu o valor que merecia.

— Isso não é favor algum que vocês nos oferecem — gritou Markus, e havia uma expressão em seu olhar que Kel não via fazia anos. — Isso é para benefício de vocês, como sempre é. Fausten mentiu para mim a pedido de vocês. E mesmo assim você se comporta como se tivesse direito não apenas a sentar-se à minha mesa, mas ao meu sangue. Você prenderia meu filho como me prendeu.

— *Prendi* você…? — começou Sarany, os olhos brilhando de fúria, mas ela se interrompeu, endireitando a postura. — Vejo que as estrelas mexeram com a sua cabeça. Você é de dar pena, Markus — disse ela, friamente. — A Casa Belmany tem candidatos melhores que você e seu filho degenerado.

Ela se virou e saiu da sala. Seus guarda-costas, que estiveram esperando à porta junto aos castelguardas, apressaram-se para acompanhá-la.

— Degenerado? Quanta grosseria — disse Sena Anessa, sem perder o humor.

Mas se ela estava de fato de bom humor, era a única. Conor estava parado, os dedos segurando a borda da taça. A boca de Lilibet era uma linha fina. O rei voltara a ter um olhar perdido. E Kel desejava estar em qualquer outro lugar em Dannemore.

— Sena Anessa — disse Lilibet. — Você se importa de nos dar licença? Não acho que ninguém esteja com apetite agora.

Vivendo o seu momento de triunfo com elegância, Anessa se levantou e inclinou a cabeça.

— Sim. Compreendo que todas as questões de família são complexas, Vossa Alteza, e a diplomacia é igualmente delicada. Mas tenho certeza de que muito em breve conseguiremos organizar essas questões para a satisfação de todos.

Ela saiu, mesmo enquanto rodas de carruagem soavam lá fora. A delegação malgasiana partindo, sem dúvida.

Kel estava consciente, muito consciente, dos avambraços em seus punhos; das lâminas escondidas ali. Tinham sido inúteis naquela noite. Houvera perigo, mas não do tipo que adagas eram de serventia.

— Pai — disse Conor, pousando a taça na mesa. — Posso explicar...

Mas o rei não olhava para o filho. Ele estava se levantando, o olhar fixo em Fausten, que estava paralisado no lugar, um besouro preso a uma tábua.

— Alguma coisa do que você me contou foi verdade? — exigiu o rei, com a voz rouca. — Você conseguia ler as estrelas? Elas falavam com você? Ou você estava apenas recitando para mim roteiros escritos pela corte malgasiana?

— N-não — sussurrou Fausten. — Estava escrito... Pode não acontecer agora, mas isso não significa que jamais vai acontecer...

Markus bateu o punho na mesa e Fausten estremeceu. O rei disse:

— Mentiras! Sarany chamou você de traidor. Ela acreditava que você era leal a ela; porque você era. Tudo o que me contou foi o que os malgasianos queriam que eu acreditasse. Isso é traição. Você vai para a Trapaça. Lá, vai pensar no que fez.

O terror se espalhou pelo rosto de Fausten. Kel não conseguiu evitar sentir pena dele, mesmo ciente de que Fausten havia ameaçado *ele* com a mesma coisa. Era uma ironia terrível, mas não do tipo que conseguia apreciar.

— Não, não, sempre fui leal. Se não fosse por mim, você teria morrido em Malgasi quando menino. Eu os fiz entender como se beneficiariam, se deixassem você partir...

— Silêncio. — Markus estalou os dedos, gesticulando para Jolivet, que se aproximou da mesa rapidamente, flanqueado por dois castelguardas. Fausten parecia ter diminuído, como um rato diante do olhar da águia. Ele não reclamou enquanto Jolivet ordenava que os castelguardas o pegassem; eles o arrastaram para fora da sala enquanto ele relaxava o corpo ao ser carregado, sua capa rebuscada arrastando no chão como a cauda de uma serpente morta.

Havia um calor azedo na barriga de Kel; ele sentia como se fosse passar mal. Tentou encarar Conor, mas o olhar dele estava sem emoção, indistinto. Ele se escondera dentro de si, como acontecera quando cortara a mão no Caravela.

— Jamais confiei em Fausten — disse Lilibet. — Homenzinho horrível.

— Ela encarou o marido um tanto confusa; Kel não conseguia deixar de imaginar o que ela realmente pensava. Estaria ela contente que Markus fora desiludido de seus sonhos sobre as estrelas? Esperava que ele pudesse voltar a ser como antes, falar de maneira sã outra vez, como fizera esta noite? Ou torcia pelo contrário? — Os malgasianos não deviam ter usado Fausten para isso, nem tentado passar por cima da sua vontade, querido — continuou ela. — Mas a situação não é um desastre. Uma princesa de Sarthe é uma escolha perfeitamente adequada para Conor…

O rei não parecia ouvi-la. De repente, ele pegou o rosto do filho com uma das mãos, forçando Conor a encará-lo.

— Você pode pensar que pertence a si mesmo, mas não é verdade — disse ele. — Achei que soubesse. De qualquer forma, aprenderá agora.

Ele abaixou a mão. Kel tinha se levantado, mas Conor, com hematomas surgindo na pele onde a mão do pai estivera, balançou a cabeça. *Não. Fique.*

— Jolivet — disse o rei. — Leve meu filho. Você sabe o que fazer.

— Chana deve estar muito animada por você estar ajudando com o festival no fim das contas — disse Mariam.

Estavam no quarto dela. Sentada em uma pilha de almofada, Mariam bordava um micromosaico de pérolas marinhas no corpete de um vestido azul-marinho espalhado ao redor dela como uma poça de água. Na pequena mesa de trabalho de Mariam, Lin cumpria a promessa que fizera a Chana Dorin — cuidadosamente amarrando pacotinhos de ervas com fitas, criando os sachês de sorte levados pelas jovens na noite do Festival da Deusa.

— Como assim *no fim das contas*? — zombou Lin. — Eu ia ajudar de qualquer maneira. É meu último Tevath.

— Você ia se esconder no jardim dos remédios até Chana desistir — retrucou Mariam. — Concordou apenas porque ela fez você se sentir culpada. Sei porque você faz uma careta tenebrosa sempre que termina um desses sachês.

— É que eu sou ruim nisso — disse Lin, se lastimando. — Não estou acostumada a ser péssima nas coisas. — *Porque você escolhe fazer apenas as coisas nas quais acha que será boa*, disse uma vozinha na sua mente. — Já estou temendo a dança da Deusa. *Sei* que não sou graciosa.

Parte da cerimônia do Festival exigia que as jovens de idade certa — todas as solteiras entre dezesseis e vinte e três anos — participassem de uma dança ritual silenciosa e complexa. Era até bem bonita: quando eram crianças na Casa das Mulheres, elas haviam praticado esses movimentos fluidos toda semana. Lin tinha certeza de que conseguiria dançar de olhos vendados, cada passo feito de cor. O que não significava que faria *bem*.

— Não seja ridícula, você dança bem — disse Mariam. — Enfim, seu avô ficará satisfeito, não é? Agora que você está se dando melhor com ele, tenho certeza de que ficará orgulhoso...

— Ele não verá — interrompeu Lin. — Este ano o Tevath vai cair na mesma data que o Dia da Ascensão. Darão um banquete gigantesco no Palácio, e suponho que Mayesh deverá estar presente. Ele sequer estará no Sault.

— Ah — disse Mariam suavemente. — Lin...

Mas antes que ela pudesse dizer mais, ouviu-se uma batida na porta. Quando Lin foi atender, viu Chana Dorin ali, com uma expressão preocupada.

— Há alguém no portão chamando por você — anunciou ela.

— Um paciente? — exigiu Lin. Mas óbvio, devia ser um paciente; quem mais poderia ser? A mente dela disparou. Não estivera esperando qualquer emergência, nenhum bebê nascendo. Ela teria que ir buscar a bolsa médica, trocar de roupa se tivesse a chance. Estava usando um vestido comum, verde primavera e um pouco puído nas mangas e na bainha. Ela o tinha havia anos.

Os olhos de Chana foram até Mariam, e de volta para Lin.

— Sim, um paciente — disse ela, embora isso tenha deixado Lin intrigada; que olhar fora aquele? Ela ficou ainda mais intrigada quando Chana a tirou da sala e colocou uma bolsa nos seus braços, enrolando um xale nos ombros de Lin. — Você precisa se apressar — disse. — Tudo o que precisa está aí.

— Chana — sibilou Lin, prendendo a alça no ombro —, do que se trata isso? Por que esse segredo todo?

Chana deu a ela um olhar direto.

— Culpe seu avô. Agora vá. Depressa.

Lin se apressou, sentindo-se um tanto ressentida. *Culpe seu avô?* Então tinha a ver com o Palácio. Kel havia adoecido? Estava novamente ferido? Era tudo muito estranho.

Ela encontrou Mez nos portões, com Levi Ancel, um jovem simpático que crescera na Casa dos Homens com Josit.

— Você leva uma vida animada — comentou Mez enquanto ela passava pelos portões. Ele ria, mas Lin estava agitada. Ser convocada ao Palácio uma vez já havia chamado a atenção do Maharam. Agora, duas vezes...

Mas então ela viu Kel, e sua tensão se evaporou. Ele estava na sombra dos muros do Sault, perto da velha cisterna. Parecia não estar ferido, pelo menos, mas algo nele não estava certo. Ela ficou preocupada de imediato.

— Kel. — Ela se aproximou o bastante dele para não ser ouvida por outras pessoas, já que suspeitava que Mez e Levi observavam atentamente dos portões, mas não perto o bastante para suscitar fofocas. Ele estava finalmente vestido em linho e seda, tons pálidos de cinza e fumaça e fuligem escura. Vestia um casaco de linho prateado, as mangas cortadas, como era a moda, para mostrar a camisa de seda pura por baixo. Ele não usava o talismã. — Você está bem?

As pupilas dele estavam mais dilatadas do que deveriam, a boca, uma linha fina.

— Não sou eu. É ele.

Lin o encarou sem entender. Era uma noite quente; o ar parecia denso e pesado. Ela conseguia ver as luzes do Mercado Quebrado a distância. A lua parecia uma moeda de cobre, amarelada nas bordas.

— Você quer dizer...

— Conor — explicou ele em voz baixa.

Ela quase deu um passo para trás.

— Kel, ele me proibiu de voltar ao Palácio. Se você quer um médico Ashkar, podemos encontrar outra pessoa...

— Não. — Os olhos dele estavam frenéticos. — Tem que ser você, Lin. Estou pedindo. Se não for você, não será mais ninguém.

Em nome da Deusa. Lin sabia a resposta antes de dá-la. *Pois um médico não deve questionar se o paciente é amigo ou inimigo, nativo ou estrangeiro, nem que Deus cultua.*

— Está bem — cedeu ela. — Eu irei.

Kel teve um frêmito de alívio.

— Precisamos nos apressar. — Ele indicou a carruagem preta na estrada. — Explico no caminho.

Dentro da carruagem, ela relaxou de imediato. Pelo menos Mez e Levi não estavam observando. O interior era estofado de maneira luxuosa, amortecendo os solavancos enquanto seguiam pela superfície esburacada da Ruta Magna. Do lado de fora das janelas, o brilho das tochas de nafta criava halos de luz que lançavam uma suavidade indistinta sobre as bordas dos objetos. Lojas e pontes, varandas e lajes se dissolviam em um leve tom de cinza e preto.

Lin disse:

— Tem certeza disso, Kel? Você não ouviu o Príncipe Conor quando ele me expulsou de Marivent. Ele estava bastante furioso.

— Tenho muita certeza. — Um músculo pulsava na bochecha dele. — Você é habilidosa. Muito habilidosa, como bem sei. Porém há mais do que isso em jogo aqui. Você está indo a pedido particular de Lilibet, porque é a neta de Mayesh. Ela tem a convicção de que não precisará se preocupar que você saia contando o que verá.

— Lilibet... a rainha? — Lin estava atordoada. — Kel, você está me assustando um pouco. Se o príncipe se feriu de alguma maneira tola, decerto isso não pode ser...

— Ele não se feriu. Ele foi açoitado.

Lin se recostou, boquiaberta.

— Quem açoitaria o príncipe de Castellane? Essa pessoa está presa na Trapaça agora?

— Foi uma ordem real. Ele teve que ser açoitado — disse Kel, a voz sem trair nenhuma emoção.

— Não entendo.

Kel a olhou em aflição. O ângulo da carruagem indicava para Lin que haviam começado a subir a Colina. De repente, ela ficou desesperada para saber o que havia acontecido. Impossível que alguém fosse açoitar o filho da Casa Aurelian para valer. O corpo do Príncipe Herdeiro era quase sagrado. Ele era precioso, insubstituível.

— Conor desagradou o pai — revelou Kel. — O rei sentiu que ele devia entender qual era o próprio dever. E ordenou que o Legado Jolivet o açoitasse até que Conor perdesse a consciência.

Lin cerrou as mãos e as manteve imóveis. A história parecia surreal. A forma como Mayesh sempre descrevera o Rei Markus — distante, sonhador, estudioso — não parecia combinar nem um pouco com esse comportamento dele.

— E o Legado... ele concordou com isso?

— Ele não teve escolha — disse Kel, quase a despeito de si mesmo. — Jolivet sempre sentiu uma leve desaprovação por Conor, e pela forma como ele conduz a vida, e eu também, por extensão; ele nos considera dois vadios, mas se importa com Conor. Não gostou de fazer o que foi pedido a ele.

— Isso já tinha acontecido antes? — perguntou Lin em um sussurro.

— Não — respondeu Kel. Ele passou as mãos pelo próprio cabelo, agitado. — Estávamos na Galeria. Conor tinha irritado todo mundo, inferno cinzento, não acho que tenha alguém que não tenha ficado furioso, mas mesmo assim, o rei fez Jolivet levá-lo para a Sala do Feno, o lugar onde treinamos. Também fui; ninguém me impediu. E Lilibet foi atrás dele, pedindo a Jolivet que parasse, mas as ordens do rei desbancam todas as outras. É só que fazia tanto tempo desde que ele ordenara qualquer coisa. — A respiração dele ficou mais rápida. — Pensei que seria simbólico. Uma açoitada ou duas por cima do casaco, para mostrar que ele cometera um erro. O rei nem estava *lá*, mas Jolivet tinha as ordens dele, e as conhecia havia muito tempo, eu acho. Ele fez Conor se ajoelhar. Açoitou-o por cima da camisa, até a camisa se desfazer como papel molhado. — Kel fez um som seco na garganta, como se estivesse enjoado. Cerrou as mãos em punho. — Cinco chibatadas, dez, até que perdi a conta. Parou quando ele ficou inconsciente. — Kel olhou para Lin. — Não pude fazer nada. Eu devia ser o escudo de Conor, a armadura dele. Mas não *pude fazer nada*. Pedi que me açoitassem no lugar dele, mas Jolivet não me deu ouvidos.

Havia um gosto metálico na língua de Lin. Ela disse:

— O Legado recebeu ordens do rei. Você não poderia fazê-lo desobedecê-las. Kel... onde está o príncipe agora?

— No nosso quarto — disse Kel. — Jolivet o carregou para lá. Do mesmo jeito que me carregou quando cheguei em Marivent.

— E alguém falou algo sobre procurar um médico? — Lin conseguia ver o brilho branco de Marivent, aumentando do lado de fora das janelas, como se estivessem se aproximando da lua.

— Os funcionários do Palácio não sabem o que aconteceu. A rainha ficou com medo de chamar Gasquet, porque as notícias se espalhariam com rapidez pela Colina. Que o rei mandou açoitar Conor. Que houve problemas internos na Casa. Que Conor foi humilhado.

— Não vejo nenhuma vergonha nisso — disse Lin. — Se há vergonha, é do rei.

— As Famílias da Concessão não encararão assim. Vão enxergar como fraqueza, uma rachadura na base da Casa Aurelian. Contei para a rainha sobre você, que você me curou antes, que é neta de Bensimon. Que você não falaria nada. Então ela concordou em me deixar buscá-la. Ela é marakandesa; eles têm muita fé em médicos Ashkar.

— Não saberei — começou Lin. — Não saberei o que posso fazer até vê-lo.

Mas ela sabia, embora não tenha dito, que um açoitamento podia matar um homem. Perda de sangue, choque, até danos a órgãos internos. Ela pensou em Asaph e na longa queda dos penhascos até o mar. Eles — a rainha, o Legado, até o rei — compreendiam o que haviam feito? Com certeza nunca tinham visto as cicatrizes do açoitamento, aquela feia marca de dor e trauma que continuava a doer muito tempo depois de as feridas se curarem.

— Eu sei — disse Kel, enquanto passavam pelo Portão Norte. — Mas se não fosse você, Lin, não haveria ninguém. Nenhum outro médico poderia atendê-lo. Eu…

Então eu não sou a melhor, apenas a única, pensou ela, mas não estava com raiva. Como poderia estar? Estava estampado no rosto de Kel que havia mais que dever ali, mais que a obediência que fora incutida nele durante os anos de treinamento. Não importava o quanto ela acreditava que, se estivesse no lugar dele, se ressentiria do Príncipe Conor, até o odiaria. Ela não estava no lugar dele. Não conseguia compreender.

A carruagem parou no pátio do Castelo Mitat. Kel abriu a porta, descendo, e se virou para ajudá-la.

— Venha — disse ele. — Vou levá-la até ele.

Suleman passou pelos muros da cidade e entrou na terra de Aram, encontrando-a deserta. Muitas de suas grandes construções, seus templos e suas bibliotecas, seus jardins e mercados, estavam em ruínas, mas por mais que houvesse tanta destruição, ele não viu morte: o povo de Aram partira, a cidade e a terra estavam desabitadas. Adassa havia segurado os feiticeiros por tempo suficiente para que seu povo escapasse.

Em fúria, Suleman escalou a Torre de Balal, sua pedra queimando como uma chama na lateral de seu corpo. Quando chegou ao topo, descobriu que a rainha o esperava.

Ela mal conseguia ficar de pé. Tinha se exaurido como uma vela queimada até o pavio. Ele sabia que Adassa estava morrendo, que ela havia usado tudo o que tinha — o poder em sua pedra, e então o próprio poder — para manter os inimigos longe de seu povo.

— O que você fez? — gritou ele. — Você queimou a terra, e sua cidade está abandonada. Para onde o seu povo foi?

— Eles escaparam — disse ela. — Para fora do seu alcance.

Mas Suleman apenas balançou a cabeça.

— Nada está fora do alcance dos feiticeiros, e quando você estiver morta, caçaremos seu povo e os transformaremos em escravizados por gerações. Você não venceu nada.

E Adassa se desesperou.

— *Contos dos feiticeiros-reis,* Laocantus Aurus Iovit III

DEZESSETE

A primeira coisa que recepcionou Lin quando ela entrou nos aposentos do príncipe foi o cheiro de sangue. Metálico e intenso; não velho, mas novo.

Kel estava ao lado dela e ficou tenso. Ela não sabia se era por causa do sangue — tinha manchas dele no chão, até uma marca de botas em uma poça que secava — ou pelo fato de que a Rainha Lilibet estava ali, sentada empertigada em uma cadeira ao lado da cama do filho, suas saias verdes manchadas na bainha de sangue e terra. Ao redor da garganta, dos pulsos e da testa dela havia esmeraldas em ouro; elas brilhavam como os olhos do Rei dos Ladrões.

E na cama, a forma quieta e tensa do príncipe. As cortinas grossas e bordadas na cor de damasco tinham sido afastadas, e Lin via que ele estava deitado de barriga para baixo, com o rosto apoiado sobre os braços dobrados. Ele ainda usava elaboradas calças de veludo, e botas de couro macio; pedras preciosas brilhavam em seus dedos e pulsos — um contraste peculiar com as suas costas nuas, que tinham sido cortadas em faixas ensanguentadas.

Ela podia sentir que Conor estava consciente — agarrando-se à consciência, talvez, meio atordoado, mas sentia que ele sabia que Lin estava ali, embora não tenha se movido quando ela se aproximou. Lin sentia as batidas de seu coração na ponta dos dedos, retumbando as palavras: *a rainha. A rainha em pessoa.* Porém, ao mesmo tempo, a mente dela estava focada, fixa no príncipe, às feridas dele. O seu treinamento médico desbancava qualquer outra coisa, dando a ela o distanciamento emocional necessário para fazer o que precisava.

Ela percebeu que na mesinha ao lado da mesa havia sabão, ataduras e toalhas. Uma tigela prateada com água para lavar as mãos. Alguém havia preparado tudo para a sua chegada. Aquilo era bom. Onde ela colocaria os conteúdos da bolsa? Na cama, decidiu: era grande, e mesmo o príncipe, que não era um homem pequeno, ocupava apenas uma parte dela.

A rainha tocou o cabelo do filho uma vez, levemente, os dedos cheios de joias reluzindo entre os cachos escuros e úmidos dele. Então ela se levantou e desceu os poucos degraus — a cama ficava em um tipo de plataforma — e foi até onde Kel e Lin estavam.

— Uma mulher — disse Lilibet, olhando para Lin de cima a baixo como se ela fosse um cavalo no Mercado da Carne. — Conheci muitos médicos Ashkar; eles me trataram na minha infância. Mas jamais vi uma mulher curandeira antes.

— Será um problema, Alteza? — perguntou Lin.

— Não. Se fosse um problema, eu não a teria chamado aqui. — Lilibet Aurelian era linda de perto, de um jeito que chamava atenção. Não havia nada suave na beleza dela. Era uma beleza feita de pedaços iluminados, como tessela brilhante reunida para formar algo quase assustadoramente magnífico: um grande arco ou castelo espiralado. — Como uma mulher, você terá trabalhado o dobro para chegar onde está. Isso me agrada. Você tem duas tarefas aqui. Garantir que essas feridas não infeccionem ou se tornem veneno no sangue dele. E faça o possível para que as cicatrizes não fiquem ruins demais.

— Farei o que puder, como pede — disse Lin. — Mas — ela olhou para onde o príncipe estava, as feridas dividindo a pele — haverá cicatrizes. Quase com certeza.

A rainha assentiu brevemente.

— Então não vamos desperdiçar tempo. Os médicos Ashkar não gostam de ser cercados e perturbados enquanto trabalham; disso eu sei. Kellian, venha comigo. Esperaremos lá embaixo enquanto ela cuida do meu filho.

E eles partiram, deixando Lin um tanto atordoada. Ela costumava ter que se esforçar mais para retirar a família do ambiente. Ela esperava ser, como Lilibet dissera, cercada e incomodada enquanto trabalhava. Tinha se preparado mentalmente para isso. Mas estava sozinha com o Príncipe Conor, e isso era muito mais estranho.

Não podia negar que estava com medo. Dele, da situação. Ela era tão pequena diante de tudo o que era o Palácio e seus habitantes. Porém, durante cinquenta anos, seu avô ia a Marivent quase toda vez que o sol nascia. Ele tinha conversado com essas pessoas, trabalhado com elas e para elas, exigido sua concentração, até mesmo seu respeito. E embora ela não fosse Mayesh, Lin tinha suas próprias habilidades. O *Livro de Makabi* não dizia que: *A habilidade de um médico levantará sua cabeça; e ele comparecerá diante dos nobres*?

Obrigando-se a ficar calma, ela subiu os degraus até a enorme cama. O príncipe continuou imóvel, mas sua respiração se intensificou. Estava irregular; parecia forçar cada inspiração, como um pano preso em um gancho. Lin largou a bolsa, lavou as mãos e se voltou para a cama. A primeira coisa a fazer era limpar o sangue das costas dele, para ver nitidamente com o que teria de lidar. Considerando a condição dele, não seria fácil.

Ela sentou-se ao lado dele, o colchão afundando um pouco sob seu peso. A camisa não havia sido removida, notou ela. Em vez disso, tinha sido despedaçada pelo chicote, e pedaços de seda encharcados de sangue grudavam nos braços e na cintura dele.

Com cuidado, Lin começou a limpar o sangue da pele de Conor, usando uma toalha úmida. O corpo do príncipe ficou tenso, as costas arqueadas. A respiração saía em sibilos entre dentes.

Então ele falou, e o som a sobressaltou.

— Você deve estar gostando disso — disse ele, virando a cabeça de lado para evitar falar diretamente no colchão. — Deve agradar você.

Percebeu força na voz dele — mais do que ela esperava. Como médica, isso era bom, mas também percebeu amargura, forte como veneno. Talvez fosse a amargura que o mantinha alerta. A força vinha de lugares estranhos.

Lin desacelerou o movimento da mão.

— Limpar sangue? Por que isso me agradaria?

— Porque... *ai!* — Ele estremeceu, e se ergueu apoiando-se nos cotovelos. Os músculos dos braços dele se retesaram sob a seda rasgada e ensanguentada. — Você não gosta de mim. Já falamos disso.

— Se você não me queria como sua médica, poderia ter protestado — replicou ela.

— Eu não estava com vontade de discutir com minha mãe. Não é algo que eu goste de fazer na melhor das ocasiões, e eu não chamaria esta de uma ocasião das melhores.

Ele olhou para ela por cima do ombro. Os olhos brilhavam de febre, as pupilas dilatadas demais. *Choque*, pensou Lin.

— Eu poderia dar *morphea* a você...

— Não. — Ele cerrou as mãos em punho. — Sem *morphea*. Quero sentir tudo.

Com gentileza, ela continuou a secar o sangue, revelando as feridas.

— Se você está fazendo isso para mostrar que é corajoso, preciso dizer, com sinceridade, que esta é a parte mais fácil. Os machucados são feios. Você em breve estará gritando como uma garça às portas da morte.

Ele fez um som abafado que podia ser uma risada.

— Não estou tentando impressioná-la, neta de Mayesh. Quero sentir a dor para me lembrar dela. Para que eu possa continuar com raiva.

Era uma resposta mais interessante do que ela esperava.

Ela limpara a maior parte do sangue; a toalha ficou encharcada de vermelho. Ela via as riscas irritadas nas costas dele, algumas se sobrepondo. Pedacinhos de seda branca estavam grudados nas feridas extensas.

Não era a primeira vez que Jolivet fazia isso, pensou ela. Ele tivera a noção de manter as chicotadas na parte de cima das costas, acima das omoplatas do príncipe, para não afetar os rins.

Mesmo assim, parecia errada, quase grotesca, essa destruição do que evidentemente fora tão bonito. O corpo dele, despido, era completamente harmônico, perfeito como uma ilustração em um livro de anatomia demonstrando a forma humana ideal. Ombros fortes, e **então a cintura fina**. A calça abaixada, perto do quadril. A nuca era uma curva vulnerável. O cabelo preto, encharcado de suor e sangue, grudado na pele dali.

Ela pegou uma jarra de *theriac*, um bálsamo transparente que ajudaria com a dor e evitaria infecções. Pegando um pouco entre os dedos, ela disse:

— Quando eu era criança, tinha raiva de Mayesh. Ele havia separado meu irmão de mim, depois que nossos pais morreram. Ele sentiu que as responsabilidades que tinha aqui em Marivent o impediam de cuidar de nós. — Ela começou a espalhar o bálsamo nas costas do príncipe. A pele estava quente ao toque, macia onde não havia lacerações.

— Prossiga — pediu Conor. Tinha virado a cabeça para olhá-la enquanto ela falava. Lin via perfeitamente o rosto dele nesse momento. O kajal estava manchado ao redor dos olhos dele, como se tivesse chorado lágrimas pretas. — Você tinha raiva de Bensimon?

— Sim — confirmou ela. — Porque ele me ignorou. Estava ocupado aqui na Colina. Eu tinha tanta raiva que socava coisas e as rasgava. Cortinas e xales. Outras crianças. — Ela espalhou o bálsamo o mais gentilmente que conseguiu sobre a treliça de cortes que se espalhavam como asas pelos ombros dele. — Toda essa raiva nunca levou a nada. Nunca mudou a situação. Jamais o trouxe de volta.

— Bensimon fez isso? — O príncipe soava surpreso de verdade. — Nunca pensei nele como alguém que negligenciaria uma responsabilidade.

Ninguém quer ser uma responsabilidade, pensou Lin. *As pessoas querem ser amadas.* Mas ela não iria dizer tal coisa, muito menos para ele. Ela guardou o bálsamo e começou a tirar amuletos da bolsa.

— Bem, eu me vinguei dele por você — disse o príncipe em tom baixo. A voz dele estava mais rouca do que Lin se lembrava; embora era de esperar que a dor alterasse a voz. — Mesmo que não tenha sido a minha intenção. Quando ele chegar a Marivent amanhã e descobrir a ruína que causei, ficará aflito.

Será? Não tenho certeza de que ele consiga sentir aflição, Lin teve vontade de dizer, mas se segurou. Ela não tinha certeza se ainda acreditava que isso era verdade. Tinha pegado os amuletos: amuletos para cura, para perda de sangue. Talismãs que preveniam infecções. Ajudariam, mas as cicatrizes... ele teria cicatrizes tão terríveis. Como marcas de garras, eternamente cortando suas costas. *Eternamente estragando a beleza dele*, sussurrou uma vozinha no fundo da mente dela, mas esses não eram os pensamentos de um médico. O cérebro de médico dela disse outras coisas. Que ela deveria usar cáustica lunar, para garantir que o sangramento não recomeçasse, mas a cáustica lunar pioraria as cicatrizes. Que cicatrizes assim causariam dor, o endurecimento e a desfiguração da pele. Era possível que ele jamais voltasse a recuperar o movimento completo das costas novamente, pelo resto da vida.

— Sua mãe — disse ela. — Insistiu que você não tivesse cica...

Ele deu uma risada curta, e estremeceu com violência quando o movimento causou dor.

— Um príncipe com cicatrizes é um escândalo — disse ele. — Criminosos são açoitados, não príncipes. Meu pai está com raiva porque eu o decepcionei; ele escreveu as palavras de sua decepção nas minhas costas com sangue. Mas quando o sangue for lavado, ainda haverá cicatrizes que exigirão explicações. Minha mãe não quer precisar dar essas explicações.

— Você acha que não passa de vaidade da parte dela? — *Talvez ela, também, não queira ver algo belo, algo que ela fez, desfigurado. Talvez ela tema a dor que as cicatrizes trarão. Ou talvez você esteja certo, Monseigneur, e ela tema apenas o constrangimento que pode advir disso.*

— Acho que é uma questão de praticidade — disse ele, e arfou. — Suas mãos...

— Desculpe. — Lin estava sendo tão gentil quanto possível, mas seu estômago parecia se revirar toda vez que o tocava. Ela não devia se surpreender, pensou. Embora cada paciente deveria significar o mesmo para ela, Lin não tinha como se esquecer de que estava tocando um príncipe. O sangue que se misturava ao bálsamo na pele dela era Sangue Real.

Ela afastou as mãos, só por um instante — e sentiu. Uma dor quente como uma agulha em seu peito, como a picada de uma vespa. Bem onde o broche preso dentro de sua túnica tocava sua pele...

Lin sentiu como se visse a imagem da Pedra-Fonte por trás de suas pálpebras, como acontecera na noite em que curara Kel. A fumaça se movendo nas profundezas do objeto, como fumaça subindo na superfície da água do poço.

E ouvira um sussurro na mente. Mas agora não era apenas um sussurro. Era mais forte que isso. Uma voz — séria, sem gênero, impossível de identificar. A voz da própria pedra.

Me use.

— Fique parado — instruiu Lin, em uma voz distante, e colocou o primeiro amuleto na pele dele. Enquanto o fazia, tocou o próprio coração com a mão esquerda, onde o broche estava preso dentro do casaco.

Cure, pensou ela. Mas era mais do que um pensamento. Em sua mente, ela viu com nitidez a palavra pairar outra vez através da fumaça da pedra, mas desta vez dividiu os seus componentes, em letras e em números, em uma equação tão complexa e simples quanto uma estrela.

Algo pulsava sob a mão esquerda dela, como o pulsar do sangue no coração. Parecia tremer na palma de Lin, desenrolando tentáculos nas suas veias. Lin abriu os olhos.

Nada mudara. Os vergões vermelhos nas costas do príncipe permaneciam, as extremidades dos cortes tão irritadas e viscerais quanto antes. Ela sentiu uma cólera distante direcionada a si mesma. Fosse lá em que tivesse pensado, não funcionara.

Mesmo assim, ela não conseguia se obrigar a usar a cáustica lunar. Pegou em seguida mais amuletos, o metal liso e gelado entre os dedos. Ela começou a colocá-los, um a um, sobre os vergões nas costas do príncipe.

Durante tudo isso, Conor nada disse. Ele estremeceu quando os talismãs tocaram sua pele, arqueando-se um pouco na cama. Ela poderia ter deslizado a mão no vão entre os músculos retesados do abdômen dele e o lençol.

Lin não fazia ideia do porquê isso ter passado pela sua cabeça. Ele estava tenso, na expectativa do toque do metal frio. Ela disse:

— Tenho certeza de que Mayesh não vai se afligir. Não tem como você ter *causado tanta ruína* a esse ponto.

Ele arfou uma quase risada. O suor havia começado a se acumular na base da espinha e do pescoço.

— Ah... você se... surpreenderia. Não sou bom em muitas coisas, mas sou bom em algumas... — ele estremeceu — e destruição é uma delas. E mau planejamento. Também sou bom nisso.

Lin posicionou o talismã seguinte.

— Você poderia me contar o que aconteceu — disse ela. — Talvez não seja tão ruim quanto você pensa.

Ele relaxou um pouco. Ainda estava tenso, mas o corpo perdera um pouco da rigidez, voltando a tocar a cama.

— Não vejo por que não contar. Duvido muito que você vá me elogiar, ou vá dizer como eu sou genial, e que tomei apenas as melhores decisões, como Falconet ou Montfaucon fariam.

— Acho que eu deixei bastante evidente — disse ela — que não farei isso.

Conor abaixou a cabeça para que repousasse nas mãos cerradas. Quando falou, seu tom de voz era quase sem emoção.

— Prosper Beck — disse ele. — Devia muito dinheiro a ele. Não importa o motivo, apenas que fiquei surpreso em saber, e que era uma dívida legal. Eu havia gasto dinheiro. Eu devia o dinheiro. — Ele estremeceu e praguejou quando ela colocou um talismã sobre um corte particularmente feio no ombro dele. — Consegui mandar mensagens para ele. Achei que ele cobraria juros. Em vez disso, começou a exigir que eu fizesse coisas para ele.

— Kel sabia disso?

— Não. Os favores foram exigidos enquanto ele se recuperava. E eu não queria que ele se preocupasse. A princípio, ignorei Beck, mas ele sabia quando eu não fazia as coisas. Por fim, fiz a primeira coisa que ele pediu. Parecia algo inofensivo. Eu devia colocar um emético em uma garrafa de vinho e entregá-la a Montfaucon e Roverge. Eles passaram a noite vomitando, mas acharam ter sido por conta da bebida. Com certeza não foi a primeira noite que eles passaram mal por causa de álcool.

— E Beck sabia? — Lin colocou o talismã seguinte.

— Ele sabia. E enviou outra exigência. Que eu matasse Asti. Meu cavalo. Mas isso... eu não podia fazer. — Havia um tom defensivo na voz dele, como se o príncipe achasse que ela o fosse julgar por seu tolo coração mole. Mas, na verdade, foi o momento em que ela mais gostou dele. — Percebi que jamais haveria um fim. Ele continuaria a exigir coisas, algumas tolas, outras brutais, outras humilhantes. Eu sabia que tinha que pagar tudo, de uma só vez. Colocar um ponto final no assunto. Fui até a embaixatriz sarthiana. Fizemos um acordo em segredo: eu me casaria com a princesa de Sarthe em troca do dote em ouro, a ser pago antes.

Lin estava um pouco atordoada. Não esperara algo nesse nível. Uma união secreta entre Castellane e Sarthe? Muitas pessoas na cidade odiariam a ideia, muitas pessoas que odiavam Sarthe intensamente.

— A princesa... — começou ela.

— Aimada. Já me encontrei com ela; ela é simpática, e sensata. Não terá grandes expectativas em relação a mim, eu acho.

Conor soava exausto. A dor era exaustiva, Lin sabia; exauria a alma assim como o corpo. Mas havia algo mais na voz dele; uma exaustão que falava sobre a morte de uma expectativa. Se ele queria algo mais que um casamento advindo de uma chantagem, então não o teria.

— Dez mil coroas — soltou ele, com a voz quase arrastada. — O valor de um príncipe, ao que parece. Percebo que fui um tolo; não precisa me dizer. Eu deveria ter procurado Bensimon. Pedido o conselho dele. Dito a ele a verdade.

Lin colocou o último talismã nas costas dele.

— Não direi que você tomou boas decisões — disse ela, afastando as mãos. — Óbvio que não é a verdade.

— Inferno cinzento — murmurou Conor nos pulsos cerrados.

— Mas se você tivesse procurado Mayesh, ele apenas teria contado ao seu pai. E você provavelmente estaria na mesma situação, ou em uma bem similar.

Entre a cor preta dos cílios dele e a cor ainda mais preta do kajal, os olhos dele eram de um prateado brilhante. Conor disse:

— Porém eu não estaria prestes a me casar. E eu não quero me casar.

— Mas sempre foi seu destino contrair casamento por motivos diplomáticos, não? Pessoas como você não se casam por amor.

— Você esteve ouvindo contos demais dos tecelões de histórias — murmurou ele.

— Estou errada?

Ele semicerrou os olhos.

— Não.

Aimada. Já me encontrei com ela, dissera ele. *Aimada*. Um nome bonito. Lin não conseguia imaginá-la, apenas imaginava um tipo de ilustração de livro de histórias, de uma princesa com uma coroa de fitas.

Lin se levantou, indo até a tigela prateada. Tocou a superfície da água com suas mãos ensanguentadas, tentáculos vermelhos saindo de seus dedos como fios de um tear.

— Espere — pediu Conor.

Ela se virou para observá-lo; ele apoiava o queixo nos braços dobrados. Os talismãs brilhavam como linhas longas nas costas dele, como as escamas de um dragão.

— Aceito a *morphea* — disse ele —, mas você terá que me dar. Não posso me mexer.

Lin não perguntou o que o fizera mudar de ideia. Pegou uma ampola de *morphea* da bolsa e foi até a cabeceira da cama. Ela teve que abrir espaço entre os travesseiros de veludo, deixando-os de lado como se fossem gatinhos curiosos, para que pudesse se ajoelhar perto da cabeça de Conor.

Ela pegou vários grãos da ampola e hesitou. Geralmente, colocaria os grãos na língua do paciente. Tinha feito isso com Kel, sem pensar. Mas hesitava nesse momento; havia algo sobre tocar o príncipe com tamanha familiaridade, tão intimamente...

Ele a olhava por baixo de cílios pretos grossos e longos. Ela viu respingos de sangue nas maçãs do rosto dele, um hematoma nascendo na mandíbula. Ele a esperava. Esperava pelo cessar da dor que ela podia oferecer. Lin se preparou e estendeu a mão, segurando o queixo dele, esfregando os grãos de *morphea* na reentrância no centro de seu lábio inferior carnudo.

— Você precisa engolir — sussurrou ela.

Conor lambeu o lábio inferior com um movimento da língua. Engoliu. Olhou para ela, a expressão séria.

— Você não devia ter pena de mim, sabe? Tenha pena daquela que precisa se casar comigo.

Ainda levaria alguns instantes para a *morphea* agir, Lin sabia. Era melhor distraí-lo. Ela respondeu:

— Por que eu deveria sentir pena de você? Duvido também que eu me casarei por amor. Ou que chegarei a me casar. — Ela guardou a ampola no bolso do vestido. — Sou mulher e médica. Nenhum homem Ashkar se casaria comigo. Sou peculiar demais.

— Peculiar? — O cantinho da boca de Conor se ergueu. — Não acho que jamais conheci uma mulher que se descrevesse como peculiar.

— Bem, eu sou — disse ela. — Sou órfã; isso já é estranho o bastante. Exigi poder ser treinada como médica; também peculiar. Tenho só uma amiga. Não participo da maioria das danças, dos festivais. Ah, e quando eu era pequena, eu fui um terror. Empurrei Oren Kandel de cima de uma árvore uma vez. Ele quebrou o tornozelo. — Ela sabia que esses nomes, essas palavras, nada significariam para o príncipe, mas não importava. Estava falando por falar, para relaxar e acalmar. Os olhos dele já estavam perdendo o foco, a respiração mais estável. Enquanto ele fechava os olhos, Lin contou-lhe sobre seu encontro com o Maharam, a esperança dela de buscar o livro de Qasmuna no Shulamat, da forma como ele recusara e como ela chutara a pilha de lixo cuidadosamente amontoada de Oren ao sair.

— Parece mesmo algo que você faria — comentou ele, sonolento. — Você parece ter dificuldade em se controlar.

— É inteligente me irritar quando tenho uma bolsa cheia de agulhas e facas? — perguntou ela, com a voz mais doce que conseguiu. Ela se perguntou de imediato se Conor ficaria irritado; era difícil saber quanta familiaridade era permitida, quanto humor. O Rei Thevan, avô do atual rei, uma vez mandara executar um ator por fazer uma peça satírica sobre ele.

Mas o príncipe apenas deu um sorriso cansado, e disse:

— E agora? A *morphea* me fará dormir logo, espero.

— Sim. Você deve descansar. — Lin hesitou. — É melhor que eu fique aqui com você esta noite — acrescentou ela por fim. — Para garantir que os talismãs estão funcionando e que o sangramento não recomece.

Ele não se mexeu.

— Nenhuma mulher já passou a noite aqui — comentou ele. — Ninguém passou, exceto Kel e eu.

— Se você preferir que eu não fique, posso ver se Kel, ou se a rainha...

— Não — interrompeu ele, rapidamente. — Seria irresponsável da sua parte partir. Eu poderia sangrar até a morte.

— Que a Deusa evite isso — respondeu ela, um pouco tensa. Desceu da cama, deixando-o cercado de travesseiros, as costas dele eram um mapa de vermelho e prata. Na porta, ela hesitou, olhando para ele, nesse momento apenas uma figura escura na cama.

Cure. Ela deixou a palavra sussurrar dentro da sua mente. Ergueu a mão para tocar o broche mais uma vez, e então a deixou cair e saiu para o corredor.

Encontrou a rainha de pé do lado de fora do quarto do príncipe, as mãos cruzadas à frente do corpo. As esmeraldas brilhavam em seu pescoço. Ela não parecia ter ficado andando de um lado para o outro, ou ter feito algo além de ficar parada no meio do corredor. Era inquietante. E onde estava Kel?

— Mandei Kellian descansar — disse a rainha, como se lesse a mente de Lin. — Ele estava agitado. Em situações assim, prefiro a calma.

Descansar onde?, pensou Lin. Mas lógico que um lugar como esse teria dezenas de quartos. Ela sentiu uma onda de preocupação por Kel, sem dúvida acordado, sozinho no escuro, preocupado com o príncipe.

— Médica — disse a rainha, um tanto brusca —, me fale do estado do meu filho.

E se eu dissesse que ele morreu? Eu seria jogada dos penhascos, viraria comida para os crocodilos, como aconteceu com Asaph? E se eu perguntasse por que você permitiu que ele fosse açoitado, por que não impediu? Não havia mesmo algo que pudesse ter feito?

Lin reprimiu os pensamentos. Eram tão inúteis quanto se desesperar ao ver uma ferida. Ela disse calmamente:

— Não haverá dano muscular ou interno, e o sangramento parou. Essas são as coisas mais importantes. Coloquei talismãs sobre as feridas, que devem ajudar na cura.

— E as cicatrizes? — quis saber a rainha. — Serão muito ruins?

— Só saberei disso pela manhã, quando os talismãs forem removidos. — Lin se preparou. — É provável que haja alguma... marca.

A expressão da rainha ficou tensa. O coração de Lin se apertou, mas a Rainha Lilibet apenas disse:

— Você, menina. Tem filhos?

— Não tive essa bênção — respondeu Lin; era a sua resposta padrão para isso. Ela não se dava ao trabalho de explicar: *não tenho um marido, e não sei se quero filhos*. Ninguém que perguntava tinha uma curiosidade genuína.

— Aqui está o que você deve saber sobre filhos — disse Lilibet. De perto, era óbvio que o príncipe herdara a aparência da mãe: ele tinha o cabelo preto dela, a boca atraente que fazia um contraste com os ossos angulosos e quase afiados demais. — Filhos fazem você ficar indefesa. **Você** pode ter todo o poder imaginável, e se não conseguir mantê-los **seguros** de si mesmos e do mundo, não importa.

Lin inclinou a cabeça, sem saber o que falar.

— É melhor eu permanecer com o príncipe esta noite. Garantir que a condição dele fique estável.

A rainha assentiu. Enquanto Lin voltava em direção à porta do aposento real, a rainha acrescentou de repente:

— E se você tiver filhos, médica...

Lin olhou por cima do ombro. Lilibet não olhava para ela, mas para longe, como se estivesse se lembrando de algo.

— Se tiver filhos, garanta ter mais do que um.

Quando Lin voltou para o lado do príncipe, ele estava adormecido. Ela se sentou na cadeira que a rainha ocupara mais cedo. Essa era a tarefa de um médico que requeria mais paciência, e na qual Lin às vezes ficava pensando que era o mais próximo que se chegava da Deusa. Sentar-se ao lado de um paciente enquanto ele dormia durante a noite, esperando pela baixa da febre, pela mudança na condição do paciente. Segurando seu *alor*, sua força vital, em mente, ordenando que permanecesse atrelada ao corpo.

Era evidente que algumas vezes não dava certo, e a morte vinha como uma ladra na noite para roubar o trabalho do médico. Mas Lin preferia pensar que a morte nem sempre era inimiga.

Ela tirou da bolsa as páginas copiadas do livro de Qasmuna. Conseguira traduzir a maioria das palavras e colocar as páginas em um tipo de ordem. Lê-las outra vez, ela disse a si mesma, com certeza traria mais nitidez a seus preceitos. Ela estudaria algumas frases e depois daria uma olhada no príncipe. Estudaria mais um pouco, olharia outra vez. Era o seu plano para aquela noite.

Mas Lin teve dificuldade em se concentrar nas palavras. Era tão estranho estar naquele quarto, sozinha com o Príncipe Conor. Naquele quarto, onde ele cresceu, onde Kel cresceu. Como será que era quando eles eram garotos?, ela se perguntou. Será que eles teriam se sentado no chão e jogado Castelos? Josit costumava brincar de se engalfinhar com os amigos como os cachorrinhos faziam. Eles fizeram isso? Haviam conversado sobre o que significava para Kel ser o Portador da Espada, ou isso estava tão arraigado em suas vidas que não sentiram necessidade de falar disso mais do que precisavam falar que o sol nasceria na manhã seguinte?

Havia livros na mesa de cabeceira; Lin reparara neles quando fora lavar as mãos. O príncipe havia sido uma figura presente durante toda a vida dela, mas Lin nunca tinha parado para pensar se ele gostava de ler ou não. Levando em conta os livros presentes no quarto, ele gostava de histórias de viagens e aventuras. Se Conor estivesse acordado, Lin pensou, ela poderia ler em voz alta para ele. Ouvir alguém lendo em voz alta acalmava os pacientes. Mas ele estava profundamente adormecido pela *morphea* e pelo choque, os olhos estremecendo sob as pálpebras manchadas.

Lin o odiara por tantos anos. Ela não pensara nele, naquela época, como alguém que lia, cujos dedos se curvavam levemente enquanto dormia. Que tinha sardas no ombro. Que tinha uma linha branca em uma das sobrancelhas — seria uma cicatriz ou uma marca de nascença? Alguém cuja boca perdia a crueldade enquanto estava adormecido.

Lin se perguntou se ainda o odiava e decidiu que, naquela noite, isso não importava. Conor ainda era seu paciente. Ela permaneceria com ele, como sua médica. Ela permaneceria acordada até a última hora da noite passar.

Durante a noite, Lin dormiu e, enquanto dormia, sonhou que era outra pessoa. Um homem subia a encosta íngreme de uma montanha.

Os caminhos caíram havia muito tempo e nesse momento só restaram pedras, rachadas e irregulares. Suas mãos estavam feridas e sangrando, mas ele seguiu, sempre para cima, pois agia sob o comando do rei, e retornar de mãos vazias significaria a morte.

Estava quase no topo quando encontrou a entrada da caverna. Suspirou, aliviado. A profecia era verdadeira. Apoiado nas mãos e nos joelhos, ele se arrastou até a fenda escura, a poeira e o cascalho machucando suas mãos ensanguentadas.

Ele não tinha noção de quanto tempo estava engatinhando quando o viu. Dourado, todo dourado, e com um brilho que queimava os olhos. Ele gritou em malgasiano: Hi nas visík! *E soube naquele momento que estava cego, que nunca mais veria nada, exceto aquela luz, aquele brilho, e não lamentou por sua visão, apenas estendeu as mãos em direção à chama...*

Já era de manhã quando Kel voltou aos aposentos reais. Depois que Lilibet o mandara sair, ele foi para o quartinho azul no fim do corredor, onde às vezes dormia quando Conor estava com uma garota, embora as garotas nunca ficassem a noite inteira.

Ele tentou forçar o sono a chegar. Imaginou coisas que o tranquilizavam: o navio no mar, o mastro balançando ao vento calmo e iluminado pelo sol, a espuma branca na água abaixo. Mas não conseguiu relaxar. Ficou vendo, sem parar, o chicote subindo e descendo, o sangue escorrendo pelas costas de Conor, que estremecia sem fazer barulho.

Por fim, ele caiu em um sono sombrio e sem sonhos, só acordando quando a luz do sol entrou pela janela voltada para o leste, transformando o quarto abafado em um forno.

Conor. Ele se levantou e estava no corredor antes mesmo de despertar por completo.

Quase esperava ver Lilibet ali, mas o corredor estava vazio, fantasmagórico. Ele o cruzou rapidamente e entrou no quarto que dividia com Conor. A luz ali era mais suave, oferecendo um tom pálido dourado ao estranho quadro vivo com que se deparou ali.

Lin estava adormecida na cadeira ao lado da cama de Conor, abraçando a bolsa como uma criança abraça o travesseiro. A cama de Conor estava vazia, uma confusão de lençóis emaranhados, lama e sangue. Brilhava como se estivesse salpicada com lantejoulas. Conforme Kel se aproximava, incrédulo, ele viu que os brilhos eram talismãs Ashkar de cura, espalhados pela cama.

— Lin. — Ele a balançou pelo ombro e ela teve um sobressalto ao despertar, deixando cair a bolsa. Ele a pegou antes que atingisse o chão, jogando-a na cama. — Cadê o Conor?

Ela esfregou os olhos, piscando. Boa parte de seu cabelo ruivo havia escapado das tranças e se emaranhado em um halo de fios rebeldes ao redor do rosto.

— O príncipe? — Ela encarou a cama vazia. — Ele estava aqui... no amanhecer, ele estava aqui, eu vi... — Ela disse algo mais, uma torrente de palavras em Ashkar, o rosto franzido de preocupação.

A porta do tepidário se abriu então, e Conor entrou no quarto.

Ele estava descalço e sem camisa, uma toalha enrolada nos ombros. Uma calça frouxa de linho nas pernas. Era óbvio que havia se lavado, pois o cabelo estava molhado, o rosto sem sangue e kajal.

— Conor — disse Kel. Ele estava furioso; com Conor, por não tratar suas feridas com seriedade. Com Lin, sem razão, por ter adormecido. E por trás da fúria, por baixo dela, havia confusão. Ele vira as feridas de Conor; como conseguira sair da cama, e ainda por cima cruzar o quarto? — O que você está fazendo? Você deveria estar...

Conor colocou um dedo nos lábios, como se pedisse *silêncio*. Havia um brilho nos olhos dele, quase travesso. Kel e Lin trocaram um olhar aturdido. Lin parecia prestes a sair do próprio corpo. Um medo genuíno tomava conta dos olhos dela, e preocupação; fez aumentar a ansiedade de Kel.

— Príncipe Conor — começou Lin, a voz tremendo um pouco, e Conor tirou a toalha do pescoço e se virou, dando as costas para os dois. Kel ouviu Lin arfar um pouco, as mãos no peito, bem sobre o coração.

As costas de Conor eram uma larga extensão de pele, lisa e imaculada, esticada sobre músculos. Não havia nenhuma marca ali, nem mesmo uma cicatriz. Não havia sinal de qualquer ferimento. Nenhum sinal de que ele já tivesse sido açoitado.

E naquele momento de grande desespero da rainha, a magia dela pareceu falhar. Ela não conseguia mais impedir os exércitos nas planícies. Os muros começaram a rachar, e enquanto os inimigos de Aram invadiam, a cidade começou a queimar. Tudo era chamas: o céu, os rios e as terras de Aram, o Palácio em si. Logo, Aram não passaria de cinzas.

Ela se voltou para Suleman.

— Você não me deixou escolha — disse ela.

Chamas ardiam nos olhos dele.

— O que você pode fazer comigo? Sempre serei mais poderoso que você, desde que a magia exista.

— Mas agora — respondeu Adassa — não haverá mais magia.

E ela estendeu a mão com toda a força que seu povo lhe deu, com o poder de cada palavra que eles sacrificaram em seu nome. Ela alcançou além das estrelas e arrancou a Grande Palavra de Poder, sem a qual nenhum feitiço poderia ser lançado, e atirou-a no vazio. E ela mesma a seguiu até o vazio, pois o poder da Palavra era tão grande que queimou tudo o que havia de mortal nela. A rainha não era mais a rainha; ela era a própria magia, e a magia desaparecera.

— *Contos dos feiticeiros-reis*, Laocantus Aurus Iovit III

DEZOITO

Era o dia da chegada da princesa de Sarthe em Castellane, e Kel desejava não estar sentado entre as Famílias da Concessão. As cadeiras deles haviam sido organizadas em uma plataforma no meio da Praça Valeriana, e ele não conseguia deixar de sentir que todos que haviam se reunido para ver a princesa chegar os encaravam com curiosidade: de Montfaucon, resplandecente em um gibão de brocado amarelo com faixas verticais de seda preta, até Charlon e seu pai, ambos enfurecidos, até Gremont, ricamente vestido, mas adormecido como sempre, roncando com o rosto erguido.

Falconet estava sentado ao lado de Kel e usava veludo azul-escuro, ostentando uma expressão satisfeita. Kel lembrou-se das palavras de Polidor Sardou durante a última reunião na Câmara de Controle em que ele estivera presente. Parecia ter sido havia muito tempo. *Joss, sua irmã é casada com um duque sarthiano. Você não está sendo parcial nesta questão. Uma aliança com Sarthe provavelmente beneficiaria sua família.*

Como sempre acontecia com Falconet, coisas benéficas pareciam cair em seu colo. Ele acenava languidamente para a multidão na praça, nada incomodado com a atenção que recebia, antes de se voltar para Kel.

— E como está nosso amigo em comum, o príncipe? — murmurou ele. — Ouvi falar pouco de Conor desde a feliz notícia do seu noivado. Mas não faz muito tempo, não é?

A expressão de Falconet era nitidamente curiosa, mas a travessura brilhava em seu olhar. Kel não acreditava que era um tipo *malicioso* de travessura, mas estava evidente que Falconet achava a situação um pouco divertida, assim como muitas coisas.

— Não — respondeu Kel —, se passaram apenas duas semanas.

Era difícil até para ele acreditar — parecia fazer uma vida inteira, não quinze dias, desde que o noivado de Conor fora revelado. A Princesa Aimada estava para chegar à Praça Valeriana e ser apresentada ao povo de Castellane em menos de uma hora.

Até Conor pareceu surpreso com a rapidez com que tudo fora organizado. Sena Anessa, furiosa porque o rei e a rainha não estavam mais contentes com os planos conjugais do filho, deixara Marivent com uma determinação sombria no olhar. Durante as semanas seguintes, cada dia trouxera um novo turbilhão de acontecimentos: preparativos para a chegada da princesa, para sua cerimônia de boas-vindas, para a elaboração de contratos entre Sarthe e Castellane. Todos os dias, guardas reais de ambas as cortes galopavam de um lado para o outro pela Passagem Estreita, levando mensagens. O casamento devia ser realizado dentro ou fora? De quantas damas de companhia a princesa sarthiana necessitaria? Ela falava castellano bem? Precisaria de um tutor? Ela preferia decorar seus próprios aposentos ou deixaria a Rainha Lilibet se encarregar disso?

Um tanto hesitante, Kel perguntara a Conor se isso significava que era hora de ele ter seus próprios aposentos no Castelo Mitat. Os olhos de Conor brilharam por um momento antes de ele dizer:

— Por que se dar a esse trabalho? A maioria dos casais reais mantêm quartos separados. Não vejo por que as coisas devam mudar.

— Porque — dissera Kel — você precisará de um herdeiro, Conor. E isso significa...

— Conheço o processo. — O tom de Conor era seco. — Suponho que é uma questão de perguntar a Aimada se ela quer que o processo aconteça nos aposentos dela ou nos meus. De qualquer forma, não parece haver motivo para você se mudar.

Então Kel deixou de lado, torcendo para que, se fosse expulso do quarto que compartilhava com Conor, pelo menos tivesse tempo de mudar suas coisas de lugar. Ele entendia o desejo de Conor de que as coisas não mudassem, mas os desejos do príncipe não costumavam estar alinhados com o que era prático.

Enquanto isso, Lilibet havia começado a tentar acalmar as Famílias da Concessão, que, como era de imaginar, estavam furiosos por Conor ter noivado sem consultá-los. Nem todos haviam comparecido para as boas-vindas oficiais da princesa. Falconet viera, e os Roverge; Cazalet, sempre político, viera, assim como Gremont, Montfaucon e Uzec. Lady Alleyne estava perceptivelmente ausente, assim como Raspail, furioso com a rejeição de Kutani. Esteve e Sardou também estavam ausentes.

Até o povo de Castellane parecia um pouco chocado. Depois de anos de agradáveis especulações sobre quem poderia ser a próxima rainha, para eles parecia que as coisas foram decididas com uma decepcionante falta de alarde. Eles haviam se reunido atrás das barreiras que os deixava fora da praça central — onde um tapete de zibelina fora estendido e um pavilhão com cortinas e asfódelos erguido como um abrigo temporário no qual o Príncipe Herdeiro poderia, às escondidas, esperar pela chegada de sua noiva —, mas eles pareciam mais curiosos do que entusiasmados. Tinham a postura de um viajante que, depois de uma noite de bebedeira, acorda com a forte suspeita de ter sido roubado, mas sem saber exatamente o quê.

Não ajudava o fato de Sarthe ser visto com o desprezo com que os países costumavam encarar os seus vizinhos mais próximos, tal como Shenzhou desprezava Geumjoseon e Malgasi detestava Marakand. Do outro lado da praça, perto da escadaria da Justicia, havia um grupo de agitadores vestidos com conjuntos improvisados feitos de velhos uniformes militares — jaquetas esfarrapadas e barretinas com distintivos manchados, até mesmo um casaco de almirante surrado, mas volumoso —, gritando: "Prefiro a morte que a união com Sarthe!" Um deles, um sujeito alto e de cabelo ruivo, gritava: "Sarthiano bom é sarthiano morto! Amarre-os do lado de fora do Tully!" enquanto agitava diante de si um estandarte feito à mão mostrando o leão de Castellane atacando a águia de Sarthe.

Charlon Roverge, meio adormecido na luz brilhante do sol, aplaudiu fracamente.

— Charlon — disse Kel —, não estamos do lado deles. Estamos do lado de *Conor*, e portanto apoiamos a união com Sarthe.

— É mais forte do que eu. — Charlon bocejou. — Sou persuadido pelo entusiasmo com muita facilidade.

Falconet jogou uma luva nele no momento em que houve uma leve comoção entre os guardas que cercavam os degraus que levavam à plataforma da Concessão. Um segundo depois, a estrutura balançou e **Antonetta** Alleyne apareceu, olhando em volta ansiosamente.

Kel sentiu um calor forte no peito, como se tivesse engolido uma brasa ardente. Os tons pastel suaves e os metros de renda de Antonetta eram coisa do passado. Usava um vestido de seda, de cor violeta-escuro, com renda preta através da qual se podiam ver tentadores vislumbres de pele. O vestido agarrava-se ao seu corpo antes de se alargar nos quadris em forma de trombeta; o decote era profundo, criando um surpreendente V de pele branca contra o preto do tecido. O cabelo dela estava solto, um rio dourado-escuro, que não precisava de nenhum ornamento além da cor.

Em torno de sua garganta brilhava o medalhão, o coração esculpido pendendo entre os seios. Kel desviou o olhar — não queria pensar em Prosper Beck agora nesse momento, nem olhar diretamente para Antonetta. (Bem, parte dele queria, mas não era uma parte que ele costumava permitir governar a própria vontade.)

— Alguém — murmurou Montfaucon, se inclinando sobre a cadeira de Falconet — quer mostrar a Conor o que ele está perdendo.

Antonetta ergueu o queixo. Estava sozinha; Lady Alleyne não estava por perto. Antonetta desceu o corredor central da plataforma e, para a surpresa de Kel, sentou-se ao seu lado. As saias se espalharam ao redor dela, derramando-se sobre o colo de Kel em dobras pesadas de seda.

Joss, do outro lado de Kel, sorriu para Antonetta.

— Vejo que os gostos de Lady Alleyne passaram por algumas mudanças.

Antonetta deu um sorriso afetado. Talvez fosse uma caracterização pouco gentil, pensou Kel, mas não — Antonetta olhava para Joss com um sorrisinho que tinha a intenção de ser adorável. Definitivamente um sorriso afetado.

— Ora, obrigada por perceber, Joss — disse ela. — Você é gentil *demais*.

Falconet sorriu antes de se virar para entabular uma conversa com Montfaucon. Atrás deles, Kel via Charlon, encarando Antonetta com olhos escuros e famintos.

— Kel — murmurou Antonetta. O sorrisinho sumira; as mãos dela estavam cerradas e repousadas em seu colo. — Você não se importa de eu me sentar ao seu lado, não é? Posso confiar que você não vai me olhar com malícia.

Kel se sentiu envergonhado de imediato. Ele *queria* olhar para Antonetta, queria encher os olhos com a visão dela. Um cacho teimoso de cabelo havia ficado preso na corrente do colar dela; ele queria muito estender a mão e soltar os fios sedosos.

Ele se sentiu quente, inquieto e tolo, como se tivesse quinze anos de novo, oferecendo a ela um anel feito de grama na sombra fresca do Jardim Noturno. Naquela época ele vivia em um mundo de fantasia; ele não havia percebido quão pouco tinha a oferecer. Kel se lembrou da noite do baile dela, depois que terminou, deitado acordado no quarto que compartilhava com Conor.

Você acha que se casará com Antonetta?, perguntara ele, a voz tensa. *A mãe dela quer que vocês se casem.*

Conor havia zombado. *Óbvio que não. Ela é como uma irmã para mim.*

Kel tinha estado de guarda baixa naquele momento. Conor fora gentil com ele, mas Conor era assim; Kel não tinha a intenção de baixar novamente a guarda daquele jeito.

— Conheço sua mãe — disse ele, olhando para ela. — Sei que ela não escolheu esse vestido.

— Minha mãe — respondeu Antonetta, enrolando os dedos no tecido da saia. — Ela teve algo bem próximo de um *treco* quando soube que Conor vai se casar com a princesa de Sarthe. Atirou vários vasos e um busto esculpido de Marcus Carus. E então me disse que estava cansada de me vestir e que eu poderia usar o que eu quisesse, já que não importava mais. — Algo como um brilho de divertimento genuíno reluziu no olhar dela. — Mariam fez este. Ela pareceu nas nuvens em se livrar das... instruções da minha mãe.

— Suponho que é esse o motivo de Lady Alleyne não estar presente hoje — observou Kel. — Ela sabe que está causando controvérsia com a Casa Real?

— Sabe. Ela está em casa deitada em um quarto escuro; me enviou para a situação não ficar ruim demais para a Casa Alleyne. Ninguém pode dizer que não viemos para as boas-vindas da princesa, não quando eu estou aqui para nos representar.

Kel abaixou o tom de voz.

— Isso parece cruel — disse ele. — Seja lá quais forem os planos de sua mãe, ela não sabia que você tem sentimentos por Conor?

Antonetta olhou para ele. O brilho em seu olhar havia transformado as pupilas no formato de lágrimas. Kel se lembrou de Lin dizendo, na cara dele, *Antonetta gosta de você*. Ele tivera dificuldade em esconder sua reação de Lin: a tensão dos músculos, a velocidade da batida de seu coração. Ficara abalado até beijar Lin, o que forçou a sua mente de volta ao presente na mesma hora.

E ali estava Antonetta, sentada ao lado dele, com cheiro de essência de lavanda. Dava uma sensação de familiaridade, como se ele tivesse voltado no tempo para uma das muitas festas onde os dois se sentaram juntos na escadaria, observando o movimento e fofocando sobre os adultos. Era estranho: ela parecia estar de volta na vida dele, mas não era nada em que ele podia confiar que fosse durar. E embora ela pudesse não ter mudado tanto quanto fingia ter, ela *havia* se tornado uma pessoa diferente daquela que fora aos quinze anos. Todos haviam mudado. E ele não tinha certeza se conhecia a pessoa que ela era agora.

— Ter sentimentos foi meu único erro — disse Antonetta. Ela ergueu a mão para o pescoço e por um instante brincou com o colar. Parecia de um dourado profundo contra o tom corado de sua pele. — Não dela.

Kel decidiu dizer a Lin que ela era uma idiota da próxima vez que a visse.

Um criado usando libré verde-pálida subiu na plataforma e sussurrou algo pra Montfaucon, que anunciou:

— A carruagem de Aquila foi vista subindo a Passagem Estreita. Não demorará muito agora.

Uma agitação tomou conta das Famílias da Concessão. Antonetta franziu a testa e disse para Kel:

— Você sabe por que o príncipe tomou essa decisão do nada? Ele parecia tão relutante em se casar. E agora — ela gesticulou para a praça cheia de flores, as bandeiras de Sarthe e Castellane tremulando diante dos leões em frente à Justicia — isto?

Kel sabia bem que mais que apenas os ouvidos de Antonetta esperavam por essa resposta.

— Acredito — disse ele — que Sarthe fez uma proposta irrecusável.

Joss riu alto; os outros ficaram em silêncio. Charlon e o pai continuaram a olhar de cara feia para a praça. Kel desejou poder ver Conor, mas a rainha e o príncipe permaneciam dentro do pavilhão, as cortinas da cor de damasco bem fechadas. Uma formação de castelguardas fora colocada ao redor do pavilhão; dentro da área cercada, Kel conseguia ver as figuras de Jolivet e Bensimon, em uma intensa conversa. Ali perto, estava a carruagem real — de laca dourada para um evento real, com o brasão de um leão vermelho na lateral.

Kel sentia-se desconfortável. Não foi nem levantada a possibilidade de ele acompanhar Conor na cerimônia de boas-vindas, ou aparecer no lugar dele. Até o Legado Jolivet parecia sentir que aquilo era algo que Conor devia fazer sozinho, sem o Portador da Espada entre ele e o mundo. Havia um tom cerimonioso, até religioso, no evento: *você encontrará a sua futura rainha*, Lilibet dissera ao filho, *e deve estar lá como quem você é, a personificação da Casa Aurelian, seu sangue e ossos. Isso pode ter começado com mentiras, mas não pode continuar com fingimento.*

Pelo menos havia castelguardas por toda a parte. Alguns, à paisana, se misturaram com a multidão, para monitorar a conversa dos cidadãos e evitar qualquer tipo de violência. Pelos telhados dos prédios — da Justicia, do Convocat — agachavam-se arqueiros bem treinados, armados com flechas de ponta de aço.

Kel se perguntou se, sob outras circunstâncias, o rei poderia ter sido a favor da presença do Portador da Espada; afinal de contas, a própria existência de Kel em Marivent tinha sido ideia de Markus. Mas, desde a noite do desastroso jantar diplomático com Malgasi, e o que acontecera depois, o rei havia se isolado na Torre da Estrela. Kel fora até lá uma noite, se perguntando se podia falar com o rei agora que Fausten estava preso na Trapaça, mas as portas estavam sendo defendidas pelo Esquadrão da Flecha, e Kel dera meia-volta, sem saber se havia motivo para tentar falar com Markus. Era fácil imaginar que todos os comentários de Markus sobre a dívida tinham sido sobre o que Fausten despejava em seus ouvidos com relação a Malgasi, e não sobre Prosper Beck.

Ainda era estranho para Kel que Fausten, que tinha sido uma presença tão constante ao lado do rei desde que Kel conseguia se lembrar, estava nesse momento na Trapaça, e ninguém — não Bensimon, não Jolivet, não castelguardas como Manish ou Benast — parecia saber o que estava acontecendo com ele. Kel e Conor haviam observado do topo da Torre Norte, vendo uma única luz iluminando a janela mais alta da torre da prisão, mas não viram ninguém entrando ou saindo. Conor insistira que era provável que o rei planejava usar Fausten como peão nas futuras negociações com Malgasi, mas Kel tinha suas dúvidas.

Kel não havia esquecido a expressão no olhar do rei — frio, sobrenatural — quando ordenara que Fausten fosse levado à Trapaça, e então que Conor fosse açoitado. Kel não havia perdoado Markus pelo açoitamento; o fato de que Lin curara Conor completamente não fazia com que as ações do rei estivessem certas, embora Kel mantivesse isso para si.

Ele, Lin e Conor haviam decidido que o trabalho da médica seria mantido em segredo. Pálida de surpresa, Lin não parecia querer que soubessem que ela curara o príncipe da noite para o dia, e Conor desejara pouco alarde sobre o assunto; quanto mais pessoas soubessem sobre a cura, pensou ele, mais ficariam sabendo sobre o açoitamento. Então Lin havia refeito o curativo do torso, e por cerca de uma semana ele andara com dificuldade antes de parar com o fingimento, comentando com Kel, quando o fez, que as pessoas costumavam achar doenças e ferimentos constrangedores e desagradáveis, e ficavam mais do que satisfeitas em esquecê-los. E de fato, os poucos que sabiam a verdade — Jolivet, Bensimon e Lilibet — não fizeram mais perguntas.

Antonetta deu uma cotovelada leve em Kel bem quando três carruagens reluzentes entravam na praça, acompanhadas por um florear de trompetes: um grande cabriolé real flanqueado por dois menores. Falconet acenou para a multidão entusiasmada, que se animou com a promessa de espetáculo. Alguns batiam palmas. Por um instante, Kel pensou ter avistado um lampejo da cor de dedaleira atrás das barricadas. Ele ergueu uma sobrancelha — embora, óbvio, Ji-An não fosse a única pessoa na cidade a usar a cor violeta. Ainda assim, ele se perguntou se Andreyen Morettus estaria em algum lugar ali, observando. Ele suspeitava que sim.

Os castelguardas começaram a se afastar para permitir que a carruagem real sarthiana parasse diante do pavilhão. Jolivet parecia estar distribuindo ordens, enquanto Bensimon se aproximava do pavilhão, abrindo as cortinas para se inclinar para dentro; um momento depois elas foram afastadas e Conor pisou no tapete de zibelina.

Montfaucon assobiou, em uma admiração relutante. E realmente, pensou Kel, muitas vezes era possível ver o quanto Conor estava se sentindo completamente miserável pela maneira espetacular como se vestia. Hoje, o desespero de Conor tinha a forma de um colete de couro de camurça azul-escuro com botões de safira. Por baixo do colete, uma camisa de seda; por cima, uma jaqueta dourada com gola alta bordada. As calças eram justas para que botas pretas de cano alto pudessem ser calçadas e ficassem por cima do tecido; os punhos de renda branca eram como espuma do mar sobre as mãos, que exibiam anéis em todos os dedos. O diadema que circundava seus cachos escuros era dourado e cravejado de rubis.

A multidão comemorou outra vez: gostavam de ver a beleza de seu príncipe. Era motivo de orgulho. Eles comemoraram novamente quando Lilibet surgiu para ficar ao lado do filho, com uma postura majestosa, seu longo cabelo preto trançado com esmeraldas.

Conor manteve a postura ereta enquanto as portas da carruagem sarthiana se abriam. Kel sentiu uma estranha mistura de dor e orgulho: Conor estava enfrentando aquilo, as consequências de suas ações, de cabeça erguida. Ao mesmo tempo, Kel odiava que tudo isso estivesse acontecendo, mesmo quando uma jovem descia da carruagem sarthiana.

Ela era alta, com um longo cabelo castanho, preso com um arco de bronze. Usava túnica e calças pretas justas, e uma espada de ouro — presa à bainha — pendurada no quadril.

Antonetta soltou um murmúrio que expressava a sua confusão.

— Uma princesa de vestes incomuns — observou ela.

— Ela não é princesa, Ana — disse Falconet, arrastando a voz. — Eu a reconheço da corte em Aquila. Aquela é Vienne d'Este, membro da Guarda Sombria.

A Guarda Sombria. Kel os conhecia. Eram quase míticos: uma unidade de elite do exército sarthiano que reunia informações para o rei. Também eram assassinos treinados, alguns dos melhores do mundo, embora este fato nunca tenha sido admitido em público.

Vienne ficou ao lado enquanto a porta da carruagem tornava a se abrir e Sena Anessa emergia, trazendo uma jovem pela mão.

Não uma jovem, pensou Kel. Uma criança. Ela não devia ter mais do que onze ou doze anos, o cabelo castanho-escuro fino preso para trás com fitas, o vestido uma saia modesta de renda, com um avental de veludo por cima. Em sua cabeça, um fino diadema de ouro.

A coroa de uma princesa.

A multidão ficou em silêncio total. Roverge se inclinou à frente.

— Bem — disse ele. — Ela é bem baixinha.

— Pelo inferno cinzento — murmurou Montfaucon, enquanto as trombetas soavam outra vez e Sena Anessa apresentava a menina a Conor. Mesmo de longe, Kel via o sorriso no rosto dela enquanto Conor e Lilibet ficavam paralisados de choque.

— Mas que caralho — xingou Falconet.

— Joss — sibilou Kel —, o que *é* isto? O que está acontecendo?

— Aquela não é Aimada — afirmou Falconet. Ele parecia o mais infeliz que Kel já havia visto. — Aquela é a irmã mais nova dela, Luisa. Uma princesa, sim, mas de doze anos. — Ele balançou a cabeça. — Malditos, nos enganaram. Trocaram uma irmã pela outra.

Antonetta parecia atordoada; todos os outros, nitidamente furiosos.

— Como isso aconteceu? — exigiu Cazalet, seu rosto redondo e em geral pacífico contorcido de fúria. — Ninguém viu o contrato de casamento? *Bensimon* não os analisou? Ele jamais cometeria um erro desses.

— Pode ser que não faça diferença o que diz o contrato — disparou Montfaucon. — A linguagem deles têm centenas de anos. Pode *providenciar* uma substituição, em caso de doença ou morte da primeira princesa.

— Eu garanto a você — disse Falconet — que Aimada d'Eon não está morta.

— Ela pode estar impura. Até mesmo grávida — sugeriu Uzec, e então deu de ombros diante do olhar de Falconet. — Foi só uma ideia.

— Isso é uma afronta pública e deliberada — indignou-se Benedict Roverge. — Uma humilhação planejada. Eles estão tentando forçar a mão da Casa Aurelian, tentando incitar conflito, até mesmo uma guerra...

— A guerra com Sarthe só acontecerá — comentou Antonetta — se Conor permitir. Depende de como ele a receber.

Kel viu os outros olhando para ela, surpresos. Sentiu uma onda de irritação — eles esperavam mesmo que ela apenas ficasse dando risadinhas tolas a cada instante de sua existência? Antonetta fechou a boca, comprimindo-a em uma linha fina.

— Como ele *pode* recebê-la? — irritou-se Benedict. Ele gesticulou para a cena no centro da praça: Anessa, apresentando uma criança, que estava começando a parecer sentir-se desconfortável. Conor, parado como uma estátua. — Ela é uma criança, e isso é um insulto.

— Antonetta tem razão — disse Falconet —, e isso não é algo que eu costume dizer. É questão de diplomacia. Ele não pode rejeitá-la diante da multidão.

— Então eles nos atacam e não podemos revidar? — disse Benedict. — Que tipo de estratégia é essa? E como isso é *justo*?

— Não é justo fazer a menina pagar por isso também — comentou Antonetta. — Pobre criança.

Chega. Kel se levantou e pulou o corrimão da plataforma, quase caindo em cima de um dos castelguardas boquiaberto. Ele correu pela multidão dispersa de músicos em movimento, as garotas com cestas de flores, todos hesitando, sem saber o que fazer. Enquanto ele chegava à praça de carpete de zibelina, um dos membros do Esquadrão da Flecha tentou pará-lo.

— Deixe ele passar — ordenou Jolivet. O rosto dele não tinha expressão, mas Kel viu a fúria em seu olhar. Enquanto ele pegava Kel pelo braço, olhou em direção à plataforma. Kel virou-se para ver que, uma a uma, as Famílias da Concessão deixavam a praça. Os Roverge primeiro, depois Cazalet — guiando um Gremont perplexo — e Joss Falconet, até que restasse apenas Antonetta, mantendo-se leal em seu lugar, junto a Montfaucon que, Kel suspeitava, só queria ver o que ia acontecer.

Jolivet guiou Kel até Conor. Kel escutou de uma maneira distante que Bensimon, ao lado da rainha, estava educadamente dizendo à Princesa Luisa que aquele era o primo do príncipe, vindo cumprimentá-la.

Kel alcançou Conor e colocou a mão no ombro dele, que estava rígido sob o tecido do casaco. Ele parecia preso no lugar, como se seu corpo tivesse se transformado em aço ou vidro. Conor não olhou para Kel, mas se inclinou um pouco para a mão dele, como se seu corpo reconhecesse o toque familiar.

— Faça uma reverência a ela — sussurrou Kel.

Conor o olhou de esguelha. Kel sabia que o príncipe queria explodir de fúria. Podia sentir a raiva passando como uma corrente por ele, e sabia que tinha que contê-la. Fosse lá o que acontecesse, fosse lá como lidassem com a traição de Sarthe, não podia ser ali nem naquele momento. Roverge estivera certo ao dizer que poderia provocar uma guerra.

Vienne d'Este colocou a mão no ombro da pequena princesa, um gesto protetor. (Também encarava Conor de cara feia, e Kel não podia culpá-la.) Ela era sem jeito, Luisa d'Eon, presa naquela idade estranha entre a infância encantadora e a beleza adulta. Não tinha o cabelo ruivo e pouco comum da irmã, em vez disso o dela era de um castanho escorrido e sem muita vida; os ombros eram ossudos. Ela olhava para Conor como se estivesse maravilhada por ele, a boca um pouco aberta.

Kel sentiu o coração ficar apertado com uma mistura de simpatia e tristeza. Ele sabia que era inútil; sua simpatia não a ajudaria. Ninguém podia ajudá-la. Ela era um peão em um jogo de Castelos entre países.

— Você pode lidar com Sarthe mais tarde — murmurou ele no ouvido de Conor, falando em marakandês; duvidava muito que Anessa falasse o idioma, e com certeza Luisa não falava. — Não é culpa da criança. Ela é pouco mais velha do que eu era quando vim para o Palácio. Seja *gentil*.

Conor não respondeu, não olhou para Kel — mas deu um passo à frente, enfim fechando o espaço entre os dois grupos: sarthianos e castellanos. Fez uma reverência exagerada aos pés de Luisa. Se foi um pouco elaborada *demais*, um pouco mordaz demais, a menina não percebeu. Ela abriu um sorriso, feliz e largo, e juntou as mãos. Quando Sena Anessa sussurrou para ela, Luisa fez uma reverência às pressas, e então Bensimon deu um passo à frente para dar algo a Luisa.

— *Un regàlo dal prìnçipe* — ofereceu ele, indicando que o presente era de Conor. Ouviu-se alguns poucos aplausos fracos da multidão, embora ainda houvesse uma grande quantidade de pessoas perplexas atrás das barreiras. Mesmo assim, aquilo era pelo menos normal: as reverências, os presentes. Sena Anessa sorria. Kel queria chutá-la.

Luisa abriu a caixinha e pareceu encantada em encontrar um broche em formato de leão, os olhos pequeninos rubis.

— *Che beo!* — exclamou ela. Bonito.

Kel olhou para Vienne d'Este. Com a pele macia marrom-clara e seu cabelo castanho cacheado, ela parecia muito mais adequada para interpretar o papel de princesa do que sua acompanhante.

— Ela fala castellano? — perguntou ele, indicando Luisa.

— Não — respondeu Sena Anessa. — Mas ela é uma aluna dedicada e aprenderá.

Conor olhou para Anessa com um sorriso educado. A expressão dele era graciosa, a voz calma, quando disse:

— O que você fez, sua puta?

Anessa arfou. Sem estar ciente de nada, Luisa sorriu alegremente para Conor, parecendo mais aliviada que qualquer outra coisa. Estava óbvio que ela temia encontrar um terrível príncipe estrangeiro, e em vez disso encontrara uma figura saída de um conto de um tecelão de histórias, elegante e bonito em renda e seda.

Ao menos ela teve isso, pensou Kel, cansado. Ela se consideraria sortuda, por um tempo.

— Monseigneur Aurelian, você concordou em se casar com a Princesa Aimada de Sarthe — respondeu Anessa com frieza. — Acho que você descobrirá que as princesas de Sarthe recebem muitos nomes ao nascer. A maioria nunca é usada, mas são oficiais mesmo assim. Aqui, por exemplo, está a Princesa Luisa Estella Matilde Aimada d'Eon. Acho que você descobrirá que isso preenche os requisitos do *contrato*.

Ela cuspiu a palavra *contrato* como se fosse um xingamento. Atrás dela, Kel viu Bensimon escapulir, e se perguntou aonde ele poderia estar indo.

— Isso é vingança — retrucou Lilibet. Os olhos dela eram lascas de gelo preto. — Mas meu filho não quebrou a promessa com você.

— Ele mentiu por omissão — começou Anessa, e então, com atraso, os músicos começaram a tocar. O ar de repente se encheu de música, e Luisa, que havia começado a parecer preocupada, riu de alegria enquanto os canhões de flores eram disparados, um por um, e milhares de flores, douradas e violeta, de um rosa intenso e um escarlate profundo, voavam e giravam no ar como um redemoinho.

Pétalas caíram como chuva. A multidão aplaudia. Bensimon voltou de sua peregrinação aos músicos, e ele e Jolivet e o Esquadrão da Flecha começaram a incentivar os vários membros da nobreza e diplomatas a entrarem nas carruagens.

— Você quer voltar com o príncipe? — Era Jolivet, perto do ombro de Kel. As covinhas em sua bochecha, assim como sua boca, pareciam ter sido esculpidas à faca.

Kel balançou a cabeça.

— Não posso. Vim até aqui com Asti. Eu a levarei de volta.

— Sorte a sua — murmurou Jolivet. Um momento depois, ele entrava na carruagem real com Conor e Lilibet; e avançou pela praça, seguida por uma pequena frota de carruagens de Sarthe, azuis como o céu.

A multidão começou a se dispersar. Pétalas de flores ainda giravam no ar enquanto Kel cruzava a praça, buscando Manish, com quem deixara Asti. Ele se sentia entorpecido, um zumbido suave em seus ouvidos: a coisa toda não levara muito tempo, talvez meia hora, e ainda assim abalou até mesmo as frágeis expectativas do que estava por vir em seu futuro — e no de Conor.

Encontrou Asti onde a deixara, ao lado do Convocat. Manish, usando uma capa preta com capuz, segurava as rédeas dela. O que era estranho; Kel lembrava do jovem cavalariço usando a libré vermelha do Palácio, e estava quente demais para usar uma capa. Ele semicerrou os olhos, as mãos tocando a lâmina no quadril, bem quando o "cavalariço" jogou o capuz para trás e uma onda de cabelo preto, meio preso por presilhas de peônia, foi revelado.

Ji-An sorriu para ele.

Kel suspirou.

— Achei que havia visto você na multidão. Devo sequer perguntar o que você fez com Manish? Se o matou, ficarei com raiva. Ele sempre me deixa entrar pelo Portão Oeste.

— Certamente não o matei. Eu o subornei — disse Ji-An, indignada. — Não sou uma desequilibrada, ao contrário de certas pessoas que saem por aí se envenenando.

— Você subornou meu cavalariço só pela chance de me insultar? — perguntou Kel. — Porque eu já estou tendo um dia terrível.

— *Percebi* — comentou Ji-An, com o ar de alguém que se deparara com uma excelente fofoca. Kel não tinha a energia para dizer a ela que aquilo era mais do que fofoca, que era a vida de pessoas, e duvidava de que Jin-An se importaria se ele dissesse. — Ainda assim... faz quinze dias desde que você esteve na Mansão Preta. Também não mandou mensagem. Como se tivesse desaparecido.

— Eu não fazia ideia de que você se importava.

— E não me importo — confirmou Ji-An. — Mas o Rei dos Ladrões, sim. A última coisa que ficamos sabendo é que você estava indo falar com Prosper Beck. Depois disso... nada.

Kel passou a mão pelo cabelo emaranhado.

— Beck não tinha nada importante a dizer.

— Duvido muito — retrucou Ji-An, seca. — E Andreyen ia querer julgar a situação por si só. *Acho...*

Kel ficou tenso, esperando que ela dissesse: *Acho que Prosper Beck ofereceu a você a chance de fazer algo com ele, em troca de informação, e que você está considerando a proposta.*

— Acho — prosseguiu ela — que você esteve tão envolvido nos eventos bastante... surpreendentes em relação ao príncipe e se esqueceu de nós, na cidade.

— Talvez. Mas esse *é* o meu dever. — Kel suspirou. — Preciso voltar ao Palácio. Pode levar uma mensagem para Andreyen?

— Não — negou-se Ji-An, movendo-se com facilidade para bloquear o caminho dele até Asti. — Ele precisa ver você. Ao vivo.

— Não tenho tempo para fazer o percurso até a Mansão Preta...

— Por sorte você não precisa — disse Ji-An. — A carruagem do Rei dos Ladrões está na esquina.

— Óbvio — murmurou Kel. — Óbvio que está.

As coisas não haviam mudado, pensou ele enquanto seguia Ji-An, ainda conduzindo Asti, para dar a volta no Convocat, até a estrada que passava atrás. Lá estava a familiar carruagem preta reluzente com rodas escarlates, que um dia o teriam feito hesitar. Ele sentia um cansaço do mundo enquanto Ji-An abria a porta e o fazia entrar.

Ali, Andreyen o esperava, o Cavalheiro Morte em suas vestes pretas, com sua bengala de cabeça de prata e os olhos verdes semicerrados. Era estranho, pensou Kel, que Andreyen parecesse levar a bengala consigo para todo o canto, embora, até onde ele sabia, o Rei dos Ladrões não precisasse dela.

— Bem — começou Andreyen. — Sarthe decerto escolheu um jeito único de retribuir quando se trata do príncipe.

Kel soltou o ar.

— Suponho que eu não deveria ficar surpreso. Você sempre sabe demais.

O Rei dos Ladrões cantarolou, achando graça.

— Apenas pecinhas do quebra-cabeça. Eu mesmo as juntei. Bastante esperto da parte do jovem Príncipe Conor fazer Sarthe fornecer o ouro de que ele precisava para quitar suas dívidas. Bem menos esperto não pedir antes pela aprovação do rei e da rainha. Ele tem sorte por Markus parecer ter perdido o interesse em coisas mundanas, ou poderia encarar uma punição além da de Sarthe.

Kel observou o rosto do Rei dos Ladrões, mas não parecia haver nada escondido ali, nenhum significado oculto em suas palavras. Ele sentiu uma onda de alívio — o segredo sobre o açoitamento de Conor, ao que parecia, não tinha sido vazado.

— Sei bem disso — disse Kel. — Mas duvido de que você tenha enviado Ji-An para me buscar porque queria falar de Sarthe.

— Verdade. Quero saber sobre Beck. Jerrod levou você até ele? O que ele disse?

— Falei com ele — disse Kel com cuidado. — Não acho que ele seja o perigo sobre o qual o rei falou com você na carta.

Os olhos de Andreyen brilharam.

— Beck o atraiu para o lado dele, então?

— Não. — Kel supôs que deveria estar com medo. Ele sabia que havia mais em Andreyen do que a fachada levemente impassível e simpática; ele havia visto vislumbres aqui e ali, em momentos em que o Rei dos Ladrões baixava a guarda. Mas ele estava tenso demais, cansado demais para ficar ansioso.

— Estive observando os nobres da Colina por quinze anos — disse ele. — Eles não são diferentes dos criminosos. Há conspiradores, aqueles dispostos a seguir um plano em nome da conveniência, e então há os oportunistas. Beck é um oportunista.

Andreyen ajustou a mão na bengala.

— Prossiga.

— Não sei de onde Beck veio — disse Kel. — Sei que ele não é nobre. Eu cometi vários erros propositais quando falei dos nobres da Colina com ele, e não se importou ou não percebeu. Para alguém como Beck, não existe benefício em ter negócios com a Colina. Beck quer administrar casas de jogo e bordéis no Labirinto. Ele admite com tranquilidade que foi financiado por alguém importante, mas não está interessado nos objetivos a longo prazo dessa pessoa.

— Alguém importante — repetiu Andreyen. — Alguém no Palácio.

— Na Colina, pelo menos. Alguém que colocou Beck nos negócios e em uma posição de entrar no jogo da dívida com Conor.

— O que você acha que ele queria conseguir? Mais do que apenas juros do pagamento, decerto.

— Acho que foi para humilhar a Casa Aurelian, e colocá-los em posição de precisar implorar ao Conselho dos Doze.

— Ou poderia ser uma tentativa de fazer Markus se expor — sugeriu Andreyen. — Forçá-lo a agir.

— Não acho que nenhum dos resultados cause muito interesse a Beck — contestou Kel. — Estou inclinado a acreditar quando ele diz que tem um patrono na Colina que quer causar problemas para os Aurelian. Não porque confio nele, mas porque faz sentido.

— Mas por que contar a *você*? — questionou Andreyen, os dedos estreitos tamborilando a bengala. Ele olhava para Kel daquela sua forma desconcertante característica, como se conseguisse enxergar a alma do rapaz.

Porque ele quer algo de mim. O colar de Antonetta.

Kel colocou sua expressão mais neutra, mais apropriada para a corte, no rosto e respondeu:

— Tive a impressão de que ele não gosta do homem que o patrocina. Parece sentir que como agora tem o próprio dinheiro, não precisa mais de um patrono, mas duvido que seu patrono compartilhe essa visão. Acho que ele espera que eu descubra quem é o patrono e cause problemas para ele, talvez levando Jolivet a acabar com a brincadeira. E Beck se livrará deste encargo.

— Entendo — disse Andreyen, e Kel teve a sensação desagradável de que Andreyen de fato entendia, mais do que ele gostaria. — E o que você vai fazer agora?

— Procurar pelo patrono — disse Kel. — Beck não me deu dicas, mas talvez ele ou ela cometa algum erro.

Kel tentou parecer transparente e confiável; anos de prática o ajudaram muito a não revelar nada na expressão, mas o olhar do Rei dos Ladrões era como uma lâmina, cortando a frágil armadura que ele construíra para se proteger. Mesmo assim, ele não mencionaria Antonetta nem o colar. Não conseguia aguentar a ideia de colocá-la sob o olhar calculista do Rei dos Ladrões.

— Talvez o rei tenha pressentido uma traição vinda de alguém da Colina. Do patrono de Beck, ou de Fausten.

— Ai de mim — disse Andreyen sem emoção. — Tantas opções. Se não é Beck, é o patrono de dele. Se não é o patrono misterioso, então o tutor malgasiano. — Ele girou a bengala na mão. — Suponho que você não tentou falar outra vez com Markus sobre a carta de alerta dele?

— O rei está inacessível — respondeu Kel. — Pode acreditar em mim em relação a isso. Além do mais, tenho a leve suspeita de que o perigo que ele mencionou não passa de delírios alimentados por Fausten e suas mentiras sobre as estrelas.

— Mas o Conselho não é leal, é? Não, exceto onde é vantajoso. Merren sempre fica de olho no velho Gremont; parece que ele está frequentando várias reuniões suspeitas no Labirinto. Talvez você possa conversar com ele sobre isso.

— Artal Gremont deixou uma bagunça para trás quando fugiu de Castellane — disse Kel. — Agora que ele está voltando, é provável que o velho Gremont queira arrumar parte da bagunça. Além disso, por que você se importaria com o que beneficia o Palácio?

Andreyen o observou friamente.

— Sou um homem de negócios, Kel, como qualquer mercador nas Estradas de Ouro. Me beneficio da estabilidade que é concedida pela máquina que Castellane controla tão bem. Pode haver falhas no sistema, falhas estas que eu exploro, mas a alternativa é o caos, e o caos é inimigo dos negócios. O caos pode beneficiar Prosper Beck, mas não me beneficia.

— Não é meu trabalho ajudar você a lucrar — replicou Kel.

— Então talvez você deveria pensar em qual é o seu trabalho — retrucou Andreyen. — Não só o que é agora, mas o que será. Nesse momento, você protege o príncipe, mas quando ele for rei você será o líder do Esquadrão da Flecha. Você será o Legado Jolivet. E será sua tarefa, assim como foi a dele, ir ao Orfelinat e selecionar entre crianças assustadas o próximo Portador da Espada. O próximo *você*. E uma parte de você morrerá por dentro por ter que fazer isso.

Kel colocou a mão na porta da carruagem, com a intenção de abri-la, mas não foi capaz. O brilho da luz do sol lá fora machucava seus olhos. Detrás dele, o Rei dos Ladrões disse:

— Estou dizendo, você não pode proteger seu precioso Conor sem a minha ajuda.

Exatamente o que Beck disse, ou bem parecido.

— Nunca precisei da sua ajuda antes — disse Kel. — Não preciso dela agora.

— Então talvez você deva falar com Fausten — sugeriu Andreyen.

— Fausten está na Trapaça. Ninguém entra quando há um prisioneiro lá.

— Isso não é exatamente verdade — retrucou o Rei dos Ladrões. — E acho que você sabe disso.

Kel virou a cabeça para olhar para Andreyen, que o observava com um olhar frio e duro. Não havia nenhuma empatia ali, nem a cordialidade descontraída que ele costumava usar como disfarce.

— Você está pedindo demais — reclamou Kel. — Há coisas que eu não farei.

— Por mim ou pela Casa Aurelian?

— A Casa Aurelian é meu dever — respondeu ele. — Por um momento, pareceu que nossos objetivos estavam alinhados. Não acho que estejam mais. Você está certo em dizer que os nobres não são leais, mas não há nada de novo nisso. Protegerei o príncipe como sempre fiz; se houver questões mais complexas na Colina que chamem a sua atenção, você tem seus próprios espiões. Não precisa de mim.

— Entendo — disse o Rei dos Ladrões. — Este é o fim da nossa ligação, então?

— Eu preferia que isso não signifique inimizade entre nós — ponderou Kel com cuidado. — Só que nossos negócios parecem concluídos.

— Talvez — disse o Rei dos Ladrões suavemente, e se Kel não gostou muito do tom da voz dele, não havia muito que pudesse dizer; Ji-An batia na porta da carruagem. Quando o Rei dos Ladrões a abriu, ela gesticulou em direção à praça.

— Tem uma briga acontecendo — informou ela. — Parece que a multidão antiSarthe está causando confusão. Os Vigilantes chegarão a qualquer momento.

— Está tudo bem. Já terminamos — disse Andreyen com tranquilidade, embora Kel visse que ele estava longe de estar com poucas coisas na cabeça. — Ele está de saída.

Kel desceu da carruagem. Ji-An estivera certa, é óbvio; ele conseguia ouvir o ruído baixo na direção da Praça Valeriana, chegando mais perto. Parecia como ondas surgindo na maré.

Ji-An entregou a ele as rédeas de Asti; o cavalo afagou o focinho no ombro de Kel, obviamente confuso pelos acontecimentos.

— Então veremos você outra vez? — perguntou ela.

— Se eu descobrir alguma coisa interessante. Isso veremos. — Kel acariciou o pescoço de Asti enquanto Ji-An se afastava, em direção à carruagem do Rei dos Ladrões.

— Kang Ji-An — proferiu ele, sem conseguir se conter.

Ela ficou paralisada, mas não se virou.

— O que você falou?

— Que conversa é essa sobre um banho de sangue entre famílias nobres em Geumjoseon? Uma garota que escalou o muro de um jardim e assassinou uma família inteira, e então fugiu em uma carruagem preta?

Ji-An permaneceu parada. Era como se ele olhasse para uma estátua de obsidiana esculpida: cabelo preto, capa preta. Sem se virar, ela disse, a voz sem traços de zombaria ou humor:

— Se mencionar isso de novo para mim, mato você.

Ela não disse mais nada, apenas subiu no assento do condutor, deixando Kel observando enquanto a carruagem desaparecia rua abaixo.

Com o fim da Grande Palavra, todos os trabalhos de magia foram desfeitos. Suleman chorou alto em desespero, seu corpo se tornando pó, pois a magia o mantivera vivo bem além do tempo de vida humana. E foi assim que os outros feiticeiros-reis, também, tornaram-se pó, e os trabalhos feitos por suas mãos foram destruídos: as grandes criaturas de magia que haviam criado, os dragões, as manticoras e os cavalos alados, tudo desapareceu como fumaça no ar. As armas de guerra deles se tornaram cinzas e seus Palácios desmoronaram, e os rios que eles encantaram para existir secaram. Ilhas afundaram no mar. Feiticeiros tentaram falar o Grande Nome do Poder, mas descobriram que não podiam. Todo livro que continha o nome passou a ter um espaço vazio em seu lugar.

E essa foi a Ruptura.

— *Contos dos feiticeiros-reis,* Laocantus Aurus Iovit III

DEZENOVE

*C*hamas lamberam as laterais da torre da pedra. Tudo ao redor queimava. Ela conseguia ver o que restava da grande cidade, a milhares de metros abaixo.
Apenas pedra escurecida e madeira petrificada pelo fogo.
Acima, as estrelas. Brilhantes, intocadas, elas queimavam mas não podiam ser queimadas. Ela desejava tocá-las, dentro delas, para segurar. Aquilo que ela sabia que pairava no vazio. A Palavra.
Mas ele estava quase ali. Escalava a lateral da torre, se agarrando como uma sombra à pedra irregular. Ela tinha que esperar. Até ele chegar, a Pedra brilhante dele na empunhadura de sua espada.
Ela viu então. Um movimento no alto da torre, onde a pedra encontrava o céu. Duas mãos pálidas, flexionando e apertando. Erguendo o grande corpo dele, até que ele havia se lançado por sobre a borda de joelhos com tudo atrás dele: o céu se erguendo acima, a cidade desmoronando abaixo. Ela o ouviu sibilar seu nome enquanto se levantava, a mão na espada, seu longo cabelo preto caindo para esconder seu rosto, mas ela ainda conseguia ver os olhos dele. Ainda o conhecia. Sempre o conheceria...

— Lin?
Lin acordou sobressaltada, uma dor aguda disparando por sua mão. Ela piscou para Merren Asper, sentado diante dela em sua mesa de trabalho na Mansão Preta, as sobrancelhas pálidas erguidas.
— Pegou no sono? — perguntou ele.
Lin olhou para a mão; estivera apertando o broche, a ponta se enfiando em sua pele, deixando leves linhas vermelhas. Ela a colocou no bolso

e tentou sorrir para Merren, que mexia uma preparação preta e grossa com um pipete de vidro. As imagens do sonho ainda se agarravam ao perímetro da visão dela: sombra e fogo.

— Não tenho dormido muito — disse ela, se desculpando. Era verdade. Quando conseguia dormir, era atormentada por sonhos sinistros. Por vezes estava em cima da Torre de Balal e olhava para as planícies em chamas: via o Suleman do sonho se aproximar de novo e outra vez, e se sentia tomada por um desejo que continuava em seu corpo quando despertava.

Às vezes, sonhava que voava entre as montanhas na forma de um corvo, e observava um homem velho lançar livros no mar. Ela não voltara a ter o sonho que tivera no Palácio, no qual se esgueirava em uma caverna a meio caminho da montanha e via um fogo ofuscante e poderoso. Ela perguntara a Mariam o significado das palavras *hi nas visik*, e ficou surpresa quando ela lhe disse o significado: Você é real.

— É um tipo de expressão de incredulidade — informara Mariam. — Como se você não conseguisse acreditar no que está vendo.

E Lin ficou perturbada. Como ela soubera as palavras malgasianas em seus sonhos se não as sabia na vida real? Mas ela não podia ficar presa no assunto. Desde a noite em que curara o Príncipe Herdeiro — tão bem, ao que parecia, que era como se ele não tivesse sido açoitado —, a mente dela estava focada no jeito que ela parecia conseguir usar a pedra de Petrov (não, ela não devia chamá-la assim; era a pedra *dela* agora) para realizar coisas muito além do que jamais conseguira. Além de qualquer coisa que jamais soubera que a *gematria* conseguira antes.

Ela ainda se lembrava da imagem que aparecera diante de seus olhos enquanto estava ao lado da cama do Príncipe Conor: o rodopio da fumaça dentro da pedra, o aparecimento daquela única palavra: *cure*. Ela conseguia sentir o pulsar da pedra na mão.

E ainda podia sentir a pedra esfriar em sua mão. Desde aquela noite, a pedra perdera toda a cor e vida. Tinha adquirido uma cor cinza leitosa e planassem graça, como uma pérola fosca. Não importava como Lin a posicionasse, não conseguia mais ver a profundidade da pedra, nem o indício de palavras.

Ela tentou outra vez, com Mariam, independentemente da mudança na pedra — pedindo à amiga que se deitasse como o príncipe havia feito, e concentrando-se nos talismãs de cura que Mariam usava no pescoço e nos pulsos. Mas nada aconteceu. Isso a estava tirando do sério. Por que funcionara com o Príncipe Herdeiro, mas não com Mariam? E também funcionara com Kel, como ela agora sabia, acelerando sua cura, embora não de forma tão impressionante quanto com o Príncipe Conor. Ela ainda se lembrava da sensação de a pedra *desejar* ser usada, da queimadura em sua pele depois de tratar Kel. No entanto, não tinha acontecido nada parecido com nenhum outro paciente, embora ela sempre a usasse quando fazia suas rondas.

Lin não entendia. E ainda não tinha a única coisa que poderia ajudá-la a entender: o livro de Qasmuna.

Ela passara as últimas duas semanas percorrendo Castellane em busca dele. Lin se encontrou com vários charlatões desagradáveis que prometeram ter o livro, ou algo similar, mas nunca o tinham — apenas "livros de feitiços" bobos e em condições precárias, recheados de cânticos e rimas destinadas a "estimular o amor" e "aumentar a beleza" e nenhuma menção a qualquer maneira de realmente *acessar* a magia, extraí-la de si mesmo e guardá-la, para que pudesse ser usada sem matar o usuário.

Naquela manhã, ela fora obrigada a dar um tempo na busca: o Etse Kebeth estava cheio de meninas e mulheres se preparando para o Tevath, e tinha sido impossível usar a cozinha de lá para preparar suas curas e seus remédios. Então ela foi até a Mansão Preta, onde Merren parecia muito satisfeito por ter companhia em sua sala de trabalho. Ele ergueu o olhar quando o som de uma comemoração distante veio de fora, franzindo o nariz em perplexidade.

— Tem algo acontecendo agora, não é? — perguntou ele. — O príncipe está se casando?

— Não casando — disse Lin, gentilmente. Tinha passado a considerar Merren como um sábio inocente. Ele amava suas poções e seus venenos, e mesmo assim parecia observar o resto do mundo através de um espanto distante e carinhoso. — A Princesa de Sarthe, com quem ele deve se casar, está chegando hoje. Eles estão dando as boas-vindas a ela na Praça Valeriana.

— Ah — exclamou Merren, e voltou a mexer sua mistura preta-amarronzada.

Naquela tarde, Lin havia passado pela multidão a caminho da Mansão Preta; eles se tornavam mais densos, como um creme, no topo conforme ela se aproximava do centro da cidade e da Praça Valeriana, onde o Príncipe Herdeiro daria as boas-vindas à sua noiva sarthiana.

Deveria ter sido um dia festivo. Lin ainda se lembrava da mãe lhe contando sobre a chegada da jovem Princesa Lilibet à cidade, trinta anos antes. Multidões se reuniram na Ruta Magna, aplaudindo enquanto uma carruagem aberta a levava para a cidade. Agora que conhecera a Rainha Lilibet, Lin podia imaginá-la mais facilmente como a mãe a descrevera: cabelo preto esvoaçante, lábios pintados de vermelho como laca, um manto de seda verde preso nos ombros nus com esmeraldas, um fogo verde ardendo em seus corações. Mais esmeraldas queimando em sua coroa; os cidadãos de Castellane atirando flores vermelhas de romã e tulipas roxas escuras, as flores de Marakand, em seu caminho e gritando: "*Mei bèra*, a mais linda!"

Sentiram orgulho na época, da mulher que seria sua nova rainha, da beleza e do fogo que ela traria para a cidade. Mas esse orgulho era coisa do passado. Algumas varandas tinham ramos de lírio branco, a flor de Sarthe, mas o clima geral parecia… bem, confuso parecia ser a melhor palavra para descrever.

A notícia do noivado atingiu a cidade como uma tempestade. Lin quase não ouviu comentários sobre isso no Sault, onde as atividades da família Aurelian só eram consideradas interessantes se afetassem os Ashkar. O Príncipe Conor não era o príncipe *deles*; era apenas uma pessoa importante em Castellane. O príncipe *deles* era Amon Benjudá, o Exilado, que no momento viajava pelas Estradas de Ouro com o Sinédrio.

Lin, no entanto, escutara bastante sobre o assunto dos seus pacientes, principalmente de Zofia, que parecia particularmente não gostar de Sarthe.

— Que decepção — resmungara ela, gesticulando uma velha espada no ar. — Que desperdício. Um príncipe tão bonito se casando com uma pessoa tão sem-graça.

— Você não sabe disso — retrucara Lin. — A princesa pode ser interessante.

— Ela é de Sarthe. Eles são chatos, ou desonestos, ou as duas coisas — dissera Zofia com firmeza, e a opinião dela parecia ser popular. Alguns dos pacientes de Lin haviam reclamado que o casamento daria a Sarthe um domínio forte demais sobre Castellane; que eles tirariam vantagem do acesso ao porto, que eles insistiriam que todos seguissem a moda de Sarthe e usassem chapéus desconfortáveis.

Lin ouvira e assentira distraidamente, e pensou no príncipe. *Você não devia ter pena de mim, sabe. Sinta pena daquela que precisa se casar comigo.*

E ela sentia pena, um pouco, da Princesa Aimada d'Eon. Mas sentia ainda mais por Conor Aurelian, o que a deixava incomodada, para dizer o mínimo. Ela sempre pensou que não sentiria pena dele se ele caísse em um poço e ficasse preso lá, e agora aqui estava ela, sentindo um aperto no peito toda vez que pensava nele, o que acontecia com uma frequência excessiva.

Ela não ouvira uma sílaba do Palácio desde a manhã em que Kel a despertara e os dois viram o Príncipe Conor sem cicatrizes. Kel enviara um bilhete dias depois a agradecendo, e um livro sobre Vidro Estilhaçado que ela lia naquele momento. Ele disse que a Rainha Lilibet estivera satisfeita com o trabalho dela e que o Príncipe Conor estava se curando bem.

Ela enxergou o código escondido nas palavras. Lin havia esperado com ansiedade para saber se Mayesh ou Andreyen mencionariam a cura milagrosa de Conor para ela. Quando nenhum deles falou nada, ela precisou admitir que parecia que o plano deles havia funcionado: os poucos que sabiam que o príncipe fora açoitado não sabiam que ele havia se recuperado da noite para o dia. E, conforme os dias passavam desde aqueles estranhos eventos, ela começou a sentir cada vez mais como se a noite tivesse sido cortada da linha do tempo do resto de seus dias. De alguma forma passara por eles, como se fossem memórias da vida de outra pessoa que ela conseguira dar uma olhada.

Parecia quase impossível que ela estivesse compartilhando um segredo com o Príncipe Herdeiro e seu Portador da Espada, um segredo que só os três sabiam. Mari sabia que Lin fora chamada ao Palácio, óbvio, assim como Chana, mas Lin dissera que era apenas para tratar a mão queimada de um criado, e se Mariam não acreditou, não deu sinais. Ela não contara a ninguém sobre o açoitamento, de como aquela noite toda fora tão estranha. Ouvir o príncipe falar, contando seus próprios segredos, chegar a tocar nele — como curandeira, é óbvio, mas mesmo assim, com gestos de uma intimidade assustadora —, roçando o dedo na *boca* dele...

Ela prendeu a respiração ao se lembrar, bem quando Merren ergueu a cabeça: o Rei dos Ladrões entrara na sala. Ele se movia como um silêncio felino, como se as solas de seus sapatos fossem acolchoadas. Lin havia começado a se acostumar com ele deslizando pela Mansão Preta, muitas vezes vindo até o laboratório para ver o que Merren estava fazendo. Ele nunca os perturbava — parecia mais interessado em apenas satisfazer sua curiosidade do que buscar resultados de qualquer tipo.

Ele parecia meio indisposto hoje, no entanto, com o rosto pálido e tenso sob o cabelo preto e o preto total de seu casaco. (Vestindo o de sempre: uma sobrecasaca preta, calças pretas justas, botas brilhantes cor de ônix.) Ji-An o acompanhava, tirando uma pálida pétala de flor que se grudara em seu cabelo. Ela sentou-se em um banquinho ao lado do de Lin.

— Vi nosso amigo em comum na praça hoje.

Merren se interessou.

— Kel?

Ji-An se virou para olhá-lo.

— Sim, e metade das Famílias da Concessão e, óbvio, os Aurelian. Todos lá para dar as boas-vindas à princesa sarthiana que será a próxima rainha de Castellane.

Ji-An sorria como alguém que sabia um segredo. Lin disse:

— Ji-An, aconteceu algo?

— Mais um casamento sem amor entre monarquistas sem coração consolidando poder — disse Merren alegremente. — Ela era bonita, pelo menos? O povo vai gostar mais dessa confusão toda se forem reconfortados por uma rainha glamourosa.

Lin se preparou. Havia uma parte dela que não queria ouvir o quanto Aimada d'Eon era bonita, atraente, elegante...

— Ela é uma *criança* — disse Ji-An, maliciosa.

Merren pareceu confuso.

— O príncipe concordou em se casar com uma criança?

— Ele concordou em se casar com a princesa de Sarthe — disse Andreyen. — Que era, todos pareciam concordar, Aimada. Mas...

— Mas não era *ela* — interrompeu Ji-An. — Enviaram a irmã mais nova em seu lugar. Tem uns onze ou doze anos. A expressão no rosto deles, as famílias nobres e os Aurelian, foi impagável.

Lin enfiou a mão no bolso, segurando a pedra no broche. Descobrira que segurar aquele peso frio a acalmava.

— O príncipe — disse ela. — O que ele fez?

— A única coisa que podia fazer — respondeu Ji-An. — Entrou na onda. Mas primeiro ficou um tempão lá parado que nem uma estátua. Kel teve que tirá-lo do transe. E aí ele se comportou de maneira respeitável.

— Kel é esperto — comentou Andreyen. — Essa era, de fato, a única atitude possível. Uma decisão interessante de Sarthe. Se vão fazer mais para sinalizar a fúria deles ainda está para ser visto.

— Bem difícil para o príncipe. — Merren franziu a testa. — Aquele maldito monarca sem coração — acrescentou ele.

— Meu avô — disse Lin, devagar. — Ele estava lá, não estava?

— O conselheiro? — perguntou Ji-An. — Estava. Não pareceu satisfeito também. Imagino que o Palácio tenha um dia e tanto de diplomacia à frente.

— Eles darão um jeito. Sempre dão — disse Merren, tirando um pipete de um líquido escuro. Ele o observou por um instante antes de lambê-lo, pensativo.

— *Merren* — gritou Ji-An. — O que você está fazendo?

Ele arregalou os olhos azuis.

— O que foi? É chocolate — respondeu. — Eu estava com fome. — Ele estendeu o pipete. — Quer experimentar?

— Certamente que não — disse Andreyen. — Tem cheiro de erva-daninha molhada. — Ele franziu a testa. — Lin. Venha comigo. Quero trocar uma palavra com você.

Merren e Ji-An observaram com curiosidade enquanto Lin, tentando esconder a surpresa por ser convocada — porque *era* uma convocação, por mais educadamente que tivesse sido feita —, levantou-se para seguir o Rei dos Ladrões.

Ele esperou que estivessem longe o bastante para que ninguém os ouvisse. Lin ouviu o bater apressado da bengala dele sobre os tapetes marakandeses enquanto caminhavam. Achou reconfortante.

— Há boatos de que há outra pessoa buscando o livro de Qasmuna em Castellane — disse ele. — Com grande dedicação, fiquei sabendo.

— Agora? — perguntou Lin. — Desde que comecei a procurar?

Ele assentiu.

— Dizem que estão oferecendo muito dinheiro.

— Desculpe — disse Lin. — Se minhas buscas foram descuidadas, se provoquei interesse que não deveria ter sido provocado...

— Não, não. — Andreyen dispensou as preocupações dela com um gesto. — Descobri por experiência própria que geralmente é útil provocar coisas. Talvez seja lá quem está procurando o livro tenha ficado nervoso ao saber da *sua* busca. Talvez esse nervosismo o leve a revelar quem é ou o que sabe.

O sorriso que ele deu deixou Lin aliviada por não estar contra o Rei dos Ladrões, ou entre ele e o que ele queria.

— O comerciante com quem falei no Labirinto me disse que tinha sido comprado por um "indivíduo distinto" — disse Lin. — Talvez esse indivíduo tenha dito que tem esse item para vender, e, portanto, estamos vendo evidência do interesse em comprar o livro começando a se mostrar...

— Talvez — disse Andreyen. — Admito que não sou o maior conhecedor em relação ao comércio ilegal de livros antigos. Pelo que entendo são pessoas bem truculentas. — Ele abriu a porta do que ela agora sabia ser chamada a Grande Sala, com sua lareira de pedra gigantesca e móveis confortáveis. Era nítido ser um cômodo muito usado; alguém deixara um livro aberto no braço de uma cadeira, e um prato de biscoitos comidos pela metade na mesinha. — Mas costumo saber quando alguém em Castellane tem algo interessante ou ilegal para vender. Desta vez, fiquei sabendo apenas da pessoa querendo comprar.

— Mas nenhuma informação sobre quem é?

O Rei dos Ladrões balançou a cabeça.

— Eu poderia pedir permissão para buscar o livro no Shulamat outra vez, mas o Maharam não fez mistério sobre qual é a posição dele sobre o assunto — disse Lin.

O Rei dos Ladrões pegou uma tigela prateada de encantamento na prateleira perto da lareira. Lin sentiu um tipo de compulsão quando ele a tocou, um desejo de dizer a ele para deixar o objeto de lado, que era uma coisa preciosa para o povo dela. Mas seria hipócrita se dissesse isso; não era como se sua conexão atual com o Rei dos Ladrões, com tudo o que ele defendia, não fosse horrorizar o Maharam e o Sinédrio muito mais. Ela se perguntou se ele já havia empregado um Ashkar antes. Ele parecia saber mais sobre o que acontecia dentro dos muros do Sault do que a maioria. Mas também era do interesse dele saber coisas, e qualquer um do povo dela que trabalhava com ele em segredo arriscava sua posição na comunidade. Como ela estava fazendo nesse momento.

— Há certos homens — disse Andreyen, olhando para a tigela — que, quando em posições de poder, pecam no lado da inflexibilidade.

— Você está em uma posição de poder — lembrou Lin.

O Rei dos Ladrões deixou a tigela de lado e sorriu.

— Mas sou muito flexível. Mais do lado moral.

Antes que Lin pudesse responder, houve uma agitação fora da sala. Ela ouviu Ji-An reclamar, e então as portas se abriram de uma vez e um homem familiar entrou, fazendo cara feia. Cabelo ruivo escuro, olhos pretos, vestido como um filho de um comerciante. Lin lembrou-se dele: o homem que estivera ali da primeira vez que ela fora à mansão. Ele quisera...

— Minha pólvora — rosnou o homem. — Era para ter chegado faz dois dias. Tenho sido paciente...

— Invadindo minha casa, passando pela minha guarda? — questionou Andreyen, semicerrando os olhos verdes. — Chama isso de paciência?

— Peço desculpas — disse Ji-An, que seguira o jovem para dentro da sala e estava alerta, a mão a meio caminho do interior do casaco. — Não consegui contê-lo sem matá-lo, e não tinha certeza se era o que você queria.

— Desnecessário, Ji-An — respondeu Andreyen. — Ele é rude, mas no geral inofensivo. Ciprian Cabrol, se quer falar comigo, sugiro que marque um horário.

— Não tenho tempo — reclamou Ciprian. — O Dia da Ascensão é daqui a quatro dias.

— Que notícia mais surpreendente — disse o Rei dos Ladrões. — Sempre disse que eu devia acompanhar melhor os grandes feriados.

— Ele cruzou os braços. — Estou em reunião, caso você não tenha percebido.

Ciprian Cabrol deu uma única olhada em Lin.
— Irrelevante. Ela é Ashkar, vai contar para quem? Minha pólvora...
Andreyen revirou os olhos.
— Ciprian, estamos falando de pólvora shenzana. Decerto você compreende a importância de transportá-la com *cuidado*. Além disso, os navios de Roverge estarão no porto por mais duas semanas.

Navios de Roverge? Lin arregalou os olhos. Os Roverge eram uma Família da Concessão, e era perigoso ser inimigo deles.

— Mas precisa acontecer em breve, no Dia da Ascensão — afirmou Cabrol. — No badalar da meia-noite. Todos os nobres estarão reunidos para aquele banquete. Roverge e seu maldito filho estarão lá. Preciso que vejam minha vingança escrita em fogo no céu. O porto brilhará como se as luzes dos Deuses tivessem retornado. Como se a magia deles ainda estivesse viva nas águas.

— Isso foi surpreendentemente poético — murmurou Ji-An.
— Você está sendo bastante teatral sobre tudo isso — notou Andreyen, desaprovando.
— Diz o homem que sai por aí em uma carruagem preta com rodas pintadas da cor do sangue — disse Ciprian. — A teatralidade tem seu propósito. Depois do que eles fizeram conosco, expulsando uma família de casa por ousar ter um pequeno negócio de venda de tintas...
— Não era um negócio *tão* pequeno assim — lembrou Andreyen. — Sinceramente, eu estou surpreso, depois do que aconteceu, por você e sua família ainda estarem em Castellane. Os Vigilantes...
— Minha família está em Valderan por enquanto — contou Ciprian. — Só eu estou aqui. E estou seguro o suficiente. — Ele fez uma careta.
— Espero pela pólvora amanhã cedo — disse ele, e saiu da sala. Depois de um momento, Ji-An o seguiu, sem dúvida para garantir que ele fosse diretamente para a saída.

— Esse negócio com Cabrol e a frota de Roverge — disse o Rei dos Ladrões. Ele olhou para Lin, os olhos inescrutáveis. — Não é informação que você possa compartilhar. Entendeu? Com ninguém no Sault. Não com Mayesh Bensimon. Cabrol é grosseiro e descuidado, mas é um cliente. E tenho certo interesse que ele consiga o que deseja.

— Uma pergunta — disse Lin. — Haverá pessoas nesses navios? Nesses que Cabrol quer explodir?

— Não — disse Andreyen. — Todos estarão na cidade, celebrando o Dia da Ascensão. E estão atracados a meio caminho de Tyndaris. Além disso, é a noite do seu Tevath, não é, o seu Festival da Deusa? Você e os seus estarão seguros no Sault.

— Sou uma curandeira — lembrou Lin. — Não seria fácil para mim manter um segredo que eu sei que machucaria ou levaria à morte, quer as vítimas sejam Ashkar ou não. Mas as frotas da nobreza castellana não são preocupação minha. Além disso — acrescentou ela, pensando em voz alta. — Se eu fosse contar a alguém, como explicaria a maneira que recebi essa informação sem revelar coisas que não quero revelar?

— Como sua associação comigo.

— Você deve saber que várias pessoas não querem revelar a associação delas com você — disse Lin.

— De fato, e acho que isso funciona muito bem para todo mundo. Enquanto isso...

— Eu sei — disse Lin. — Continuar a procurar o livro.

Mais tarde, depois que ela deixou a mansão e estava a caminho do Sault, olhou para o porto, uma faixa de azul na distância. Que estranho seria se Ciprian Cabrol fosse bem-sucedido em seu plano bizarro, e em algum momento durante o Festival da Deusa a luz dourada de suas explosões iluminassem o céu do porto.

Mas ser Ashkar era assim. Fosse lá o que acontecesse dentro do Sault, eles sempre estariam cercados de *malbushim*, pelas maquinações e barbaridades deles. Se Cabrol conseguisse levar a cabo o seu plano — e Lin tinha suas dúvidas — seria a coisa mais emocionante a acontecer em um Tevath em cerca de duzentos anos.

Kel voltou a Marivent e descobriu que Conor e Lilibet, Bensimon e Jolivet estavam trancados na Galeria Brilhante com os representantes de Sarthe. Ouviu gritos do outro lado da porta. Tentou se aproximar, mas foi impedido por Benaset.

— Não é da sua conta, Anjuman — disse ele. — Jolivet me deu ordens contundentes para garantir que você ficasse longe. Vá se divertir em outro lugar.

Kel ficou furioso, mas se conteve. Voltou ao Castelo Mitat para organizar as ideias; além disso, poderia pelo menos trocar o maldito casaco de veludo no qual assou o dia inteiro. (O desejo de Lilibet de que ele representasse Marakand em veludo e brocado não era exatamente prático na realidade do clima de Castellane, e tinha sido um dia lindo a ponto de ser deprimente, o céu arqueando-se como uma dançarina usando cetim azul-claro, o mar uma expansão de vidro verde-azulado.)

Ele esperava encontrar o pátio do Castelo Mitat vazio, mas não. A pequena princesa, Luisa, estava lá, brincando à beira da fonte de azulejos. Kel e Conor faziam o mesmo quando eram crianças; nos dias quentes, era um bom jeito de se refrescar. A lembrança fez com que uma pontada de tristeza apertasse o peito de Kel: por seu antigo eu, por Luisa nesse momento.

Ela estava acompanhada pela guarda-costas, Vienne d'Este. A mulher não parecia nem um pouco incomodada com o calor. Caminhava ao lado de Luisa enquanto a menina lançava uma bola contra a estátua de Cerra no centro da fonte, pegando-a quando ela ricocheteava e rindo quando caía na água.

As duas se viraram para vê-lo: Vienne com uma fria desconfiança, abaixando o olhar (*então há uma lâmina em suas botas*, pensou ele, *sei de seus truques, guarda-costas, embora você não vá adivinhar como eu sei*), enquanto Luisa olhava para ele, sorria e depois franzia a testa e disparava em um rápido sarthiano: *Mì pensave che xéra el prìnçipe, el ghe soméja tanto.*

— Ela achou que você fosse o príncipe — disse Vienne. — Diz que você se parece muito com ele.

Kel se virou para Luisa.

— *Cosin.*

Luisa sorriu seu sorriso banguela.

— *Dove xéto el prìnçipe? Xelo drìo a rivar a zogar con mì?*

Vienne pegou a bolsa da fonte onde Luisa a deixara cair.

— O príncipe não pode vir agora, querida, ele tem assuntos a resolver. Tenho certeza que ele preferiria estar brincando.

Isso provavelmente é verdade, pensou Kel secamente, *embora não da forma como você está pensando.*

— Sou Kel Anjuman — apresentou-se ele. — Estou ao seu serviço e, evidente, ao serviço da princesa.

Ele fez uma reverência, o que pareceu deliciar Luisa. Vienne, segurando a bola vermelha, parecia menos impressionada.

— Bem — disse ela. — Se você quer mesmo ajudar...

Kel ergueu a sobrancelha.

— Os aposentos que recebemos foram decorados para alguém muito mais velho do que Luisa — revelou ela, parecendo tensa. — Se puder encontrar brinquedos antigos, talvez, ou algumas coisas bonitas que ela possa gostar, seria útil.

Estava óbvio no rosto dela que Vienne não era apenas a guarda-costas da princesa, mas que amava a menina como a uma irmã mais nova. Ela entregara a bola a Luisa, que dançava na beira da fonte. A bainha de suas vestes se arrastava pela água e pela lama.

Kel queria dizer: *Sei como é amar alguém e jurar protegê-lo, alguém que tem muito mais poder que você, mas a quem você não pode salvar das consequências desse poder.*

Mas Vienne simplesmente teria pensado que ele tinha perdido o juízo. Pelo menos Luisa parecia não saber que havia uma tempestade política sobre sua cabeça — uma que tinha tudo a ver com o fato de que sua chegada fora uma decepção. Que ela era indesejada.

Kel prometeu ver o que podia fazer, e subiu para os seus aposentos, um grande cansaço pesando seu corpo.

A lua estava azul naquela noite. Uma lua incomum, que, dizia-se, pressagiava a aproximação de eventos confusos. Kel, na Torre Oeste, observou enquanto ela subia, transformando o céu em um índigo mais profundo, o mar, um lápis-lazúli em movimento. Até as velas dos navios no porto pareciam tingidas de azul, como se vistas através das lentes dos óculos azuis de Montfaucon.

A longa e terrível reunião na Galeria se arrastava; Conor ainda não retornara. Lilibet parecia satisfeita por Conor ter sido envolvido em seu mundo de negociações palacianas e interesses estrangeiros, parecendo nitidamente feliz por tê-lo ao seu lado. Kel imaginava o que estava acontecendo: Bensimon e Anessa gritando um com o outro sobre o acontecido, sobre pontos e detalhes contratuais. Jolivet e Senex Domizio na ponta da cadeira para querer declarar guerra. Mas, óbvio, eram só especulações. O que Kel sabia era que o rei não estava presente. A luz brilhava na janela da Torre da Estrela e de vez em quando uma fumaça subia da chaminé.

Ele não sabia se deveria ficar surpreso ou irritado consigo mesmo por ter se surpreendido. O que mais ele esperava, quando o rei sequer fora à Praça Valeriana para conhecer a nova princesa? Durante tantos anos, o Palácio espalhou uma história: O rei era um filósofo, um astrônomo, um gênio. Seu estudo das estrelas resultaria em descobertas que seriam transmitidas de geração a geração, aumentando a glória de Castellane. Eles haviam explicado tudo com tantos detalhes que o próprio Kel acreditou, porque era mais fácil acreditar do que questionar.

Agora suspeitava que Conor nunca acreditara, mas também nunca falara disso. Ele permitiu que o Palácio contasse a história de que o rei era sensato, mas excêntrico. Mas a presença de Fausten na Trapaça, agora não mais do que uma ponta de aço azul-escuro, Kel podia vê-lo subindo contra o céu noturno, desmentia tudo isso. Ele não pôde deixar de ouvir a voz de Andreyen em sua mente: *Talvez você deva falar com Fausten.*

Mas Fausten estava na Trapaça, e ninguém tinha permissão para entrar lá, exceto os guardas do Esquadrão da Flecha e a própria família real.

No fim das contas, pensou Kel, ele fez isso porque estava cansado de se sentir um inútil, cansado de imaginar o que acontecia em uma sala onde estava proibido de entrar. Entre pessoas que, exceto uma, não iam querer a presença dele. E porque ele não confiava mais no rei, que já havia colocado Fausten na Trapaça e mandado açoitar o próprio filho. Se não fosse por Lin, Conor ainda estaria acamado e com cicatrizes que nunca mais sumiriam de seu corpo. O que mais Markus poderia fazer, por que e quando?

Kel deveria proteger Conor a todo custo. E se isso significava protegê-lo do próprio pai, então era isso o que teria que enfrentar. *Sou o escudo do príncipe. Sou sua armadura inquebrável. Sofro para que ele nunca sofra.*

Como num sonho, Kel desceu os degraus em espiral e foi até o guarda-roupa do quarto deles. Não para o seu, mas para o de Conor.

Ele se vestiu de preto. Calças de linho, túnica de seda, colete justo. Avambraços sob as mangas. Botas pretas e, óbvio, seu talismã pendurado no pescoço. Por último, pegou uma coroa simples da caixa de veludo preto. Colocá-la na própria cabeça parecia um crime, algo inadmissível, embora Kel já tivesse feito isso dezenas de vezes antes.

Mas não sem que Conor soubesse. Nunca sem que Conor soubesse.

Ele saiu do Castelo Mitat e encontrou o pátio vazio, apenas com a bola vermelha de Luisa flutuando na fonte como uma romã cheia de água.

A lua azul lançava um ar fantasmagórico sobre os terrenos do Palácio enquanto Kel atravessava jardins e portões, passava pelas portas fechadas da Galeria Brilhante, pelo Pequeno Palácio, pelo Castelo Pichon, onde ficavam os aposentos de Luisa. O vento soprava forte, trazendo o cheiro de eucalipto, folhas secas e caules de flores.

Muito tempo atrás, ele e Conor saíam na ponta dos pés do Castelo Mitat em noites assim. Invadiam a cozinha de Dom Valon em busca de tortas e doces; nadavam no espelho de água do Jardim da Rainha. Aconchegavam-se em um dos ornamentos à beira do penhasco com uma garrafa de vinho roubada das adegas e fingiam gostar do gosto. Fingiam estar bêbados, rindo, até ficarem bêbados de verdade, e terem que guiar um ao outro de volta aos aposentos antes do amanhecer, bêbados demais para se apoiarem, mas tentando assim mesmo.

Ele se lembrou de Merren dizendo: "Pensei que fosse um tipo de piada, essa coisa de Portador de Espada. Quem faria uma coisa dessas?" Kel sabia que, pela lei, sua lealdade era devida à Casa Aurelian, mas na realidade era toda de Conor. Conor, a única pessoa que de fato sabia como era a vida de Kel, como ele passava os seus dias — e em troca, ele conhecia Conor da mesma maneira. Na verdade, ninguém conhecia Conor além dele: o menino príncipe que só podia tomar um pouco de vinho antes de passar mal, que chorou quando seu cavalo (um garanhão baio que o odiava) quebrou a perna e Jolivet teve que cortar a garganta do animal. Que se preocupava com o fato de o mundo ser tão grande que nunca conseguiria ver tudo, embora nunca tivesse ido além de Valderan.

A Trapaça surgiu diante dos olhos de Kel — uma agulha preto-azulada de mármore, apontando para o céu. Ele deslizou o talismã pela corrente em seu pescoço para que ficasse pouco acima do colarinho da camisa. Kel se aproximou das portas frontais da Trapaça, duas meias-luas de madeira envolvidas em aço. Lá fora, havia um grupo de três castelguardas; eles se sentavam em uma mesa dobrável de madeira, jogando *yezi ge*, um jogo de cartas shenzano.

Eles ficaram de pé quando Kel se aproximou, os rostos empalidecendo.

— Monseigneur — disse um, aparentemente o mais corajoso. — Estamos... tudo está calmo, nenhum ruído do prisioneiro...

Do que estão com medo?, Kel se perguntou. Que ele — que Conor — conferisse para garantir que eles estavam trabalhando direito? Eles estavam vigiando um homem velho e fraco em uma prisão da qual ninguém jamais escapara.

Kel tentou imaginar um Conor que interromperia a própria noite para ir até a Trapaça gritar com um grupo de guardas por vadiarem no turno. Não conseguiu.

— Cavalheiros. — Ele lutou contra a vontade de inclinar a cabeça educadamente; príncipes não faziam reverência a soldados. — Vim ver o prisioneiro. Não — ele ergueu a mão —, não há necessidade de me acompanhar. Prefiro ir sozinho.

Enquanto eles se afastavam, abrindo espaço para que Kel entrasse na torre da prisão, ele precisou reprimir um sorriso. Fora tão fácil. E a sensação tão boa, como sempre, de vestir o poder como uma capa de invencibilidade de um conto de um tecelão de histórias. O desafio era se forçar a não gostar.

Foi um risco calculado, pensou ele, enquanto subia os degraus da torre, ir até ali como se fosse Conor. Sempre havia o perigo de que os guardas fofocassem sobre a visita dele, e outro habitante do Palácio comentasse que Conor estivera em algum tipo de encontro diplomático. Mas ele estava apostando que a fofoca sobre Sarthe e a nova princesa era boa o suficiente para distraí-los de todo o resto.

Kel tinha estado na Trapaça recentemente, mas apenas durante o dia. A estreita escada em espiral que ele subia agora parecia muito sombreada, iluminada apenas por um ou outro lampião suspenso, lançando sombras alongadas contra as paredes de pedra.

Quando Kel chegou ao topo, estava igualmente escuro. Havia apenas um lampião. Felizmente, havia janelas no alto das paredes através das quais o luar azul-claro entrava, fazendo com que as barras de vidro das celas brilhassem como se esculpidas em opala.

Kel seguiu pelo corredor estreito até encontrar a cela de Fausten. Era a única com a porta fechada, embora por um instante Kel tenha pensado que estivesse vazia. Então percebeu que aquilo que ele confundira com um monte de trapos no canto era o velho conselheiro do rei, aninhado contra a parede.

Ele estava com as mesmas roupas que usava quando os guardas o arrastaram para fora da Galeria Brilhante, só que nesse momento estavam imundas, as constelações costuradas na capa agora não passavam de uma confusão de contas brilhantes espalhadas no chão da cela. O fedor de mijo e suor era rançoso. Havia algo por baixo também, um cheiro metálico como o de sangue derramado.

Kel se aproximou da cela, relutante. Não estava mais pensando em resistir a gostar do poder. Estava se perguntando por que achava que poderia fazer aquilo.

Fausten ergueu o olhar, o rosto pálido manchado na pouca de luz. Ele piscou nas sombras.

— Mi... milorde — gaguejou ele. — Meu rei...

Kel se retraiu.

— Não. Não o pai, mas o filho.

Um lampejo de astúcia passou pelo rosto de Fausten.

— Conor — arfou ele. — Sempre gostei de você, Conor.

Uma náusea leve se revirou no fundo do estômago de Kel.

— Gostava o suficiente para me vender aos malgasianos sem me contar nada da barganha que fez?

Os olhos de Fausten brilharam, como os de um rato, na meia-luz.

— Eu não o vendi. Não havia vantagem para mim nisso. Seu pai fez essa barganha, há muito tempo.

— Mas por quê? — perguntou Kel, e quando Fausten não respondeu, ele acrescentou: — Meu pai mencionou um perigo. Um perigo terrível que ele achava estar vindo para Castellane, e para mim. Mas ele não disse o que era.

— Por que me perguntar? — questionou Fausten. — Sou apenas um velho, jogado injustamente em uma prisão. Tudo o que sempre quis foi proteger seu pai. Sei que meu lugar não é aqui.

— Eu saberia melhor se você respondesse minhas perguntas — retrucou Kel. — O perigo que meu pai mencionou foi algum tipo de maquinação da corte malgasiana?

— A corte malgasiana — repetiu Fausten, zombeteiro. — Você só pensa em política. Há forças maiores do que quaisquer poderes terrenos.

— Por favor, me poupe da sua conversa sobre estrelas — disparou Kel. — Vi o quanto isso ajudou meu pai.

— Seu pai — disse Fausten, sem emoção. Ele se levantou, sem muita firmeza, e se aproximou das barras, dando passinhos delicados, como se caminhasse entre flores. Embora certamente não houvesse flores ali. — Sempre fui leal ao seu pai — continuou ele, agarrando as barras de Vidro Estilhaçado. — A corte malgasiana é um local muito, muito frio. Quando seu pai estava lá, ele era apenas um garoto, adotado, um terceiro filho ignorado. Ele estava aberto a qualquer voz que sussurrasse para ele. E sussurraram.

— Quem sussurrou para ele?

Os olhos reumáticos de Fausten vagaram.

— *Atma az dóta* — murmurou ele. — Não foi culpa dele. Ele fez apenas o que foi persuadido a fazer.

Atma az dóta. Fogo e sombra.

— O que meu pai fez?

Fausten balançou a cabeça.

— Eu prometi. Não contar.

— Foi algo ruim — insistiu Kel, abaixando a voz. Baixo e sigiloso, como se falasse a uma criança. — Não foi?

Fausten emitiu um som inarticulado.

— O que não compreendo — disse Kel — é se meu pai cometeu algo tão terrível em Malgasi, por que a Embaixatriz Sarany estava tão determinada que eu me casasse com Elsabet?

— A filha de Iren — disse Fausten. Os olhos dele haviam começado a ir de um lado para o outro. — Ela era tão linda, Iren. Mas então o fogo a deixou, a luz dela apagou, e ela se tornou apenas fúria. Por que ela quer que você se case com Elsabet? Pelo mesmo motivo que Iren deixou seu pai viver. Porque ela valoriza seu sangue. Seu sangue Aurelian.

Bem, óbvio. Toda família nobre valorizava a linhagem real. Kel sentiu que rangia os dentes de frustração.

— Fausten. Se você não me contar qual é o perigo do qual meu pai fala, então não posso intervir com ele ao seu favor. Se você me *ajudar*... bem, então, talvez eu possa convencer meu pai de que você agia a favor dos interesses dele. Que você não era apenas um mero peão dos malgasianos, manipulando-o de acordo com o que queriam.

Fausten arfou.

— Não é tão simples assim — disse ele. — Nada é tão simples. — Ele voltou seus olhos de rato para Kel. — O perigo não é a corte malgasiana. Está bem mais próximo do que isso.

— Na cidade? — perguntou Kel.

— Na Colina — respondeu Fausten. — Existem aqueles que querem que a Casa Aurelian seja destruída. Pensei que uma união com a corte malgasiana pudesse prevenir isso. Eles são fortes, impiedosos. Talvez eu tenha pressionado demais o rei. Talvez...

— Talvez você devesse ter me contado — disse Kel. — Você esperava que eu não tivesse vontade própria. Esse foi o seu erro.

— Muitos foram os meus erros — corrigiu Fausten.

— Conserte-os agora — sugeriu Kel. — Me diga quem é o perigo na Colina.

— Observe aqueles próximos de você — respondeu Fausten. — Observe seu Conselho. Os nobres. Seu Portador da Espada.

Kel sentiu o corpo inteiro gelar.

— O quê?

Havia uma luz maliciosa nos olhos de Fausten, como se dissessem, *Tenho sua atenção agora, não tenho, Príncipe Herdeiro?*

— Como falei, seu *Királar* vai traí-lo. Eu vi nas estrelas.

— Meu Portador da Espada é leal a mim — disse Kel. Ele estava consciente da terrível ironia da situação, mas se segurou; não podia hesitar diante de Fausten. Só pioraria a situação.

— Ele é leal a você agora. Um dia, haverá algo seu que ele vai querer o suficiente para traí-lo. E você o odiará então. Odiará ele o bastante para querê-lo morto.

— Mas o quê...

— Inveja. Inveja é o maior dos venenos. Já teria dito antes, se achasse que você fosse ouvir...

— Chega. — A paciência de Kel partiu como um galho. — Vejo que está tentando me manipular. Instilar desconfiança entre eu e meu Portador da Espada, para que eu passe a confiar em você, assim como meu pai fez. Acha que eu acreditaria no que você diz enxergar nas estrelas? Você é tão tolo assim?

Era demais; ele pressionara demais. O homenzinho deu um grito e se encolheu no chão imundo, abraçando os joelhos contra o peito, rolando entre as contas quebradas. Nada que Kel fizesse ou dissesse seria capaz de mudar a situação.

E para ser justo, Kel estava muito ansioso para partir. Sair do fedor da Trapaça, ir para longe das palavras zumbindo em seu cérebro. *Seu Portador da Espada o trairá. E você o odiará então. Odiará ele o bastante para querê-lo morto.*

E assim acabou o tempo dos feiticeiros-reis. Embora o povo de Dannemore tenha ficado feliz em se livrar da tirania daqueles reis e rainhas, aquela liberdade veio a um alto custo. Grande devastação foi trazida à terra, e depois da Ruptura sobreveio um tempo de escuridão, durante o qual o povo, com fúria justificada, destruiu cada artefato de magia que encontrou. A única magia que continuou a existir em Dannemore foi a *gematria* dos Ashkar, pois não requeria o Nome.

Mas nem sempre haveria trevas sobre o mundo. Antes da Ruptura, o povo se afastara dos Deuses, preferindo adorar a magia e aqueles que a praticavam. Mas nesse momento Lotan, Pai dos Deuses, colocou Marcus Carus, o primeiro Imperador, no trono Imperial, e ele reuniu sob seu governo todos os reinos em guerra e os unificou, criando as Estradas de Ouro que abrangiam todas as terras do Império e ainda além delas, a leste em Shenzhou e Hind. E agora a benevolência do Imperador brilha através da terra, e a justiça substituiu a tirania e o comércio substituiu a guerra. Todos louvam o Imperador e as terras que ele governa, que nunca serão divididas!

— *Contos dos feiticeiros-reis*, Laocantus Aurus Iovit III

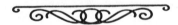

VINTE

Kel passou por um momento de tensão quando voltou aos aposentos que dividia com Conor e viu que o príncipe havia retornado de sua reunião. Estava escuro; os lampiões que Kel deixara acesos estavam quase todos apagados. O fogo na lareira fornecia alguma iluminação, assim como o luar azul que dava um brilho sinistro ao cômodo.

Mas a porta do tepidário estava fechada e Kel ouviu o som de água. Rapidamente, ele foi até o guarda-roupa e se despiu. De mãos trêmulas, devolveu com cuidado a coroa de ouro à sua caixa de veludo. Fechou a porta do guarda-roupa e, quando Conor saiu do tepidário, estava vestido com uma túnica de linho e calças de dormir.

Conor saiu piscando, ainda com as roupas que usara naquele dia, embora sem o casaco forrado de pele. Era óbvio que havia jogado uma água no rosto, e seu cabelo preto estava molhado; sua pesada coroa de ouro, com rubis e tudo, estava pendurada em um dedo.

— Kel — cumprimentou ele.

Não soava surpreso em vê-lo. Soava apenas cansado. Kel não conseguia se lembrar da última vez em que ouvira Conor parecer tão exausto. Ele cruzou o quarto em direção a Kel, mas então desistiu e se jogou em um dos divãs, deixando a cabeça se recostar nas almofadas.

Ele também estava com a aparência abatida, com olheiras, as botas frouxas nos pés, o esmalte azul de suas unhas cutucado até virar um mosaico de rachaduras. Ele não se mexeu, mas seus olhos seguiram Kel enquanto este cruzava o quarto e se sentava diante dele.

Kel se lembrou de um tempo em que as dores e preocupações de Conor podiam ser aliviados com uma viagem até a gigantesca brinquedoteca no Castelo Mitat. Eles haviam construído paredes com blocos, e feito um forte, e ali havia castelguardas de brinquedo e bonecos para servir ao forte de brinquedo. Eles haviam brincado com Falconet, Roverge e Antonetta até que um dia Falconet comentara estar velho demais para esse tipo de tolice, e no dia seguinte tudo desapareceu, substituído por uma sala cheia de elegantes divãs e almofadas de seda.

Antonetta chorara. Kel se lembrava de segurar suas mãos; os outros tinham zombado, mas o pesar dela pelos bonecos desaparecidos — que tinham sido realmente personagens, com suas próprias histórias e nomes — era o pesar dele, um que a tristeza eloquente dela permitia que ele mantivesse escondido.

Só mais tarde ele se perguntou se tinha sido errado deixá-la aguentar a zombaria pelo que ele também sentia. Ele supôs que tinha sido punido por isso: afinal, ela também dissera a ele que era hora de crescer.

— Me perguntei onde você estava — disse Conor —, quando voltei.

Kel hesitou só por um instante. Não tivera a intenção de manter as atividades daquela noite em segredo, mas nesse momento não tinha escolha. *Fui ver Fausten, disfarçado de você, e ele disse que eu vou te trair. Que eu tirarei algo importante de você e você me odiará.*

Talvez Conor risse. Na verdade, era provável que risse, mas ele costumava rir justamente do que mais o incomodava. As palavras de Fausten já corroíam Kel como ácido. O que fariam com Conor — ainda mais agora?

— Eu estava dando uma andada por aí — disse ele. — Não me deixaram entrar na Galeria.

— Bensimon não deixou ninguém entrar na Galeria. Roverge tentou abrir caminho à força, mas Jolivet fez o Esquadrão da Flecha tirá-lo de lá.

— Ele não vai gostar disso — disse Kel.

— Provavelmente não. — Conor não soava como se se importasse muito.

— Con — disse Kel suavemente. — Você comeu? Ou pelo menos bebeu um pouco de água?

— Havia comida, acho — disse Conor, vagamente. — Eles nos trouxeram coisas. Havia muito vinho, embora Senex Domizio deva ter bebido quase tudo. Ele me chamou de um *buxiàrdo fiol d'un can*, o que acho que não teria feito se estivesse sóbrio. Tenho quase certeza que ele me chamou de "filho da puta mentiroso".

— Maldito — xingou Kel entredentes. — Você não mentiu. Você fez um acordo, e o cumpriu. Eles que são os mentirosos…

— Kellian — disse Conor. Ele raramente usava o primeiro nome de Kel; fazia isso agora com algo em seu tom de voz que parecia ser dor. — Eu sei.

— Não há como se livrar disso?

— Não há como se livrar disso. Os sarthianos estão firmes. Concordei em me casar com uma princesa de Aquila chamada Aimada; não há nenhuma cláusula que dissesse que tinha que ser o *primeiro* nome dela. — Conor abriu um sorriso desagradável. — No fim das contas, Anessa ficou insistindo que era uma transação, um casamento entre reinos; nunca houve nenhuma intenção de que fosse uma união de amor. O que importa, então?, ela ficou dizendo. E que se eu aceitar Luisa, teremos a gratidão e a aliança de Sarthe, e que se eu a enviar de volta, teremos guerra.

— Já tem um tempo que eles procuram por um motivo para entrar em guerra — afirmou Kel. — Talvez seja apenas uma desculpa para isso.

— Talvez — disse Conor baixinho. — Não sou um príncipe muito bom de Castellane. Duvido que serei um bom rei também. Mas não posso deliberadamente trazer guerra para a minha cidade. Acho que até eu tenho limites. Ou talvez esteja apenas sendo egoísta. — Ele esfregou a testa, onde a coroa usada o dia inteiro deixara uma marca vermelha. — Se eu tivesse sido mais inteligente, talvez pudesse ter evitado o que aconteceu naquele jantar, com a mulher malgasiana. Mas mesmo assim, Anessa estava lá. Ela viu como nossa casa está longe de estar organizada. — Ele olhou para Kel. — Se quiser saber a minha opinião, aquele foi o momento em que Anessa elaborou esse plano. Ela não queria entregar Aimada a uma casa em caos. Ela é a joia da coroa deles. Mas Luisa… Luisa vale menos para ela.

Kel ficou em silêncio. Não havia nada que pudesse ser dito.

— Suponho que pelo menos tenha uma coisa boa nisso tudo — continuou Conor. — Vai demorar um bom tempo antes que precise se tornar um casamento de verdade. Talvez uns dez anos. — Ele deu um sorriso torto. — Então você não precisa se mudar. Embora eu imagine que se meu pai morrer e você substituir Jolivet, pode pedir por seus próprios aposentos. E uns aposentos bem dignos, imagino.

— Não importo com meus próprios aposentos dignos — disse Kel, rispidamente. Fazia muito tempo desde que ele ouvira Conor soar tão desesperançoso.

Ele pensou de novo em Antonetta, todos aqueles anos antes. Ela não havia chorado por causa dos brinquedos perdidos, pensou ele. Ela havia chorado por todas as mudanças que viriam, e ela não queria mudar.

Ele se levantou e foi se sentar ao lado de Conor, as almofadas afundando sob eles, seus ombros se tocando. Conor hesitou por um momento antes de se apoiar com força sobre ele, deixando Kel aguentar seu peso: o peso de seu cansaço, de seu desespero.

— As Famílias da Concessão ficarão furiosas — disse Kel.

Ele sentiu Conor dar de ombros.

— Que fiquem. Aprenderão a viver com isso. Elas sabem o melhor para elas, no fim das contas.

Kel suspirou.

— Eu ficaria no seu lugar nisso também, se pudesse.

Conor apoiou a cabeça no ombro de Kel. O cabelo dele fez cócegas na lateral do pescoço de Kel; ele era um peso morto, como uma criança adormecida.

— Eu sei — disse ele. — Sei que você ficaria.

As horas da Terceira Vigília haviam chegado quando Mayesh Bensimon retornou ao Sault. Lin, sentada na varanda da frente do avô, observou-o cambalear pelo Kathot, de cabeça baixa, o cabelo branco sob o brilho azul da lua.

Ele ainda não percebera a presença dela, Lin se deu conta. Ele não sabia que alguém o observava. Lin não pôde deixar de se lembrar de uma noite dois anos antes. Era o momento da Terceira Vigília, assim como era agora, e ela e Josit estiveram caminhando ao lado do muro sul, onde fazia divisa com a Ruta Magna e o clamor de Castellane do lado de fora. Os sons da cidade haviam sido carregados pelo ar: os passos apressados e o tráfego de rodas na estrada, os gritos dos vendedores, alguém cantando uma canção embriagada.

Os dois levaram um susto ao ouvir o portão de ferro se abrir — por que estava abrindo, tão tarde da noite? Ficaram ainda mais sobressaltados um momento depois quando Mayesh passou por eles, alto e magro em suas vestes cinzentas de conselheiro. Lin pensou que nunca tinha visto o avô tão exausto. O rosto dele parecia afundar nas linhas duras do luto e da exaustão enquanto o portão se fechava atrás dele com um clamor que se propagou pela noite.

Lin e Josit permaneceram à sombra do muro, relutantes em revelar sua presença a Mayesh. Lin havia se perguntado por que ele estava de luto — o que o havia perturbado tanto no Palácio naquele dia? Ou era apenas o lembrete que não importava o quanto que ele ajudava o Sangue Real na Colina, ainda assim ele precisava voltar e ser trancafiado todas as noites?

Mas ela e Josit não se aproximaram dele, e não perguntaram. O que eles diriam? A verdade é que ele era quase um estranho para eles, de todas as formas que importavam.

Ela não tinha certeza do que pensava agora, no presente. Tinha ido até ali por causa do que acontecera na praça; Ji-An dissera que Mayesh estivera lá, e ela sabia que fora um dia difícil para ele. Ele tinha orgulho de planejar e estar no controle, e isso era algo que estava bem fora de seu controle, e era contrário aos seus planos.

E ele pode ter notícias do príncipe, disse uma vozinha no fundo da mente dela. *De como ele está reagindo. Se ele está bem.*

Ela disse a si mesma com firmeza que essa era uma voz a qual não devia dar ouvidos, e fixou sua atenção em Mayesh, que subira metade dos degraus da própria casa antes de parar. Era óbvio que ele a vira, sentada na cadeira de pau-rosa dele.

— Lin — disse ele. Era quase que uma pergunta.

Ela se levantou.

— Fiquei preocupada com você — afirmou ela.

Mayesh piscou, devagar.

— Pensei que você fosse sua mãe, por um momento — disse ele. — Ela costumava me esperar aqui, quando eu voltava tarde do Palácio.

— Eu imagino que ela também estivesse preocupada.

Mayesh ficou em silêncio por um longo momento. O ar da noite era suave e ergueu o cabelo de Lin por um instante, fazendo-o roçar na sua bochecha. Lin sabia que tinha o cabelo da mãe, aqueles mesmo fios vermelhos que ela puxara da mãe quando criança.

— Entre — disse Mayesh por fim, e passou por ela até a porta da frente.

Fazia anos desde que Lin estivera dentro da casa do avô. Não havia mudado tanto assim, se é que mudara. Era ainda pouco mobiliada. Não havia bagunça. Os livros estavam cuidadosamente organizados nas prateleiras. Uma página emoldurada do *Livro de Makabi* estava pendurada na parede; sempre achara aquilo estranho, já que ela nunca pensara nele como um homem religioso.

Ele se sentou na mesa lisa de madeira e indicou que ela fizesse o mesmo. Ele não acendeu nenhum lampião, mas o luar azul pálido iluminava o aposento o suficiente para ver. Quando ela se sentou, ele disse:

— Vejo que ouviu falar sobre o que aconteceu. Suponho que todos ouviram.

— Bem — disse ela —, todos na cidade. Talvez não todos no Sault, ainda. Ouvi de uma paciente.

— Pensei que isso agradaria a você — disse ele. — Você não gosta dos habitantes de Marivent.

Deve agradar você. O que o príncipe dissera a ela, quando ela vira as feridas dele, tinha a deixado incomodada, e a incomodava agora mais uma vez.

— Eu estava pensando em você — disse ela. — Você é o conselheiro por um motivo. Você se posiciona pelos Ashkar diante do Trono Alado. O Maharam faz o trabalho dele aqui no Sault, então ele é visto e apreciado. Você faz seu trabalho na Colina, então sua mão é invisível. Mas comecei a acreditar que...

— Acreditar no quê? Que eu possa realmente estar fazendo algo de bom para o Sault? Que ao proteger esta cidade, também protejo os Ashkar que nela vivem?

— Hunf — disse ela. — Não preciso elogiá-lo, se você vai se elogiar.

Ele soltou uma risada sem humor.

— Perdoe-me. É possível que eu tenha esquecido de como reconhecer o reconhecimento em si.

— Eles não o apreciam lá, na Colina?

— Sou necessário para eles. Mas não acho que eles pensem muito nisso, da mesma forma que não pensam na água, na luz do sol e nas coisas com as quais não conseguem viver sem.

— Isso te incomoda?

— É como deve ser — disse ele. — Se eles pensassem demais sobre o quanto precisam de mim, poderiam começar a se ressentir. E a refletir: eles se ressentem apenas de mim? Ou de todos os Ashkar? Malgasi nem é o único exemplo, sabe. Não é o único lugar do qual fomos expulsos, depois de acharmos que estávamos seguros. — Ele balançou a cabeça. — Essa é uma conversa sombria demais. Estou decepcionado hoje, sim, e com raiva, mas sobreviverei. Castellane sobreviverá. Uma aliança com Sarthe não é tão ruim assim.

— Então é verdade — afirmou ela. — Eles deram ao príncipe uma garotinha, e agora ele deve se casar com ela?

— Eles não se casarão ainda — revelou ele. — Ela viverá no Pequeno Palácio, receberá aulas lá, e provavelmente encontrará o príncipe só de vez em quando. Depois de uns oito anos, eles se casarão. É estranho, mas a maioria dos casamentos reais é estranho. Afinal, são os países que se casam, não as pessoas.

— Mas você está decepcionado — disse ela. Ela sabia que estava procurando pela resposta de uma pergunta que não fizera, nem podia fazer: *como está o príncipe?* Ele havia se resignado a uma coisa, e agora precisava encarar uma outra.

— Comigo mesmo — disse ele. — Eu deveria ter visto os sinais. O que Conor fez, fez por desespero. Ele estava envergonhado de ter que ir ao Tesouro para pegar o que precisava, então arranjou esse plano mequetrefe com Sarthe... — Ele balançou a cabeça. — Mas não, ele não tem ninguém para aconselhá-lo da maneira adequada. Jolivet o ensina a lutar, e eu tento ensiná-lo a pensar, mas como se aprende a ser rei? Com o rei anterior. E se isso é impossível... — Ele olhou para ela. Lin não conseguia ver o olhar dele com nitidez, apenas o reflexo difuso da lua. — Pensou no que eu sugeri?

— Sobre achar o Sault pequeno demais? — perguntou Lin. Ela pousou os cotovelos na mesa; Chana Dorin teria ficado irritada. — Se isso foi uma sugestão, você terá que ser mais explícito sobre o que quis dizer.

— Não me teste, Lin. A embaixatriz de Sarthe jogou um prato em mim hoje, e sou um velho.

Ela sorriu na escuridão.

— Muito bem. Você está perguntando se eu gostaria de ser Conselheira depois de você. E... — *E sim, eu gostaria, mas ser a Conselheira do rei que o príncipe se tornará, passar o dia inteiro com ele, é uma ideia que deveria me enojar. Se não me enoja, isso não seria então motivo para não fazer isso?*

— Me esforcei muito para ser médica — continuou ela. — Não acho que eu conseguiria desistir disso para ser Conselheira da Casa Aurelian, e não vejo como poderia fazer as duas coisas.

— Eu acho que você poderia — disse ele. — Quando eu digo que você é a melhor médica do Sault, não é apenas porque você teve as notas mais altas nas provas.

Lin não estava ciente de que ele sabia das notas dela. Talvez Chana tivesse contado?

— É porque você se desafia constantemente — disse ele. — Você venceu tantas barreiras criadas para impedir o seu desenvolvimento, e sei por experiência própria, que quando você conquista um desafio, vai querer outro. Terá ânsia por outro.

E Lin percebeu que ele estava certo, mesmo que não inteiramente da forma que pensava. Magia. Era disso que ela tinha ânsia. Trazer luz de volta à pedra de Petrov, sentir aquele pulsar outra vez, aquela onda de poder em seu sangue. *Se eu fosse a Conselheira de Marivent, o que eu não poderia alcançar e descobrir? O livro de Qasmuna, decerto. Outros como ele. Nada é proibido para aqueles com poder suficiente...*

— A Casa Roverge dará uma festa de boas-vindas amanhã à noite — informou Mayesh. — Deveria ser uma recepção para a Princesa Aimada. Planejaram durante as últimas duas semanas, e não têm intenção de cancelar; será simplesmente para a Princesa Luisa agora. Assim como o Palácio ainda planeja as festividades do Dia da Ascensão, só que chamarão de uma celebração da união entre Sarthe e Castellane. Não acho que eles vão nem mudar as decorações.

— Casa Roverge — disse Lin devagar. — Da Concessão da tinta?

— Mayesh assentiu. — Ouvi rumores sobre eles — acrescentou ela, lembrando o que ouvira na Mansão Preta. — Que eles recentemente usaram sua influência para expulsar uma família de comerciantes de tinta de Castellane. Parece que eles se incomodam com o menor sinal de competição. Mas decerto esse não é o espírito das Concessões, é?

Mayesh riu.

— O espírito das Concessões se chama lucro — respondeu ele. — Mas sim, os Roverge são especialmente implacáveis em sua busca por ele. Mesmo os outros nobres não confiam muito neles. Quanto à maneira como lidaram com os Cabrol, foi horrível, e se eu fosse eles, estaria preocupado com a possibilidade de uma vingança.

Lin sentiu como se estivesse prendendo a respiração. Se fosse contar a Mayesh o que sabia... mas não podia; a conversa dela com o Rei dos Ladrões deixara bem evidente. Ela dera a entender a ele que não diria nada sobre o plano de Cabrol, e sabia que, se dissesse, ele veria isso como traição. Além disso, pensar em tentar explicar a Mayesh como sabia disso não era uma perspectiva nada agradável.

No fim das contas, não era assunto dos Ashkar; os Roverge eram *malbushim*, e parece que haviam feito coisas terríveis. Uma parte dela queria deixar o dilema moral aos pés de Mayesh para que ele resolvesse. Mas não seria justo com ele. Quanto menos ele soubesse da coisa toda, melhor.

— Você está preocupado com vingança, *zai*?

Ele balançou a cabeça.

— Isso é coisa para os Roverge se preocuparem. Eu me preocupo com os assuntos da Casa Aurelian, e com o lugar dos Ashkar em Castellane. Essa é toda a minha jurisdição.

Lin sentiu uma pontada de alívio. Não apenas o avô parecia desinteressado na ideia de vingança contra os Roverge, ele parecia realmente não querer saber mais do assunto. Era parte de ser Ashkar, pensou ela: sempre havia algo como uma camada de vidro entre eles e as coisas do mundo exterior.

— Se eles são tão desagradáveis — disse ela, o mais leve que pôde —, precisamos ir à festa deles?

Mayesh deu uma risadinha.

— As festas quase nunca se tratam de quem as oferece — disse ele. — Será uma ocasião modesta, apenas com as Famílias da Concessão e a convidada de honra. Será uma boa oportunidade para você observar todos eles. Imaginar como será trabalhar entre eles. Me acompanhe, e você pode me dar a sua resposta depois.

Uma festa na Colina. Quando criança, Lin havia se ensinado a não querer seguir Mayesh até a Colina, ver o que ele fazia, ser parte da vida e das tarefas dele. Mas ali estava ele, oferecendo o que ela havia dito a si mesma que jamais pediria — e não apenas oferecendo, *perguntando*.

— Mas — protestou Lin, e sabia que estava prestes a aceitar. — Não tenho nada para vestir para uma festa na Colina.

Pela primeira vez naquela noite, o avô dela sorriu.

— Fale com a Mariam — sugeriu ele. — Acho que você vai descobrir que tem sim.

Depois da Ruptura e da destruição de Aram, Judá Makabi foi nomeado Exilado, o líder dos Ashkar exilados, que não tinham mais lar. Ele conduziu os Ashkar para o oeste, onde vagaram no deserto por gerações, e durante esse tempo Makabi permaneceu jovem, e não morreu, pois a bênção da rainha estava sobre ele.

Toda vez que se estabeleciam em um novo lugar, e os habitantes daquele lugar descobriam que eles estavam praticando *gematria*, eles eram expulsos, pois nos dias sombrios depois da Ruptura, a magia foi considerada uma maldição. Os Ashkar começaram a ficar inquietos. "Por que devemos vagar?", questionavam. "Nossa Rainha se foi, e nossa terra também, por que devemos continuar a praticar *gematria*, que nos marca como indesejados?"

— *Livro de Makabi*

VINTE E UM

— Tem certeza disso? — perguntou Kel.
— Certeza de quê? — Conor apoiou um pé calçado de bota na parede da carruagem enquanto ela quase caía em uma vala. A chuva recente tinha deixado as estradas todas esburacadas. Kel teria preferido intensamente que ele e Conor cavalgassem em Asti e Matix pela curta distância até a casa dos Roverge, mas Luisa, ao que parecia, não sabia andar a cavalo. Conor chegar sem ela seria quebra de protocolo, então restara a carruagem. Quando Kel olhou pela janela, viu que a carruagem de laca dos d'Eon os seguia, como um fiel besouro azul.
— Se tenho certeza da minha roupa? Nunca tive tanta certeza na vida.
— Não a roupa — disse Kel. — Apesar de que, agora que você mencionou, é um pouco demais.

Conor sorriu com ferocidade. Ele havia decidido, por motivos que escapavam totalmente a Kel, ir à festa vestido como a encarnação masculina de Turan, o Deus do desejo. (Geralmente retratado usando prateado e dourado, Turan podia aparecer como homem, mulher ou andrógino, dependendo do humor do Deus e do que a situação requeria.) A calça e a sobrecasaca de Conor eram de um tecido dourado pesado, cheios de fios de seda de um prateado contrastante. As pálpebras dele estavam pintadas de prata, e as suas maçãs do rosto reluziam com pó brilhante.

Se alguém olhasse de perto, poderia ver que os punhos e o forro do seu casaco tinham sido bordados com figuras humanas envolvidas no que, falando de maneira delicada, poderia ser chamado de "atos de amor". Fosse lá qual alfaiate tivesse sido encarregado de produzir o bordado, abraçou a tarefa com uma criatividade entusiasmada. Nenhuma posição foi retratada mais de uma vez. (Sorte de Conor, pensou Kel, que a rainha tivesse se recusado a comparecer à festa, alegando estar com dor de cabeça.)

— Não tenho dúvidas quanto a minha roupa — afirmou Conor. — O Hierofante vive reclamando que a família real não honra os Deuses o suficiente. Sem dúvida ficará satisfeito.

Kel pensou no Hierofante eternamente com a expressão séria e riu.

— Você sabe que ele não ficará — disse ele —, mas não foi isso o que eu quis dizer. Só que... pobre Luisa. Duvido muito que ela esteja preparada para os abutres vestidos de seda que habitam a Colina.

— E alguém está preparado? — Conor deu de ombros. — Você foi jogado no meio deles quando tinha dez anos. E se virou.

— Eu não fui apresentado a eles como seu futuro governante — observou Kel —, mas sim como seu primo órfão de Marakand, de quem deviam ter pena. Eles não terão pena de Luisa. — *Eles a odiarão por ser um símbolo da zombaria de Sarthe.*

— Falando em Marakand — disse Conor —, há um ditado que minha mãe sempre me disse. *O chacal que vive na selva de Talishan só pode ser capturado pelos cães de Talishan.* Acho que significa — acrescentou ele — que você não pode derrotar aquilo que não conhece.

— E você não pode ganhar um jogo que não joga — retrucou Kel. — Luisa é jovem demais para jogar os jogos das Famílias da Concessão.

— Mas ela não é jovem demais para ver o tabuleiro sobre o qual os jogos são jogados — complementou Conor. Ele sorriu, os olhos brilhando prateados sob as pálpebras pintadas de prata. — Não vou mudar quem eu sou, ou o que eu faço, por causa de um noivado que não será um casamento nos próximos sete ou oito anos. Se Sarthe insistir que Luisa permaneça em Castellane por todo esse tempo, é melhor eles entenderem o mundo que ela habitará e as pessoas que conhecerá.

— E talvez eles possam ver que será melhor deixá-la viver até o fim da infância em Aquila? — supôs Kel. Era mais uma pergunta do que uma afirmação, mas Conor apenas sorriu e olhou pela janela enquanto a carruagem parava no pátio dos Roverge.

A casa da Concessão da tinta ocupava uma cobiçada posição na Colina, construída no meio da falésia, com vista para a Colina dos Poetas. O Monte Cicatur erguia-se atrás da Academie, sua extensão entremeada por veios brilhantes de Vidro Estilhaçado. O sol se punha enquanto eles desciam das carruagens, deixando o Vidro Estilhaçado da cor de cobre. Para Kel, era como se um raio tivesse atravessado a montanha e ficado congelado ali, um lembrete contundente de uma força que existira no passado.

A casa em si era tão grandiosa quanto era de se esperar, e muito mais ao estilo do antigo império do que de Marivent. Pilares altos apoiavam um telhado arqueado, e uma ampla escadaria de mármore levava às portas da frente. Estátuas dos Deuses enfeitavam a beirada do telhado, olhando para baixo com benevolência — Aigon com sua carruagem marítima, Cerra com sua cesta de trigo, Askolon com as ferramentas de sua forja. Muito tempo antes, houvera uma estátua de Aníbal, senhor do submundo, mas algum Roverge do passado mandou removê-la, considerando-a má sorte. O resultado, pensou Kel, ficara um tanto estranho: doze Deuses podiam ser espaçados de maneira uniforme, mas onze pareciam um tanto desiguais.

O pátio já estava cheio de carruagens, com lacaios ostentando a libré verde-azulada dos Roverge cuidando dos cavalos. Vários deles olharam de um jeito dissimulado para Conor: em parte, Kel pensou, porque ele era quem era, e em parte por causa do esplendor de sua roupa.

Não demorou para que o comboio de Sarthe se juntasse a eles. Sena Anessa e Senex Domizio foram educados, mas sérios, vestindo o azul da sua pátria. Vienne d'Este — taciturna em seu uniforme da Guarda Sombria — parecia tão soturna quanto se estivesse participando de seu próprio funeral, em vez de uma festa. Luisa, perdida em um vestido amplo coberto por renda, camadas e fitas, parecia deliciada pela aparência de Conor de uma maneira que as pessoas que a acompanhavam evidentemente não apreciavam. Ela apontava de Conor para a estátua de Turan no telhado, e mostrou as mãos a ele com ansiedade, mexendo os dedos.

Conor parecia confuso.

— Você pode falar com ele, sabe? — disse Vienne gentilmente. — Ele fala sarthiano.

Luisa sorriu. Enquanto eles seguiam em grupo até as portas da frente, ela explicou que gostava da cor das unhas de Conor, pintadas para remeter a espelhos prateados, e que queria as dela da mesma cor.

— Bem, isso é fácil — respondeu Conor, que nunca negava a alguém a oportunidade de testar novidades relacionadas à moda. — Podemos enviar um esteticista para Castelo Pichon amanhã.

— Isso não seria nada apropriado — afirmou Sena Anessa com frieza, e Luisa franziu o rosto. Antes que a situação piorasse, no entanto, o criado de libré na porta os viu, e rapidamente eles foram colocados em fila para serem anunciados enquanto entravam na casa: Conor primeiro, depois Luisa (com Vienne ao lado), e em seguida Kel e os embaixadores.

Gritos e aplausos deram as boas-vindas à entrada do príncipe, que pararam na mesma hora quando Luisa entrou, agarrada à lateral de Vienne.

— *Ostrega! Xé tanto grando par dentro* — sussurrou ela. Nossa, é um lugar tão grande.

De fato, o primeiro andar da mansão Roverge era um espaço vasto, dominado por uma parede de janelas que davam para um terraço de pedra na cidade. Quase toda mobília havia sido removida, fazendo o espaço parecer ainda maior. O que permanecia era um templo em adoração às tintas: tecidos muito coloridos cobriam divãs macios espalhados pela sala e arrastavam-se das hastes das cortinas. Era evidente que haviam priorizado mais o impacto do que a harmonia. Os tecidos expostos eram uma combinação intensa de cinabre e azul-escuro, mostardas e verdes intensos, tangerinas e violetas. Criados passavam pela sala carregando bandejas de vinho gelado, fazendo parte da mistura de cores — usavam azul índigo, amarelo gamboje, laranja de papoula, vermelho intenso, verde veneno e coral intenso.

Kel podia ouvir Sena Anessa murmurando que seus olhos doíam. Era muito para absorver, pensou Kel, mas também era uma demonstração de poder — um lembrete aos sarthianos presentes que, ao enfrentarem Castellane com esta aliança, enfrentariam também as Famílias da Concessão, cada uma tendo um feudo próprio. A festa podia parecer um desfile, mas a mensagem era explícita: *Lidem com o nosso reino.*

— Sena Anessa? Senex Domizio? — Uma das garotas que servia se aproximava do grupo deles, a cabeça abaixada para mostrar respeito. Ela usava um vestido justo de seda vermelha, do tipo que as mulheres nobres usavam sob as vestes como uma camada entre o tecido caro de seus vestidos e a pele. Os braços e pernas dela estavam expostos, exceto por um par de meias brancas de renda. Se ela estivesse na Ruta Magna, seria presa pelos Vigilantes por nudez pública. — Sieur Roverge pede a honra de uma reunião com vocês.

Os embaixadores trocaram sussurros rápidos em sarthiano. Enquanto o faziam, a garota ergueu o olhar, e Kel percebeu com um soco no estômago que a conhecia. Conhecia-a bem, na verdade.

Era Silla. O cabelo ruivo dela fora trançado ao redor da cabeça, os lábios pintados de carmesim-escuro. Ela piscou para ele antes de se recompor em uma expressão de educação distante.

Conor tocou o ombro no de Kel.

— Olha — disse baixinho. — Roverge deve ter esvaziado o Caravela.

Kel olhou e praguejou em silêncio por sua falta de atenção. Os criados estavam tão pouco vestidos quanto Silla — trajes leves para as mulheres, calça justa e camisa esvoaçante para os homens — e todos eram cortesãos. Ele reconheceu o jovem que estivera prevendo o futuro na última vez em que estiveram no Caravela. A noite em que Kel conheceu o Rei dos Ladrões.

Após a breve conversa, os embaixadores sarthianos se afastaram em silêncio, seguindo Silla pela sala em direção a uma alcova onde Benedict Roverge recebia os convidados, sentado em uma poltrona de brocado violeta. Vienne os observou partir e balançou a cabeça, incrédula.

— Ah, esses *idiotas* — exclamou ela. — Sempre os próprios interesses em primeiro lugar, nunca os de Luisa...

— Ah, olá, *olá* — disse uma voz animada. Antonetta se aproximava deles, e Kel nunca esteve tão aliviado em ver alguém. Ela usava um vestido justo de seda verde-azulada, com um decote ousado nas costas. O cabelo escapava das presilhas com joias que deviam prendê-lo, cachos soltos caindo em suas bochechas e roçando seus ombros nus. Quando ela se abaixou para sorrir para Luisa, Kel viu o brilho de seu medalhão de ouro balançando na corrente. — Você é a querida princesinha? — perguntou ela, em um sarthiano aceitável. — Você está simplesmente adorável.

— Vejo que a mãe de Demoselle Alleyne não escolhe mais as roupas dela — comentou Conor baixinho, enquanto Antonetta entregava um grampo brilhante para Luisa (enquanto Vienne olhava, confusa). — Uma melhora e tanto, devo dizer.

Kel sentiu a pele se retesar. Antonetta se virou na direção dele e de Conor.

— Então — disse ela. — Por que você não me deixa ficar com ela para apresentá-la? Conheço as garotas certas a quem apresentá-la e, sendo honesta, não tenho certeza que você possa dizer o mesmo. — Ela se virou para Vienne. — Garotos — acrescentou ela. — Eles são tão *pouco práticos*.

Vienne parecia espantada, como se a ideia de que lhe pedissem que considerasse o príncipe de Castellane e seu primo "garotos" pudesse ser demais para ela.

— Luisa é um pouco tímida...

— Ah, não se preocupe, ela só precisa sorrir, e se não conseguir fazer isso, todos pensarão que ela é uma intelectual — disse Antonetta, em um tom animado que contrastavam com o cinismo das palavras. — Agora, juro que vi uma bandeja de doces em algum lugar por aqui, com bolinhos deliciosos e outras coisas; tenho certeza que um dos criados pelados tem um. Venha, vamos encontrá-los.

— Interessante — comentou Conor enquanto Antonetta partia, com Luisa segurando sua mão. Vienne seguiu, parecendo mais do que um pouco atordoada. — Me pergunto se Ana vê um pouco de si naquela menina. Ela, também, não terá muito poder de decisão quanto a com quem se casará. Ana pode ser volúvel, mas puxou a mãe o bastante para ser uma força da natureza quando quer.

Agora que Conor já não estava com os sarthianos, os convidados da festa começavam a se aproximar — Cazalet estava à espreita, sem dúvida ansioso por informações sobre quaisquer novos acordos comerciais com Sarthe, e um grupo de jovens mulheres nobres estava próximo, lançando olhares para Conor. Como a princesa de Sarthe se revelara ser uma criança, a posição de amante do Príncipe Herdeiro estava evidentemente aberta por pelo menos durante os próximos oito anos.

Ela não é volúvel. Mas tudo o que Kel disse foi:

— Acho que ela gosta de resgatar pessoas. Pelo menos, costumava gostar. Lembre-se que Antonetta sempre gostava de liderar expedições de busca quando brincávamos de piratas. Ela até salvou Charlon quando o enterramos naquele poço.

— *Foi* uma boa época — disse Conor. — Venha... parece que estamos sendo chamados. E tenho um plano para esta noite.

Eles seguiram na direção de Montfaucon, Joss e Charlon, que estavam sentados em um divã de seda azul centáurea e gesticulavam na direção deles.

— Que plano é esse? — perguntou Kel.

— Quero ficar bêbado a ponto de esquecer quem eu sou.

Eles chegaram ao divã azul. Joss descansava entre os tecidos, enquanto Montfaucon e Charlon se empoleiravam atrás. Joss deslizou — um movimento que fez mexer as almofadas coloridas — para abrir espaço para Conor e Kel.

— Vejo que se livrou da criança — observou Charlon, que usava um terno de listras pretas e amarelas que o fazia parecer uma abelha gigante. Ele falou com cuidado, o que significava que estava um pouco embriagado, mas não bêbado o suficiente para arrastar as palavras.

— Excelente — disse Montfaucon, que não estava nem um pouco bêbado. O olhar dele percorreu a sala com uma curiosidade inquieta; a postura dele dizia: *Estou esperando algo importante acontecer.* — Agora podemos aproveitar.

— Achei que estávamos nos divertindo antes — comentou Joss. Ele pegou uma taça de vinho de uma bandeja carregada por um criado que passava. Abrindo o fecho de seu anel, ele despejou três gotas de sumo de papoula no líquido vermelho-claro e o entregou a Conor. — Beba — disse ele. — Imagino que faz um tempo desde que você esteve... — Ele hesitou como se buscasse a palavra certa — tranquilo.

Conor olhou para seus próprios dedos, com pontas prateadas, segurando a haste da taça. Kel se perguntou se ele estava hesitante, mas parecia que não. Um momento depois, ele engoliu o conteúdo, lambendo uma gota que caiu no polegar.

Charlon havia chamado outro criado. Montfaucon e Falconet pegaram as taças; Joss olhou para Kel, indicando seu próprio anel.

— E você?

Kel recusou as gotas de papoula, tomando apenas o vinho. Uma coisa era beber com Conor (sempre cuidadoso, tomando sempre menos do que ele). Isso era um tipo de camuflagem de proteção; recusar o vinho apenas levantaria perguntas. Mas gotas de papoula faziam o mundo parecer um sonho, como se tudo acontecesse de longe, detrás de uma parede de vidro. Como Portador da Espada, as gotas o inutilizariam.

Conor suspirou e relaxou nas almofadas.

— Você sempre está aqui quando preciso, Falconet.

Joss sorriu. Uma das criadas se aproximou em um vestido justo de seda cor de açafrão com meias índigo. Enquanto ela se inclinava para pegar a taça de vinho da mão estendida de Conor, Kel reconheceu Audeta, a garota cuja janela Conor quebrara no Caravela.

Ela parecia não guardar ressentimentos.

— Rapazes — cumprimentou ela, sorrindo. — Domna Alys dará uma festa no Caravela mais tarde esta noite, até de manhã. Ela pediu que os convidasse. — Ela olhou para Kel. — Silla, em particular, torce para vê-lo lá, Sieur Anjuman — acrescentou ela, e partiu, seus pés calçados em meias não fazendo ruído no piso de mármore.

— E Anjuman conquista, sem precisar de muito esforço — disse Charlon. — Como sempre. — Havia um tom de desagrado na sua voz. Kel deduziu que ele não havia gostado muito do elogio de Conor a Joss também; parecia estar rabugento.

Kel ergueu a taça na direção de Charlon.

— Talvez tenhamos nos esquecido de agradecê-lo, Charlon — disse ele —, pela excelente festividade.

— De fato — murmurou Conor. Ele estava meio afundado entre as almofadas, os olhos pesados. As sementes de papoula o relaxariam, diminuindo a intensidade de todas aquelas cores, fazendo-as se misturarem como tinta na chuva. — Há quem diga que dar uma festa para uma criança repleta de cortesãos seria terrivelmente inapropriado, mas não você. Você planejou à frente, um verdadeiro visionário.

— Obrigado. — Charlon parecia satisfeito.

Montfaucon bufou, e disse:

— Joss, nós...

— Espera. — Falconet ergueu uma mão lânguida. — Quem é *aquela*? Com o conselheiro?

Confuso, Kel viu que Mayesh acabara de entrar, com a mesma aparência de sempre, suas vestes cinzentas e o pesado medalhão. Lin estava ao seu lado.

Kel teve que piscar para ter certeza de que era ela. Lin usava um veludo índigo profundo, em contraste com seu cabelo parecia uma coroa de fogo. O vestido não estava na moda da época, com saias pesadas recortadas para mostrar o material justo e contrastante por baixo. Era tudo do mesmo veludo, salpicado com alguns fios prateados brilhantes, a bainha descendo ao redor de seus tornozelos como ondas. O corpete era bem ajustado, moldando seu corpo esbelto em curvas distintas, a parte superior de seus seios se avolumando no decote. Ela não parecia estar usando joias, mas a falta de adornos apenas parecia acentuar o ângulo delicado da clavícula, a linha do pescoço, a curva da cintura onde alguém poderia apoiar a mão durante uma dança.

Kel ouviu Charlon dizer, em tom de surpresa:

— Essa é a neta de Bensimon? Ela é atraente. Não se parece muito com ele.

— Se com isso você quer dizer que ela não tem uma longa barba grisalha, Charlon, então está observador como sempre — zombou Joss. Ele semicerrou os olhos. — Interessante Bensimon escolher trazê-la aqui, esta noite. É a primeira visita dela à Colina?

— Não — respondeu Conor. Ele havia se sentado e se inclinava à frente, o olhar fixo em Lin. Mayesh a apresentava à Lady Roverge, e ela assentia educadamente. A maioria das mulheres na festa tinha o cabelo preso no alto com grampos brilhantes como os de Antonetta. O de Lin estava solto, descendo pelas costas dela em cachos em um tom vermelho-dourado. — Acho que ela foi a Marivent.

Atento a todas as nuances, Montfaucon olhou de esguelha para o príncipe. Conor ainda olhava para Lin, com uma intensidade suave nos olhos cinzentos. Kel só o vira dessa maneira antes quando odiava alguém, mas ele não tinha motivos para odiar Lin. Ela o curara, cuidara dele e passara a noite sentada ao seu lado. Os três compartilhavam um segredo que só os três sabiam. A última coisa que Kel conseguia se lembrar de Conor ter dito a ele sobre Lin era que estava em dívida com ela.

Antonetta fora até Mayesh com Luisa e Vienne logo atrás. As apresentações pareciam estar em andamento. Luisa sorria de maneira tímida e inquieta; Kel não pôde deixar de pensar que Conor estava errado quando disse que Kel se virara bem com a Colina quando criança. Ele se virara, mas tinha sido um menino das ruas de Castellane, acostumado a mentir, lutar e trapacear para sobreviver. Luisa não tinha nenhuma dessas habilidades.

Lin se abaixou para dizer algo no ouvido de Luisa, a linha de seu corpo graciosa enquanto ela se movia. Joss disse:

— Gostaria de saber se Mayesh pode me apresentar à neta dele.

— Provavelmente não — respondeu Conor, seco. — Ele conhece sua reputação.

Joss riu, despreocupado. Montfaucon comentou:

— Ela jamais dormiria com você, Joss. É contra as leis deles dormir com aqueles que não fazem parte de seu povo.

— A fruta proibida é a mais doce — rebateu Joss, distraidamente.

— Quem está falando de fruta? — perguntou Charlon. — Estou de olho no traseiro dela. E olhar não é proibido.

— Mas pode ser desaconselhável — ponderou Montfaucon. — A não ser que você queira ser morto por Bensimon.

— Ele é um velho — zombou Charlon. — Soube que elas conhecem todo o tipo de truque, as garotas Ashkar — acrescentou ele. — Coisas que nem as do Caravela sabem...

— Chega — exigiu Conor. Estava de olhos entreabertos; se ainda olhava para Lin, Kel não conseguia saber. — Um rostinho novo causa um efeito e tanto em vocês, não é? Há uma centena de garotas por aí que você pode achar mais interessante.

— Diga uma — disse Joss, e quando Conor começou a contar nomes levantando os dedos, Kel se levantou e foi até onde Lin estava com o conselheiro.

Lin viu Kel se levantar e ir em sua direção cruzando o cômodo lotado; quando chegou ao lado dela, Mayesh já havia pedido licença. As pessoas mais jovens, próximas da idade do príncipe, se reuniam ali na sala principal, explicou ele. Aqueles com quem Mayesh desejava falar — diplomatas, comerciantes, representantes de Concessões — estavam em geral nas salas dos fundos, bebendo e apostando dinheiro em jogos de azar.

Lin não reclamou. Não fazia diferença; o avô dela sempre fazia o que queria. Mas ver Kel foi um alívio. Ele sorria — aquele sorriso dele que sempre parecia ter uma pitada de cuidado. Lin suspeitava que tinha algo a ver com sempre desempenhar um papel e nunca poder ser ele mesmo. Cada sorriso tinha que ser pensado e calculado, como uma mercadoria à venda.

— Eu não esperava ver você aqui — disse ele, fazendo uma reverência. Era um belo hábito, ela pensou. Kel parecia bonito e formal em um casaco de veludo verde-escuro, com botões dourados em forma de flores. Verde marakandês, pensou ela, para o primo marakandês do príncipe.

— Meu avô achou que seria uma boa ideia que eu conhecesse um pouco mais sobre aqueles com quem ele passa os dias.

Kel ergueu as sobrancelhas.

— Mas ele não ficou para apresentá-la?

— Não acho que você vai se surpreender — disse Lin — ao descobrir que ele acredita em ensinar crianças a nadar jogando-as na água.

— E essas são de fato águas profundas — comentou Kel. Ela seguiu o olhar dele e viu que Kel observava Antonetta Alleyne, que estava linda em uma criação verde-azulada de Mariam. Ainda estava com a pequena princesa de Sarthe, Luisa, e a guarda-costas dela, a mulher alta e elegante de cabelo castanho. Isso não surpreendia Lin. Mesmo conhecendo Antonetta há pouco tempo ela já aprendera que a garota era alguém que gostava de tomar as rédeas da situação, principalmente quando se tratava de cuidar de pessoas.

— Aquela é a garota com quem o príncipe se casará, então — disse Lin. Não era uma pergunta. Ela já havia sido apresentada a Luisa. Tinha sido estranho dar nome aos bois: o truque de Sarthe, a pequena princesa que ninguém queria. — Pobre criança.

— Espero que haja dó em seu coração — murmurou Kel — para ambos.

Lin olhou para o príncipe, que não havia se mexido desde que ela chegara. Por um instante, ela se perguntou se ele iria cumprimentá-la, mas logo descartou a ideia. Ele estava entre os amigos — um trio cujos nomes Mayesh lhe informara quando entraram na sala. Falconet. Montfaucon. E Roverge.

Roverge. A família dona da casa e da festa; a família que levou os Cabrol a sonharem com vingança. Ela tinha pensado que não se incomodaria de estar naquela casa sabendo que os Roverge enfrentariam a destruição de uma parte da sua frota, mas descobriu que estava inquieta.

E, no entanto, nunca poderia contar — e quem acreditaria nela, mesmo que contasse? Quem era ela? Uma medicazinha do Sault.

Ela não era ninguém. Também não havia razão para o príncipe se dar ao trabalho de falar com ela. Sem querer entregar que estava sequer pensando nisso, Lin olhou para ele apenas de esguelha. Conor se destacava: entre todo o arco-íris de cores intensas, ele usava ouro e prata, tons de metal. Como uma lâmina de aço, pensou ela, exposta entre flores coloridas.

— É difícil ter pena de um príncipe — respondeu Lin, e poderia ter dito mais, que o próprio príncipe havia dito a ela para não sentir pena dele, que em vez disso devia sentir pena da pretendente dele, mas, naquele momento, o amigo ruivo do príncipe, Roverge, o filho da Casa, saiu do divã onde estivera empoleirado e foi em direção ao centro da sala.

Havia ali um biombo, pintado com uma ilustração de garças voando. Conforme o jovem Roverge se aproximava, o biombo deslizou para trás, revelando os músicos que tocavam durante a noite. Ao lado deles havia duas fileiras do que Lin só podia imaginar serem cantores, de mãos juntas. Eles usavam sapatos dourados e o que Lin a princípio pensou ser um tecido liso dourado. Ela percebeu, enquanto a luz do fogo tremeluzia sobre eles, ocultando e revelando, que não era tecido, mas sim tinta. Estavam nus, homens e mulheres, pintados da cabeça aos pés com tinta dourada que imitava, na pele, as dobras da seda.

Um burburinho passou pelo aposento. Os convidados esticaram a cabeça para apreciar melhor o entretenimento. Vienne d'Este puxou a princesinha Luisa para mais perto de si, com a boca numa linha fina de irritação.

Estava tudo silencioso, todos observavam; Charlon Roverge fez um gesto exagerado e os cantores pintados de dourado começaram a cantar.

Era uma melodia baixa e doce. Uma *auba*, uma canção destinada a evocar os amantes que se separam ao amanhecer.

— Bem — disse Kel, em voz baixa —, pelo menos eles cantam bem.

— E alguém teria percebido se não cantassem? — Lin sussurrou de volta.

Kel sorriu de leve, mas replicou:

— Você se surpreenderia. É preciso muito para chocar esse grupo, ou, até mesmo, deixá-los curiosos.

— Entendo — disse Lin. Ela lançou outro olhar para o príncipe, de soslaio. Ele olhava para os cantores, mas realmente sem parecer estar interessado muito. — Isso é... bem triste.

A música terminou. Ouviu-se alguns aplausos. Charlon Roverge observou a sala; ele encarava o pai, Benedict, que parecia observar o entretenimento com uma intensidade peculiar. Ambos tinham uma aparência desagradável, pensou Lin, e lembrou-se de seu avô dizendo que até mesmo os outros nobres da Colina desconfiavam deles.

— Esta noite — anunciou Charlon, alto o suficiente para que sua voz ressoasse nas paredes — anunciamos o início de uma nova aliança. Entre Castellane e sua vizinha mais próxima, a honrada terra de Sarthe.

Os pelinhos da nuca de Kel se arrepiaram. Ele não saberia dizer com exatidão por que, mas não gostou daquilo — não gostou de Charlon fazendo o discurso de boas-vindas, em vez de Benedict. Não gostou do tom da voz dele. As palavras eram educadas — Kel teria apostado as dez mil coroas de Beck que Benedict forçara seu filho a memorizá-las —, mas havia uma expressão no rosto de Charlon que Kel conhecia e não gostava. Um ar de soberba.

— Na verdade — prosseguiu Charlon —, a pressa e a ânsia de Sarthe em cimentar esta união, que nos surpreendeu, devem decerto residir nas muitas vantagens que ambas as terras terão quando nos unirmos em um matrimônio político. Sarthe, por exemplo, terá agora acesso a um porto. E nós...

Ele deixou a voz ecoar. Houve algumas risadas; Kel podia ver os embaixadores sarthianos, a alguma distância, de cara fechada.

— Ele acabou de insinuar que não há vantagem para Castellane neste casamento? — murmurou Lin.

Kel se perguntou por um momento se deveria correr em direção a Charlon e derrubá-lo. Poderia alegar que estava muito bêbado. Teria a simpatia de algumas pessoas; ele duvidava que houvesse alguém na festa que não quisesse bater em Charlon uma hora ou outra.

Mas não interromperia o que estava acontecendo, ele sabia. Conor era o único que podia evitar aquilo, mas ele estava em um silêncio sepulcral, os braços estendidos no divã atrás dele, encarando à sua frente.

— Bem — Charlon sorriu —, *nós* teremos a oportunidade de aprender mais sobre a arte e a cultura de Sarthe. Quem entre nós não admirou a música e a poesia deles?

Ouviu-se um murmúrio de perplexidade. Se a intenção era fazer daquilo um insulto, foi bem fraco. Até Senex Domizio pareceu mais confuso do que ofendido.

— Com isso em mente — continuou Charlon —, por favor, se aproxime, Princesa Luisa d'Eon.

Luisa olhou para Vienne; reconhecera o próprio nome, e percebera de alguma forma que o que estava acontecendo se tratava dela. Vienne disse algo para a menina suavemente, e juntas elas foram até Charlon, no centro da sala. Luisa fez uma reverência, balançando o cabelo cheio de fitas.

— Princesa — disse Charlon, em um sarthiano bem forçado —, um presente para você. — E pegou de dentro do casaco uma caixa fina de ouro. Entregou-a a Luisa, que parecia insegura.

— Todos ouvimos, por exemplo — prosseguiu Charlon, enquanto Luisa se esforçava para abrir a caixa —, que a princesa de Sarthe, Aimada d'Eon, era uma dançarina habilidosa. Embora ela não esteja aqui, fomos garantidos pelos bons embaixadores de Sarthe que a irmã dela, Luisa, é igualmente habilidosa em todos os aspectos que ela. De fato, fomos garantidos de que uma pode ficar no lugar da outra.

— Inferno cinzento — murmurou Kel. Luisa abrira a caixa, e pegara o que havia dentro. Franzindo a testa, ela desenrolou um leque de seda preta com um cabo de laca dourada.

— Acredito que sua irmã tem um assim — disse Charlon, sem se dar ao trabalho de falar sarthiano enquanto olhava para a menina. — Você certamente deve então saber o que fazer. — Ele deu um passo para trás.

— Dance para a sua corte, princesa.

— Ele só pode estar brincando — sussurrou Lin. — Ela é apenas uma menina, e é tímida...

— Ele não está — retrucou Kel, sério, justo quando os músicos começaram a tocar. Enquanto a melodia ficava mais rápida e doce, a sala explodiu com um cântico: *Dance! Dance! Dance!*

Luisa olhou em volta, insegura. Os convidados deviam parecer um borrão para ela, pensou Kel, com casacos e vestidos brilhantes, gestos rápidos e rostos ávidos. Ele viu Antonetta no meio da multidão, com a mão sobre a boca, como se estivesse chocada.

Kel olhou para Conor. Ele não tinha se mexido, apenas Kel podia ver a mão dele fechada em punho ao lado do corpo, e pensou no que havia dito na carruagem: *Se Sarthe insistir que Luisa permaneça em Castellane por todo esse tempo, é melhor eles entenderem o mundo que ela habitará e as pessoas que conhecerá.*

Vienne tentou puxar Luisa para perto, mas Sena Anessa, observando-a do outro lado da sala, balançou a cabeça em advertência. Vienne deixou os braços caírem ao lado do corpo. Kel podia imaginar o que estava passando na cabeça delas. Era apenas uma dança, e tentar intervir apenas destacaria o quanto Luisa era uma criança, como era inadequada para aquela posição e para aquele lugar. E foram eles, afinal, que a colocaram ali.

Luisa começou a dançar. Foi oscilante, estranho: ela girou em círculos, o leque apertado nas mãos. Ela não seguia o ritmo da música, apenas se movia indistintamente, e à luz bruxuleante das chamas na lareira Kel viu o brilho das lágrimas em seu rosto.

Ao seu lado, ele sentiu Lin ficar tensa. Um momento depois, ela avançava pela sala, a saia girando ao seu redor; atravessou a multidão até onde Luisa estava, tremendo, e colocou as mãos nos ombros da garota.

— Já *chega* — disse ela, a voz soando mais alta do que a música. — Isso é ridículo. *Chega.*

A música parou de imediato. O silêncio repentino foi como um choque de água fria; de repente, Lin se sentiu muito exposta, no centro de uma sala cheia de estranhos que a observavam. Onde estava Mayesh? Ela estava procurando por ele desde que Charlon Roverge começara a falar, mas não o vira no meio da multidão.

Com um gritinho, Luisa largou o leque, se afastou de Lin e correu para o lado de sua guarda-costas, Vienne. *Ótimo*, pensou Lin. *Que ela vá para onde se sinta segura.* Ela olhou para Charlon, que a encarava com uma expressão que a fez lembrar de Oren Kandel — o ressentimento carrancudo de um garotinho cujo jogo fora arruinado por uma garota a qual ele antes mal prestara atenção.

Enfim, Lin viu com alívio que Vienne — acompanhada por Kel, que a direcionava — se apressava para tirar Luisa da sala. Fosse lá o que acontecesse a seguir, a garota não seria mais atormentada.

Um assobio zombeteiro interrompeu o silêncio. Lin viu os olhos escuros de Joss Falconet a encarando, achando graça.

— Charlon — disse ele —, parece que a neta do conselheiro acha que tem direito de interferir no entretenimento da noite. Você vai tolerar isso?

Ele deu uma piscadela para Lin, como se dissesse: *É tudo diversão, um jogo, sabe?*

Ela não retribuiu o sorriso. Óbvio que ele achava que os jogos eram divertidos; pessoas como Falconet eram as jogadoras e não os peões no tabuleiro.

Charlon olhou para o pai, como se pedisse por ajuda, mas não parecia que nada viria dali.

— Não — respondeu ele, com a voz rouca. — Eu... — Ele pigarreou. — Neta do conselheiro. Você me tirou o entretenimento da noite. Como sugere que seja substituído?

De repente, Lin estava prestes a gritar com ele. A gritar com todos na sala. Um bando de cães, privados do rato que estavam despedaçando.

— Ficarei no lugar dela — disse Lin. — Eu dançarei.

A multidão se agitou. Ela ouviu alguém rir: Lorde Montfaucon, tinha quase certeza. Ela ficou satisfeita por Kel ter saído da sala. Ele era o único ali que provavelmente tinha simpatia por ela, e Lin achou que aquilo teria sido demais para ela.

— É mesmo? — disse Roverge, e quando ele olhou para ela, Lin viu a zombaria em seu rosto. — O que você sabe sobre dança sarthiana, garota... Ashkar?

— Deixe que ela dance.

As pessoas ficaram paralisadas. O Príncipe Conor ainda se recostava nas almofadas do divã, como se estivesse totalmente relaxado. Na verdade, ele parecia quase sonolento, com os olhos semicerrados. Pó prateado e dourado brilhava em sua pele marrom-clara, onde os ossos angulosos de seu rosto refletiam a luz.

— Deixe que ela dance — repetiu ele. — Será algo para nos divertir, pelo menos.

Lin olhou para ele. Naquele momento, não conseguiu ver nele nada do jovem cujos ferimentos ela tratara e que lhe dissera amargamente: *Dez mil coroas. O valor de um príncipe, ao que parece. Percebo que fui um tolo; não precisa me dizer.*

O rosto dele estava inexpressivo, um muro; seus olhos, estreitas luas crescentes prateadas sob pálpebras prateadas. Ao lado dele, Falconet olhava para Lin com curiosidade e expectativa. O rosto do príncipe não mostrava nem isso.

Charlon deu de ombros, como se dissesse: *Se é o que o príncipe pede.* Ele sinalizou e os músicos atrás do biombo começaram a tocar. A melodia parecia ter mudado para Lin: não era mais tranquila e divertida, era lenta e sombria, com uma nota de intensidade penetrando vez ou outra como um raio de luz perfurando a escuridão de uma rua mal iluminada.

Embora pudessem ser apenas seus nervos à flor da pele, pensou Lin, enquanto Charlon, depois de pegar o leque que Luisa deixara cair, o entregava a ela com uma reverência exagerada. Ele recuou, semicerrando os olhos. Lin sabia que Charlon não estava satisfeito com o que ela fizera. Ela estragara o joguinho dele.

E agora Charlon queria que Lin lhe desse outro. Todos queriam. Os únicos aliados dela — Kel, seu avô — não estavam na sala. Talvez ela pudesse simplesmente fugir. Fugir da Casa Roverge. Não é como se fossem persegui-la com cães.

Mas, se ela fugisse, eles *venceriam*. A Colina, o Palácio, venceriam. E Lin teria conseguido durar apenas algumas horas naquele ar rarefeito antes de ser humilhada e derrotada.

Ela ergueu o queixo. Abriu o leque, a renda preta brilhosa, entrelaçada com fios reluzentes. Só conhecia uma dança. Nunca havia se dado ao trabalho de aprender outra, nunca foi *obrigada* a aprender outra. E ela nunca fora grata nem mesmo por ter aprendido a Dança da Deusa. Não até aquele momento.

Lin deixou a música — diferente da música do Sault — a envolver. Ela começou a se mexer, segurando o leque como, na dança, as garotas do Sault seguravam seus lírios. Ela se virou, o corpo acompanhando os movimentos da dança, a sala como um borrão ao seu redor, desaparecendo. Ela estava em Aram e o local fora invadido. Os exércitos se enfrentaram nas planícies áridas, sob um céu sempre escuro. Relâmpagos atingiam as nuvens. O fim estava muito próximo.

Lin dançou seu terror, sua emoção. Dançou o uivo do vento através das paredes quebradas de seu reino. Dançou o escurecimento da terra, a fraca luz vermelha do sol.

Ele se aproximou, o feiticeiro-rei que já havia sido seu amante. O homem em quem ela confiava mais que todos os outros. Ela o desejava com uma intensidade que parecia superar o fogo, a tempestade. Ela dançava aquela intensidade: seu coração partido, seu desejo, a paixão que ainda sentia.

Então ele implorou para que ela parasse. Ela não deveria ser tola; destruir a magia destruiria a ele, a quem ela amava, e a destruiria também. Ele queria apenas ela, disse o feiticeiro-rei. Esqueceria todo o resto: magia, poder, realeza. Ela seria tudo que ele precisava.

Mas ele não era confiável.

Lin dançou os últimos momentos de Adassa — seu desafio, seu poder, florescendo como uma flor de fogo. Dançou o estremecimento do mundo enquanto a magia o deixava, drenando da terra, das rochas, do mar. Dançou a dor da Deusa ao entrar na escuridão: o mundo foi alterado para sempre, seu amante perdido, seu povo disperso.

E, por último, ela dançou os primeiros raios de sol enquanto eles irrompiam no horizonte a leste. O sol enfim nascendo, depois de meses de escuridão. Ela dançou o início da esperança e a glória do desafio. Ela dançou...

Então a música parou. Lin também, arrastada de volta ao presente. Ela ofegava, totalmente sem fôlego; o suor escorria entre seus seios e ardia seus olhos. Ela estava ciente dos olhares; todos na sala a observavam. Charlon estava boquiaberto.

— *Bem* — disse ele —, isso foi...

— Muito interessante — disse o príncipe. Os braços dele estavam estendidos no encosto do divã; os olhos observavam Lin com um misto de curiosidade e perplexidade. De repente, Lin reparou que seu cabelo estava grudado nas têmporas e na nuca, o vestido, suado, grudando no corpo. — Sempre ouvi dizer que os Ashkar não eram exatamente bons dançarinos, então, considerando isso, foi aceitável.

Um murmúrio correu a multidão; algumas risadas. O príncipe sorria, um sorriso descontraído, e de repente ela o odiou tanto que era como se estivesse de volta na visão, na torre, engasgando por causa da fumaça. O corpo inteiro dela pareceu queimar de ódio pela arrogância, pelo desprezo dele. Pelo fato de que o príncipe, obviamente, a via como uma piada, um brinquedinho.

E Lin odiou isso porque Conor era lindo, amado e perdoado, não importando o que fizesse. Ele sempre seria querido. O mundo inteiro iria querê-lo. Ela sentiu um tremor violento nas mãos, totalmente contrário aos seus instintos de curandeira: pela primeira vez desde que fora uma criança cheia de raiva, ela queria bater, estapear e arranhar. Acabar com o rostinho bonito dele, acabar com seu sorrisinho de lado.

Com um arfar, jogou o leque do outro lada sala, que caiu no chão e deslizou até os pés do príncipe.

— Espero — disse ela, a voz trêmula de fúria — que você tenha sido recompensado por sua falta de entretenimento. Pois, como você diz, não tenho habilidades, e não tenho muito mais do que eu mesma a oferecer.

Ela viu o vislumbre de surpresa no rosto do príncipe, mas já estava se virando para lhe dar as costas. Passando por Charlon Roverge, ela saiu da sala. O avô dela estivera certo. Aquelas pessoas eram monstros. Que seus navios queimassem.

— Lin. *Lin.* Pare.

Era a voz do Príncipe Conor. Ele a seguira, pelos corredores sinuosos da mansão de Roverge. Ela não conseguia acreditar que ele a seguira. Talvez planejasse prendê-la, por atirar o leque preto? Diriam que foi um ataque à realeza.

Ela se virou para encará-lo. Tinha fugido da sala principal sem saber exatamente aonde ia — só havia pensado em *sair, para longe.* Longe das risadas, longe do povo que a vira dançar, longe da expressão no rosto do príncipe.

Mas ele a seguiu. E estava alcançando Lin em uma das salas desertas e interligadas que pareciam ocupar a frente da mansão, cada uma decorada com cores diferentes. Aquela em que estavam era azul e preta, como um hematoma. Uma lâmpada tipo carcel brilhava no alto, sua chama fazendo brilhar os anéis e a coroa dele. Ele parecia se assomar diante ela, mais uma vez fazendo-a recordar quão alto era. De perto, ela viu que o cabelo escuro do príncipe estava despenteado, o kajal preto e prateado ao redor dos olhos borrado em uma sombra luminosa. Os olhos dele eram de uma cor de estanho muito escura. Ele disse, com voz de fúria contida:

— O que você está fazendo aqui, Lin? *Por que você veio?*

Apesar da raiva que sentia, a pergunta a fez recuar.

— Depois de tudo aquilo — disse Lin. — É *isso* que você quer me perguntar? Você sabe que Mayesh é meu avô. Sabe que ele me trouxe...

Ele dispensou o que ela disse, com um movimento curto e forte do braço.

— Você é *médica* — disparou ele. — Você curou Kel. Você me curou. Fiquei *grato.* Mas agora você vem aqui, assim...

Conor olhou para o vestido dela. Lin sentiu como se fosse um toque, a expressão intensa dos olhos dele sobre o decote do vestido, sobre sua clavícula, seu pescoço. Ela sempre pensou no desprezo e na aversão como emoções frias, mas agora pareciam quentes, irradiando do príncipe. Se não estivesse tão furiosa, teria ficado com medo.

— É? — cuspiu ela. — Você quer dizer que eu deveria saber meu lugar. Ficar no Sault, não presumir que poderia ser bem-vinda ou ter permissão de entrar na Colina.

— Você não entende? — Ele a segurou. Lin ficou tensa de imediato, mesmo enquanto os dedos enluvados dele apertavam a sua pele. Ela sabia que ele estava mais do que bêbado. Ele sempre fora impossível de ler, mas naquele instante ela conseguia ver muito no rosto dele. A ânsia ali presente, a avidez por insultá-la, por humilhá-la. — Este lugar — sibilou ele. — A Colina... destrói as coisas. Coisas que são perfeitas como são. Você era sincera. Este lugar transformou você em uma mentirosa.

— Você ousa me chamar de mentirosa? — Ela conseguia ouvir o fogo na própria voz. — Da última vez que o vi, você deu um belo show sobre quão culpado se sentia. Como havia se enfiado nessa situação, como eu devia sentir pena da sua noiva. Pensei que você queria dizer que eu devia sentir pena dela pela situação em que você se enfiou, mas você quis dizer que eu devia sentir pena dela pela maneira como você planejava tratá-la.

— É tocante — retrucou ele em voz baixa — você acreditar que eu tenho *planos*.

Lin estendeu a mão e segurou o pulso dele. Veludo suave, renda macia, o calor da pele sob o tecido. Ela disse:

— Talvez você não tenha planos. Talvez seu único objetivo seja ser um maldito egoísta que trata a futura esposa de maneira abominável.

O aperto dele ficou mais forte.

— O comércio desta cidade é ouro, garota Ashkar. Mas o comércio da Colina é crueldade e sussurros. Se a princesa não aprender comigo e com os meus, aprenderá com tutores piores ainda.

— Então você é cruel por necessidade — disse ela, sarcástica. — Não... é cruel por *gentileza*. E qual é sua desculpa por me humilhar?

— Não tenho desculpa. — Conor estava tão próximo que ela podia sentir o perfume das roupas dele: uma mistura de especiarias e água de rosas. Como doce *loukoum*. — Eu só queria vê-la dançar.

Lin inclinou a cabeça para olhá-lo. Os lábios de Conor estavam levemente manchados de vermelho por causa do vinho. Ela se lembrou de colocar sementes de *morphea* na língua dele, o calor suave da boca dele nos seus dedos.

— Por quê?

— Dançar é abaixar a guarda — respondeu ele, e havia uma aspereza em sua voz que a fez acreditar nele. Conor falava sério; na verdade, ele odiava dizer aquilo. — Pensei que a veria sem essa parede que você construiu ao redor de si, como os muros do Sault. Mas você apenas se afastou ainda mais. Eu só vi o quão pouco você queria de mim — acrescentou ele, e havia um ódio em sua voz que era direcionado totalmente a si mesmo. — Você nunca quis nada de mim desde que nos conhecemos. Você é e tem tudo o que precisa. — Conor abaixou a cabeça; a respiração dele fazendo o cabelo de Lin se mexer. O cheiro de vinho e flores. — Você não me olha como se eu tivesse poder sobre você.

Lin o encarou, pensativa. Como ele poderia achar isso? Poder... ele tinha tudo. Era envolvido nele como uma armadura. Usava-o como seus anéis brilhantes, como a força de seu corpo, o brilho da coroa entre os cachos escuros de seu cabelo.

— E isso faz você me odiar? — sussurrou ela.

— Eu disse para você ficar longe de mim — avisou ele. — Longe de Marivent... Fui contundente sobre não querer você lá... — Conor ergueu uma mão, devagar, quase como se não pudesse acreditar no que estava fazendo. Ele apoiou a mão na bochecha dela, a mão suave, mas com calos na ponta dos dedos. A mão dela ainda segurava seu pulso. Lin conseguia sentir o pulso acelerado dele. Imaginou seu coração, batendo rápido como o dela, fazendo seu sangue correr. — Eu *não queria você* — sussurrou ele com a voz rouca, e a beijou.

Conor a beijou com intensidade, separando os lábios dela com um movimento ágil de língua. Lin se contorceu para longe dele — ou tentou. De alguma forma, ele a havia puxado para si enquanto ela batia nos ombros dele, enfiando as unhas na pele. Ele grunhiu enquanto ela se agarrava a ele, quase rasgando o material de seu casaco, e não era apenas puro ódio que ela sentia, era traição. Ela tinha *gostado* dele, na noite em que ele fora açoitado. Lin estivera de guarda baixa. E então, esta noite, Conor agira *assim*.

A mão direita dele estava no cabelo dela, os dedos enrolados nos fios. Ele a beijou e a beijou, como se pudesse arrancar o fôlego dela para os próprios pulmões. Lin mordeu o lábio inferior dele com força, sentiu o gosto do sangue, do sal em sua língua. Arqueou-se contra ele, com o desejo intenso que de repente era tudo o que ela queria.

A mão livre de Conor acariciou o pescoço dela, os dedos encontrando o início do decote do vestido, onde os seios dela pressionavam o tecido. Ela o ouviu arfar e não estava preparada para o que disparou por seu corpo. Nunca sentira nada assim. Talvez apenas em seus sonhos de fumaça e fogo, onde tudo queimava.

Passos soaram no corredor. Lin sentiu o príncipe paralisar junto a ela, o seu corpo rígido de repente transformado em pedra. Ela sentiu as bochechas queimarem e se afastou dele — pela Deusa, e se fosse Mayesh, procurando por ela? Lin ajeitou o vestido, agitada, mas então os passos no corredor se afastaram.

Ninguém ia entrar na sala.

Ela olhou para Conor.

— Lin — disse ele, e deu um passo na direção dela outra vez.

Lin se retraiu. Não conseguiu evitar. As pernas dela ainda tremiam, o coração batendo como um pássaro em pânico. Ela nunca na vida estivera tão perto de perder o controle. Alguma parte dela, uma parte que não podia questionar nem entender, queria arrastar a mão dele para baixo, até os seus seios, para aquele lugar onde ninguém além dela mesma havia tocado. Ela quisera que ele a tocasse mais, e mais profundamente.

Era absurdo, e perceber que estava tão vulnerável quanto qualquer um às tentações que ela sempre achara tolas e superficiais — beleza, poder, realeza — era mais do que vergonhoso. O que o príncipe dissera era verdade. A Colina destruía as coisas, e esse era o caminho para a destruição.

Conor a vira se retrair, se afastar. Lin não viu o momento em que os olhos dele endureceram, como lascas de diamante. Apenas sentiu a distância na voz dele enquanto dava um passo para trás e dizia, com uma calma fria:

— Aigon. Devo estar mais bêbado do que pensei.

A pontada na barriga dela se aprofundou, uma facada de dor. Lin ergueu o olhar para ele e disse:

— Meu avô me trouxe aqui porque pensou que talvez eu estivesse interessada em ficar com a posição dele um dia. Ele queria que eu soubesse como é estar entre aqueles que chamam a Colina de lar, como é trabalhar com eles. Agora eu sei. Eu sei, e espero jamais voltar.

E Lin saiu pisando duro, sem olhar para trás.

Kel havia levado Vienne e Luisa até uma pequena sala de estar, onde Lady Roverge às vezes recebia visitantes durante o dia. A primeira vez que Kel ficara bêbado fora nessa sala; Charlon havia assaltado o esconderijo de jenever de cereja da mãe dele, e todos eles haviam se revezado em beber até passarem mal. Até mesmo Antonetta.

Eles tinham a mesma idade de Luisa — doze anos. Achavam que eram adultos, mas eram crianças. Kel suspeitava que Luisa não se considerava adulta, e era provavelmente melhor. Era óbvio que ela odiara ser o centro das atenções na reunião, e estava muito feliz ali, encolhida no sofá com Vienne, que lia em voz alta um livro colorido e ilustrado de histórias sobre os Deuses, traduzindo para o sarthiano à medida que lia. Parecendo sentir o olhar de Kel nela, Vienne ergueu o rosto, uma das mãos bagunçando o cabelo de Luisa, e sorriu.

— Você não precisa ficar — disse ela. — Já basta ter nos trazido aqui, para longe de todas aquelas... pessoas. — Revirou os olhos. — Elas já eram ruins o suficiente na corte em Aquila, mas seus nobres aqui são...

Kel sorriu, mesmo que a contragosto.

— Filhos da puta — concluiu ela.

— Eu tomaria cuidado com isso. Eles são bem sensíveis quanto a linhagens aqui — disse Kel.

Ele sabia que devia voltar para as festividades, sabia que devia se juntar a Conor, garantir que ele não bebesse mais o vinho de Falconet com semente de papoula. Sabia que devia checar como estava Lin, embora estivesse confiante de que ela conseguiria lidar com Charlon. Porém, havia algo calmo e agradável naquela saleta, algo que o lembrou dos tempos tranquilos de sua infância, os momentos de descanso entre o estudo e o treinamento quando ele e Conor se deitavam diante da lareira no quarto, vendo as formas de países distantes nas chamas, planejando suas futuras viagens.

— E eles não são em Marakand? — perguntou Vienne. Ela o olhou com curiosidade. — Desculpe. Sei que você é nobre, mas... você parece muito mais comigo do que com eles.

— Ah, posso garantir a você — disse Kel —, sou como eles. Bem, não tão estúpido quanto Charlon, talvez...

Vienne balançou a cabeça.

— Tenho a sensação de que você faz mais do que apenas acompanhar seu primo, o príncipe. Você o protege, cuida dele, assim como faço com Luisa. E mesmo assim você o deixou esta noite para nos ajudar. Então, por isso, sou grata.

Ela tinha razão. Kel *havia* deixado Conor — e pior, nem havia pensado duas vezes. Ele queria proteger Luisa de algo com o qual havia se acostumado tanto, que duvidava que teria sequer reparado semanas antes. Era fácil para ele pensar em Montfaucon e os outros como sendo amigos de Conor — imprudentes, mas inofensivos, o tipo de pessoas que atiram tortas de torres. Mas a imprudência podia ser uma faca, afiada pelo tédio assim como aço pela pedra de amolar, transformando-a em crueldade.

Conor não enxergaria isso. Ele não gostaria de pensar em seus amigos como pessoas cruéis, ou que o que era melhor para Conor não era uma prioridade para eles. Havia poucas pessoas na vida de Conor em que ele podia confiar, e ele os conhecia havia tanto tempo...

— *Aí* está você. — Antonetta aparecera à porta, sorrindo, embora tivesse uma expressão ansiosa no rosto. — Kellian, Sieur Sardou está procurando você.

— Sardou? — Kel ficou confuso; não conseguia se lembrar da última vez que falara diretamente com o lorde da Concessão do vidro.

— Ele parece ter algo a falar com você. — Antonetta deu de ombros, evidentemente tão perplexa quanto ele. — Sinceramente, que festa *mais estranha*.

Kel não tinha como discordar. Oferecendo um aceno de cabeça como despedida para Luisa e Vienne, ele saiu da sala acompanhando Antonetta.

— A menina está bem? — perguntou Antonetta, indo na frente de volta até a festa. Kel conseguia ouvir o ruído aumentando enquanto eles se aproximavam, os barulhos abafados. — Suponho que seja bom que as crianças esqueçam as coisas tão rapidamente. Me pergunto se ela sequer entendeu o que aconteceu. — Ela soltou um murmúrio exasperado, que Kel percebeu ser direcionado a si mesma. — Eu devia ter impedido Charlon...

— Lin impediu — cortou Kel. — Ela está bem, Antonetta.

Os saltos adornados com joias de Antonetta batiam no piso de mármore.

— Ela dançou, sabe?

Kel parou de imediato. Estavam em um amplo corredor que terminava em uma janela de vidro chanfrado, oferecendo uma vista para a cidade.

— *Lin* dançou?

— Ela disse que dançaria no lugar de Luisa, e dançou. Mas não foi exatamente uma dança sarthiana, foi...

— Lin *dançou?* — repetiu Kel.

Antonetta assentiu.

— Preste atenção. Eu falei que sim! Mas não foi uma dança que eu já tenha visto. Foi como... ela estava linda, mas foi um desafio para qualquer um que pensasse que ela era linda. Foi como se a dança dissesse, *Vocês vão querer me tocar, mas perderão a mão se tocarem.* Eu queria saber dançar desse jeito. — Antonetta suspirou. — Provavelmente estou explicando errado. Você parece não acreditar em mim.

— Não é descrença. É surpresa — disse Kel enquanto Antonetta abria a porta e a atravessava com confiança. Ele a seguiu por um estreito corredor de pedra. Mais algumas viradas — a luz diminuindo enquanto os lampiões se tornavam mais escassos — e Kel bateu a canela em algo duro e quadrado.

— Ah, céus — disse Antonetta. — Acho que fiz a gente se perder.

Kel quase riu. Era ridículo. A coisa toda tinha sido ridícula. Estavam em um espaço de teto baixo, cheio de caixas de madeira, algumas das quais tinham listas de embarque, escritas com diligência e pregadas nas caixas. O chão era de pedra úmida, e teias de aranha flutuavam como bandeiras brancas de paz nos cantinhos. Uma única vela fixada na parede oferecia a pouca luz do cômodo.

Ele se apoiou na pilha de caixas. Fosse lá o que havia nelas, devia ser pesado; elas sequer se moveram.

— Talvez não seja tão ruim estarmos perdidos — comentou ele. — Se você não quiser voltar para a festa, não vou culpá-la.

Antonetta se apoiou nas caixas ao lado de Kel. O medalhão dela e o cabelo brilhavam na escuridão.

— Pensei que me incomodaria mais por Conor estar se casando — disse ela, devagar —, mas não sinto nada além de pena daquela pobre garotinha. E o jeito como eles a tratam…

Conor tem os motivos dele para fazer o que faz, pensou Kel. Mas ele descobriu, estranhamente, que não queria pensar em Conor naquele momento. Em vez disso, falou:

— Isso realmente te surpreende? Conhecemos essas pessoas, e como elas são. Elas não terão pena só porque Luisa é uma criança.

Um lampejo surgiu por trás dos olhos dela — algo brilhante e afiado. Se era uma memória, não era boa, mas ela não disse nada a respeito.

— Você foi gentil com ela — prosseguiu Kel. — Mais do que eu teria esperado. E você foi gentil quando levou Lin para mim, depois que fui ferido, embora eu não tenha falado com você sobre isso. Sei que você disfarça sua inteligência, seja de propósito ou não. Mas por que você também disfarça a sua gentileza?

— Gentileza e fraqueza são interligadas, ou pelo menos é assim que é visto — disse ela. — Lembro de muito tempo atrás, quando Joss era gentil. Quando Conor era gentil. Não são mais. É uma defesa tanto quanto é uma dissimulação.

— Conor — disse Kel, devagar. Parecia que ele ia ter que pensar no príncipe, querendo ou não. — Se você não acha que ele é gentil... por que queria se casar com ele?

— Não sei se gentileza é importante quando se trada de príncipes. E como qualquer príncipe que ainda não precisou sofrer muito na vida, ele ainda não entendeu que ser da realeza é a parte fácil. Governar que é difícil.

— Sábias palavras — elogiou Kel. — Mas não é uma resposta. E ser da realeza não é tão fácil assim.

— Você sempre vai defendê-lo — disse Antonetta. — É verdade que eu sempre soube que o casamento dele seria por motivos de interesse, e não por amor. E acho que pensei, *por que não eu, então?* Entenda, casar com ele teria me oferecido algo que eu queria muito.

Kel se preparou.

— E o que é isso?

— A Concessão da seda — revelou ela, surpreendendo-o. Antonetta não o encarava, deixando-o observando a curva de seu pescoço, onde a chama da vela o acariciava. — Você sabe que eu não posso herdá-la da minha mãe. Passará para as mãos do meu marido quando eu me casar. Mas se o meu marido fosse o rei...

— Ele não pode ter uma Concessão — concluiu Kel, se dando conta.

— Sim. O controle continuaria em minhas mãos.

— Esse era o seu plano o tempo todo? Ou da sua mãe? — perguntou Kel, lembrando da festa de tanto tempo antes, quando ela contara a ele que pretendia se casar com o príncipe.

— Minha mãe sempre quis que eu fosse rainha — disse Antonetta. — Imagino que ela ache que seria um tipo de ornamento ao nome Alleyne. Eu quero a Concessão da seda. Nossas vontades simplesmente convergiram.

— Eu não achava que você se interessava tanto por poder — comentou Kel.

Antonetta se virou com tanta rapidez para olhá-lo que o cabelo voou em fios de ouro ao redor do rosto.

— Óbvio que eu me interesso por poder — rebateu ela, ardentemente. — Todo mundo se interessa por poder. O poder nos permite controlar nosso próprio destino, fazer nossas próprias escolhas. E veja que outras escolhas eu tenho, Kellian. São poucas e limitadas. Sinto como se elas estivessem se fechando sobre mim como as paredes de um labirinto. — Ela cutucou o medalhão em seu pescoço. — Essa é a coisa mais fascinante em você — disse ela. — Você não parece querer nada.

— Óbvio que quero coisas. — A voz dele soava rouca aos próprios ouvidos. Kel percebeu que os dois se inclinavam um para o outro. Tão próximos quanto haviam estado todos aqueles anos antes, atrás da estátua no baile de apresentação dela. No momento em que ele percebeu o quanto ela havia se afastado dele.

Mas agora Antonetta se aproximava dele. Deliberadamente. Um passo e mais outro, posicionando a cabeça logo abaixo do queixo dele. Kel sentia o calor do corpo dela, o cheiro intoxicante do seu perfume e da sua pele combinados. Via onde a seda do vestido se agarrava aos seios, à curva e ao formato de sua cintura, evidenciando seus quadris.

Antonetta olhou para ele. Ela parecia nervosa, e parecia ser genuíno, sem nenhuma dissimulação. Antonetta colocou a mão no ombro dele. Foi um toque leve, mas fez o corpo inteiro de Kel esquentar. Por cima do martelar em seus ouvidos, ele a ouviu dizer seu nome, *Kellian*, e sem conseguir evitar, estendeu a mão para tocá-la.

Encontrou a curva da cintura dela. Conseguia sentir a fileira de botões cobertos de seda roçando sua palma enquanto a mantinha ali, a mão descansando logo acima do quadril de Antonetta, como se fosse conduzi-la em uma dança. A seda era exatamente como ele imaginara que seria sob seus dedos, embora não tivesse conseguido imaginar como era o calor dela, aquecido pelo contato com a pele, nem que o desejo, o calor e as curvas dela o fariam sentir uma pressão vinda do fundo da garganta dele, da virilha. Havia uma névoa em frente aos olhos de Kel. Tudo o que conseguia pensar era em puxá-la para perto.

E então Antonetta estremeceu.

— Ana... você está bem? — Kel recolheu a mão, um pouco desajeitado.

— Não é nada — respondeu ela, mas estava com os lábios pálidos. Se havia algo que Kel era capaz de reconhecer bem, era dor.

— Você está ferida — disse Kel, um leve zumbido nos ouvidos. — Antonetta, fale comigo... alguém machucou você...

— Não. *Não*. Não é nada disso.

— Fale comigo — repetiu ele. — Ou vou chamar Lin, para que ela dê uma olhada em você.

Antonetta fez um biquinho da mesma forma que fazia quando era criança e eles se recusavam a deixar que ela fosse a líder do Esquadrão da Flecha e dar ordens a eles.

— Ah, está *bem* — concordou ela, e se virou, como se estivesse tendo uma convulsão. Kel levou um instante para perceber que ela estava abrindo uma fileira de pequenos botões que desciam pela lateral do vestido, logo abaixo do braço até a cintura. — Pronto — disse ela, virando-se para que ele visse o lado exposto através da seda, a curva suave da cintura até os quadris cobertos pelo tecido. Ao longo da sua costela havia um corte curto e feio, uma linha vermelho-escura em contraste com a pele clara.

Kel conhecia a dor. Ele também conhecia ferimentos de espada.

— Esse corte foi feito por uma lâmina — disse ele. — Como?

— Treino com a espada — revelou ela. — Eu costumava adorar os treinos com espada quando era menina... talvez você se lembre, embora não tem problema caso não se lembre. Tive que parar de treinar quando acabou a amizade entre todo mundo e a minha mãe passou a controlar todos os meus passos. Ela disse que ninguém ia querer se casar com uma garota que sabia manejar uma espada. Mas eu sentia falta, e, às vezes, dou uma fugida e treino na cidade. Minha mãe não sabe. Mas quando eu faço, tudo desaparece; a pressão de me casar, de etiqueta, de ser uma Alleyne. Sou só Antonetta, que está aprendendo a lutar.

— Posso tocar você? — perguntou ele.

Ela pareceu surpresa por um instante, assentindo em seguida. Ele tocou o corte levemente com a ponta dos dedos; a pele dela era cálida, mas não quente. Sem febre nem infecção. Apenas uma linha vermelha, uma marca fora de lugar no contexto da seda e da suavidade.

O sangue dele estava se aquecendo de novo. Ele disse a si mesmo para se controlar; ela estava machucada. E mesmo assim a pele de Antonetta era como a seda com qual a família dela construíra um império. Ele não queria parar de tocá-la.

— Fale com sua costureira — disse ele. — Lin é discreta. Ela não vai contar a ninguém. Mas você precisa fazer um curativo. Enquanto isso, lave o corte com mel e água morna. Quando fui ferido...

— Você foi ferido muitas vezes? — perguntou ela, encarando-o com olhos azuis arregalados.

Kel ficou paralisado. Quase cometera um erro, quase esquecera que ela não falava com Kel Saren — que ela falava com Kel Anjuman. Um nobre indolente e de menor importância de Marakand, que vivia da bondade da Casa Aurelian, e não tinha motivos para ter várias cicatrizes.

Anos atrás, Antonetta dissera a ele para fazer alguma coisa com a própria vida. E ele fazia mais do que ela sabia. Ele se ressentira dela por sua dissimulação, por mostrar para o mundo uma fachada. Mas ele próprio jamais admitira que estivera fazendo a mesma coisa. Ele havia se acostumado tanto a mentir que era simplesmente natural. Tudo o que dissera a ela, mesmo quando era a verdade, tinha uma mentira no fundo.

Lady Alleyne estivera certa todos aqueles anos antes, mas não pelos motivos que achava. Não havia futuro para ele com Antonetta. Não havia futuro para ele com ninguém.

Antonetta pareceu ver a mudança na expressão dele. Desviou o olhar, mordendo o lábio, as mãos de repente se agitando com nervosismo.

— Devíamos voltar — disse ela. — Pode me ajudar com o meu vestido?

Ele não queria fazer isso. Era perigoso estar tão perto de Antonetta. Mesmo agora, a ânsia de tomá-la nos braços era imensa; ela seria tão macia e quente ao toque; ele podia pegá-la pelos quadris cobertos de seda, erguê-la para si. Fazer algo com o desejo em seu coração e seu corpo com uma sensação tão poderosa que consumia qualquer pensamento.

Não. Ele não era Charlon; podia se controlar. Podia se comportar como se nada o perturbasse, como se não tivesse nenhuma fraqueza quando se tratava dela. Kel já interpretara papéis mais difíceis.

Ele se virou para a fileira de diminutos botões que requeriam sua atenção e focou em passá-los por suas pequenas casinhas de seda, em vez de focar em Antonetta. Ela ficou parada, apoiando-se nas caixas diante dela; quando Kel ergueu o olhar, viu a etiqueta de uma caixa em um vislumbre branco na penumbra.

Antonetta olhou para ele por cima do ombro.

— Tudo bem?

— Sim. — Enquanto ele se endireitava, ajeitou o cabelo despenteado de Antonetta nos ombros, a mão roçando no fecho da corrente de ouro na nunca dela. — Você acha...

— O quê? — Ela se virou, uma pergunta expressa em seu rosto. O estômago dele revirou de desejo e culpa.

— Eu devia falar com Conor — disse ele. — Até mesmo Mayesh. Ver se há um jeito de proteger sua Concessão para que você possa ficar com ela, mesmo que não se case.

Ela sorriu para ele, iluminando a escuridão.

— Isso não é necessário. Ainda tenho algumas cartas na manga. — Antonetta olhou ao redor. — Percebi que... já sei onde estamos. Venha.

Ele a seguiu. Corredores serpenteantes os levaram de volta à festa, onde se depararam com uma visão peculiar. A sala, com seus divãs e cortinas fluidas, estava quase vazia: as portas do terraço tinham sido abertas e os convidados estavam do lado de fora, reunidos junto aos corrimões de pedra.

— Preciso encontrar Conor — disse Kel.

— Sardou pode esperar — concordou Antonetta, e Kel se misturou à multidão.

O ar da noite era fresco, os aromas misturados de diferentes perfumes — almíscar e flores, o toque do zimbro — colidindo em uma guerra de cheiros. Ao se aproximar da beirada do terraço, Kel viu o motivo de os convidados estarem ali. Lá embaixo, no sopé da Colina, uma multidão se reunia. Ele mal conseguia vê-los à luz das tochas, mas reconheceu seus estandartes improvisados, o leão de Castellane atacando a águia de Sarthe.

As vozes aumentaram, fracas àquela distância, mas ainda discernível, como um trovão nas montanhas.

— *Morte a Sarthe! Antes sangue do que uma aliança com Sarthe!*

Mas Kel não conseguia se concentrar em Sarthe, ou em questões de alianças complicadas entre países. Na sala com Antonetta, ele reparara na etiqueta de uma das caixas dos Roverge. *Vinho do Macaco Cantante*. Ele não havia esquecido daquele nome incomum. A mesma marca de vinho, o mesmo tipo de caixas que Prosper Beck tinha em seu escritório.

Os Roverge poderiam ter alguma ligação com Beck? Seria Benedict seu patrono? Era um indício fraco, mas suficiente para incentivar Kel a tomar a sua próxima atitude.

Ele abriu a mão esquerda e olhou para o medalhão de ouro na palma da mão. Antonetta nem sentira quando ele o tirara do pescoço dela. A mesma sensação de culpa voltou quando ele olhou para o medalhão. Era isso que Beck exigira dele, era por isso que ele sacrificara o pouco que restava de seu senso de honra. De repente, ele se sentiu mal com a ideia de entregá-lo a Beck sem saber o que havia dentro. Ele sabia o que Beck lhe contara, mas não tinha motivos para acreditar que fosse verdade; e se ali houvesse algo que pudesse de fato prejudicar Antonetta ou a reputação dela?

Sem pensar mais, ele o abriu. E encarou. Não havia nada dentro, apenas uma moldura em miniatura vazia onde uma pequena pintura ou ilustração poderia ser colocada. Beck não o teria encarregado dessa tarefa apenas para recuperar um medalhão vazio?

Ainda assim... Para um objeto de ouro, o medalhão estava estranhamente leve em sua mão. Ele pensou no fundo falso do armário de Conor, onde as sementes de papoula estavam escondidas, e pressionou com força o polegar na moldura dourada.

Com um clique, a moldura deslizou para o lado, revelando um espaço vazio. Dentro havia um círculo feito de algum tipo de barbante escuro e áspero, com bordas desfiadas...

O coração dele pareceu parar no peito. Era um anel. Um anel feito de grama, a grama que crescia no Jardim Noturno. Era o presente que ele dera a Antonetta tantos anos atrás, antes de a mãe dela o advertir para ficar longe da filha. Antes que ela tivesse mudado.

Ele fechou o medalhão, a cabeça zumbindo. Alguém se aproximava por trás dele; Kel se virou, tentando mudar a expressão de choque no rosto para uma que indicasse apenas um sentimento de leve curiosidade.

Era Polidor Sardou, vestindo um gibão elegante e tingido de cores vivas.

— Os manifestantes estão apenas dizendo o que todo mundo está pensando — defendeu ele. Parecia pálido, indisposto, os olhos fundos. — O que Sarthe fez foi um insulto. — Ele olhou para além de Kel, na direção dos embaixadores de Sarthe, que estavam com Mayesh. Senex Domizio parecia impassível, mas Sena Anessa estava evidentemente furiosa. — E a Casa Aurelian tolera isso.

— A Casa Aurelian não tem escolha. — Kel viu Conor saindo da casa. Ele sorria, parecendo despreocupado, e não estava sozinho. Com ele estava Silla, o cabelo vermelho intenso como a chama de uma vela. — Você queria falar comigo? — perguntou Kel, guardando o medalhão com cuidado na manga.

— Sim. Sempre existem escolhas — disse Sardou. — Eu ouvi dizer que você foi embora daquela farsa de cerimônia de boas-vindas na praça. Você demonstrou sua lealdade ali.

Kel olhou para Sardou, surpreso. *Você demonstrou sua lealdade.* Lealdade a quem? Nunca lhe ocorreu que descer da plataforma poderia ser interpretada como algo diferente do que realmente fora: um desejo de ir até Conor. Mas estava nítido que alguns entenderam como uma expressão de indignação.

— Se você quiser conversar — começou Sardou — sobre *opções* em potencial... pressão que poderia ser exercida, talvez, em certos lugares, onde este *casamento* — ele enfatizou a palavra com desgosto — poderia ser desencorajado...

Kel não pôde deixar de pensar em Fausten.

— Há aqueles que gostariam de ver a Casa Aurelian destruída — disse em voz baixa.

Sardou se retraiu.

— *Destruir* a Casa Aurelian? Não tenho esse objetivo. Meu desejo é fortalecê-la onde existem falhas.

Kel olhou para ele na escuridão que trazia sombras em movimento. Ele sabia que deveria ficar, pressionar Sardou, tentar descobrir mais. Mas sentiu uma súbita repulsa por tudo — pelo Rei dos Ladrões, por Prosper Beck, pelas mentiras que contara a Conor, pelo que acabara de fazer com Antonetta. Por até mesmo ter olhado dentro do medalhão.

Antonetta usava o medalhão desde criança; poderia muito bem ter colocado o anel dentro dele anos antes e se esquecido do assunto. Mas isso não mudava o fato de que Kel era provavelmente a última pessoa que ela gostaria que soubesse que o anel estava ali. Ele não conseguia se livrar da sensação de ter violado mais do que a confiança dela. E havia

Prosper Beck. Por que diabos o senhor do crime se importaria com o resquício de uma paixão antiga?

Mas é antiga?, sussurrou uma voz no fundo da mente dele. *Seu coração não bateu mais forte quando você viu o anel escondido? Para você, não significa algo ela tê-lo guardado durante todos esses anos?*

Kel tinha muita prática em ignorar aquela voz, aquela que desejava que ele soubesse sobre si mesmo mais do que era prático ou sábio. Ele afastou o pensamento, concentrando-se em Sardou.

— Me lembrarei do que você disse — afirmou Kel, com cuidado — como as palavras de um homem leal e que deseja proteger o príncipe e seu rei.

— Certamente.

Kel deu um passo para trás.

— Mas preciso ir. Conor deve estar me procurando.

O sorriso de Sardou ficou afiado.

— Decerto que sim.

Kel sentiu o olhar de Sardou em si enquanto deixava o terraço e voltava para a mansão, onde encontrou Antonetta conversando com um dos cortesãos vestidos em roupas chamativas. Ela se virou para sorrir conforme ele se aproximava.

— Tudo bem? — perguntou.

— Sim, apenas estenda sua mão — pediu ele, e quando ela o fez, colocou o medalhão gentilmente na palma dela. — Você deixou cair.

— Ah, que adorável! — exclamou o cortesão, olhando de perto. — O que você guarda aí dentro?

Kel sentiu o estômago revirar enquanto Antonetta abria o medalhão.

— Ora, nada. É uma bijuteria bonita, mas não deixo nada dentro. Só gosto que as pessoas achem que tenho segredos.

Lin sonhou novamente com a torre naquela noite. Dessa vez, não teve que esperar a chegada de Suleman; ele já estava lá, parado na beira da torre, as nuvens pretas e vermelhas de tempestade se acumulando atrás dele. Quando Suleman se aproximou, ela viu o brilho cintilante de sua Pedra-Fonte no punho da espada embainhada na lateral de seu corpo.

Ele estendeu os braços para ela e, pela primeira vez, ela deixou que ele a puxasse para perto. Para baixo, de modo que ambos ficassem deitados no topo de pedra áspera da torre que tremia. Quando ela o puxou para cima de si, sentiu-se aliviada. Ela o desejara tanto — amara-o, e o amor não desaparecia quando o ódio florescia. Em vez disso, o ódio dela parecia alimentar sua paixão, como se ela regasse uma planta monstruosa com água venenosa.

Apressada, ela abriu a frente do vestido, expondo a pele para o céu trovejante. Ele beijou seus seios nus e ela se arqueou contra ele. A boca de Suleman era quente em sua pele, a única coisa quente em um mundo de chamas distantes e vento gelado. Ela agarrou-se a ele, puxando-o para mais perto, mais perto ainda, descendo a mão para agarrar o punho da espada dele. Ela a puxou com um único movimento, cravando-o nas costas dele enquanto suas pernas o envolviam. E quando Suleman arfou, ela não sabia se era de prazer ou de dor, apenas que o sangue dele era quente enquanto escorria por sua pele nua, queimando em um tom escarlate como o olho da tempestade…

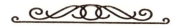

Depois de gerações, o povo de Aram encontrou um local tranquilo. Começaram a construir, e a criar os filhos, até o que rei da terra vizinha soube que eram praticantes de magia, e veio até eles diante de um exército e disse:

— Se jurarem lealdade a mim, e usarem sua magia em meu favor, não acabarei com vocês.

E o mais jovem dos Ashkar disse:

— Vale a pena fazer isso por paz.

Mas Judá Makabi se lembrou da rainha deles, e se lembrou, também, do que acontecera quando os reis usaram seu povo como ferramentas para praticar magia. E com tristeza ele se afastou do acampamento, e entrou em uma caverna nas montanhas. E gritou para sua Rainha Adassa falecida havia muito tempo, dizendo: *Sempre tivemos fé em você, Ó rainha, sempre fomos seu povo. Morremos em seu nome ou juramos lealdade a outro?*

Foi então que Adassa apareceu para Makabi em uma visão.

— *Livro de Makabi*

VINTE E DOIS

A luz do sol despertou Kel, atravessando o vidro da janela e, ao que parecia, atingindo diretamente seus olhos. Ele rolou na cama, estremecendo. Parecia que, apesar de ter se controlado, ele havia conseguido beber álcool suficiente na noite anterior para ficar de ressaca.

Ele se sentou, os lençóis enrolados na cintura. Adivinhou, pelo ângulo da luz do sol, que era quase meio-dia. Olhou para a cama de Conor, mas as cortinas estavam cerradas. Se Kel estava de ressaca, a de Conor provavelmente era duas vezes pior.

Depois que Antonetta mostrara o seu colar vazio, Falconet aparecera e levara Kel embora, alegando que ele precisava acompanhar Joss até a sala de estar, onde Charlon havia tirado a roupa e estava permitindo que uma das cortesãs o pintasse de dourado; o grupinho que se reunira para assistir apostava em que momento Charlon ficaria inconsciente por causa dos vapores da tinta. Conor estava lá, com um sorriso brilhante e afiado; ele havia colocado vinho azul na mão de Kel, que se lembrava pouco do que acontecera depois disso.

Ele encarou o teto. Como uma cócega no fundo da garganta ou uma dor de dente, o medalhão de Antonetta era um incômodo que não conseguia ignorar, assim como não conseguia ignorar o latejar em sua cabeça. O anel de grama dentro — por que ela o guardou e o manteve tão perto de si? Seria um sinal de que ela sentia tanta falta da amizade deles quanto Kel? Uma lembrança agradável de outrora? Será que ela havia colocado o anel lá anos antes e se esquecido dele?

Ou era algo mais? Kel tornou a pensar no que Lin havia dito. *Antonetta gosta de você*. E então, *Antonetta não me conhece. Não quem realmente sou*.

E então havia a questão do Prosper Beck.

Por que Beck o mandou pegar — correndo certo risco — um medalhão vazio, exceto por um círculo de grama seca? Beck ao menos sabia sobre o fundo falso do anel ou a história toda tinha sido algum tipo de teste? Alguém já tivera acesso antes e pegara o conteúdo? Mas ficara evidente que Antonetta esperava que o medalhão estivesse vazio. Ela mesma havia removido o conteúdo? Se Kel aprendera algo durante aquelas semanas tão estranhas, foi a não subestimar Antonetta como ela parecia desejar ser subestimada.

Kel saiu da cama; afinal, só havia uma pessoa que poderia desatar esse nó. E ele poderia explicar qualquer ausência de Marivent como tendo precisado dar um passeio para organizar as ideias. Talvez ele parasse na cozinha e pedisse a Dom Valon uma porção de seu remédio para ressaca antes de seguir para Castellane. Talvez pedisse uma dose extra de vinagre branco. Depois da noite anterior, Kel sentiu como se precisasse de uma desintoxicação, por dentro e por fora.

Ele vestia uma calça de linho quando ouviu um farfalhar atrás das pesadas cortinas de veludo que bloqueavam a cama de Conor. Uma mão pálida abriu as cortinas e uma perna distintamente feminina a seguiu.

Então Conor estava com uma garota na cama. Não seria nem de longe a primeira vez. Kel procurou uma camisa enquanto uma figura esguia, vestida de branco, deslizava entre as cortinas, fechando-as com cuidado atrás de si. Ela respirou fundo e balançou a cabeça, fazendo o cabelo ruivo-escuro cair sobre os ombros e, por um momento, o coração de Kel parou.

Lin?

Ele deve ter feito barulho, pois ela teve um sobressalto e se virou. Quando o viu, sorriu.

— Ah — disse ela. Estava enrolada em um lençol branco que ia até os pés. — Que interessante nos encontrarmos aqui. — Ela percorreu o olhar pelo corpo dele com um sorriso; ele ainda estava sem camisa. — Aprecio a sua escolha de vestimenta, Kel.

— Silla — murmurou ele. Sentiu um misto de alívio e surpresa, e uma irritação consigo mesmo: como ele podia ter *pensado* que seria Lin? Ela deixara evidente várias vezes que não gostava muito de Conor. — O que você está fazendo?

— Achei que seria óbvio. Estou procurando as minhas roupas.

Kel apontou. O vestido vermelho que ela estivera usando na noite anterior estava jogado em uma cadeira ao lado da cama de Conor.

— Ora, obrigada, *Sieur* Anjuman. — Aparentemente decidindo que não fazia mais diferença, já que era apenas Kel que estava ali, ela largou o lençol, saindo do tecido branco como uma sereia vinda da espuma do mar. Kel corou um pouco, não porque ela estava nua, mas porque o corpo dela era tão *familiar*. Ele aprendera o corpo dela tal qual alguém aprende uma partitura, seus ritmos e suas inflexões, as vibrações das notas baixas, o trinado afiado do alto alcance.

Silla colocou o vestido vermelho e começou a ajeitar as rendas na frente. Ela espiou Kel de olhos semicerrados.

— Você não se *importa*, não é? — perguntou ela. — Faz tanto tempo que não o vejo. Presumi que... e ele *é* o Príncipe Herdeiro.

Em algum lugar à distância, fora do quarto, Kel ouviu o som de risos. Uma criança brincando. Ele pressionou os dedos nos olhos como se pudesse impedir que a dor de cabeça viesse à tona.

— Não me importo — disse ele. — Ele a tratou bem o suficiente, presumo?

Ela calçou as sandálias de cetim vermelho e se aproximou dele.

— Perfeitamente bem — respondeu ela, e beijou a bochecha dele. — Mas obrigada por se preocupar comigo. — Ela inclinou a cabeça. — Agora, há uma... maneira discreta de sair daqui?

Kel procurou por uma camisa enquanto a instruía a chegar no Caminho do Mar, e dizia a ela o que falar para Manish no portão. Ela desapareceu em um giro de cabelo ruivo e cetim mais vermelho ainda. Ele não sabia por que passou pela sua cabeça que poderia ser Lin, que era alta, enquanto Silla era baixa; o cabelo de Lin era ruivo-escuro, com mechas mais claras de cobre, enquanto o de Silla era intenso como tinta escarlate.

Mas Lin estivera lá na noite anterior e Kel ficara com a sensação de ter algo a mais no jeito como Conor olhava para ela — mas poderia ter sido apenas raiva. Conor andava muito infeliz nos últimos tempos. Infeliz o suficiente para que Kel não ficasse com raiva dele por causa de Silla.

E, de fato, pensou Kel, depois de localizar as botas e a camisa e passar os dedos pelo cabelo para domá-lo, Silla era uma pessoa livre. Ele não pagara para reservá-la apenas para si. Ainda assim, Conor sabia... Ele *sabia*...

Embora Kel não conseguisse definir exatamente o que ele sabia.

O som das risadas se tornou mais alto enquanto Kel descia as escadas e entrava no pátio. Ele o encontrou vazio, exceto por Vienne e Luisa, que escalava às pressas uma das paredes como se fosse uma Rastejante. Vienne estava embaixo dela, com os braços estendidos, usando seu uniforme da Guarda Sombria — e parecendo muito mais confortável do que estivera na noite anterior.

— *E si te scavalca 'l muro, alora, cosa fatu, insemenia?* — Vienne disse em sarthiano. E se você pular o muro, o que acontecerá, sua garota tola?

Luisa viu Kel. Assustada, ela perdeu o controle e caiu da parede; Vienne a segurou enquanto a menina caía na gargalhada. Kel temia que Luisa fosse ter ficado perturbada por causa do que acontecera na noite anterior, mas ela parecia ter se recuperado. Ela riu enquanto Vienne a colocava de pé, depois correu até Kel e começou a tagarelar em sarthiano tão rápido que ele mal conseguia acompanhar.

— Ela está feliz em vê-lo — traduziu Vienne, seca — e quer que você saiba que há um tabuleiro de Castelos nos aposentos dela, caso queira jogar.

— *Me piasarìa zogar, 'na s'cianta* — respondeu Kel, e teria dito mais, mas Vienne, não bruscamente, mas com firmeza, disse:

— Luisa, *cara*, vá colher flores para o *prìnçipe marakandi*.

Luisa saiu saltitando para arrancar os botões de um arbusto de calêndula. Era um dia fresco, para Castellane, com um vento vindo do oceano que balançou as pétalas das flores.

— Você é a nova pessoa favorita dela — contou Vienne. O sol reluzia no cabelo castanho dela. Kel estava consciente das armas que ela carregava: uma espada curta na lateral do corpo, e quase certamente adagas nas botas. — Não se preocupe; a posição vem com poucas responsabilidades.

— Ah — disse Kel. — Bem, Conor vai reconquistá-la. Ele sempre reconquista.

— Não faz realmente diferença, não é? — disse Vienne. — Quer ela goste dele ou não, o casamento irá para a frente.

— Suponho que sim. — Kel sentiu que a cabeça ia rachar sob o sol quente. — Mesmo assim, eu queria me desculpar. Com você, com ela. O jeito de Conor ontem à noite... Ele não costuma ser assim.

— *Verità?* — murmurou ela. — Sabe, como guarda-costas, sou treinada para observar as pessoas. As reações delas.

Sei muito bem como é. Mas Kel manteve a expressão ingênua, a voz neutra.

— E noite passada alguém agiu de forma estranha?

— Ninguém agiu de forma estranha — respondeu Vienne. — Ninguém pareceu surpreso com o comportamento do seu príncipe.

— Sério? — disse Kel. — Ele não costuma se vestir como um Deus do amor, nem beber tanto. Está bem — admitiu ele diante da expressão desconfiada dela —, vestir-se como o Deus do amor é exatamente o tipo de coisa que ele gosta de fazer, e é comum que ele beba quando está infeliz.

Vienne balançou a cabeça devagar.

— Você é o primo dele, não é? Então não suponho que vá me responder com sinceridade se eu perguntar uma coisa.

— Farei o meu melhor — ofereceu Kel, com um pé atrás.

— Ele será cruel com ela? — Vienne olhou para Luisa, que estava ocupada amassando tulipas. — Estou falando de realmente cruel, não apenas negligente. Preciso saber para me preparar.

— Não — respondeu Kel, baixinho. — Ele pode ser imprudente e volúvel, mas não é da sua natureza ser cruel.

Vienne assentiu devagar, mas Kel não tinha certeza se ela acreditara nele.

— Ele está com raiva e ressentido da situação. Não é culpa da Princesa Luisa, mas ele está decepcionado. E sente que foi publicamente humilhado. Não é culpa da princesa ser apenas uma criança, mas...

— Mas ela é apenas uma criança — repetiu Vienne, com um leve sorriso no rosto. — Então, na cabeça dela, a princesa acha que isso tudo não passa de um enredo romântico, ou uma aventura, como o conto de um tecelão de histórias. Mas eu sei que não é verdade.

Ela se virou inquieta para ver sua jovem pupila, que estava distraída lendo a inscrição no relógio do sol.

— Ela não entende tudo o que isso pode tirar dela — disse Vienne, veemente, a voz baixa. — A infância. A liberdade de tomar as próprias decisões na vida, definir o próprio caminho, poder escolher a quem amar, tudo isso. Apaixonar-se, a beleza e o dissabor disso, será algo que ela jamais vai experimentar, e sequer sabe.

— Tirando a infância, essas mesmas coisas serão também tiradas de Conor — lembrou Kel. — E ele *sabe*.

Por um momento, algo passou pelos olhos de Vienne — como se ela o compreendesse, simpatizasse com ele, se não com Conor. Ela poderia não saber que ele era um Portador da Espada, pensou Kel, mas entendia que ambos eram cuidadores, cada um à sua maneira.

— E você? — perguntou Kel. — Imagino que isso também não seja o que você teria escolhido para si. Você é a guarda-costas da princesa, então sua situação é um tipo de exílio. Você acha que, daqui alguns anos, depois que ela... depois que eles se casarem, você poderá voltar para Aquila?

Vienne olhou além dele, semicerrando os olhos por causa do sol.

— Não voltarei para Sarthe a menos que Luisa volte. Não sou apenas a guarda-costas dela; fiz um juramento para protegê-la que durará enquanto ela viver. Onde ela for, eu vou. É a minha vocação. Suponho que isso seja difícil de entender.

— Na verdade não — disse Kel. — Entendo perfeitamente.

Luisa veio correndo até eles, os cachos balançando.

— Vejam, peguei um pássaro, um pássaro lindo! — exclamou em sarthiano. E, de fato, em suas mãos em concha descansava um passarinho vermelho com marcas amarelas nas asas.

— Um sanhaço escarlate — disse Conor. — É considerado como um animal de sorte aqui, já que suas cores são as de Castellane.

Kel ergueu o olhar, surpreso; não havia visto Conor emergir do Castelo Mitat, o que era incomum. Ele costumava estar mais consciente de Conor.

Luisa arfou um pouco, e o sanhaço escarlate voou de suas mãos. Parecia que o encanto dela por Conor não estava tão perdido quanto Kel acreditava. Ele usava um casaco de veludo preto com babados dourados e uma quantidade exagerada de renda nas mangas e colarinho. Ao redor do pescoço havia um medalhão: dois pássaros feitos de ouro, segurando um rubi entre eles.

— *Maravejóxo* — suspirou Luisa. De maneira quase imperceptível, Vienne revirou os olhos.

— Princesa Luisa — cumprimentou Conor, trocando para sarthiano. — Acho que você poderia gostar de ver o jardim da minha mãe. É bem maior que este, e há pavões.

Luisa parecia estar encantada. Vienne ainda olhava para Conor com olhos semicerrados, o que ele escolheu ignorar. Kel podia ver que ele não iria se desculpar pela noite anterior. Conor disse:

— Kellian, você poderia mostrar a Lady Vienne onde encontrar o Jardim da Rainha? Eu mesmo faria isso, mas tenho um compromisso na cidade hoje.

Um compromisso? Kel não estava ciente disso, mas não podia questionar na frente de Vienne, o que era, sem dúvida, a razão pela qual Conor escolheu aquele momento para anunciar seus planos. Kel olhou firme para o príncipe, mas Conor mantinha uma expressão de inocência, com os olhos cinzentos arregalados.

— Benaset irá comigo — anunciou ele para Kel, o que pareceu ser o jeito dele de tranquilizá-lo. E *realmente* o deixava um pouco mais tranquilo; havia um limite de confusão na qual Conor podia entrar com o braço direito de Jolivet o observando. — E acredito que amanhã à noite é o grande banquete? Damos as boas-vindas à nossa princesa no Dia da Ascensão. — Ele se virou para Vienne. — Acredito que Luisa tenha tudo o que precisa?

Luisa, entendendo a palavra *princesa*, e seu próprio nome, sorriu para ele. Vienne disse:

— Você teria que perguntar à dama de companhia dela, mas acredito que esteja bem-preparada, sim. Imagino que o banquete será mais... apropriado... que o evento da noite passada?

O sorriso de Conor não vacilou.

— Ah, de fato — respondeu ele. — Minha mãe está planejando faz semanas, e tudo o que ela faz é bastante apropriado. Não acho, Lady Vienne, que você encontrará nenhuma surpresa na Galeria Brilhante. Ou pelo menos — ele acrescentou por cima do ombro, enquanto deixava o pátio —, é de se esperar que as surpresas que possam haver sejam agradáveis.

— Não estou surpresa que Demoselle Alleyne tenha decidido cuidar da princesinha — disse Mariam. Estava sentada na cama de Lin, enrolada em um xale. Estava pálida, mas suas bochechas estavam coradas; Lin suspeitava que o motivo disso era devido à empolgação com a história de Lin da festa na Casa Roverge. Era por isso que Lin estava contando, apesar de suas reservas. — Ela é bem mais gentil do que a maioria das damas da Colina. Ser costureira tem dessas coisas — acrescentou ela. — Você é invisível para os nobres, e eles esquecem que você está observando o comportamento deles. — Ela se inclinou à frente. — Então, o que aconteceu depois que Roverge exigiu que a garotinha dançasse? O príncipe o impediu?

Lin ficou inquieta. Estava descalça e usava um vestido cinza simples. Quando voltara da festa na noite anterior, ela esfregara até a última gota de maquiagem do rosto e quase arrancara seu lindo vestido índigo na pressa de se livrar dele. Foi para a cama ainda furiosa e sonhou... bem, ela mal conseguia se lembrar do que havia sonhado. Fora uma versão do sonho que agora tinha com frequência, sobre os últimos momentos da Deusa, só que o final fora muito diferente dos outros. Ela sabia que era apenas um sonho, nada mais — a história dos últimos momentos de Adassa era bem conhecida por todos Ashkar —, mas ela acordou tremendo e úmida de suor, a pele tão quente que precisou sentar diante da janela aberta por quase uma hora antes de conseguir se deitar outra vez.

Tudo o que ela queria nesse momento era esquecer a noite toda, mas Mariam estava ávida por detalhes e Lin queria deixá-la feliz.

— Bem, ele não fez isso, para ser sincera — disse ela, e imediatamente se sentiu um pouco culpada; Mariam queria saber apenas das coisas que eram boas, escandalosas, ou as duas. — Mas outra pessoa tomou o lugar para fazer a dança em vez disso, para que a noite pudesse continuar.

— Ah, quem foi? Ah, deixe para lá, não me lembro de metade daqueles jovens nobres mesmo — disse Mariam alegremente. — Enfim, me parece ter sido uma festa totalmente inapropriada para uma menina de doze anos. Quando eu tinha essa idade, tudo o que me interessava era pregar peças nos garotos em Dāsu Kebeth.

Lin riu da memória, mas logo ficou séria.

— A questão é, os nobres castellanos esperavam uma princesa de vinte anos, e simplesmente não se deram ao trabalho de mudar os planos. Suponho que isso seria como aceitar bem demais o que Sarthe fez. Haverá um tipo de banquete de boas-vindas amanhã, a celebração deles do Dia da Ascensão, que vai ser apenas um bando de discursos em uma língua que Luisa não fala. Ela vai ficar muito entediada.

Mariam franziu as sobrancelhas.

— Você vai ao banquete? — Diante da surpresa de Lin, ela acrescentou: — Pensei que Mayesh poderia levar você a mais eventos na Colina...

— Não — afirmou Lin. Ela pensou na viagem silenciosa de carruagem, voltando da casa dos Roverge, Mayesh observando-a com olhos penetrantes, obviamente esperando por algum tipo de reação dela, algum veredicto sobre a festa. Mas ela ficara em silêncio até chegarem ao Sault. Parada à sombra dos portões, ela dissera:

— Eu lhe informarei se achar que há sentido em retornar à Colina.

Ele não fizera perguntas, apenas assentira e a deixara partir.

— Não vou ao banquete, não se preocupe — disse Lin. — É na mesma noite que o Tevath.

— Não tem problema, se você preferir ir à festa.

— Mari — advertiu Lin com severidade. — Prefiro ir ao Festival da Deusa, com você. É o nosso último ano.

— Sinto como se você tivesse entrado em uma história maravilhosa — comentou Mariam, com um sorriso que carregava uma pontada de tristeza. — Uma festa com as Famílias da Concessão. O príncipe em pessoa lá. Em um conto de um tecelão de histórias, você já estaria secretamente noiva dele.

Em vez disso, ele me beijou, depois me jogou para longe e disse que devia estar bêbado, pensou Lin. *Muito romântico.*

— Em um conto de um tecelão de histórias, isso significaria que eu estaria prestes a ser sequestrada por piratas para que ele pudesse me salvar — retrucou Lin, a contragosto. — Mari, o príncipe é dos *malbushim*. Mesmo que ele não fosse o príncipe, não teria como; ele não é como nós. Você já deve ter reparado que nenhuma das garotas nos contos dos tecelões de histórias, mesmo sendo plebeias, são Ashkar.

O tom corado nas bochechas de Mariam ficou mais intenso e Lin de repente se sentiu culpada. Por que dizer a Mariam para enfrentar a realidade quando sonhos e esperanças de algum grande acontecimento eram o que ela tinha para seguir em frente?

— Mari, me desculpe...

Uma batida soou na porta de Lin. As duas trocaram um olhar surpreso.

— Deve ser Mayesh — disse Lin, se levantando; ela caminhou descalça até a porta e a abriu.

Na soleira estava Oren Kandel, com cara de pouquíssimos amigos. Com ele estavam dois castelguardas, de libré vermelha, semicerrando os olhos para protege-los do sol forte. E entre eles estava o Príncipe Conor Aurelian, todo vestido de veludo preto, usando uma coroa de ouro.

Chocada, Lin ficou boquiaberta, mas nenhum som saiu. Ela acabara de ver o príncipe na noite anterior, mas ele estava em seu próprio mundo, à vontade, entre o povo da Colina. Ela pensou na capa de brocado branco e dourado dele e na tinta metálica em suas pálpebras. Ele estava agora vestido de forma mais discreta, mas isso ainda significava muitos anéis brilhantes, tinta dourada nas unhas... e aquela *coroa*. Ele estar ali no Sault, olhando para Lin calmamente dos degraus da frente da casa dela, era como se a realidade tivesse se dobrado ao meio. Ela estava sem entender nada.

— Oren? — sussurrou Lin, quase arrependida; o mundo tinha mesmo virado de cabeça para baixo se ela precisou pedir a Oren Kandel que explicasse o que ela estava vendo com seus próprios olhos.

— O príncipe de Castellane veio vê-la — murmurou Oren.

Isso, pensou Lin, foi a coisa mais inútil que ele poderia ter dito. Atrás dela, ouviu-se um gritinho. Óbvio; Mariam observava da porta do quarto dela.

E não era apenas Mariam. Os vizinhos de Lin começaram a ir até a rua e olhar na direção da casa dela. Mez e Rahel, de mãos dadas, estavam boquiabertos na soleira da porta, e Kuna Malke, com a filhinha equilibrada no quadril, estava na ponta dos pés para ver melhor.

Pela primeira vez, Lin encarou o príncipe. Os olhos dele eram do tom das nuvens, inescrutáveis.

Ela disse:

— Caso esteja em busca de meu avô, o Conselheiro Bensimon, ele não está aqui, milorde.

Antes que o Príncipe Conor pudesse responder, houve um ruído de passos rápidos. Mariam apareceu ao lado de Lin, as bochechas coradas em um tom de vermelho intenso.

— Monseigneur — exclamou ela. — Sou Mariam Duhary, e seria a honra da minha vida costurar uma capa para você...

— Foi você quem fez o vestido de Lin ontem à noite? — O Príncipe Conor falou pela primeira vez. Lin sentiu uma agitação dentro do peito ao ser chamada assim: *Lin*, não *Domna Caster*. Era íntimo; íntimo demais. Ela viu Oren perceber e fechar a cara. — Kel me contou. Da amiga de Lin com a agulha.

O rosto de Mariam se iluminou.

— Lin falou de mim para ele?

— Óbvio que ela falou. Você é muito habilidosa. — Havia uma afeição genuína no tom de voz dele, e, embora Lin soubesse que o príncipe fora treinado para isso, ainda era comovente. — Eu gostaria de falar com Lin a sós. É uma questão de Estado.

Conor conseguiu dizer isso como se estivesse pedindo permissão a Mariam. Ela ficou ainda mais empolgada e assentiu.

— Sim, sim — disse ela, descendo às pressas as escadas da casa de Lin e quase esbarrando em Oren.

— Ficaremos de guarda, Monseigneur — afirmou Benaset. Ele também desceu os degraus, de onde os guardas começaram a fazer com que Oren se afastasse.

Oren parecia ter decidido que o melhor seria fingir que sempre planejara acompanhar Mariam de volta à Casa das Mulheres. Felizmente para ele, Mariam estava de bom humor demais para dispensá-lo.

Rahel e Mez acenavam energicamente para Lin, mas ela não teve a chance de retribuir o gesto, mesmo se quisesse. Assim que Benaset partiu, o príncipe fechou a porta da casa dela atrás de si, mergulhando a sala na penumbra. Lin pensou se deveria fechar as cortinas das janelas, mas não, isso apenas faria com que as línguas falassem ainda mais, e não era como se fosse fácil ver o que se passava dentro da casa dela sem ir direto até lá e pressionar o rosto no vidro da janela.

— Aquele homem que nos guiou até sua casa — observou o príncipe, o olhar percorrendo com languidez a sala de estar dela —, ele tem um cachorro?

— Oren? — Lin queria se abraçar. Ela se sentiu estranhamente exposta, como se o príncipe pudesse vê-la por inteiro: de certa forma, era quase isso. Ali estavam os livros restantes, o vestido amarrotado nas costas de uma cadeira, o prato do café da manhã ainda na mesa. Exposta ao olhar dele, como um cadáver numa mesa de anatomia. — *Cachorro*? Não, por quê?

— Estava me perguntando se o cachorro dele tinha morrido há pouco tempo. Ele parece ser a pessoa mais deprimente que já conheci.

Lin não tinha certeza se deveria se sentar ou ficar de pé. Acabou optando por se recostar na parede. Estava muito consciente de seus pés descalços, da simplicidade de seu vestido, do cabelo solto. Os cachos acobreados caíam até o meio das costas.

— O Oren é assim mesmo, sempre foi. O que você está *fazendo* aqui, Monseigneur?

— Não me chame assim — disse ele, de forma um pouco brusca, e ela inspirou fundo; ia ser como na noite anterior? Ele estaria daquele jeito estranho, meio furioso, imprevisível? — Eu prefiro que você me chame de Conor. Assim como o seu avô faz.

Lin olhou para ele.

— Não posso fazer isso. Não sou da realeza nem da nobreza, seria muito, *íntimo,* muito familiar. E se alguém ouvisse?

— Familiar — repetiu ele, os lábios se curvando ao ouvir a palavra. — Minha presença aqui, Domna Caster, é porque entendo que ontem à noite posso ter deixado você alarmada ao beijá-la. Não me lembro *bem* — ele gesticulou, como se limpasse uma teia de aranha —, mas garanto que não houve significado nem malícia nisso. Beijo muitas pessoas.

Lin corou. Ela não havia mencionado essa parte da noite para Mariam; na verdade, não havia comentado muito sobre o que acontecera — nem o choro de Luisa, nem que ela mesma tinha dançado, nem suas palavras ditas na raiva, nem a fúria do Príncipe Conor quando a seguira para fora da sala. E decerto não comentou o que acontecera depois.

— Espero sinceramente — disse ela — que você não tenha desperdiçado sua manhã real vindo aqui para me contar algo que eu já sabia.

Algo reluziu nos olhos dele. Não era raiva, embora ela pudesse ter esperado isso. Conor estivera com raiva na noite anterior. Era algo mais parecido com uma perplexidade intensa, como se ele estivesse tentando resolver uma equação, e falhando.

— Certo, então — disse ele. — Você tem razão. Não vim aqui apenas para me desculpar por beijar você.

Lin olhou diretamente para Conor. Isso sempre parecia fazer diferença, ela pensou — quando conseguia capturar o olhar dele com o seu, quando conseguia fazê-lo olhar para ela e *enxergá-la*. Lin não achava que muitas pessoas procurassem encarar diretamente o príncipe. O olhar estudado de um membro da realeza poderia revelar qualquer tipo de segredo; poderia perturbar, poderia lembrar a um membro das Famílias da Concessão que, embora fossem quase tão poderosos quanto os Deuses, não eram.

Seus olhares se encontraram e os dois se encaravam. Na penumbra do quarto, os olhos dele pareciam a coisa mais brilhante diante dela, exceto pela coroa, um círculo de fogo. Lin disse:

— Então por que você está aqui, Príncipe Conor?

Ele tirou algo do casaco. Um objeto quadrado, que parecia um pacote marrom caindo aos pedaços.

— Você me chamou de egoísta e maldito ontem à noite — lembrou ele —, mas um egoísta maldito lhe daria isso?

Ele estendeu o objeto para ela. Lin viu que era um livro, com a capa de couro esfarrapada e desgastada. Ao pegá-lo, com a mão um tanto trêmula, ela reconheceu o título, desbotado na lombada: *As Obras de Qasmuna*.

— Ah — arfou. Começou a virar freneticamente as páginas, mesmo que parecessem tão suaves e frágeis sob seu toque. Palavras, tantas palavras, e ilustrações, de pedras que pareciam com a dela, em vários estágios de brilho, e colunas numeradas que poderiam ser instruções...

— Imagino que deveria ter esperado por isso — comentou o príncipe, seco. — Seu avô jamais me agradeceu por nada também.

Lin forçou-se a tirar os olhos do livro, lembrando-se de repente do que Andreyen havia dito: *Há boatos de que outra pessoa busca o livro de Qasmuna. Com muito afinco, fiquei sabendo.*

— Era *você* quem estava procurando isto na cidade?

Lin ainda segurava o livro junto ao peito, como uma garotinha com um novo brinquedo favorito. Viu um sorriso repuxar os cantos da boca dele.

— Revirei Castellane de cabeça para baixo procurando por ele — revelou. — Enfim o desenterrei da coleção de um comerciante que o encontrou no Labirinto. Ele estava prestes a levá-lo para Marakand, onde colecionadores oferecem grandes somas por esse tipo de coisa. Eu o convenci que ele ganharia mais dinheiro vendendo para mim.

— Mas... por que você fez isso? Como você sabia que eu queria...?

— Você comentou. Naquela noite em Marivent.

E havia mesmo, Lin se deu conta. A noite em que ele fora açoitado. Ela lhe contara tudo sobre o livro, o Maharam, o Shulamat...

Só que ela não achava que ele estivesse realmente *ouvindo*. Mas ao que parece estava. Algo quente queimou dentro do peito dela. Gratidão — mas gratidão nunca foi algo confortável para Lin, e dessa vez ela veio acompanhada por pânico.

— Mas o que importa para você — ela disse — que eu estivesse procurando o livro? Não preciso ser paga, já lhe disse isso antes...

Conor não sorria mais.

— Sim — disse ele. — Você recusou o anel que lhe ofereci como recompensa pela cura de Kel. E não aceitou nada por me curar. Mas não significa que eu não esteja em débito com você. E eu odeio estar em dívida.

Ela endireitou a postura, sabendo como sua aparência devia estar ridícula; descalça, com cabelo emaranhado e teimosa.

— Que diferença faz? Você é um príncipe. Pode-se dizer que não tem como você dever nada a alguém como eu.

— Mas você sabe que isso não é verdade. Você me salvou. Salvou meu Portador da Espada. — Conor deu um passo à frente, diminuindo o espaço entre eles. Lin não conseguiria fugir; a mesa estava logo atrás dela. — E enquanto eu estiver em dívida com você, não posso esquecer.

Penso em você, na dívida que tenho com você, e não consigo tirar esses pensamentos da minha cabeça. É como uma febre.

— E agora você deseja que eu o cure de novo — disse Lin devagar. Ele estava tão perto, não tanto quanto na noite anterior, mas ela podia ver os tons mais claros de um branco prateado em seus olhos. — Da febre que eu represento. Da sua dívida comigo.

— É uma doença — sussurrou Conor. Lin sentiu a respiração dele agitar seu cabelo e uma onda de arrepios percorreu sua pele. — Eu preciso dos meus pensamentos de volta. Minha liberdade. Você deveria entender sobre isso, curandeira. — Ele olhou para o livro nas mãos dela. — Todo mundo quer alguma coisa — acrescentou ele. — É a natureza das pessoas. Não tem como você ser tão diferente.

Lin apertou o livro com mais força. Uma parte dela, que não queria dar o que ele queria — que, se ela tivesse que ser honesta, não queria ser uma pessoa comum aos olhos dele — desejava devolver o livro. Mas ela pensou em Mariam, nos olhos brilhantes de Mariam cintilando com a ideia de fazer uma capa para o príncipe, e não foi capaz. Seria absurdo.

Ela colocou o livro de Qasmuna sobre a mesa. Virou-se para olhar para ele.

— Pronto — disse ela. — Aceitei. Isso significa que você pode me esquecer por completo agora?

A respiração dele estava ofegante. Se Conor fosse paciente dela, Lin teria colocado os dedos na pele lisa de seu pescoço, teria pressionado levemente, sentindo o sangue dele pulsar sob a ponta dos dedos. Teria dito: *Respire, respire.*

Mas ele não era paciente dela. Ele era o príncipe de Castellane, e de repente se inclinou para perto dela, colocando os lábios em sua orelha. Ela agarrou a beirada da mesa atrás de si, sentindo uma onda quente invadir sua barriga e suas pernas. A voz dele era rouca em seu ouvido.

— Eu já me esqueci de você.

Lin ficou tensa. Ouviu-o inspirar profundamente e então ele partiu. Ela ficou apoiada na mesa enquanto a porta se fechava atrás dele.

Fechou os olhos. Ouviu a agitação lá fora quando ele saiu de sua casa; era de imaginar que todos que tinham acabado de ouvir que o príncipe de Castellane tinha vindo visitar Lin Caster estavam na rua, querendo matar a curiosidade. Ela se perguntou o que aconteceria se ela lhes contasse que o príncipe tinha vindo apenas para saldar uma dívida. Duvidava que alguém acreditasse.

Kel passou pelo arco de pedra em ruínas e seguiu pela Estrada do Arsenal. Ele nunca estivera antes de dia no Labirinto. Como as flores do Jardim Noturno, ele só despertava depois do pôr do sol.

    A maioria das paisagens melhorava com a luz solar intensa e com o céu azul, mas o Labirinto era uma exceção à regra. A iluminação forte mostrava toda a decadência e os cantos imundos, sem as sombras da noite para torná-los mais suaves. Nobres bêbados voltando para casa depois de uma noite de farra, parando para vomitar nas paredes de lojas abandonadas. As portas das casas de ópio estavam abertas, revelando pisos de madeira lisos onde os viciados se contorciam, a luz da manhã tirando-os dos sonhos e levando-os à consciência dolorosa. Embora os bordéis que ladeavam a estrada ainda estivessem abertos, poucos clientes entravam e saíam. As prostitutas que trabalhavam durante a noite estavam à vontade nas varandas, vestindo túnicas e calcinhas, bebendo *karak* e fumando charutos de Hind enrolados à mão. Barracas de comida instaladas entre as construções serviam tigelas de mingau de arroz shenzano coberto com peixe ou frutas para os marinheiros que faziam fila, carregando as tigelas de metal amassadas que mantinham entre seus pertences; não era raro vê-los lavando-as com diligência nas várias cisternas públicas.

    Kel quase passou direto do seu objetivo: o armazém de janelas escuras aonde Jerrod o levara naquela outra noite.

    Era difícil de acreditar que a fachada rachada escondia um cabaré animado, pelo menos durante a noite. O lugar parecia totalmente silencioso e deserto. Kel sentiu olhares curiosos sobre si quando bateu na porta da frente. Não houve resposta, então ele tentou a maçaneta e descobriu que estava destrancada, mas presa na moldura; a madeira deformava-se com frequência ali, por estar tão perto do mar e do ar úmido. Kel abriu a porta com o ombro e entrou.

    O longo corredor de que ele se lembrava estava quase na penumbra, iluminado apenas por manchas nas janelas onde a tinta preta havia se desgastado. Em silêncio, Kel seguiu para a enorme sala principal. Estava vazia, os lampiões de vidro, quase todos apagados, equilibrados em um chão repleto de mesas viradas e pedaços de móveis quebrados. Fichas de jogo em madrepérola abandonadas reluziam como lantejoulas no piso empoeirado ao redor do ninho de corvo virado de ponta-cabeça.

Kel subiu as escadas correndo, dois degraus por vez. Como esperava, encontrou absolutamente nada. O armazém parecia estar deserto havia anos; a sala onde conhecera Prosper Beck estava totalmente vazia, até mesmo as caixas de Vinho do Macaco Cantante desapareceram.

Ele desceu as escadas, passando a mão pela parede para manter o senso de direção na escuridão. Kel sabia que o Beck mudava seu quartel-general de um lugar para outro com frequência, mas isso era um outro patamar. O local tinha sido saqueado e abandonado por completo. Alguma coisa acontecera.

Kel parou na sala principal, onde uma única almofada de veludo estava no chão, com um rasgo na lateral de onde saíam algumas penas brancas. Ele pensou no medalhão de ouro de Antonetta, reluzindo vazio em sua mão, e uma onda de raiva o percorreu, misturada com uma frustração tão intensa que beirava o desespero.

Colocando o pé calçado com a bota no mastro do cesto do corvo, ele empurrou o mais forte que conseguiu. Quase esperava que balançasse, mas em vez disso caiu tão rápido que Kel teve que dar um pulo para trás para evitar ser atingido, batendo no chão do armazém com uma força que lançou poeira e lascas no ar como uma tempestade de areia.

— Beck! — Kel olhou para cima, para os ganchos vazios pendurados, para as janelas sem luz do segundo andar. — *Onde você está, Prosper Beck, porra?*

— Kel.

Ele se virou. No meio da escadaria estava uma figura conhecida usando roupa de Rastejante. A máscara prateada dele brilhava, assim como as botas. O capuz estava erguido, cobrindo o rosto, mas Kel podia ver a sua testa franzida.

— Jerrod — reconheceu Kel.

— Pensei que eles haviam ensinado a você boas-maneiras no Palácio — comentou Jerrod.

— Não estou interessado em boas maneiras no momento — rebateu Kel. — Quero ver Beck.

Jerrod deu um passo à frente, olhando com interesse para os destroços do ninho do corvo.

— Já não fizemos isso? Beck não deseja vê-lo outra vez. Você não é tão charmoso assim.

— Quero saber por que ele está desperdiçando o meu tempo.

Jerrod se empoleirou em uma mesa virada, balançando as pernas na lateral.

— Não conseguiu pegar o medalhão da garota, não foi?

— Peguei — disse Kel. — Mas estava vazio.

Jerrod olhou para o teto.

— Então você deu uma espiadinha? Beck não vai gostar de saber.

Kel hesitou. Ele poderia mencionar o anel de grama, o fundo falso do medalhão. Mas parecia uma traição a Antonetta, assim como uma informação estratégica que ele ainda não desejava compartilhar. Se Beck não sabia sobre o anel, não havia razão para Kel contar. E se ele sabia, então qual fora o objetivo de tudo aquilo? O que ele buscava?

— Você se importa com a opinião dele. Eu não — informou Kel. — A própria Antonetta o abriu. E desde então não consigo parar de pensar nisso. Por que Beck me enviaria para recuperar um colar vazio para ele? Beck me disse que havia informação dentro, mas não é assim que Antonetta age. Que tipo de informação? Tem algo a ver com a mãe dela... — Kel se interrompeu, impaciente. — E então me dei conta. Beck *quer* me tirar do sério com questionamentos inúteis. Ele quer que eu fique pensando em medalhões e nos Alleyne, para que eu não me concentre em nada mais, nada que ele não queria que eu visse. Tudo isso me fez vir aqui e perguntar: o que ele quer *de verdade*?

Jerrod balançou as pernas como um garotinho sentado na mureta do porto.

— Bem... você não vai descobrir.

— Eu *vou* vê-lo. Você não pode me impedir.

— Fique à vontade para vê-lo, se conseguir encontrá-lo. Porque eu não consigo.

Kel ficou paralisado.

— Como assim?

— Ele partiu. Deixou Castellane.

— Mentira...

— Não é. — Jerrod gesticulou ao redor. — Você pode confirmar com seu amigo Rei dos Ladrões se quiser. Mas tenho certeza de que a essa altura ele já ouviu os boatos. O Labirinto não é mais de Beck, e é provável que Andreyen vá trazer a galera dele para cá em breve.

Kel pensou em Mayesh. *Estranho. Não é comum que alguém abra mão tão fácil de uma posição de poder.*

— Beck estava dando certo aqui — disse Kel. — Por que partir do nada? — Ele semicerrou os olhos. — Por outro lado, ele planejava trair seu patrono, alguém importante na Colina. Esse patrono descobriu que Beck planejava traí-lo?

Jerrod jogou para cima suas mãos cobertas de pó de giz.

— Você está pensando pequeno demais, Anjuman. Não sei quem era o patrono de Beck; algumas informações é melhor não ter. Estive contente com a minha ignorância. Mas de uma coisa eu sei. Está pensando em seu príncipe e na Casa Aurelian, como sempre, enquanto Beck está pensando em toda a Castellane.

— O que ele sabe sobre toda Castellane? O Labirinto não a representa, não mais do que o Palácio.

— Ele sabia o suficiente para deixar uma mensagem a você — revelou Jerrod. — Que, a propósito, é o único motivo de eu ter vindo quando você chamou por Beck. Porque ele sabia que você viria, e me pediu para falar com você quando estivesse aqui. — Ele olhou pensativamente para a palma da mão, como se a mensagem estivesse rabiscada ali. — "Perigo se aproxima da Colina, Anjuman, e Marivent não estará isenta. Você não faz ideia de como as coisas vão ficar ruins. O sangue vai correr lá do alto até as profundezas. A Colina se afogará nele."

Kel sentiu a nuca formigar.

— Realmente é um aviso — disse ele. — Mas Beck não está preocupado com meu bem-estar. Isso poderia ser mais um dos joguinhos dele, não é?

Jerrod sorriu enigmaticamente.

— Algumas pessoas só se convencem vivendo na pele, suponho. Você não precisa escutar o alerta de ninguém, Anjuman. Sinta-se livre para ficar rodando por aí e descobrir sozinho.

— Certo. — Kel foi em direção à porta. A meio caminho, parou e se voltou para o homem; Jerrod ainda estava sentado na mesa virada, a máscara brilhando como uma meia-lua. — Me diz uma coisa. Por que você não me matou? Naquela noite em que seu Rastejante me esfaqueou. Quando percebeu que eu não era Conor. Você não ficou preocupado que eu pudesse trazer problemas a você?

— Você trouxe bastante problemas para mim — retrucou Jerrod. — A resposta é simples. Vi Ji-An no muro. Ela parecia focada em manter você vivo, e eu não queria bater de frente com o Rei dos Ladrões.

Era um motivo decente, mas não convenceu Kel. Tinha alguma coisa na situação toda que não o convencia. De repente, ele disse:

— Você não vai me contar nada de útil, vai?

— Não — confirmou Jerrod, com leveza. — Completei a minha última tarefa para o Beck. Hora de buscar outro trabalho. Talvez eu vá ver se o seu Rei dos Ladrões está se sentindo generoso. Mais um bom Rastejante pode ser útil para a gangue dele.

— Ele não é o *meu* Rei dos Ladrões... — começou Kel, e quase riu. Estava deixando Jerrod afetá-lo, e por quê? — Quer saber? Vá em frente. Mandarei lembranças suas a ele.

— Mande lembranças minhas para aquele envenenador bonitinho — disse Jerrod. — Ele não é o único esperando a volta de Artal Gremont a Castellane, sabe?

E ele sorriu.

Conforme Kel se aproximava da Praça Escarlate, ele se lembrou de como tivera certeza, na última vez que falou com Andreyen, de que acabara com a ligação entre eles. Que não devia nada a Andreyen Morettus, herdeiro do título de Rei dos Ladrões.

E, no entanto, ali estava ele, quase que aliviado enquanto seus pés o levavam pelo Warren até a Mansão Preta. Jerrod tinha sido muito convincente, mas Kel conhecia muitas pessoas convincentes. Ele pensou no Conselho, sentado diante de seu grande relógio, cada um indigno de confiança, cada um convincente à própria maneira.

É óbvio que Andreyen também não era confiável. Mas a chave não era a confiança, pensou Kel. A chave era saber de que maneiras alguém poderia ser confiável e de que maneiras essa pessoa mentiria. E Kel não achava que Andreyen mentiria sobre esse assunto.

O jardim no centro da praça era de um verde intenso à luz do sol. Ao se aproximar da mansão, Kel viu a porta se abrir e Merren e Ji-An, usando seu casaco da cor de dedaleira, descendo as escadas para encontrá-lo. Ele viu Ji-An fechar a porta firmemente atrás de si. Então ele não seria autorizado a entrar, pensou Kel. Ainda não.

— Ele não quer me ver? — perguntou Kel enquanto Merren se sentava em um dos degraus do meio. Ele usava um casaco amarelo, manchado no punho com algo verde e de aparência perigosa. Kel pensou em Jerrod: *Mande lembranças minhas para aquele envenenador bonitinho.*

Merren podia não ter problema em encontrar uma posição mais confortável para ficar, mas isso não fazia parte da natureza de Ji-An. De costas empertigadas, ela ergueu uma sobrancelha para Kel e disse:

— Se quer ver Andreyen, ele não está aqui.

— Posso esperar — disse Kel.

— O dia todo? — rebateu Ji-An. — Pode não ter ficado sabendo, mas Prosper Beck partiu. O Labirinto está desprotegido. Andreyen tem estratégias para traçar.

— Então é verdade — disse Kel. — Beck realmente partiu?

— Como uma sombra na noite — disse Merren com alegria. — O povo inteiro dele foi deixado vagando, buscando alguém que lhes diga o que fazer.

— Não suponho que você saiba do motivo — disse Ji-An, olhando Kel de perto. — *Você falou com ele.*

— Eu adoraria me gabar de tê-lo feito me achar tão charmoso a ponto de me contar todos os planos — respondeu Kel —, mas duvido. Jerrod disse que ele fugiu porque sabia de um perigo para Castellane, mas...

— Mas não dá para confiar em Jerrod Belmerci — completou Ji-An.

— Hum — murmurou Merren. — Sério? Mais do que qualquer outro criminoso? — Ele se virou para Kel, ignorando o olhar surpreso de Ji-An. — O que você queria com Andreyen? Contar a ele sobre Beck?

— Mais para confirmar que ele partiu — disse Kel. — Andreyen veio me pedir que pesquisasse sobre Prosper Beck. Mas a investigação parece finalizada. Então...

— Então você terminou — concluiu Merren. — Agora que Prosper Beck partiu, você se cansou de nós e da Mansão Preta?

— Acho que Andreyen esperava mais de Kel do que só isso — disse Ji-An, obviamente ciente de que Kel a observava, mas dirigindo seus comentários a Merren. — Ele falou que havia mais para Kel fazer na Colina. Que ele ainda não havia acabado.

— E mesmo assim — disse Kel —, estou farto de me meter em assuntos da cidade e na Colina. Minha lealdade é ao Palácio. A Conor. Eu jamais deveria ter tentado fazer mais que isso.

Merren ergueu o rosto para o sol.

— Vou ser honesto — disse ele baixinho —, eu esperava que você pudesse saber algo sobre Artal Gremont. Sobre a volta dele.

Kel se perguntou por um instante se deveria mencionar o que Jerrod dissera sobre Gremont — mas se Artal tivesse outros inimigos, duvidava que isso fosse algo que Merren já não soubesse.

— Posso avisar você assim que souber do retorno dele — disse Kel. — Mas isso é tudo.

Ele pensou em Roverge, no vinho, no medalhão de Antonetta, nas propostas peculiares de Sardou. Mas era como perseguir nuvens ou sombras. Sempre haveria outro nobre exibindo um comportamento suspeito. Outro complô na Colina, outro segredo corrupto a ser descoberto. As coisas sempre foram assim. O poder e o dinheiro, a obtenção e a manutenção deles, eram domínio de reis e príncipes — aqueles na Colina ou na cidade. Eles não eram o seu domínio, e quanto mais ele fosse por esse caminho, mais longe ficaria de Conor.

— Sinto muito — disse Kel a Merren — por eu ter tentado me envenenar na sua frente. Não foi nada cortês. — Merren pareceu surpreso quando Kel se virou para Ji-An. — E sinto muito se me intrometi em seus assuntos pessoais. Todos nós temos nossos segredos, assim como temos direito a eles.

Ji-An sorriu, apenas o indício de um sorriso luminoso, como um vislumbre da lua por entre as nuvens.

— Uma carruagem puxada por cisnes negros — disse ela — parece glamourosa.

Kel fez uma reverência para os dois — o tipo de reverência que teria oferecido a um dignitário estrangeiro.

— Boa sorte com seus empreendimentos criminosos — disse ele. — E mandem lembranças minhas a Morettus.

Ao sair da praça, ele estava ciente de que Ji-An e Merren o observavam partir. Ele se perguntou se deveria ter dito algo sobre a intenção de Jerrod de procurar emprego na Mansão Preta, mas suspeitou que haveria muitos candidatos assim nos próximos dias, conforme o mundo da cidade — e talvez a Colina também, de maneiras invisíveis — se reorganizava em torno da ausência de Prosper Beck.

Na visão de Makabi, a Rainha Adassa apareceu, e ele percebeu de imediato que aquela que ele havia conhecido como uma mulher humana se tornara outra coisa. Ela apareceu na forma de uma donzela, mas uma donzela feita de *gematria*, de palavras e equações brilhantes como correntes de prata. E ela lhe disse:

— Não se desesperem. Vocês vagaram pelo deserto por tanto tempo, mas não estão desprotegidos. Não sou mais sua rainha, mas sua Deusa. Meu corpo terreno foi destruído, mas estou transfigurada. Cuidarei de vocês e os protegerei, pois vocês são meu povo escolhido.

E ela mostrou a ele uma espada, em cuja cruz estava gravada a imagem de um corvo, o pássaro sábio cuja forma Makabi certa vez tomara a mando daquela que estava diante dele.

— Diga a todo o meu povo o que eu lhe disse e que irei provar meu valor a eles: Amanhã, avance contra esse rei intruso e enfrente seu exército, e você será vitorioso, pois eu estarei contigo.

E quando o sol nasceu no dia seguinte, Makabi cavalgou mais uma vez à frente do exército de Aram, e os aramitas foram vitoriosos, embora estivessem em desvantagem numérica de dez para um.

— *Livro de Makabi*

VINTE E TRÊS

Kel decidiu pegar o caminho mais longo de volta ao Palácio para poder pensar. Isso significava o Caminho do Mar. Conforme a cidade ficava para trás, Kel não pôde deixar de pensar no que Jerrod dissera: *Você está pensando pequeno demais, Anjuman. Está pensando em seu príncipe e na Casa Aurelian, como sempre faz.*

Era para ser uma crítica, mas para Kel foi quase um alívio ouvir isso. Uma validação do seu propósito, que era proteger Conor. Seu lugar era ao lado de Conor, e tanto o Rei dos Ladrões quanto Beck tentaram usar essa lealdade e dever para alcançar os próprios objetivos. A proximidade dele com o príncipe sempre chamaria a atenção de quem buscava algum tipo de vantagem; ele gostaria de ter aprendido a se proteger contra esse tipo de abordagem, da mesma forma que lhe ensinaram a se proteger de espadas e adagas.

Kel não percebera que havia uma brecha em sua armadura: não a vontade de se envolver nos assuntos da Colina, mas sim a vontade de estar perto de pessoas que o conheciam, que o conheciam como ele *de fato* era — não como a falsa imagem do primo de Conor, não como uma armadura que às vezes usava o rosto do príncipe, mas como Kel — órfão, observador, Portador da Espada. Era uma necessidade que ele nunca soube que tinha. Uma necessidade perigosa de se ter...

Ele havia chegado à parte do caminho que contornava a encosta da colina, escondendo a cidade atrás dele. Kel sempre ficava impressionado com a beleza daquela parte da trilha, onde a colina verde descia até o mar. Naquele dia, o oceano era uma estrada azul-escura, salpicada de barquinhos. Eles abriam caminhos brancos pela água, Tyndaris erguendo-se atrás deles, suas torres como os dedos de uma mão saindo do mar. O ar tinha gosto de sal e promessa.

Então Kel pensou em Vienne e em como ela dissera que ele protegia Conor como ela protegia Luisa. Como se Vienne tivesse percebido alguma qualidade nele que denunciava sua verdadeira tarefa — uma qualidade que Falconet e os outros, durante todos os anos em que o conheciam, nunca haviam percebido.

Ali, nos últimos quatrocentos metros até Marivent, o caminho ficava íngreme, e Kel pôde ver os penhascos marinhos aparecerem e, bem acima dele, a sombra das muralhas. E então, abaixo do caminho, uma visão estranha surgiu. Uma plataforma de madeira, suspensa sobre o mar, projetava-se da colina abaixo dele. O Caminho do Mar continuava acima dele e o espaço abaixo era recuado, o que significava que a plataforma deveria emergir de uma cavidade escavada na montanha. Kel não se lembrava de ter visto a plataforma antes, mas não tinha como ela ter simplesmente *surgido* de dentro da montanha, não é?

Viu um vislumbre de vermelho e dourado — os uniformes dos castelguardas, intensos como chamas. Dois deles apareceram na plataforma, como se tivessem saído da montanha. Preso entre eles estava um homem relutante, com os braços amarrados para trás. O cabelo estava despenteado, a barba desgrenhada manchada de sangue. Seu rosto estava machucado, os olhos inchados e semicerrados, mas ele usava uma bela capa, bordada com pequenas contas que brilhavam à luz do sol. Contas que marcavam as formas das constelações: a do Leão, a da Harpa, a dos Gêmeos.

Era Fausten.

Ele devia ter sido arrastado da Trapaça até ali. Talvez tenha se debatido contra os guardas que foram atrás dele. Talvez ele os esperasse, e os castelguardas o renderam de qualquer maneira.

Os guardas viraram-se uns para os outros, falando em voz baixa; de qualquer forma, o vento vindo do mar abafava o som. Kel podia ouvir a própria respiração, áspera em seus ouvidos, porém, nada mais.

Ele se agachou atrás de um arbusto ralo de tomilho. Poderia tentar subir ou descer o caminho, mas isso o deixaria mais exposto à plataforma abaixo. Ali estava escondido, com as próprias roupas verdejantes camufladas entre a vegetação da colina.

Sua visão direta era nítida. Ele quase desejou que não fosse. Fausten relutava, embora não emitisse nenhum som. Ele chutou uma das grades de proteção e então ficou paralisado, seus olhos aterrorizados indo de um lado a outro enquanto uma nova figura entrava na plataforma.

Rei Markus. Ele parecia muito grande contra o sol, a coroa dourada brilhando em contraste com o cabelo claro. Sua capa estava presa nos ombros com um pesado broche de prata e suas mãos haviam sido, como sempre, cobertas por luvas pretas. Logo atrás dele vinha Jolivet, a postura rígida e o rosto inexpressivo.

Para surpresa de Kel, os castelguardas imediatamente libertaram Fausten, que caiu de joelhos. Ambos os guardas desapareceram dentro da montanha. Jolivet ficou a poucos metros de distância, mantendo-se afastado: mais uma testemunha do que um participante.

Markus se abaixou para segurar seu conselheiro pela frente da capa, erguendo-o. Puxou-o para perto e, acima do som do mar e do clamor das gaivotas, Kel o ouviu gritar em malgasiano:

— *Miért árultál el? Tudtad, mi fog történni. Tudtad, hony mi leszek...*

Por que você me traiu? Você sabia o que aconteceria. Você sabia o que eu me tornaria.

Fausten balançava a cabeça.

— Seu remédio — gritou ele, respondendo não em malgasiano, mas em castellano. — Apenas eu posso fazê-lo. Se você me matar, sua doença ficará pior. Você sabe o que está por vir, meu senhor, *você sabe o que está por vir...*

O rei rugiu de raiva. Ele agarrou Fausten, colocando-o de pé. Fausten gritou repetidamente — sons altos que se misturavam com o clamor das gaivotas. Kel notou que os pés dele estavam descalços. Batiam na madeira, deixando manchas de sangue para trás.

Pareceu uma eternidade, mas Kel sabia que deve ter durado apenas alguns segundos. Fausten relutou enquanto o rei, decidido, avançava para a beira da plataforma. Agarrando o homem agitado com mãos cobertas pelas luvas pretas, ele o ergueu como se não pesasse mais do que um par de botas e o lançou por cima do parapeito.

Fausten caiu, agitando-se em direção ao mar como um pássaro machucado no ar.

O corpo bateu nas ondas. Ele caiu sem fazer barulho e então sua cabeça apareceu, um ponto escuro na água. Ele parecia estar gritando enquanto o mar se agitava ao seu redor. Uma sombra escura surgiu de baixo dele e o estômago de Kel se revirou. O verde-escuro e nodoso subia pelo azul-escuro; uma boca enorme se abriu, repleta de dentes esbranquiçados e afiados. Mesmo de longe, Kel imaginou poder ver os olhos da coisa: amarelos e inquietos enquanto as mandíbulas se fechavam, o sangue escorrendo pelos dentes afiados. Um grito estridente, um último agitar indefeso e uma grande mancha escarlate se espalhou pela superfície do oceano.

O crocodilo desapareceu nas ondas. A cabeça de Fausten ainda flutuava, o pedaço ensanguentado da garganta já não mais conectado ao corpo. Então a sombra sob a água voltou e a cabeça também foi puxada para baixo.

Tudo parecia distante, como se acontecesse em um lugar longínquo. Kel enfiou os dedos na terra. Não conseguia ouvir nada, exceto o vento nos galhos do arbusto e a própria respiração irregular. Ele observou enquanto o rei espanava a poeira das mãos enluvadas e voltava para a montanha.

Logo depois, Jolivet, que assistira ao desenrolar da cena sem se mexer, uma testemunha silenciosa, seguiu-o. Enquanto passava, ele ergueu o olhar, como se tivesse sido alertado por um movimento. Seu olhar cruzou com o de Kel. Eram lascas de gelo, frias e mortas.

Você será o Legado Jolivet, dissera o Rei dos Ladrões. *E será sua tarefa, assim como foi a dele, ir ao Orfelinato e selecionar entre crianças assustadas o próximo Portador da Espada. O próximo você. E uma parte de você morrerá por dentro por ter que fazer isso.*

Um instante depois, Jolivet desapareceu. Um rangido profundo veio de dentro da montanha, o barulho de engrenagens e polias. A plataforma começou a recuar, deslizando de volta para a Colina; em segundos, desapareceu, junto a qualquer indício de que algo fora do comum acabara de acontecer. Ao se levantar, Kel viu que até mesmo a superfície do mar onde Fausten morrera estava lisa outra vez, uma extensão serena de seda azul esverdeada.

Kel começou a seguir para Marivent. Sentia-se atordoado, como se tivesse recebido uma dose de *morphea*. Quando teve que parar a meio caminho dos muros para vomitar entre os arbustos de alecrim e lavanda, ficou mais surpreso do que qualquer outra coisa. Nem percebera que estava se sentindo mal.

 Ele deve ter parecido normal para o guarda no portão, que o deixou entrar após cumprimentá-lo com simpatia. Parou no pátio do Castelo Mitat para jogar água no rosto. Seu coração estava acelerado enquanto subia para o quarto que dividia com Conor.

 Ele estava lá, sentado no vão da janela. E ergueu o olhar quando Kel entrou. Algo nele parecia diferente — ele sorria, e parecia genuinamente aliviado, como se tivesse se livrado de um peso nos ombros. A última vez que Kel se lembrava de Conor sorrindo daquele jeito fora antes de descobrir sobre Prosper Beck.

 Kel odiava ter que acabar com aquela expressão. Mas Conor precisava saber; não era algo que Kel pudesse esconder dele.

 — Con — disse ele, com a voz mais rouca do que esperava —, preciso contar a você uma coisa. É sobre seu pai.

Era a Segunda Vigília e não havia luz da lua suficiente para ler; com um suspiro, Lin levantou-se para acender os lampiões. Ela havia passado a tarde toda sentada à mesa da cozinha, traduzindo o livro de Qasmuna e fazendo anotações cuidadosas.

 Não *no* livro original, óbvio. Ela não teria ousado escrever nele e, além disso, as páginas já estavam soltas na encadernação, o papel amaciado pelo tempo, parecendo quase poeira sob a ponta dos dedos.

 Os lampiões agora acesos, Lin voltou para a mesa e para sua xícara fria de *karak*. Lógico que ainda havia passagens que ela não compreendia, então planejava levar o livro para a Mansão Preta no dia seguinte; sem dúvida entre os falsificadores e ladrões empregados por Andreyen, alguém seria capaz de traduzir callatiano. Ela suspeitava que Kel poderia fazer isso, se fosse o caso.

 Muitas passagens no livro mencionavam como a magia era usada para a cura. A primeira delas seguia o que ela aprendera sobre as Pedras--Fonte: os feiticeiros do passado conseguiam usar seus poderes para curar, mas eram limitados pelo poder que podiam gastar sem morrer. Aqueles capazes de armazenar energia em pedras conseguiam fazer mais. Quando Suleman (o traidor) criou pedras que conseguiam conter energia ilimitada, a capacidade de curar tornou-se, também, quase ilimitada. *Um homem estava moribundo no campo de batalha*, escreveu Qasmuna, *e o feiticeiro-curandeiro se aproximava e o levantava para continuar lutando; mesmo que suas feridas não pudessem ser curadas, ele ainda lutaria.*

Era uma imagem assustadora e fez Lin refletir. Ela até teve que se levantar e dar uma volta pela sala antes de voltar ao livro. Todo poder *pode* ser usado para o mal, ela lembrou a si mesma. Mas ela não faria isso. Queria curar apenas Mariam. Mas a pedra dela parecia morta, e tinha estado desse jeito desde que ela a usara para curar Conor. E embora soubesse que havia uma maneira de colocar seu próprio poder na pedra, de dar a ela nova força, não sabia como fazer isso.

De acordo com Qasmuna, conforme Lin leu atentamente, tratava-se de vínculo. Uma Pedra-Fonte precisava ser vinculada ao seu usuário por meio de uma série de etapas. Algumas pareciam simples, enquanto outras envolviam palavras que, mesmo com seu dicionário, Lin ainda não conseguia compreender. Havia também lugares no manuscrito que Lin encontrou em branco — seções, ela imaginou, onde a própria Palavra uma vez estivera escrita e desaparecera quando a Deusa a extirpara do mundo.

Mesmo assim... havia o suficiente para ela tentar se vincular à pedra, e por que não agora mesmo? Por que esperar?

Com os olhos fixos na página à sua frente, Lin pegou a pedra, incrustada em sua moldura prateada. Levou a mão ao peito — como o livro lhe instruía que fizesse, e como fizera instintivamente quando curou o Príncipe Conor —, e fechou os olhos.

Na escuridão das pálpebras, ela imaginou a pedra como se fosse seu coração. Imaginou-a cravada em seu peito como uma joia que também representasse uma parte viva dela. Ela pulsava luz no ritmo dos batimentos cardíacos de Lin.

Por um instante, ela sentiu o vento em seu cabelo e o cheiro de fumaça. Viu o topo da torre em Aram, e Suleman, levantando-se, a pedra pulsando em seu peito...

Ela abriu os olhos de imediato. Seu coração batia de forma quase dolorosa, como se tivesse corrido o mais rápido que conseguisse e precisasse agora se agachar, ofegante.

Sua mão doía. Ela abriu e olhou para a pedra na palma. Ainda estava pálida, leitosa como um olho que não enxergava, mas havia algo se movendo nela? Um redemoinho, nas suas profundezas, como a primeira fumaça de um incêndio... um sussurro, no fundo de sua mente.

Me use.

Uma batida forte na porta da frente. Lin se pôs de pé em um salto, virando a toalha de mesa sobre o livro de Qasmuna para escondê-lo.

— Lin! — Uma voz familiar. — É Chana. A Mariam...

Lin abriu a porta de supetão. Chana Dorin estava ali, seu rosto marcado de preocupação.

— É ruim, Lin — informou ela, em resposta à pergunta silenciosa de Lin. — Ela está tossindo sangue. E a febre dela...

— Estou indo.

Lin enfiou a pedra no bolso da túnica, pegou a bolsa e calçou os pés descalços nos chinelos bordados que Josit trouxera para ela de Hind. Seguiu Chana noite adentro, o coração martelando enquanto corriam pelas ruas escuras do Sault.

Encontrou Mariam na cama dela em Etse Kebeth, tomada por uma tosse incontrolável. Ela segurava um pano sangrento junto à boca, e mais panos estavam espalhados pela cama. Ela parecia pálida como linho, molhada de suor, mas ainda conseguiu lançar um olhar irritado a Chana.

— Você não deveria... ter incomodado Lin... estou bem — arfou ela. — Eu vou ficar... bem.

Lin sentou na cama, já abrindo a bolsa.

— Silêncio, querida. Não fale. Chana... chá com matricária e casca de salgueiro. Rápido.

Quando Chana partiu, Lin enrolou um xale ao redor dos ombros de Mariam, apesar da amiga reclamar entre tosses que não estava com frio. Manchas de sangue salpicavam seu queixo e pescoço, vermelhas-escuras.

— Sempre piora de noite — argumentou Mariam, rouca. — Sempre... passa.

Lin queria gritar de fúria, mas sabia que não estava com raiva de Mariam. Era a doença. O sangue nos panos estava manchado de espuma: vinha bem do fundo dos pulmões de Mariam, carregando ar lá dentro.

— Mari — disse ela. — Quantas noites? Quanto tempo?

Mariam desviou o olhar. Suas omoplatas estavam brilhando por conta do suor. O quarto tinha cheiro de sangue e doença.

— Só me deixe boa o suficiente para ir ao Festival — pediu ela. — Depois disso...

Lin agarrou o pulso fino de Mariam. Apertou-o com gentileza.

— Me deixe tentar uma coisa — sussurrou ela. — Sei que fico dizendo isso. Mas acho que há uma chance de verdade.

Alguma parte dela sabia que era uma coisa terrível para ficar pedindo — alimentando as esperanças de Mariam antes de acabar com elas. Mas a voz na cabeça dela era mais alta: *Você tem o livro agora. Está tão perto. Ela não pode morrer agora.*

Mariam conseguiu dar um sorriso fraco.

— Óbvio. Tudo por você, Linnet.

Lin enfiou a mão no bolso e pegou a pedra.

Me use.

Segurando-a levemente em uma mão, ela pousou a outra palma sobre o coração de Mariam. Conseguia sentir Mariam observando enquanto deixava a mente pairar e entrar naquele espaço de fumaça e palavras, onde letras e números brilhavam no céu como caudas de cometas.

Cure, pensou ela, imaginado a palavra em cada um dos seus componentes, e então em completude, as peças de *gematria* voando juntas para formar o conceito, revelando a verdade do que a língua escondera. *Cure, Mariam.*

— Ah! — O arfar de Mariam quebrou o silêncio, e o mundo de sombras desapareceu da visão de Lin. Mariam estava com a mão no ombro de Lin e seus grandes olhos escuros estavam arregalados. — Lin... me sinto diferente.

— A dor passou? — exigiu saber Lin, sem ousar ter esperanças.

— Não totalmente... mas está bem mais leve. — Mariam inspirou, ainda fracamente, porém com menos esforço do que antes.

Lin pegou a bolsa.

— Me deixe examinar você.

Mariam assentiu. Lin pegou seu auscultador e o posicionou no peito de Mariam — os assustadores cliques e ruídos borbulhantes haviam desaparecido. Lin ainda ouvia um leve chiado quando a amiga inspirava profundamente, mas pelo menos ela conseguia inspirar dessa maneira.

Um pouco de cor também havia voltado ao seu rosto pálido, e as unhas não estavam mais azuis.

— Estou melhor — disse Mariam, quando Lin se endireitou. — Não estou? Não curada, mas melhor.

— Parece que sim — sussurrou Lin. — Se eu tentar de novo, ou tentar de forma diferente... preciso dar uma olhada nos livros de novo, mas Mari, acho...

Mariam pegou a mão de Lin.

— Estou bem o suficiente para ir ao Tevath, não estou? Quanto tempo isso vai durar?

Lin reprimiu a vontade de garantir a ela que iria durar. Não tinha certeza e sabia que não deveria alimentar as esperanças de Mariam de maneira irracional. No entanto, sua própria esperança parecia estar pressionando o interior de seu peito como uma bolha de ar. Durante muito tempo, nada funcionara para ajudar Mariam — tê-la ajudado, mesmo que só um pouco, parecia motivo para ser otimista.

E mais do que isso. Parecia uma razão para acreditar que tudo o que ela tinha feito, todas as escolhas que tinha feito com a cura de Mariam em mente... talvez tivessem sido certas? Ela chegara ao limite, sabia disso, do que podia fazer com o conhecimento que tinha. Mas havia mais a aprender com o livro de Qasmuna...

— Lin? — Chana apareceu na porta, parecendo se desculpar. — Não *sei* se o chá está bom, Lin, você pode ver...?

Lin sentiu uma onda de impaciência. Chana sabia muito bem como fazer chá de casca de salgueiro. Ela enfiou o broche de volta no bolso e seguiu a mulher mais velha até a cozinha, onde o bule fervia no fogão.

— Chana, o quê...?

Chana virou-se para ela.

— Não é o chá — sibilou ela, dispensando a pergunta. — Acabei de saber. O Maharam está na sua casa. Com Oren Kandel. Estão revirando as suas coisas.

— *Agora?* — Lin ficou abalada. Tinha esperado algum tipo de reação do Maharam pela visita do Príncipe Conor, mas imaginara que seria chamada ao Shulamat, ou talvez até emboscada na rua e levado uma advertência. Para o Maharam entrar na casa de alguém sem permissão expressa era um indicador de que ele considerava a situação como algo grave.

— Preciso ir — arfou ela, e saiu apressada, o olhar preocupado de Chana seguindo-a até a porta.

Lin correu pelo Sault, amaldiçoando-se por não ter escondido o livro de Qasmuna com mais cuidado. Poderia ter levado o livro consigo, em vez de apenas escondê-lo sob a toalha de mesa. Tinha sido tola e descuidada. Ela tremia de ansiedade ao passar pelo Kathot, onde grandes mesas já estavam dispostas em preparação para o Festival da noite seguinte. Braseiros de prata com incenso pendiam das árvores e o ar estava tomado pelo cheiro de especiarias.

Quando chegou em casa, viu que a porta da frente estava aberta e a luz amarela do lampião se espalhava pela rua. Através das cortinas, sombras se moviam. Ela correu para dentro, apenas para sentir um aperto no coração.

Foi como ela temia. O Maharam estava ao lado da mesa da cozinha, da qual a toalha fora removida. Oren Kandel estava ao lado dele, com um ar presunçoso; seu sorriso aumentou quando Lin entrou na sala.

Dispostos sobre a mesa, como um corpo pronto para o início da autópsia, estavam todos os seus livros — o tomo de Qasmuna, óbvio, e as páginas que o Rei dos Ladrões lhe dera. Até mesmo os livros não muito úteis sobre medicina e feitiços que ela comprara no mercado, ou de Lafont, estavam lá — tudo o que ela colecionou na esperança desesperada de encontrar respostas entre as páginas.

Lin ergueu o queixo.

— *Zuchan* — disse ela. O termo formal para um Maharam; significava Aquele Que Comunica a Palavra. — Que honra. A que devo a visita?

O Maharam bateu o cajado no chão, quase fazendo Lin se retrair.

— Você deve achar que sou um velho tolo — respondeu ele, friamente. Lin jamais o vira daquele jeito: a fúria em seu rosto, o *desprezo*. Aquele era o homem que havia sentenciado o próprio filho ao exílio por ter estudado aquilo que era proibido. Lin sentiu uma lasca de gelo se alojar em sua espinha. — O príncipe de Castellane entra no nosso Sault, no nosso lugar sagrado, porque *você* o convidou...

— Eu nunca o convidei — protestou Lin. — Ele veio porque quis.

O Maharam apenas balançou a cabeça.

— Seu avô, por mais que se possa dizer coisas ruins sobre ele, nunca fez os cidadãos do Palácio sentirem que tinham o direito de entrar aqui. O Príncipe Herdeiro de Castellane não marcharia até a sua porta se você não o tivesse deixado pensar que podia.

— Eu *não...*

— Faz quanto tempo que ele está dando livros a você? — disparou o Maharam. A fúria na voz dele era intensa; Oren pareceu se regozijar, como um gato com leite derramado. — Você veio até mim, pedindo para ver os livros no Shulamat, mas não ficou satisfeita com a minha resposta, foi isso? Então agiu pelas minhas costas, desafiando a lei?

— A lei? — A voz de Lin estremeceu. — A lei diz, acima de todas as coisas, que a vida importa. Que a vida do nosso povo importa, pois se deixássemos de existir, quem se lembraria de Adassa? Quem abriria a porta para o retorno da Deusa?

O Maharam olhou para ela com frieza.

— Você diz essas palavras, mas não faz ideia do que significam.

— Sei o que significa ser uma médica — retrucou Lin. — Se temos os meios de salvar uma vida humana, devemos usá-los.

— Você fala da lei? Você, que nunca se importou com ela? — retorquiu o Maharam, e naquele momento, Lin viu um vislumbre do desprezo que ele tinha por Mayesh, e soube que parte do ódio que sentia por ela vinha disso. Pelo sangue que ela compartilhava com seu avô. Por, como Mayesh, achar o Sault pequeno demais para seus desejos, seus sonhos.

— Esses livros serão confiscados. E quando o Sinédrio vier, essa questão será apresentada diretamente diante do Exilado...

— *Zuchan* — interrompeu-o Oren, com a voz rouca, e Lin se virou para ver Mayesh passando pela porta baixa. Ela se perguntou se o avô havia acabado de voltar de Marivent; usava as vestes de conselheiro, o medalhão brilhando no peito. A luz do lampião lançava sombras profundas sob os olhos dele.

— O Exilado? — disse ele, de maneira cordial. — Isso parece extremo, Davit, pois não passa de um mal-entendido.

O Maharam o olhou com ódio.

— *Um mal-entendido?* — Ele gesticulou para os livros na mesa; Lin viu o olhar do avô passar do livro de Qasmuna para o Maharam, uma expressão enigmática passando como um lampejo pelo seu rosto. — Pelo menos um desses data da época da Ruptura. Só a Deusa sabe que tipo de magia proibida detalham...

— Duvido que Lin tenha sequer tido tempo de lê-los — defendeu-a Mayesh. Estava totalmente calmo. O trabalho o treinara para ser calmo, calmo diante de crises durante cinco décadas servindo o Palácio. — É, como falei, um mal-entendido. Eu a levei a Marivent para consultar uma questão médica, como você sabe, e o príncipe, como sinal de sua gratidão, pegou este volume da biblioteca do Palácio e decidiu dá-lo como presente. Ele acreditava ser um tomo médico que Lin gostaria de ter. Um erro que cometeu, mas sem intenção; não consigo imaginar que você, Maharam, acharia ser de bom tom jogar esse erro na cara dele ao punir exatamente quem o príncipe queria honrar.

A boca do Maharam se mexeu.

— Ele não é o *nosso príncipe* — disse ele. — Nosso príncipe é o Exilado, Amon Benjudá. Conor Aurelian não tem autoridade aqui.

— Mas fora destes muros, tem — rebateu Mayesh. — E fora destes muros está o mundo inteiro. Havia um Sault em Malgasi, sabe? A Rainha Iren Belmany derrubou os muros e capturou os Ashkar lá dentro. Pela palavra da lei, pode até ser verdade que a Casa Aurelian não tem autoridade aqui. Mas na prática, aqueles com o poder podem fazer o que quiserem conosco.

Seus olhos fixaram-se nos do Maharam; Lin não pôde deixar de sentir que se passava algum tipo de comunicação ali que ela e Oren não sabiam; que havia em jogo mais do que o momento presente.

— Então o que você recomenda, *conselheiro*? — perguntou o Maharam, por fim. — Ela fica com esses livros e a lei implora por justiça?

— De forma alguma. Os livros serão confiscados e revisados quando o Sinédrio chegar, se você quiser. Lin não vai se importar. Ela nunca pediu o livro, para começo de conversa. — Mayesh virou-se para Lin e o aviso em seus olhos era inconfundível. — Você não se importa, não é?

Lin engoliu em seco. *Sangue nos trapos da cama de Mariam, manchas de sangue nas mãos.* Então Mariam dizendo que a dor havia melhorado. O que ela fez não tinha curado Mariam para sempre; Lin sabia disso. Mas com apenas algumas horas de leitura do livro de Qasmuna, ela fizera algo que nunca tinha conseguido antes: ajudou Mariam, usando magia. Desistir dessa chance nesse momento era mais amargo do que o gosto de sangue.

Mas ela sabia o que precisava responder.

— Não — sussurrou. — Eu... não me importo.

Fez-se um momento de silêncio. Por fim, o Maharam assentiu.

— A lei está satisfeita.

— Só isso? — gritou Oren. — Você vai apenas tirar esses malditos livros dela? Ela não vai ser punida? *Exilada*?

— Vamos lá, jovem — replicou Mayesh. — Não há motivo para ficar tão agitado. O Maharam já decidiu.

— Mas...

— Ela é jovem, Oren — disse o Maharam. — E vai aprender. A lei pode ser misericordiosa também.

Misericordiosa, pensou Lin, amargamente, enquanto o Maharam instruía Oren para reunir os livros dela. Juntos, os livros pareciam ser tão poucos, enquanto Oren, marchava furioso porta afora com eles. O Maharam ficou por mais um instante antes de também partir.

Lin afundou na cadeira da cozinha, sem força nas pernas. Ela de repente começou a tremer de frustração. Era injusto, tão injusto...

— Isso poderia ter sido bem pior, Lin — disse Mayesh. — Se eu não estivesse aqui, se o Maharam não estivesse se sentindo generoso...

— *Generoso?* — Lin disparou. — Aquilo foi generoso?

— Para ele. Davit tem um ódio particular por esse tipo de coisa, até pelo menor dos interesses em medicina que não seja Ashkar. E quanto à magia, o estudo dela... — Mayesh balançou a cabeça. — Ele jamais teria deixado você ficar com aqueles livros, e poderia ter feito pior.

— Nós deveríamos salvar vidas — sussurrou Lin. — Como é que ele não entende isso?

— Ele entende bem o bastante — comentou Mayesh. — Na mente dele, está pesando a vida de um contra a vida de muitos. Se os *malbushim* sonhassem que estamos praticando magia proibida...

— Foi o príncipe dos *malbushim* que me deu o livro, para começo de conversa!

— E você acha que Conor fazia ideia do que estava dando a você? — questionou Mayesh. Ele não soava irritado, apenas cansado. — Eu garanto a você, esse tipo de coisa nunca passou pela cabeça dele; nunca foi preciso. Você recusou a primeira coisa que ele ofereceu, então ele quis oferecer algo que pensou que você não poderia rejeitar. Foi um desafio, e ele queria vencer. Conor não gosta de perder.

Lin encarou o avô.

— Você o conhece tão bem — disse ela. — Suponho que seja porque você passou a infância inteira dele com ele, da maneira como não fez comigo, nem com Josit.

Era um golpe baixo, e Lin sabia. Mayesh não se retraiu, mas os olhos dele escureceram.

— Conor Aurelian é perigoso — avisou ele, indo até a porta. E se virou na soleira para olhá-la. — Ele é perigoso de modo que você nem sequer entende. Você estava certa em recusar o primeiro presente que ele ofereceu. Deveria ter recusado esse também.

Quando a batalha terminou e a vitória foi garantida com sangue, o povo de Aram caiu de joelhos em agradecimento. E diante deles apareceu uma corça branca que lhes disse na voz de Adassa:

— Uma vez, em outra terra, fui sua rainha, mas agora sou sua Deusa. Vocês são o meu povo. Vocês não serão mais aramitas. Em vez disso, vocês serão conhecidos como Ashkar: as pessoas que esperam. Pois chegará um momento em que os Ashkar serão necessários. Vocês devem ser preservados, e devem continuar até esse dia. Vocês devem se tornar um povo de todas as nações, para que, se uma comunidade de Ashkar for destruída, as outras sobrevivam. Vocês devem estar em todos os lugares, embora nenhum desses lugares seja o seu lar.

— Mas e você, Ó Deusa? clamou Makabi. — Onde você estará?

— Estarei ao seu redor e com você, minha mão em seu ombro para guiá-lo e minha luz para conduzi-lo. E um dia, quando chegar a hora, voltarei para você no corpo de uma mulher do povo Ashkar. Serei mais uma vez sua rainha e ressuscitaremos em paz e glória.

E então a Deusa ascendeu aos céus e, enquanto subia, pegou a mão de Makabi e o trouxe consigo, e deu sua espada ao filho dele e o nomeou Benjudá, filho de Judá, o próximo Exilado. Todos os Exilados daquele dia em diante seriam descendentes de Makabi e carregariam o nome Benjudá e a Espada Crepuscular, o presente da Deusa.

Assim amanheceu a nova era dos Ashkar.

— *Livro de Makabi*

VINTE E QUATRO

Lin encarou impassivelmente a parede enquanto Chana Dorin a ajudava a vestir a sua roupa para o Festival. Os olhos dela ardiam pela falta de sono, mas ela não havia chorado. Nem mesmo depois que Mayesh partira na noite anterior e ela ficara sozinha na casa. Nem quando olhara para os pedacinhos empoeirados de papel velho, tudo o que sobrara do livro de Qasmuna. Nem mesmo durante as longas horas da noite enquanto se culpava. Como tinha sido burra, achando que a visita do príncipe passaria despercebida? Que o Maharam não investigaria? Que Oren não a teria espionado?

Tentou outra vez criar uma faísca dentro da pedra, usando a própria visualização e energia. Não deu certo. A pedra tremeluzira, fraquinha, e ela se exaurira a ponto de adormecer com a cabeça apoiada na mesa da cozinha.

E sonhou. O sonho foi vívido, como tinham sido todos os seus sonhos desde que recebera a pedra, mas, para variar, não sonhou com a torre e o deserto, a última batalha de Aram. Em vez disso, sonhou com o porto de Castellane e o céu pintado com fogo branco. E na cabeça ouviu as palavras de Ciprian Cabrol, embora não ditas em sua voz:

Preciso que vejam minha vingança escrita em fogo no céu. O porto brilhará como se as luzes dos Deuses tivessem retornado. Como se a magia deles ainda brilhasse pelas águas.

Quando ela acordou no amanhecer, sentia como se tivessem despejado areia em seus olhos. Quando foi lavar o rosto, pensou em Mariam, no Maharam, e em seu sonho. Uma ideia começava a se enraizar em sua mente. Talvez houvesse um jeito de recuperar o livro de Qasmuna, no fim das contas.

— Pare — disse Chana, as mãos se movendo com eficiência pelo cabelo de Lin. — Posso ouvir você maquinando.

— Eu também — concordou Mariam. Estava sentada de camisola na cama, seu vestido descartado aos pés do móvel. Quando Chana terminasse com Lin, passaria para Mariam: ajustando o vestido, trançando o cabelo dela em um círculo elaborado e florido. Essas eram as coisas que as mães de Lin e de Mariam teriam feito para elas antes do Festival da Deusa, se elas tivessem mães. Chana havia chegado para preencher essa lacuna anos antes, como havia feito com tantas outras coisas. — Não é sua culpa, Lin. Eu gostaria de dizer ao Maharam *exatamente* o que penso dele, por pegar os seus livros desse jeito. Mas hoje é o Festival, e não podemos deixá-lo estragar nossa diversão.

Ela começou a tossir e Lin se virou, ansiosa. Tinha ido ao Etse Kebeth assim que amanheceu para ver Mariam que, para o seu alívio, havia dormido a noite toda e se sentia bem melhor.

— Dias bons e dias ruins — murmurou Chana enquanto deixava Lin entrar na casa. — Este é um dos bons, abençoado seja o Nome.

Mariam descartou a ansiedade dela.

— Estou *bem* — reclamou ela, e de fato parecia melhor do que em muito tempo. Lin sabia o motivo, e rezava apenas para que o efeito da magia modesta que fizera durasse pelo menos durante a noite e até o dia seguinte. — Apenas irritada. O Maharam jamais teria feito isso com um de seus médicos homens.

Lin contara a Chana e Mariam o que tivera que fazer, que o Maharam confiscara vários livros médicos dela que vieram de terras estrangeiras. Segundo a ordem expressa da lei, *era* proibido estudar magia não Ashkar, mas Mariam tinha razão ao dizer que era uma lei amplamente desconsiderada. Será que o Maharam teria levado o restante dos volumes dela se não estivesse com tanta raiva do livro de Qasmuna? Não tinha como saber, mas a raiva se assentara em seu âmago, gelada e tensa. Raiva... e uma determinação que crescia a cada momento. O Maharam insistira que ela fosse ao Tevath, no fim das contas. E ela iria, preparada para a ocasião.

— Pronto. — Chana acariciou o cabelo dela. — Você está bonita.

Lin se olhou no espelho — o mesmo reflexo que via todos os anos desde que completara dezesseis anos: uma garota com um vestido azul, o cabelo ruivo preso em uma trança longa e grossa, flores de macieira habilmente tecidas entre as tranças para dar a impressão de que cresciam naturalmente. Ela tiraria aquelas flores do cabelo, uma por uma, durante a Dança da Deusa, e as jogaria no chão até que ela e todas as outras garotas presentes estivessem dançando sobre um tapete de pétalas.

— Minha vez. — Mariam saiu da cama, sorrindo. Enquanto tomava o lugar de Lin diante do espelho, houve uma batida na porta. Era Arelle Dorin, a irmã mais nova de Rahel. Ela já estava em seu vestido azul para o Festival, o cabelo meio trançado, as bochechas coradas de animação.

— Mez avisou que há um paciente seu no portão — disse ela para Lin. — Parece importante. Aqui, não esqueça de levar isso com você — acrescentou ela, entregando um saquinho de ervas fechado com uma fina fita azul. — Afinal, foi você que fez!

Prometendo a Chana e Mariam que não se demoraria, Lin foi para os portões do Sault. O dia estava claro e quente, o vento soprando em direção ao mar e trazendo o perfume das flores. Elas eram vistas por toda parte no Sault: rosas em cestos pendurados em galhos de árvores e janelas, lírios entrelaçados em guirlandas presas às portas. O Kathot estaria ainda mais espetacular com flores, mas Lin o evitou: as donzelas não deveriam entrar na praça no dia do festival antes de o sol se pôr.

Havia mais flores nos portões. Lírios e rosas, como era o costume (pois a Deusa dissera, *Eu sou a rosa e o lírio dos vales*), assim como flores que cresciam naturalmente em Castellane: lantanas coloridas e lavanda opaca. Mez usava uma coroa de folhas de figo em seu cabelo e sorriu para Lin quando ela se aproximou.

— Não sei quem é — avisou ele, apontando. — A pessoa não quer descer da carruagem.

Era uma carruagem cinza simples, o tipo de transporte que se podia alugar se tivesse um pouco de dinheiro, mas não o suficiente para comprar uma. O motorista era um homem velho de aparência entediada que nem sequer ergueu uma sobrancelha quando Lin, toda elegante, se aproximou para bater na porta da carruagem.

A porta se abriu só um pouco, apenas o suficiente para Lin ver quem a esperava. Um instante depois, ela entrou, batendo a porta.

— Você — sussurrou ela. — O que faz aqui? Não tem um banquete para ir?

Conor Aurelian ergueu as sobrancelhas.

— Só à noite — disse ele. — Esse é o único vestido que você tem?

— Você só tinha uma cópia do livro que me deu? — rebateu Lin.

Conor, que estava jogado em um canto da carruagem, sentou-se direito e olhou para ela com o que parecia ser uma perplexidade genuína. Ele estava vestido da maneira mais simples que Lin já vira, com calças cinza e um casaco de linho preto com fechos prateados na frente. Ele não usava diadema nem coroa; poderia ser o filho de qualquer comerciante, se não tivesse um dos rostos mais conhecidos de Castellane.

— Está insatisfeita com o livro? — Ele franzia a testa um pouco. Esfregou o pescoço, e ela percebeu que ele não usava nenhum de seus anéis. Ela viu a forma dos dedos dele, longos e delicados, as palmas levemente calejadas. Será que *nada* nele podia ser feio? — Você disse que era o que estava buscando...

— Não estou insatisfeita com o livro. — Ela inspirou fundo. — Hoje, seu Dia da Ascensão, também é uma data importante para o meu povo. É o dia do nosso Festival da Deusa. Eu não deveria estar aqui com você; deveria estar no Sault. Então, por favor, Monseigneur... por que está aqui? Tem algo que precisa de mim?

Ele se endireitou. Inclinou-se para ela. Olhou para baixo por um instante; devia ter reparado em como a respiração dela estava ofegante. Como se Lin tivesse corrido um quilômetro. E disse:

— Gostaria de me consultar com você. Como médica. Como alguém que conheço e que pode ser confiável para guardar um segredo.

Lin foi tomada por uma onda de cansaço. Mais segredos, pensou ela, mais segredos que não poderia contar a Mariam, nem a ninguém no Sault. E não havia preocupação com o peso desses segredos sobre ela, ou com o que poderiam custar a ela. Lin era apenas uma ferramenta útil: uma médica que não podia e que não iria falar.

— Você está doente? — perguntou ela.

Conor balançou a cabeça. Havia olheiras sob seus olhos, escuras como o linho que usava. Fizeram Lin pensar na luz das velas e na poesia, nas longas noites passadas estudando livros antigos, embora ela soubesse que não se tratava disso. Ele devia estar de ressaca.

— O que você acha que é a loucura? — perguntou ele. — É uma doença, ou é, como os castellanos acreditam, uma fraqueza ou corrupção do sangue? Existe uma medicina que poderia curá-la?

Lin hesitou.

— É possível que tenha — disse ela. — Não acredito que a loucura, como você a chama, seja corrupção. Muitas vezes pode ser uma ferida em uma mente adoecida. Às vezes, é de fato uma doença. A mente pode adoecer tanto quanto o corpo. Mas em relação a medicação... nunca ouvi falar de tratar uma doença da mente com remédios.

— Mas pode ter alguma coisa em todos esses seus livros — tentou ele. — Todos esses volumes que os Ashkar têm, aos quais não temos acesso...

Todos esses seus livros. Era como se a bola gelada de raiva no âmago dela estivesse derretendo na presença dele, enviando lascas de gelo de fúria imprudente em suas veias.

— Não tenho livros — disse ela.

Ele corou, os olhos escurecendo.

— Não brinque comigo — disparou ele. — O que estou pedindo é importante.

— Alguém está morrendo? — perguntou Lin. — A pessoa está muito doente?

— Não, mas...

— Então terá que esperar outro dia. — Lin estendeu a mão para a porta da carruagem.

— Pare. — Ele soava furioso. — Lin Caster...

Ela se virou para ele.

— Está me dando uma ordem real para ficar e falar com você sobre seja lá o que deseja discutir? Independentemente dos meus deveres, das minhas responsabilidades? — *Minha única chance de pegar de volta o que é meu.* — É disso que se trata?

— Eu preciso? — perguntou ele, a voz bastante sombria. — Depois do livro que dei a você? Você é mesmo tão ingrata assim?

Lin olhou para a própria mão, repousada na maçaneta da carruagem. Sentiu-se distante dela, como se não a pertencesse. Como se visse o corpo de fora. Ela respondeu, sem emoção:

— Aquele livro. Sim, você o trouxe para mim. Você entrou no Sault com um bando de castelguardas, se certificando de atrair muita atenção, se certificando de que todos os olhares estivessem em você, e o levou até mim.

— Foi uma honra — disse Conor. Havia algo na voz dele que Lin não conseguiu identificar. Não era raiva, que ela teria esperado, mas alguma outra coisa. — Eu estava honrando você. Como seu príncipe...

— Todos esses anos que você conhece meu avô — disse ela —, e ainda não entende o povo dele. Você não é o *meu* príncipe. Você é o príncipe de Castellane. Uma cidade onde eu não vivo, uma cidade na qual sou *proibida* de viver, a não ser que eu viva cercada por muros. Você veio à única parte de Castellane na qual estou em casa, e chamou atenção para mim da pior maneira possível. Você poderia simplesmente ter mandado um mensageiro entregar o livro, mas não, você precisou e mostrar, provar o quanto estava sendo bom com alguém muito inferior a você. — A voz dela tremeu. — E assim que você foi embora, o Maharam veio e pegou o livro de mim e o confiscou, porque veio de *você*. E agora...

Ela parou antes que pudesse dizer *e agora perderei Mariam. A não ser que...* As lágrimas que não caíram na noite anterior ameaçavam cair agora, os olhos dela ardendo dolorosamente, mas ela não choraria diante dele. Não choraria.

Lin estendeu a mão até a porta da carruagem e puxou a maçaneta. Para seu horror, a porta agarrou. Ela sentiu o corpo paralisar quando Conor estendeu a mão enluvada, deslizando sobre a dela enquanto segurava a maçaneta. Ela podia sentir a força nele, o corpo esguio.

Conor fez menção de abrir a porta. Lin estava entre o braço dele: podia sentir a maciez áspera do casaco de linho dele contra si. Podia sentir a respiração ofegante. Lin sabia que Conor queria tocá-la. Ela não pôde deixar de se lembrar do beijo na mansão Roverge; mesmo nesse momento de tanta raiva e desespero, ela sabia que o que os interrompeu foi só o que a impediu de fazer o que ele queria naquela noite. Ela também quisera.

— Pensei — sussurrou Lin — que você ia me esquecer. Esquecer tudo sobre mim.

— Não consigo. — A voz dele soava tensa. — Uma enfermidade. O que é irônico, já que você é médica. Se você tivesse um remédio que me fizesse esquecer você...

— Isso não existe — retrucou ela.

— Então estou amaldiçoado — disse ele — para pensar apenas em você. Você, que acha que eu sou uma pessoa desprezível. Um monstro vaidoso que não foi capaz de resistir se exibir e, ao fazer isso, a deixou infeliz.

Lin encarou a maçaneta da carruagem. Parecia estar crescendo e encolhendo em tamanho, enquanto a visão dela ficava turva.

— Acho que você é uma pessoa estragada — sussurrou ela. — Já que teve tudo o que queria, a vida toda, e nunca ouviu um não, não vejo como você poderia ter sido diferente. Suponho que não é culpa sua.

Houve um breve silêncio. Ele tirou o braço, movendo-se sem jeito, como se estivesse se recuperando de um ferimento.

— Saia — disse ele.

Ela se atrapalhou com a maçaneta, quase caindo quando a porta se abriu de supetão. Cambaleou na rua, e ouviu Conor chamar, roucamente — mas ele estava apenas falando com o condutor. A carruagem partiu, a porta destrancada balançando. Uma mão emergiu, agarrou a porta e a bateu com força; a carruagem desapareceu no tráfego da Grande Estrada Sudoeste.

De coração acelerado, Lin voltou para o portão, onde Mez esperava. Ele a olhou com preocupação.

— Você está muito pálida — comentou ele. — Alguém está muito doente?

— Sim — disse Lin, a voz parecendo ecoar, distante de onde ela estava. — Mas acredito que já tem muito tempo que esta pessoa está doente.

— Bem, não deixe que isso estrague o seu festival — disse ele, com gentileza, e tocou a própria testa. — Quase esqueci. Você está popular hoje, Caster. Alguém deixou um bilhete para você, mais cedo.

Ele entregou a ela uma folha dobrada de velino, selada com cera. Ela o agradeceu e se afastou, passando o polegar debaixo do selo para rompê-lo. Quando abriu o bilhete, reconheceu a letra espremida e familiar. O Rei dos Ladrões.

Lembre-se, fique longe do porto à meia-noite. Nunca se sabe onde uma fagulha errante pode cair. — A. M.

Ela amassou o bilhete. Não se esquecera da pólvora preta de Ciprian Cabrol. Agora ela precisava enviar uma resposta para o Rei dos Ladrões, avisando-o de que havia conseguido o livro de Qasmuna, e que, mesmo tendo sido tirado dela, Lin tinha um plano para recuperá-lo.

Quando Kel despertou, Conor não estava na cama. O que era estranho, pois Kel quase sempre acordava antes. Mesmo assim, ele tivera uma noite agitada, se revirando e acordando repetidas vezes por causa de sonhos com os gritos de Fausten, o sangue vermelho se espalhando pela superfície do oceano.

Já era quase de tarde e uma rápida olhada pela janela informou a Kel que os preparativos para as festividades da noite estavam avançados. Ele franziu a testa — alfaiates, sapateiros, joalheiros e outros logo chegariam para garantir que Conor estivesse vestido de maneira impecável. Por mais que Conor não estivesse ansioso para o banquete, ele provavelmente não perderia a chance de garantir que cada costura de sua roupa estivesse no lugar certo. Franzindo a testa, Kel se vestiu e foi atrás do príncipe.

Ele procurou primeiro os esconderijos preferidos de Conor — o estábulo de Asti, a biblioteca do Palácio, o Jardim Noturno —, mas não encontrou sinal dele. Enquanto vagava, os preparativos para o banquete aconteciam ao seu redor. As árvores foram cobertas por metros de tecido azul e escarlate, e lampiões em formato de maçãs, cerejas e figos pendiam de seus galhos, para serem acesos ao anoitecer. Carroças passavam cheias de pratos de cerâmica, vasos de prata e o que parecia, para alarme de Kel, serem árvores inteiras. As portas da Galeria Brilhante estavam abertas e os criados corriam de um lado para o outro das cozinhas e dos depósitos, carregando tudo, desde pilhas de seda verde até algo similar a um jaguar em tamanho natural esculpido em massa doce.

Então Kel voltou para os aposentos. Mais tarde, ele desejaria ter continuado vagando pelo terreno, possivelmente até o dia seguinte, mas quando passou pela porta já era tarde demais. Os armários de Conor estavam escancarados e suas roupas espalhadas pelo chão. A Rainha Lilibet andava de um lado para o outro, pisando vez ou outra em um colete bordado ou em um chapéu de pele, praguejando em marakandês.

Mayesh estava parado junto à janela, o rosto enrugado mais abatido do que o normal.

Ambos levaram um susto ao ver Kel, seus rostos por um instante cheios de expectativas antes de assumirem uma expressão decepcionada.

— É *você* — disse Lilibet, marchando pela sala em direção a ele. — Suponho que não tenha uma explicação para isto?

Ela estendeu um bilhete dobrado. Kel sabia que não podia ser coisa boa. Ele pegou o papel com uma sensação ruim de pressentimento e viu a familiar letra pontiaguda de Conor na página. Ele leu:

Querida mãe,

Decidi não comparecer ao banquete de boas-vindas esta noite. Quero assegurar-lhe que pensei a fundo sobre o assunto e sobre os muitos bons motivos pelos quais deveria comparecer. Por favor, não pense que é uma decisão imprudente quando digo que não estarei presente porque, para ser sincero, não quero ir. Deixo que suas mãos competentes administrem minha ausência. Se isso for incomodá-la, sugiro que cancele o banquete. Caso contrário, penso que o banquete poderia ser realizado perfeitamente sem mim. Se parar para pensar no assunto, todo esse noivado e cerimônia de casamento poderiam prosseguir perfeitamente sem a minha presença, para não falar do matrimônio. Minha parte poderia com tranquilidade ser desempenhada por uma cadeira vazia.

Se você exigir me encontrar, estarei no Distrito do Templo. Fiquei sabendo que de vez em quando eles organizam orgias e, embora nunca tenha participado de nenhuma, fiquei subitamente curioso. No mínimo, será uma lição sobre como administrar uma festa com um grande número de convidados.

Tudo de bom, atenciosamente, etc etc.
C.

— *Inferno* cinzento — disse Kel, esquecendo-se de não praguejar diante da rainha. — Ele está falando sério?

Lilibet arrancou o bilhete das mãos dele.

— Não finja que não sabia — disparou ela. — Conor conta tudo a você; decerto ele teria mencionado *isto*. Tenho certeza de que ele pensou que seria uma piadinha muito esperta, aquele garoto idiota...

— Não — disse Kel. Apesar do sarcasmo da carta de Conor, não havia nada nela que fizesse Kel acreditar que tinha sido escrita por alguém que se divertira escrevendo-a. Era melancólica, sem dúvida carregando o conhecimento sobre a morte de Fausten; não que Kel pudesse falar disso. — Não acho que exista a menor chance de Conor achar que isso é uma piada.

Lilibet pressionou os lábios em uma linha fina. Ela olhou para Mayesh, que encarava Kel, o olhar parecendo entrar nele de uma forma que o da rainha não conseguia.

— *Pense*, Kel — pediu ele, em sua voz rouca profunda. — Algo deve ter acontecido, para afetar desse jeito o comportamento de Conor, e tão de repente...

Ele não pode esperar que eu diga, pensou Kel. Mencionar a execução de Fausten, pelas mãos do rei. *Mas ele deve achar que eu não sei nada do assunto, a não ser que Jolivet tenha contado a ele que eu estava lá. Jolivet me viu...*

— Conselheiro. Milady — disse Kel. — O príncipe tem estado infeliz. *Óbvio* que tem estado infeliz. Não deve ser surpresa para nenhum de vocês. — Ele olhou para Lilibet, que desviou o olhar, a mão remexendo nas esmeraldas em seu pescoço. — Mas ele tem estado *resignado*, não rebelde. Não posso falar sobre o que está escrito nessa carta. Não entendo a súbita mudança. Só que ele deve estar mais infeliz do que imaginamos. — Ele afastou as mãos em um gesto de incerteza; estava apenas dizendo a verdade. Não sabia para onde Conor fora, ou por quê. — Eu me culpo.

Lilibet murmurou algo que soou muito como, *eu culpo você também*.

— Deixe-o, Milady — disse Mayesh. — Kel é o Portador da Espada do príncipe, não o guardião dos sentimentos dele.

Lilibet voltou a andar de um lado a outro. Ela usava um vestido de veludo verde escuro, para combinar com as esmeraldas; o cabelo preto estava estilizado em cachos.

— Tenho certeza que ele me acha muito fria — disse ela, mais para si mesma. — Como se eu quisesse que meu único filho esteja mal; eu jamais desejaria uma coisa dessas. Se eu pudesse ter salvado ele das consequências deste erro... — Ela olhou para Mayesh. — O rei não pode ficar sabendo. Sobre esta noite. Ele não estará no banquete, mas mesmo assim.

O tom dela era duro. Kel pensou no rei erguendo Fausten, tão fácil quanto se ele fosse um saco de penas. Pensou no sangue na água, o movimento ágil do crocodilo sob as ondas.

— Seria melhor — disse Mayesh — se ninguém fora deste quarto soubesse. O que significa que não podemos adiar o banquete. Além disso, Sarthe consideraria um insulto se adiássemos.

— Você pode dizer que Conor está doente — sugeriu Kel. — Eles vão ter que aceitar...

— Eles não acreditariam — retrucou Mayesh. — Já estão muito irritados. O que os Roverge fizeram naquela noite não ajudou.

— Por mais que eu queira que eles levem aquela criança ridícula e que vão todos para casa, significaria cortar os últimos laços amigáveis que temos com Sarthe — disse Lilibet. — Se eles quiserem, podem nos emboscar na Passagem Estreita, acabar com metade de nossas cargas, assassinar nosso povo...

— Isso não vai acontecer — afirmou Mayesh. — Os planos para esta noite prosseguirão, e Conor comparecerá. — O olhar dele pousou em Kel, que adivinhara, no instante em que Mayesh dissera que o banquete não podia ser adiado, o que aconteceria. Ele sabia que poderia ter protestado; também sabia que não faria diferença. — Milady, terminemos os preparativos. Kel, pegue seu talismã; temos pouco tempo para prepará-lo.

Fazia um bom tempo que Kel não ocupava o lugar de Conor em um evento da corte — anos, ele pensou —, mas havia, pelo menos, um padrão na farsa. Kel seguiu com os procedimentos, mesmo com seus pensamentos disparados.

Ele foi primeiro ao tepidário, onde esfregou o corpo com sabonete de lavanda em flocos e usou o estrígil para se barbear. (Conor nunca apareceria em qualquer lugar em público nem mesmo com um resquício de uma barba.)

Quando Kel surgiu, usando nada além do talismã em seu pescoço, de maneira que se assemelhava perfeitamente a um Conor despido, os assistentes do príncipe foram convocados e nesse momento enxameavam ao redor dele como abelhas. Secaram, cachearam e perfumaram seu cabelo, esfregaram uma loção aromática em suas mãos. Ele vestiu as roupas que lhe foram oferecidas: uma camisa de cambraia descolorida, as mangas enroladas com fios de ouro, com um bordado de ouro no pescoço; um gibão de veludo preto até o quadril com faixas de brocado dourado; calças do mesmo material e botas de couro trabalhado; um manto de brocado de ouro, forrado com pele de lince branco; um anel em cada mão, cravejados de joias do tamanho de ovos de maçaricos: uma esmeralda à esquerda, um rubi à direita. E por último, a coroa do príncipe foi colocada em sua cabeça: uma faixa dourada simples que sempre deixava uma marca na testa de Kel após ser removida no fim do dia.

O talismã permaneceu, escondido sob a gola da camisa, oculto até mesmo para aqueles que sabiam que ele o usava.

Com o trabalho finalizado, os assistentes desapareceram como navios sumindo no horizonte e foram substituídos por um Mayesh de expressão séria. Cansado, Kel olhou para o conselheiro. Mayesh usava o cinza dos Ashkar, mas sua túnica era de seda, com um cinto de prata, e um pesado medalhão prateado da Corte no pescoço.

Ele assentiu brevemente para Kel.

— Você está pronto?

Kel assentiu de volta. O relógio da cidade já havia badalado as sete horas, mas era esperado que Conor se atrasasse; não faria diferença. Ele seguiu Mayesh até o salão e pelos corredores da torre, indo até as passagens subterrâneas que ligavam as diversas seções do Palácio.

Só então ele se permitiu refletir: onde *estava* Conor? Ele dissera à rainha que Conor estivera infeliz nos últimos dias, e era verdade, mas ele não conseguia pensar em nada que pudesse ter piorado tanto as coisas, que o tivesse levado à cidade. Havia coisas que podiam machucar Conor, fendas na armadura em que ostentava para o mundo por onde poderia ser atingido, mas Kel não conseguia imaginar o que poderia tê-lo magoado tanto a ponto de deixá-lo longe de Marivent em um momento tão importante. Ele deveria saber que, embora a rainha fosse ficar furiosa, no fim das contas não faria diferença; eles dariam um jeito na sua ausência e o casamento prosseguiria, firme e forte, como o clima ou os impostos.

Eles chegaram à saleta que, para o Kel de dez anos, parecia tão maravilhosamente cheia de livros. Após tanto tempo se tornara familiar, normal. Havia muito mais livros na biblioteca da Torre Oeste.

Kel ouvia o rugido abafado da festa através das portas douradas que levavam à Galeria Brilhante. Ele foi em direção às portas, apenas para ser interrompido pela mão de Mayesh em seu braço.

— Deixe-me ver seu talismã — exigiu ele, e passou um dedo abaixo da corrente, tirando-o de sob a camisa de Kel. Correu o dedo pelos números e pelas letras gravados, murmurando baixinho em Ashkar. Kel não conhecia as palavras, mas tinha ouvido Lin murmurar algo semelhante, na noite em que ele quase morreu. Uma oração para segurança ou sorte?

Mayesh colocou o talismã de volta sob o colarinho de Kel e disse:

— Sei que está preocupado com ele. — Como sempre, só poderia haver um *ele*. — Esqueça isso, por enquanto. Você pode ajudá-lo melhor assim.

Kel assentiu. Seu coração martelava; ele sentia na ponta dos dedos, aquela sensação de tensão que sentia toda vez que encarava o mundo como Conor. A última vez fora nos degraus do Convocat, com a multidão clamando por ele. Ele se perguntou se era a sensação que soldados tinham antes de entrar no campo de batalha: uma mistura de medo e uma empolgação fora de tempo?

Mas seu campo de batalha era o piso da Galeria Brilhante, e seus inimigos, qualquer um que pudesse ter dúvidas sobre ele ser Conor. Seus pontos fortes não eram lâminas ou *couleuvrines*, mas o fingimento e as artimanhas. Conor não estava ali, mas Kel parou por um instante na porta enquanto os guardas o anunciavam, com a mão no lintel, e pronunciou as palavras do ritual em silêncio para si mesmo.

Sou o escudo do príncipe. Sou sua armadura inquebrável. Sangro para que ele não sangre. Sofro para que ele nunca sofra. Morro para que ele possa viver para sempre.

Porém, Conor não estava ali para dizer: *Mas você não vai morrer.*

Talvez tenha sido por isso que a sensação de algo estar errado tomou conta de Kel, como uma teia de aranha em seu sapato, quando ele entrou na Galeria Brilhante. Ele viu Mayesh, não muito longe, movendo-se no meio da multidão em direção à rainha; estava ciente dos ruídos da festa, um burburinho de conversa intensa misturado com o de botas batendo no mármore e copos tilintando.

Não havia *motivo* para Kel sentir que algo estava errado, pelo menos nenhum à vista. Ele sorriu de maneira automática quando os músicos na Galeria — uma ampla varanda de madeira entalhada acessada por um lance de escadas de mármore no canto da sala — saudaram sua entrada com um floreio de harpa e violino.

Ele percebeu por que tinha visto carroças carregando árvores pelos pátios do Palácio; Lilibet havia transformado o centro da Galeria Brilhante no coração escondido de uma floresta. Uma ironia, pensou Kel, já que não havia uma floresta dessas em Castellane, nem entre os desertos e as montanhas de Marakand. E mesmo assim era uma floresta que qualquer um reconheceria de imediato: o coração de um antigo conto de princesas e caçadores — um lugar de folhas curvas, flores estranhas e a canção melodiosa dos pássaros.

Árvores haviam sido espalhadas por todo o ambiente, seus troncos e galhos pintados com laca até reluzirem como o piso de madeira dourada polida. As maçãs vermelhas penduradas nas árvores eram adornos esculpidos; os frutos que cresciam entre os arbustos artisticamente dispostos eram de lápis-lazúli e ônix. As folhas espalhadas pelo chão eram de seda verde. Os animais tinham sido habilmente moldados com *pastillage* de açúcar, coloridos com glacê real — um arminho branco correndo entre as folhas, pássaros de açúcar empoleirados entre os galhos, e um leopardo, nativo do reino insular de Kutani, observava das sombras com olhos esculpidos em jasper.

Na outra ponta da sala, onde terminava a floresta, a grande mesa esculpida tinha sido devolvida à sua plataforma habitual. Estava vazia, exceto pelo velho Gremont — sentado cansado em uma cadeira baixa — e, perto da cabeceira da mesa, a Princesa Luisa. Ao lado dela estava Vienne d'Este.

Ao que parecia, os sarthianos haviam decidido não arriscar que Luisa se misturasse com os convidados da festa. Vestida com renda branca, o cabelo preso para trás com um laço, ela sussurrava para Vienne, que naquela noite não usava as roupas da Guarda Sombria, mas um vestido simples de seda cinza com mangas cor-de-rosa, através do qual se via linho de fios prateados. Seu cabelo estava solto, em uma onda de cachos castanhos. Ela pareceu reparar em Kel olhando para ela do outro lado da sala e lançou a ele um olhar irritado; Kel se surpreendeu por um instante, até se lembrar que Vienne achava que ele era Conor.

Ele abriu um grande sorriso para ela; era o que Conor teria feito. Luisa, olhando para cima, pegou o final do sorrisinho e sorriu feliz. Mais adiante na mesa, o velho Gremont bufou e se aconchegou mais na cadeira. Por um instante, Kel pareceu ouvir Andreyen Morettus sussurrando em seu ouvido: *Mas o Conselho não é leal, é? Não, exceto onde é vantajoso. Merren sempre fica de olho no velho Gremont; parece que ele está frequentando várias reuniões suspeitas nos arredores do Labirinto.*

Embora fosse difícil imaginar Gremont no Distrito do Labirinto ou em uma reunião suspeita. Principalmente se fosse necessário ficar acordado. Ele se perguntou se a compreensível obsessão de Merren pela família Gremont estava prejudicando o Rei dos Ladrões. Gremont não parecia representar uma ameaça genuína, ainda mais quando comparado com muitos dos outros membros do Conselho — Sardou, Roverge... Alleyne.

Kel buscou por Antonetta. Ele não sabia quando ela havia se tornado uma das primeiras pessoas que ele procurava ao entrar em uma sala, só que de algum jeito isso ocorrera. Ele também não teve dificuldade em encontrá-la na Galeria: seus olhos se voltaram para ela como se ele tivesse sido treinado para encontrá-la no meio de multidões, da mesma forma que ele fora treinado para ver o reluzir das armas, o movimento de um ato suspeito.

Ela estava à sombra de uma árvore cheia de frutos dourados. O vestido também era dourado, assim como os sapatos de salto alto. Ela não usava o medalhão.

O coração dele pareceu se apertar sob as camadas de veludo e brocado que o protegiam. Ela *sempre* usava o medalhão. Onde estava e por que ela decidira não usá-lo? Ele queria desesperadamente perguntar, mas sabia que não podia. Conor não teria reparado no medalhão ou na sua ausência: não porque não fosse observador, mas porque não pensava muito em Antonetta.

Quanto a Antonetta, ela parecia muito triste, o que era incomum para sua personalidade. Quando olhou diretamente para ele, Kel viu uma espécie de alívio em seu olhar, e algo que parecia um segredo compartilhado se passou entre eles.

Seu coração se alegrou e tornou a se despedaçar. Não era com Kel que Antonetta compartilhava esse segredo; ela pensava que ele era Conor. Mas que tipo de segredo Conor poderia ter com Antonetta?

Uma multidão passou diante dele, escondendo Antonetta. Era Lilibet e o seu séquito do momento acompanhando-a. Com joias e charme para dar e vender, ela entretinha a Casa Uzec, a Casa Cazalet, a Casa Raspail e a Casa Sardou com igual entusiasmo.

Kel sabia o próprio dever — ou pelo menos o dever de Conor. Ele entrou na multidão de nobres, interagindo com eles da maneira que Lilibet fazia: perguntando a Esteve sobre os cavalos que ele acabara de comprar, solicitando o conselho de Uzec sobre que vinho poderia ser servido no Baile do Solstício da temporada seguinte e ouvindo Benedict Roverge exaltar as virtudes da sua frota de navios de tinta, atualmente atracada no porto de Castellane.

Kel sentia o olhar da rainha sobre si até quando ela se dirigiu para falar com Jolivet, que usava seu uniforme completo vermelho e dourado, uma faixa dourada no peito. Ele estava diante de um biombo de seda decorado, o que não era por acaso. Lilibet nunca gostou de demonstrações de força militar nas celebrações; achava que atrapalhava o clima de folia. Mas o Legado insistiu que houvesse guardas presentes. Eles haviam chegado a um meio-termo. A castelguarda, quando presente, permanecia escondida atrás de um biombo, e dali observava a festa. Kel esperava que pelo menos alguém de vez em quando levasse comida para eles.

— Meu príncipe. Sua mãe se superou com essa decoração. — Era Lady Alleyne, enrolada em seda prateada, uma lua em contraste do sol que era a sua filha. Liorada estava agora seguindo a moda de Antonetta? Se sim, era algo interessante.

— Obrigado, doyenne. — Kel fez uma reverência. — Embora você deva dizer a ela; minha mãe nunca se cansa de ser elogiada.

— Quem é habilidoso deve ser elogiado. — Lady Alleyne sorriu, mas seu olhar era tão duro quanto o leopardo esculpido. Ela se inclinou para Kel, a voz conspiradora. — Parabéns pela ocasião venturosa que ocorrerá.

O que significava: *Vejo que você se casará, e não com a minha filha. Meu ressentimento será eterno.*

— Sim, parabéns — disse Antonetta, que viera se juntar à mãe. Ela trazia consigo uma taça de vinho amarelo pálido, o cabelo loiro escuro descendo pelo pescoço pálido até encontrar o dourado mais profundo da seda de seu vestido. Ela sorriu para Kel, embora o olhar permanecesse sério. — Monseigneur Conor, Kel Anjuman está aqui esta noite, por um acaso?

Kel ficou satisfeito por não estar bebendo vinho; pois teria se engasgado.

— Ele deve estar em algum lugar por aqui — disse ele. — Tenho dificuldade em acompanhá-lo.

— Ele é bastante popular com muitas das jovens da Colina — disse Antonetta. — E com alguns dos rapazes também.

— É? — Lady Alleyne parecia um tanto intrigada e, de maneira um pouco insultante, surpresa.

— Ouvi dizer que as habilidades dele na cama são incomparáveis — comentou Antonetta, os olhos brilhando de divertimento.

Kel se sentiu corar, seguido por uma sensação intensa de horror. Conor jamais coraria. Ele torcia para que a luz baixa escondesse o seu rubor. *Pense em outra coisa*, pensou ele. *Imagine alguma coisa calma.* Mas seu barco no mar, com toda a água azul ao redor, não vinha.

— Antonetta, *francamente* — exclamou Lady Alleyne, parecendo escandalizada.

— *Desculpe* — disse Antonetta. — As bobagens que eu falo! Não sei por quê. Monseigneur, Lorde Falconet me enviou para pedir que você vá falar com ele. Sei que não há muito tempo antes do início do banquete, mas ele pareceu ansioso em falar com você.

Kel olhou ao redor, mas não viu Joss.

— E onde ele está?

— Acredito que em algum lugar da floresta de faz de contas — respondeu Antonetta. — Eu o levarei até ele.

Kel sabia que se ele estivesse fingindo ser outra pessoa que não o príncipe, Lady Alleyne teria protestado; ela parecia irritada por a filha estar fazendo um favor a Falconet. Mas não podia reclamar, pois também era um favor para o príncipe. Ela apenas observou os dois, de olhos semicerrados, enquanto Antonetta conduzia Kel entre as árvores laqueadas. O ouro e a vegetação se aglomeraram ao redor deles até que a própria Galeria Brilhante pareceu desaparecer, e eles vagaram, como os protagonistas de um conto de um tecelão de histórias, pelo coração da floresta.

Kel sabia que apenas algumas camadas de árvores os escondiam de vista, mas parecia muito real: o chão era de mármore e não de terra, as folhas caídas cortadas em seda, e os pássaros empoleirados entre os galhos eram feitos de açúcar e cucos de relógio, mas a seiva que escorria pelos troncos das árvores era real e cheirava a resina. Ele achou até ter avistado um ninho verdadeiro de pássaros, sem dúvida transportado por acidente, empoleirado no alto dos galhos.

Antonetta se apoiou no tronco laqueado de um carvalho e olhou para ele. Para Kel... não, ele pensou; ela estava olhando para Conor. A expressão no rosto dela era para Conor.

— Não menti — disse ela. — Joss realmente quer falar com você. Mas eu queria conversar com você antes, em particular.

— Não podia esperar? — Kel estava acostumado a usar a arrogância de Conor como se fosse uma capa; mas nesse momento, com Antonetta, a capa parecia errada de algum jeito. Apertada demais na garganta, a ponto de dificultar a sua respiração.

Ela franziu a testa.

— Você não recebeu a minha mensagem?

Kel ficou tenso. Se Conor recebera uma mensagem de Antonetta, não havia mencionado.

— Não me lembro — disse ele, se odiando um pouco. — Recebo tantas mensagens.

Se pensara que Antonetta ficaria magoada, teve uma surpresa. Ela apenas parecia irritada.

— Conor. Era importante.

Ele deu um passo para perto dela. Havia algo de diferente nela. Antonetta não estava flertando, nem ostentava aquele seu sorriso característico que era como uma flechada em seu coração. Antonetta olhava para ele — para Conor — de maneira direta e intensa, com uma lucidez tingida de frustração.

Por um momento insano, ele pensou, *Ela sabe que sou eu?* Jamais havia se perguntando isso quando estava disfarçado de Conor, pelo menos não em muitos anos. Ninguém via além da ilusão. Ninguém se dava ao trabalho de tentar ver. Ele se tranquilizava com a noção de que as pessoas viam o que queriam ver.

Mas a intensidade no olhar de Antonetta o desconcertou. Ela olhava para ele como se o conhecesse até o seu âmago, e ele desejou, sabendo o quanto seria perigoso se fosse verdade, que ela o reconhecesse. Que ela dissesse, *Kellian*, e dissesse que o reconhecera assim que o vira. Talvez todos aqueles anos antes, na primeira vez que ele se sentara para jantar na Galeria Brilhante, sem saber que talher usar com as mãos trêmulas.

Que ideia ridícula; ela tinha apenas nove anos na época. Impossível saber.

Kel pensou no anel de grama. Se Antonetta sabia quem ele era, Kel poderia perguntar a ela. A pergunta que estivera em sua mente desde que descobrira o segredo do medalhão, como o resultado de uma luz brilhante impressa em suas pálpebras.

Ele falou:

— Antonetta...

Antonetta olhou ao redor, como se para se certificar de que ninguém os ouvia.

— Eu falei a você no bilhete — disse ela baixinho. — É a minha mãe. Ela quer que eu noive com Artal Gremont assim que ele voltar para Castellane.

Kel sentiu como se as árvores se fechassem ao seu redor.

— *Artal Gremont?*

Antonetta parecia aflita.

— Ele é anos mais velho que eu, mas uma aliança entre nossos assentos do Conselho agradaria minha mãe...

— Ele é um babaca — disse Kel. — E não o tipo de babaca padrão que costumamos ver na Colina. Ele é um babaca de primeira categoria.

— É por isso que quero sua ajuda, Monseigneur. Deve haver uma forma de você convencer minha mãe a traçar outro plano.

Monseigneur. Kel desejou estar em qualquer outro lugar; sua esperança patética de que Antonetta o reconhecesse em seu disfarce fora apenas isso — patética. Ele sabia que podia simplesmente ir embora dali — Conor já havia feito coisas mais estranhas —, porém por mais desejasse ir embora, desejava ainda mais ajudar Antonetta.

Mas não havia muito que pudesse fazer. Ele não era ele mesmo; ele era Conor, e devia responder do jeito que Conor responderia. Não havia nada que importasse mais do que preservar a ilusão de que ele era o príncipe. Embora as palavras tenham saído com dificuldade quando disse:

— Sua mãe quer que você se case. Existe... outra pessoa com quem você gostaria de se casar? Talvez eu possa tentar algo nesse sentido.

Antonetta inspirou fundo. Na estranha luz da floresta artificial, a pele dela parecia envolvida em sombra e ouro. Kel sabia que houve um tempo em que não a achara bonita, mas não conseguia se lembrar do que passava na sua cabeça naquela época.

— Não — respondeu ela. — Eu permaneceria solteira se pudesse. Como minha mãe está desde a morte do meu pai.

— Não tenho dúvidas de que ela ama você — disse Kel —, mas você também é uma peça num tabuleiro de Castelos. Pedir a ela que não case você é como pedir que ela sacrifique a própria rainha.

Antonetta deu outro passo na direção de Kel nas sombras alternantes. Ela pousou a mão no braço dele — ele não conseguia sentir, através do material grosso que vestia, mas o peso do toque dela era cálido.

— Você é gentil — disse ela. — Muitos diriam que não, mas eu sei que sim. Sei que você pode ajudar.

E por um momento ele se deixou levar: pelo toque da mão dela, pela expressão de seu rosto, pelo perfume de lavanda. E a suavidade do olhar dela, embora ele soubesse era direcionado a Conor — fosse lá o que ela sentisse por ele —, fez Kel se aproximar; ele inclinou a cabeça, roçando os lábios na bochecha dela. Ela pareceu surpresa. Ele poderia beijá-la — a boca de Antonetta estava a centímetros de distância; poderia enterrar as mãos em seu cabelo e unir os lábios com os dela, e mesmo que o beijo dela fosse em Conor, ele aceitaria. Essa ideia o fazia sentir-se um pedinte, mas naquele instante, não se importava. Ele nascera um pedinte das ruas; não era nenhuma novidade para ele.

Kel sentiu o hálito quente dela em sua bochecha. A boca dele roçou a dela; Antonetta se assustou e deu um passo para trás, erguendo as mãos para formar uma barreira frágil entre eles. Olhou para ele com ironia.

— Conor — disse ela. — A essa hora e você já está bêbado nesse nível?

Kel se afastou, piscando para ela.

— Eu pensei que...

— Não, você não pensou — retorquiu ela, calmamente. — Você sabe como eu me sinto. Eu sei como *você* se sente. Não vamos fazer nenhuma tolice.

— Conor! — O som suave das folhas de seda farfalhando interrompeu o silêncio constrangedor. Kel se afastou de Antonetta enquanto uma sombra passava entre os troncos das árvores. Era Joss Falconet. — Obrigado, Antonetta, por encontrá-lo para mim. — Ele deu uma piscadela. — Uma questão pessoal surgiu, e preciso do seu sábio conselho.

Antonetta inclinou a cabeça educadamente.

— Não foi nada — disse ela, e embora Kel quisesse impedi-la, não conseguia pensar em um motivo para Conor fazer isso. Ela seguiu sozinha pelas árvores falsas, e um momento depois Joss conduzia um Kel confuso em direção ao centro da sala, onde uma gigantesca escultura feita de açúcar de Aquila ressoava em direção ao céu, perfeita até os mínimos detalhes, inclusive a grade funcional do muro ao redor da cidade. Voando do topo da mais alta torre havia bandeiras em miniatura de Sarthe e Castellane.

Hum, pensou Kel. Era um dilema. Conor provavelmente pegaria pelo menos uma das torres para comer, ou talvez o relógio da cidade. Isso, no entanto, irritaria tanto Lilibet quanto a delegação de Sarthe. Decidindo escolher a harmonia em vez da verossimilhança, Kel disse:

— Joss. Você tem uma questão particular que gostaria de discutir?

Joss estava tão elegante quanto sempre. Gotas de rosa haviam transformado suas pupilas no formato de asas, e um dragão shenzano azul se enrolava nas costas de sua túnica de seda, enrolando a cauda dourada e cobalto pelo ombro dele. Porém ele parecia estar desconfortável, o que era incomum o suficiente para Kel reparar. Ele abaixou a voz antes de dizer:

— Eu gostaria de me desculpar, na verdade.

Kel olhou para ele com certa surpresa. Falconet quase nunca ficava sério, nem era muito de se desculpar.

— Pelo quê?

— A festa naquela noite. A zombaria de Charlon com a princesa sarthiana.

Kel olhou para a grande mesa, onde um prato com um bocado de pão branco recheado de geleia de pêssego, pera e cereja havia sido colocado diante de Luisa. Ela oferecia um para Vienne, que sorria e balançava a cabeça.

— Luisa — disse Kel. — O nome dela é Luisa.

— Quero que você saiba que eu não fazia ideia de que Charlon planejava aquela dança. Nem Montfaucon, embora acredito que ele tenha achado mais engraçado do que eu.

— Tenho certeza de que ele achou hilário — comentou Kel. — Estou surpreso em saber que você não achou.

— Vi que chateou você — disse Joss, examinando-o de perto. Kel não se questionara se Conor ficara incomodado com a crueldade de Charlon; ele presumira que Conor estivera amargo demais, com raiva demais da situação, para pensar em sentimentos que não fossem os seus. Mas talvez ele tenha sido injusto. Joss era observador, de uma forma que Montfaucon e Roverge não eram, e ele conhecia Conor muito bem. — Eu vi que você não gostou, e queria dizer que não importa quais sejam as minhas opiniões sobre o que Sarthe fez, não importa o quanto eu gostaria que tivesse sido diferente, eu sou leal a *você*. À Casa Aurelian, mas acima de tudo a você.

— Você quer dizer que se eu desejasse que todos vocês na Colina aceitassem Luisa, você faria tudo ao seu alcance para ajudar? — perguntou Kel.

— Sim, embora não seja fácil. Há muitos sentimentos amargos contra Sarthe, e muita raiva pela artimanha que fizeram. Mas — Joss acrescentou apressado —, tentarei. Sou mais esperto que a maioria deles, e imagino que posso convencê-los.

— E você é modesto — disse Kel. — Tem isso também.

Joss sorriu um pouco.

— E há outra coisa que eu queria perguntar a você — disse ele. — Sobre aquela garota. A neta de Mayesh. Aquela que dançou na festa...

Ele se interrompeu com uma expressão surpresa. Kel logo percebeu o motivo; o velho Gremont havia se aproximado deles e pousara uma mão frágil na manga brocada de Kel.

— Podemos conversar a sós por um momento, meu príncipe? — pediu ele.

Joss fez uma reverência e pediu licença, lançando a Kel um olhar que comunicava sem deixar dúvida: *Mais tarde é melhor você me contar do que se trata.*

Kel voltou-se para Gremont, cujo olhar percorria a sala; o velho parecia ansioso com a perspectiva de ser ouvido.

— A sós — repetiu ele, e pigarreou. — Se pudermos conversar por um momento, talvez lá fora…

— Isso se trata de Artal? — adivinhou Kel. Ele sabia que não devia perguntar, já que Conor não perguntaria, mas não conseguiu evitar. — Ele volta em breve?

Gremont desviou o olhar.

— Em breve — disse ele. — Em algumas semanas, imagino. Ele tem negócios em Kutani. Mas não é de Artal que desejo falar — acrescentou ele. — É outra coisa.

— Meu querido Gremont — disse Kel, o mais gentilmente que conseguiu —, é evidente que ficarei feliz em falar com você. — *Sobre suas reuniões no Labirinto? Será que ao menos é verdade?* — Mas que seja após o jantar. Será difícil eu dar uma escapada agora, como tenho certeza que você consegue imaginar.

Gremont abaixou a voz.

— Milorde Príncipe. Precisa ser em breve. É uma questão de confiança, entende…

— De confiança? — repetiu Kel, confuso, bem quando o sino que indicava que a comida seria servida soou. Os convidados começaram a seguir para a mesa alta, e um instante depois Mayesh estava ao lado de Kel, sorrindo benignamente para Gremont. — Venha, meu príncipe; é melhor você terminar de cumprimentar as pessoas e se sentar, ou ninguém vai poder comer.

Era verdade; as leis de etiqueta de Castellane decretavam que nenhum nobre poderia sentar e comer até que o Sangue Real o fizesse; no entanto, como Conor considerava a regra estúpida, costumava ignorá-la.

Gremont pareceu ficar desanimado, mas Mayesh já estava conduzindo Kel até a mesa alta. Kel subiu os degraus, parando para cumprimentar Senex Domizio e Sena Anessa. Eles pareceram surpresos quando Kel mencionou estar animado com a ideia de visitar Aquila, a Cidade da Águia. (No mínimo, Kel pensou, Conor poderia conseguir uma viagem por conta dessa história toda.)

Enquanto se dirigia aos assentos reais, parando por um momento para trocar comentários divertidos com Charlon e Montfaucon, ele percebeu que Mayesh o observava do outro lado da sala. O conselheiro estava concentrado em uma conversa com Jolivet. Os dois homens podiam não gostar um do outro, pensou Kel, mas mesmo assim eram obrigados a servir ao rei e a guardar segredos reais. Eles lembravam a Kel das figuras pintadas nas Portas do Inferno e do Paraíso — uma representando o bem, a outra representando o mal, ambas competindo pelas almas da humanidade.

Finalmente, Kel chegou ao seu lugar e sentou-se ao lado de Luisa. Vienne estava do outro lado; Lilibet estava na cabeceira da mesa, a alguns assentos de distância, já conversando com Lady Alleyne. Antonetta ficou do outro lado da mesa, em frente a Joss e Montfaucon.

Luisa olhou com ansiedade para Kel. A bochecha estava manchada com geleia de cereja. Kel sabia que Conor a teria ignorado, mas ele não conseguiu se obrigar a fazer isso.

— *Me scuxia* — disse ele, em sarthiano. — Peço desculpas. Um príncipe tem muitos deveres.

— Eu estava começando a me perguntar se você iria nos agraciar com sua presença — disse Vienne, secamente, em castellano. — Presumi que você passaria a noite como passou na festa dos Roverge, flertando e bebendo.

Antes que Kel respondesse, se tornou impossível falar qualquer coisa porque a comida começou a ser servida. Havia bandejas e mais bandejas dos pratos marakandeses preferidos de Lilibet: pombo cozido com tâmaras, capões cozidos com passas e mel, cordeiro cravejado com cerejas azedas e regado com calda de romã. Junto a essas iguarias havia também as receitas de Sarthe: choco em tinta preta, almôndegas recheadas com queijo seco, frango salgado em vinagre, *passatelli* com manteiga de ervas.

Expressões de prazer eram vistas por toda a mesa, mas Kel só conseguia pensar na sua primeira visita ao Palácio. O espanto com a comida — tanta comida e tanta variedade — desenrolando-se diante dele como uma tapeçaria encantada. Ele comera tanto que seu estômago doeu.

Agora era apenas comida, uma fonte de sustento sem deslumbramento. E ele não estava com fome. Embora ignorasse a tensão que sentia, ela ainda estava lá, um frio em sua barriga, matando qualquer vontade de comer.

Ele se perguntou se Vienne também estaria tensa. Apesar das roupas, apesar das circunstâncias bastante tranquilas, ela ainda protegia a princesa. Ele queria poder dizer a ela que sabia como era; no lugar, disse, repetindo as palavras dela:

— Flertando e bebendo, hein?

— Bem, sim — respondeu Vienne, espetando uma uva-passa com o garfo. — É o que você esteve fazendo...

— Eu estava conversando com Mathieu Gremont. Ele tem noventa e cinco anos — disse Kel — e comanda a Concessão do chá e do café, embora eu raramente o veja acordado. Mas eu não diria que estava flertando. Ele é frágil, e certas atividades poderiam matá-lo.

Vienne pareceu um pouco surpresa — provavelmente era mais do que Conor já falara com ela.

— Eu quis dizer na outra noite...

— Mas aquilo foi na outra noite — retrucou Kel. Criados se moviam pela mesa, servindo os pratos. Kel se lembrou de pegar algumas das comidas preferidas de Conor: lebre e gengibre doce, capão recheado com canela. — Hoje é hoje.

— Devemos esperar que seja diferente então? — questionou Vienne, que tentava encorajar Luisa a comer.

Kel disse:

— Isso me lembra de um velho ditado callatiano que diz: "Se procurar por falhas, as encontrará."

— E isso me lembra de um outro ditado callatiano que diz: "A medida de um homem é o que ele faz com seu poder." — respondeu Vienne.

— Eu não sabia — disse Kel — que estava nos deveres da Guarda Sombria avaliar a realeza. Além do mais, se você quisesse que Luisa comesse, não deveria tê-la deixado comer um prato inteiro de geleia.

Luisa, ouvindo o próprio nome, cutucou a manga de Vienne.

— O que foi? — exigiu Luisa em sarthiano. — O que você está dizendo? Não serei deixada de fora, Vienne.

— Olha, você está vendo aquela tapeçaria ali? — perguntou Kel, também em sarthiano. Ele apontou para o arrás pendurado no balcão, cobrindo as alcovas por baixo. — É chamado de *O Casamento com o Mar*. É um ritual que a família real deve fazer, aqui em Castellane, para se dedicarem ao mar que tanto nos traz. O rei e a rainha carregam anéis de ouro para o porto em um navio de flores, e os espalham nas ondas do mar. Assim, selamos o amor do mar pela cidade, e nos mantemos em paz com ele.

— Parece um desperdício de joias — comentou Luisa, e Kel riu. — Eu preferiria ficar com o anel.

— Mas você irritaria o mar — provocou Vienne. — E o que aconteceria então?

Luisa não respondeu; Lilibet havia se levantado, um pequeno sino de prata em sua mão. Ela o tocou, fazendo ressoar um som imperioso pela sala.

A música da Galeria acima se interrompeu enquanto Lilibet — majestosa, elegante, de queixo erguido — olhava ao redor. As esmeraldas brilhavam em seu pescoço, orelhas e dedos.

Se alguém havia se questionado onde estava o rei, sabiam que era melhor não perguntar em voz alta. A ausência dele era esperada nessa conjuntura; mesmo os ansiosos representantes de Sarthe não podiam se ofender com isso.

— Em nome de Castellane — anunciou Lilibet —, eu ofereço as boas-vindas aos representantes de Sarthe, e à Princesa Luisa da Casa de d'Eon.

Luisa sorriu; havia entendido seu nome. *Pobre criança*, pensou Kel, *vir até aqui por causa das artimanhas de políticos*. Era como soltar uma pomba para as águias. Estar noiva de Conor não a salvaria. É verdade que haveria pessoas brigando para cair nas boas graças dela, mas muitos mais desejariam a queda dela.

— Ela dá a você as boas-vindas — traduziu Kel, e Luisa sorriu. Lilibet ainda falava: da águia de Sarthe e do Leão de Castellane, da união da fúria e da chama e do império que construiriam juntos pela dominação da terra e do mar.

Vienne ergueu a mão em direção a um decantador de vinho rosé; Kel se adiantou e o passou rapidamente para ela. Vienne semicerrou os olhos.

— Você está diferente — disse ela.

— Diferente dos outros príncipes? — perguntou Kel, flexionando os dedos. — Mais charmoso? Ah. Mais *bonito*.

Ela revirou os olhos.

— Diferente do que você era — explicou ela. — Você não tem sido gentil com *ela* — Vienne olhou para Luisa — nesses últimos dias. Agora você é só gentileza e brincadeiras. Talvez tenha mudado, embora eu não acredite. Nunca conheci um príncipe capaz de mudar.

Luisa, cansada de seus companheiros falando castellano, deu um suspiro cansado bem quando Lilibet terminou de falar.

— Você deve aplaudir o discurso da rainha — sussurrou Kel e juntou as mãos, embora não fosse exatamente a etiqueta o Príncipe Herdeiro bater palmas. Luisa o copiou de imediato. Os músicos recomeçaram a tocar, e o toque de *lior* preencheu o salão enquanto Lilibet se sentava.

Através das portas dos criados sob os arcos, uma onda de artistas em sedas de cor intensa e tranças douradas começou a entrar na sala. Burburinhos animados corriam pela mesa: eram dançarinos, chamados *bandari*. Eles vagavam pelas Estradas de Ouro, e não eram afiliados a um país ou idioma específico, dedicados à sua arte. Eles usavam casacos justos de seda que terminavam logo abaixo das costelas e calças de cintura baixa de seda transparente. As vestes eram complementadas por sapatos de cetim dourado.

Eles se apresentavam com o cabelo solto e cintos rebuscados de moedas enrolados em suas cinturas musculosas. Dizia-se que um dançarino *bandari* guardava uma moeda de cada apresentação e a prendia em uma corrente; o comprimento do cinto indicava o tempo que o dançarino exercia a sua habilidade.

A corte de Jahan tinha sua própria trupe *bandari*, e Lilibet era uma entusiasta da arte. Ela aplaudiu quando os dançarinos entraram na sala.

— Devo bater palmas de novo? — sussurrou Luisa; Kel balançou a cabeça. As árvores decorativas haviam sido reorganizadas para criar um espaço vazio para os dançarinos se apresentarem; ele tinha uma visão excelente do "palco", já que as cadeiras diante dele estavam vazias.

— Ainda não — disse ele. — Só faça o que eu faço, e não se preocupe.

Ele se perguntou se a visão dos dançarinos a incomodaria, considerando o que acontecera na festa de Roverge. No entanto ela pareceu apenas encantada ao vê-los. De fato, eram lindos: ágeis e como se fossem construídos para se movimentar graciosamente. Cabelo solto — claro e ruivo, preto e castanho — descendo pelas costas.

Vienne não olhava para os dançarinos *bandari*; observava Kel com o mesmo olhar confuso no rosto. *Devo parar de ser gentil com essa criança,* pensou ele, e mesmo assim sabia por que fazia isso — era o que Conor fizera por ele, quando ele chegara pela primeira vez no Palácio. Mostrara a ele qual garfo usar, dissera a ele quando falar. Luisa era uma criança, assim como ele fora; Kel não poderia deixá-la à deriva.

Mesmo assim, ele sentiu um arrepio na nuca — como se a força de uma antiga memória houvesse enviado um arrepio pela espinha dele. Ele se virou e viu um movimento de relance no fundo do aposento. Uma figura usando uma capa havia passado pelas portas douradas e estava de pé ali, observando a sala. O capuz estava erguido, obscurecendo seu rosto, mas mesmo assim Kel conhecia seus passos, seu modo de andar, assim como conhecia seu próprio.

Conor.

Kel podia apenas encarar enquanto o príncipe entrava no salão. Os dançarinos ainda se moviam, assim como os poucos criados carregando bandejas de bronze e água de rosas, aparentemente necessárias para a performance. Na Galeria, os músicos tocavam seus instrumentos. Ninguém — nem Jolivet nem Mayesh — parecia ter notado Conor, exceto Kel.

Durante toda a sua vida, Kel fora treinado para fazer o que Conor faria, antecipando qualquer ação dele, adivinhando como ele responderia. Conor estava nas sombras, mas para Kel estava na cara que era o príncipe. Ele sabia que Conor estava bêbado — bêbado o suficiente para precisar apoiar a mão na parede durante a caminhada, para se firmar.

Mas não tão bêbado a ponto de não saber onde estava ou o que estava fazendo. Ele avançava determinado em direção à mesa, como se tivesse a intenção de tomar seu lugar ali.

Kel não suportava pensar no que aconteceria a seguir. Ele poderia pedir licença, pensou; poderia entrar no Salão da Vitória, mas mesmo assim...

Conor havia chegado ao arrás e caminhava ao lado da peça, com uma mão sem luva percorrendo a tapeçaria de *O Casamento com o Mar*. Acima dele, o dedilhar rápido do *lior* indicava que a dança estava prestes a começar. Luisa suspirou alegre quando as luzes diminuíram. Lenços prateados e pretos caíram de uma abertura escondida no teto. A sala não era mais uma floresta. Era noite: o ferro das estrelas, a obsidiana do céu. Os dançarinos, em seus trajes brilhantes, começaram a se mover pela pista. Kel percebeu que era uma dança de constelações: os dançarinos seriam cometas, meteoros e asteroides. Seriam o ar que ardera entre os planetas, os detritos brilhantes e inexplicáveis do universo.

Seriam uma *distração*.

Murmurando algo para Luisa, Kel se levantou de onde estava sentado, desceu em silêncio do estrado e esgueirou-se detrás da mesa. Ele deslizou ao longo da parede abaixo da Galeria, com todos os seus sentidos em alerta máximo. A música invadiu a sala; o ar estava tomado por lenços brilhantes e os dançarinos giravam para formar um caminho brilhante pela pista. Conor tinha parado onde estava, de costas para a tapeçaria, para olhá-los. Kel apertou o passo, agarrou-o pelo casaco que ele usava por baixo da capa e arrastou-o para trás do arrás.

Uma lâmpada Carcel iluminava a alcova de pedra atrás do arrás; a tapeçaria voltou para o lugar, escondendo-os, enquanto Conor se debateu momentaneamente.

— Con — sibilou Kel. — Sou eu. *Sou eu*.

Conor relaxou. Ele cambaleou contra a parede, o capuz caindo para revelar o rosto. Não usava coroa e os olhos estavam injetados.

— Desculpe — disse ele. Não estava arrastando as palavras, não estava tão bêbado assim, mas era um meio sussurro. Era difícil para Kel ouvi-lo acima da música. — Eu deixei você. Pensei que estava deixando eles, mas foi você que deixei.

Kel, ainda segurando a parte da frente do casaco de Conor, disse:

— O que você achou que fosse acontecer? Embora eu imagine que você não tenha pensado. Conor...

— Achei que eles cancelariam essa porra de festa — sibilou Conor. — Pensei que eles iam perceber... eu sei que acontecer é necessário, é política, não tem como mudar, mas todo esse *fingimento*, essa farsa de que estamos contentes ... que todos estão do lado de quem vai lucrar: alguns políticos e mercadores... — Kel viu o movimento da garganta dele enquanto ele engolia em seco. — Eu não achei que eles te obrigariam a fazer isso.

— É o meu dever, Conor — argumentou Kel, cansado. — Meu trabalho. Eu finjo ser você. Óbvio que me obrigaram a fazer isso. E você não deveria estar aqui.

Conor apoiou as mãos abertas contra o peito de Kel.

— Quero fazer a coisa certa — disse ele. — Me deixe trocar de lugar com você. Eu vou. Cumprirei meu dever.

Kel queria perguntar a ele o que acontecera, por que ele partira tão de repente e voltara tão de súbito quanto. Por que justo naquele dia? Mas aquele não era, completa e totalmente, o momento.

Ele disse:

— Con, você está bêbado. Volte para o Mitat. Vá dormir. Eu contarei a você o que acontecer. Não será muito.

Conor contraiu a mandíbula.

— Troque comigo.

— Só vai piorar as coisas — avisou Kel.

Conor estremeceu. E, por um momento, Kel se lembrou do passado, do garoto que tinha um brilho no olhar, que dissera, brincando: *Como foi ser eu?*

Quando aquele brilho se apagara? Ele havia percebido o momento? Os olhos do Conor de agora pareciam hematomas em seu rosto, e havia um repuxar em sua boca. Metade de Kel queria chacoalhar o príncipe, gritar com ele; a outra metade queria se colocar diante dele, protegendo-o de todos os perigos do mundo. Não apenas das lâminas, mas das mentiras e da crueldade, da decepção e do desespero.

— Eu consigo dar um jeito nas coisas — insistiu Conor, teimoso. — Troque comigo.

Kel suspirou.

— Está bem. *Está bem.*

Conor arrancou a capa. O casaco. Kel não conseguia se lembrar da última vez que vira Conor vestido de maneira tão simples. Ele usava roupas mais elaboradas para praticar esgrima na Galeria do Feno. Kel removeu a sobrecasaca e os anéis, e tirou a coroa da cabeça. Não usá-la era um alívio.

Ele entregou os itens para Conor, que os colocou às pressas.

— Calça... — começou Conor, soltando as travas de seu robe.

— Não vou tirar a calça — disse Kel firmemente enquanto tirava o amuleto e o colocava no bolso do casaco que usava. — Ninguém olha para a calça de qualquer maneira.

— Óbvio que olham. — Conor colocou os últimos anéis. A coroa brilhava em seu cabelo escuro: era incrível, pensou Kel, a diferença que o círculo fino de ouro fazia. Transformava Conor, não no que ele não era, mas de volta a quem era. — Do contrário, como você sabe o que está na moda? — Ele olhou para os pés de Kel. — Botas...

Mas não houve oportunidade de trocar de calça nem de calçado. Do outro lado da tapeçaria, um som surgiu acima da música. Um grito, alto e terrível, e então mais um. A música falhou e se interrompeu.

Kel correu até o arrás e levantou um canto da tapeçaria.

— O quê...? — disse Conor, logo atrás dele, enquanto os dois encaravam: as portas da Galeria Brilhante haviam sido escancaradas, e figuras vestidas de preto entravam. Detrás delas, Kel vislumbrou a noite lá fora, o brilho das estrelas, as luzes da Colina, e por um momento, ele se perguntou se era um tipo de peça, uma parte do entretenimento da noite.

Então ele viu o vislumbre do brilho da tocha no aço, e viu um castelguarda cair, com a lâmina atravessando sua barriga. Uma das figuras escuras estava acima dele, segurando uma espada ensanguentada. Outra espada apareceu, e outra, como as estrelas surgindo ao cair da noite, e Kel se deu conta: não era entretenimento. Marivent estava sob ataque.

Maharam,

Você me perguntou qual é sua responsabilidade quanto ao retorno da Deusa. Você pergunta se olhará nos olhos dela e verá a chama da sua alma. Você tem ânsia por sabedoria e o dom da certeza, como todos nós.

Descanse, Maharam. Este fardo não é seu. O Exilado não é apenas um título passado pelos filhos de Makabi, é uma alma que foi passada, e a alma do Exilado reconhecerá a alma da Deusa quando ela retornar. Nisso não há dúvida.

Seu fardo será de um tipo diferente. Pois quando a Deusa retornar, você deve reunir nosso povo para erguer as espadas, pois significará que uma grande ameaça surgiu, não apenas para os Ashkar, mas para o mundo inteiro.

— *Carta de Dael Benjudá para Maharam Izak Kishon*

VINTE E CINCO

Enquanto Lin saía para as ruas decoradas do Sault, o ar estava carregado com a fragrância das rosas e dos lírios. Ela parou por um instante no degrau da frente do Etse Kebeth, ajustando com inquietação a renda nos punhos e na gola, endireitando o amarrotado das linhas do vestido azul. Tocou o saquinho de seda em sua garganta, esperando que disfarçasse o pulsar do seu coração.

Ela nunca estivera tão nervosa.

A porta da Casa das Mulheres se abriu atrás dela, deixando passar uma enxurrada de jovens risonhas. Arelle Dorin sorriu para Lin enquanto o grupo passava, em direção ao Festival. O entusiasmo delas era caloroso e palpável; em outra noite, Lin teria achado contagiante. Hoje, ela apenas cerrou a mão direita. Em silêncio, ela pensou: *Você sempre pode mudar de ideia, Lin. Até o último instante, você pode mudar de ideia.*

A porta se abriu novamente e desta vez foi Mariam que saiu para se juntar a Lin nos degraus. O vestido dela era uma criação magnífica de seda shenzana azul-claro, os punhos dobrados para exibir forro de *setino* amarelo-açafrão, listrado de preto. O cabelo dela, como o de Lin, estava preso em uma trança grossa e entremeado com flores. Em contraste com a elegância de seu vestido, a fragilidade dela se destacava: círculos vermelhos pontilhavam os pontos altos de suas pálidas maçãs do rosto, e o colarinho duro era alto ao redor de seu pescoço fino. Mas o sorriso que ela deu a Lin era mais forte do que nunca.

— Nosso último Festival — disse ela, enlaçando a mão na de Lin. — Depois disso, acho que oficialmente não seremos mais jovens.

— Ótimo — disse Lin. — Quando deixarmos de ser jovens, podemos parar de nos esforçarmos para sermos charmosas.

— Estou sem palavras. — Era Chana Dorin, se juntando a elas na escadaria. Usava o uniforme de sempre: túnica e calça cinza, e botas grossas que poderiam ser usadas para um trabalho de jardinagem. A única exceção feita por ela em relação à importância da noite foi um xale prateado que Josit trouxera para ela das Estradas de Ouro. — Eu não fazia ideia de que você fazia um esforço para ser charmosa, Lin.

— Que absurdo — disse Lin. — Estou indignada.

Mariam deu uma risadinha, e elas foram juntas na direção do Kathot, Lin dando detalhes enquanto comentavam as muitas formas com as quais planejava parar de se esforçar para ser "adequada" assim que aquela noite passasse. Ela vestiria apenas roupas rasgadas, contou às companheiras, e exclusivamente botas enlameadas. Compraria um rato de estimação no mercado e desfilaria com ele em uma coleira de seda. Poderia comprar algumas galinhas também, e nomearia cada uma delas, e diria a todos que perguntassem que às vezes se sentava nos ovos para ver se chocavam.

— Estou impressionada — disse Chana. — Isso *é* pior que o seu comportamento atual. Embora não muito — acrescentou ela.

— O sujo falando do mal lavado — comentou Mariam. — Suas botas estão sempre enlameadas, Chana.

Lin sorriu com a discussão bem-humorada, mas sua atenção estava dividida. Conforme se aproximavam do centro do Sault, Marivent parecia pairar acima delas, na escuridão do céu, branco como uma segunda lua.

Naquela noite seria o banquete de boas-vindas para a menina princesa de Sarthe; por isso Mayesh não compareceria ao Festival. Nos anos anteriores, isso teria irritado Lin — o fato de seu avô nem se dar ao trabalho de aparecer para o evento religioso mais importante do ano no Sault porque sua lealdade era a Marivent e não ao seu povo.

Nesse momento só podia agradecer pela ausência dele. Não tinha certeza se conseguiria levar adiante seu plano se ele estivesse observando.

Tinham chegado ao Kathot iluminado, brilhante como uma brasa viva entre o carvão. Lampiões prateados balançavam entre os galhos das árvores, e velas queimavam em copos de papel encerado colorido em cima de mesas longas cobertas de pano branco.

Chana atravessou a multidão, puxando Lin e Mariam consigo. Pela primeira vez, Lin ficou feliz por estar indo atrás de alguém. Ela se sentia nua no meio da multidão, como se suas intenções estivessem explícitas em seu rosto. *Pare com isso*, pensou. Aquelas eram pessoas que ela conhecia, rostos familiares. Lá estava Rahel, rindo entre as outras mulheres casadas; próximo, Mez estava sentado afinando seu *lior* em uma mesa redonda, cercado por vários outros músicos. Além das *narit* — jovens como ela e Mariam, todas de vestidos azuis —, havia rapazes em idade de casar, desajeitados em trajes elegantes que quase nunca usavam. Eles se espalhavam por mesas compridas, brincando uns com os outros e bebendo vinho roxo-avermelhado em taças de prata generosamente distribuídas pelos anciões do Sault.

O Festival era uma celebração, Lin lembrou-se; ali, as pessoas deveriam estar relaxadas e felizes. Ela se forçou a sorrir.

— Pare com isso. — Mariam sacudiu o braço dela. — Por que você está de cara fechada?

Chana as guiou até um espaço sob as figueiras, de onde tinham uma boa visão da praça. Bem na frente delas havia um espaço aberto repleto de pétalas, reservado para reuniões e danças. Ao pé da escada do Shulamat fora erguido um pedestal. Sobre ele, estava uma cadeira de madeira especialmente construída para o Maharam, enfeitada com flores. Quando o Festival terminasse, o estrado e a cadeira seriam quebrados e queimados, e o doce aroma da madeira de amêndoa preencheria o ar.

— *Não* estou de cara fechada — sussurrou Lin. — Estou *sorrindo*.

— Quase me enganou.

Mariam saiu do caminho de Orla Regev, um dos anciões do Sault, que ia apressado até Chana para entabular com ela uma conversa sussurrada. *Alguém*, ao que parecia, havia enfeitado a cadeira do Maharam com jacintos, quando todos sabiam que devia ser rosas. Além disso, o vinho tinha sido servido cedo demais, e muitos dos homens mais velhos estavam bêbados, e alguns dos jovens também.

— Ah, pobrezinha — lamentou Mariam empaticamente enquanto Chana era levada por Orla, argumentando a improbabilidade de o Maharam notar quais flores estavam em sua cadeira, e que a Deusa, abençoado fosse o Nome, não se importaria com isso. — Por que Orla não pode deixá-la se divertir?

— Porque é assim que *Orla* se diverte — respondeu Lin justo quando um jovem se aproximava delas, sorrindo. Lin o reconheceu de imediato como Natan Gorin, o irmão mais velho de Mez, aquele que havia acabado de voltar das Estradas de Ouro.

Como os outros jovens no Festival, ele usava cambraia branca simples com bordado prateado, uma coroa de folhas de espicanardo na cabeça. (Por um instante, Lin se lembrou de outra coroa, um diadema de ouro com asas na lateral, brilhando em contraste com cachos escuros.) O cabelo dele era acobreado, a pele marrom e queimada de sol. Ele abriu um sorriso descontraído, estendendo uma mão marcada com as tatuagens de tinta preta dos comerciantes rhadanitas para Mariam.

— Tenho um amigo entre os músicos — ele piscou para Mez — e fiquei sabendo que a dança está para começar. Gostaria de se juntar a mim?

Corando, Mariam aceitou a mão de Natan. Mez comemorou isso com um trinado do *lior*, e um momento depois a música começara, com Natan e Mariam dançando.

Uma onda de felicidade invadiu o corpo de Lin, dando um tempo em seu nervosismo. Ela olhou para Mez, que sorria. Será que ele havia pedido a Natan que dançasse com Mariam? Não importava, Lin pensou; Mariam estava feliz por dançar. O rosto dela brilhava, e à luz da lua ela não parecia nem um pouco cansada ou doente.

Outros casais se juntaram a eles. Lin se recostou na casca áspera do tronco de uma árvore, sendo levada pelo momento. Ouvia risadas ao seu redor, e a animação de uma comunidade contente por ter uma desculpa para se reunir. Algo frio serpenteava sob as costelas de Lin, mesmo enquanto ela observava Mariam. Uma sensação de pavor.

Você não pode fazer isso, disse a voz no fundo da sua mente. *Não com todos eles. A teimosia do Maharam não é culpa deles. E deve haver uma outra solução. Algo não tão extremo.*

Embora ela ainda não soubesse o quê.

— Lin. — Ela se endireitou; era Oren Kandel, encarando-a com seriedade. Ele era mesmo muito, muito alto. Lin sentia como se precisasse inclinar a cabeça para trás para ver o rosto grave dele. Ele não usava uma coroa de folhas, como os outros rapazes, e suas roupas eram sérias, sem bordado. Ele perguntou, rígido: — Quer dançar comigo?

Lin ficou surpresa demais para recusar. Deixou que Oren a conduzisse aos outros, deixando que ele pegasse sua mão e a puxasse para perto. Ele tinha um cheiro leve de ácido, como chá amargo. Enquanto a girava sem jeito entre os braços, Lin não pôde deixar de lembrar da última vez que havia dançado. E feito um papel de tola, pensou, com Conor a observando com aquela luz amarga nos olhos...

Não Conor, ela se lembrou. O príncipe. Ela não era Mayesh, para usar o primeiro nome dele. Além disso, agora ele a odiava. Lin dissera que ele era uma pessoa estragada, e não seria provável que ele fosse perdoar um insulto desses.

— Lin — disse Oren, e a voz dele estava surpreendentemente gentil. Por um instante, ela se perguntou se ele ia dizer, *Você parece preocupada*, ou, *Por que você parece tão triste em uma ocasião tão feliz?* — Você se lembra de quando eu a pedi em casamento?

Lin sentiu-se desconfortável e se perguntou por que diabos havia pensado que Oren Kandel poderia ter percebido que ela estava infeliz. Se ele não tivesse o intelecto e a empatia de uma lesma, ela poderia não ter recusado a proposta de casamento dele, para começo de conversa.

— Sim, Oren — disse ela. — Esse tipo de coisa é difícil de esquecer.

— Você já se perguntou por que eu fiz o pedido? — Os olhos escuros dele estavam brilhantes ao olhá-la. — Embora você seja obviamente inadequada, e daria uma esposa muito difícil para um homem comum.

Como era aquela expressão que Kel sempre usava? E Merren também? *Inferno cinzento*, pensou Lin.

— Eu não me perguntei — respondeu ela. — Embora, confesso, esteja me perguntando agora.

— Sei que você está com raiva de mim — disse Oren. — Ajudei o Maharam a pegar seus livros. — *E implorou para que ele me punisse ainda mais*, pensou Lin sombriamente. — Mas acho que você virá a entender, Lin, que as coisas que fiz foram para ajudá-la, mesmo que você não conseguisse ver.

— Pegar meus livros não me ajuda, Oren.

— Pode pensar isso agora — argumentou ele —, mas é porque você está corrompida. Seu avô a corrompeu com os valores mundanos dele. Ele quer que você seja como aquelas mulheres lá fora — ele indicou com o queixo os muros do Sault, um movimento que parecia abranger toda Castellane —, orgulhosas demais, arrogantes demais, achando que são melhores que nós. Mas posso salvar você da influência dele.

— Oren... — Lin tentou se afastar, mas ele a segurou com força.

— Reconsidere a minha proposta — pediu ele. Seus olhos ainda brilhavam, mas não de felicidade. Era uma mistura de nojo e desejo que quase fez o estômago de Lin se revirar. Ele podia ter dito a si mesmo que queria salvá-la, pensou Lin, mas o que ele de fato queria era mudá-la até que ela ficasse irreconhecível. E Lin não conseguiu deixar de pensar em Conor, que, bêbado como estivera, fora de si e descontrolado, havia dito a Lin que ela era perfeita como era. — Ainda quero me casar com você — sussurrou ele. — Eu *quero*... e se casar comigo vai elevar a estima do Maharam por você, do Sault inteiro...

— Por quê? — perguntou Lin.

Oren piscou por um momento.

— Como assim, por quê?

— Por que você quer se casar comigo?

— Você se lembra de quando éramos crianças, e brincávamos de esconde-esconde nos jardins? Ninguém conseguia encontrar você, apenas eu. Eu sempre encontrava você no fim das contas. Você está perdida dessa forma agora, Lin. Só eu posso encontrá-la. Ajudá-la.

Uma nota destoante soou no *lior*. Lin viu que Mez a observava, de sobrancelhas erguidas, como se dissesse: *Precisa que eu intervenha?*

— Lin — disse Oren. — No que você está pensando?

Ela balançou a cabeça para Mez e se voltou para Oren.

— Só estava me perguntando se essas foram as palavras que Suleman usou, quando tentou convencer Adassa a se juntar a ele e aos outros reis. *Junte-se a mim e eu a manterei segura. Eu a ajudarei. Você está perdida sozinha.* Não é esse o tipo de coisa que ele disse?

Oren ficou tenso.

— Porém — continuou Lin —, ele provavelmente pelo menos falou a ela que a amava. E nem isso você fez.

A música parou. Era provável que Mez não estivesse mais aguentando, pensou Lin, a forma como Oren a olhava, e não podia culpá-lo. Nem ela mesma conseguia mais olhar para Oren. O rosto dele estava franzido de raiva, os olhos duros e brilhantes como pedras.

Ela passou por Natan e Mariam enquanto se apressava para longe da dança. Foi até uma das mesas, encontrou uma taça de prata de vinho e bebeu, deixando o calor do álcool acalmar a vibração em seus ossos. Virando-se, ela olhou ao redor, mas não viu Oren na escuridão. Lin se permitiu relaxar um pouco.

Oren não era o Sault, ela se lembrou. A maioria deles, seus amigos e vizinhos, não era assim: não eram inflexíveis ou críticos. Eles tinham empatia, como Chana. Compaixão, como Mez. Sabedoria, como Mayesh. (Sim, ela pensou, não tinha problema em pensar isso: ele *era* sábio, e se importava com a bondade, mesmo que ele não fosse sempre gentil.) A maior parte dos anciões não havia votado a favor de exilar o filho do Maharam. Fora o próprio Maharam, no fim das contas, que dera o voto decisivo.

Mez recomeçou a tocar, desta vez uma música mais lenta, com um refrão mais melódico. Faíscas dos lampiões voavam, salpicando o ar com a luz dos vaga-lumes. Lin estava com calor por causa da dança e do vinho, mas o espaço entre sua omoplata estava frio e suado.

Ela ficou sentada observando a dança, os casais circulando sob os lampiões cintilantes. Lin percebeu que não sabia todos os nomes deles — não dos mais novos, que não tinham estudado com ela e Mariam. Era quase como se assistisse a uma peça ou a uma apresentação na Arena. Parte dela sentia um aperto no peito. Aquele era o seu povo, os costumes deles eram os seus. E, no entanto, mesmo enquanto uma música se misturava com outra e a lua deslizava pelo céu, Lin não fez menção de se juntar a eles, ficando apenas sentada e observando, uma espectadora.

— Lin! — Mariam se apressou para alcançá-la com Natan logo atrás, com as mãos nos bolsos. Ele tinha um sorriso gentil, pensou Lin, um sorriso descontraído. — Há quanto tempo você está sentada aí?

Lin olhou para os muros do Sault, o Relógio da Torre do Vento se erguendo no céu. Para a surpresa dela, algumas horas haviam se passado; parecia ter sido apenas momentos. A meia-noite se aproximava no horizonte.

Mariam disse:

— Vi Oren com você...

— Está tudo bem — disse Lin rapidamente. — Nós dançamos, só isso. — Ela se virou para sorrir para Natan. — Eu queria perguntar a você...

— Se eu vi seu irmão nas Estradas de Ouro? — perguntou Natan. — Vi, na verdade. Em um caravançarai perto de Mazan. Josit parecia bem — acrescentou ele, às pressas. — Ele me disse que se eu chegasse aqui antes dele, devia mandar lembranças dele a vocês duas.

— Ele disse *quando* poderia voltar? — questionou Lin.

Natan parecia um tanto confuso.

— Acho que não perguntei. Mas ele comprou um macaco de estimação — revelou ele. — De um mercador hindês. Estava roubando os chapéus das pessoas.

Lin estava começando a suspeitar que Natan, apesar de ser bonito, não era lá muito esperto.

— Chapéus — comentou ela. — Quem diria.

Mariam lançou a ela um olhar de advertência, embora também parecesse estar precisar reprimir um sorriso.

— Duvido que as novidades dele cheguem perto de ser tão empolgantes quanto as suas — disse Natan. — O Príncipe Herdeiro, no Sault? Duvido que isso já tenha acontecido antes.

Lin se perguntou se deveria começar a dizer às pessoas que Conor fora vê-la porque tinha uma variante terrível de varíola e precisava desesperadamente de um tratamento. Isso parecia, no entanto, o tipo de mentira que a faria ser presa pelo Esquadrão da Flecha.

— Ele estava procurando por Mayesh — disse ela. — Só isso.

Mariam sorriu.

— Todo mundo está dizendo que ele vai levar Lin para uma vida de luxo na Colina.

Lin pensou na Colina. Em seu brilho, suas cores. O jeito como as pessoas falavam, como se cada palavra estivesse mergulhada em uma mistura de ácido e doce. O jeito como Luisa chorara, humilhada. O jeito como Conor a observara dançar.

— Bem, isso é besteira — ela disse, vencendo a tensão em sua garganta. — O príncipe está noivo, e além disso, jamais se casaria com uma mulher Ashkar.

— Ele não se casaria — concordou Natan. — Não há aliança a ser feita aqui. Somos um povo sem país, e reis não se casam com o povo. Eles se casam com reinos.

Talvez Natan fosse mais esperto do que ela pensara.

— Temos um país — retrucou Mariam. — Aram.

— Passei por Aram, nas Estradas — contou Natan. — É uma terra devastada. Nada cresce, e não há lugares onde se possa descansar; a terra é venenosa demais para sustentar vida, mesmo que por pouco tempo. É preciso viajar sem parar.

A música se interrompera. Lin olhou de relance na direção do Relógio da Torre do Vento. Faltava trinta minutos para a meia-noite. O ritual da Deusa ia começar.

Ela mal percebeu quando, com um murmúrio educado, Natan se retirou: as jovens e os rapazes estavam se separando, como exigia o ritual. Os dançarinos saíram da praça, voltando para a multidão.

O coração de Lin disparou. Ela conseguia sentir o pulsar na garganta, na espinha. Estava começando. A cerimônia. O Maharam apareceu na porta do Shulamat.

Ele desceu os degraus devagar, carregando sua bengala, que tinha nela gravado o nome de Aron, o primeiro filho de Judá Makabi, e os números da *gematria*. Ele usava seu *sillon*, tecido de lã azul meia-noite, os punhos e as golas brilhando com equações talismânicas escolhidas em vidro.

Ao lado dele estava Oren Kandel, olhando para a frente. Se ele viu Lin enquanto acompanhava o Maharam até sua cadeira na plataforma, não deu sinal.

O *lior* de Mez vibrou, um tom de convocação. Mariam pegou a mão de Lin e juntas elas se moveram com as outras *narit* para o espaço diante da plataforma. Uma multidão de meninas e jovens mulheres em vestidos azuis, com o cabelo cheio de flores, olhou para cima quando o Maharam se sentou na cadeira enfeitada com guirlandas. Ele observou a multidão reunida, sorrindo com benevolência. Erguendo a bengala, colocou-a sobre o colo.

— *Sadī Eyzōn* — disse ele. Era o nome dos Ashkar para si mesmos: o Povo Que Espera. Eles não o diziam para os *malbushim*, para ninguém fora do círculo deles. — A Deusa é a nossa luz. Ela ilumina a nossa escuridão. Estamos nas sombras, pois ela está nas sombras; estamos em exílio, pois ela está em exílio. Mesmo assim, ela estende a mão para tocar nossos dias com milagres.

Ele ergueu o cajado, cheio de flores desabrochando: botões e amêndoas brotavam dele, como se ainda fosse um galho na árvore. A multidão arfou. Embora acontecesse todos os anos — em cada Sault, em cada Tevath, nas mãos de cada Maharam —, nunca deixava de provocar admiração.

— Hoje — continuou o Maharam —, celebramos o maior dos milagres de Adassa, aquele que mudou nosso mundo e que preserva nosso povo. — A voz dele começou a cair no ritmo de um encantamento, a cadência de uma história sempre contada, que quase se transformara em canção. — Há muito, muito tempo nas eras sombrias, quando a Deusa foi traída, as forças de Suleman avançaram para Aram. Eles esperavam uma vitória fácil, mas não receberam isso. O povo de Aram, conduzido por Judá Makabi, segurou os feiticeiros-reis de Dannemore, com toda a sua força de vontade e seu poder, por três longos dias e noites.

O Maharam olhou para a multidão. Embora todos tivessem ouvido a história incontáveis vezes, seus olhares pareciam perguntar: *Dá para acreditar nisso? Nesse milagre dos milagres?*

— E quando por fim a última muralha caiu, e o inimigo entrou em Aram, encontrou as terras vazias. Usando as sombras a seu favor, Judá Makabi já havia conduzido nosso povo à segurança. Mas Suleman sabia que a Deusa não terminara seu trabalho.

"Ele correu até o topo da Torre de Balal, a mais alta torre de Aram. Ela estava lá, Adassa, nossa Deusa. Lá, em toda sua apavorante glória. Uma figura terrível e maravilhosa de ser contemplada. O cabelo dela era chamas, os olhos, estrelas. Suleman se acovardou diante dela, mas não podia fugir, pois o olhar dela o mantinha em seu lugar. Ela disse a ele: "Ao lutar pela minha aniquilação, você apenas garantiu a sua. O poder que você exerce não deve ser exercido por nenhum homem, pois só causa destruição. E agora será tirado de você.""

Lin fechou os olhos, colocando a mão no bolso do vestido para tocar a superfície lisa da pedra. Ah, ela conhecia essa história. Conhecia em seu coração; em seus sonhos. As chamas, o deserto. A Torre. Foi isso que ela dançou, na Colina, naquela casa horrível de pessoas horríveis. Aquele momento, quando a Deusa, traída pelo seu grande amor, arrancou a vitória através da sua própria destruição.

— A Deusa estendeu a mão — prosseguiu o Maharam — e arrancou do mundo a Grande Palavra, o Nome Indizível; e quando ele se foi, todos os artefatos da magia que tornara tudo possível começaram a desaparecer.

Os feiticeiros-reis foram aniquilados onde estavam, pois tudo o que os mantinha vivos eram seus próprios feitiços malignos. As feras de magia desapareceram do mundo, e os exércitos dos mortos-vivos desmoronaram na terra. Com o último resquício de seu poder, enquanto a Torre de Balal se tornava pó ao redor dele, Suleman estendeu a mão para a Deusa. Mas não havia nada a tocar. Ela já desaparecera nas sombras.

Ele suspirou. E Lin pensou: o suspiro dele ser audível era um indicativo do poder da história, da própria Deusa. A multidão estava quieta e silenciosa a esse ponto.

O Maharam disse:

— É uma história de grande coragem e sacrifício, mas vocês podem estar se perguntando: por que estamos aqui? Para quem está de fora, é fácil dizer: Cante uma canção da sua Deusa, então, se nela você acredita. Pois como cantaremos a canção da nossa Senhora em uma terra estranha? Faz tempos que vagamos, mas não estamos abandonados. Esperamos muito, mas não estamos abandonados. Estamos espalhados entre as nações, mas não estamos abandonados. Por enquanto, moramos em nossos próprios corações e neles esperamos. Pois não estamos abandonados. A Deusa retorna e nos conduz à nossa glória.

Não importava o que Lin pensava do Maharam. As antigas palavras ainda a emocionavam até o seu âmago. Ela tocou o colar no pescoço, os dedos traçando as palavras. *Pois como cantaremos a canção da nossa Senhora em uma terra estranha?* Então Castellane era uma terra estranha? Ela supôs que sim. Todas as terras eram estranhas até que a Deusa os levasse para casa.

— Esta noite, em cada Sault, em cada nação, esta cerimônia acontecerá — disse o Maharam. — Esta noite a pergunta foi feita e respondida. Venham agora, *narit*, e fiquem diante de mim. — Ele bateu seu cajado florido na plataforma. — Deixem que a vontade dela seja feita.

Lin se viu indo se juntar às outras, um lento rio azul serpenteando em direção à plataforma enquanto, sobre elas, orações eram recitadas. Mariam se acotovelou no meio da multidão para ficar ao lado dela; suas bochechas estavam coradas — se era ruge ou natural, Lin não sabia. Ela sorriu para a amiga, tranquilizando-a. *Calma, calma*, sua mãe lhe dissera muito tempo atrás; *uma formalidade, um ritual, nada mais. Quando a Deusa retornar, você acha que ela esperará até o Tevath para se revelar?*

Não, ela virá até nós numa coluna de fogo, na lança de um relâmpago. Um movimento de sua mão iluminará toda a terra.

Reunir tantas pessoas em uma fileira ordenada não era coisa rápida, e faltavam dez minutos para a meia-noite quando o Maharam começou as perguntas. Lin podia ouvir a voz dele enquanto as *narit* passavam diante de si, uma por uma, permanecendo na plataforma. Elas respondiam a antiga pergunta, as vozes tímidas ou contundentes, confiantes ou questionadoras.

Você é a Deusa Reencarnada?
Não, não sou ela.
Muito bem, pode ir.

Seis minutos para a meia-noite. E se o Maharam não chamasse o nome dela a tempo? Ela tocou levemente a pedra no bolso outra vez, apenas para que a presença dela a tranquilizasse. Alguém colocou lenha na fogueira. Brasas vermelho-douradas voaram enquanto Mariam se movia para ocupar seu lugar diante da plataforma. O Maharam olhou para ela com bondade, misturada com pena: *Nós permitimos que você esteja aqui, mas apenas como uma formalidade. Certamente alguém tão doente, tão fraca, não poderia ser ela.* Ele disse:

— Você é a Deusa Renascida?

Mariam ergueu o queixo. Seu olhar era firme e límpido.

— Não sou.

Ela se virou então, com as costas bem retas, e foi se juntar às outras garotas que já haviam respondido ao Maharam. Lin sentiu uma pontada de orgulho por Mariam não ter esperado para ser dispensada. O Maharam também reparou nisso; quando Lin parou diante dele, ela viu que seus olhos estavam pensativos. Sua expressão mudou ao ver Lin. Seu olhar pálido a percorreu desde os sapatos azuis até as flores em seu cabelo.

Lin manteve o rosto impassível, as mãos entrelaçadas diante do corpo. Ainda podia sentir o coração pulsando em todas as partes do corpo. Nos dedos das mãos, dos pés. Na boca do estômago.

Faltavam cinco minutos para meia-noite.

— Lin Caster — disse o Maharam —, este é o último ano que você ficará diante de mim no Tevath.

Não era uma pergunta, então ela ficou em silêncio. Podia sentir o olhar do Sault sobre si. Não havia muito suspense ali. Ninguém realmente esperava por nenhum resultado diferente de todos os outros Tevath que já haviam presenciado. Mas Lin... Lin podia sentir as mãos tremerem como folhas ao lado do corpo. Apenas a longa prática da paciência de ser curandeira havia ensinado a ela a manter uma aparência calma.

— Dizem que toda a sabedoria vem da Deusa — disse o Maharam. Lin ouviu alguém atrás dela sussurrar; era incomum o Maharam dizer mais do que as palavras necessárias para o ritual. — Acredita nisso, Linnet, filha de Sorah?

Me lembrando de que conheceu minha mãe. Lin rangeu os dentes. Seus joelhos tremiam, as palmas das mãos molhadas de suor. Ela respondeu:

— Sim.

O Maharam pareceu relaxar um pouco.

— Minha querida — disse ele. — Você é a Deusa Renascida?

Muito tempo antes, quando ela e Mariam eram pequenas, haviam nadado juntas nas piscinas de pedra da casa de banho da Casa das Mulheres. Debaixo da água, chamavam uma a outra, vendo se a outra conseguia entender suas palavras através da distorção ondulante da água. Era assim que agora ela ouvia o Maharam, como se a voz dele chegasse até ela como um eco, não como se estivesse no fundo de uma piscina rasa, mas no fundo do oceano.

Você é a Deusa Renascida?

Lin cerrou os punhos ao lado do corpo, com tanta força que as unhas cravaram-se nas palmas das mãos, rompendo a pele.

— Sim — afirmou ela. — Sim. Eu sou.

Eles entraram como um enxame pelas portas quebradas da Galeria Brilhante, agressores usando farrapos de velhos uniformes militares, vermelhos e pretos, os rostos impassíveis, inexpressivos. Na luz irregular dos lampiões oscilantes, eles pareciam criaturas saídas de um pesadelo: usavam chapéus justos e tinham os rostos pintados com tinta branca e preta para parecerem caveiras. Carregavam uma variedade de armas: antigos machados, maças e espadas. Um deles balançava uma bandeira acima da cabeça: a imagem de um leão dourado atacando uma águia.

E de repente Kel estava na praça, observando enquanto os castel-guardas arrastavam o grupo de manifestantes inflamados para longe.

Suas bandeiras, costuradas com o leão vitorioso, a águia sangrando. Seus gritos — ditos naquela noite na casa dos Roverge, quando as Famílias da Concessão ouviram do terraço e riram: *Morte a Sarthe! Antes sangue que união com Sarthe!*

Naquele momento, eles não haviam estado com os rostos pintados, nem armas; pareciam até um pouco ridículos. Não pareciam mais.

Kel se virou e agarrou Conor pelos ombros. Empurrou-o para trás do arrás. Ele arrancou a adaga da bota. Não era muito. Não o suficiente para proteger Conor, se fosse necessário. Ele olhou para trás e viu Conor encostado na parede, de olhos arregalados.

— Fique aqui — rosnou Kel. — Fique *longe*.

Ele deixou cair a adaga e a chutou para Conor. Voltou para a Galeria. Tinham se passado apenas segundos, mas o lugar já estava uma confusão. O biombo de seda atrás de Jolivet havia caído e a sala estava cheia de castelguardas. Metade deles correu em direção à mesa, indo cercar a rainha e o conselheiro. Vienne empurrou Luisa para trás de si. Ela gritava com os castelguardas, palavras que Kel não conseguia ouvir, mas podia adivinhar: exigindo que protegessem a princesa, exigindo também que entregassem uma arma a ela.

Os dançarinos se dispersaram. Alguns estavam escondidos entre as árvores da floresta artificial. Kel podia ver suas roupas brilhantes, como vaga-lumes no escuro. A metade dos castelguardas que não protegia a mesa invadiu o centro da sala, com espadas reluzindo. Uma segunda floresta artificial, desta vez feita de aço.

Eles enfrentaram os intrusos de frente, e Kel podia sentiu o cheiro de sangue no ar, forte e metálico.

O castelguarda que Kel vira ser esfaqueado na barriga estava deitado de costas, encarando o teto com olhos que não mais enxergavam. Um lenço prateado e preto estava preso no galho de uma árvore lá em cima, balançando ao vento que entrava pela porta aberta. Kel se abaixou e rolou, deslizando pelo chão como havia feito com a adaga. Foi até o guarda. Ele conhecia seu rosto: um dos castelguardas que o deixara entrar na Trapaça para ver Fausten. *Que ele passe livremente pela porta*, pensou Kel, segurando o cabo da lâmina cravada na barriga do guarda. Ele se soltou com o som de aço raspando nas costelas.

Kel ficou de pé. Agora estava armado, e...

— *Caralho* — sussurrou ele. Porque Conor não ficara no lugar, nem longe, como Kel ordenara. Ele saíra detrás do arrás, a adaga na mão, e enquanto Kel observava, ele se jogou em um dos atacantes de rosto pintado de caveira, derrubando-o no chão. Ele atacou, enfiando a adaga entre as omoplatas do Caveira. Quando puxou a adaga de volta, o sangue espirrou, um jato escarlate no brocado dourado.

Kel reverteu a rota, abrindo caminho até Conor. O chão da Galeria Brilhante era um redemoinho fervilhante de branco, preto e vermelho. O vermelho dos castelguardas, o vermelho mais escuro do sangue, grudando no piso. Um Caveira — era difícil pensar neles de outra forma — avançou para Kel, que aparou e investiu, enfiando a espada com tudo entre as costelas do homem. Ele caiu, o sangue escorrendo dos cantos de sua boca, misturado com a tinta branca e pegajosa de seu rosto.

Alguns dos nobres haviam se juntado aos guardas. Kel viu Joss Falconet brandindo sua espada, uma lâmina estreita e prateada. Montfaucon tirou uma adaga fina do punho de brocado; Kel o viu cortar a garganta de um Caveira antes de pegar uma taça de vinho pela metade de uma mesa próxima e virar de uma vez. Charlon avançava como um touro, desarmado, mas balançando os punhos. Lady Sardou havia tirado um punhal com joias do busto do vestido e o girava em torno de si com ferocidade.

Naquele instante, Kel soube que esteve certo ao sempre ir armado às reuniões da Câmara de Controle.

Mas onde estava Antonetta? Ele estava acostumado a concentrar toda a sua atenção em Conor — que agora estava lutando contra um Caveira, golpeando seu oponente sem se importar com as regras de combate de espadas que Jolivet lhes ensinara — e tê-la dividida era desorientador. Mas não tinha como ir contra isso; Ana havia ocupado uma parte em sua mente, e ele não conseguia impedir seus olhos de buscá-la. Buscar por um vislumbre de seda dourada em meio à multidão agitada...

E lá estava ela, com uma adaga prateada na mão. Estava perto das portas, com a mãe atrás de si, parecendo atordoada enquanto Antonetta acabava com um Caveira que havia se aproximado demais, dando no invasor um chute no joelho e um corte rápido no ombro. *Aquelas aulas secretas com a espada devem ser boas*, pensou Kel. O Caveira caiu, sangrando e agarrando o braço, enquanto Antonetta arrastava a mãe em choque para fora da sala.

Alguns as seguiram — o lado de fora parecia ser o lugar mais seguro a se estar, mas o caminho até lá era uma jornada sangrenta através de lâminas reluzentes e um caos crescente. Kel estava a meio caminho de Conor. Seu progresso era lento, cada passo uma luta sanguinolenta. Ele decapitou um Caveira com o golpe de sua lâmina, abaixou-se para cortar os tendões do tornozelo de outro. Impediu-se de cortar a garganta de um homem. Seria melhor que alguns deles sobrevivessem à noite, disse uma vozinha racional no fundo da sua cabeça. Eles precisariam ser interrogados. Havia um *motivo* para tudo aquilo, um motivo do qual Kel só podia enxergar um leve vislumbre...

E então um grito soou vindo da mesa alta. Kel olhou e viu Sena Anessa cambalear para trás. Uma flecha preta se projetava de seu ombro. *Não, não é uma flecha*, pensou Kel, levantando-se, *um dardo de besta...*

Anessa caiu, o sangue escorrendo pela frente do vestido, e Luisa gritou. Ela se debatia nos braços de Vienne e se libertou de repente — apenas por um instante, mas foi o suficiente. Quando Kel se virou para ver de onde viera a primeira flecha, uma segunda disparou pelo ar. Afundou no peito de Luisa com força suficiente para erguer a menina do chão.

Ela bateu na parede atrás da mesa. O dardo que atravessou o seu corpo devia ter ficado alojado entre duas pedras — mais tarde, descobririam que fora exatamente isso —, pois agarrou. Ficou preso com firmeza, e Luisa, que deve ter morrido no momento em que a flecha entrou em seu peito, ficou pendurada sem vida, suspensa na parede como uma das borboletas que Kel tinha visto no apartamento de Merren, presa a uma placa.

Vienne deu um grito terrível, desolado e estridente e se lançou sobre Luisa. Kel não conseguia olhar; ele se virou e viu um lampejo de movimento com o canto do olho, no meio da parede...

A Galeria. De onde mais alguém teria uma boa visão para disparar uma besta?

Kel correu. Pela primeira vez na vida ele não correu em direção a Conor, mas atrás de outra coisa. Subiu os degraus tortos de mármore, entrando com tudo na Galeria, apenas para encontrá-la vazia. Havia instrumentos ali, espalhados, e cadeiras derrubadas — pelas pessoas em fuga, Kel imaginou — mas a Galeria estava vazia.

Kel estava prestes a se virar e descer quando viu a janela.

Uma janela comum no final da sala, aberta, a cortina tremulando com a brisa. Só Kel sabia, graças aos anos de familiaridade com a Galeria, que aquela janela não dava para o céu lá fora. Levava ao telhado.

Um segundo depois, ele estava subindo. Suas botas pisaram nas telhas e ele quase escorregou. Ali estava tão iluminado quanto na Galeria — a lua brilhava, tão branca que lançava um clarão cintilante sobre a curva do telhado, iluminando os Palácios de Marivent. E delineando a figura parada na sombra na beirada do telhado, olhando a cidade.

A seus pés, uma besta.

Kel gritou, descendo pelos ladrilhos. Ele depois não teria certeza do que havia gritado exatamente. Algo como: *Quem é você? Quem pagou para você fazer isso?* Algo inútil, de qualquer forma.

O assassino não se moveu nem pareceu ouvir Kel. Esguio e alto, parecia usar uma espécie de uniforme preto justo, flexível como uma segunda pele. Mesmo assim, Kel não sabia dizer se o estranho era homem ou mulher, velho ou jovem, castellano ou estrangeiro. Só que, quem quer que fosse, parecia não ter medo de altura.

Conforme Kel se aproximava, o assassino sombrio virou-se para ele, devagar. Kel quase soltou um grito. O estranho não tinha rosto, ou pelo menos nenhum que ele pudesse ver. Apenas uma extensão escura, lisa e sem traços característicos. O uniforme preto, qualquer que fosse o material, cobria tudo.

E ainda assim, de alguma forma, ele sentiu que o estranho sorria.

— Portador da Espada. — A voz era um sibilo baixo. — *Királar.* Você arruinou meus planos, sabe? Mas não tema. Esta não é a sua noite para morrer.

— Muito tranquilizador — rebateu Kel. — Mas sinto muito por não achar você uma pessoa de confiança.

Ele deu outro passo à frente. Não conseguia saber se a figura o observava. Não tinha olhos, apenas buracos de sombra mais escura entre as sombras pálidas de seu rosto.

— Você está no limiar da história, Portador da Espada — disse a figura. — Pois este é o começo da queda da Casa Aurelian.

— E você é o arquiteto dessa queda? — exigiu Kel, o desespero e a fúria ardendo em suas veias. — Comprará a destruição deles com o sangue de uma criança?

A figura deu uma risadinha.

— A queda está ao seu redor — disse ela. — Prossiga com cuidado.

E, com uma velocidade inacreditável, o assassino pegou a besta e saltou. Não na direção de Kel, mas da beirada do telhado. A figura escura pareceu pairar por um instante contra a lua antes de cair em silêncio.

Kel correu até a beirada, a náusea revirando seu estômago enquanto olhava para baixo, esperando ver um corpo caído nas lajes, com sangue escuro empoçando ao redor.

Mas não havia nada. Apenas o pátio vazio, as sombras de sempre, o sussurro do vento nos galhos dos ciprestes. Ele se aproximou da beira do telhado...

Você arruinou meus planos, Portador da Espada.

Devia haver outra flecha de besta, esta reservada para Conor. *Antes sangue que união com Sarthe!* Amaldiçoando-se, Kel voltou pelo caminho por onde viera.

Fazia apenas alguns minutos desde que ele saíra, talvez menos que isso. Mas quando Kel voltou para a Galeria Brilhante, tudo havia mudado, por causa de Vienne.

Ele descobriria depois que, pouco depois da morte de Luisa, Vienne saltou para a mesa, jogando-se contra um castelguardas; caíram juntos e, quando se ergueram, ela estava com a espada dele na mão.

Vienne atravessou o círculo de castelguardas e avançou, seu corpo formando uma extensão com a espada, como se fosse parte dela. Ela cortou a garganta do Caveira mais próximo, arrancando a cabeça do corpo. O sangue jorrou do pescoço enquanto ele caía lentamente de joelhos, tombando como um navio ao afundar. Terminou de cair assim que Vienne saltou da plataforma e entrou na briga, sem se importar com o sangue que encharcava seus sapatos prateados.

Foi na hora que Kel voltou para a Galeria, descendo as escadas correndo, empunhando a espada manchada de sangue. Ele procurou primeiro por Conor e o viu com Jolivet. O casaco dourado de Conor estava quase cortado em tiras, e o forro branco de pele de lince estava manchado de sangue.

Mas não era o sangue dele, nem era ele que estava ferido. Conseguira uma espada em algum lugar e ainda a segurava. A lâmina era vermelha e preta. E ele olhava, como todos na sala, para Vienne d'Este.

Kel nunca tinha visto alguém da Guarda Sombria lutar. A espada de Vienne reluzia na sua mão como um raio saindo da palma de Aigon. Ela saltava e girava, derrubando Caveira após Caveira, deixando um rastro de sangue e vísceras atrás de si.

Ela era o vento norte, o Vento da Guerra. Ela era um cometa formado de aço frio. Ela era a Senhora Morte, com uma lâmina que dançava.

Parecia não haver mais nada a ser *feito*. E enquanto Vienne lutava os castelguardas conduziam o resto da nobreza para fora, passando pelas portas quebradas. A sala se esvaziava rapidamente. Kel viu a rainha ser escoltada para fora, com Mayesh; Lady Gremont, pálida de choque, caminhava entre dois guardas. Falconet e muitos dos outros se recusaram a ser escoltados, e em vez disso caminharam para fora, de nariz em pé, como se insultados pela ideia de que aquilo agora fosse assunto dos castelguardas e não deles.

Conor vira Kel, do outro lado da sala. Ele ergueu a mão, convocando-o. Kel avançou, pisando entre os corpos, o sangue pegajoso secando no piso.

Ele ouviu um grunhido e olhou para baixo. Viu a manga de uma veste rasgada, cabelo grisalho. Uma barba branca, salpicada de sangue.

Gremont.

Kel se ajoelhou ao lado do velho, sabendo de imediato que não havia nada que pudesse ser feito. A lâmina de uma adaga saía da lateral do peito de Gremont; o cabo quebrado, deixando apenas a lâmina, um pedaço amplo de aço, enfiado em seu corpo.

Era um milagre ele ainda estar respirando. Kel colocou a mão no ombro dele.

— Gremont — murmurou ele, o fundo de sua garganta em um nó. — Gremont. Está tudo bem.

Gremont abriu os olhos. Estavam embaçados e reumáticos. Ele olhou para Kel e disse:

— Eu falei... que precisávamos conversar. Urgente...

Ele tossiu. Kel ficou em silêncio. Gremont achava que ele era Conor. Ele não estava usando o talismã, mas mesmo assim. Estava escuro e caótico na sala, o homem estava morrendo, e os olhos e o cabelo de Kel e do príncipe eram iguais. Era compreensível...

— Não confie em ninguém — sussurrou Gremont. — Não confie em sua mãe, nem no conselheiro, nem em amigos. Não confie em ninguém na Colina. Confie apenas em seus próprios olhos e ouvidos, ou a Serpente Cinzenta também virá atrás de você.

A Serpente Cinzenta? Ele devia estar falando do Guia Sombrio, o barqueiro de cabeça de serpente que encontrava os mortos no pórtico do mundo além, e os conduzia ao reino de Aníbal.

— Eu não sabia que aconteceria tão cedo — chiou Gremont. — Que os Deuses me perdoem. Eu não sabia quando aconteceria, que começaria esta noite, mas eu sabia. Eles vieram até mim... eu não... eu não podia...

Seu chiado foi sufocado por uma golfada de sangue. Entorpecido, Kel segurou o ombro do velho.

— Gremont — disse ele. — Obrigado. Você cumpriu seu dever.

Se achou que as palavras fossem ser de conforto para o velho, estava errado. Os olhos de Gremont reviraram; ele apertou uma vez a manga de Kel e morreu. Kel soube no momento em que aconteceu; entre um respirar e outro, ele partiu.

— Que ele passe livremente — sussurrou Kel, pela segunda vez naquela noite, e se levantou. Enquanto isso, não conseguia evitar pensar no Rei dos Ladrões. Andreyen havia implorado para que ele falasse com Gremont. Se tivesse feito isso, as coisas estariam diferentes?

Ele forçou a mente a focar no presente. O mundo, sem saber que Gremont estava morto, seguira em frente. Vienne lutava contra o último dos Caveiras, um homem grande com uma lâmina de bronze entalhada. Se havia sangue nele, suas roupas pretas o escondiam, mas Vienne estava encharcada. O sangue salpicava suas bochechas como sardas e embebia seu vestido. Ela perdera um dos sapatos e seu pé esquerdo descalço estava manchado de sangue. Vienne parecia um demônio saído de um sonho, mas não havia nada de onírico em suas ações. Ela se esquivou do golpe do Caveira, ergueu a própria lâmina e, com uma precisão rápida demais para ser acompanhada, abriu o topo do crânio dele.

O homem caiu aos pés dela. Vienne olhou em volta, como se estivesse em um transe ou despertando de um. Kel notou quando ela se deu conta: não havia mais ninguém com quem lutar. Ela estava na Galeria Brilhante cercada apenas por alguns castelguardas, o embaixador, Kel e o próprio Conor.

E os mortos. Decerto, os mortos.

Ela se virou para olhar para a mesa. Alguém pegara Luisa, graças aos Deuses, e a colocara sobre a mesa. Ela era muito pequena e estava deitada entre os pratos espalhados; seu vestido de renda branca parecendo ter sido tingido de escarlate com sangue.

— Sena d'Este — disse Conor. A voz dele era baixa, urgente. Séria. — Descobriremos quem fez isso. Descobriremos os responsáveis. Sarthe será vingada. A princesa...

— Isso é culpa sua — interrompeu Vienne. Disse as palavras com muito cuidado, como se cada uma fosse um esforço. — Ela não estaria aqui se não fosse por você. Ela *não* deveria ter estado aqui.

— Não — concordou Conor. — Ela não deveria. Mas essa parte não foi culpa minha.

Mas Vienne apenas balançou a cabeça, arregalando os olhos.

— Isso é *culpa* sua — repetiu ela. E erguendo a espada, avançou para Conor.

Jolivet gritou. Os castelguardas correram em direção a Vienne. Conor não tentou pegar sua espada; parecia estar chocado demais.

Houve um lampejo prateado. Aço bateu contra aço; Kel se colocou entre Vienne e Conor. Ele nem se lembrava de ter se mexido; um instante estivera do outro lado e depois estava *aqui*, diante do príncipe, seu corpo e sua lâmina entre Conor e uma espada.

— Kel Anjuman — disse Vienne, com dificuldade. — Não direi duas vezes. Saia da frente.

Ele a encarou.

— É como você disse. Eu o protejo, como você fez com Luisa.

A boca dela suavizou. Ele pensou, por um momento, que Vienne poderia tê-lo ouvido, mas a espada dela se transformou em um borrão prateado e Kel cambaleou, bloqueando o golpe. Seus ouvidos zumbiam quando ela o forçou a recuar; fez o possível para se defender. Kel havia sido treinado, bem treinado, mas não era Vienne. Ela o faria recuar até a parede e o mataria lá. Não havia o que ele pudesse fazer.

Ele ouviu Jolivet dizer:

— Você não pode. Ela é da Guarda Sombria, Conor, você vai morrer. Conor...

Kel recuou para trás, e mais para trás. Ele estava quase na parede. Vienne ergueu a espada...

E foi erguida no ar, como se presa por fios. Ela foi jogada de lado, a espada caindo das mãos.

Kel ouviu Conor arfar.

— Pai — disse ele.

E realmente era Markus. Ele parecia pairar acima de Vienne como um gigante enquanto ela rolava para o lado e se levantava. Ele usava uma túnica e calça escura e lisa, as mãos em luvas pretas, embora estivesse desarmado. Kel olhou para as portas; onde Mayesh estava. Ele devia ter ido buscar o rei. Mas por quê...?

Com os olhos brilhando com um fogo quase sagrado, Vienne brandiu a espada contra o rei.

Com um movimento tão rápido que era quase um borrão, Markus estendeu a mão e pegou a lâmina dela. Não deveria ter sido possível — mesmo que as queimaduras em sua pele fossem duras como couro, a mão dele deveria ter sido cortada ao meio —, mas o rei agarrou a lâmina como se fosse uma planta e a jogou de volta nela. Vienne desviou. Conor disse algo — Kel mal conseguia ouvi-lo; parecia ter sido algo como *Você não pode*, embora ele não tivesse certeza, nem houvesse tempo para perguntar. Markus agarrou Vienne e, com a mesma facilidade com que havia erguido Fausten, ergueu-a e lançou-a contra a parede de pedra.

Kel gritou. Ele nunca esqueceria o som de ossos se quebrando quando o corpo de Vienne bateu na parede. Ela desabou, deslizando inerte para o chão enquanto Jolivet corria para o lado dela, com a espada desembainhada. Ele se abaixou e tocou a lateral do pescoço de Vienne. Balançou a cabeça.

— Morta — afirmou ele, e tirou a capa escarlate com a trança dourada. Cobriu o corpo dela e se levantou.

Kel se surpreendeu com a atitude. Era o que um soldado poderia fazer por um companheiro caído no campo de batalha. Respeito pela Guarda Sombria, talvez, se não pela própria Vienne. Kel olhou para o rei em busca da sua reação, mas ele estava de pé sobre Conor, a mão tocando a sobrecasaca que fora dourada, semicerrando os olhos.

— Seu sangue — disse ele, com a voz rouca. — Este é o seu sangue, filho?

Kel olhou para Mayesh, como se dissesse: *Que forma estranha de perguntar se alguém está ferido.* Se Mayesh achou estranho, não demonstrou. Apenas observou, em silêncio, as mãos unidas, o rosto impassível.

— Não — disse Conor, tenso. Tudo na postura dele gritava que ele queria se afastar do pai, mas Markus pareceu não perceber. — Não estou ferido.

— Ótimo. — Markus se voltou para Jolivet. — A rainha. Minha esposa. Onde ela está?

Se Jolivet estava surpreso, não demonstrou nada além de um piscar de olhos.

— No Carcel, milorde. Que é onde todos deveríamos estar — acrescentou, virando-se. — Monseigneur Conor...

Conor ergueu a mão.

— Estão todos mortos? Os que nos atacaram?

— Sim — confirmou Mayesh, ainda da porta. — A garota da Guarda Sombria garantiu que estivessem. Não há ninguém respirando.

Conor estava pálido, o sangue de seu rosto brilhando como uma ferida.

— E os sarthianos?

— Também estão mortos.

— Isso significará guerra com Sarthe?

— Sim — respondeu Mayesh. — Provavelmente.

Conor respirou fundo.

— Essa não é a preocupação agora, conselheiro — irritou-se Jolivet. — Não sabemos se haverá outro ataque. Devemos levar a família ao Carcel.

Mayesh apenas assentiu, mas os castelguardas não esperaram por ele; já haviam entrado em ação. Alguns cercaram o rei; outro par ladeou Conor. Kel fez o possível para ficar ao lado de Conor enquanto eles eram conduzidos para fora da sala.

Foi um alívio estar do lado de fora. Kel não percebeu como era forte o fedor de sangue e morte dentro da Galeria até que o ar noturno o atingiu, frio e fresco. Ele sentia como se pudesse bebê-lo como se fosse água.

As estrelas brilhavam no alto, uma frota brilhante. Ao cruzarem o pátio, Kel passou por um castelguarda de aparência irritada e seguiu ao lado de Conor. Eles estavam passando pelo jardim entre dois pátios. Lampiões coloridos ainda brilhavam nos galhos das árvores, embora as velas que ladeavam o caminho de pedra tivessem sido pisoteadas por pés apressados. Estavam esmagadas na grama, como montes de cera quebrada.

De repente, Conor parou e agachou-se junto à parede. À luz das estrelas, Kel pôde ver seus ombros estremecerem. Ele estava passando mal — algo que Kel já tinha visto antes, mas não se lembrava de Conor passar mal por motivos como esse. Por tristeza, ou choque, ou mais do que isso.

Conor cambaleou enquanto se levantava, limpando a boca com uma manga bordada. Havia hematomas em seu rosto e um corte na bochecha que talvez precisasse de pontos.

Ele colocou a mão na manga de Kel, que não pôde deixar de se lembrar, mais cedo naquela noite, de Conor mantendo a mão na parede da Galeria enquanto caminhava, firmando-se.

— Eu fui tão cruel com ela — disse Conor, de voz baixa. — Com a criança.

Ele ainda não consegue dizer o nome dela.

— Os sarthianos transformaram Luisa em um peão — argumentou Kel, baixinho. Via o rei à sua frente, caminhando entre Jolivet e outro castelguarda, as costas largas amplas firmes. — Não foi culpa sua.

— Foi minha culpa — rebateu Conor. — Eu pensei que estava sendo esperto. Que os impressionaria... Jolivet, minha mãe, meu pai. Bensimon. Agi pelas costas deles por vaidade e orgulho, e agora esse orgulho foi pago com o sangue de outras pessoas. Isto... — Ele estendeu a mão. — Isto é uma bagunça minha. Minha para limpar.

— Você tentou fazer tudo sozinho — disse Kel em voz baixa. — Nenhum de nós deveria fazer tudo sozinho. — Ele segurou a lapela de Conor. — Entre no Carcel. Sabe que não posso ir com você. Mas fique lá com seus pais enquanto o perímetro é examinado e dado como seguro. É o melhor que pode fazer por todos.

Porque há algo que preciso fazer. Algo que eu deveria ter feito antes. Um caminho que eu deveria ter seguido, uma forma de protegê-lo da qual não posso falar. Da qual você não pode saber.

O olhar de Conor refletia a luz das estrelas.

— Ela disse que eu era estragado — revelou ele. — Você acha que eu sou estragado?

— Nada que não possa ser consertado — respondeu Kel, e então Jolivet apareceu, e Conor foi com ele, cruzando a grama para se juntar à sua família enquanto os castelguardas os escoltavam até o Carcel. Mayesh ficou um instante a mais, encarando o céu como se desejasse poder, como o rei, encontrar respostas nas estrelas.

— As outras Famílias da Concessão — disse Kel, com cuidado. — Estão bem? Os Alleyne...

— Antonetta voltou para casa. — Mayesh olhou para ele com calma. — Ela está bem. Assim como as outras Famílias da Concessão. Eles serão muito bem protegidos esta noite — acrescentou ele. — Assim como os Aurelian, óbvio. E onde você ficará?

— Fora do radar — disse Kel, se afastando do conselheiro. — Não se preocupe comigo.

— Não acho que eu estava — retrucou Mayesh, mas Kel já partira, cruzando rapidamente o gramado em direção ao Portão Norte.

Ele ficou próximo às sombras, longe dos guardas que patrulhavam o terreno escuro. O ar tinha cheiro de madressilva e sangue. Enquanto caminhava, ele contornou todos os tipos de objetos que os nobres, dançarinos e criados haviam deixado cair enquanto fugiam da Galeria Brilhante — uma luva clara, como uma mão decepada, e em outro lugar a corrente de um colar, um adorno em forma de maçã, um frasco de gotas de rosas e uma taça de vidro esmagada, brilhando como orvalho na grama.

Ele sentiu uma onda de náusea ao atravessar o pátio vazio onde Vienne e Luisa haviam brincado juntas. Passou pelo arco, abrindo caminho através da fila de castelguardas que circundava o perímetro do Palácio interno. Alguns deles olharam para Kel, mas ninguém o questionou. Ele não achava que teria sido capaz de encontrar as palavras para responder, se tivessem.

Estava quase no Portão Norte. O céu parecia elevar-se acima dele, como se fosse a tela pintada de um palco. Kel viu a cidade abaixo, os rios mapeados de estradas iluminadas, o brilho da água nos canais. As muralhas em círculo do Sault.

Não demoraria muito para chegar ao seu destino. Era mais cedo do que ele achara que seria: o grande relógio da praça marcava quase meia-noite. E então uma voz soou atrás dele.

— Kel Saren — disse Jolivet. — Aonde você pensa que vai?

Sim. Sim, eu sou.

O que seguira a afirmação de Lin era um silêncio que oceano algum poderia ter disfarçado. Lin não olhou para nenhum dos lados, somente para o Maharam bem à sua frente. A mão enrugada dele havia apertado seu cajado de amendoeira, como se os ossos dos nós dos dedos fossem romper a pele frágil.

— *O que você disse, garota?*

— Eu disse sim — repetiu Lin. Sentia-se estranhamente leve. Tinha colocado os pés para fora do penhasco; não podia mais agarrar a terra em busca de apoio. Ela estava em queda livre, e havia um alívio ali que a surpreendeu. — A Deusa retornou, em mim.

O burburinho começou a crescer, correndo pela multidão reunida. Lin achou ter ouvido Chana falar e então a voz assustada de Mariam. Ela sentiu a garganta doer. *Não tema, Mari. Isto é por você. Estou fazendo isto por você.*

O Maharam se inclinou para a frente. Na luz tremeluzente da fogueira, o rosto dele era uma máscara.

— Você compreende as consequências — disse ele, numa vozinha seca — de mentir nesta situação.

Lin não tinha certeza; pelo que sabia, isso jamais fora tentado ou considerado antes.

— Não estou mentindo — afirmou ela, o encarando. — Em nome da Deusa, e em nome de Aram, eu repito: Sou a Deusa Renascida. Ela está em mim.

O Maharam se levantou. Ele parecia estar procurando pelas palavras. O som entre a multidão crescera, um burburinho que zumbia nos ouvidos de Lin.

— Se ela diz que é a Deusa, deve ser tratada como tal; essa é a Palavra — disse Chana, a voz inesperadamente firme.

Mais burburinho. Lin olhou para o relógio da torre. Os ponteiros haviam se movido.

Três minutos.

Badalar da meia-noite. Todos os nobres estarão reunidos para aquele banquete. Roverge e seu maldito filho estarão lá. Preciso que eles vejam minha vingança escrita em fogo no céu.

— Ela deve ser testada. — Era Oren Kandel, a voz trêmula de fúria reprimida. — O Sinédrio deve ser invocado, Maharam.

Mas o Maharam apenas encarava Lin, as rugas ao redor de sua boca duras e evidentes.

— Por que neste ano, seu último ano no Tevath? Por cinco anos você teve a chance de se revelar como a Deusa. Por que você... ela... ficou em silêncio?

— A Deusa vem quando vem. — Era Mariam. Ela tinha a cabeça erguida, ignorando os olhares ao seu redor. — Ela esperou que *nós* estivéssemos prontos, não Lin.

Com a voz rouca, o Maharam falou:

— A Deusa não viria na forma de alguém que se envolve com a blasfêmia...

Os ponteiros do relógio se mexeram. Menos de um minuto.

— Eu provarei a você. — Lin abriu bem os braços. Seda e o tilintar de contas, o clamor de seu vestido, o vento em seus ouvidos. — A Deusa volta na lança do relâmpago — afirmou ela. — Com um movimento da mão ela ilumina a terra.

Silêncio. Lin podia ouvir a própria respiração entrecortada. Sentiu o peso dos olhares em si. Terror — o terror que ela não se permitira sentir até aquele momento — escureceu os cantos de sua visão. Que absurdo, apostar no plano de um estranho — qualquer coisa poderia ter acontecido desde que ela o vira pela última vez na casa do Rei dos Ladrões.

Ela poderia ser exilada como o filho do Maharam. Ela poderia perder tudo: sua família, seu povo, seu poder de curar...

A luz veio primeiro. Uma explosão dourada se espalhando pelo céu, e então mais uma, e outra, uma guirlanda de flores de fogo. Um momento depois, o som, amortecido pela água e pela distância. Pólvora incendiando, o partir de metal e madeira enquanto navios explodiam.

Duas toneladas de pólvora pura. Os navios vão queimar até a linha da água antes que qualquer embarcação menor possa alcançá-los.

Um brilho semelhante ao do nascer do sol surgiu sobre os muros do Sault, delineando os Shomrim, figuras pretas impressas contra um céu dourado profundo.

Lin deixou os braços caírem ao lado do corpo. O Maharam afundou-se na cadeira, olhando para ela, perplexo.

Os sinos de alarme na cidade começaram a tocar. Os Vigilantes estariam correndo pelas ruas em direção aos dingas no porto. Na Colina, os nobres estariam observando as ruínas em chamas no porto. Kel veria. O príncipe veria. Ele não pensaria nela; isso não tinha nada a ver com ela, não lá fora, no grande mundo.

Vagamente, Lin ouviu as vozes de um dos Shomrim, que havia descido das muralhas: seis veleiros da frota Roverge eram nada mais do que cascas, pegando fogo na superfície do mar. Aconteceu entre um momento e outro e não houve ataque; eles simplesmente começaram a queimar.

Pela primeira vez desde o seu anúncio, Lin se permitiu olhar para as pessoas reunidas na praça. Para o povo dela. Ela viu Mariam com a mão sobre a boca. Nathan, balançando a cabeça. Mez, de expressão preocupada. Chana, com as costas retas e os olhos reluzentes. E Oren... Oren olhava para ela com total horror e repulsa.

— Ajoelhem-se — exigiu Chana Dorin, a voz dura como aço. — *Sadī Eyzōn*, ajoelhem-se para a Deusa-escolhida. *Ajoelhem-se* — repetiu ela, e eles se ajoelharam ao redor de Lin; velhos e jovens, chocados e maravilhados, a luz do fogo no porto tremeluzindo em seus rostos. Até Oren, o rosto uma máscara de raiva, caiu de joelhos.

Lin mal conseguia olhar. Chana, Mariam, Mez: ela jamais quisera ou imaginara eles se ajoelhando para si. Sentiu-se enojada, e ainda mais quando pensou no que Mayesh diria quando voltasse e descobrisse o que ela fizera. Ela cruzou os braços diante da barriga, engolindo a bile enquanto o Maharam ficava de pé, evidenciando o próprio cansaço.

— Venha, então — disse ele, e no tom Lin ouviu fúria, incredulidade e impotência. Se Davit Benezar, o Maharam de Castellane, não tinha sido inimigo dela até aquela noite, certamente o era a partir de agora.

— Me deixe levá-la, *Deusa*, ao Shulamat. Falaremos lá do que deve acontecer agora.

X X X

Kel se virou.

Atrás dele, no caminho que atravessava os Portões Norte e que descia até a cidade, estava Jolivet. Kel quase nunca vira o chefe do Esquadrão da Flecha parecendo estar fora de prumo. Desde o momento em que Jolivet foi buscá-lo no Orfelinat, até mesmo durante as sessões de treinamento na Galeria do Feno, para Kel ele parecia uma estátua de um soldado heroico na praça de uma cidade. A mandíbula retesada, o olhar sempre fixo à meia distância, a postura ereta.

Ele estava surpreendentemente sereno no momento, considerando tudo o que se passara, embora a trança dourada da jaqueta do uniforme estivesse rasgada e manchada de sangue. Um corte ao longo do pescoço encharcava de sangue o colarinho rígido. Ele segurava na mão esquerda uma espada desembainhada.

— Esqueça — disse Jolivet, se aproximando de Kel. Os castelguardas no portão desviaram o olhar: o que Jolivet fazia não era da conta deles.

— Sei exatamente o que você está fazendo.

Duvido.

— Você deve achar que estou indo para o Caravela, ou algum outro lugar onde eu possa me esquecer dos eventos da noite...

— Não — disse Jolivet. — Acho que você vai para a Mansão Preta.

Foi como se alguém tivesse passado um fio pelos ossos e sangue de Kel, e de repente tivesse sido apertado com força. Ele deu tudo de si — todo o treinamento que o próprio Jolivet dera a ele — para permanecer composto. Ele apenas olhou em volta, se perguntando se algum dos castelguardas conseguiam ouvir o que estavam falando. Nenhum parecia conseguir; todos encaravam a Galera Brilhante, a ruína do banquete da noite.

— Sei que vai tentar me contradizer — disse Jolivet. — E me chamar de ridículo, por fazer acusações desse tipo. Mas não quero perder tempo. O Palácio fica de olho no Rei dos Ladrões. Não estamos *dentro* da Mansão Preta, mas sabemos o suficiente. Se arrumar desculpas agora, só estará desperdiçando o tempo de nós dois.

— Está me chamando de traidor, então? — O fio que Kel imaginara parecia pressionar seu coração. — Sou o próximo a ser levado para a Trapaça, e em seguida para os crocodilos, como Fausten?

Jolivet deu um sorriso frio.

— Eu vi você no caminho naquele dia. Fiquei pensando se por acaso vislumbrou o próprio destino no do astrônomo.

— Você me conhece a vida inteira, Jolivet — disse Kel. — Acha que eu pertenço à Trapaça?

O vento vindo do oceano tinha aumentado. Soprou terra do caminho em pequenos redemoinhos aos pés de Kel.

De maneira brusca, Jolivet disse:

— Não apenas eu o conheço, como eu o moldei. Sempre busquei moldá-lo na melhor armadura que você poderia ser para o príncipe, a defesa mais robusta. Pensei sempre nisso em termos de combate: que você o protegeria com sua espada, que ficaria entre ele e flechas. Mas passei a entender que isto é Castellane. O perigo é mais sutil do que aqueles que inventaram a posição de Portador da Espada poderiam ter imaginado.

Kel semicerrou os olhos.

— Não tenho certeza sobre o que você está falando.

— Existe uma diferença entre se colocar entre o príncipe e uma espada, e saber de onde o perigo pode surgir, para que talvez a espada nunca seja desembainhada, para começo de conversa. Eu sabia que havia treinado você para defender o príncipe, mas também é verdade que ele tem seu amor e sua lealdade. Eu sou leal ao rei; Bensimon, ao Palácio. Só você coloca Conor acima de tudo.

— Então está dizendo — disse Kel, sem conseguir acreditar no que ouvia — que entende por que me encontrei com o Rei dos Ladrões? Por que escolhi aceitar a oferta dele de cooperação?

Podia ser uma armadilha, pensou Kel. Talvez Jolivet estivesse em busca de uma confissão. Mas se Jolivet sabia a verdade, e planejava amaldiçoá-lo com ela, então já era tarde demais para sair do caminho.

— Entendo que você deixou Conor ir ao Carcel sem você porque acredita que o Rei dos Ladrões possa ter informações sobre o que aconteceu aqui esta noite. Informações essas que pode ser mais relevante para a proteção de Conor do que a sua presença ao lado dele.

— Se você então não é contrário que eu vá até lá, por que me contar que sabe de tudo isso?

— Sempre houve laços entre o Palácio e a Mansão Preta — respondeu Jolivet. — Quero esses laços intactos. Se você vai continuar sua aliança com o Rei dos Ladrões, desejo saber tudo o que aprender, tudo o que estiver investigando. O que aconteceu esta noite não poderia ter acontecido sem o envolvimento de alguém na Colina. Sem instruções, sem ajuda, esses assassinos não teriam como ter passado pelos muros de Marivent.

— E você quer que eu descubra como fizeram isso.

— Não posso forçá-lo a fazer isso — disse Jolivet. — Mas você está em uma posição única, Kel Saren. Você ao mesmo tempo pertence e não pertence ao Palácio, pertence e não pertence à cidade. Você está no meio, e acredito que apenas alguém com essa vantagem é capaz de enxergar com nitidez quem está atacando a Casa Aurelian. Quem quer a ruína deles.

Kel pensou no assassino no telhado — *este é o começo do fim da Casa Aurelian* —, mas antes que conseguisse decidir se devia mencionar isso a Jolivet, o céu ficou da cor do fogo.

Kel se virou e viu que meia dúzia de navios no porto havia explodido em chamas. Não tinham simplesmente pegado fogo; ele ouvira o estalo da pólvora preta detonando, lançando-se em direção ao céu e entrelaçando as nuvens com correntes em chamas.

Jolivet virou-se para olhar o porto e Kel viu as chamas refletidas nas pupilas dele.

— Outro ataque?

— Não em Castellane — disse Jolivet. — Não... isso é vingança, pura e simplesmente. Sei que Cabrol tinha algo do tipo planejado, mas não sabia como nem quando. — Ele virou a cabeça para olhar para os castelguardas correndo pelo gramado, boquiabertos enquanto olhavam para onde os navios queimavam como velas flutuando na água. O ar já carregava o fedor de salitre. — Vá — ordenou Jolivet de repente. — Vá para a cidade antes que o caos impeça sua ida. Eu lido com os guardas. Você não é o único que pensará que isso é outro ataque.

Ele se afastou de Kel sem dizer mais nada.

A passagem para a cidade parecia algo saído de um sonho. Kel estava na metade da colina quando os sinos soaram, um toque incessante que o deixou abalado. Os navios no porto ainda estavam em chamas, iluminando um céu cor de madeira.

Contra aquele céu havia extensas colunas de nuvens escuras formadas por fumaça e material inflamável. Sob esse manto sufocante, Kel alcançou a cidade, encontrando a Ruta Magna quase lotada demais para que conseguisse passar, os cidadãos saíam de suas casas para exclamar e apontar, de olhos arregalados, em direção ao porto. Suas vozes se erguiam em um murmúrio clamoroso:

... *Ouvi dizer que foram seis navios. Talvez dez. Todos explodidos enquanto estavam ancorados.*

... *A frota Roverge. Tudo se foi. Eles podem perder a Concessão.*

... *Quem ficaria com ela?*

... *Você não, idiota, então não adianta ficar questionando. É coisa de nobres. E problema deles.*

— Homem sábio — murmurou Kel, com a plena convicção de que ninguém poderia ouvi-lo acima do barulho. Na verdade, ninguém prestava atenção nele, embora ele pudesse apostar que a sua presença fosse uma visão incomum. Um jovem imundo, vestido de veludo e seda manchados de sangue, caminhando meio atordoado pela Grande Estrada Sudoeste.

Por sorte, ele não era a coisa mais interessante em Castellane naquele momento. Nem de longe.

Alguém havia explodido a frota Roverge. Provavelmente a família Cabrol. Kel pensou em Benedict. Em Charlon. Aquele era o ouro deles queimando na água. Esgotando os cofres da Casa Roverge, deixando-os vulneráveis. Ao seu redor as vozes conversavam agitadas, descrevendo a cena no porto: *seis navios altos queimando até a beira da água, resta pouco agora além de brasas flamejantes à deriva sobre camadas oleosas de um líquido multicolorido: poças de tinta cor açafrão, índigo e garança capturadas pelas ondas e transformadas em espuma brilhante. Pequenos barcos, conduzidos por oficiais da guarda da cidade, vasculhavam as águas agitadas em busca do que possa ter sobrado da fortuna Roverge. A luz dos lampiões dos barcos ilumina partes dos destroços: aqui e ali um barril flutuando nas ondas, um saco rasgado sangrando carmim.*

Em circunstâncias normais, o ataque à frota Roverge teria ocupado a mente de Kel por completo, sem restar espaço para todo o resto. Ele teria discutido o assunto com Conor noite afora, tomando taças de *pastisson* verde, os dois ficariam cada vez mais bêbados, até que estivessem falando coisas sem sentido algum.

Mas aquelas não eram circunstâncias normais.

Kel seguiu para o oeste. Ainda estava consciente de Marivent acima, como uma estrela branca em seu ombro, brilhando perto da Colina. Dali da cidade, não havia nenhum sinal de que o Palácio tivesse passado por qualquer problema, e a sua fachada branca e tranquila representava um contraponto ao caos das ruas. Ele pensou em Antonetta, tirando seu vestido dourado ensanguentado, observando a peça ser levada pelos criados, para nunca mais perturbar a visão dos Alleyne.

Embora ele soubesse que Antonetta se lembraria. Não era da natureza dela esquecer, por mais que a Colina adorasse esquecer tudo o que a perturbava.

Chega de pensar em Antonetta. Ela não era a missão dele nesse momento. Kel não poderia apontar exatamente o momento em que decidiu procurar o Rei dos Ladrões assim que conseguiu sair do Palácio. Talvez o momento em que Gremont, ao morrer, implorou que ele não confiasse em ninguém; talvez o momento em que o assassino sombrio no telhado lhe disse que o perigo estava por toda a parte. Talvez até o momento em que o rei arrancou a lâmina de Vienne d'Este da mão dela.

Poderia ter sido em qualquer um desses momentos, ou em todos eles, que Kel chegou à conclusão: *Não consigo fazer isso sozinho.* E então, quando viu Jolivet, temeu que tudo viesse abaixo. Que fosse preso como traidor, e pior ainda seria que Conor ficaria desprotegido de quaisquer ameaças que aparecessem.

Mas o que foi que Jolivet disse? *Você ao mesmo tempo pertence e não pertence ao Palácio, pertence e não pertence à cidade. Você está no meio.* Kel sempre soube que não pertencia. Não no Palácio, nem entre aqueles com quem cresceu no Orfelinat. Nem na cidade nem na Colina. Ele sempre pensou nisso como uma fraqueza. Estranho que tenha sido necessário o Legado Jolivet e o Rei dos Ladrões para que ele mesmo percebesse que esse poderia ser seu ponto mais forte.

Kel estava quase embriagado de exaustão quando chegou à Mansão Preta. Ele achou que teria que subir as escadas e bater na porta escarlate, mas não houve necessidade para isso. A porta estava escancarada e o Rei dos Ladrões estava parado no topo da escada, olhando para a cidade.

Ele não estava sozinho, óbvio. Guardas com uniforme da Mansão Preta flanqueavam as escadas. Eles se moveram para deter Kel quando ele se aproximou, um deles estendendo a mão para a espada, mas o Rei dos Ladrões ergueu a mão.

— Deixem que ele passe — exigiu ele, e Kel subiu os degraus em direção a ele, vendo os olhos do Rei dos Ladrões se arregalarem conforme ele se aproximava e sua figura ensanguentada tornava-se nítida. — Então alguma coisa aconteceu? — disse ele. — Em Marivent?

Kel parou no degrau abaixo ao do Rei dos Ladrões. Olhando para ele, percebeu que havia se perguntado, durante todo o caminho desde a Colina, se Morettus já saberia do ataque antes que Kel lhe contasse. Estava óbvio pela expressão no rosto dele, no entanto, que a resposta era não. Pela primeira vez, Kel sabia de algo antes que o Rei dos Ladrões soubesse — mas isso não lhe deu qualquer satisfação.

— Você tentou me avisar — disse Kel. — Você me disse para falar com Gremont. Eu deveria ter feito isso. Agora é tarde demais.

— Ele está morto? — perguntou Andreyen.

— Houve muitas mortes — disse Kel. — Mas você sabia disso. Sabia que haveria sangue.

Os olhos verdes de Andreyen brilharam. O céu noturno estava cheio de nuvens, grandes pilares de vapor preto saindo do fogo laranja.

— Eu torcia para que não houvesse — disse ele. — Mas era apenas esperança minha.

Kel inspirou fundo o ar esfumaçado, que carregava com ele o gosto ácido de tudo o que queimava.

— Entenda — começou ele. — Não trabalharei para você. Jamais trabalharei para você. — Ele fez uma pausa. — Mas trabalharei com *você*.

Andreyen pareceu considerar.

— Sabe — disse ele —, não é do meu interesse dizer isso a você, mas prefiro que não pense nisso mais tarde e fique perturbado quando se der conta.

Kel disse, cansado:

— O quê?

— Trabalhar comigo em segredo, pelo menos em segredo para o Palácio... pode causar a sua morte. E será uma morte inglória. Ninguém na Casa Aurelian saberá que você morreu cumprindo o seu dever, e quando você for enterrado, não será perto de seu príncipe.

— Sei disso — afirmou Kel. — Mas morrerei fazendo o que quero.

Andreyen pareceu quase sorrir.

— Muito bem, então — disse ele. — Entre. Temos muito trabalho a fazer.

NOTA DA AUTORA

Dannemore não é um lugar real, mas possui ecos de locais da vida real que conhecemos. A língua usada em Castellane é o occitano, uma língua românica que era falada há muito tempo no sul da França. A língua de Sarthe é o veneziano, uma língua relacionada ao italiano. Malgasiano e Ashkar são línguas inventadas: o idioma malgasiano foi inventado por Nicolás M. Campi, e a língua comum Ashkar foi inventada por Matthew AbdulHaqq Niemi. (Existem algumas palavras puramente hebraicas que são usadas na Alta Língua do Ashkar: Sinédrio, shomrim, malbushim.) Vários dos títulos dos livros que Lin lê no mercado são de diários de viagem antigos e verdadeiros. Faz muito tempo que as pessoas vagam com vontade de escrever sobre isso. Da mesma forma, muitos dos livros médicos de Lin são reais.

AGRADECIMENTOS

Estou grata e em dívida pela ajuda e pelo apoio de muitas pessoas. Meu marido, Josh; minha mãe e meu pai; meus sogros: Jon, Melanie, Helen e Meg. Minhas parceiras de crítica, Kelly Link e Holly Black, e minha equipe que me apoia: Robin Wasserman, Leigh Bardugo e Maureen Johnson. Meus assistentes, Emily, Jed e Traci. Meus superagentes, Suzie Townsend e Jo Volpe, e todos da New Leaf. Minha editora, Anne Groell, que ela reine por muito tempo. As equipes da Del Rey e da Pan Macmillan. Heather Baror-Shapiro e Danny Baror. E Russ Galen, que foi o primeiro a ver beleza e promessa num resumo esboçado.

Com muitos agradecimentos também a Margaret Ransdell-Green (*conlanger*/linguista de Kutani), Francesco Bravin (tradutor de veneziano), Michael Shafranov (tradutor de hebraico), Melissa Yoon (leitora sensível), Naomi Cui (leitora sensível), Patricia Ruiz (leitora sensível) e Clary Goodman (mago da pesquisa).

Este livro foi composto na tipografia Minion Pro,
em corpo 11,5/14,7, e impresso em papel off-white
no Sistema Cameron da Divisão Gráfica
da Distribuidora Record.